GOLDMANN

*Buch*

Der Mann in der Zelle trägt einen Allerweltsnamen, aber der täuscht gewaltig: Michael Bekker ist ein hochgradiger, hundertfünfzigprozentiger Psychopath und Schmerzfreak, besessen von der Idee, jene ›Strahlung‹ zu erforschen, die seiner Meinung nach im Augenblick des Todes vom menschlichen Auge ausgeht. Bekker weiß nur zu genau, daß sie ihn nach Prozeßschluß nach Oak Park schaffen werden, in einen Hochsicherheitskäfig mit Videokamera und versteckten Mikrophonen. Als ihm kurz vor der Urteilsverkündung die Flucht gelingt, steht für alle Beteiligten fest, daß sie das Schlimmste zu erwarten haben. Niemand in New York kann vor der Bestie sicher sein.

Nur einer ist in der Lage, Bekker zu stoppen: Lucas Davenport, der den psychotischen Killer einst gefaßt und bei dieser Gelegenheit aufs Übelste zugerichtet hat. Bekker, der Davenport sein narbenentstelltes Gesicht zu verdanken hat, fürchtet den Ex-Polizisten mehr als Tod und Teufel. Kein Grund für Davenport, den Augenschlitzer zu unterschätzen. Er weiß nur zu genau, mit wem er es zu tun hat – mit einem eiskalt kalkulierenden, ebenbürtigen und zu allem entschlossenen Gegner.

John Sandfords vierter Roman um den Polizisten Lucas Davenport: ein kompromißloser Thriller in der Tradition von Thomas Harris, psychologisch raffiniert, atemberaubend rasant und erschreckend realistisch.

*Autor*

Schneller und härter als John Sandford schreibt kaum ein zeitgenössischer Thriller-Autor. Seine Romane um den Polizisten Lucas Davenport finden sich regelmäßig auf den amerikanischen Bestsellerlisten. »Ein großes Buch, schockierend und packend von der ersten bis zur letzten Seite«, schrieb Stephen King über sein Debut *Die Schule des Todes*, und der *Boston Globe* befand zu *Der indianische Schatten*: »Sandfords Stil ist sparsam, bitter und hart, das Tempo gnadenlos. Ein heute schon klassisches Beispiel des Genres.« Der mit dem Pulitzerpreis ausgezeichnete Journalist lebt in Minneapolis.

*John Sandford im Goldmann Verlag:*

Die Schule des Todes. Roman (41031)
Die Spur des Narren. Roman (41515)
Der indianische Schatten. Roman (41504)
Blinde Spiegel. Roman (41352)

John Sandford

# STUMME OPFER

Roman

Aus dem Amerikanischen
von Klaus Fröba

GOLDMANN VERLAG

Deutsche Erstveröffentlichung

Die Originalausgabe erschien 1992 unter dem Titel »Silent Prey«
bei G. P. Putnam's Sons, New York

*Umwelthinweis:*
Alle bedruckten Materialien dieses Taschenbuches
sind chlorfrei und umweltfreundlich.

Der Goldmann Verlag
ist ein Unternehmen der Verlagsgruppe Bertelsmann

Made in Germany · 1. Auflage · 3/93

Umschlaggestaltung: Design Team München
Umschlagillustration: Lüttge, Ascholding
Satz: IBV Satz- und Datentechnik GmbH, Berlin
Druck: Graphischer Großbetrieb Pößneck
Ein Mohndruck-Betrieb
Verlagsnummer: 41533
Lektorat: Sky Nonhoff
Redaktion: Ilse Wagner
Herstellung: Heidrun Nawrot
ISBN 3-442-41533-0

# 1

Durch das Chaos in Bekkers Hirn zuckte es wie ein jäher Blitz.

*Das Schwurgericht.*

Er schnappte danach, wie man eine Fliege mit der hohlen Hand fängt.

In sich zusammengesackt saß er auf der Anklagebank und ließ – mit einem Blick, so leblos wie die Kunststoffkugeln in einem Puppengesicht – die leeren blauen Augen durch den Gerichtssaal wandern. Einen Atemzug lang hakte der Blick sich am Lichtschalter fest, ehe er sich nach unten tastete, zur Steckdose, und schließlich an der Reihe der Gesichter entlangglitt, die ihn anstarrten.

Man hatte ihm das Haar kurz gestutzt, der übliche Gefängnisschnitt, den Bart aber stehenlassen. Ein Akt der Barmherzigkeit, denn was sonst hätte die rosafarbenen Narben verdecken sollen, die ihm wie das Muster eines Schnittbogens ins Gesicht gezeichnet waren? Im unteren Drittel des Bartes schimmerte als rotes Oval der Mund. Die feuchten Lippen klappten auf, schlossen sich wieder, klappten auf – unablässig, wie bei einem Aal, der in der Reuse gefangen ist und nach Luft schnappt.

Bekker spürte dem Gedanken nach. *Das Schwurgericht.*

Hausfrauen, Rentner, Gestrandete, die von der Fürsorge lebten. Das sollten Gleichgestellte sein – Leute, die aus der gleichen sozialen Schicht kamen wie er? Lächerlich. Er war Doktor der Medizin. Beruflich anerkannt und geachtet. Eine Koryphäe. Da konnte er doch nur den Kopf schütteln.

*Ausführungen...?*

Von vorn kam das. Die Richterin, die schwarze Krähe, hatte es gesagt. Und nun bahnten sich die Worte taumelnd ihren Weg in sein Gehirn. »Können Sie den Ausführungen folgen, Mr. Bekker?«

*Was...?*

Der Pflichtverteidiger, dieser glatthäutige Idiot, zupfte ihn am Ärmel. »Stehen Sie auf.«

*Was...?*

Die Anklagevertreterin starrte zu ihm hinüber, Haß im Blick. Haß, den er körperlich spüren konnte. Und er öffnete sein Gehirn einen Spalt weit und ließ den Haß zurückfluten. *Dich hätte ich gern mal in den Fingern, nur fünf Minuten. Sollst mal sehen, wie schnell ich dich mit einem scharfen Skalpell aufschlitzen würde. Zip, zip – und schon wärst du gespreizt wie eine Auster. Aufgeklappt wie eine gottverdammte Muschel.*

Die Staatsanwältin spürte, daß etwas in ihm vorging. Bei der mußte man aufpassen. Sechshundert Männer und Frauen hatte sie schon hinter Gitter gebracht. Aber das Weib mit seinen albernen Drohungen und verworrenen Antragsbegründungen konnte ihm gestohlen bleiben. Was hier herauskam, stand sowieso fest. Eine Farce, das Ganze. Lohnte sich nicht, auch nur einen Gedanken daran zu verschwenden. Dahinvegetieren in Hennepin, in den Käfigen des Bezirksgefängnisses. Und verkümmern ohne seine Medikamente.

Aber nun war die Stunde gekommen.

Sein Blut floß immer noch zu langsam. Quälte sich zähflüssig wie Erdbeermarmelade durch die Adern. Er wollte dagegen ankämpfen, war allerdings auf einmal mehr damit beschäftigt, niemanden merken zu lassen, wieviel Anstrengung ihn das kostete.

*Konzentration.*

Der Gerichtssaal war mit fahlbraunem Holz getäfelt. Vorn der Richtertisch auf einem Podest. Rechts das Geviert der Geschworenen und der Tisch der Anklagevertreterin. Mitten im Raum die Anklagebank, gegenüber dem Richtertisch. Ein Geländer trennte den hinteren Teil des Raumes ab. Vierzig Zuschauerstühle, hart und unbequem, am Boden festgeschraubt. Eine Stunde vor Beginn der Verhandlung waren dort schon alle besetzt gewesen. Die Hälfte der Plätze hatte man für die Presse reserviert, die anderen ergatterten diejenigen, die zuerst gekommen waren. Und die ganze Zeit über, während hier vorn geredet und geredet wurde, konnte er die Gaffer da hinten seinen Namen raunen hören. *Bekker, Bekker, Bekker.*

Die Geschworenen schoben sich nach draußen, einer hinter dem anderen. Ohne auch nur einmal zu ihm herüberzuschauen. Das Gesocks, das angeblich der gleichen sozialen Schicht angehörte wie er, zog sich zurück. Und wenn sie sich ausgequatscht hatten, kamen sie zurück und sprachen ihn schuldig. Schuldig des mehrfachen, vorsätzlichen Mordes. Genauso würde es kommen. Und dann brachte die Krähe am Richtertisch ihn hinter Gitter.

Der Typ in der Nachbarzelle, der Schwarze, hatte es ihm vorhergesagt. »Die nageln dir 'n Arsch fest, Alter. Nach Oak Park stecken sie dich. In 'nen beschissenen Käfig, so groß wie 'n beschissener Kühlschrank. Und mit 'm Fernsehauge drin, das dich keine Sekunde losläßt. Nicht mal, wenn du dir 'n Arsch abwischst. Die sehen das alles. Machen sogar Aufzeichnungen davon. Aus Oak Park ist noch keiner rausgekommen. Ist 'n echter Scheißladen.«

Aber da würde er nicht hingehen. Der Gedanke fraß sich immer tiefer in ihn hinein. Er schüttelte sich. Rang mit sich, um sich nichts anmerken zu lassen.

*Konzentration…*

Er fing bei sich selbst an, mit dem Bereich zwischen Schritt und Nabel. Die verdammten Sporthosen kniffen um die Hüften herum. Der Einwegrasierer drückte ihm von hinten hart gegen die Hoden. Weiter oben störte die Sox-Mütze, die er – wohin sonst mit dem Ding? – unter den Gürtel gesteckt hatte. Gegen die Tauschwährung Zigaretten gab's im Knast einfach alles. Das Lächerlichste waren die weißen Laufschuhe. Schweißfüße bekam er davon. Die weißen Socken aus den guten alten Tagen, noch mit dem eingewebten Äskulapstab an den Seiten – und dazu diese albernen weißen Laufschuhe! Nicht mal ein ausgemachter Idiot lief freiwillig so herum.

Kürzlich hatten sie ihm angeboten, er könne, wenn er wolle, seine eigenen Schuhe tragen, maßgeschneidert und luftgepolstert. War ihnen wohl plötzlich eingefallen, daß jeder bis zum Beweis seiner Schuld als unschuldig zu gelten hat. Aber das hatte er abgelehnt. Was sie natürlich nicht begreifen konnten. Ausdruck seiner exzentrischen Persönlichkeit, eine andere Erklärung fiel denen nicht ein. Weiße Schuhe mit Kunststoffsohlen und dazu einen Siebenhundert-Dollar-Anzug… Weil sie eben keine Ahnung hatten.

*Konzentration.*

Nun standen sie alle. Die Krähe fixierte ihn. Der Pflichtverteidiger, der Blödmann, zupfte schon wieder. Und dann kam Raymond Shaltie, beugte sich über ihn…

»Los, komm hoch«, blaffte er ihn an.

Ausgerechnet der. Deputy bei Gericht, im Halbtagsjob. Zu fett um die Hüften, die graue Uniformjacke spannte.

Bekker sah hoch. »Wie lange?« fragte er den Anwalt. Wollte es fragen. Mußte um jedes Wort kämpfen. Die Zunge lag ihm dick und faul im Mund.

»Pssst…«

Die Richterin redete gerade. Sah zu ihnen herüber.

»... Sie sich bitte bereit. Wenn Sie in meinem Büro hinterlassen, wo Sie telefonisch zu erreichen sind, werden wir Sie verständigen, sobald die Geschworenen soweit sind.«

Der Anwalt nickte. Sah starr geradeaus. Vermied jeden Blickkontakt mit ihm. Bekker hatte keine Chance. Und das war diesem verdammten Pflichtverteidiger gerade recht. Der wollte gar nicht, daß er eine Chance hatte. Für ihn war Bekker ein Irrer. Einer, der hinter Gitter gehörte. Für immer und ewig – und noch ein paar Tage dazu.

»Wie lange?« wiederholte Bekker seine Frage. Die Richterin war inzwischen weg, hatte sich zurückgezogen, die Krähe. *Die würde ich mir gern mal vornehmen.*

»Schwer zu sagen. Das wird weitgehend vom Abstimmungsergebnis der Geschworenen abhängen.« Typischer Pflichtverteidiger, vom Gericht bezahlt. Dem ging's nur um sein Honorar.

*Du weißt genau, was die entscheiden, du Arsch.*

Shaltie griff nach seinem Arm. »Los, komm.« Grub ihm die Finger hart ins Nervenzentrum über dem Ellbogen. Ein alter Trick. Im Knast machten die Typen das immer so. Wollten sich auf die Weise Respekt verschaffen. Aber Shaltie, wenn er's auch nicht ahnte, tat Bekker einen Gefallen damit.

Der scharfe Schmerz jagte ihm durchs Blut, hart und schnell wie rhythmisches Händeklatschen. Er blickte sich gehetzt um. Innerlich kalt wie eine Hundeschnauze. Das Chaos in seinem Hirn war auf einmal gebändigt. Er hatte es geschafft, die Gedanken, die sonst unablässig kreisten und sich ineinander verschlangen, in eine Ecke zu pferchen. Da rasten sie nun wie Ratten, die keinen Ausschlupf finden. Und er hatte Platz zum Denken.

»Bitte«, stammelte er wie ein verwirrtes Kind, »bitte, ich muß mal...«

Shaltie nickte. »Okay.«

Ray Shaltie war kein Unmensch. Zwei Jahrzehnte arbeitete er jetzt schon bei Gericht. Da lernt man eine Menge, und vieles glättet sich. Er hatte gelernt, daß auch die hartgesottensten Kerle irgendwie menschliche Wesen sind. Sogar Bekker, der bestimmt einer von den übelsten Burschen war. Ja, das mit dem menschlichen Wesen wollte Shaltie nicht einmal so einem absprechen. Denn sein Glaube lehrte ihn: Wer unter euch ohne Sünde ist, der werfe den ersten Stein... Bekker war auf Abwege geraten, aber er blieb trotzdem ein Mensch. Und wie er ihm jetzt in weinerlichem Singsang etwas vorstammelte – daß die Hämorrhoiden ihm zu schaffen machten und daß Gefängnisse das reinste Gift dafür sei, dauernd Nudelgerichte und Käse und Brot, lauter Pampe, nichts Richtiges zum Kauen... Wer hätte das besser verstanden als Shaltie, der selbst genug Ärger mit den Knötchen am Mastdarmende hatte.

Ja, ja, er mußte mal. Schon gut.

Während der Verhandlungstage war das immer so gewesen, jeden Nachmittag. Raymond Shaltie nahm ihn am Arm und führte ihn um das Viereck der Geschworenenplätze herum bis zur Tür. Bekker bewegte sich mit schlurfenden Schritten, stierte trübe ins Leere. An der Tür hielt Shaltie ihn fest, drehte ihn um. Brav wie ein Lämmchen, der Kerl, offensichtlich ganz woanders, weit weg in einer fernen Welt. Shaltie legte ihm Handschellen und die Fußfesseln an. Der zweite Deputy, der am Türrahmen gestanden und Bekker nicht aus den Augen gelassen hatte, sah keinen Grund mehr, warum er nicht davonschlendern und sich endlich seinem Lunchpaket widmen sollte.

Bekker blickte hoch. »Es wird höchste Zeit.«

»Ja, ja«, sagte Shaltie, »wir schaffen's schon noch.«

Suppenspritzer auf der Krawatte, stellte Bekker fest. Und auf den Schultern Schuppen. Ein einfältiger Trottel.

Shaltie führte ihn auf den Flur. Bekker schlurfte mit stolpernden Trippelschritten neben ihm her. Knapp sechzig Zentimeter, mehr Raum gaben die Fußketten ihm nicht. Der schmale Flur führte zum Treppenhaus, ein Stockwerk tiefer lagen die Arrestzellen. Links vor dem Treppenhaus befand sich die Toilette, nur für Männer, kein Zugang für Besucher. Ein winziges Loch, Waschbecken, Urinal und hinter der Schwingtür das Sitzklo.

Shaltie kam mit in den Vorraum. »Okay, nun kannst du«, sagte er. Mit deutlich warnendem Unterton. Ärger wollte er nicht haben, dafür war er zu alt.

»Ja«, murmelte Bekker. Seine blaßblauen Augen schienen fast in den Höhlen zu verschwinden. Aber hinter den Augenhöhlen arbeitete ein hellwacher Verstand, der Adrenalinstoß brachte das Gehirn auf Hochtouren wie eine Dosis reinstes Amphetamin. Bekker drehte sich um, reckte Shaltie die Arme hin. Der Deputy schob den Schlüssel ins Schnappschloß und nahm dem Häftling die Handschellen ab. Ein eindeutiger Verstoß gegen die Vorschriften. Aber was hätte er machen sollen? Mit gefesselten Händen kann sich nun mal keiner den Hintern abwischen. Ganz davon abgesehen, daß Bekker sowieso keine Fluchtchance gehabt hätte – aus einem der oberen Stockwerke im Gerichtsgebaude, mit Ketten an den Fußgelenken. Zumal ihn in der Stadt jedes Kind auf Anhieb erkannt hätte, sein Gesicht mit dem wildwuchernden Bart starrte einen jetzt während der Prozeßtage von jedem Zeitungskiosk an.

Bekker verschwand schlurfend hinter der Schwingtür, schob von innen den Riegel vor, ließ die Hose herunter und setzte sich auf die Kloschüssel. Die Augen glasklar, der Blick hart.

Im Gefängnis durften sie aus Sicherheitsgründen nur Einwegrasierer mit der fest eingeschweißten Klinge benutzen; sie hatten extra einen Automaten aufgestellt, aus dem man die Dinger kostenlos ziehen konnte. Einen davon hatte sich Bekker für seine Zwecke präpariert. Den Griff abgebrochen, so daß bis auf einen kurzen Stumpf nur der Klingenkopf übriggeblieben war. Den so lange zu verstecken, bis die Gefangenen aus dem Waschraum geführt wurden, war kein Problem gewesen. Später hatte er die erste Gelegenheit dazu benutzt, mit einem Streichholz die Kanten am Griffstumpf rund zu schmelzen, damit das Ding beim Tragen nicht drückte. Was besonders unangenehm gewesen wäre, weil ihm als beste Lösung einfiel, sich den Klingenkopf mit einem Pflaster unter die Hoden zu kleben. Jetzt, in der winzigen Klozelle, zog er den Pflasterstreifen ab und fing an, mit der Klinge im Bartgestrüpp herumzuschneiden.

Er hatte sich den Bart stehenlassen, um das zernarbte Gesicht dahinter zu verbergen. Er, ausgerechnet er mußte sein einst so wunderschönes Antlitz verstecken – klassisch nordisch geschnitten, makellos, mit dezenter Blässe, gekrönt vom rosenfarbenen Oval eines schöngeschwungenen Mundes. Und all das war nun – den kläglichen Versuchen der Ärzte zum Trotz – für alle Zeiten verwüstet. Zu einer häßlichen Fratze hatte der Kerl ihm das Gesicht zerschlagen.

*Davenport. Schnapp dir Davenport.*

Und schon begannen die Phantasien in ihm zu wuchern. Davenport aufschlitzen. Ihm mit dem Messer das Gesicht schälen, Zentimeter um Zentimeter die Haut abziehen…

Er kämpfte dagegen an. Phantasien waren etwas für die einsamen Tage im Gefängnis. Er knipste die Gedanken an Davenport aus und konzentrierte sich auf die Rasur. Schnell und hart fuhr die Klinge durchs Bartgewirr. Sie kratzte so schmerzhaft auf der trockenen Haut, daß er unwillkürlich aufstöhnte.

Shaltie, draußen vor der Schwingtür, spitzte die Ohren. »Bald fertig da drin?« rief er. Kein reines Vergnügen, hier herumzustehen, es stank nach Ammoniak, Chlor, Harn und nassen Lappen.

»Gleich, Ray.« Bekker ließ den Klingenkopf in der Jackentasche verschwinden und fing an, sich mit dem Halter für das Toilettenpapier zu beschäftigen. Ursprünglich war er mit vier Schrauben an der Wand festgeschraubt gewesen. Zwei davon hatte Bekker gleich an den ersten drei Verhandlungstagen herausgedreht und durchs Klo gespült. Die beiden anderen hatte er gelockert, gestern probeweise herausgezogen und anschließend wieder in die Dübellöcher zurückgeschoben. Jetzt kostete ihn das Ganze nur noch einen Handgriff. Raus mit den Schrauben, in die Kloschüssel damit, spülen. Die Metallrolle schmiegte sich wie ein stählerner Boxhandschuh um seine Hand.

»Fertig, Ray.« Er stand auf, zog die Hose hoch, streifte die Jacke von den Schultern, hängte sie sich über die Stahlhand und drückte die Wasserspülung. Tief durchatmen. Kopf runter, als gäbe es noch was am Hosenschlitz zu fummeln. Tür auf, rausschlurfen.

Shaltie wartete mit den Handschellen auf ihn. Sommersprossen, wabbelige Kinnpartie, nicht gerade der Schnellste, wenn's darum ging, eine Situation zu begreifen.

»Umdrehen«, sagte Shaltie. Und schien, als er Bekkers Gesicht sah, doch etwas zu ahnen. »He, du...«

Bekker straffte sich. Die Jacke rutschte ihm vom Arm. Seine Hand schnellte hoch wie ein Peitschenstiel. Seine Lippen brachen auf, im fluoreszierenden Licht der Neonleuchten schimmerten die Zähne perlweiß.

Shaltie zuckte zurück, hob abwehrend den rechten Arm. Zu spät, viel zu spät. Die Stahlrolle traf ihn über dem Ohr. Er taumelte, kippte nach hinten, schlug mit dem Kopf gegen das Waschbecken, sackte zusammen und rutschte zu Boden.

Und schon war Bekker über ihm. Reckte die Stahlfaust, schlug zu. Hoch mit der Faust, zuschlagen, hoch. Er hörte es knacken. Shalties Hirnschale. Und er sah das Blut spritzen.

*Zuschlagen, zuschlagen, zuschlagen.*

Trommelfeuer der Worte entzündete ein loderndes Feuer in der Schaltstelle seines Gehirns. Er versuchte es zu löschen, rang um Beherrschung, ahnte aber, daß ihm das, solange ihm der Geruch des frischen Blutes in die Nase stieg, nicht gelingen würde. Das Stakkato der Stahlfaust brach ab, wenigstens soweit hatte er sich wieder in der Gewalt. Und dann wurde ihm bewußt, daß er mit der anderen Hand bereits Shalties Kehle umklammert hielt. Er zog die Hand weg, kam hoch in die Hocke, legte sich, immer noch verwirrt, den Finger auf die Lippen und ermahnte sich laut: »Pst… Pst…«

Schließlich richtete er sich auf. Das Blut rann ihm nun wie Wasser durch die Adern. Nein, wie Dampf. Alles in ihm war voller Dampf.

Und jetzt? Die Außentür. Er hüpfte hin, drehte den Knauf. Verschlossen. Gut so. Zurück zu Shaltie, der rücklings auf dem gefliesten Boden lag. Aus der gebrochenen Nase blubberten schaumige Blutblasen. Bekker wußte, wo die Schlüssel waren, er hatte gesehen, wie Shalties Hand sie in die rechte Hosentasche geschoben hatte. Ein Griff. Richtig. Er hatte die Schlüssel. Die Schlösser der Fußfesseln schnappten auf. Er war frei. *Frei.*

Halt, nichts überstürzen. Ein Blick in den Spiegel. Sein Gesicht war übel zugerichtet. Er fischte den Klingenkopf aus der Jackentasche, spritzte sich mit der hohlen Hand Wasser ins Gesicht, rieb schmierigen Sud aus dem Seifenspender dazu und schnitt mit der Klinge die Bartreste ab.

Shaltie? Der lag reglos da, atmete flach, stöhnte dumpf. Aus der Blutlache, die sich um seinen Kopf ausbreitete, drang der süßliche Geruch bis zu Bekker hin.

Fertig. Er warf den Klingenkopf in den Abfalleimer. Bückte sich, faßte Shaltie unter den Achseln, zog ihn durch die Schwingtür, wuchtete ihn auf die Kloschüssel und lehnte ihn gegen die Wand. Der Deputy röchelte leise, wieder blubberten ihm Blutblasen aus der Nase. Bekker sah gar nicht hin. Für so was hatte er jetzt keine Zeit.

Er zog die Hose aus und stülpte sich die Designermütze auf den kurzgeschorenen Schädel. Mit der Hose wischte er draußen im Vorraum das Blut auf, dann hängte er sie wie eine Decke über den Deputy, dazu die Jacke, das Hemd und den Schlips. Wieder ein Blick in den Spiegel. Grünes T-Shirt, rote Gymnastikshorts, weiße Laufschuhe, Sportkappe. Ein Jogger. Das Gesicht sah schlimm aus. Aber alle, die ihn während der letzten Wochen gesehen hatten, ein paar Cops, Rechtsanwälte, Justizangestellte, kannten ihn nur mit Bart. Die guckten bestimmt nicht zweimal hin, wenn ihnen ein Jogger über den Weg lief.

*Davenport.*

Der Gedanke ließ ihn erstarren. Wenn der da draußen herumlungerte – zum Beispiel, weil er sich das Urteil der Geschworenen anhören wollte –, war Bekker ein toter Mann.

Aber was half's? Er schob den Gedanken beiseite, atmete tief ein. Noch einmal durch die Schwingtür, hinter der Shaltie auf der Kloschüssel saß. Bekker verriegelte die Tür von innen, schob sich, auf dem Rücken liegend, durch die wadenhohe Spalte zwischen Tür und Fliesenboden, stemmte sich hoch.

»Gottverdammte Scheiße«, fluchte er laut. Fäkalsprache, so was lernt man im Knast. Dauert nicht lange, da kommt einem das ganz von selbst über die Lippen.

Er legte sich wieder auf den Rücken, rutschte denselben Weg zurück, griff hoch und nahm Shaltie die Brieftasche aus der Uniformjacke. Zwölf Dollar. Und eine Kreditkarte, Visa. Na ja, zur Not mußte die es eben tun. Geldprobleme können ganz schön nerven. Er schob sich die Brieftasche in die Unterhose, kroch zurück, ging zur Außentür, lauschte.

Hinten hörte er Shaltie röcheln und blubbern. Er spielte kurz mit dem Gedanken, noch mal unter der Tür durchzukriechen und den Deputy mit seinem Gürtel zu erwürgen. All die Demütigungen der letzten Wochen, die unsägliche Qual, als sie ihm die Medikamente weggenommen hatten... Aber er hatte keine Zeit. Er mußte sich beeilen, mußte weg. Nur deshalb ließ er Shaltie lebend zurück.

Er entriegelte den Türknauf, streckte den Kopf vor, warf einen Blick auf den Flur. Leer. Weiter zur nächsten Tür – die zentrale Lobby. Ein halbes Dutzend Leute, Besucher, alle weiter hinten, bei den Fahrstühlen. Um die konnte er einen Bogen schlagen, die Treppe lag auf der anderen Seite, das Exit-Schild, direkt neben dem Glaskasten mit dem Feuerwehrschlauch, wies ihm den Weg.

Noch mal tief durchatmen. Und los. Mit gebeugtem Kopf durchquerte er die Halle. Ein Justizangestellter, der die Lunchpause zum Joggen nutzte. Mit festem Schritt aufs Treppenhaus zu. Jede Sekunde darauf gefaßt, daß ihn jemand beim Namen rief. Daß einer mit dem Finger auf ihn zeigte. Oder hinter ihm hergerannt kam.

Er war im Treppenhaus. Allein. Wer nahm schon von so weit oben die Treppe?

Er rannte die Stufen hinunter. Zählte die Stockwerke. Im sechsten hörte er weiter unten eine Tür zuschlagen. Also nahm doch einer die Treppe, irgendwo unter ihm. Er ging auf Zehenspitzen weiter, bis das Geräusch sich wiederholte: Tür auf, Tür zu. Er konnte wieder an Tempo zulegen.

Im zweiten Stock blieb er kurz am Fenster stehen. Gedrängel vor dem Haupteingang, ständiges Kommen und Gehen. Okay, noch ein Stockwerk. Er eilte die letzten Stufen hinunter und kam an einer Stahltür vorbei. Kein Hinweis, wohin sie führte. Er probierte es. Und stand im Freien. Draußen auf der Plaza. Im hellen Sommersonnenschein. Umfächelt von einer Brise, die nach Popcorn und Tauben roch. Vor ihm eine Bank, auf der eine Frau saß, neben ihr ein Kind. Sie schnitt einen Apfel auf, das Kind streckte die Hand danach aus.

Bekker joggte mit gesenktem Kopf an ihr vorbei. Ein Fitneßfanatiker, der sich selbst vom Verkehrsgewühl nicht abschrekken ließ. Knie hoch, auch wenn die Hitze ihm den Schweiß aus allen Poren trieb.

Er rannte, wie von Furien gehetzt.

## 2

Lucas jagte den Wagen über das Asphaltband, eine Hand am Lenkrad, eine auf dem Schaltknüppel, linken Fuß über der Bremse, rechten auf dem Gaspedal. Noch war er in Wisconsin. Bei Tylors Falls, auf der St.-Croix-Brücke, nahm er den Fuß vom Gaspedal, weil an der Grenze nach Minnesota gewöhnlich die Bullen lauerten. Als die Brücke hinter ihm lag, gab er wieder Gas. Volle Pulle – der Sonne und den Zwillingsstädten entgegen.

Westlich von Stillwater fädelte er sich auf den Highway 36 ein. Mittagszeit, wenig Verkehr, Pickups und Kombiwagen zockelten an der Kulisse aus Viehweiden, Scheunen und Stallungen entlang. Acht Meilen östlich der Interstate 694 donnerte er haarscharf an einem roten Taurus vom Staatlichen Gesundheitsdienst vorbei. Er schielte auf den Tacho. Hundertsieben Meilen.

*Zum Teufel, was ist eigentlich mit dir los?*

Nur so ins Blaue gefragt, aber er hätte die Antwort wirklich gern gewußt. Gestern, spätnachmittags, hatte er plötzlich die Tür seiner Blockhütte am See hinter sich zugeknallt und war losgefahren, achtzig Meilen nach Norden, bis Duluth. Ein paar Bücher kaufen, hatte er sich eingeredet. Als ob das Mekka der Leseratten ausgerechnet im Hinterland von Wisconsin läge. Schön, er hatte tatsächlich ein paar Bücher gekauft, aber anschließend war er in einem Schuppen gelandet, der sich Wee Blue Inn nannte. Der richtige Ort, um was gegen den Durst zu tun, so wie er war: dunkelblaues Hemd, Seidenjacke, khakifarbene Freizeithose und braune Mokassins, keine Socken. Und da war dann dieser Binnenschipper aufgetaucht, von einem der Erzfrachter vermutlich, betrunken oder high oder beides, weiß der Henker. Jedenfalls hatte der Kerl das Maul nicht halten können und über die nackten Füße in den Mokassins gelästert. Einen Augenblick, einen vielversprechenden Augenblick lang hatte es danach gerochen, daß der Süßwassermatrose gleich eine gewaltige Tracht Prügel beziehen würde. Leider war der Barkeeper zurückgekommen, ehe Lucas loslegen konnte.

Mal wieder einen richtigen Kampf in einer Bar, das war's, was er gebraucht hätte. An den Cops, die anschließend auftauchen würden, so sicher wie das Amen in der Kirche, war ihm weniger gelegen. Also gut, er hatte sich seine Bücher unter den Arm geklemmt und war mit dem Vorsatz, morgen den ganzen Tag zu angeln, in die Hütte am See gefahren. Morgen – das wäre heute gewesen. Und statt zu angeln, raste er nun zurück nach St. Paul und Minneapolis.

Die ersten Häuser tauchten auf, Vorposten der Schlafstädte. Er kramte im Handschuhfach nach dem Radardetektor, klemmte ihn an der Sonnenblende fest und schob den Steckkontakt in die Buchse des Zigarettenanzünders. Die Straße war verdammt schlecht, aber der Porsche schluckte die Schlaglöcher, kein Grund, den Fuß vom Gas zu nehmen. Ein Druck aufs Radio, Cities 97. Little Feat spielte gerade ›Shake Me Up‹. Schön hart, schön heiß. Genau der richtige Begleitsound zu dem Tempo, mit dem Lucas demonstrierte, daß er sich einen Dreck um Geschwindigkeitsbegrenzungen scherte.

Unter der Brücke flog das Band der Interstate vorbei, der Verkehr wurde zähflüssiger. Hundertachtzehn, hundertneunzehn. Verflucht, daß hier eine Ampel war, hatte er vergessen. Und von rechts bog eine blaue Limousine auf den Highway ein. Lucas fing zu wedeln an – links, rechts, links, abbremsen, Gas geben, knapp an der Limousine vorbei, dann auf einmal nur eine Daumenbreite zwischen dem Porsche und einem Kombi… Die blonde Matrone am Steuer starrte ihn erschrocken an, ihm gefror das Blut in den Adern, als er die verdutzten Kindergesichter sah – lauter kleine Blondköpfe auf den Rücksitzen.

Das Bild brannte sich in Lucas' Gehirn ein. Er schnaufte, nahm den Fuß vom Gas, ordnete sich rechts ein. Runter auf hundert, auf neunzig, achtzig. Durch die nördlichen Ausläufer von St. Paul, vor ihm tauchte die Ausfahrt des Highway 280 auf. Als er noch zu den Cops gehört hatte, war er auf die Schleichwege ausgewichen, unten am See entlang. Jetzt, frei und unabhängig, hätte er Zeit gehabt, alle Zeit der Welt. Aber nein, jetzt tat er so, als müsse er um jede Minute kämpfen.

Ein herrlich warmer Tag, Sonnenlicht dümpelte auf den Straßen und zauberte drüben im Westen Licht-und-Schatten-Spiele auf die Glasfassaden der Hochhäuser von Minneapolis.

Und plötzlich der Streifenwagen.

Lucas sah ihn im Rückspiegel langsam um die Ecke gleiten, ohne Blaulicht, ohne Sirene. Tacho? Sechzig. Fünf Meilen über dem Limit, damit mußte er eigentlich durchkommen. Auf einen Porsche waren die Bullen allerdings immer scharf. Er bremste ab. Der Streifenwagen hängte sich dran, kroch ihm fast in den Auspuff. Wieder ein Blick in den Rückspiegel: Der Cop las sein Kennzeichen ab und hatte das Mikro vor dem Mund. Und dann flackerte rotes und blaues Licht, die Sirene jaulte auf. Lucas knurrte unwillig, fuhr rechts ran, ließ den Wagen ausrollen. Der Streifenwagen klebte ihm an der hinteren Stoßstange.

St.-Paul-Cops, den einen erkannte er wieder, sie hatten früher ein paarmal dienstlich miteinander zu tun gehabt. Auch in der Bar bei ihm um die Ecke waren sie sich hin und wieder über den Weg gelaufen. Wie hieß er doch gleich? Kelly... Kelly Larsen? Lucas sah ihn aussteigen. Bulliges Gesicht, Sonnenbrille. Kam zu ihm nach vorn. Aber mit leeren Händen. Okay, jedenfalls kein Strafzettel. Komisch war bloß, daß er's so eilig hatte. Lucas öffnete die Wagentür, schwang die Beine aus dem Auto.

»Davenport – Himmelarsch, hab mir doch gleich gedacht, daß das Ihre Scheißkarre sein muß.« Larsen legte den Daumen aufs Porschedach. »Wir suchen Sie wie 'ne Stecknadel im Heuhaufen.«

»Was ist denn los?«

»Der Scheißkerl Bekker ist ausgebrochen. Zwei hat er bis jetzt zusammengeschlagen.«

»Wie?« Lucas Davenport schnappte nach Luft. Auf einmal war die Lässigkeit, die seine Kleidung demonstrierte, nur noch Fassade.

»Zwei von unseren Leuten haben sich bei Ihnen zu Hause auf die Lauer gelegt. Sie gehen davon aus, daß Bekker hinter Ihnen her ist.« Larsen stand da wie ein Preisboxer, die Daumen in den Gürtel gehakt, und den mißtrauischen Blicken nach, mit denen er die Umgebung absuchte, schien er jeden Augenblick damit zu rechnen, daß Bekker unter dem nächsten Kanaldeckel hervorgekrochen kam.

»Dann sehe ich wohl besser zu, daß ich nach Hause komme.«

Als er sich wieder in den Verkehr eingefädelt hatte, griff Lucas zum Autotelefon und drückte die Durchwahlnummer für das Polizeipräsidium Minneapolis. Mit einem Anflug von

Genugtuung. Er brauchte das Telefon eigentlich nicht, benutzte es kaum. Aus einer Laune heraus hatte er sich das Ding einbauen lassen – damals, als er aus dem Police Department ausgeschieden war, im Hochgefühl der neugewonnenen Freiheit. Im Grunde so sinnlos wie die Gold-und-Stahl-Rolex am linken Handgelenk. Statussymbole, mit denen er zeigen wollte, daß für ihn in Erfüllung gegangen war, wovon vermutlich alle Cops träumten: Unabhängigkeit, Erfolg. Und aus dem früheren Hobby mit den Computerspielen war ja tatsächlich ein lukratives Geschäft geworden. Computersimulation von polizeitaktischen Problemen. Davenport Games & Simulations. Mit ständig steigenden Verkaufszahlen. Nicht mehr lange, und er mußte sich umsehen, wo er Büroräume anmieten konnte.

Das Mädchen in der Vermittlung meldete sich. »Minneapolis.« »Geben Sie mir Harmon Anderson.«

»Lucas, sind Sie das?« Melissa Yellow Bear.

»Ja, ich bin's«, antwortete er und grinste in sich hinein. Na bitte, doch noch jemand, der sich an ihn erinnerte.

»Harmon wartet schon auf Ihren Anruf. Sind Sie zu Hause?«

»Nein, ich rufe vom Wagen aus an.«

Yellow Bear klang ein bißchen atemlos. »Sie wissen schon, was passiert ist, ja?«

»Mhm.«

»Seien Sie vorsichtig, Honey. Ich stell Sie durch.«

Dann war Anderson dran. Er hielt sich nicht lange mit der Vorrede auf. »Del und Sloan sind bei dir zu Hause, Sloan hat sich den Schlüssel bei deinen Nachbarn besorgt. Aber ich glaube, die beiden verschwenden nur ihre Zeit. Der Kerl hat sich bis jetzt nicht blicken lassen. Obwohl schon drei Stunden vergangen sind.«

»Und Dels Wohnung? Er und Bekker sind verschwägert.«

»Da haben wir auch ein paar Männer hingeschickt. Aber

Bekker ist einstweilen irgendwo untergetaucht. Vorläufig steckt er die Nase nicht raus.«

»Wie hat er's denn geschafft, aus dem Gerichtsgebäude...«

»Sloan wird dir das alles erklären«, fiel ihm Anderson ins Wort. »Ich muß los. Hier geht's zu wie im Irrenhaus.«

Aufgelegt. *Polizeiarbeit geht vor, keine Zeit für Plaudereien mit Zivilisten.* Lucas bog in die University Avenue ab, folgte ihr bis Vandalia, über die I-94 und runter zur Cretin. Am Mississippi entlang, unter schattenspendenden Bäumen und trotzdem in brütender Hitze. *Keine Zeit für Davenport.*

Zwei Blocks vor seinem Haus nahm er die Geschwindigkeit zurück, schaltete, suchte die Umgebung ab, bog in eine Seitenstraße ein, einen Häuserblock zu früh. Eine Wohngegend, in der jemand, wenn er sich verstecken wollte, schon in eines der Häuser eindringen mußte. Die Gärten waren offen, Bäume und Sträucher boten sich in üppiger, leuchtender Blütenpracht an, Beete mit Stechapfelbüschen, helle Tupfen dazwischen: Tulpen, Iris, Narzissen, pinkfarbene Pfingstrosen und überall das Gelb der Löwenzahnblüten, die allen Ausrottungsversuchen hartnäckig trotzten. Keine Chance, sich irgendwo zu verkriechen, zumal an einem so schönen warmen Tag, an dem überall in den Gärten geharkt und an den Häusern gewerkelt wurde und sich an jedem zweiten Garagentor spielende Kinder nach dem Baseballkorb reckten. Zu viele Leute im Freien. Und zu viele wachsame Augen, um mir nichts, dir nichts in eines der Häuser einzubrechen. Er wendete, bog um die Ecke, ließ den Porsche langsam auf das Haus zurollen.

Ein bißchen zusammengestückelt, aber sehr hübsch, hatte die Immobilienmaklerin damals gesagt. Stein und Holz, ein großer Kamin, alter Baumbestand, eine Doppelgarage. Er drückte die Fernbedienung für das Garagentor, wartete am Ende der Zufahrt, bis es ganz oben war. Und sah aus den

Augenwinkeln, wie sich hinter einem der Fenster eine Gardine bewegte.

Als er den Porsche in die Garage fuhr, tauchte Sloan an der Tür auf, die von der Garage ins Haus führte. Hager, mit hohen, hartkonturierten Wangen und tief eingesunkenen Augen. Lucas stieg aus, Sloan hatte inzwischen Gesellschaft bekommen, Del stand hinter ihm, aus dem Gürtel ragte der Griff der handlichen 9-mm-Pistole. Del hatte schon ein paar Jahre mehr auf dem Buckel. Ein Gesicht wie Schmirgelpapier. Der Straßendienst und die Drogen hatten ihn geschafft.

»Was, zum Teufel, ist eigentlich passiert?« Lucas mußte den Lärm überschreien, mit dem das Tor wieder zukippte.

»Scheißen wollte er gehen. Hat er jedenfalls behauptet. Und ein ausgelutschter alter Deputy hat ihm die Handschellen abgenommen!« brüllte Sloan zurück, dann hörte das Tor zu rumpeln auf. »Hat er jeden Nachmittag so gemacht, immer in den Verhandlungspausen. Hat jedem erzählt, er hätte Hämorrhoiden. Na ja, der Deputy sollte ihn eigentlich runter in die Zelle bringen, aber dann haben sie erst mal auf dem Klo haltgemacht. Bekker hat den Halter fürs Toilettenpapier losgeschraubt. Aus Stahl, das Ding. Und damit hat er den alten Knaben zusammengeschlagen.«

»Tot?« fragte Lucas.

»Noch nicht. Aber das Gehirn ist verletzt. Wenn er Glück hat, kommt er mit 'ner Querschnittslähmung davon.«

»Hab gehört, daß er noch einen zusammengeschlagen hat?«

»Ja, aber das war später«, sagte Del und erzählte, daß ein paar Leute, während sie vor einem der Gerichtssäle warteten, Bekker gesehen hatten, ohne allerdings zu wissen, mit wem sie es zu tun hatten. Draußen auf der Plaza war er auch gesehen worden, in Shorts, als Jogger, der sich eilig seinen Weg zwischen Sonnenhungrigen und Tauben hindurch gebahnt hatte.

»Wir haben seine Spur zehn Blocks weit verfolgen können«, berichtete Del, »bis zu einem Großmarkt. Dort hat er sich einen Betonbrocken geschnappt und den Angestellten am Versandschalter niedergeschlagen. Hat ihm die Kleidung und die Brieftasche weggenommen. Von da ab haben wir seine Spur verloren.«

»Wie geht's dem Mann aus dem Großmarkt?«

»Beschissen.«

»Ein Wunder, daß Bekker ihn nicht gleich totgeschlagen hat.«

»Ich nehme an, daß er's dafür zu eilig hatte«, sagte Del. »Alles sieht so aus, als wüßte er genau, wohin er will. Deshalb sind wir sofort hergekommen. Aber je länger ich darüber nachdenke, desto weniger glaube ich, daß er's auf dich abgesehen hat. Du hast ihn schon mal grün und blau geprügelt.«

»Bei einem Irren weiß man nie, was er tut«, meinte Lucas.

»Bist du berechtigt, eine Waffe zu tragen?« fragte Sloan.

Lucas schüttelte den Kopf. »Nein.«

»Okay, wir besorgen dir 'ne Genehmigung, falls wir ihn nicht sehr schnell schnappen.«

Sie fanden ihn nicht.

Lucas verbrachte die beiden folgenden Wochen damit, seine alten V-Leute aufzusuchen. Früher hatte er von denen Gott weiß was erfahren können, aber jetzt war keiner mehr sonderlich erpicht darauf, sich mit ihm zu unterhalten. Sah so aus, als hätten alle etwas Besseres zu tun.

Er holte einen 45er Colt Gold Cup aus dem Keller, reinigte ihn, schob Patronen in die Trommel und legte sich die Pistole unters Bett. Tagsüber nahm er das Ding im Porsche mit, sorgfältig versteckt, aber griffbereit. Er mochte den Revolver, er lag schwer in der Hand und roch nach Waffenfett. Er liebte den

Geruch, andere behaupteten, sie bekämen Kopfschmerzen davon, alles Veranlagungssache. In einer Kiesgrube in Wisconsin ballerte er eine Stunde lang auf mannsgroße Ziele, dann waren die beiden Schachteln Übungsmunition leer.

Zwei Tage nach Bekkers Flucht fanden Nachbarn die Leiche der Antiquitätenhändlerin Katherine McCain. Sie war mit Bekkers Frau befreundet gewesen. Bekker kannte sich gut in ihrem Haus aus, vor dem Mord an seiner Frau war er hin und wieder mit ihr dort gewesen. Er wußte also auch genau, daß Katherine allein lebte. Er hatte ihr vor dem Haus aufgelauert, sie mit einem Hammer erschlagen und ihr mit einem Messer die Augen ausgestochen. Seine alte Paranoia, ihr Geist könne ihn aus dem Jenseits mit Blicken verfolgen. Dann hatte er ihren Wagen genommen und war damit verschwunden.

Der Wagen war schließlich in einem Parkhaus am Flughafen von Cleveland gefunden worden. Was ja wohl hieß, daß Bekker auf und davon war. Lucas verstaute die 45er wieder im Waffenschrank im Keller. Der Schein, der ihn dazu berechtigt hätte, eine Waffe zu tragen, war nie bei ihm angekommen. Sloan hatte vergessen, sich darum zu kümmern. Und nach einer Weile war es unwichtig geworden.

Mit Frauen spielte sich nichts ab. Keine grundsätzliche Entscheidung, aber zur Zeit war es eben so, und einstweilen hatte Lucas nicht die geringste Lust, das zu ändern. Er versuchte es mit Angeln. Und eine Woche lang mit Golf. Half alles nichts. Nicht gerade amüsant, aber wahr: In seinem Leben sah es ähnlich aus wie in seinem Kühlschrank. In dem lagen ein Sechserpack Diätbier, drei Dosen Cola light und eine Tube Senf, bei der das garantierte Frischhaltedatum längst überschritten war.

Nachts, wenn er wachlag, und das kam oft genug vor, spukte ihm Bekker durch den Kopf. Er konnte nicht vergessen, wie es war, einen Kerl wie Bekker zu jagen und einzukreisen. Das war's, was ihm fehlte. Nicht das Police Department, die endlosen Palaver und die politischen Intrigen. Nur die Jagd, die Spannung.

Sloan rief zweimal bei ihm an, meinte, es sähe ganz danach aus, daß Bekker irgendwo untergetaucht wäre. Auch Del rief an, meinte, sie müßten bald mal wieder ein Bier zusammen trinken.

Ja, ja, sagte Lucas. Und wartete.

Bekker war ein Scheißkerl.

So einer tauchte irgendwann, irgendwo wieder auf.

## 3

Louis Cortese war dem Tode nahe.

Grelles Licht strahlte sein wachsbleiches Gesicht unbarmherzig an und legte einen schmutziggelben Schleier über das trübe Weiß der Augäpfel. Die verzerrten Lippen erinnerten an die Grimassen, die man Hofnarren auf manchen Darstellungen mittelalterlicher Szenen schneiden sieht.

Bekker beobachtete den Mann fasziniert. Er drückte den Auslöser, hinter ihm klickte und summte die automatische Kamera im Rhythmus der Serienaufnahmen. Die Schwingen des Todes senkten sich über den Raum, Louis Corteses Leben versickerte Tropfen um Tropfen in einem Plastikbehälter.

Bekkers Verstand vermochte alles, er konnte Quelle sprudelnder Energie sein, Rechenmaschine, Textverarbeitungssystem, Zentrum gespeicherten anatomischen Wissens oder einfach nur leere Höhle – alles. Nur, anders als früher, nicht mehr alles auf einmal.

Drei Monate Hennepin-County-Gefängnis hatten ihn von Grund auf verändert. Weil seine Folterknechte ihm die Medikamente weggenommen, das Gehirn weichgekocht und die elektromagnetischen Verbindungen aufgeknackt hatten, die unabdingbare Voraussetzung sind für die Fähigkeit, in Zusammenhängen zu denken.

In der Einsamkeit seiner Zelle, ausgestreckt auf der Pritsche, hatte er es bildlich vor sich gesehen: Sein Gehirn als Springballautomat – eines von den altmodischen Spielgeräten, die man mitunter noch in den Lions-Clubs findet. Man wirft eine Münze ein, und der Automat spuckt einen bunten Gummiball aus. Nur, man weiß im voraus nie, welche Farbe er haben wird.

Die Erinnerung an Ray Shaltie, an den Augenblick der Flucht – das war eine der Farben. Seine Lieblingsfarbe, er jauchzte innerlich auf, wenn er sie aus dem Automaten kullern sah. Ein berauschendes Erlebnis, wie Breitwandkino mit Stereoton aus überdimensionierten, voll aufgedrehten Lautsprechern. Und er konnte den Film anhalten, an jeder beliebigen Stelle. Konnte den Augenblick aus der Vergangenheit zurückholen. Ray Shaltie... Die Stahlfaust... Das Bersten der Schädeldecke...

Bekker. Gegenwart.

Er saß im verchromten Stahlstuhl und beobachtete Corteses Todeskampf. Sein Blick huschte zwischen den Monitoren und dem Gesicht des Sterbenden hin und her. Ein durchsichtiger Kunststoffschlauch leitete das Blut aus Corteses Halsschlagader in den Plastikbehälter auf dem Boden. Rubinrot wie gekochte Rote Bete. Bekkers empfindliche Nüstern blähten sich, sogen den Geruch auf. Und plötzlich fing Corteses Herzschlag zu hüpfen an, er konnte es auf dem EKG ablesen. Bekker hüpfte innerlich in fiebernder Ungeduld mit. Corteses Bewußtsein nahm Abschied von dieser Welt, das Sein kehrte sich nach außen, begab sich auf die letzte Wanderschaft, die ihn... Ja, wohin würde sie ihn führen?

Nun, vielleicht war es nur eine Wanderschaft ins Nichts.

Möglicherweise war Corteses Sein nichts als eine Gasblase, die aus dem kosmischen Sodawasser an die Oberfläche stieg – mit keiner anderen Bestimmung als derjenigen, lautlos zu zerplatzen. Ein Gedanke, der ihn so erregte, daß seine Augenbrauen unkontrolliert zu zucken begannen und nicht stillstehen wollten. Hastig griff Bekker mit beiden Händen zu und versuchte, die bebenden Hautpartien glattzustreichen.

Irgend etwas mußte es geben, irgend etwas mußte sich hinter dem schwarzen Vorhang verbergen, sonst... Sonst hätte das bedeutet, daß auch sein Leben eines Tages einfach verdämmerte... Eine unerträgliche Vorstellung.

Ein Alarmsignal auf dem Kontrollmonitor, der den Kreislauf anzeigte. Und ein zweites Signal, diesmal das EKG. Zwei hohe Töne, die sich zu einem vermischten. Bekker – die linke Hand weiterhin auf der Stirn, weil das Flattern in den Augenbrauen nicht aufhörte – starrte fasziniert auf die Monitore. Corteses Herz stand still. Bekker spürte, wie sich die Muskelstränge in seinem Rücken verkrampften, bis hinunter zum Gesäß. Gespannte Erwartung, erregte Vorfreude.

Er schielte zum dritten Monitor hinüber. Das Elektroenzephalogramm, die Messung der Hirnströme. Die hektisch verlaufende Zackenlinie, die noch vor ein paar Sekunden flimmernd über den Bildschirm gezuckt war, wurde flacher, immer flacher...

Er spürte, daß Cortese ihm entglitt. Fühlte es deutlich: Corteses Sein ging dahin. Noch konnte er es nicht messen, aber eine innere Stimme sagte es ihm. Eine Stimme, der er traute. Ein Gefühl, das ihn einhüllte wie ein Mantel. Er zog ihn fester um die Schultern, mummte sich tiefer in den Mantel, verbarg sich darin. Und drückte wieder den Auslöser. Hörte den Motor der Automatik arbeiten. Das Klicken, das Summen mindestens ein halbes Dutzend Fotos.

Und dann war es soweit, das geheimnisvolle Etwas schlüpfte davon. Bekker sprang auf, beugte sich über Cortese, bis seine Augen kaum eine Handbreite von den Augen des Sterbenden entfernt waren. Es gab einen Zusammenhang, die Augen und der Tod, irgendwie gehörte das zusammen...

Cortese hatte sich fortgestohlen. An einen Ort, an den Bekker ihm nicht folgen konnte. Der Körper, sterbliche Hülle des Ichs, fühlte sich weich und schlaff an.

Die Dramatik des Augenblicks wühlte Bekker auf. Sein Atem ging keuchend wie ein Blasebalg. Er starrte auf die verchromte Tür des Aktenschranks, starrte in sein Spiegelbild. Sah sein verwundetes Gesicht, das Gesicht der Sünde, wie er es nannte. Sah die tiefen Furchen, die die Pistole ihm ins Fleisch gegraben hatte. Und seine Stimme schraubte sich in schwindelnde Höhen, als er leise wimmerte: »Er ist fort.«

Aber noch nicht ganz. Bekker spürte das Kribbeln im Rükken, merkte, wie die Wirbelsäule sich straffte, fühlte den Finger der Angst, der ihn berührte. Er fuhr herum. Und da waren die Augen, die ihn in ihren Bann schlugen. Der Blick des Toten hielt ihn fest. Corteses Augen waren weit offen, natürlich, Tote starren immer aus weit offenen Augen ins Leere. Und Corteses Augen ließen sich nie mehr schließen, Bekker hatte ihm vorsorglich die Lider weggeschnitten, damit sie dem Sterbenden nicht zufielen, ehe der entscheidende Moment gekommen war.

»Hör auf!« sagte er scharf. Cortese blieb stumm. Aber sein Blick hielt Bekker fest.

»Hör auf!« schrie er den Toten an. Laut und schrill, die Stimme schnappte über. Corteses Blick hielt ihn fest.

Bekker griff nach dem Skalpell, näherte sich auf Zehenspitzen dem Kopfende des Tisches, beugte sich über den Toten und schnitt ihm die Augen aus. Eine Sache von Sekunden, er hatte Erfahrung damit. Er schälte die Augäpfel aus den Höhlen, wie man das Gelbe aus einem gekochten Ei löffelt. Und als das glasige Augenwasser über Corteses Wangen lief, sah es aus, als weine der Tote geronnene Tränen.

Der Dicke blieb an der Kreuzung stehen, wartete auf Grün, wippte auf den Hacken. Der Dünne schnippte den Zigarettenstummel weg, winzige Glutfunken tanzten auf dem Bürgersteig.

Der Strom von Fahrzeugen, die quer an ihnen vorbeizogen, nahm kein Ende. Verbeulte Toyotas, klapprige Fords, Dodges mit eingedrückten Kotflügeln, Pickups, Wohnmobile, grafittibesprühte Lastwagen, Busse, die stinkende Dieselwolken in die Luft bliesen, dazwischen wieselflinke Taxis, die drängelnd ausscherten und sich mit angetippter Hupe Platz schufen. Ganz New York war in Lärm gehüllt: Unter der Erde mischten sich das dumpfe Rumpeln der Züge und der Singsang aus dampfenden Rohren miteinander, auf den Straßen lärmten ratternde Preßlufthämmer mit dröhnenden Motoren um die Wette, und wenn all diese Geräusche plötzlich verstummt wären, hätte es immer noch den Wirrwarr aus Millionen von Stimmen gegeben, ganz zu schweigen vom unablässigen Summen ungezählter Klimaanlagen. Quälender Lärm, der keinen Ausweg fand, weil die Hitzeglocke über der Stadt ihn gefangenhielt.

»Scheißhitze«, sagte der Dicke. Er schwitzte am ganzen Körper, im Nacken, unter den Achseln, sogar die Fußsohlen schienen zu schwimmen. Der Dünne begnügte sich mit einem kurzen Nicken. Und der Dicke dachte wieder einmal, daß er's nicht leicht hätte mit demjenigen, den sie ihm mitgegeben hatten. Und fand keinen Trost in dem Gedanken, daß das nichts

Neues war. Seit fast vierzig Jahren ging das schon so. Irgendwie waren die Kerle immer ein Problem, damit mußte er sich wohl oder übel abfinden.

Das grüne Männchen über ihren Köpfen leuchtete auf. Der Dicke und der Dünne überquerten die Straße. Der Ampelmast auf der anderen Straßenseite war mit Taubenkot bekleckert, knapp zwei Meter hoch reichten die Werbeposter und Veranstaltungshinweise, die – in drei, vier Lagen übereinandergeklebt – längst vergilbt und eingerissen waren, darüber zwei Straßenschilder und ein Bushalteschild. *Die Totempfähle unserer modernen Gesellschaft. Wann werden sie den ersten davon in einem Museum ausstellen?*

»Dollar...« Eine Frau reckte dem Dicken die Hände hin, die eine offen und hohl gekrümmt, die Finger der anderen um einen schmutzigen handgeschriebenen Zettel gekrallt: »Helfen Sie mir! Meine Kinder haben Hunger!« Er ging weiter. Kinder – das konnte sie sonst jemandem erzählen! Mitte Vierzig, ausgemergelte Beine, die nackten Füße mit offenen Wunden übersät, die Augen wie mit weißem Musselin verhängt, keine Zähne mehr.

»Ich hab mal 'n Buch über Schanghai gelesen«, erzählte der Dicke. »Da wurde beschrieben, wie's vor 'm Zweiten Weltkrieg zugegangen ist. Hast du gewußt, daß Betteln dort 'n richtiger Beruf gewesen ist?« Der Dünne sah starr geradeaus, gab keine Antwort. »Der springende Punkt ist, daß du auf die ganz normale Tour nicht einen lausigen Penny gekriegt hast. Mußtest dir schon was Besonderes ausdenken. Tja, da haben sie dann Kindern die Augen ausgebrannt oder mit 'm Hammer die Arme zerschmettert. Die konnten gar nicht erbärmlich genug aussehen, verstehst du? Weil nämlich, wenn sie die nicht so zugerichtet hätten, daß jeder Mitleid hat, hätten die keine Chance gehabt. Die ganze beschissene Stadt war ja voll mit Bettlern.«

Der Dünne sah zu ihm hinüber, sagte immer noch nichts.

»Und wir sind auch bald soweit. Wer läßt denn noch was springen, wenn an jeder Straßenecke einer steht und die Hand aufhält?« Der Dicke drehte sich um, warf einen Blick zurück auf die Frau.

»Dollar«, hörte er sie betteln, »Dollar…«

Der Dicke machte sich Sorgen. Er ahnte, was dem Dünnen durch den Kopf ging. O Mann, wie der vor sich hinstierte, Angst im Blick, und in sich hinein grübelte…

Der Dicke hielt eine lange, flache Pappschachtel in der Hand. Nicht sonderlich schwer, aber ziemlich sperrig. Er blieb einen Schritt zurück, versuchte, ob er besser zurechtkäme, wenn er sich die Schachtel unter den Arm klemmte.

»Von mir aus…«, begann er, brach aber nach den ersten Worten ab und ließ den Rest im Ungewissen hängen.

Er griff hoch, wollte sich im Gesicht kratzen. Verdammt, ging nicht. Wegen der dünnen fleischfarbenen Chirurgenhandschuhe, die er übergestreift hatte. Na gut, dann eben nicht.

Das Apartmenthaus tauchte auf, drüben auf der anderen Straßenseite, gegenüber dem Steakhaus. Der Dicke fischte mit der freien Hand den Schlüssel aus der Tasche.

»Ich kann's nicht tun«, sagte der Dünne.

»Wir müssen's tun, Gott im Himmel! Wenn nicht, können wir unser Testament machen, jeder von uns.«

»Hör zu, ich…«

»Ruhig, erst mal weg von der Straße.«

Sie betraten das Haus, der Dicke drückte die Tür hinter sich zu. Eine gelbe 60-Watt-Birne warf schummeriges Licht auf das Entree und den Flur. Die Treppe befand sich gleich vorn rechts, der Dicke setzte den Fuß auf die erste Stufe. Der Dünne blieb zögernd stehen, drehte sich zur Haustür um und gab sich schließlich, weil der Dicke einfach weiterging, einen Ruck und folgte.

Im ersten Stock wandte sich der Dicke nach rechts, ging auf eine Apartmenttür zu und schloß sie auf. Halbdunkel, nur durch die Lamellen der Jalousetten drang gelblicher Lichtschimmer. Es roch nach abgestandener Luft, Kaffeesatz und vertrockneten Pflanzen. Die Besitzer des Apartments waren verreist. Erst Rom, um den Papst zu sehen, dann weiter ins Heilige Land. Im Juli! Da brannte es denen doch glatt das Hirn weg! Wenn sie eines hatten. Was wenig wahrscheinlich war bei jemandem, der ausgerechnet im Juli ins Heilige Land reist.

Der Dünne warf hinter sich die Tür ins Schloß. »Hör zu...«

»Wenn du's nicht tun willst, warum bist du dann überhaupt mitgekommen?«

»Dir zuliebe. Obwohl du's warst, der uns die Sache eingebrockt hat. Aber ich will nicht, daß du Ärger kriegst.«

»Ach Gottchen, nee...« Der Dicke ging kopfschüttelnd zum Fenster, zog eine der Jalousetten hoch und sagte unwirsch: »Na los, schnapp dir das Gewehr.«

»Nein, ich sag doch, daß ich...«

»Okay, dann mach ich's selber«, blaffte der Dicke ihn ärgerlich an. »Himmelarsch, wenn's so ist, kannst du genausogut die Kurve kratzen. Na los, verschwinde!« Der Dicke war dreiundzwanzig Jahre und zwei Tage älter als der Dünne. Das Gesicht vernarbt und verwüstet. Einer, der ein Leben auf der Straße hinter sich hatte. Er griff nach der Pappschachtel. »Los, hau schon ab!«

Der Dünne zögerte. Starrte zu ihm herüber.

Die Schachtel war einen Meter fünfzig lang und achtzig Zentimeter breit, aber nicht mehr als zwanzig Zentimeter tief. Die Verpackung für einen Spiegel, hätte man denken können, oder für ein schmales Bild. Tatsächlich lag ein Colt Army-Rifle-15 darin, mit aufgeschraubtem Mündungsfeuerdämpfer, zwanzigschüssigem Magazin, Zielfernrohr und lasergesteuertem Entfernungsmesser. Ursprünglich eine halbautomatische Waffe. Ein Mechaniker in Providence hatte daran herumgebastelt, jetzt konnte man von Einzel- auf Dauerfeuer umstellen.

Der Dicke hatte einen Nachmittag lang damit geübt. Auf Milchkannen aus Plastik, jede mit knapp einer Gallone Fassungsvermögen, so daß das Ziel der Größe nach ungefähr einem Brustkorb entsprach. Die ideale Simulation.

Er schnitt mit dem Taschenmesser den Bindfaden auf, streifte ihn ab, öffnete den Karton und nahm das Gewehr aus der Schaumgummiverpackung. Die Zielfernrohre waren heute nicht mehr so zuverlässig wie in den guten alten Zeiten, aber was sollte man machen? Das volle Magazin lag neben der Waffe, der Dicke hatte jede einzelne Patrone sorgfältig abgewischt. Mit denselben dünnen Handschuhen, die er auch trug, als er das Magazin in die Halterung drückte. Keine Fingerabdrücke, ein eisernes Gesetz.

»Bring die Couch her«, sagte er, »mach schnell.«

»Nein. Er ist... Ich meine, wenn's kein Cop wäre...«

»Was ist auf einmal mit dir los? Du hast doch bis jetzt nie Skrupel gehabt?«

»Die anderen waren Dreckskerle. Aber der hier... Er hat doch keinem was getan. Und er ist ein Cop.«

»Er ist ein gottverdammter Computerarsch. Eine Wanze, die eine Menge gute Jungens in den Knast gebracht hat. Und nur, weil sie getan haben, was getan werden mußte. Hast du dir eigentlich schon mal klargemacht, was uns blüht, wenn wir auffliegen? Was mich betrifft, ich halt's da drin nicht eine Woche aus. Wenn sie kommen und mich holen wollen, schieb ich mir 'ne gottverdammte Pistole in den Mund und drück ab, das kann ich dir schriftlich geben. Ich denk gar nicht dran, mich hinter Gitter...«

»Großer Gott!«

Der Dicke stand am Fenster, einen Schritt weit zurück im Zimmer, und richtete das Zielfernrohr auf das Restaurant gegenüber. An der Türverglasung klebte das Visa-Emblem, direkt unter dem Schriftzug mit dem Namen der Steakhaus-Kette und dem Firmenlogo. Der Titelsong aus einer alten Fernsehserie ging ihm durch den Kopf: *Eine Waffe und die Weite – auf diese Karte setzt ein echter Kerl…*

Er richtete das Zielfernrohr auf das Visa-Zeichen, schaltete mit einem Daumendruck den Entfernungsmesser ein, der rote Laserpunkt hüpfte ins Zentrum des Fadenkreuzes.

»Der Kerl ist doch der letzte Dreck«, knurrte er vor sich hin. Sein Kopf, vierkantig wie ein Benzinkanister, fing unmotiviert zu rucken an. Die lächerlich kleinen Ohren schienen irgendwie nicht zu diesem mächtigen Schädel zu gehören, sie sahen eher aus wie angeklebte Dörrobstscheiben.

»He!« Der Dünne deutete auf die Straße. Der Dicke fuhr herum. Drüben auf der anderen Seite wurde die Tür des Restaurants aufgestoßen.

»Stop!« haspelte der Dünne. »Der Falsche.«

»Seh ich selber«, raunzte der Dicke.

Der Kerl stand vor dem Steakhaus, weißes Tennishemd, weiße Hose, weiße Schuhe, und pulte in den Zähnen. Der Zahnstocher war wie ein kleines Schwert geformt. Das Firmenlogo, der Dicke wußte Bescheid, gestern abend hatte er sich zusammen mit dem Dünnen in dem Lokal umgesehen. Und dabei auch erfahren, wann derjenige, auf den sie es abgesehen hatten, üblicherweise kam: Freitag abend, wenn sie das Special im Angebot hatten, New York Strip mit Folienkartoffel und Sauerrahm, dazu ein Krug Faßbier.

Der Weißgekleidete schlenderte die Straße hinunter. »Verdammte Schwuchtel«, murmelte der Dicke hinter ihm her und schwenkte den Lauf wieder zurück auf das Visa-Zeichen.

Bekker seufzte.

Vorbei, alles erledigt.

Er drehte sich um, Corteses Leichnam hatte nichts Faszinierendes mehr für ihn. Er spürte die Spannung bis in die letzten Fasern seines Gehirns. Scharf und gefährlich. Hastig klopfte er die Hemdtaschen ab. Nichts. Von jäher Angst befallen, stürmte er in den Flur. Gott sei Dank. Auf der Ablage der schäbigen Garderobe, unter dem Spiegel, lagen seine Pillen, zwar kaum noch eine Handvoll, aber fürs erste genügte es. Er griff danach, tänzelte unruhig und stopfte sich zwei, drei von den bunten Dingern in den Mund. Ein Genuß, der scharfe, bittere Geschmack beim ersten Biß, höllisch gut. Aber... Er drehte sich zur Garderobe um. Höllisch gut, aber höllisch wenig. Morgen würde er noch damit auskommen, länger nicht. Er mußte sich etwas einfallen lassen.

Er ging ins Arbeitszimmer, schaltete drei Monitore aus, das flimmernde Grün ertrank in stumpfem Schwarz. Die Schirme hatten ohnehin nur noch gerade, horizontale Linien angezeigt. Corteses Leiche würdigte er auch jetzt keines Blickes. Abfall, den er so schnell wie möglich loswerden mußte.

Vorher, bevor der Tod eingetreten war...

Der Automat spuckte einen Springball aus. Becker erstarrte, sein Verstand klinkte sich aus, die Gedanken drifteten ins Leere.

Louis Cortese – dunkelhaarig, einszweiundachtzig groß, zweiundachtzig Kilo schwer, siebenunddreißig Jahre – alles penibel in Bekkers Notizbuch vermerkt. Elektroingenieur, Examen an der Purdue University. In der Anfangsphase – das war, als Cortese sich noch nicht mit dem Gedanken abgefunden hatte, daß er sterben müsse, sondern dauernd versucht hatte, sich durch plappernde Geschwätzigkeit und kriecherisches Getue lieb Kind zu machen –, damals, in der ersten Phase, vor der Operation der Augenlider, hatte er Bekker erzählt, er sei ein Fisch. Eine Information, die Bekker nichts sagte, uninteressant für ihn war.

Corteses Leiche lag auf einer verchromten Arbeitsplatte. Bekker hatte sie in einem Spezialgeschäft für Restaurantbedarf erstanden, drüben in Queens, für sechshundertfünfzig Dollar. Die Platte war auf einem ausrangierten Bibliothekstisch verankert, Bekker hatte ein Stück von den Tischbeinen absägen müssen, damit das Ganze die richtige Arbeitshöhe bekam. Der Balkenstrahler an der Decke mit den drei Spotlichtern warf kaltes, gleißendes Licht auf den Operationstisch.

Der Umstand, daß er seine Forschungen am lebenden Objekt betrieb, erforderte einige zusätzliche Maßnahmen. Er hatte Eisenringe am Tisch festgeschraubt, Corteses rechtes Handgelenk mit braunem Nylonseil an einen Ring gefesselt, das Seil schräg nach oben gezogen, über Corteses Schulter, durch einen Eisenring unter dem Nacken des Objekts geschlungen, über die rechte Schulter zurückgeführt und auf der linken Seite des Arbeitstisches festgezurrt. Eine äußerst wirkungsvolle Fesselung, Cortese lag wie in einem Nelsongriff, dessen Wirkung durch die Fesseln um die Taille, an den Knien und an den Fußgelenken verstärkt wurde.

Der linke Unterarm, in dem der Katheter für die Kreislaufkontrolle steckte, wurde zusätzlich durch Klebeband flach auf der Arbeitsplatte gehalten; es war sehr wichtig, daß der Arm völlig ruhig lag. Zwischen Corteses Zähnen steckte ein Knebel aus Hartgummi, der die Kiefer weit gespreizt hielt und die Atemwege blockierte, aber das Forschungsobjekt konnte ja durch die Nase atmen. Jedenfalls bestand auf diese Weise keine Gefahr, daß Cortese laut zu schreien anfing. Ein paarmal hatte er es versucht, mehr als ein dumpfes Wimmern war nicht daraus geworden. Meistens hatte er sowieso nur still dagelegen.

Am oberen Tischende waren die Monitore installiert. Das Rack hatte Becker in einem Discountladen erstanden, wo es allerdings unter irgendeiner pompösen Bezeichnung angeboten worden war, Super-Entertainment-Heimstudio – oder so ähnlich. Für das Herz der Anlage, die Monitore und deren Zubehör, waren natürlich nur Geräte aus dem Fachhandel in Frage gekommen. Er konnte die Körpertemperatur, den Kreislauf, den Herzschlag und die Hirnströme überwachen. Den fünften Monitor für neuro-intrakranielle Lokalisierungen hatte er bis jetzt noch nicht benutzt.

Auch sonst war der Raum gut ausgestattet, Bekker hatte viel Zeit investiert und eine Woche lang gearbeitet, schalldämpfende Platten an den Wänden und an der Decke angebracht und in dezentem Altweiß gestrichen, den Teppichboden geklebt, ein schönes Königsblau, die verchromten Stahlmöbel aufgestellt und alles sorgfältig mit Desinfektionslösung abgewaschen. Die Monitore zu beschaffen, war am schwierigsten gewesen. Ein gewisser Whitechurch aus dem Bellevue hatte sie ihm schließlich besorgt – für zweitausend in bar. Die Geräte hatten gerade in der Werkstatt gestanden, generalüberholt und wieder tadellos in Ordnung.

Er seufzte tief.

Eine Information auf einem der Monitore... Was ist denn? Wenn es ihm nur nicht so schwergefallen wäre, sich zu konzentrieren...

Die Körpertemperatur. Vierundachtzig Grad Fahrenheit.

*Vierundachtzig?*

Das konnte doch nicht stimmen? Er schielte nach der Digitalanzeige der Uhr. Neun-null-sieben...

O Gott, er war schon wieder weggewesen.

Verwirrt rieb er sich den Nacken. Manchmal driftete er einfach weg, mitunter eine Stunde lang. In den kritischen Minuten, während er mit äußerster Konzentration arbeitete, passierte ihm das zum Glück nicht. Trotzdem, er mußte darauf achten. Immer dieses laute Seufzen, wenn er zurückkam...

Er ging zu den beiden Aufnahmegeräten. Stellte fest, daß die Bandanzeige nicht übereinstimmte, der eine Recorder zeigte 504 an, der andere 509. Er spulte beide Bänder auf 200 zurück und drückte die Wiedergabetaste des einen Gerätes.

*...nur geringfügige Reaktion nach unmittelbarer Stimulation, gemessener Ausschlag lediglich ein Millimeter...*

Seine eigene Stimme, heiser vor Erregung. Er schaltete den Recorder aus, drückte die Wiedergabetaste des anderen.

*...Irisreflex äußerst schwach, unmittelbar nach der Reizeinwirkung starkes Abfallen der Anzeige auf dem Monitor Zwei...*

Bekker seufzte, riß sich zusammen, warf – aus Sorge, er sei schon wieder weggewesen – rasch einen Blick auf die Uhr. Nein, alles in Ordnung, neun-null-neun. Er mußte aufräumen, den Leichnam wegschaffen, den Film aus der Kamera nehmen. Und er durfte auch nicht vergessen, sich zu notieren, was ihm zur Auswahl der Studienobjekte durch den Kopf gegangen war. Eine Menge Arbeit. Aber die mußte warten. Er konnte jetzt einfach nicht. Das PCP wirkte noch nicht. Er lauschte in sich hinein: heitere Gelassenheit. Das typische Gefühl nach einer Phase erfolgreicher, zufriedenstellender Arbeit...

Ein Seufzen.

Er schielte auf die Digitalanzeige, spürte, wie ihn erneut die Angst befiel. Neun-zwo-fünf. Neun Uhr fünfundzwanzig? Großer Gott, er war irgendwo weit fort gewesen. Mitten in der Bewegung erstarrt, die Knie schmerzten ihm davon. Das passierte zu oft. Er brauchte mehr Medikamente. Kokain von der Straßenecke – gut und schön, aber das Zeug wirkte nicht präzise genug.

Und plötzlich: *Ding.*

Er drehte sich um. Der schrille Ton kam von hinten. Hörte sich fast an wie eine Klingel. Das übliche Signal, wenn die alte Frau da oben den Knopf drückte.

*Ding.*

Bekker runzelte die Stirn, stellte sich vor die Wechselsprechanlage, räusperte sich und drückte die Sprechtaste.

»Mrs. Lacey?«

»Meine Hände tun so weh.« Aufgeregt, schrill, brüchig. Alt. Sie war dreiundachtzig, schwerhörig, auf einem Auge fast blind. Die Arthritis machte ihr zu schaffen, und es wurde immer schlimmer. »Entsetzlich weh.«

»Ich bringe Ihnen eine Tablette hoch. Bin gleich da«, sagte er. »Aber, Mrs. Lacey... Es sind nur noch drei da. Ich werde wohl morgen zusehen müssen, daß ich irgendwo...«

»Wieviel?« krächzte sie dazwischen.

»Dreihundert Dollar.«

»Ach du meine Güte!« Sie klang erschüttert, die Stimme brach ihr fast.

»Das ist nicht so einfach heutzutage, Mrs. Lacey.«

Ja, ja, das wußte sie. Seit drei Jahrzehnten hatte sie sich daran gewöhnt, daß die Kerle auf der Straße immer mehr verlangten. Aber legal gab's das Zeug ja nicht zu kaufen. Weder Morphium noch Marihuana.

»Pflegekraft mit Wohnrecht« nannte die alte Frau den Job, den sie ihm angeboten hatte. Eine nicht ganz zutreffende Bezeichnung, denn strenggenommen war sie kein Pflegefall. Er verstand seine Aufgabe anders. Gleich in den ersten Tagen hatte er Edith Lacey auf einen Artikel über Bankzusammenbrüche im Wall Street Journal hingewiesen. Sie war zu Tode erschrocken. Ihre Sozialversicherung, die ungefähr vierhunderttausend Dollar Erspartes, das Haus – alles schien auf einmal gefährdet, wenn man sich nicht mal mehr auf die Banken verlassen konnte...

Plötzlich hatte sie angefangen, überall Zeichen unverschuldeter Not zu sehen, an jeder Straßenecke, bei jeder alten Frau, die ihr Einkaufswägelchen hinter sich herzog. Und sie hatte sogar behauptet, die eine oder andere zu kennen. »Die da drüben, die hat einen Lebensmittelladen drüben in Greenwich gehabt...« Er glaubte ihr kein Wort. Sie schaute sich einfach um und erfand Geschichten, die zu ihren Existenzängsten paßten.

Er hatte ihr vorgeschlagen, ihr Barvermögen auf drei oder vier voneinander unabhängige Banken zu verteilen, weil bei diesem Verfahren das Risiko durch die Kontrollmechanismen der Bundesbank erheblich reduziert wurde. Und hatte – Besorgnis und einen beschwörenden Unterton in der Stimme – gemurmelt: »Heutzutage, in diesen unsicheren Zeiten...«

Sie hatte das Ganze mit ihrer zur Zeit einzigen Freundin besprochen, und Bridget Land hielt, obwohl sie Bekker eigentlich nicht leiden konnte, den Vorschlag für eine gute Idee und hatte sich erboten, mit zur Bank zu kommen. »Damit auch alles seine Ordnung hat.« Was ihrem raschen Seitenblick nach offensichtlich eine Spitze gegen Bekker sein sollte, obwohl sie schnell hinzugefügt hatte: »Seitens der Bank, meine ich.«

Die beiden alten Frauen hatten, mißtrauisch wie Bruthennen, den Transfer an einem Tag abgewickelt. Jede hatte einen der beiden Schecks in Verwahrung genommen, Bridget Land in einer zuknöpfbaren Tasche im Innenfutter ihres Blazers, Edith Lacey unter der Bluse.

Sie waren so auf die Schecks fixiert gewesen, daß sie Bekker gar keine Beachtung schenkten und daher auch nichts von der kleinen Manipulation merkten, als er sich Edith Laceys Kontoauszüge geben ließ und die Routinefrage, ob für das Konto auch eine Bankkarte zur Barauszahlung am Geldautomaten gewünscht werde, mit ja beantwortet. Der Rest war einfach. Er fing eine Woche lang die Post für Edith Lacey ab, und so kamen die Karten für den Geldautomaten, jede mit einem Tageslimit von fünfhundert Dollar, in seinen Besitz. Innerhalb eines Monats ließ er die Automaten der vier Banken zwanzigtausend Dollar ausspucken.

»Bringen Sie Obst mit«, hörte er sie durch den Lautsprecher krächzen.

»Gut, ich halte auf dem Rückweg bei McGuires.«

»Aprikosen.«

»Ja.« Er wollte schon gehen.

»Aber diesmal müssen es wirklich Aprikosen sein.«

»Ja«, sagte er gereizt.

»Letztes Mal haben Sie keine mitgebracht.«

Er spürte plötzlich den Drang, nach oben zu gehen und ihr die Kehle zuzudrücken. Ein ganz anderer Drang, als der, der ihn dazu getrieben hatte, Louis Cortese in sein Arbeitszimmer zu schleppen, eine eher normale, menschliche Regung. Mühsam unterdrückte er seine Wut. »Das tut mir unendlich leid, Mrs. Lacey. Und ich werde mein möglichstes tun, auch die Pillen für Sie zu bekommen.«

So, daran hatte die Alte eine Weile zu knabbern.

Als er sich umdrehte, sah er hinten im Arbeitszimmer den Toten liegen und dachte: Warum nicht jetzt gleich? Aus der Küche holte er eine Rolle schwarzes Polyäthylen, wie man es gewöhnlich als Abdeckfolie bei Malerarbeiten verwendet. Er rollte es neben dem Seziertisch aus, schnitt mit dem Skalpell die richtige Länge ab und zog die Kunststoffplane breit auseinander. Dann machte er die Fesseln des Leichnams los, zog den Katheter aus dem Arm und prüfte mit einem letzten Blick die Körpertemperatur. Aha, schon erheblich gesunken. Tote kühlen schnell aus.

Mit einer Leiche zu hantieren, ist, wie er aus langjähriger Erfahrung wußte, ziemlich umständlich. Er entschied sich für die einfachste Methode, ging um den Tisch herum und schob die Leiche auf die ausgerollte Folie. Das Fleisch schlug mit dumpfem Klatschen auf, ein typisches Schlachthausgeräusch. Er lief wieder zurück, schlug das obere und das untere Folienende ein, zurrte die Längsseiten fest und verschnürte das Bündel mit einer Wäscheleine. Um die Taille wickelte er sie doppelt, so daß er eine Art Tragegriff hatte. Er schleppte das Bündel durchs Wohnzimmer, die Stufen hinauf, die in den kleinen Abstellraum an der Hofseite führte. Mit der Tür zum Hof hatte er einige Schwierigkeiten. Leichen sind nun mal eine sperrige, unhandliche Last, auch wenn man nicht besonders behutsam mit ihnen umgehen muß.

Cortese war ein stämmiger Bursche gewesen. Er mußte darauf achten, daß er das nächste Mal einen erwischte, der nicht so kräftig gebaut war.

Den Hof konnte man von der Straße aus nicht einsehen, der angebaute Parkplatz versperrte die Sicht. Bekker öffnete – bei vorgelegter Kette – die Tür einen Spalt weit und warf einen Blick nach draußen. Noch nicht lange her, daß ein paar Stadtstreicher unter dem Anbau übernachtet hatten. Aber heute stand nur der Volkswagen dort. Keine Herumtreiber. Er schleifte das Bündel in den Hof und hatte Mühe, die verschnürte Leiche auf dem Beifahrersitz zu verstauen. Als er es geschafft hatte, ging er um den Parkplatz herum, um zu sehen, ob auf der Straße alles in Ordnung war. Ja, alles ruhig und friedlich. Er huschte zurück ins Haus, verriegelte die Tür und eilte die Stufen zum Wohnteil des kleinen Erdgeschoßapartments hinunter.

Er duschte, rasierte sich, zog sich an und widmete sich mit äußerster Sorgfalt dem zeitaufwendigsten Teil seiner Vorbereitungen – dem Make-up. Die Grundtönung, dick aufgetragen, verdeckte sämtliche Narben und Schrunden, aber der Übergang zu den unverletzten Hautpartien oberhalb der Wangenknochen verlangte viel Fingerspitzengefühl, damit der Unterschied nicht gleich beim ersten Blick bemerkt wurde. Eine halbe Stunde arbeitete er daran, und als er fertig war, läutete Mrs. Lacey wieder.

»Was ist?« *Alte Spinatwachtel.*

»Meine Hände«, jammerte sie.

»Ja, ich war gerade im Begriff zu kommen«, sagte er. Und dachte, daß er sie vielleicht wirklich umbringen sollte. Eine reizvolle Idee. Aber dann hätte er der anderen, dieser Bridget Land, erklären müssen, wieso die Alte auf einmal verschwunden war. Es sei denn, er würde die Land auch gleich erledigen. Was aber unter Umständen eine Menge unlösbarer Probleme aufwarf. Hatte die Land noch andere Freunde? Und wußten die womöglich, daß sie mitunter Edith Lacey besuchte? Am Ende tauchte eine ganze Rentnergruppe hier auf, um nach dem Rechten zu sehen.

Reizvoll, aber gefährlich. Er brachte sie besser nicht um, weder die eine noch die andere. Jedenfalls noch nicht. Die Lacey war für ihn eine perfekte Tarnung, und was die Land betraf, die ging ihm manchmal ganz schön auf die Nerven, mehr aber nicht.

Bekker schüttete sich im Arbeitszimmer aus dem Pillenfläschchen eine Tablette in die hohle Hand, trat ins Treppenhaus und tastete nach dem Lichtschalter. Die Treppe führte zur Hofseite im ersten Stockwerk, in Gegenrichtung weiter in den zweiten und, wieder nach hinten, in den dritten Stock.

Der erste Stock, in dem früher die Ladenräume für Klempnereibedarf gewesen waren, stand seit Jahren leer. Die Alte hauste – zusammen mit ihren beiden Katzen – im zweiten Stock und kam, seit ihr Mann tot war, so gut wie nie aus ihrem Bau. Das Dachgeschoß, früher Teil der Wohnung, stand wie der erste Stock leer.

Das ganze Treppenhaus stank nach gekochten Karotten, Marihuana und Katzenpisse. Bekker haßte die Katzen. Sie schienen genau über ihn Bescheid zu wissen, verkrochen sich, wenn er kam, und beobachteten ihn lauernd aus Glitzeraugen, während die Alte gewöhnlich, einen Schal um die Schultern geschlungen, im Lehnstuhl vor dem Fernseher saß.

Bekker kam im zweiten Stock an, der Marihuanagestank mischte sich mit dem sauren Karottendunst. »Mrs. Lacey?«

»Hier!« rief sie.

Eine schmächtige Gestalt. Dicke Brillengläser vor den hellblauen wäßrigen Augen. Das graue Haar, schmutzig fett, klebte ihr fast am Kopf. Ihre Nase sah aus wie ein runder Knopf, die Lippen waren winzig und genauso rundlich. Heute hatte sie sich in einen Hausmantel gehüllt, einen der vier, die sie besaß, alle in verschiedenen Pastellfarben. Sie saß wie immer im Lehnstuhl und starrte in den Fernseher. Bekker ging in die Küche, ließ Wasser in ein Glas laufen und brachte es ihr zusammen mit einer Pille. Die Katze, die unter dem Lehnstuhl gelegen hatte, ergriff fauchend die Flucht, verschwand im Nebenzimmer, steckte aber gleich darauf den Kopf durch die Tür und belauerte Bekker aus schmalen Augenschlitzen. Ein Blick voll grausamer Mordlust.

»So, das wird Ihnen helfen. Morgen besorge ich Nachschub.«

»Danke.« Sie schluckte die Pille, trank gierig das Wasserglas leer.

»Haben Sie Ihre Pfeife und das Feuerzeug?«

»Ja, hab ich.«

»Und noch genug Tee?«

»Ja, danke, sehr freundlich.« Sie lachte gackernd. Auf ihren Tee wollte sie um keinen Preis verzichten, sie verband damit wehmütig schöne Erinnerungen an die Jahre um die Lebensmitte. Oder, wie sie es nannte: ihre Jahre im Milieu der Bohemiens.

»Ich bin jetzt eine Weile weg«, ließ er sie wissen.

»Geben Sie gut auf sich acht«, sagte sie, »so spät ist es da draußen nicht ungefährlich.«

Er ließ sie allein, ging nach unten, sah sich noch einmal auf dem Hof um – weit und breit niemand.

Nach vorn führte das Haus auf die Greene Street. Die Nachbargrundstücke erstreckten sich bis zur Mercer, aber Edith Laceys Anwesen hatte nur die halbe Tiefe, dahinter lag ein verwildertes, von Unkraut und Gebüsch überwuchertes, mit Maschendraht eingezäuntes Stück unbebautes Land. Vor Bekkers Einzug hatten sich dort Herumtreiber und Randalierer breitgemacht, Löcher in den Zaun geschnitten und sogar das Hoftor aufgebrochen. Er hatte, vor allem aus Sorge um den Volkswagen, das Torschloß erneuern und den Zaun reparieren und mit einer Rolle Stacheldraht sichern lassen.

Während er den Wagen aus dem Hof lenkte, einmal ausstieg, um das Tor zu öffnen, zum zweitenmal, um es hinter sich zu verschließen, dachte er: New York – Lärm, Gestank, Stacheldraht, verriegelte Türen und verrammelte Fenster...

Der Dicke – am Fenster, die M-15 im Anschlag – rief plötzlich: »Achtung, die Tür!«

Unten auf der Straße zockelte ein Volkswagen vorbei, einer von der alten Sorte, ein Käfer. Aber auf den achtete der Dicke kaum. Seine Aufmerksamkeit galt dem Mann, der drüben aus dem Restaurant gekommen war, auf dem Bürgersteig stand und sich umsah. Schmale Schultern, schütteres, ein wenig verstrubbeltes Haar, Goldrandbrille, kurzärmeliges Hemd, Jeans, die ein paar Zentimeter zu lang waren. Der Kerl grinste vor sich hin, bewegte die Lippen, führte anscheinend Selbstgespräche.

»Ja«, murmelte der Dicke und krümmte langsam den Zeigefinger.

Der Dünne kam zögernd aufs Fenster zu. »Nein...«

Aber da leuchtete schon der rote Punkt auf, mitten auf dem Brustkorb der Zielperson. Ein Wimpernschlag Frist, ein Atemzug Bedenkzeit. Der Rückstoß der Waffe war verblüffend stark. Was den Dünnen am meisten überraschte, war der grelle Mündungsblitz, trotz des aufgeschraubten Dämpfers.

Der Mann auf der anderen Straßenseite schien zum Sprung nach hinten anzusetzen, dann zuckte sein Körper wie in einem wilden Veitstanz. Ein paar Sekunden lang hüpfte der Mann da unten, und während er tanzte und sich verrenkte, peitschten in schneller Folge die Schüsse: sechs, acht, zwölf – mehr als das halbe Magazin. Der Dicke schaltete auf Dauerfeuer um, jagte den Rest der Munition in einem einzigen Feuerstoß durch den Lauf. Der Mann mit der Goldrandbrille lag rücklings auf dem Bürgersteig, die Projektile zerrissen ihm den Kopf.

Der Dünne stand stumm am Fenster, starrte nach unten.

»Los!« rief der Dicke und ließ die Waffe fallen. »Denk an die Hände!«

Und so rannten sie – mit den Händen in den fleischfarbenen Handschuhen das Gesicht verdeckend – durch die Hintertür in den Flur, die Treppe hinunter und auf die schmale Gasse, die sich zwischen die hohen Häuserfronten zwängte. Sie wandten sich nach links, weg von der Straße, auf der der Tote lag.

»Geh langsam«, sagte der Dicke, als sie die Parallelstraße erreichten.

Aber der Dünne hatte seine Augen schon ganz woanders. »Guck mal da!«

Ein Volkswagen kam die Straße herauf, ein Käfer. Die Scheinwerfer tasteten sich näher, als suchten sie mit bleichen Lichtfingern die hinter den Handschuhen verborgenen Gesichter der beiden Männer. Derselbe Wagen, den der Dicke vorhin schon gesehen hatte, kurz bevor die Schüsse gefallen waren.

Bekker war innerlich auf dem Sprung, saß verkrampft hinter dem Lenkrad, nach vorn gebeugt, verfolgte jede Bewegung auf der Straße, war jeden Augenblick darauf gefaßt, irgendwo Cops auftauchen zu sehen. Man kann nicht vorsichtig genug sein, wenn man eine Leiche im Wagen liegen hat. Er hatte zwar eine .38er Special dabei, eine doppelläufige Derringer, aber die Vernunft sagte ihm: Wenn es so weit käme, daß er danach greifen mußte, war wahrscheinlich alles zu spät.

Nun, bis jetzt war ja alles glatt gelaufen.

Bei Nacht waren SoHos Straßen verlassen. Trotzdem, je weiter er sich aus seiner vertrauten Umgebung entfernte, desto mehr mußte er auf der Hut sein. Bloß nicht neben einem Campingmobil oder einem Lastwagen herfahren – irgendeinem hochbordigen Fahrzeug, von dessen Führersitz der Fahrer den Innenraum des Volkswagens überblicken konnte. Obwohl, viel hätte er vermutlich nicht gesehen. Die Leiche sah in der schwarzen Kunststoffumhüllung wie eine riesige Schmetterlingslarve aus, konturenlos. Eine Raupe... Paßte doch irgendwie zu einem Käfer, oder?

Lautloses Lachen schüttelte ihn sekundenlang, ebbte aber schnell unter dem Druck der Anspannung ab. Er mußte sich innerlich befreien.

»Gottverdammte Scheiße«, fluchte er laut vor sich hin.

Was er jetzt brauchte, war eine Mauer, eine Einfriedung,

möglichst mit einer Lücke oder einem Durchbruch – und das Ganze irgendwo, wo er den Toten unbemerkt ausladen konnte. Es gab eine Menge dabei zu beachten. Er mußte sich eine Gegend aussuchen, die weit genug von SoHo entfernt lag. Andererseits wollte er die Leiche auch nicht stundenlang durch die Gegend kutschieren, das war zu riskant.

Er fuhr am Manhattan Caballero vorbei, einem Steakhaus, dessen schmalbrüstige Fenster vollgehängt waren mit Reklameschildern berühmter Biermarken. Die Tür des Restaurants wurde aufgestoßen, im Lichtschein, der nach draußen fiel, nahm Bekker aus den Augenwinkeln eine schlanke Gestalt wahr.

Und dann das Gewehrfeuer wie zerplatzendes Popcorn. Er starrte in den Rückspiegel, sah das Mündungsfeuer aufblitzen. Er wußte sofort Bescheid, die zuckenden Blitze und das Popcorngewitter – das kannte er aus Vietnam. Neben ihm auf dem Bürgersteig brach der Mann zusammen, der gerade aus dem Lokal gekommen war.

»Gottverdammte Scheiße!«

Er schrie vor Wut, schrie mit weit aufgerissenem Mund und gebleckten Zähnen. Ausgerechnet jetzt! Er hatte doch wirklich nichts damit zu tun, und trotzdem konnte ihm die Ballerei zum Verhängnis werden. Da brauchten nur ein paar Nachbarn auf die Idee zu kommen, die Kennzeichen vorbeifahrender Wagen zu notieren, seines, zum Beispiel. Er trat das Gaspedal durch und raste auf die nächste Kreuzung zu. Hinter ihm immer noch Schüsse, zwei, drei Sekunden lang. Es kam ihm wie eine Ewigkeit vor, bis er nach links in eine Einbahnstraße abbiegen konnte. Und plötzlich flackerte vor ihm gelbes Licht.

*Was?*

Der Schreck schnürte ihm die Kehle zu. Er trat hart auf die Bremse, vergaß aber zu kuppeln, würgte den Motor ab. Der

Wagen bockte wie ein störrischer Esel, das Bündel mit der Leiche kippte zu ihm herüber. Er schob mit einer Hand den schwarzen Kokon wieder aufrecht hin, wehrte sich gegen die unsichtbare Faust, die seine Kehle umklammert hielt, rang nach Luft, hämmerte wie ein Besessener mit dem rechten Fuß aufs Gaspedal. Und dann begriff er endlich, was passiert war. Er trat die Kupplung durch, drehte den Zündschlüssel, hörte den Motor anspringen, gab Gas, schaltete in den zweiten Gang.

Noch immer halbbenommen, riß er die Lenkung nach links, wollte wenden. Erst im letzten Augenblick sah er, daß das flakkernde gelbe Licht von den Warnleuchten einer Baustelle kam. Er hätte sich das Wendemanöver sparen können. Aber nun hatte er den Wagen gedreht. Also – Gas und los, gegen die Einbahnstraße.

Er war schon fast an der Einmündung, als er die beiden Gestalten entdeckte, die aus einer Seitengasse kamen. Das Scheinwerferlicht huschte über sie hinweg, er sah gerade noch, daß beide sich die Hände vors Gesicht hielten. Trotzdem konnten sie sein Kennzeichen gelesen haben...

Hatten sie, oder hatten sie nicht? Schwer zu sagen. Er versuchte sie im Rückspiegel auszumachen, aber die Dunkelheit hatte sie bereits verschluckt.

Er kämpfte gegen seine Angst an. Beide Kennzeichen, vorn und hinten, waren alt und schmutzig.

Nur, das Gewehrfeuer...?

Er mußte nachdenken. Gott im Himmel, ohne Hilfe stand er das nicht durch. Er tastete nach der Streichholzschachtel. Nein, das war jetzt nicht das richtige. Er brauchte Speed. Etwas zum Aufputschen, irgend etwas, was ihm dabei half, seine Gedanken zu ordnen.

Polizeisirenen.

Irgendwo hinter ihm. Er hatte die Orientierung verloren,

wußte nicht mehr genau, wo er war. Bog links ab, kam an eine größere Kreuzung. Schielte zum Straßenschild. *Broadway*... Und geradeaus? Er ließ den Wagen ein Stück vorrollen. *Bleeker.* Aha, okay, die Bleeker hinunter.

Er mußte die Leiche loswerden. Ein dunkler Häuserblock aus rotem Backstein, tiefe, dunkle Hauseingänge. Aber keine Chance, mit dem Wagen nahe genug heranzukommen. Vierzig Meter – ja, hier. Er lenkte den Wagen in die Parkbucht, stieg aus, sah sich um. Niemand zu sehen. Irgendwo Stimmen, ziemlich laut, aber weit weg. Wahrscheinlich Betrunkene. Er hastete auf die Beifahrerseite, zerrte das Bündel aus dem Wagen, schleifte es in einen der Hauseingänge. Die Wand mit weißer Terrakotta verziert. Ein wirres, faszinierendes Muster. Er stand da und starrte auf die verschlungenen Linien, bis ihm schwindlig wurde.

Wieder eine Polizeisirene. Er schreckte zusammen. Irgendwo hier auf der Bleeker, weiter hinten, die Lichter konnte er noch nicht sehen. Er brach in Schweiß aus, hastete zum Wagen zurück, stieg ein, warf rasch noch einen Blick auf das schwarze Bündel. Louis Corteses sterbliche Überreste. Ein Betrunkener, hätte man denken können. Ein Stadtstreicher, der sich über Nacht im Hausflur verkrochen hatte, die lagen ja hier zu Hunderten herum.

Ein letzter Blick auf das Wandrelief. Verwirrend, aber irgendwie interessant. Er riß sich von dem Anblick los. Zog die Wagentür zu. Und fuhr, tief übers Lenkrad gebeugt, nach Hause.

Der Dicke las die Nummer von einem Zettel ab und tippte sie ins Münztelefon. Er ließ es zweimal durchläuten, hängte ein, wählte noch einmal und hängte nach dem zweiten Läuten wieder ein.

Der Dünne wartete draußen im Wagen, stumm. Der Dicke nickte ihm zu. »Geht alles klar.«

Der Dünne ließ sich viel Zeit, erst nach einer Weile sagte er: »Nein, das glaube ich nicht.«

»Ach was«, versuchte der Dicke ihn zu beruhigen. »Läuft alles prima. Und du hast deine Sache auch gut gemacht.«

Bekker betrat sein Erdgeschoßapartment, zog sich aus, wusch sich das Gesicht, schlüpfte in einen bequemen Freizeitanzug und dachte über den Mord nach, dessen Augenzeuge er geworden war. New York war wirklich ein gefährliches Pflaster, höchste Zeit, daß da mal einer was unternahm...

Er mußte im Arbeitszimmer noch saubermachen. Zehn Minuten werkelte er mit dem Putzlappen, einer Rolle Papierhandtücher und einer Flasche Universalreiniger herum. Als er fertig war, raffte er die benutzten Papierhandtücher zusammen und stopfte sie in den Müllbeutel. Er wollte schon das Licht ausmachen, da fiel ihm die Plastikflasche am Fuß des Operationstisches ein. Er kippte das Blut in den Ausguß. Tiefrot und seltsam zähflüssig.

Er hatte die Hand erneut am Lichtschalter, als er die kleinen Hautlappen sah, die er auf dem Narkosegerät abgelegt hatte. Er hielt sie gegen das Licht. Corteses verschrumpelte Augenlider, hauchdünn, mit langen Wimpern... Sahen sie nicht aus wie tote, von der Sonne ausgedorrte Spinnen? Interessant. So hatte er Augenlider noch nie gesehen, losgelöst, abgeschnitten... Abgeschnitten wie Corteses Lebensfaden.

Lautloses Lachen schüttelte ihn. Er starrte sein Spiegelbild in der Schranktür an und sah, wie sein Bauch vor Vergnügen hüpfte. Vier Hautlappen, so winzig klein und so faszinierend...

# 4

Lucas Davenport lag auf dem Dach seines Hauses und rieb die Schulterblätter an den aufgeheizten Schindeln. Wegen der Dachziegel war er eigentlich nach oben gestiegen, aber nachdem er eine Lage aus grünem Fiberglas ausgelegt hatte, war ihm die Lust vergangen. Statt weiterzuarbeiten, döste er mit geschlossenen Augen vor sich hin, genoß die frische Brise, die kitzelnd an den Haaren auf seinem Unterarm zauste, und ahnte, daß die Idylle bald ein Ende haben würde. Die gewitterschwüle Luft und die grauen Wolken im Westen waren Vorboten eines nahenden Sturms, irgendwann heute nachmittag ging es wahrscheinlich los.

Unten auf der Straße hörte er die patschenden Sohlen der Jogger und das rumpelnde Crescendo der Rollschuhe, ab und zu, sooft ein Wagen mit offenen Fenstern und laut aufgedrehtem Radio vorbeifuhr, wehten ein paar Musikfetzen zu ihm hoch. Wenn er die Augen aufschlug, fiel sein Blick auf den Mississippi. Träge wälzten sich die braunen Fluten von einer Biegung zur nächsten, Ausflugsboote glitten stromabwärts, der Ford-Schleuse zu, und über den Felsklippen am gegenüberliegenden Ufer zog ein Adler seine Kreise.

So ließ es sich leben, so konnte es immer weitergehen – hier oben auf dem Dach.

Ein Gedanke, an dem er sich, weil er so guttat, hartnäckig festhielt. Auch als er das Taxi in die Einfahrt biegen hörte. Das mußte ja nichts mit ihm zu tun haben. Wer sollte schon unangemeldet bei ihm aufkreuzen? Sein Leben war geruhsamer geworden, unverhoffte Überraschungen gab es nicht mehr.

Die Taxitür schlug zu. Klick-klack klapperten Stöckelabsätze auf dem Pflaster.

Lily.

Der Name schoß ihm durch den Kopf.

Ihre ganz besondere Art zu gehen. Wie eben weibliche Cops gehen. Oder einfach nur New Yorker. Weil sie wissen, in welch miserablen Zustand Bürgersteige sein können. Und wissen, daß man nie weiß, wo das nächste Häufchen Hundekot liegt.

Er rührte sich nicht, blieb mit geschlossenen Augen liegen.

»Was treibst du da oben?«

Genauso hatte er ihre Stimme in Erinnerung. Ein bißchen zu tief für eine Frau. Mit einem winzigen Hauch Brooklyn – und viel Geschick, diesen zu unterdrücken.

Ein Grinsen kroch ihm übers Gesicht. »Haus und Hof bewachen!« rief er nach unten.

»Könnte es auch sein, daß du einfach nur faul herumliegst und schläfst?«

»Ich würde es als schöpferische Pause zwischen zwei Anfällen nahezu ungebändigter Arbeitswut bezeichnen.« Er schlug die Augen auf, setzte sich, sah zu ihr hinunter. Sie hatte abgenommen, ihr Gesicht war schmaler geworden, sogar ein wenig mager. Und sie trug das Haar jetzt kurz, er hatte es voller in Erinnerung – und schulterlang. Kein Punkerschnitt, aber asymmetrisch und über den Ohren fast kahl rasiert. Seltsam, aber enorm sexy.

Ihr Lächeln war immer noch das gleiche. Perlweiße Zähne, umgeben von olivenfarbener Haut. »Du siehst umwerfend aus.«

»Komm mir nicht auf die Tour, Lucas. Es gibt schon genug andere, die mir dauernd irgendwelchen Unsinn weismachen wollen.« Aber sie hörte nicht auf zu lächeln. Und als ihre Schneidezähne sich sanft auf die Unterlippe senkten, spürte er, daß sein Herz ein klein wenig schneller schlug. »Ich bin dienstlich hier.«

»Mhm«, machte er und wußte Bescheid.

Bekker. Die Zeitungen waren voll davon. Schon sechs Tote. Und jedesmal waren den Opfern die Augenlider wegoperiert. Nicht einfach verstümmelt, professionell entfernt. Schließlich hatte er früher als Pathologe einen guten Ruf genossen. Vermutlich wollte er mit den Abhandlungen, die er neuerdings an wissenschaftliche Fachzeitungen schickte, daran anknüpfen. Wirre, pseudowissenschaftliche Schreiberei über den Tod seiner Opfer, die letzten Stunden ihres Sterbens, die Experimente, die er mit den Sterbenden angestellt hatte.

»Leitest du die Untersuchungen?«

»Nein, aber ich bin... Ich habe auch damit zu tun.« Es sah komisch aus, wie sie zu ihm hochstarrte. Wenn jemand sich den Hals verrenken muß, um mit einem, der auf dem Dach sitzt, Blickkontakt zu halten, sieht das immer witzig aus. »Ich kriege gleich einen steifen Hals. Komm runter.«

»Und wer bewacht dann mein Hab und Gut?«

»Scheiß auf dein Hab und Gut«, sagte sie.

Er kam die Leiter herunter. Brauchte ziemlich viel Zeit dazu. Und war sich nur allzu bewußt, wie langsam das ging. *Früher, vor fünf Jahren, wäre ich unten gewesen wie ein geölter Blitz – ach was, vor drei Jahren noch. Tja, man wird älter... Bald fünfundvierzig... Die Fünfzig lauert schon am Horizont, noch unsichtbar, aber ihr Schatten wächst...*

Er hatte es mit Gymnastik versucht, mit Joggen, mit einem schweren Sandsack als Punchingball. Drei Abende in der Woche schwitzte er in der Nautilusmaschine, an den anderen Abenden ging er schwimmen. Vierundvierzig, bald fünfundvierzig. Graue Strähnen im Haar. Und wenn er morgens in den Spiegel sah, fing der Tag mit einer Enttäuschung an: Die Falten über der Nasenwurzel hatten sich eben doch nicht über Nacht geglättet.

Natürlich, an Lily waren die letzten Jahre auch nicht spurlos vorbeigegangen. Ein kleiner harter Zug um den Mund war dazugekommen, wie bei jemandem, den der Wind des Lebens gehörig gezaust hat. Sie sah aus wie jemand, der sich vorgenommen hat, künftig etwas besser aufzupassen. Ein bißchen nach unsichtbaren Narben. Die Sorte Narben, die einen vorsichtiger werden läßt.

»Laß uns reingehen.« Er mußte kaum den Kopf neigen, als sie ihm ein Küßchen auf die Wange gab, sie war fast so groß wie er. Ein Hauch Chanel wehte ihn an wie von einem frisch gepflückten Feldblumenstrauß. Er faßte sie am Arm. »Mein Gott, du siehst gut aus. Und riechst gut. Warum hast du nie angerufen?«

»Warum hast du's nicht getan?«

»Tja, also...« Er führte sie in die Küche. Von den Spuren der Schießerei vor zwei Jahren – bei dem Fall, den er gemeinsam mit Lily bearbeitet hatte – war nichts mehr zu sehen. Er hatte die Wände frisch gestrichen und neue Deckenplatten eingezogen.

Er wollte gern etwas Persönliches sagen. »Du hast abgenommen.« Etwas Besseres fiel ihm nicht ein.

»Zwölf Pfund. Nach dem Stand von heute morgen.« Sie warf ihre Tasche auf die Frühstücksbar, sah sich um, murmelte etwas wie »sieht hübsch aus«, zog sich einen Hocker heran und setzte sich. »Ich habe Hunger wie ein Wolf.«

»Zwei Bier hätte ich, schön kalt«, sagte er, steckte den Kopf in den Kühlschrank und erweiterte das Angebot: »Außerdem wäre ich bereit, ein Roastbeef-Sandwich mit dir zu teilen, ohne Mayonnaise, mit viel Salat.«

Sie winkte ab. »Augenblick mal.« Er schloß die Kühlschranktür, lehnte sich dagegen und sah verdutzt zu, wie sie ein kleines Notizbuch aus der Handtasche nahm, lautlos murmelte und dazu ein paar Zahlen untereinander kritzelte. »Das Essen im Flugzeug fällt ja wohl kaum ins Gewicht, oder?« fragte sie schließlich, wartete aber seine Antwort gar nicht ab, sondern war schon bei der nächsten Position: »Ist es kalorienarmes Bier?«

»Nein«, sagte er. »Zum Teufel, wir haben was zu feiern!«

»Stimmt«, gab sie ihm recht und kritzelte wieder Zahlen ins Notizbuch. Alles ganz ernsthaft, während Lucas Mühe hatte, nicht laut herauszulachen.

Ihr Kopf ruckte hoch. »Du lachst mit dem Bauch«, stellte sie fest. Und die großen goldenen Ringe, die sie im Ohr trug, wippten dazu. Der Schmuck stand ihr gut, wenn sie den Kopf zur Seite drehte, malte das Gold ihr einen schmetterlingszarten Hauch auf die olivenfarbenen Wangen.

»Aber ich hab mir nichts anmerken lassen«, sagte er. Wollte ein Grinsen hinterherschicken. Aber das verrutschte ihm irgendwie. Wegen der wippenden Ohrringe. Die Dinger hypnotisierten ihn geradezu.

Sie widmete sich wieder dem Notizbuch. Schien gar nicht zu bemerken, daß er auf einmal schneller atmete. Und fragte ärgerlich: »Wieso gibt es eigentlich gute und schlechte Futterverwerter? Das ist doch eine himmelschreiende Ungerechtigkeit.«

»Das mit dem schnellen Stoffwechsel und den guten Futterverwertern ist alles Quatsch«, behauptete er. »Hab ich in der Times gelesen.«

»Da siehst du, wie's bei uns abwärts geht«, sagte Lily. »Sogar die Times druckt jeden Blödsinn ab.« Sie klappte das Notizbuch zu, verstaute es in der Handtasche und faltete die Hände auf den Knien. »Okay. Ein Bier und ein halbes Sandwich.«

Sie saßen sich an der Frühstücksbar gegenüber, aßen, erzählten, was jeder so trieb, tasteten sich ab. Lily arbeitete nicht mehr im Außendienst, sie gehörte jetzt zum Stab, nicht gerade beim

Polizeichef, aber bei einem seiner Stellvertreter. Mehr ein politischer Job, jede Menge Wirbel. Genau das, was Lucas vermißte, seitdem er aus dem Polizeidienst ausgeschieden war.

»Wie geht's Jennifer und Sarah?« fragte sie.

Lucas zuckte mit den Achseln, und nach dem letzten Bissen Sandwich sagte er: »Mit Jen und mir – da läuft nichts mehr. Wir haben's versucht, aber es ist nichts daraus geworden. Gibt wohl zuviel gemeinsame Vergangenheit. Aber wir sind Freunde geblieben. Sie trifft sich häufig mit einem vom Sender. Wahrscheinlich werden sie bald heiraten.«

»Ist er okay?«

»Ja. Glaub schon«, sagte er. Und merkte gar nicht, daß er dabei den Kopf schüttelte.

Aber Lily hatte es gemerkt. Und den Unterton herausgehört. »Also hältst du ihn für ein Arschloch?«

»Zum Teufel – nein. Nicht direkt.« Er ging zur Spüle, spritzte sich einen Schuß Geschirrspülmittel in die Hände, wusch sich das Salatöl von den Fingern. Große, kräftige Hände. Boxerhände. »Die beiden kommen gut miteinander aus. Er mag Sarah. Er hat selber ein Kind, sieben Monate älter als Sarah.«

»Eine richtige Familienidylle«, spöttelte sie. Murmelte aber, als er sich umdrehte und die Hände abtrocknete, rasch ein zerknirschtes »'tschuldigung«.

»Ja.« Er nahm noch eine Flasche Bier aus dem Kühlschrank. »Na ja.« Hebelte den Kronenkorken auf. »Was soll's?« Und dann meinte er: »Im Grunde bin ich ganz froh, daß es vorbei ist. Ich verdiene ganz gut, bin viel unterwegs, guck mich um. Vor ein paar Wochen war ich am Little Bighorn. Verrückt. Du stehst an Custers Gedenkstein, und unter dir liegt das ganze verdammte Schlachtfeld...«

»Und?«

Er spielte auf Zeit. Wollte, daß sie den ersten Zug tat, den entscheidenden jedenfalls, und endlich sagte, was sie hierher in die Zwillingsstädte geführt hatte. Aber sie beherrschte das Spiel besser als er, so daß er schließlich fragen mußte.

»Weshalb bist du gekommen?«

Sie leckte sich ein Stückchen Roastbeef aus dem Mundwinkel. Eine Zunge wie eine Eidechse, lang und schmal. Dann sagte sie: »Ich will dich überreden, nach New York zu kommen.«

»Wegen Bekker? Dummes Zeug. Um den können sich eure Jungens genausogut kümmern. Und wenn ich Cop in New York wäre, würde es mir ganz schön stinken, wenn einer aus der Provinz käme und sich einbildete, er könnte das besser.«

Sie nickte. »Ja, wir können uns um Bekker kümmern. Bei uns gibt's genug Leute, die so denken. In einer Woche haben wir ihn, haben sie gesagt. In zehn Tagen. Das war vor sechs Wochen. Wir kriegen ihn, Lucas. Irgendwann kriegen wir ihn. Aber inzwischen treten uns die, die in New York was zu sagen haben, mächtig auf die Zehen.«

»Trotzdem...«

»Wir brauchen dich. Du sollst den Medien das Maul stopfen. Du weißt selber, daß du das gut kannst: mit Reportern reden. Wenn wir dich in New York haben, sehen sie, daß wir alle Register ziehen. Und uns sogar den Mann holen, der Bekker beim ersten Mal geschnappt hat. Dafür werden unsere Jungens volles Verständnis haben. Es kann ihnen ja nur recht sein, wenn einer kommt und dafür sorgt, daß die Medien Ruhe geben.«

»Das ist alles? Ein Trick?« Er verzog das Gesicht. Den Reportern den Wind aus den Segeln nehmen... Er war eher darauf aus, einen an der Kehle zu packen...

»Nein«, sagte sie, »darum allein geht's nicht. Du sollst den Fall übernehmen. Also – sagen wir: daran mitarbeiten. Zusammen mit den anderen. Die Sache hat hohe Priorität.«

Er hatte den Eindruck, daß der Satz eigentlich noch weitergehen sollte, und fragte: »Aber?«

»Aber... da ist noch etwas anderes.«

»Ach?« fragte er lachend, »bringst du's mir scheibchenweise bei? Eine Schichttorte à la Lily Rothenburg? Dann mal los, was ist das dritte Scheibchen?«

»Die Sache ist die: Wir haben ein enormes Problem. Dagegen ist Bekker, so seltsam das klingen mag, geradezu ein kleiner Fisch.« Sie stockte, wischte sich die Finger an einer Papierserviette ab, suchte Lucas' Blick, schaute rasch wieder weg und zerknüllte die Serviette. »Aber das muß unter uns bleiben.«

Er sah sie verblüfft an. Machte eine wegwerfende Handbewegung, als wollte er sagen: *Natürlich bleibt das unter uns...* Und wartete darauf, daß sie fortfuhr.

Sie ließ sich Zeit. Rutschte vom Hocker. Startete zu einem Rundgang durch die Küche. Betrachtete versonnen einen Kaffeebecher. Stellte ihn wieder weg. Und dann war sie endlich soweit.

»Wir haben es mit dreizehn Morden zu tun. Ich meine nicht diejenigen, die Bekker begangen hat. Es geht um eine andere Mordserie. Jedesmal dasselbe: Irgend jemand schlägt blitzschnell zu. Und wenn ich dreizehn sage, dann meine ich die Fälle, bei denen wir sicher sind. Wir glauben, daß es in Wirklichkeit sehr viel mehr waren, manche vermuten, bis zu vierzig. Von den dreizehn Mordopfern waren zehn ausgemachte Mistkerle, der letzte Dreck. Obwohl zwei von ihnen zu den ganz Großen gehört haben. Über den einen sind sämtliche Geschäfte für das Cali-Kartell abgewickelt worden, der andere hat für die Mafia gearbeitet, nicht als Handlanger, sondern ganz oben. Die anderen acht waren Mitläufer, alle mit einer Menge Dreck am Stecken, aber kleine Lichter.«

»Und Nummer elf?«

»Ein Anwalt«, antwortete Lily. »Strafverteidiger. Auf die Verteidigung von Drogenbossen spezialisiert. Auf seinem Gebiet ein As. Hat eine Menge Leute rausgeboxt, die hinter Gittern besser aufgehoben wären. Obwohl er allgemein im Ruf stand, tüchtig und ehrlich zu sein.«

»Kaum anzunehmen in dem Gewerbe«, warf Lucas ein.

»Wir glauben trotzdem, daß er's war. Die Untersuchung hat jedenfalls nichts Gegenteiliges ergeben. Wir haben zusammen mit den Zoll- und Finanzbehörden seine Bankauszüge geprüft. Alles korrekt. Keine Anhaltspunkte für krumme Touren. Er hat so viel Geld verdient, daß er's nicht nötig hatte, sich schmieren zu lassen. Drei Millionen, wenn's ein durchschnittliches Jahr war.«

»Gut. Und der zwölfte?«

»Ein professioneller Wortführer der Schwarzenbewegung. So was wie ein Volkstribun. Einer, der das Maul immer ein bißchen zu voll nimmt, die Leute aufhetzt – wie immer du's nennen willst. Beileibe kein Krimineller. Einfach einer, dem es um die politische Karriere ging. Er wurde auf offener Straße erschossen. Aus einem vorbeifahrenden Wagen. Vermutlich von Mitgliedern einer Gang. Erstklassig bewaffnet. Die Autos waren gestohlen.«

»Dreizehn?«

»Der dreizehnte war ein Cop.«

»Geschmiert?«

»Absolut sauber. War drauf und dran, ein paar schwarze Schafe im Police Department zu überführen. Leute mit Insiderinformationen, die ihr Wissen dazu benützt haben, andere umzubringen oder umbringen zu lassen. Systematisch.«

Lucas verfiel in nachdenkliches Schweigen, bis es schließlich aus ihm herausbrach: »Diese Schweine... Dreizehn Menschen haben sie umgebracht, vielleicht sogar vierzig?«

»Die Zahlen haben wir von Walter Petty. So hieß der ermordete Cop. Er vermutete, es könnten dreißig oder vierzig Tote sein. Von zwölf Fällen, hat er gesagt, wisse er es sicher. Und dann wurde er das dreizehnte Opfer.«

»Mein Gott.« Lucas starrte auf den Mikrowellenherd. Vierzig? »Warum habt ihr es soweit kommen lassen? Ihr könntet die Mörder doch längst haben.«

»Das ist nicht gesagt.« Lily schüttelte den Kopf, das kurzgeschnittene Haar fing anmutig zu schwingen an, verführerisch wie in einem Werbespot im Fernsehen. Er ertappte sich beim Ansatz eines Lächelns, unterdrückte es aber rasch. *Ich bin dienstlich hier*, hatte sie gesagt. »Erstens«, fuhr sie fort, »haben sich die Morde in einem Zeitraum von mindestens fünf Jahren ereignet. Zweitens stammten die meisten Mordopfer aus einem Milieu, bei dem man erwarten mußte, daß eines Tages so etwas passiert. Der einzige Anhaltspunkt für einen Zusammenhang war zunächst das methodische, absolut professionelle Vorgehen. Bang, bang – tot. Nie ein Cop in der Nähe. In ein, zwei Fällen ist die Polizei nachweislich vorher vom Tatort weggelockt worden. Es gab so gut wie keine verwertbaren Zeugenaussagen. Die Flucht war regelmäßig bis ins kleinste vorbereitet, und die Täter haben immer darauf geachtet, daß kein Unbeteiligter zu Schaden kam.«

»Im Grunde besteht also das ganze Strickmuster darin, daß die kleinen Fische von den großen aufgefressen werden?«

»So könnte man's sagen. Einen, zum Beispiel, hab ich persönlich gekannt. Ich hatte vor ein paar Jahren mit ihm zu tun, kurz nachdem ich in den Innendienst versetzt worden war. Arvin Davies hieß er.« Sie hakte den Blick an der Küchendecke fest, als blättere sie im Geiste in Davies' Strafakte. »Er war zweiundvierzig, als er umgebracht wurde. Ein Doper, ewig betrunken und in irgendwelche Schlägereien verwickelt. Mindestens vierzig Festnahmen, zwanzig Vorstrafen. Als er zum ersten Mal verurteilt wurde, war er zwölf Jahre alt. Typischer kleiner Straßengangster, Einbrüche, Autodiebstähle, Betrug, Rauschgiftbesitz. Engelsstaub in der Nase, und schon hat er zugeschlagen. Einmal – das lag fünf oder sechs Jahre zurück und konnte nie nachgewiesen werden – soll er einen umgebracht haben. Alles in allem hat er rund zwanzig Jahre abgesessen, sozusagen auf Raten. Und als er das letzte Mal rausgekommen und wieder ins alte Geschäft eingestiegen war, hat ihn sicher einer geschnappt. Drei Schüsse. Zwei davon ins Herz, den dritten – da war er schon tot – in den Kopf. So was wie ein Gnadenschuß.« Sie kletterte auf den Hocker, saß Lucas gegenüber, sah ihn an. »Und der Killer ist einfach so davonspaziert.«

»Ein Profi«, sagte Lucas.

»Mhm. Obwohl eigentlich kein Grund zu erkennen war, warum ein Profi es ausgerechnet auf Arvin Davies abgesehen haben soll. Ein Stück Dreck. Trotzdem, wer's auch immer war, der ihn abgeknallt hat, er hat der Menschheit einen Dienst erwiesen. Ein Mistkerl weniger auf der Straße. Einer, auf dessen Konto schätzungsweise um die vierzig, fünfzig Straftaten pro Jahr kamen.«

»Und die anderen Fälle waren, soweit es um kleine Gauner ging, ähnlich gelagert?«

»Richtig. Ich meine, die Methode war von Fall zu Fall unterschiedlich. Aber immer gut vorbereitet, eiskalt, fehlerlos.«

Lucas nickte. Sah sie forschend an. »Interessant. Aber was hat das alles mit mir zu tun?«

Sie erwiderte seinen Blick. »Ein paar von den Jungs in der verdeckten Fahndung sind dahintergekommen, daß es einen Zusammenhang geben muß. Weil es sich bei den Mordopfern – oder wie immer du sie nennen willst, regelmäßig um Namen handelte, die sie in ihren Akten hatten. In aller Stille wurde eine

Arbeitsgruppe eingesetzt, lauter alte Hasen. Und schließlich wurde Walter Petty zu der Gruppe abkommandiert, er sollte der Sache den letzten Biß geben.«

»Karrieretyp?« fragte Lucas.

Sie schüttelte den Kopf. »Ganz normale Laufbahn, quer durch alle möglichen Dezernate. Am Schluß war er Computerspezialist, deshalb wurde er zu der Arbeitsgruppe abkommandiert. Er war meinem Chef unterstellt, John O'Dell. John hat die Arbeitsgruppe geleitet.«

»Es gab also keine offenen Rechnungen? Keine alten Geschichten, die ihm jemand übelnehmen konnte?«

»Nein. Nur, kurz bevor er erschossen wurde, nahm die Untersuchung eine merkwürdige Wendung. Der von der Schwarzenbewegung – du erinnerst dich, der Volkstribun... Ein gewisser Waites, die Untersuchung ist noch nicht abgeschlossen, die Sache wird weiter verfolgt, allerdings mehr als Routinefall... Jedenfalls war das damals so, daß alle Informationen für die Arbeitsgruppe über Walters Schreibtisch liefen, er hat sie als erster ausgewertet. Und dabei ist er über einen Hinweis gestolpert, daß es im Mordfall Waites einen Augenzeugen geben sollte, der angeblich ausgesagt hatte, er habe in dem Mörder einen Cop erkannt. In der Information war der Name des Zeugen mit Cornell Reed angegeben, beim Nachnamen war der Informant sich allerdings nicht ganz sicher. Das Dumme war nur, als Walter mit dem Zeugen Kontakt aufnehmen wollte, stellte sich heraus, daß Cornell Reed untergetaucht war. Aber Walter hat ihn doch irgendwie aufgestöbert. An dem Tag, an dem er ermordet wurde, hat er nachmittags versucht, mit jemandem aus der Arbeitsgruppe Verbindung aufzunehmen. Er ist ins Präsidium gekommen, hat aber keinen von seinen Leuten angetroffen und lediglich auf Band die Nachricht hinterlassen, er wisse, wo Reed sich versteckt hielte.«

»Wo?«

»Das hat er leider nicht gesagt. Und am selben Abend wurde er umgebracht.«

»Himmel noch mal! Kann die Nachricht, die er hinterlassen hat, irgendwohin durchgesickert sein?«

»Kaum anzunehmen, sie war verschlüsselt«, sagte Lily. »Außerdem spricht alles dafür, daß der Mordanschlag auf ihn von langer Hand vorbereitet war. Die Tatsache, daß er den Zeugen aufgespürt hat, kann natürlich den Ausschlag dafür gegeben haben, ihn umzubringen, bevor er Gelegenheit hatte, sein Wissen weiterzugeben.«

»O Mann. Hat Petty irgendwelche Aufzeichnungen hinterlassen?«

»In seinem Büro im Präsidium nicht. Aber da hat er ohnehin keine Unterlagen aufbewahrt, das muß ihm wohl zu unsicher gewesen sein. Er hat die meiste Zeit woanders gearbeitet. Und da ist noch etwas: Bevor wir sein Apartment durchsucht haben, war schon jemand anderes dort gewesen. Sämtliche Disketten waren verschwunden. Und die... Festplatte, so nennt man das, glaube ich, die war – gelöscht. Ich verstehe nicht viel davon. Jedenfalls gab's keine auswertbaren Informationen mehr.«

»Also war noch ein Computerfreak im Spiel?«

»Muß nicht sein. So wie ich das verstanden habe, war es nicht schwierig, die Daten zu löschen. Ein paar Eingaben, so ähnlich, wie wenn einer drüber schreibt... Drücke ich das einigermaßen verständlich aus?«

Lucas nickte. »Petty muß irgend jemandem was gesagt haben. Es riecht zu sehr nach Zufall, daß er nachmittags den Schlüssel findet, mit dem er den Fall lösen kann, und am selben Abend erschossen wird«, meinte er. »Wem kann er was über den Zeugen erzählt haben?«

»Keine Ahnung. Wir wissen lediglich, daß er nachmittags im

Präsidium war und vergeblich versucht hat, einen aus der Arbeitsgruppe zu erreichen. O'Dell war dienstlich unterwegs, ich habe ihn begleitet. Pressearbeit, wir wollten verhindern, daß es noch mehr negative Schlagzeilen gibt. Der Fahrer saß die ganze Zeit im Wagen. Walter hat nicht versucht, O'Dell über Funktelefon zu erreichen. Das Komische ist: Es waren ein paar Leute aus der Arbeitsgruppe im Präsidium, aber er muß sie einfach verpaßt haben. Und mit jemand anderem wollte er natürlich nicht darüber reden, die Untersuchung wurde ja geheimgehalten.«

»Vielleicht hat er die Leute von der Arbeitsgruppe gar nicht verpaßt?« überlegte Lucas halblaut. »Vielleicht hat er doch mit einem gesprochen. Und der hat die Information prompt nach draußen weitergegeben.«

Lily runzelte die Stirn. »Nun... wenn's eine dumme Panne gewesen wäre, hätten Walts Mörder nicht so schnell reagieren können. Falls jemand geplaudert hat, muß er einen direkten Draht zu den Kerlen gehabt haben. Mit anderen Worten, wenn jemand die Information weitergegeben hat, muß er die Mörder gut kennen. Er könnte sogar der Auftraggeber sein.«

»Der Teufel soll ihn holen. Aber wenn ihr wißt, daß es einer aus der Arbeitsgruppe war, einer von sechs Leuten...«

»Langsam«, unterbrach ihn Lily lächelnd, »so einfach liegen die Dinge nicht. Die sechs arbeiten ja nicht irgendwo im luftleeren Raum. Jeder hat einen Chef, dem er regelmäßig über den Stand der Untersuchung Bericht erstatten mußte. Und daran haben sich alle gehalten. Außerdem hatte jeder von den sechs Männern einen kleinen Mitarbeiterstab. Und ein paar von den Assistenten haben durchaus gewußt, worum es bei der Untersuchung ging.«

»Das hört sich allerdings nicht mehr nach Geheimhaltung an«, meinte Lucas.

»Ungefähr zwei Dutzend Leute wußten grundsätzlich Bescheid, und – na ja, vielleicht fünfzehn waren in die Details eingeweiht. Für Präsidiumsmaßstäbe ist das schon ganz schön vertraulich. Aber du siehst ja, in welcher Lage wir jetzt sind. Wenn einer aus der Arbeitsgruppe den Mördern den entscheidenden Hinweis gegeben hat, befindet er sich genau da, wo alle Fäden zusammenlaufen. Wir können praktisch nichts mehr tun. Der neue Leiter der Arbeitsgruppe, ein Captain, der keiner Abteilung untersteht, sieht das genauso. Er tritt auf der Stelle. Im Grunde hat er eine reine Alibifunktion. Du weißt schon: Falls irgend etwas rauskommt, können wir sagen, daß wir einen unabhängigen höheren Polizeioffizier mit der Leitung der Untersuchung beauftragt haben.«

»Und jetzt willst du, daß ich mich um die Sache kümmere?« fragte Lucas.

Lily nickte. »Mein Chef und ich haben das ausführlich besprochen. Wir brauchen einen, der sich nicht stur an irgendwelche Dienstvorschriften hält. Außer ihm und mir wird keiner was davon erfahren. Es ist die einzige Möglichkeit, die uns bleibt. Und weil gleichzeitig die Untersuchung im Fall Bekker läuft, bist du genau der richtige Mann. Bekker – das ist ein gefundenes Fressen für die Medien. Die spielen verrückt, das Fernsehen und die Post und die News… ›Leichendoc‹ und so… Du kennst das ja. Du kannst in kein Taxi steigen, ohne mitten in eine Radio-Talk-Show reinzuplatzen, bei der es um Bekker geht. Also haben wir uns gesagt: Wir holen dich nach New York – den Mann, der Bekker schon einmal zur Strecke gebracht hat. In beratender Funktion. Und während du offiziell am Fall Bekker mitarbeitest, bringen wir dich in Kontakt mit ein paar Leuten, hinter denen Walter her war.«

»Puh…« Lucas starrte auf die Tischplatte der Frühstücksbar, dachte lange nach. Dann schaute auf. »Dieser Computerspezialist, der erschossen wurde... Du nennst ihn immer Walter, wenn du von ihm redest. Hört sich an, als... Als wäre er nicht irgend jemand für dich gewesen. Gibt's da was, was ich wissen sollte?«

Sie sah ihm ins Gesicht. Aber nicht in die Augen. Ihr Blick kam ihm auf einmal leer vor, als sähe sie nicht ihn, sondern ein anderes Gesicht.

»Walter war mein ältester Freund«, sagte sie.

Und dann erzählte sie ihm von einem Traum.

*Zum ersten Mal hatte sie den Traum in jener Nacht geträumt, in der Walter Petty ermordet worden war. Ein Traum, der seltsamerweise nicht mit einem Bild begann – nein, zuerst nahm sie nur einen Geruch wahr, einen stechend scharfen Ozongeruch wie von einem elektrischen Kurzschluß. Dann sah sie sich selbst, anfangs wie durch einen Schleier, danach rasch klarer.*

*Sie sah sich auf einer Steinbank sitzen, wie sie auf Friedhöfen stehen, und Pettys blutenden, von Einschußwunden zerfetzten Körper auf dem Schoß halten. Ein Bild wie eine Pieta. Sie saß still da, den Blick auf Pettys Gesicht gerichtet. Es kam immer näher auf sie zu, wie bei einer Großaufnahme im Film. Und im letzten Augenblick verwandelte sich das Gesicht. Auf einmal sah es nicht mehr friedlich und erlöst aus, es war das von ungezählten Projektilen zerfetzte Gesicht, eine gelbliche Masse, über und über mit Blut besudelt.*

*Ein bizarres Bild. Und sie sah es von da an immer wieder, Nacht um Nacht.*

*Ein Bild, das kaum Ähnlichkeit hatte mit der Wirklichkeit in der Mordnacht.*

*Der Anruf spät abends. Pettys Mutter, einundsiebzig Jahre alt, verwirrt, kaum fähig, einen zusammenhängenden Satz herauszubringen. Ihr Sohn war getötet worden, ihr einziges Kind. Es hörte sich wie ein brüchiges Wimmern an. Walt war tot – tot…*

*Lily hatte sie im Geiste vor sich gesehen. Das schmächtige Gesicht grau vom Kummer, tief übers Telefon gebeugt, zitternd, ein Taschentuch in den welken Fingern. Häkeldeckchen auf dem Fernsehapparat, an der Wand die Herz-Jesu-Keramik. Es war ihr, als käme der Arme-Leute-Geruch durchs Telefon gekrochen. Gekochtes Kraut, frisches Brot.*

*Die alte Frau bat sie, nach Bellevue zu fahren und Walter zu identifizieren. Lily fragte, ob jemand von der Polizei bei ihr sei. Ja, sagte sie, und auch Father Gomez, und der Bürgermeister wolle auch noch kommen.*

*Lily hatte mit dem Cop gesprochen, ihm eingeschärft: Passen Sie gut auf Gloria Petty auf, sie war mit einem Cop verheiratet, sie hatte einen Cop zum Sohn, und nun ist sie die einzige aus der Familie, die noch lebt.*

*Dann war sie, von Angst und Kummer geschüttelt, nach Bellevue gefahren.*

*Keine Pieta.*

*Nur ein Leichnam, wachsbleich. Reglos hingestreckt über dem blutverschmierten Gully am Straßenrand. Lieblos in eine Plastikplane gehüllt, ein Stück Fleisch, fertig zum Abtransport. Eines der Geschosse hatte ihm die Wange aufgerissen und das Zahnfleisch entblößt. Häßlich und abstoßend – er, der so hübsch lächeln konnte. Und so gern gelächelt hatte, jedesmal, wenn sie einander begegnet waren.*

*Sie hatte dagestanden, und ihre Gedanken waren zurück in die Zeit der Kindertage gewandert, zurück nach Brooklyn. Sieben Jahre alt waren sie damals gewesen, Walt und sie, sieben oder acht…*

*Spätherbst, blauer Himmel, scharfer Wind, ein Hauch von*

*Halloween in der Luft, das Ahornlaub färbte sich schon rot. Sie war an dem Tag krank gewesen, durfte nicht zur Schule gehen, aber nachmittags erlaubte ihre Mutter ihr, draußen auf der offenen Veranda zu sitzen. Und da kam Walt die Straße hinuntergerannt, ein Blatt Papier hoch über den Kopf gereckt, die Augen glänzten vor Freude. Das Diktat, das sie am Tag zuvor geschrieben hatten – ihr Diktat. Ein gutes Ergebnis, damit hatte sie gerechnet. Aber er strahlte übers ganze Gesicht, freute sich mit ihr, zeigte ihr sein hübsches Lächeln....*

*Und nun lag er so vor ihr. Die Wange aufgerissen, die Zähne bloßgelegt, überall Blut.*

*Der Polizeiarzt stand neben ihr, müde, übernächtigt, und sie bestätigte ihm: »Ja, das ist Walter Petty.«*

*Dann war sie nach Hause gefahren, hatte sich umgezogen und versucht, sich innerlich auf den Besuch bei Pettys Mutter vorzubereiten. Da waren ihr die Jahrbücher der Schule eingefallen.*

*Drei davon fand sie im Wohnzimmer, darunter das mit dem Foto aus dem letzten Schuljahr. Walt – das Haar zerzaust, wie immer, hohlwangig, ein schüchternes Lächeln um die Lippen.*

*Sie hatte sich nicht beherrschen können. Die Tränen liefen ihr übers Gesicht. Ein Zittern, wie sie es nie erlebt hatte, schüttelte sie. Und als der Sturm vorüber war, fühlte sie sich ausgebrannt. Müde und zerschlagen zog sie sich fertig an. Wollte endlich gehen. Kam aber nur bis zur Tür.*

*Denn auf einmal war ihr der Geruch in die Nase gestiegen. Sein Geruch. Petty im Leichenschauhaus. Und alles stank nach Blut, nach Tod. Sie war ins Badezimmer gerannt, hatte sich das Gesicht gewaschen, die Hände, noch einmal das Gesicht, die Hände – wieder und wieder.*

*Eine schreckliche Nacht. Die Begegnung mit Gloria Petty. Und am nächsten Morgen bleierne Müdigkeit. Lähmende Erschöpfung. Und das verzweifelte Bemühen, wenigstens noch eine Stunde Schlaf zu finden.*

*Da hatte sie ihren Traum zum ersten Mal geträumt. Den Traum von der Steinbank auf dem Friedhof. Den Traum, in dem Walter in ihrem Schoß lag, zerfetzt von den Kugeln seiner Mörder, mit der klaffenden Wunde in der Wange, mit den bloßgelegten Zähnen, auf denen das Blut zu trocknen begann.*

*Walter, der für immer von ihr gegangen war.*

Lucas starrte sie an. »Mein Gott, ich habe nicht gewußt, daß du so… daß du…«

Sie versuchte zu lächeln. »Daß ich so tief empfinden kann?«

»Nein«, sagte er, »daß du so an alten Erinnerungen hängst. Habe ich dir mal von Elle Kruger und mir erzählt?«

»Von der Nonne? Ja.« Und dann wollte sie wissen: »Wenn sie ermordet würde, was würdest du tun?«

»Herausfinden, wer es war«, antwortete er, »und ihn umbringen.« Ruhig und fest, ohne Erregung.

Lily nickte. »Ja. Und genau das will ich auch.«

Die Sonne neigte sich dem Abend zu, aus dem zarten Rot war ein schmutziges Orange geworden. Die Luft knisterte vor Spannung, in der Ferne grummelte Donner. Der Gewittersturm, den Lucas auf dem Dach vorausgeahnt hatte, würde nicht mehr lange auf sich warten lassen. *Du siehst umwerfend aus*, hatte er zu ihr gesagt. Ihm lag noch im Ohr, wie sie sein Kompliment heruntergespielt hatte: *Komm mir nicht auf die Tour.* Dennoch hatte etwas zwischen ihnen geknistert, eine Spannung wie draußen in der Luft. Und auf einmal, während sie ins Wohnzimmer gingen, sprang der Funke über.

Lily machte es sich – die Knie sittsam geschlossen – auf der Couch bequem, kramte in ihrer Handtasche nach einer Rolle Pfefferminz, schob sich ein paar Tabletten in den Mund, sah sich um. »Sieht nicht mehr so aus wie früher«, stellte sie fest.

»Nachdem Shadow Love sich hier ausgetobt hatte, war praktisch alles durchlöchert wie ein Sieb«, sagte er. »Ein paar Leitungen hatte er auch erwischt, den Fußboden mußte ich neu verlegen. Und die Decke frisch verputzen. Der Kerl hat mit seiner gottverdammten M-15 gründlich Kleinholz gemacht.«

Lily sah weg. »Das ist die Waffe, mit der Walt erschossen wurde, eine M-15. Ein ganzes Magazin haben sie auf ihn abgefeuert. Die Männer von der Spurensicherung haben noch einige Meter entfernt Fleischfetzen gefunden.«

»O Gott...« Lucas überlegte, wie er rasch das Thema wechseln könnte. Aber das einzige, was ihm einfiel, war die Frage: »Geht's dir gut? Alles in Ordnung?«

»Ja«, sagte sie, »natürlich.« Und schwieg.

»Als ich dich das letzte Mal getroffen habe, warst du... Wie soll ich sagen? Vollgestopft mit Schuldgefühlen. Wegen deinem Mann und den Kindern.«

»Das ist noch nicht vorbei. Ich mache mir immer noch Vorwürfe. Manchmal ist es so schlimm, daß mir schlecht wird.«

»Siehst du die Kinder von Zeit zu Zeit?« fragte er.

Sie drehte wieder den Kopf zur Seite und klang traurig, als sie antwortete: »Nicht oft. Anfangs habe ich sie manchmal zu Hause besucht. Aber es hat uns allen nicht gutgetan. David hat mich immer so komisch angesehen. Und die Jungens haben mir Vorwürfe gemacht, daß ich sie im Stich gelassen hätte.«

»Hast du vor, wieder zu ihm zu ziehen?«

»Ich liebe ihn nicht«, sagte sie. »Ich kann nicht mal behaupten, daß ich ihn besonders mag. Alles, was er mir erzählt, kommt mir jetzt so belanglos vor. Komisch, früher habe ich ihn immer für besonders gescheit gehalten. Wenn wir auf einer Party waren, hat er die ganze Gesellschaft mit C. G. Jungs Theorien über analytische Psychologie unterhalten – Archetypen und das kollektive Unbewußte... Und alle haben um ihn herumgestanden und die Köpfe auf und ab bewegt wie pickende Hühner. Dann, als ich bei der Polizei war, habe ich mal einen Bericht gelesen über einen Zwölfjährigen, der seine Mutter erschossen hat. Weil er den Fernseher verkaufen wollte. Er brauchte Geld für Crack. Und als ich nach Hause kam, konnte ich den Quatsch, den er dauernd erzählt hat, nicht mehr hören. Wie soll man mit jemandem zusammenleben, wenn man ihm nicht mal zuhören will?«

»Das ist schwierig«, gab er ihr recht, »besonders für einen Cop. Ich glaube, das war der Grund, warum ich's so lange mit Jennifer ausgehalten habe. Sie konnte auch allen möglichen Scheiß erzählen. Aber im Grunde hat sie genau gewußt, wie die Dinge liegen. Sie wußte, was sich draußen auf der Straße abspielt.«

»Mhm«, machte sie.

»Also, du willst nicht zu ihm zurückgehen?«

Sie sah ihn unsicher an, nicht direkt nervös, aber doch mit einem Anflug von Scheu. »Hör zu«, sagte sie, »ich wollte nicht damit anfangen. Es wäre mir lieber gewesen, erst mal zu hören, wie's bei dir aussieht. Das heißt, es ist mir immer noch lieber. Machst du den Anfang?«

»Ein neuer?« Er versuchte, die Frage ganz unverfänglich klingen zu lassen.

»Ich dachte, du fängst an?«

»Von mir aus... Also du hast doch einen neuen.«

»In gewisser Weise.«

»In gewisser Weise? Was soll denn das heißen?« Er schob sich aus dem Sessel hoch, ging auf und ab. Merkte, daß er eine grimmige Miene zog. Obwohl ihm gar nicht danach zumute war. Er griff nach der Fernbedienung, schaltete den Fernseher ein. Eine Stimme, die von irgendwoher aus dem Dunkel kam, schrie unablässig: »Kirrrbeee – hau ihn rein!« Er drückte die Aus-Taste. »Was heißt das: in gewisser Weise? Immer ein Bein fest auf dem Boden? Nur bis zum Nabel und nicht tiefer?«

Sie lachte. »Du machst mir Spaß. Hat dir schon mal jemand gesagt, daß du verdammt grobe Fragen stellen kannst?«

»Ja, wirklich?« Er ging zum Fenster, sah hoch zum Himmel. Die Wolken ballten sich grau, hatten rosa Häubchen aufgesetzt, und drüben am anderen Ufer schienen sie fast die Erde zu berühren.

Sie folgte seinem Blick. »Also gut. Ich hab mich eine Zeitlang mit einem getroffen. Das heißt, wir treffen uns immer noch. Wir waren noch nicht so weit, daß wir uns nach einem gemeinsamen Apartment umgesehen hätten, aber mit dem Gedanken haben wir, glaube ich, beide gespielt.«

»Und?« fragte er. »Warum ist nichts daraus geworden?«

»Er hatte einen Herzanfall.«

Lucas fuhr herum, sah sie an. »Kann's sein, daß es an mir liegt, wenn ich nicht verstehe, was das eine mit dem anderen zu tun hat?«

Sie zwang sich zu einem Lächeln. »Das ist nicht spaßig. Ich habe Angst um ihn. Es geht ihm ziemlich schlecht.«

»Auch ein Cop?« fragte er.

»Ja.« Ihr Lächeln verkümmerte. »In mancher Beziehung ist er wie du. Nicht äußerlich, er ist groß, schlank und weißhaarig. Aber er hat auch ein Faible dafür, sich draußen auf der Straße umzusehen. Er schreibt Artikel für die Times über das Leben auf der Straße. Er hat das beste Informationsnetz in der Stadt. Und er hat eine Vorliebe für...« Sie suchte nach dem richtigen Ausdruck.

Er hatte einen Vorschlag parat. »Für verheiratete Frauen mit großen dunklen Augen?« fragte er und kam näher.

»Ja, das auch. Aber was ich eigentlich sagen wollte: Es macht ihm Spaß, es mit anderen aufzunehmen. Zu kämpfen. Darin ist er genau wie du. Das heißt, er war's. Jetzt bleibt er mitten auf der Treppe stehen und ringt nach Atem.«

»Ach Gott.« Lucas fuhr sich durchs Haar. Sein alter Alptraum, daß irgendwann irgendwas passierte, was ihn physisch lahmlegte. »Und die Prognose?«

»Nicht besonders gut.« Tränen funkelten in ihren Augen, aber sie trotzte sich ein Lächeln ab. »Scheiße. Ich will nicht heulen.« Sie wischte das glitzernde Naß weg. »Es war sein dritter Herzanfall. Den ersten hatte er vor fünf Jahren, da hat es ihn böse erwischt. Der zweite kam ein paar Monate später, der war zum Glück nicht so schlimm. Und dann, als er sich wieder in die Arbeit gestürzt hatte und nicht mehr daran dachte, passierte es zum dritten Mal. Schlimmer als je zuvor, der Herzmuskel ist geschädigt, irreparabel. Aber er will sich nicht zur Ruhe setzen. Streß ist Gift für ihn, sagen die Ärzte. Er soll eine Rehabilitationskur machen, aber er will nicht. Ich glaube, er raucht sogar heimlich weiter, ich riech's an seiner Kleidung, in seinem Haar.«

»Er wird also sterben«, sagte Lucas.

»Wahrscheinlich.«

Lucas lehnte sich zurück, sah sie an und fragte, ohne auch nur eine Spur Mitgefühl zu verraten: »Was ist daran so schlimm? Sag dir einfach: scheiß drauf. Tu, was du willst. Und wenn du ihn verlassen willst, dann tu's doch.«

»So würdest du es machen, nicht wahr?«

»Das will ich hoffen.«

»Männer sind gottverdammte Arschlöcher«, sagte sie.

Sie schwiegen sich an, sehr lange, und dann fragte Lucas: »Wie hältst du's mit Sex?«

Das Lachen blieb ihr in der Kehle stecken. Sie stand auf, nahm ihre Handtasche. »Ich glaube, es ist besser, wenn ich jetzt gehe. Sag mir bloß noch, ob du nach New York kommst?«

»Erst bist du mir noch eine Antwort schuldig«, erinnerte er sie. Und kam, ohne es zu wollen und fast ohne es zu merken, noch ein Stück näher.

»Wir... wir sind sehr vorsichtig«, sagte sie. »Er muß sich eben schonen.«

Lucas hatte das Gefühl, keine Luft mehr zu bekommen. In seiner Brust ballten sich Wut und zitternde Erwartung. Die Gewitterspannung zwischen ihnen entlud sich. Seine Stimme klang belegt, als er sagte: »Vorsichtig sein... Genau das hast du nie gemocht.«

»Ach Gott, Lucas...«, murmelte sie.

Er kam den letzten halben Schritt auf sie zu, nur ein Fingerbreit trennte sie noch. »Scheuch mich weg«, flüsterte er.

»Lucas...«

»Scheuch mich weg. Ein Wort genügt.«

Sie wich ein paar Zentimeter zurück, ließ die Tasche aus der Hand rutschen. Draußen prasselten die ersten schweren Tropfen auf das Pflaster. Durchs Fenster sahen sie eine Frau vorbeihasten und ihren Hund an der Leine hinter sich herzerren.

Sie bog sich zurück, balancierte auf den Hacken, mußte rasch nach seinem Hemdsärmel greifen, um nicht nach hinten zu kippen. Hob das linke Bein, streifte den Schuh ab. Das rechte, der zweite Schuh. Ging in den Flur. Auf die Tür zu, die zum Schlafzimmer führte. Blieb stehen, drehte sich zu ihm um.

Lucas stand immer noch im Wohnzimmer und sah ihr nach. Vielleicht rätselte er noch, ob er den Blick aus ihren großen dunklen Augen richtig deutete. Aber da sah er, daß ihre Finger bereits an den Knöpfen der Bluse nestelten.

Die Liebe mit ihm, sagte sie später, habe viel Ähnlichkeit mit einem Kampf. Ein bißchen sei es ihr vorgekommen wie ein Sturmangriff, hart an der Grenze zur Gewalt. Und sie hatte recht. Auch wenn sie noch so zärtlich anfingen, auf einmal verloren sie die Beherrschung, rauften, rangen miteinander.

Als der Gewittersturm, schon auf dem Weg nach Wisconsin, das letzte Donnergrollen hinter sich herschleppte, setzte sie sich auf, rutschte zur Bettkante. Das Schlafzimmer roch nach Schweiß und Sex. Sie sah müde aus, doch in den Mundwinkeln hing immer noch ihr Lächeln.

»Ich bin so eine gottverdammte Schlampe«, sagte sie.

Er lachte. »Ach du liebe Zeit!«

»Wirklich, es ist wahr. Ich kann's selber nicht glauben. So lange habe ich mir Mühe gegeben, ein nettes, braves Mädchen zu sein. Aber ich brauche es einfach. Ich rede nicht von Zärtlichkeit. Wenn's darum ginge... Du bist so zärtlich wie ein rammelnder Bär. Ich brauche einen, der mich richtig rannimmt. Ich kenne mich selbst nicht wieder.«

»Als du hergekommen bist... Hast du von Anfang an gewußt, daß du mit mir schlafen wirst?« fragte Lucas.

Sie rührte sich nicht, sagte nur leise: »Ich dachte mir, daß das vielleicht dabei rauskommt. Deshalb habe ich vorsichtshalber vorher ein Hotelzimmer genommen. Für den Fall, daß irgend jemand anruft.«

Er fuhr ihr mit dem Fingernagel über die Wirbelsäule. Spürte, wie sie erschauderte. Und dachte: Nun wird sie also in ihr Hotel gehen. Für den Fall, daß irgend jemand anruft...

»Irgend jemand?« fragte er, »der, mit dem du sonst schläfst?«

»Ja.«

»Was wirst du ihm sagen?«

»Nichts. Er muß es nicht wissen.« Sie drehte sich zu ihm um. »Und du, Davenport, sagst ihm lieber auch nichts.«

»Wie kommst du darauf? Meinst du, daß er mir irgendwann über den Weg läuft?«

»Er heißt Dick Kennett.« Im Halbdunkel des Schlafzimmers kam ihm das Lächeln in ihren Mundwinkeln auf einmal verändert vor. Er glaubte, eine winzige Spur Reue zu erkennen. »Dick leitet die Untersuchung im Fall Bekker.«

## 5

Frühmorgens.

Lucas schlenderte die Fünfunddreißigste hinunter, aß eine halbe Orange und sog die Stadt in sich auf: Gesichter, Schaufenster, in Decken gemummte, schlafende Gestalten – Strandgut der Großstadt – und geschäftige junge Burschen, die Racks mit teuren Schneideranzügen über den Bürgersteig rollten. Die Fruchtsäure brannte Lucas auf der Zunge und spülte allmählich den pelzigen Geschmack weg – Überbleibsel einer Nacht, in der er wenig Schlaf gefunden hatte. Der Abfallkorb vor einer Tiefgarage war zwar ohnehin schon bis obenhin vollgestopft, aber der Rest der halben Apfelsine paßte noch hinein.

Drüben auf der anderen Straßenseite lag die Polizeidirektion Midtown South, ein viereckiger Klotz, funktional, schon ein bißchen angenagt vom Zahn der Zeit, lieblos hochgezogen wie die Schachteln, mit denen man in den fünfziger Jahren, wenn irgendwo ein neues Schulhaus gebraucht wurde, die Landschaft des Mittelwestens verschandelt hatte. Eine schnittige Cushman und sechs Streifenwagen standen in den schräg in den Bürgersteig ragenden Parkbuchten vor dem Gebäude, vier waren ein Stück weiter oben abgestellt, in Doppelreihe auf der Straße. Als Lucas gerade die Orangenreste im Abfallkorb verstaute, hielt drüben vor dem Direktionsgebäude ein grauer Plymouth. Ein hoch aufgeschossener weißhaariger Mann stieg aus, wechselte ein paar Worte mit dem Fahrer, lachte und drückte die Wagentür zu.

Er warf sie nicht zu, fiel Lucas auf, er gab ihr einen eher behutsamen Schubs. Der Weißhaarige sah hoch, sah zu Lucas hinüber und schickte, bevor er sich umdrehte und langsam auf die Tür zuging, noch einen zweiten Blick nach. Seine Hand tastete – unter der auffallend bunten Krawatte hindurch – zur linken Innentasche des Jacketts. Aber nicht, weil er etwas suchte. Die Hand fuhr mit einer reibenden Bewegung übers Herz. Offensichtlich eine unbewußte Geste, die zur Gewohnheit geworden war.

Lucas schlängelte sich durch den Verkehr, überquerte die Straße und holte den Weißhaarigen noch vor der Tür ein. Hatte Lily nicht gesagt, Kennett sei groß und weißhaarig? Und diese fahrige Handbewegung übers Herz...

»Sind Sie Dick Kennett?« sprach Lucas ihn an.

Der andere drehte sich um, musterte ihn mit kühler, abwartender Vorsicht. »Ja...« Und dann zögernd: »Davenport? Ich hab mir gleich gedacht, daß Sie's sein könnten... Ja, Dick Kennett.« Er streckte ihm die Hand hin.

Kennett war ungefähr fünf Zentimeter größer als Lucas, brachte aber fast ein Dutzend Kilo weniger auf die Waage. Für einen Cop trug er das Haar ungewöhnlich lang. Auch der beigefarbene Anzug aus sommerlich leichter Baumwolle war eine Spur zu elegant geschnitten. Blaue Augen, strahlend weiße Zähne, sonnengebräunt, drahtig – man hätte ihn eher für einen Arzt auf dem Weg zum Golfplatz oder zu seinem renommierten Tennisclub halten können. Aber bei näherem Hinsehen entdeckte Lucas den fahlgrauen Schimmer unter dem sportlich braunen Teint und die scharf hervortretenden Wangenknochen, über denen sich die Haut hauchdünn wie Papier spannte. Auch die Narben in Kennetts Gesicht blieben ihm nicht verborgen, gut verheilte, dennoch untilgbare Spuren. Berufsboxer sehen so aus. Und Cops, wenn sie nicht am Schreibtisch kleben, sondern sich auch mal auf der Straße sehen lassen, vor allem nachts

»Lily hat mir viel von Ihnen erzählt«, sagte er, während sie sich die Hand gaben.

Kennett grinste. »Müssen Sie nicht alles glauben.«

»Um so besser.« Lucas starte wie gebannt auf Kennetts Krawatte. Eine barbusige Polynesierin, im Hintergrund ein zweites Mädchen. »Hübscher Schlips.«

Eine Bemerkung, die Kennett offenbar gern hörte. Er sah an sich herunter. »Gauguin.«

»Wie?«

»Paul Gauguin. Der französische Maler.«

»Ich wußte gar nicht, daß der auch Krawatten bemalt hat?«

»Na ja, das muß man eher so sehen: Er und Christian Dior sind so was wie verwandte Seelen.« Ein Grinsen huschte über Kennetts Gesicht.

Lucas nickte. Sie gingen auf die Tür zu, Lucas hielt sie ihm auf.

»Kann ich auf den Tod nicht leiden, wenn mir einer die Tür aufhält«, murmelte Kennett, während er sich an Lucas vorbeischob.

»Mhm«, machte Lucas. »Fragt sich nur, was Sie gern auf dem Grabstein stehen hätten? Zum Beispiel: Die Tür war robuster als seine Gesundheit?«

Kennett lachte. Ein herzliches, ungekünsteltes Lachen. Lucas fand ihn auf Anhieb sympathisch. Dachte aber: Paß auf, alter Junge. Es gibt Leute, die trainieren so was. Die lachen nur, weil sie wollen, daß man sie sympathisch findet.

Kennetts Lachen war verflogen. »Ich könnte auch abkratzen, wenn ich den Schaum von meinem Bierkrug puste. Was mir nur deshalb nicht passieren wird, weil die Ärzte mir das Biertrinken verboten haben. Ich drück Ihnen die Daumen, daß Ihnen so was erspart bleibt. Schlucken Sie regelmäßig Aspirin. Machen Sie einen weiten Bogen um Steaks und Eier. Und wenn Sie's erwischen sollte, beten Sie, daß es ein Gehirnschlag ist. Beides Scheiße, aber das mit dem Herzen ist schlimmer. Das macht Sie über Nacht zum Wrack. Ich bring nicht mal mehr die Fäuste hoch. Jedes dahergelaufene Arschloch kann mich zusammenschlagen, ich kann mich nicht mal wehren.«

»Hören Sie auf«, sagte Lucas, »so was höre ich nicht gern.«

»Und ich rede nicht gern darüber. Trotzdem tue ich's. Pausenlos. Einverstanden, wenn ich Sie gleich mit meinen Leuten bekannt mache?«

»Ja. Ja, gut«, antwortete Lucas.

Lucas folgte Kennett durch die vordere Lobby und wartete neben ihm, bis der Sergeant an der Rezeption den Türöffner summen ließ – das Sesam-öffne-Dich in den Dienstbereich. Kennett führte ihn zu einem Besprechungszimmer, an dessen Tür ein Bogen kariertes Notizpapier klebte, auf den jemand in Blockbuchstaben »Gruppe Kennett« gemalt hatte.

An den Wänden vier Korktafeln mit Merkzetteln, Gesprächsnotizen und Kartenausschnitten von Manhattan. Mehrere lange Tische, ein Dutzend Bürostühle mit Sitzschalen aus Plastik. Und mitten im Raum zwei Streithähne, der eine massig und sonnengebräunt, der andere ein hagerer Typ mit einem Hundegesicht; an Stimmgewalt mangelte es beiden nicht.

»...eure Leute mal die verdammten Ärsche hochbringen würden, wären wir schon ein Stück weiter. Soll ich dir sagen, warum wir seit Wochen auf der Stelle treten? Weil sich bei der gottverdammten Hitze jeder hinter irgendeinem Schreibtisch verschanzt, damit er sich draußen keinen Sonnenbrand holt. Dabei wissen wir genau, daß der Kerl Stoff braucht, und irgendwo muß er sich das Zeug doch besorgen.«

»Na schön, aber ich bin nicht der Arsch, der laut rausposaunt hat, daß wir ihn in einer Woche haben – ich nicht. In die Scheiße hast du uns reingeritten, Jack. Soweit uns bekannt ist, beschafft er sich seinen Stoff in Jersey – oder unten in Philly, und meine Leute sind weder da noch dort zuständig.«

Ein halbes Dutzend Cops in Zivil, die Waffe im Gürtel, lümmelte in den Plastikschalen und verfolgte das Streitgespräch. Die meisten nippten an Kaffeebechern, zwei, drei pafften Zigarettenqualm in die Luft, in einem der Blechaschenbecher qualmte eine nicht richtig ausgedrückte Kippe vor sich hin.

Kennett erkundigte sich, während er zum Tisch an der Stirnseite ging, scheinbar beiläufig: »Was ist los?«

»Eine Diskussion über das zweckmäßigste Vorgehen«, antwortete der Sonnengebräunte ausweichend.

Kennett hakte höflich, aber bestimmt nach: »Na und? Was dabei rausgekommen?«

Der Cop guckte weg. Schüttelte den Kopf. »Nein.«

Lucas suchte sich einen Stuhl im Hintergrund. Kennetts Leute drehten sich zu ihm um. Abwartend, distanziert, nicht feindselig.

»Das ist Lucas Davenport aus Minneapolis«, sagte Kennett, während er bereits in der Aktenmappe blätterte, die für ihn bereitlag. »Er wird heute vormittag den Reportern ein paar Fragen beantworten und sich heute nachmittag draußen umsehen. Zusammen mit Barb Fell.«

»Wie kommt's, daß dieser Bekker, der verdammte Scheißkerl, Ihnen abgehauen ist?« bellte der Sonnengebräunte nach hinten.

»Nicht mir«, sagte Lucas gelassen.

»Als Sie ihn hatten, hätten Sie ihn umbringen sollen«, blaffte der mit dem Hundegesicht und zeigte die V-förmige nach außen gespreizten Schneidezähne.

Lucas nickte. »Eine Möglichkeit, an die ich vorübergehend selber gedacht habe.« Es hörte sich gelangweilt an. Und sein Blick hielt den anderen so lange fest, bis das Hundegesicht wegsah.

Weiter vorn lachte einer, ein anderer murmelte: »Hätte-möchte-sollte...«

»Lassen wir das«, sagte Kennett. »Davenport, ich will Ihnen meine Leute vorstellen. Die Lieutenants Kuhn, Huerta, White, Diaz, Blake und Carter und die Detectivs Annelli und Case – unsere Spezialisten für Mordserien. Wer wer ist, kriegen Sie im Lauf der Zeit schon raus.«

Die Cops hoben, als ihr Name fiel, kurz die Hand. Und Lucas dachte, daß sie genauso aussahen wie Minneapolis-Cops. Zu wenig Gehalt, zu viele Jahre mit Burgers, Fritten und heißen Würstchen. Und dauernd jemand, der ihnen reinreden und alles besser wissen wollte.

Eine Rothaarige kam mit einem Stapel Akten herein. Kennett ergänzte: »Und das ist Barb Fell. Barb, das ist Lucas Davenport. Der da hinten – in dem Seidenjackett für fünfhundert Dollar und mit den Zweihundert-Dollar-Schuhen.«

Sie mochte Mitte Dreißig sein, schlank, ein paar graue Fäden im kupferroten Haar. Eine kleine weiße Mondsichel schmiegte sich an ihren Mundwinkel, eine winzige alte Narbe. Sie setzte sich neben Lucas, gab ihm die Hand, drehte sich nach vorn.

Kennett rückte seinen Stuhl herum, sah seine Leute der Reihe nach an und fragte: »Es soll was Neues geben, hab ich gehört? Kann mich mal jemand informieren?«

Einen Atemzug lang rührte sich nichts, dann meldete sich

einer der Lieutenants zu Wort – soweit Lucas sich erinnern konnte, war es derjenige, der bei dem Namen Diaz die Hand gehoben hatte.

»Vor einiger Zeit ist ein Taxi verschwunden. Ungefähr zu der Zeit, als Bekker hier aufgetaucht ist. Neues Modell, drei Monate alt. Gestohlen. Nach unseren Ermittlungen, während der Fahrer gerade in einer Bar Pause gemacht hat.«

Kennett hob die Augenbrauen. »Nie wieder aufgetaucht?«

»Soweit wir wissen, nicht. Aber...«

»Aber – was?«

»Einer von unseren Jungens ist der Sache nachgegangen. Der Fahrer weiß angeblich von nichts. Geht in 'ne Bar, will sich die Kehle durchspülen, kommt wieder raus – Taxi weg. Nur, der Wagen war schon in zwei Unfälle verwickelt. Eine Scheißkarre, das gibt der Fahrer selber zu. Das Getriebe hat gehakt, vermutlich war auch der Rahmen verzogen, die Beifahrertür ließ sich jedenfalls kaum noch öffnen. Ich wette, das Prachtstück liegt irgendwo in einem Fluß, und die Versicherung soll zahlen.«

Kennett nickte. »Bleibt an der Geschichte dran. Unser einziger Anhaltspunkt. Oder hat einer noch was anderes?« Er suchte die Reihe der Gesichter ab. »Was ist eigentlich bei der Überwachung von Laski rausgekommen? Immer noch nichts?«

»Nein«, sagte einer der Lieutenants, »absolut nichts.«

Lucas machte Kennett ein Zeichen. »Lily hat mir davon erzählt. Ich habe noch mal darüber nachgedacht...«

Alle Köpfe fuhren herum. Kennett sah Lucas fragend an.

»Ich glaube nicht, daß Bekker darauf hereinfällt. Laski ist für ihn ein Kollege, der irrige Ansichten vertritt, aber deswegen nicht gleich einer, dem er vor Wut an die Gurgel will. Vielleicht würde er sich gern auf eine Debatte mit ihm einlassen, aber daß er ihn umbringt... Nein, dazu respektiert er ihn zu sehr.«

Carter, der Sonnengebräunte, sagte ärgerlich: »Wir haben eben keinen anderen Köder. Und so abwegig ist die Idee mit Laski doch gar nicht.«

»Im Gegenteil«, gab Lucas ihm recht, »das Ganze ist klug eingefädelt...«

Laski, der an der Columbia University Pathologie lehrte, hatte sich bereit erklärt, Bekkers wissenschaftliche Abhandlungen für die Presse zu analysieren, und war – sowohl unter wissenschaftlichen als auch unter moralischen Aspekten – zu einem vernichtenden Urteil gelangt. In seiner Veröffentlichung hatte er Bekker einen psychopathischen Sadisten genannt und dessen Theorien als reine Scharlatanerie abqualifiziert. Das Ganze diente nur dazu, Bekker bis aufs Blut zu reizen, in der Hoffnung, er werde sich zu einer unbedachten Attacke hinreißen lassen. Laskis Apartment und sein Büro wurden rund um die Uhr unauffällig überwacht. Aber bisher war Bekker der Polizei nicht ins Netz gegangen.

»Und gerade deswegen«, fuhr Lucas fort, »hab ich mir das noch mal durch den Kopf gehenlassen und über mögliche Variationen nachgedacht.«

»Zum Beispiel?« wollte Kennett wissen.

»Als er noch in Minneapolis wohnte, hatte Bekker die Times abonniert. Ich gehe jede Wette ein, daß er sie hier auch liest. Wenn wir jemanden dazu bewegen könnten, sich für einen öffentlichen Vortrag zur Verfügung zu stellen, der vom Thema her so angelegt ist, daß Bekker neugierig wird...«

»Ach du meine Güte«, murmelte Kennett, »geht's nicht noch ein bißchen komplizierter?«

»Es gibt da einen, der Vorlesungen hält über die medizinischen Experimente von Dr. Mengele«, sagte Lucas, »den KZ-Arzt, Sie wissen schon...«

Kennett winkte ab. »Bekannt.«

»Mal angenommen, in der Times stünde, er werde in Kürze einen Vortrag halten über ärztliche Ethik anhand der Erkenntnisse, die namhafte Wissenschaftler – nicht nur Mengele, sondern unter anderem auch Bekker – gewonnen hätten...«

Die Männer aus Kennetts Gruppe horchten auf. Nur Huerta wandte ein: »Gott im Himmel, wissen Sie, wie viele Juden es in New York gibt? Da ist der Teufel los – oder was glauben Sie?«

»Langsam«, sagte Lucas. »Ich denke ja nicht an einen Vortrag mit irgendwelchen blödsinnigen antisemitischen Thesen. Alles streng intellektuell, ausgewogen, auf wissenschaftlicher Basis. Den Mann, den wir dazu brauchen, muß es irgendwo geben. In der Presse ist über die Vorlesungen berichtet worden, in denen er diese Theorien diskutiert. Vielleicht gelingt es uns, zusätzlich einen angesehenen jüdischen Wissenschaftler als Diskussionspartner zu gewinnen, dann kriegen wir keinen Ärger.«

Kennetts Interesse war geweckt. »Und darauf, glauben Sie, würde Bekker anspringen?« fragte er.

»Er kann mit Sicherheit nicht widerstehen, wenn er davon erfährt. Er ist ganz versessen auf das Thema. Vielleicht können wir die Veranstaltung als Podiumsdiskussion ankündigen, an der auch Laski teilnimmt. Das bringt ein breiteres Echo in der Presse.«

Kennett sah seine Leute der Reihe nach an. »Was meint ihr?«

Carter nickte widerwillig. »Könnten Sie das arrangieren?«

»Ja«, sagte Kennett, »wenn nicht ich, dann O'Dell.«

»Hört sich gut an«, sagte schließlich auch Huerta, »aber so was einzufädeln, das dauert eine Weile.«

»Zwei, drei Tage«, schätzte Kennett, »höchstens eine Woche.«

»Bis dahin haben wir ihn vielleicht längst.«

»Okay, in dem Fall blasen wir die Aktion ab. Es ist genau wie bei der Laski-Sache. Entweder klappt's oder nicht. Wenn nicht, haben wir's wenigstens probiert.« Er nickte Lucas zu. »Ich werde mich darum kümmern.« Dann wandte er sich wieder den anderen zu. »Was liegt noch an? John, was haben wir vom Drogendezernat?«

»Wir machen mächtig Druck«, sagte Blake, »aber bis jetzt ist nichts dabei rausgekommen. Wir bleiben weiter dran.«

Während Kennett weitere Wortmeldungen aufrief, flüsterte die Rothaarige Lucas zu: »Das Gespräch mit den Pressevertretern ist vorbereitet. Ein paar von denen sind schon da, aber drei oder vier werden noch erwartet.«

Lucas hatte den Eindruck, daß Barb Fell ihm noch mehr mitteilen wollte, aber plötzlich huschte ihr Blick zur Tür. Der Mann, der den Raum betrat, hatte Probleme mit seinem Gewicht; man sah es nicht nur seinem Bauch, sondern auch dem schwankenden Gang an. Er maß jeden der Anwesenden mit einem kurzen Blick, bei Lucas und Barb Fell nahm er sich eine Sekunde mehr Zeit. Ein Netz aus feinen Äderchen zog sich über seine fahlen Wangen. Das graue Haar war glatt zurückgekämmt und mit irgendeiner Pomade festgeklebt. Über dem schwammigen Kinn thronte ein sinnlicher Mund mit aufgeworfenen Lippen – ein permanenter Schmollmund, hätte man denken können. Und sein dreiteiliger Anzug... Wenn ein Modejournalist vor der Aufgabe gestanden hätte, die Farbe zu beschreiben, wäre ihm vielleicht »Ochsenblut« eingefallen.

Barb Fell hauchte nahe an Lucas' Ohr: »O'Dell, der stellvertretende Polizeichef. Zuständig für durchgeschnittene Kehlen und dergleichen.«

Hinter O'Dell kam Lily herein. Sie entdeckte Lucas, neigte kurz den Kopf und hob fast unmerklich die Augenbraue. Zum marineblauen Kostüm trug sie etwas, das in der Damenkonfektion anders heißen mochte, aber genau wie ein Schlips aussah.

Auch die Art, wie sie den lockeren Windsorknoten geschlungen hatte, kam Lucas durchaus bekannt vor. Über ihrer Schulter hing eine schwere Ledermappe, ihre Hand stützte sich – scheinbar zufällig – am hinteren Tragriemen ab. Lucas wußte, warum. Knapp zehn Zentimeter tiefer steckte die .45er. Er hatte mit eigenen Augen gesehen, wie sie damit umgehen konnte. Ziehen, dem Burschen die Waffe vor die Stirn halten, abdrücken. In Bruchteilen von Sekunden hatte sich das abgespielt.

Lily begleitete O'Dell zu einem Platz an der Stirnseite des Raumes. Sie selbst suchte sich einen Stuhl weiter hinten – zufällig neben Lucas.

»Hattest du Gelegenheit, mit Dick zu sprechen?« fragte sie flüsternd.

»Ja«, flüsterte er zurück, »scheint ein netter Kerl zu sein.«

Ihr Blick verriet, daß sie nicht sicher war, ob das ernst gemeint sei. Dann nickte sie, drehte den Kopf zur Seite.

O'Dell wurde über den Stand der Untersuchungen im Fall Bekker informiert. Er hörte sich alles an, behauptete, er sei nicht gekommen, um seinerseits Vorschläge für das weitere Vorgehen zu unterbreiten, hatte aber dann doch einen parat: »Wie wär's mit Lockvögeln? Jemand im Zentralbüro hatte die Idee, wir sollten ein paar Jungens auf die Straße schicken.«

Eine kurze Diskussion über die Vor- und Nachteile schloß sich an, dann ergriff Kennett das Wort. Er baute sich an einer der Korktafeln vor einer Karte von Manhattan auf. »Das Gebiet ist zu weitläufig.« Sein Zeigefinger wanderte vom Central Park zum Bankenviertel. »Wenn Bekker es auf bestimmte Gruppen abgesehen hätte, Zuhälter oder Schwule zum Beispiel, würde ich mir was davon versprechen. Aber er wählt seine Opfer willkürlich aus. Wir können lediglich festhalten, daß er sie nicht irgendwo auf der Straße aufliest. Obwohl er's an sich mit Obdachlosen am leichtesten hätte.«

Case, einer der Spezialisten für Mordserien, warf ein: »Ihm geht's, glaube ich, darum, daß sie einen gesunden Eindruck machen. Die pseudowissenschaftlichen Spielchen, die er treibt... Danny und ich vermuten, daß er von vornherein jeden links liegen läßt, der ihm krank vorkommt oder aussieht, als wär's mit seiner Gesundheit nicht weit her. Wahrscheinlich befürchtet er, daß das sonst seine Meßwerte durcheinanderbringt. Die Berichte aus dem Büro des amtlichen Leichenbeschauers besagen übereinstimmend, daß es sich regelmäßig um kerngesunde Personen gehandelt hat.«

»Stimmt«, bestätigte Kennett. »Bis jetzt waren es insgesamt sieben Opfer, davon fünf Frauen, zwei Männer. Sechs Weiße, ein Schwarzer. Zwei von den Weißen waren Hispanos, aber das hat sich wohl eher zufällig so ergeben.«

»Alle auffallend klein, bis auf den ersten«, ergänzte Kuhn. »Der zweite war nur einen Meter siebenundsechzig und schmächtig.«

»Die kann er hinterher leichter loswerden«, murmelte Huerta.

Zustimmendes Nicken. Langes Schweigen. Alle starrten auf die Karte von Manhattan.

Einer der Lieutenants meldete sich zu Wort. »Irgendeinen Unterschlupf muß er haben – schon deshalb, damit er seine Opfer betäuben kann. Er kann sich nirgendwo blicken lassen, hat aber andererseits Geld für Drogen...« Er sah zu Lucas herüber. »Kann's sein, daß er irgendwo Geld versteckt hat? Er war doch ganz gut betucht? Könnte er was vergraben haben?«

Lucas schüttelte den Kopf. »Das war die große Überraschung für ihn, als wir ihn damals erwischt haben. Er war wohl davon ausgegangen, daß er das Haus seiner Frau erben würde. Aber dann kam es unter den Hammer, und der Erlös wurde zusammen mit dem gesamten Vermögen eingezogen.«

»Mhm, dann bringt uns das auch nichts.«

»Ich denke, mit der Idee, daß ihm einer unter die Arme greift, aus alter Freundschaft – oder jemand, mit dem er hier in New York in Kontakt gekommen ist, liegen wir trotzdem nicht falsch«, sagte Lucas.

Kennett nickte. »Das vermute ich ebenfalls. Nur, das hilft uns auch nicht weiter.«

»Wir könnten versuchen, ein bißchen Druck auf diesen Freund auszuüben«, meinte Lucas. »Mit Hilfe der Medien. Wenn er…«

»Halt mal«, unterbrach ihn O'Dell, »das geht mir zu schnell. Wie kommt ihr auf die Theorie mit diesem Freund?«

»Wir haben die ganze gottverdammte Stadt mit Bildern von Bekker gepflastert«, erklärte ihm Kennett. »Mit solchen, wie er zuletzt ausgesehen hat, und mit anderen, die ihn mit gefärbtem Haar oder mit kahlgeschorenem Schädel zeigen – oder weiß Gott wie. Ich rede nicht von Phantomzeichnungen, unsere Bilder sehen aus wie echte, scharf geschossene Fotos…«

»Ja, ja, weiter«, drängte O'Dell ungeduldig.

Lucas sprang für Kennett in die Bresche. »Wenn er also keine Tarnkappe trägt, muß es jemanden geben, der ihn abschirmt. Er kann sich nicht irgendwo eine Wohnung suchen, Miete zahlen und ein normales Leben führen. Neugierige Nachbarn sind das letzte, was er sich leisten kann.«

»Und das bedeutet: Jemand hat ihm ein Dach über dem Kopf besorgt, oder er lebt auf der Straße«, sagte Kennett.

»Auf der Straße finden wir ihn bestimmt nicht«, widersprach Lucas entschieden. »Da bin ich ganz sicher. Er ist nicht der Typ dafür. Weil… Das genügt seinen Ansprüchen nicht. Übrigens muß er einen Wagen zur Verfügung haben. Er kann ja die Leichen nicht gut mit dem Taxi abtransportieren.«

»Möglicherweise fährt er selbst ein Taxi«, meinte Huerta.

»Kaum anzunehmen«, winkte Diaz ab. »In der Sache mit dem angeblich gestohlenen Wagen haken wir noch mal nach. Ich mache Dampf dahinter.«

Auch Lucas war skeptisch. »Er als Taxifahrer? Das wäre zu riskant.«

»Na schön, aber es würde eine Menge erklären«, wandte Kennett ein. »Wie er seine Transportprobleme löst, wie er zu Geld kommt und wie er sich tarnt. Er arbeitet nachts und sucht sich seine Opfer. Zum Beispiel da, wo viele Touristen anzutreffen sind, Leute wie Louis Cortese. Bei Taxifahrern wird so schnell keiner mißtrauisch. Er tut so, als habe er was abzuliefern, steigt aus und erkundigt sich nach der Adresse…«

Lucas verzog das Gesicht. »Ich weiß nicht…«

Wieder starrten alle auf die Karte. Der Moloch Großstadt – mit Hochhäusern, von denen jedes die Bevölkerung einer ganzen Kleinstadt aufnehmen konnte.

»Ja«, räumte Kennett schließlich ein, »ich glaube, Sie haben recht. Jemand muß ihn bei sich aufgenommen haben. Nur, wie kommt er an Geld?«

»Er nutzt seine beruflichen Fähigkeiten«, meinte Lucas. »Abgeschlossenes Medizinstudium, Erfahrung mit chemischen Substanzen. So einer – und dann auf der Flucht…«

White nickte. »Solche Leute sind gesucht. Werden gut bezahlt. Und natürlich auch, wenn nötig, anständig untergebracht. Ectasy, Methedrin, LSD – alles wieder auf dem Markt, fast wie in alten Zeiten.«

O'Dell wurde ungeduldig. »Was soll das Gerede eigentlich? Worauf wollen wir hinaus?«

»Wir suchen nach Möglichkeiten, wie wir denjenigen, der ihm ein Dach über dem Kopf besorgt hat, unter Druck setzen können«, sagte Lucas. »Wieder was, wozu wir die Medien brauchen. Mit Unterstützung von ganz oben.«

»Wieso?« fragte O'Dell.

»Weil wir sie auf unsere Seite ziehen müssen«, antwortete Lucas. »Wir brauchen sie als Sprachrohr. Wir brauchen Schlagzeilen, die den Leuten klarmachen: Wer Bekker Unterschlupf gewährt, macht sich der Beihilfe zum Mord schuldig. Wir müssen Bekker aus seinem Bau treiben. Wenn er sich nirgendwo mehr verkriechen kann, haben wir's leichter, ihn zu jagen.«

»Mhm«, machte O'Dell, »ich wüßte einen, den ich anrufen kann. Ich glaube, da läßt sich was machen. Sie reden doch nachher mit den Reportern? Lassen Sie schon mal eine Bemerkung in der Richtung fallen.«

Als die Besprechung zu Ende war, wuchtete O'Dell sich aus seiner Sitzschale, kam nach hinten zu Lucas und ließ ihn wissen: »Lily und ich wären gern bei dem Pressegespräch dabei.«

Lucas nickte. »Ja, warum nicht?« Und wandte sich an Barb Fell: »Wir beide sind für heute nachmittag verabredet?« Daß das Grau ihrer Augen genau zur Farbe der Fäden paßte, die sich hier und da ins kupferrote Haar geschmuggelt hatten, fiel ihm erst jetzt auf. Einen Meter achtundsechzig, schätzte er. Ein Lächeln, als hätte ihr irgendwann jemand sehr weh getan. Und nikotingelbe Finger.

»Ja«, antwortete sie, »wir sollten ein paar von den Hehlern unter die Lupe nehmen.«

»Wäre es möglich, mir Kopien von den Unterlagen über Bekker zur Verfügung zu stellen?«

Sie deutete auf den Stapel Aktenmappen, den sie auf dem Schoß hielt. »Liegt schon alles bereit.«

O'Dell, der bei Kennett stand, rief ihn nach vorn. »Dick hat mir von Ihrer Idee erzählt – die Sache mit dem Vortrag. Ich werd das heute nachmittag gleich einfädeln. Wenn's geht, für nächste Woche. Wir stellen das natürlich so dar, als sei der Vortrag schon länger geplant.«

Lucas nickte. »Gut.«

O'Dell wandte sich zum Gehen. »Wir sehen uns nachher unten. Ich muß jetzt erst mal für kleine Jungens.«

Lucas war es, während O'Dell sich mit ihm unterhielt, so vorgekommen, als zöge Kennett die Mundwinkel nach unten. Als sie allein waren, sprach er ihn unverblümt darauf an. »Sie mögen ihn nicht, wie? Was haben Sie gegen ihn?«

Kennetts Gesicht verriet nichts mehr. Und zunächst sah es so aus, als würde er der Frage ausweichen. Aber dann sagte er: »Weil Sie nie was anderes als große Worte von ihm erwarten können. Taktische Schachzüge. Winkelzüge. Er sieht aus wie ein Schwein. Aber er ist kein Schwein, er ist eine verdammte Giftspinne. Wenn er sich zwischen einer Lüge und der Wahrheit entscheiden müßte, würde er immer die Lüge wählen. Weil das die Sache spannender macht. Deshalb mag ich ihn nicht.«

»Kann ich Ihnen nachfühlen.« Lucas sah O'Dell nach. »Aber Lily scheint ihn zu mögen.«

»Ein Rätsel für mich«, sagte Kennett. »Und das mit dem Schwein und der Giftspinne... Hauen Sie mich nicht in die Pfanne, sonst lande ich bei der Verkehrsüberwachung in der Tiefgarage.«

Lucas grinste. »Sie übertreiben.« So einfach war das nicht mit den Spielregeln der Macht.

Kennett schmunzelte mit. »Zugegeben. Aber das Arschloch könnte mir ganz schön die Hölle heiß machen.«

Lily gab Lucas von der Tür aus einen Wink. Er drehte sich zu Barb Fell um. »Kommen Sie mit?«

Die Rothaarige klappte ihre Akten zu. »Wenn das eine Einladung ist...«

Und in der Halle warteten Reporter von drei Zeitungen auf Lucas, dazu die Aufnahmeteams von zwei Fernsehstationen. Ein gutgelauntes Völkchen, sie neckten sich gegenseitig, und

Lucas bekam auch einiges ab. Sehr ernst schienen sie das Ganze nicht zu nehmen. Wie das damals in Minneapolis gewesen war, wollten sie wissen, wie er Bekker zur Strecke gebracht habe und was das überhaupt für ein Bursche sei.

Dann nahm ihn eine blonde Fernsehreporterin in Beschlag. »Aber bitte nur ganz kurz«, schärfte sie ihm ein, »wir haben nicht viel Sendezeit. Fertig? Also: Sie kennen Michael Bekker. Sie waren sogar mal bei ihm zu Hause. Wie würden Sie ihn Ihrem persönlichen Eindruck nach charakterisieren? Manche nennen ihn ein Tier…«

»Nun«, sagte Lucas, »ich halte das für eine Beleidigung der Tierwelt. Bekker ist ein Monster. Das ist der einzige Ausdruck, der mir einfällt, und selbst der beschreibt nur unzulänglich, wie ich ihn einschätze. Er ist eine Mißgeburt – wie aus einer Horrorshow.«

»Super«, sagte die blonde Reporterin und fragte den Kameramann: »Haben wir das drin?«

»Sieht gut aus«, bestätigte der Kameramann, »das bringen sie bestimmt. Jetzt vielleicht noch im Gegenschuß deine Schlußbemerkung…«

O'Dell saß breitbeinig in einem Klappstuhl, in der typischen Haltung eines Drei-Zentner-Mannes. Als die Reportermeute weg war, nickte er Lucas anerkennend zu. »Gut«, kommentierte er, »Bekker ist ein schlauer Hund, das haben Sie denen klargemacht, und schwer zu fassen.« Er nagte an den wulstigen Lippen. »Andererseits weiß jetzt jeder, daß wir alles tun, um es doch zu schaffen. Wie die kleine Blonde schon gesagt hat: super.«

# 6

Der Zauber der Sixth Avenue.

Giftige Schwaden, die der Asphalt ausschwitzte, malten wabernde Trugbilder in die Luft über den Straßenschluchten: Lichtmasten, die sich krümmten wie Bauchtänzer, und rosarote Schleier, die himmelwärts taumelten. Barb Fell – den Arm aus dem Wagenfenster gehängt, eine filterlose Zigarette zwischen den Lippen – jagte den zerschundenen Plymouth durch das Gewimmel der Taxis. Aus dem Radio, das auf dem Rücksitz lag, dudelte schöner alter Rock'n'Roll: The Doors, *Light My Fire.*

»...nie genug Kleingeld zusammen, um das Air-conditioning reparieren zu lassen«, beschwerte sie sich gerade, »aber im Büro blättern sie locker die Scheinchen für drei nagelneue Computerterminals hin – mit allem Pipapo... Damit uns ja nicht die Arbeit ausgeht.«

Schwarze und braune Arme hingen aus den Fenstern der hellbraunen Taxis, die an ihnen vorbeiflitzten. Hinten im Fahrgastraum saßen Weiße und kochten im eigenen Saft.

»Warum ausgerechnet Hehler?« fragte Lucas. Barb Fells Domäne, hatte man ihm erzählt, waren Einbrüche in Lagerhäuser und Diebstähle aus Produktionshallen.

»Weil Kennett einen von diesen hirnverbrannten Artikeln gelesen hat, die Bekker verzapft, und da ist ihm klargeworden, daß der Kerl ohne medizinisches Spezialgerät gar nicht in der Lage wäre, so genaue Meßwerte zu bekommen. Kreislaufwerte – die führt er ausdrücklich in seinem Geschreibsel auf und faselt was von einem Katheter in der Speichenschlagader. Also muß er sich spezielle Meßgeräte beschafft haben.«

»Habt ihr den Fachhandel überprüft?«

»Klar. Hier in den Staaten, in Kanada, die großen Hersteller in Europa und Japan – alles, aber da war nichts. Aus den Krankenhäusern liegen auch keine Meldungen über Diebstähle vor. Aber irgendwo muß er das Zeug ja herhaben.«

Sie hielten vor einer roten Ampel. Auf dem Bürgersteig saß – ein nasses Tuch über die Stirn geklatscht – in einem Gartenstuhl ein Obsthändler. Daß er mit schier unerschöpflicher Geduld einen Apfel schälte, sah harmlos aus; der hauchdünne Stahl des Stiletts mit dem Elfenbeingriff, das er dazu benutzte, paßte weniger zum Bild einer Idylle. Eine tigergefleckte Katze mit räudigem Fell schlich sich, vom Schwänzeln der herunterhängenden Schale angelockt, von hinten heran. Sie starrte gierig, konnte nicht widerstehen, setzte zum Sprung an und hatte, ehe sie durch den offenen Gully im Abwasserkanal verschwand, das Licht der Welt zum letztenmal gesehen. Immerhin besser, als weiter in der Hitze zu schmachten.

»... Inversionslage, bei der es auch nachts nicht abkühlt«, erzählte Barb Fell. »Dann drehen sie alle durch. An so einem Tag kam bei mir mal ein Anruf an, da hatte ein PR seine Mutter ...«

»Wer?« unterbrach Lucas.

»Ein Puertoricaner. Also, der Kerl hatte seiner eigenen Mutter den Kopf in die Kloschüssel gedrückt, bis sie ertrunken war. Und alles, was er zu sagen hatte, war, er hätt's getan, weil's so beschissen heiß war und sie den Schnabel nicht halten wollte.«

Zahlschalter, mexikanische und indische Restaurants, Lieferwagen, eine Würstchenbude, aus der es nach billigem Fett stank – bunter hätte die Kulisse, die an ihnen vorbeiglitt, kaum sein können. Bunt wie das Völkchen auf den Bürgersteigen: irre Typen mit einem roten Punkt auf der Stirn, in T-Shirts, auf denen *Bitte nicht furzen* stand, Penner und Möchtegern-Mafiosi, die sich teure Sonnenbrillen auf die Nase gestülpt hatten und ihren Neunhundert-Dollar-Knitterlook spazierenführten.

Eine Frau mit Schultern wie ein Preisboxer; bei ihrem T-Shirt konnte einem das Lachen im Halse steckenbleiben: die Mündung einer .45er drohend auf einen Stadtplan von New York gerichtet, und darunter stand. *Letzte Orientierung – Sie befinden sich hier.*

»Wir sind da«, sagte Barb Fell, »Lonnie.« Sie zog den Wagen nach rechts und wuchtete die Reifen über die Bürgersteigkante. Hinter ihr wütendes Hupen – das Taxi, das sie geschnitten hatte.

»He!« schrie der Fahrer zu ihr herüber, als sie ausstieg, »was soll der Scheiß?«

Sie formte aus Daumen und Zeigefinger eine Pistole, legte auf den Fahrer an, drückte ab und kümmerte sich nicht weiter um den lautstarken Protest.

Lonnie saß, den Walkman-Knopf im Ohr, auf einer umgestülpten Getränkekiste und wiegte sich im Takt der Musik. Er sah demonstrativ in die andere Richtung, als Fell auf ihn zukam. Erst als sie der Kiste einen kurzen Tritt verpaßte, schaute er hoch und nahm den Knopf aus dem Ohr. Lucas hatte sich inzwischen links von ihm aufgebaut. Keine Chance mehr für Hasch-mich-Spielchen.

»Du hast am Montag hundert Einwegspritzen an Al Kunsler verkauft«, sagte Barb Fell. »Wir wollen wissen, woher du die hattest und was du sonst noch im Angebot hast. Nur medizinisches Zeug, der Rest interessiert uns nicht.«

Lonnie gaffte sie an. Narben über und unterhalb der Augenbrauen, die Nase war irgendwie aus dem Lot geraten. »Ich kapier überhaupt nicht, wovon ihr redet.«

»Komm, Lonnie, wir wissen Bescheid«, fuhr sie ihn ungeduldig an. »Ich hab keine Lust, lange rumzureden.« Schweißperlen glitzerten auf ihrer Stirn. »Wenn du dich stur stellst, nehmen wir dich mit. Wenn du redest, sind wir gleich wieder weg. Und damit du ungefähr weißt, was gespielt wird: Hier geht's um eine Sache, in die du bestimmt nicht reingezogen werden willst.«

»Ach, wirklich? Was läuft denn?« Er machte eine Bewegung, als ob er sich hochdrücken wollte, aber da lag schon Lucas' Hand auf seiner Schulter.

»Wir sind hinter dem Verrückten her, Bekker. Sagt dir das was? Er hat sich medizinische Geräte besorgt. Und wir wollen wissen, wer so was anbietet. Du mußt mindestens eine Adresse kennen, bei der...«

»Bekker?« fiel ihr Lonnie ins Wort. »Mit dem Furzknochen hab ich nichts zu schaffen.«

»Wir wollen nur wissen, woher du die Spritzen hattest«, sagte Lucas.

Lonnie sah sich nach allen Seiten um, als müsse er sich erst vergewissern, daß ihn niemand beobachtete. »Aus Atlantic City. Ich kenn den Kerl nicht, hab ihn in einem Motel getroffen.«

»Und wo hatte er sie her?« fragte Lucas.

»Verdammte Scheiße, woher soll ich das wissen? Vielleicht ist das Zeug an 'n Strand geschwemmt worden.«

»Lonnie, Lonnie«, murmelte Barb Fell.

Er machte Hundeaugen. »Das hat man nun davon. Ich bin extra nach Atlantic City gefahren, weil man ja hier keine ehrlichen Geschäfte mehr machen kann...«

»Ja, natürlich...«

»Ist doch so, oder? Also, ich treff da so 'nen Typen im Motel, und der sagt, er hätte was für mich. Was denn, frag ich, und er sagt: allen möglichen Scheiß. So war's auch. Jede Menge Werkzeugsätze, Computerkram, lederne Bordcases, Gürtel, Kleidung und was weiß ich. Und die Spritzen.«

»Was für 'n Wagen hatte er?« wollte Lucas wissen.

»'n Cadillac.«

»Neues Modell?«

»Ach was, uralter Schlitten, kackgrün mit weißem Dach.«

»Glaubst du, daß er noch dort ist?«

Lonnie hob die Schultern. »Kann sein. Kam mir so vor, als wär' er schon 'ne Weile da. Hat 'n paar Miezen an der Hand gehabt, mit denen ist er immer losgezogen. Und die schienen ihn ganz gut zu kennen.«

Ein halbes Dutzend Hehler klapperten sie ab, lauter kleine Gauner. Und ungefähr alle halbe Stunde machte Barb Fell bei einem Münztelefon halt und versuchte zu telefonieren. Aber es schien sich keiner zu melden.

»Niemand zu Hause?« fragte Lucas , als sie weiterfuhren.

»Niemand zu Hause.« Mehr sagte sie nicht.

Er beobachtete sie unauffällig. Und dachte, daß sie zur falschen Zeit am falschen Ort geboren worden war, in der Bronx. Sie hätte ein gutes Cowgirl abgegeben, in Dakota oder Montana. Kräftig, mit breiten Schultern, hochangesetzten Wangenknochen, die rote Mähne mit Haarklammern gebändigt. Und die weiße Halbmondnarbe neben dem Mund...

Damals, als sie noch im Streifendienst war, sei das passiert, erzählte sie. Einer sei mit einer abgebrochenen Flasche auf sie losgegangen. »Das kommt dabei raus, wenn man die Arschlöcher davon abhalten will, sich gegenseitig umzubringen.«

Babe Zalacki hatte vielleicht mal sehr hübsch ausgesehen – irgendwann vor langer Zeit, bevor ihr die Zähne ausgefallen waren. Zahnlos-rosarot lächelte sie Lucas an und schüttelte den Kopf. »Mit so 'm Scheißzeug hab ich nichts zu tun. Medizinischen Kram und so – nee, ich hab bloß mal dreihundert Schachteln Kondome in die Finger gekriegt. Ist aber schon 'n paar Wochen her. Gummis wirst du mit links los. Brauchst dich bloß in Manhattan an 'ne Straßenecke zu stellen. Aber so 'n medizinischen Scheiß... Nee, weiß ich nichts von.«

»Die Sonne geht unter«, sagte Barb Fell, als sie weiterfuhren.

Lucas schaute hoch zum Himmel. Ein ausgefranster blaßroter Ball hing im verwaschenen Dunst über der West Side. »Aber heiß ist es immer noch.«

»Das ist noch gar nichts. Warten Sie bis August, dann wird's erst richtig heiß... Ich glaub, ich ruf lieber noch mal an.«

Lucas wartete im Wagen. Ein paar Meter die Straße hinauf stand einer vor einem Haus, stützte sich mit der Hand ab, pinkelte an die Fassade, schlenkerte, zog den Hosenschlitz zu, ging weiter. So einfach wird manch einer los, was ihn drückt.

Barb Fell kam zurück. »War besetzt. Also ist er zu Hause.«

Eine halbe Stunde kurvten sie kreuz und quer durch Straßen unten am Wasser, in denen sich Lagerschuppen an Lagerschuppen reihte. Es fing schon zu dämmern an, als sie wendete und den Plymouth mit den rechten Reifen über die Bordsteinkante zog. Sie stellte den Motor ab, nahm ihr Radio vom Rücksitz, schob es unter den Fahrersitz und legte ein Schild, auf dem behauptet wurde *Kein Radio im Wagen*, unter die Windschutzscheibe.

»Sogar, wenn das Auto einem Cop gehört?«

»Gerade dann. Cops haben 'ne Menge im Wagen liegen, was andere gut gebrauchen können. Denken die Kerle jedenfalls.«

Lucas stieg aus, reckte sich, gähnte und fuhr sich unter der Jacke mit dem Daumen am Gürtel entlang, bis er aufs Lederfutteral der Bianchi stieß. Die Straße lag im Halbdunkel der beginnenden Nacht, tiefe Hauseingänge, Parkplätze, die man nicht einsehen konnte. Das beherrschende Gebäude war ein hoch aufragender Würfel aus rotem Backstein, keine Hausnummer, kein Firmenschild. Drei Stockwerke hoch gähnten schmale

Fenster ohne Lichtschimmer, darüber, bis zum elften Stock, verschluckte die Dunkelheit ohnehin alles, erst ganz oben, im zwölften waren ein paar gelbe Vierecke auszumachen.

»Er hat Licht brennen«, sagte Barb Fell.

Lucas sah sich um. »Nicht gerade die gemütlichste Wohngegend.« Papierfetzen trieben die Straße herunter, tanzten im Wind, der vom Fluß herüberwehte. Nichts, was an eine frische Brise erinnert hätte, eher an den stinkenden Atem zahnloser Greise. Die mußten irgendwo in den zwanziger Nummern sein, nicht weit vom Hudson.

»Genau die richtige Ecke für Jackie Smith«, sagte sie und faßte Lucas, als er auf die Tür zugehen wollte, rasch am Arm. »Nicht so eilig, ich brauch noch 'n Augenblick.« Sie fischte ein Päckchen Luckys aus ihrer Umhängetasche.

Lucas verzog das Gesicht. »Schlechte Angewohnheit.«

»Stimmt. Aber es erspart mir den Wecker.«

Er guckte verdutzt. »Wie?«

»Jeden Morgen, pünktlich um sieben, wache ich vom eigenen Husten auf.« Als Lucas keine Miene verzog, musterte sie ihn aus zusammengekniffenen Augen. »Das sollte 'n Witz sein, Davenport.«

»Ja. Innerlich lach ich mich halb tot.« Aber dann mußte er doch grinsen.

Sie klopfte das Mundstück an der Streichholzschachtel glatt, schnippte den Glimmstengel geschickt mit zwei Fingern nach oben und fing ihn mit den Lippen auf. Während sie ein Streichholz anriß, fragte sie: »Kann ich mich darauf verlassen, daß Sie mir nicht die Tour vermasseln?«

Er schob den Zeigefinger zwischen Kragen und Hals. Die Haut fühlte sich an wie Sandpapier. Scheißhitze. Scheiß-New-York.

»Verstehe ich nicht«, knurrte er unwirsch.

»Ich hab die Fotos von Bekker gesehen, damals, kurz nach der Festnahme. Er sah aus, als wär er in einen Betonmischer geraten. Wenn Sie so was hier in New York machen, mit einem, der Beziehungen hat, wie Jackie zum Beispiel, können Sie Ihre Karriere aus dem nächsten Betonmischer zusammensuchen. Das, was davon übriggeblieben ist.«

»Bei mir gibt's keine Karriere«, sagte Lucas.

»Aber bei mir. Noch vier Jahre, und ich hab's hinter mir. Und das würde ich gern noch erleben.«

Sie paffte immer noch an ihrer Zigarette. Zeit genug, Fragen zu stellen. Zum Beispiel: »Und was haben Sie hinterher vor?«

»Ich geh nach Florida. Such mir 'n Job in 'ner Bar. Als Toplessbedienung.«

»Was?« Er gaffte sie an.

»Ein Witz, Davenport«, sagte sie nachsichtig.

»Klar.« Er starrte nach oben. Elf Stockwerke roter Backstein. Und während er sich langsam um die eigene Achse drehte, fragte er: »Dieser Jackie Smith – was ist das für einer?«

Sie nahm einen Zug, fing zu husten an, hielt sich schnell die Hand vor den Mund. »Jackie? Einer von den Großen. Bei denen wir vorhin waren, sind alle nur unteres Drittel oder noch kleiner. Jackie ist einer, der alles verkauft. Drei oder vier von der Sorte gibt's im Stadtzentrum, mehr nicht. Wenn irgendwo ein Lastwagen ausgeraubt wird – sagen wir, voll mit Sonys, geht die Ladung an einen der drei, vier Großen, und der teilt das Zeug unter den Kleinen auf. Wenn Jackie Lust dazu hat, macht er sein Netz mobil – was weiß ich, so um die hundert kleine Hehler – und hetzt sie auf Bekkers Spur. Und die haben – mein Gott, vielleicht 'ne Million Junkies und Taschendiebe an der Hand, die sich für sie umhören. Wie gesagt, wenn er Lust dazu hat.«

»Wenn Sie das so genau wissen...« Lucas' Blick verriet, daß Barb Fells Spielregeln tatsächlich ein Rätsel für ihn waren.

Hinter ihnen kam einer um die Hausecke geschlendert, machte aber, als er die beiden entdeckte, schleunigst wieder kehrt und verschwand.

»Er betreibt auch durchaus legale Geschäfte«, fuhr Barb Fell fort. »Kauft Restbestände auf. Jemand hat ’zig Millionen Schrauben ohne die passenden Muttern und ruft Jackie an. Jakkie kauft den Posten und findet irgendwann garantiert einen, der genau diese Schrauben braucht. Alles völlig legal. Er geht in den Lagerschuppen ein und aus, klappert einen nach dem anderen ab und redet mit Gott und der Welt. Und inzwischen huschen seine Handlanger zur Hintertür rein und raus und kümmern sich um die lukrativen Geschäfte mit heißer Ware. Ich weiß, daß das so läuft. Aber ich bin noch nicht dahintergekommen, wo er die heiße Ware lagert.«

»Kennt er Sie?«

»Er weiß, wer ich bin. Ich hab mich mal – zusammen mit einem von unseren Jungens – drei Tage hier auf die Lauer gelegt und mir jeden, der reinging oder rauskam, genau angesehen. Und das alles bei klirrender Kälte. Kennen Sie das, wenn’s vor lauter Kälte nicht mehr schneit?«

»Ja. Ich bin aus…«

»Aus Minnesota«, erinnerte sie sich. »Na ja, ungefähr so war’s hier auch. Am dritten Abend taucht auf einmal so ’n Typ bei uns auf, klopft ans Wagenfenster und hält mir ’ne Thermoskanne mit Kaffee und ’ne Tüte mit Truthahnsandwiches hin. Kleine Aufmerksamkeit von Jackie Smith.«

»Mhm… Und? Haben Sie’s angenommen?«

»Den heißen Kaffee habe ich ihm über die Schuhe gegossen.« Sie zog noch einmal an der Zigarette, warf den Stummel weg, grinste Lucas an. »Der Haufen Dreck hat tatsächlich geglaubt, er könnte mich mit Kaffee und Sandwiches kaufen… Kommen Sie, bringen wir’s hinter uns.«

Die Türfüllung aus daumendickem Glas war mit einem massiven Gitter geschützt, und zwei Meter weiter kam noch mal so eine Tür. Dazwischen war an der Wand eine Überwachungskamera montiert. Barb Fell drückte den Klingelknopf neben dem Schild ›Dachgeschoß‹. Es dauerte zwei, drei Sekunden, dann krächzte eine Automatenstimme aus dem Lautsprecher: »Ja?«

Barb Fell beugte sich vor und sagte ins Sprechgitter: »Detectives Fell und Davenport. Wir möchten Jackie Smith sprechen.«

Ein kurzes Zögern. Dann wieder die Stimme: »Kommen Sie rein, und halten Sie Ihre Dienstmarke vor die Kamera.«

Der Türöffner summte, sie traten ein und identifizierten sich vor der Videokamera. Der Öffner der hinteren Tür summte, und die Stimme sagte: »Ein Stück den Flur runter ist der Fahrstuhl. Fahren Sie in den zwölften Stock.«

Gelbgestrichene Betonwände, keine Fenster, die Feuertür, der Fahrstuhl und wieder eine Videokamera.

»Wie in einem Kellergewölbe«, meinte Lucas.

»Stimmt. Und wenn Jackie nicht in der Laune gewesen wäre, mit uns zu reden, hätte uns eine Menge einfallen müssen, damit wir überhaupt soweit kommen. Plastiksprengstoff zum Beispiel. Aber dann wär der Fahrstuhl oben blockiert gewesen. Okay, wir hätten immer noch die Feuerleiter gehabt. Bloß, bis wir oben gewesen wären, hätte Jackie sich längst aus dem Staub gemacht. Jede Wette, daß er irgendwo einen Schlupfwinkel hat – und einen sicheren Fluchtweg dorthin?«

Lucas grinste. »Und ich wette, daß er im Augenblick jedes Wort mithört.«

Sie zuckte mit den Achseln. »Kein Geheimnis, daß ich mir Gedanken darüber mache, wie ich ihn eines Tages kriegen kann.« Als draußen vor dem Glas der Fahrstuhltür die Sechs an ihnen vorbeihuschte, fragte sie: »Haben Sie eigentlich was mit der Rothenburg?«

Er machte große Augen. »Wieso?«

»Reine Neugier«, sagte sie. »Als sie heute morgen reinkam... Und wie sie Sie angesehen hat... Ich dachte, Sie müßten was mit ihr haben.«

»Ach was.«

Er sah ihr an, daß sie ihm nicht glaubte.

Der Fahrstuhl hielt. Wieder gelbgestrichene Betonwände, wieder eine Überwachungskamera. Und eine Stahltür.

»Kommen Sie rein«, sagte die Automatenstimme.

Die Stahltür glitt lautlos auf. Dahinter begann ein Märchen.

Der Parkettboden stieg leicht an, wie eine geschwungene Bühne, und was sie von der Rampe aus überblicken konnten, hatte, jedenfalls der Größe nach, durchaus Ähnlichkeit mit dem Zuschauerraum eines respektablen Theaters. Gut und gern ein paar hundert Quadratmeter fast keine Trennwände: eine nur durch unterschiedliche Ausstattung, durch Licht und Teppiche aufgeteilte Wohn- und Freizeitlandschaft.

Rechts befand sich die Küche. Der Blonde, der dort am Herd hantierte, machte sich nicht einmal die Mühe, kurz aufzublikken. Der Duft von frisch geröstetem Brot wehte zu ihnen herüber. Links, weiter hinten, schimmerte es grün. Eine künstliche Rasenfläche. So daß es nicht einmal sonderbar anmutete, daß der Dunkelhaarige, der dort stand und sie lässig zu sich herüberwinkte, einen Golfschläger in der Hand hielt.

Sie bahnten sich ihren Weg durch den geordneten Wirrwarr aus Möbeln aller möglichen Stilrichtungen. Frisch vom nächstbesten Lastwagen, dachte Lucas, wie's gerade kommt. Ein riesiges englisches Himmelbett auf einem Orientteppich, der die Dimensionen jedes halbwegs normalen Wohnzimmers gesprengt hätte, die Steppdecke mit dem wirren Muster in schreienden Farben sah eher nach heimischer Fabrikation aus. Schräg gegenüber eine zwei Meter breite TV-Projektionswand und zwei auf Stativen montierte Videokameras, die Objektive aufs Bett gerichtet. Eine Lautsprecherbatterie, CD-Player, ein Rack mit gut und gern tausend Discs, Tiger- und Jaguarfelle auf dem Parkettboden, eine zottelige Büffelhaut und ein geschmeidiges Stück dunkles Fell, Nerz, vermutete Lucas. Aus den Lautsprecherboxen gurgelte Erroll Garner »Mambo Carmel«.

Zwischen dem Schlafzentrum und dem sportlichen Teil der Wohnlandschaft erstreckte sich, frei im Raum plaziert, das, was man vielleicht am treffendsten mit Hygienebereich bezeichnen konnte. Eine großzügig bemessene Glaskabine als Duschzelle, zwei Toiletten, so angeordnet, daß sie zu einem gemütlichen Plausch einzuladen schienen, und eine Badewanne mit den Ausmaßen eines kleinen Schwimmbeckens.

Smith erwartete sie auf seinem Golfrasen. Die Decke war mit Spotleuchten gespickt, die allerdings nicht brannten. Der Rasen sah verblüffend echt aus, sogar eine kleine Hügellandschaft war eingebaut. Irgendwo weiter hinten hing ein Basketballnetz, seitlich davon, nicht weit von der Rückwand des riesigen Raumes, stand ein antiker Billardtisch mit einer tiefgezogenen, schönen alten Deckenleuchte. Vier Stahltüren waren in die Rückwand eingelassen, es mußte also noch mehr Räume geben.

Smith trieb einen Golfball ins Fangnetz, war aber, seinem mißbilligenden Kopfschütteln nach, nicht mit sich zufrieden und verstaute den Holzschläger im Caddy. »Weil ich nie den Kopf richtig unten halten kann«, murmelte er vor sich hin. Das Gras raschelte unter seinen Golfschuhen, als er auf sie zukam.

Er war ziemlich klein, mit einem mächtigen Brustkasten, ausladenden Hüften, einem struppigen Oberlippenbärtchen und gekräuseltem, ein wenig verwuscheltem Haar. Das schwarze Golfhemd steckte in scharf gebügelten, schwarzen Bundfaltenhosen, um den Bauch hatte er sich einen Gürtel aus geflochtenem Leder geschlungen. Am Hals baumelte ein Goldkettchen, der Anhänger sah tatsächlich so aus, als sei es eine Christophorus-Medaille.

Er lächelte Barb Fell an und hielt ihr die Hand hin. »Sie sind doch die, die letztes Jahr meine Haustür überwacht hat…«

Sie ignorierte die ausgestreckte Hand. »Wir müssen ein paar Takte über Bekker reden«, sagte sie schroff, »den Kerl, der seine Opfer in Stücke schneidet.«

»Ach, der Verrückte…« Smith ließ die Hand sinken, wußte im ersten Augenblick nicht, wohin damit, und verstaute sie schließlich in der Hosentasche. Sein Bärtchen zuckte, offenbar Smiths Art, maßlose Verblüffung auszudrücken. »Wenn's um den geht – wieso kommen Sie dann ausgerechnet zu mir?«

»Er braucht Geld und Drogen, und auf legalem Weg kann er sich weder das eine noch das andere beschaffen«, sagte Lucas, schlängelte sich an Smith und dem Abschlagplatz vorbei und stiefelte auf den Golfrasen. Stellenweise ragte das Gras kniehoch, war aber sorgfältig getrimmt, so daß sich ringsum die Konturen eines gepflegten Golfplatzes abzeichneten. Er ging in die Knie und überzeugte sich mit bloßen Händen: Tatsächlich echtes Gras, es fühlte sich frisch und feucht an.

»Ein verdammtes Stück Arbeit!« verkündete Smith mit unverhohlenem Stolz. Er langte nach einer Fernbedienung und drückte verschiedene Knöpfe. Ein kurzes Flackern, dann leuchtete die Lampenbatterie an der Decke auf. »Speziallampen«, erklärte Smith, »die das Wachstum fördern. Das Spektrum entspricht genau dem Sonnenlicht. Joe – der da drüben in der Küche – hat sich das alles ausgedacht. Ein richtiger Fachmann, kennt sich mit allen Grassorten aus. Das hier ist original Straußgras. Ein Jahr hat er gebraucht, bis alles so war, wie Sie's heute sehen.«

Er stolzierte ein paar Schritte hin und her, dann fuhr er

herum, sah Lucas an und war wieder beim alten Thema: »Geld und Drogen braucht er, sagen Sie?«

Lucas nickte. »Ja. Wir möchten gern, daß Sie das über Ihr Netz publik machen. Jemand macht Geschäfte mit ihm. Und wir wollen ihn haben. Und zwar schnell.«

Smith griff zum Golfschläger, ließ drei Bälle aus dem Rack springen, legte sich den ersten im Aufsatz zurecht und holte zum Treibschlag aus. Der Ball verfehlte das Loch und rollte erst eine Schrittlänge dahinter aus.

Smith schien trotzdem zufrieden zu sein. »Bei über zwanzig Metern Distanz – gar nicht so schlecht. Näher kommt man da nicht ran, braucht man gar nicht erst zu versuchen. Wie ist das, spielen Cops eigentlich auch Golf?«

»Wir brauchen Ihr Netz, um die Sache publik zu machen«, hakte Barb Fell nach.

Smith legte sich den nächsten Ball zurecht. »Wie hat Little Red Riding Hood gesagt? Flüster's mir in den Nabel, Baby...« Der zweite Schlag trieb den Ball über einen Meter am Loch vorbei. »Verdammter Mist«, fluchte Smith, »das sind die Nerven. Ist ja auch kein Wunder, wenn ihr mich so unter Druck setzt.«

»Von Druck kann keine Rede sein«, sagte Lucas ruhig. »Mit keinem Wort haben wir Sie mit der Sache in Verbindung gebracht. Wir bitten Sie nur um eine kleine Gefälligkeit.«

»Und was springt für mich dabei raus?« fragte Smith.

»Öffentliches Ansehen«, sagte Lucas. Seine Stimme klang jetzt eine Spur schärfer.

Smith tat so, als habe er nichts davon bemerkt, und legte sich den dritten Ball zurecht. »Öffentliches Ansehen? In einer Scheißstadt wie New York?« grunzte er. »Entschuldigen Sie den Ausdruck, Dr. Fell... Also, ums kurz zu machen, ich hab keinen Schimmer, wovon Sie überhaupt reden. Was soll das denn für ein Netz sein, von dem Ihr Kumpel dauernd faselt?«

Er stellte sich in Position, nahm Maß für einen Schlag auf kurze Distanz. Im selben Augenblick kam aus der Küche der Blonde mit einer Platte, auf der frisch geröstete Brotscheiben lagen. »Möchten Sie zugreifen? Mit Knoblauchbutter...«

»Schmier dir die Knoblauchbutter sonstwohin«, scheuchte Barb Fell ihn weg und meinte, zu Lucas gewandt: »Ich fürchte, wir kommen so nicht weiter. Kann sein, daß wir die Feuerpolizei bitten müssen, Jackies Märchenland ein bißchen genauer unter die Lupe zu nehmen.«

Lucas winkte ab. »Die Tour zieht nicht bei einem, der bei der Sache mit dem medizinischem Gerät mitgemischt hat. Und für mich sieht's ganz danach aus, daß unser Mr. Smith mitgemischt hat.«

Smith schielte zu ihm hinüber. »Wer sind Sie eigentlich? Ich hab Sie nie kennengelernt.«

»Ich bin hier nur als Berater tätig.« Lucas sprach so leise, daß Smith genau hinhören mußte. »Früher, bevor sie mich gefeuert haben, war ich Cop in Minneapolis.« Er stellte sich am Abschlag vor dem Fangnetz auf, zog ein Dreier-Eisen aus dem Caddy und betrachtete es nachdenklich. »Ich bin derjenige, der seinerzeit Bekker erwischt hat. Leider zu spät, er hatte vorher noch Zeit, einer guten Freundin von mir das Messer durch die Kehle zu ziehen. Er hat sie umgebracht. Aber so, daß sie vorher genau sehen konnte, was er vorhatte. Ein, zwei Minuten hat er sie zappeln lassen. Das heißt, viel zappeln konnte sie nicht, er hatte sie gefesselt. Und dann hat er ihr die Kehle durchgeschnitten. Später, als ich Bekker in den Fingern hatte...«

Plötzlich wußte Smith wieder Bescheid. »Sie haben ihm das Gesicht verstümmelt.«

»Ganz recht«, sagte Lucas, und es sah fast liebevoll aus, wie er das Dreier-Eisen in der Hand wog. »Ist nicht viel davon übriggeblieben.«

»He, Moment mal!« warf Barb Fell mit warnendem Unterton ein. Lucas tat, als habe er nichts gehört, ging auf Smith zu, nahm aber aus den Augenwinkeln wahr, daß Fells Hand in die Schultertasche glitt.

»Daß ich ihn so zugerichtet habe, war mir scheißegal«, fuhr er fort. »Und wissen Sie, warum? Weil ich nicht auf den Job bei der Polizei angewiesen war. Ich hab genug Geld. Ich brauch auf keinen Rücksicht zu nehmen.«

Smith wich zögernd nach hinten zurück, sein rascher Seitenblick suchte den Blonden. »Was reden Sie da für Kacke?«

»Und ich war verdammt wütend auf Bekker.« Lucas' Augen schienen Feuer zu sprühen. Er spürte, wie seine Nackenmuskeln sich anspannten. »Wenn ich wütend sage, dann meine ich das auch so. Ich hatte eine Pistole mit einer wunderschönen scharfen Visiereinrichtung, verstehen Sie? Kimme und Korn wie Eisenzacken. Und die hab ich ihm durchs Gesicht gezogen. So lange, bis es nicht mehr aussah wie ein Gesicht. Vorher, müssen Sie wissen, war Bekker ein richtiger Schönling. Eine Augenweide – genau wie Ihr beschissener Golfrasen...«

Er drehte sich in der Taille, holte aus und hieb das Dreier-Eisen in das gepflegte Grün. Ein kiloschweres Grasstück flog durch die Luft und landete irgendwo hinter dem Billardtisch.

»Mann, hören Sie auf!« Smith fuchtelte abwehrend mit beiden Händen.

Der Blonde hatte die Platte mit den Brotscheiben abgestellt. Seine rechte Hand tastete nach hinten, suchte irgendwas im Gürtel. Aber da war schon Barb Fells Waffe auf ihn gerichtet. Und Lucas hörte sie rufen: »Halt, lassen Sie das!«

Er schwang den Eisenschläger wie eine Sense. Die Kreise, die er um Smith zog, wurden immer enger. Und der Sprühnebel aus Speichel zielte, während Lucas auf Smith einschrie, immer genauer auf dessen Gesicht.

»Die Fresse hab ich ihm zerschlagen, verstehen Sie? Die ganze gottverdammte Scheißfresse! Können Sie sich vorstellen, wie ich ihm die zerfetzt habe?«

Als er aufhörte zuzuschlagen und keuchend das schwere Eisen sinken ließ, klaffte ein Dutzend Löcher im Golfrasen. Aber Lucas war noch nicht fertig. Er drehte sich um, suchte den Blonden. Und war mit ein paar schnellen Schritten bei ihm.

»Du wolltest nach deinem Spielzeug suchen, hab ich recht?«

Der Blonde zuckte mit den Achseln. Er hatte Schultern wie ein Gewichtheber. Und auch die Art, wie er die Füße stellte und sich straffte, verriet den geübten Athleten.

»Das ist auch so was, was mich verdammt wütend macht«, schrie Lucas ihn an.

Wieder fuhr das Eisen hoch. Blitzschnell und bedrohlich. Der Blonde zuckte zusammen, duckte sich. Daß der Schläger nicht auf ihn zielte, merkte er erst, als Porzellan splitterte und die Brotscheiben durch die Luft flogen.

»Hast wohl gedacht, du könntest uns mit deinem Scheißknoblauch bestechen, wie?«

Wieder ein paar schnelle Schritte. Die Küche. Lucas schwang das Eisen wie einen Säbel, mit beiden Händen. Zögerte. Ließ den Schläger sinken. Fuhr herum und suchte Smiths Blick.

»Ich will mit euch nichts zu schaffen haben. Und erst recht nicht mit euren dreckigen Geschäften. Sie, Smith, sind so ein verdammter Dreckskerl, daß mir schlecht wird, wenn ich Sie nur anschaue. Ich brauche nicht Sie, ich brauche lediglich Ihr Netz. Ich will, daß Sie Ihren Leuten befehlen, nach Bekker Ausschau zu halten. Und mich anrufen, sobald jemand eine Spur von ihm entdeckt hat, ist das klar? Lucas Davenport, Polizeidirektion Manhattan South.«

Seine Stimme wurde gefährlich leise. »Wenn Sie das nicht tun, fallen mir ein paar hübsche Möglichkeiten ein, wie ich Sie fertigmache. Ich rede mit den Jungens von der *Times* und der *News* und der *Eve Witness News*, geb ihnen Ihr Foto und erzähl ihnen, daß Sie mit Bekker zusammenarbeiten. Glauben Sie nicht auch, daß wir dann schnell ins Geschäft kommen? Und es kann gut sein, daß ich anschließend noch mal hier auftauche und Sie in die Mangel nehme. Sie wissen, warum. Ich hab's Ihnen erzählt. Die Sache mit Bekker geht mich persönlich eine Menge an.«

Er drehte sich um. Alles schien vorbei zu sein, er atmete wieder ruhiger. Aber dann schlug er plötzlich zu. Das Eisen sauste durch die Küche wie das Rotorblatt eines Hubschraubers. Traf eine schwere Kupferkanne, die auf einem Wandbord stand. Sie kippte um, schlug auf der Herdplatte auf, fiel zu Boden, kullerte über die Fliesen.

Lucas warf das Eisen daneben. »Ich war nie besonders gut mit den langen Schlägern.«

Als sie das Gebäude verließen, spürte Lucas, daß Barb Fells Blick auf ihm ruhte. Nach ein paar Sekunden konnte er das Grinsen nicht mehr unterdrücken. Er schielte zu ihr hinüber.

»Echter Bullenscheiß, wie?«

»Ich hab's geglaubt« sagte sie, ohne eine Miene zu verziehen.

»Übrigens – danke für Ihre Hilfe. Obwohl ich glaube, der Blonde hätte uns sowieso nicht viel Ärger gemacht.«

»Ja, der...«, sagte sie kopfschüttelnd. »War ja irgendwie komisch, nicht? Ich meine, ich hatte gar nicht gewußt, daß Jakkie Smith schwul ist. Und dann seh ich die blonde Tunte da stehen. Ist beinahe so, als wenn man's mit 'm Ehepaar zu tun hat. Einen hält man in Schach, der andere kommt von hinten mit 'm Messer.«

»Wieso hat Smith Sie Dr. Fell genannt?« fiel Lucas ein. »Haben Sie einen Doktortitel?«

»Nein, das ist aus dem alten Kinderreim... Dr. Fell, ich mag dich nicht, warum, wieso, das weiß ich nicht und sag's dir trotzdem ins Gesicht: Nö, Dr. Fell, ich mag dich nicht...«

»Oh«, sagte Lucas. Und murmelte halblaut: »Hat mächtig Eindruck auf mich gemacht.«

»Ich kann noch mehr Kinderreime.« Sie kramte in der Umhängetasche nach der Zigarettenschachtel. »Soll ich mal Old King Cole aufsagen?«

»Kenn ich schon«, winkte er ab. »Und eigentlich habe ich eher Jackie Smiths Bude gemeint, die Eindruck auf mich gemacht hat.«

»Ach?« Sie schnippte sich die Zigarette zwischen die Lippen. Schielte zu ihm hoch. »Und ich? Mach ich keinen Eindruck auf Sie?«

»Kann ich noch nicht beurteilen«, sagte er. »Aber was nicht ist, kann ja noch werden.«

Barbara Fell wohnte an der Upper West Side. Sie stellten den Plymouth bei Midtown South ab. Und während sie einem Taxi winkte, fragte sie: »Bei mir um die Ecke ist eine hübsche Bar. Warum kommen Sie nicht auf einen Drink mit? Zum Abschalten. Von da aus finden Sie für den Heimweg leicht ein Taxi.«

»Ja, gern«, sagte er. Der Vorschlag kam ihm wie gerufen. Ein Programmpunkt war sowieso noch offen.

Das Taxi schlängelte sich die Seventh hinauf, Richtung Norden. Je näher sie dem Central Park kamen, desto belebter wurden die Bürgersteige. Touristenpärchen, Arm in Arm beim Abendbummel. Lucas beobachtete das pulsierende Leben durchs Wagenfenster. Fasziniert, aber anscheinend auch erschreckt.

»Ein paar Nummern zu groß«, stellte er schließlich fest. »Bei uns in den Zwillingsstädten haben wir noch den Überblick. Wir wissen genau, wer seinen Arsch wo versteckt. Aber hier... Hier gibt's Arschlöcher wie Sand am Meer. Die Stadt ist die Kloschüssel des Universums – voll mit Scheiße.«

»Ja«, sagte sie, »aber sie hat auch ihre guten Seiten. Die Theater, die Kunstmuseen…«

»Wann waren Sie zum letztenmal im Theater?«

»Ich? Tja, ich weiß nicht… Ist mir zu teuer. Ich mein nur, wenn ich's mir leisten könnte…«

»Genauso ist es«, sagte er.

In der Bar war es eng und gemütlich, das Licht war auf Schmusestimmung reguliert. Der Barkeeper redete Fell mit dem Vornamen an und hatte ein besonders hübsches Plätzchen für sie, eine Sitznische ganz hinten. Lucas rutschte so auf die Bank, daß er den Raum überblicken konnte. Die Bedienung kam, musterte ihn, musterte Barb Fell und sagte: »Ooh.«

Barb Fell schüttelte den Kopf. »Nicht, was du denkst. Hier geht's um einen Fall, an dem wir gemeinsam arbeiten.«

»Ist das nicht immer so? Übrigens, hast du gehört, daß Louise ihr Baby hat? Ein Mädchen, sechs Pfund, hundert Gramm.«

Die beiden hatten sich noch mehr zu erzählen, Zeit genug für Lucas, Barb Fell verstohlen zu beobachten. Sie sah ein bißchen abgespannt aus, ein bißchen einsam, mit einem verlorenen Lächeln.

»So«, sagte sie, als sie wieder allein waren. Und fragte, getreu der alten Regel, immer mit dem Wetter anzufangen: »Sagen Sie, stimmt das wirklich, daß man sich da draußen in Minnesota den Hintern abfriert?«

Small-talk. Was man eben in einer Bar so redet.

Noch ein Drink. Und Lucas lauerte weiter auf seine Chance.

Endlich war es soweit. Ein schlanker Bursche kam herein, streichelte im Vorbeigehen einem Mädchen die Wange, erntete einen raschen Blick, der wohl soviel wie »ach, du bist's« hieß, und setzte sich an den Bartresen. Das Mädchen, das er begrüßt hatte, drehte sich zu ihm um, sagte irgend etwas, und sofort begann sein Blick im Raum umherzuwandern, bis er Barb Fell entdeckt hatte.

Lucas beugte sich über den Tisch. »Da sitzt einer an der Bar, ich glaube, der schaut zu Ihnen hinüber.«

Sie drehte sich um, strahlte und rief laut: »Mica!« Und erklärte Lucas: »Mein früherer Frisör, ist leider umgezogen.« Sie rutschte aus der Bank und ging zum Bartresen. »Mica, seit wann bist du zurück?«

»Hab doch gleich gesehen, daß du's bist...«

Ein paar Satzfetzen wehten zu Lucas herüber. Mica war in Europa gewesen, es gab eine Menge zu erzählen. Lucas nippte an seinem Glas, legte die Beine hoch, klemmte sich unauffällig Barb Fells Umhängetasche zwischen die Fußgelenke und zog sie, während er sich wieder ordentlich hinsetzte, zu sich herüber. Fing an, an der Lasche herumzufummeln. Unter dem Tisch, versteht sich. Und immer auf der Hut. Weil es ihm auf einmal so vorkam, als schiele die Bedienung genau in seine Richtung. Und weil es ja sein konnte, daß Mica gar nicht soviel in Europa erlebt hatte. Oder daß Barb Fell zurückkam, um sich eine Zigarette zu holen.

Da. Die Schlüssel. Die Gelegenheit, auf die er den ganzen Tag gewartet hatte...

Er riskierte einen Blick nach unten. Sechs Schlüssel an einem Ring. Drei davon kamen in Frage. Er griff in die Hosentasche, kramte nach der flachen Plastikdose, die mit Modelliermasse ausgelegt war. Er preßte den ersten Schlüssel in die weiche Schicht, drehte ihn um, nahm den Abdruck von der Rückseite. Der zweite Schlüssel... Beim dritten zögerte er kurz. Wenn die Abdrucke zu dicht nebeneinander lagen, verwischte das Bild. Dann hatte er sich die Mühe umsonst gemacht. Wieder ein kurzer Blick nach unten. Alles in Ordnung. Dreimal von vorn, dreimal von hinten, klar und deutlich.

Barb Fell und Mica plauderten noch. Lucas ließ die Schlüssel in die Tasche gleiten, packte wieder mit den Fußgelenken zu und stellte die Tasche dahin zurück, wo Barb Fell gesessen hatte.

Sein Puls jagte wie bei einem, der zum ersten Mal sein Glück mit Ladendiebstahl versucht hat.

Mann, o Mann.

Aber er hatte sie.

## 7

Am nächsten Morgen rief Lily an. »Ich hab sie«, sagte sie. »Wir sind gleich da. Wollen irgendwo frühstücken.«

Lucas erwischte Barb Fell mit seinem Anruf gerade noch – eine Minute später, und sie wäre weggewesen.

»O'Dell hat eben angerufen«, sagte er. »Er will mit mir frühstücken. Kann sein, daß ich nicht vor zehn dasein kann.«

»Ja, gut«, meinte sie. »Ich kümmere mich inzwischen um den Kerl, von dem Lonnie uns erzählt hat. Der mit dem Cadillac in Atlantic City. Wird wohl nicht viel dran sein...«

»Weiß man nie. Kann ja sein, daß er außer den Spritzen noch mehr medizinischen Kram im Angebot hat.«

»Mhm«, hörte er sie sagen, mehr nicht. Er grinste. Sie wußte genausogut wie er, daß er Blödsinn redete.

»He«, versuchte er sie aufzumuntern, »wir machen Nägel mit Köpfen. Ich lad Sie später zum Lunch ein.«

Das Lakota Hotel war zwar schon ein alter Kasten, aber für New Yorker Verhältnisse gut gepflegt. Einige Restaurants um die Ecke, auch die Firma, die seine Computerspiele vertrieb, befand sich in der Nähe. Schöne große Betten, er mußte nicht mit den Füßen im Freien schlafen. Von seinem Zimmer fiel der Blick auf die Glasfront eines Bürogebäudes. Das heißt, eigentlich mehr aufs Flachdach. Kein Traumpanorama, aber es hätte schlimmer sein können. Zwei Nachttische, ein Schreibtisch, eine Kommode mit Schubladen, ein kleiner Sessel am Fenster, Farbfernseher, die Fernbedienung funktionierte sogar, und der Clou war der Einbauschrank, bei dem automatisch die Innenbeleuchtung anging, wenn er die Tür aufschob.

Was er gerade tat. Er nahm den Aktenkoffer heraus, legte ihn aufs Bett, öffnete ihn. Ein Fernrohr, ein Kassettenrecorder mit Telefonadapter, eine Polaroidkamera und ein halbes Dutzend Filme. Ausgezeichnet. Er klappte den Aktenkoffer zu, brauchte noch ein paar Minuten im Badezimmer und war schon auf dem Weg nach unten. Der Hotelpage, der offenbar als Telefonwache in der schmalen Rezeption eingeteilt war, bot geflissentlich seine Dienste an: »Taxi gefällig, Mr. Davenport?«

»Danke«, winkte Lucas ab, »ich werde abgeholt.«

Ein Stück die Straße hinunter lag ein Frühstückscafé, er kaufte sich eine Wachspapiertüte Orangensaft und dachte, während er zurückschlenderte, an Lily. Gestern abend, nach dem Taschenspielertrick in der Bar, hatte er noch bei ihr zu Hause geklingelt und ihr die Schlüsselabdrucke gebracht. Sie wollte über Nacht die passenden Schlüssel schleifen lassen, einer aus der verdeckten Fahndung hatte versprochen, das diskret für sie zu erledigen.

Lucas hatte es genau wissen wollen. »Ein alter Freund?«

Aber sie hatte ihn nur auf den Flur geschoben. »Verschwinde, Lucas.«

Mitten in die Grübeleien hinein hörte er seinen Namen rufen. Ein schwarzer Wagen mit dunkelgetönten Fenstern und auffallend vielen Antennen hinter der Heckscheibe hielt an der Bordsteinkante. Eines der dunklen Fenster schob sich nach unten – da saß sie.

»Lucas...«

O'Dells Fahrer war breitschultrig, das Haar kurz gestutzt wie in den Zeiten des Koreakrieges und mit einem silbergrauen Walzstahl-Schimmer. Der scharfe Nasenrücken teilte das Gesicht, die Augen schimmerten wie dunkler Basalt, die dicken Lippen sahen spröde aus. Ein Typ wie aus einem Gangsterfilm der dreißiger Jahre.

»Zu Avery?« fragte er durch die heruntergelassene Trennscheibe nach hinten, während Lucas auf den Beifahrersitz rutschte.

O'Dell, hinten rechts – in den Leitartikel der Times vertieft, zwischen seinem linken und Lilys rechten Knie griffbereit das Wall Street Journal –, nickte nur kurz. »Ja.« Dann riß er sich von seiner Lektüre los, sah hoch und fragte Lucas: »Haben Sie schon gefrühstückt?«

»Orangensaft.«

O'Dell hatte sich schon wieder hinter der Zeitung verschanzt. »Gleich bekommen Sie was Kräftiges.« Irgend etwas an seiner Lektüre schien ihn zu ärgern. »Diese Trottel!« murmelte er wütend vor sich hin.

Lily beugte sich nach vorn. »Aaron«, ließ sie den Fahrer wissen, »das ist Lucas Davenport.« Und Lucas erfuhr, daß der Breitschultrige Aaron Copland hieß.

»Wie der verdammte Klavierspieler.« Copland musterte Lucas mit einem kurzen Seitenblick, nickte ihm zu. »Morgen, auch.«

Lucas nickte zurück. »Guten Morgen.«

Vor Avery stieg Copland aus, ging um den Wagen herum und

öffnete O'Dell die Wagentür. Er bewegte sich mit der raschen, katzenhaft geschmeidigen Zielstrebigkeit eines durchtrainierten Athleten. Daß sich die Pistole, die er vorn links im Gürtel stecken hatte, deutlich unter dem Hemd abzeichnete, schien ihn nicht zu stören.

Eine schwere Automatik, schätzte Lucas. Die meisten New Yorker Cops trugen .38er Special – wie aus irgendeinem Waffenarsenal um die Jahrhundertwende. Copland hatte offenbar lieber ein solides Stück Eisen in den Fingern. Und der huschende Blick, mit dem er – während O'Dell, Lily und Lucas ausstiegen – die Umgebung absuchte, verriet seine Abneigung gegen unliebsame Überraschungen.

Hinter der schweren Eichentür mit dem knapp handbreiten Sehschlitz und dem polierten Messingschild, auf dem mit schlichter Selbstverständlichkeit *AVERY'S* stand, mehr nicht, öffnete sich der Blick ins Restaurant: ein schmales, langes Handtuch, in dunklem Mahagoniholz gehalten. Ein Treffpunkt der Baseballfans, hätte man auf den ersten Blick denken können: Im Holzrack über der Bartheke steckten Baseballschläger – um die zwei-, dreihundert mochten es sein –, an der gegenüberliegenden Wand hingen die Glanzstücke der Sammlung unter Plexiglas, zusammen mit Autogrammen der Stars aus etlichen Jahrzehnten. Nach dem zweiten Blick wußte Lucas es besser. Was sich da an den gutbesetzten Tischen drängte, waren Männer, die – vielleicht auch Baseball, mehr aber noch – die Macht liebten. Die Leute, die in New York die Fäden in der Hand hielten. Er kannte das von ähnlichen Treffs in Minneapolis und St. Paul.

»Ich bin an der Bar«, sagte Copland, nachdem er die Gesichter an den Tischen abgesucht und offenbar nichts Verdächtiges festgestellt hatte.

O'Dell übernahm die Führung, steuerte auf einen Tisch im

Hintergrund zu, grüßte gelegentlich nach links oder rechts und ging achtlos an Tischen vorbei, an denen sich seiner Einschätzung nach das Kopfnicken nicht lohnte. Ein Mann, der es gewöhnt war, anderen zu zeigen, wo es langgeht.

»Der Teufel soll die Stadt holen«, grollte er, nachdem er sich in die Sitzbank gezwängt und die Zeitungen neben sich deponiert hatte. Und während Lily und Lucas gegenüber Platz nahmen, fuhr er fort: »Haben Sie sich umgesehen, Davenport? Wissen Sie, wie's da draußen aussieht? Überall Stacheldraht. Und keine Mauerkrone, die nicht mit Glasscherben gespickt ist. Wie in Südamerika oder in Asien oder Gott weiß wo. New York und Bangkok – wo ist da noch ein Unterschied?« Und mit gedämpfter Stimme: »Oder nehmen Sie die Cops, die wir durch unsere Straßen schicken... Todesschwadronen, wie in Brasilien und Argentinien.«

Der Kellner, der zu ihnen kam, schaute gelangweilt. Schütteres Haar, die Pickel in seinem Gesicht waren so regelmäßig verteilt wie die Senfspritzer auf der knielangen Schürze.

»Das Übliche«, knurrte O'Dell.

Lily bestellte, nachdem sie sich durch einen kurzen Blick mit Lucas verständigt hatte, zwei Kaffee und French Toast.

Der Kellner nickte sauertöpfisch und verschwand.

O'Dell musterte Lucas. »Sie stehen im Ruf, ziemlich schnell mit der Waffe zu sein.«

»Es gab ein paar Leute, bei denen ich schneller war«, sagte Lucas. »Lily übrigens auch.«

»Solange Sie bei uns in New York sind, möchte ich nicht, daß Sie rumballern.«

»Ich bin kein Killer«, sagte Lucas.

O'Dell nickte. »Ich wollte es nur gesagt haben.« Er zog einen Zeitungsausschnitt aus der Tasche, die Tageskolumne aus der Times. »Gestern, das mit den Reportern... Sie haben Ihre Sache gut gemacht. Genau der richtige Ton, so was schafft Vertrauen. Wie Sie Bekkers Gerissenheit angedeutet haben... Die Jungens haben Ihnen das abgekauft. Nicht schlecht. Und was die andere Geschichte betrifft... Haben Sie die Akten schon studiert?«

»Ich hab damit angefangen.«

»Und? Ist Ihnen was aufgefallen? Irgendwelche Erkenntnisse?«

»Barb Fell hat meiner Ansicht nach nichts damit zu tun.«

»Ach?« O'Dells Augenbrauen wurden zu steilen Halbbögen. »Da bin ich nicht Ihrer Meinung. Ich wette, daß sie ihre Finger drin hat. Wieso glauben Sie, daß nicht?«

»Paßt irgendwie nicht zu ihr. Wie sind Sie auf sie gekommen?«

»Durch den Computer. Namensvergleich. Diejenigen, die's erwischt hat, und die Cops, die hinter ihnen her waren. Wir sind immer wieder auf ihren Namen gestoßen, in mehreren Fällen. Ein bißchen zu oft, als daß es ein Zufall sein könnte.«

»Mag sein, daß sie hinter dem einen oder anderen her war«, sagte Lucas, »aber daß sie denen ein Killerkommando auf den Hals gehetzt hat... Sie ist nicht der Typ für krumme Touren.«

»Magst du sie?« fragte Lily.

»Mhm, ja.«

O'Dell fragte scharf: »Spielt das eine Rolle?«

»Nein.«

O'Dell suchte Lilys Blick. Und sie meinte: »Das nehm ich ihm ab. Lucas läßt sich so schnell von keinem einwickeln. Wenn nötig, legt er sie trotzdem um. Wie's kommt – egal, ob Männlein oder Weiblein.«

»He!« meinte Lucas, »allmählich stinkt mir das Gerede...«

»Ich würde sagen, Fell landet irgendwann auch auf seiner Abschußliste«, versuchte Lily es auf die witzige Tour, merkte aber, daß sie nicht ankam.

Lucas fuhr wütend hoch. »Hör zu, Lily, du weißt, verdammt noch mal, ganz genau...«

»Ruhe!« fuhr O'Dell dazwischen, »um Himmels willen nicht hier im Restaurant!«

»Gut...«, sagte Lily. Ein Friedensangebot. Aber sie vermied es tunlichst, Lucas dabei anzusehen.

Der Kellner brachte das Frühstück – Toast, Butter, ein Schälchen mit heißem Ahornsirup und Kaffee. O'Dell stopfte sich die Serviette in den Hemdkragen und griff zu.

»Da ist noch etwas«, sagte er nach den ersten Bissen. »Wie Sie wissen, machen uns die drei letzten Mordfälle – der Anwalt, der Schwarzenführer und Petty – am meisten Kopfschmerzen. Sieht ganz danach aus, daß sich da was tut. Wir haben erste Hinweise auf die Kerle, die den Finger am Abzug hatten.«

»Was?« Lucas suchte Lilys Blick, aber sie wich ihm aus.

O'Dell brach ein Stück Toast ab, tippte es in den Ahornsirup, begann genüßlich zu kauen. »Ich rieche so was«, sagte er, »bin lange genug im Geschäft. Die Kerle machen selbst keinen Hehl daraus. Weil sie uns klarmachen wollen, daß sie's verdammt ernst meinen. Und weil es ihnen in den Kram paßt, daß darüber geredet wird. Das Ganze zieht sich jetzt schon über ein paar Monate hin, und die öffentliche Meinung ist zunehmend auf ihrer Seite. Sie wissen ja, was für Blödsinn da jedesmal geredet wird. ›Robin Hood und seine Getreuen‹... Und: ›Batman räumt auf‹... Es gibt genug Leute, die so was gar nicht so ungern hören. Endlich mal jemand, der auf der Straße aufräumt. Halb New York wäre auf den Beinen, um den Kerlen zuzujubeln.«

»Und die andere Hälfte – das sind diejenigen, die sich sowieso da draußen herumtreiben und die Straßen unsicher machen«, warf Lily ein. »Das ist übrigens noch nicht alles. Da ist die Sache mit Bekker...« Eindeutig eine Information, die für Lucas bestimmt war. Aber sie sah ihn immer noch nicht an.

Lucas' Blick pendelte zwischen O'Dell und Lily hin und her. »Könnte mir mal jemand ein bißchen genauer...«

Lily fischte ein gefaltetes Papier aus der Handtasche und schob es Lucas hinüber. »Man hat uns versichert, daß es echt ist.«

Die Kopie eines Briefes an den Herausgeber der New York Times.

Lucas suchte zuallererst nach der Unterschrift. Steil gesetzt, mit selbstgefälligem Schwung.

Bekker.

...werde ich, auch wenn man mich als Kriminellen diffamiert, nicht müde, mich weiterhin der wissenschaftlichen Aufgabe zu widmen, die ich mir gestellt habe, weil ich in meinen Experimenten den einzigen erfolgversprechenden Weg sehe, der transzendenten Natur des Menschen nachzuspüren. Mag man mich auch des Frevels bezichtigen – ein Schicksal, das ich mit keinem geringeren als Galileo Galilei teile –, so vertraue ich doch darauf, daß spätere Generationen mir Genugtuung widerfahren lassen. Was immer man mir auch vorwerfen mag, es sind bloße Verleumdungen. Gerade die tief in mir wurzelnde Abscheu vor Verbrechen treibt mich nämlich dazu, zur Feder zu greifen. Spätabends am letzten Freitag wurde ich Augenzeuge einer Schießerei, bei der zwei offensichtlich der Gangsterszene angehörende Männer...

»Großer Gott!« Lucas ließ das Blatt sinken und sah Lily fragend an. »Geht's dabei um einen der Morde, von denen du mir erzählt hast?«

»Walter«, antwortete sie nur.

Lucas las weiter. Bekker behauptete in seinem Brief, er habe die beiden Männer deutlich gesehen.

...würde ich wie folgt beschreiben: weiß, korpulent, vierkantiger Schädel, grauer, sorgfältig getrimmter Bart in voller Breite der Oberlippe, eins achtundachtzig groß, hundert Kilo schwer, etwa sechzig Jahre alt. Aufgrund meiner Erfahrungen als Pathologe möchte ich sagen, daß die von mir geschätzten Angaben zu Größe, Gewicht und Alter mit der Toleranz geringfügiger Abweichungen als zutreffend angesehen werden können.

Auf eine nähere Beschreibung des anderen, den ich zuvor als ›den Hageren‹ apostrophiert habe, will ich aus naheliegenden Gründen zunächst verzichten…

»Ist der Brief veröffentlicht worden?« fragte Lucas.

»Nein«, sagte O'Dell, »man hat uns zugesichert, daß er einstweilen nur uns zur Kenntnis gegeben wird. Die Redaktion behält sich allerdings das Recht vor, ihn, wenn sie das für zweckmäßig hält, zu einem späteren Zeitpunkt abzudrucken.«

»Haben Sie irgendeine Vorstellung, wer das sein könnte – der, den er ›den Dicken‹ nennt?«

O'Dell schüttelte den Kopf. »Wenn es einer von unseren Leuten ist, kommen vier- bis fünfhundert Cops in Frage.«

»Es muß doch möglich sein, den Kreis der Verdächtigen weiter einzugrenzen?«

»Nicht, ohne daß etwas durchsickert«, widersprach Lily. »Wenn wir anfangen, fünfhundert Cops unter die Lupe zu nehmen… Meine Güte, was glaubst du, wie schnell die Zeitungen davon Wind kriegen? Aber der entscheidende Punkt ist doch…«

»…daß Bekker zwei Polizistenmörder identifizieren kann«, fiel ihr Lucas ins Wort, »und entschlossen ist, es zu tun.«

»Und deshalb glauben wir, daß die beiden Killer alles daran setzen werden, Bekker aufzuspüren«, sagte Lily.

»Genau«, gab ihr O'Dell recht. »Dafür werden sie notfalls das Risiko eingehen, sich aus der Deckung zu wagen. Wenn sie davon ausgehen, daß Bekker sie gesehen hat und beschreiben kann, bleibt ihnen gar nichts anderes übrig, als ihn umzubringen. Was ihnen außerdem in weiten Teilen der Bevölkerung Pluspunkte einbringen würde. Bekker ist ein Schreckgespenst, niemand hat etwas dagegen, wenn er umgebracht wird. Besser können sie gar nicht dastehen. Vorausgesetzt, sie finden ihn.«

»Die Sache wird immer verzwickter«, meinte Lucas. »Ich mache mir um Lily Sorgen. Die Fäden in dieser Sache laufen bei ihr zusammen. Was, wenn die Kerle es auf sie abgesehen haben?«

»Nein«, sagte O'Dell zuversichtlich, »das werden sie nicht tun. Zwei ermordete Cops sind nicht akzeptabel.«

»Ich würde sagen: einer ist bereits zuviel.«

»Ja, aber das kann man irgendwie herunterspielen. Als Zufall darstellen – was weiß ich. Aber sobald es zwei sind, liegt es auf der Hand, daß mehr dahintersteckt.«

»Außerdem ist es nicht so einfach, mich umzulegen«, sagte Lily und tätschelte die Handtasche mit der .45er.

Lucas schüttelte den Kopf. »Das Ding wird dir nicht viel helfen.« Er hörte sich verärgert an. Der nächste Streit zwischen ihm und Lily schien in der Luft zu liegen. »Jeder ist leicht umzulegen, wenn die Killer das Feuer aus dem Hinterhalt eröffnen. Und das auch noch mit einer gottverdammten automatischen Waffe. Du bist gut, aber unverwundbar bist du nicht.«

»Ja, schon gut…« Sie wandte sich wütend zur Seite.

»Aber Copland ist auch noch da«, wandte O'Dell ein. »Wenn Lily außerhalb des Büros zu tun hat, fährt sie normalerweise bei mir mit. Copland ist kein x-beliebiger Fahrer. Der Junge ist hart wie Stahl und verdammt schnell mit der Kanone. Ich werde dafür sorgen, daß er Lily künftig nach Hause fährt und morgens zu Hause abholt.«

»Ja, das ist gut.« Er streifte Lily mit einem kurzen Seitenblick, dann wandte er sich wieder O'Dell zu. »Wie sind Sie auf Barb Fell gekommen? Genau?«

»Genau...« O'Dell löffelte sich Ahornsirup auf die Toastkruste, schien unschlüssig, ob er auch wirklich genug erwischt habe, ließ die Kruste schließlich zwischen den Zähnen verschwinden und kaute – die Augen genüßlich geschlossen – vor sich hin. Lucas mußte, als er ihn schlucken und mit einem Ruck die Augen aufschlagen sah, unwillkürlich an einen Frosch denken.

»Nun gut, dann sag ich's Ihnen genau. Gelegentlich halte ich an der Columbia einen Vortrag über Politik im Alltag. Ein Professor, mit dem ich gut befreundet bin, hat mich darum gebeten. Das machen wir seit einigen Jahren so. Und vor ungefähr fünf Jahren – ach, zum Teufel, was rede ich da? Das muß mindestens zehn Jahre her sein! –, damals hab ich über ihn einen Studenten kennengelernt, der als Examensthema computergestützte Analysen mit Hilfe statistischer Daten gewählt hatte. Einflüsse auf das Wählerverhalten, Wählerwanderungen und so weiter – hat mächtig Eindruck auf mich gemacht. Ich hab einen Kurs in Statistik belegt und ein paar Stunden in Computerauswertung. Sieht man mir nicht an, wie? Aber ich kenn mich tatsächlich mit Computern aus.« Er breitete die Arme aus, demonstrierte seine ganze Leibesfülle. »Als unsere Jungens zum ersten Mal Wind davon bekamen, daß im Zusammenhang mit der Mordserie irgendwas faul sein könnte, hab ich mich persönlich hinters Keyboard geklemmt und schnell einige Übereinstimmungen entdeckt, die auf eine systematische Planung schließen lassen. Also habe ich mir Walter Petty geholt – ein As auf dem Gebiet der Computeranalysen. Wir haben dann gemeinsam eine Liste der Mordopfer vergangener Jahre aufgestellt, bei denen die Begleitumstände ins Schema passen könnten. Zunächst hatten wir hundert Namen, dann haben wir das Ganze auf vierzig eingeengt. Und bei zwölf Namen waren wir uns so gut wie sicher. Lily wird Ihnen davon erzählt haben?«

»Ja, Vierzig... Das hält man kaum für möglich...«

O'Dell zuckte mit den Achseln. »Bei dem einen oder anderen Fall gibt's nicht viel herumzudeuteln. Gangster gegen Gangster – so sieht es aus, und so ist es auch. Aber das trifft nicht in allen Fällen zu. In den von uns untersuchten Fällen, meine ich, was ja keineswegs hundert Prozent aller Mordfälle entspricht. Also, alles in allem würde ich mal sagen, mit unserer Schätzung vierzig bis fünfzig liegen wir gar nicht so falsch.«

»Und wie paßt Barb Fell in das Schema?« fragte Lucas.

»Petty hat zwei Reihen von Namen miteinander verglichen: die der erschossenen Gangster und die der Cops, die ihnen irgendwie auf der Spur waren. Verdammt kompliziert, aber es hat voll hingehauen...«

»Und Fells Name tauchte auf?«

»Verdammt oft. Zu oft.«

»Ich hasse Statistiken«, sagte Lucas. »Drüben in Minneapolis haben die Zeitungen immer damit jongliert. Und was kam raus? Meistens haben sie aus falschen Daten blödsinnige Schlüsse gezogen.«

O'Dell nickte. »Das ist immer das Problem – die Daten. Unsere hätten auch hinten und vorn nicht ausgereicht, um Fell vor Gericht zu bringen.«

»Mhm...« Lucas sah Lily an, dann O'Dell. »Wird verdammt lange dauern, bis ich den ganzen Wust durchgearbeitet habe.«

»Das sollen Sie auch gar nicht«, sagte O'Dell. »Sie sollen Bekker finden, das hat absolute Priorität. Dann haben wir eine Weile Ruhe vor den Medien. Und das ist wichtig für uns, wir brauchen ein bißchen Luft. Bekker – deswegen haben wir Sie geholt. Und zwar nicht nur vorgeblich, sondern tatsächlich. Wissen Sie, das ist so ähnlich, wie wenn man sich einen Hellseher aus Idaho kommen läßt. In allen Redaktionen sitzen ein paar, die an übersinnliche Wahrnehmungen glauben und zufällig auch noch aus Idaho stammen, und die sind dann bereits auf unserer Seite. Bis jetzt haben uns das alle abgekauft, und dabei soll's auch bleiben. Deshalb fahren wir die Sache mit der Killerbande, soweit Sie überhaupt damit zu tun bekommen, auf Sparflamme – weit im Hintergrund.«

»Aber was ist, wenn wir Bekker zu schnell kriegen?« fragte Lucas. »Bevor Sie die Namen der Killer herausgefunden haben?«

Lily hob die Schultern. »Dann fährst du nach Hause, und wir müssen uns was Neues einfallen lassen.«

»Mhm...«

O'Dell starrte auf den angeknabberten Toast auf seinem Teller. »Scheißsituation«, murmelte er vor sich hin. »Da haben wir einen gottverdammten Irren frei rumlaufen und müssen uns geradezu die Daumen drücken, daß er noch ein paar Wochen durchhält und Gott weiß wie viele umbringt, bloß damit wir in Ruhe an dem anderen Fall weiterarbeiten können. Wir sitzen ganz schön in der Scheiße, ist Ihnen das klar?«

»He«, sagte Lucas, »ich denke, das ist New York?«

Ein paar Minuten lang war O'Dell – immer zwischen zwei Bissen Toast – damit beschäftigt, Pettys Computeranalyse zu erklären. Zu detailliert für Lucas' Geschmack. Was ihn mehr interessierte, war die Frage: »Könnte es sein, daß er dabei auf irgendwas gestoßen ist, womit keiner gerechnet hatte?«

»Kaum«, sagte O'Dell. »Computerarbeit ist geistige Feinmechanik, man kommt nur zentimeterweise weiter. Da spuckt der Drucker nicht plötzlich aus: ›Joe, die Ratte, war's.‹ Ich glaube eher, daß es was mit dem Zeugen zu tun hatte, den er gesucht hatte.«

Als sie das Restaurant verließen, übernahm O'Dell wieder die

Führung. Dieselbe Prozedur wie vorher: Bei einigen Tischen nickte er, andere übersah er geflissentlich.

Lily zupfte Lucas am Ärmel. »Hier…« Sie hielt einen Ring mit drei Schlüsseln hin.

Er grinste. »Das ging aber schnell.«

Sie grinste zurück. »Wie gesagt – das ist New York.«

Lucas nahm ein Taxi zu Barb Fells Apartment. Der kleine Weißbärtige hinter dem Lenkrad verwickelte ihn, kaum daß er eingestiegen war, in ein Gespräch. »Haben Sie Les Misérables gesehen?«

»Wie bitte?«

»Da haben Sie was verpaßt, das kann ich Ihnen sagen. Äh – wie war das, wo wollen Sie hin? Okay… Hören Sie, Sie sollten sich das unbedingt ansehen.« Er redete – schweißgebadet und in einen Duft wie ein ganzes Zwiebelfeld gehüllt – mit Händen und Füßen auf Lucas ein. »Ich meine, warum kommen Sie überhaupt nach New York, wenn Sie nicht ins Theater gehen? Sie verstehen, was ich meine, gucken Sie sich mal diesen verrückten Scheißkerl vor uns an! Entschuldigen Sie den Ausdruck, aber solche Idioten darf man doch nicht auf die Straße lassen – hab ich recht? Großer Gott, in welcher Lotterie hat der seinen Führerschein gewonnen?« Er beugte sich, die Hand fest auf der Hupe, weit aus dem Fenster. »He, Spezi, wo hast du fahren gelernt? In Iowa, hä? O Mann, hau bloß ab!« Und als er sich wieder ums Lenkrad kümmern konnte: »Das kann ich Ihnen flüstern: Wenn wir nicht ausgerechnet 'n Schwarzen als Bürgermeister hätten…«

Von einem Münztelefon aus rief er Barb Fell im Büro an. Das Telefon war an der Außenwand einer Garage angebracht – eine wahre Fundgrube für jeden, der Studien über den unablässigen

Kampf zwischen Ordnungssinn und Artikulationslust treiben wollte. Der Anstrich der Garage – über und über mit unleserlichen Graffiti bekritzelt – blätterte schon ab. Darunter kam die alte Farbschicht zu Tage – genauso verschmiert.

»Barb? Hier ist Lucas. Ich muß noch mal kurz ins Hotel, dauert nicht lange. Bleibt's bei der Verabredung zum Lunch?«

»Sicher.«

»Großartig. Ich bin in ein paar Minuten da«, versprach Lucas und hängte ein.

Drüben auf der anderen Straßenseite lag das Apartmenthaus, in dem Barb Fell wohnte. Zusammen mit gut und gern tausend anderen Mietern, schätzte er. Die Balkone ragten wie halboffene Schubladen aus der Fassade der riesigen Wohnschachtel, jeder mit Blumenkästen behängt, die bunte Blütentupfen ins graue Einerlei zaubern sollten, und auf den meisten stand das obligate Fahrrad. Lauter Yuppie-Spielzeuge, soweit er von unten sehen konnte: Mountain Bikes – für den Fall, daß sich mal einer der Radler in den Central Park verirren sollte.

Die Rezeption des Gebäudes bestand aus einem Glaskasten – ein Rätsel, wie der Mann vom Haussicherheitsdienst es in dem engen Käfig aushalten konnte. Er sah auf, das Gesicht so grau wie seine schlechtsitzende Uniform – und genauso verknittert.

»Wo finde ich das Büro der Hausverwaltung?« erkundigte sich Lucas. Eine Frage, die eine Spur Leben in dem Grauen zu wecken schien. Offenbar ein potentieller neuer Mieter.

»Zweiter Stock, Sir, rechts den Flur hinunter.«

Es geht nichts über einen Haussicherheitsdienst, dachte Lucas, während er zum Fahrstuhl ging, man weiß sich bewacht und behütet. Er drückte die Zwei. Im zweiten Stock lagen mehrere Büros, alle auf der rechten Flurseite. Lucas hielt sich links, nahm die Treppe in den dritten und fuhr von dort aus mit dem Fahrstuhl in den sechzehnten Stock.

Kein Grund zur Eile. Barb Fell lebte allein, das hatte sie ihm selbst gesagt. Die Adresse und die Apartmentnummer kannte er aus dem internen Anschriftenverzeichnis der Polizei. Und seit seinem Anruf vom Münztelefon aus wußte er, daß sie sich in Midtown South aufhielt und nicht überraschend zu Hause auftauchen würde.

Ihre Tür war grün, es gab noch eine tomatenrote und eine in langweiligem Beige, die anderen waren blau gestrichen. Er klopfte. Drinnen rührte sich nichts. Er sah sich um, niemand auf dem Flur. Er klopfte noch einmal, wieder keine Reaktion. Gleich mit dem ersten Schlüssel hatte er Glück, die Tür sprang auf. Es kam ihm so vor, als läge knisternde Spannung in der Stille, die ihn empfing.

*Los, Junge, bring's hinter dich…*

Das Apartment roch nach Zigarettenrauch, nicht aufdringlich, aber unverkennbar. Vom Wohnzimmer aus führte eine Schiebetür zum Balkon, die vergilbten bauschigen Vorhänge hingen bis auf halbe Höhe herunter. Ein berauschender Ausblick. Das Apartmenthaus gegenüber glich diesem wie ein Zwilling dem anderen. Nach links dehnte sich so etwas wie eine Sichtschneise, dahinter ragten wieder Hochhäuser auf. Wahrscheinlich schon New Jersey, vermutete Lucas, denn irgendwo in der Schneise, tief unten, mußte wohl der Hudson liegen.

Die Wohnung machte einen ordentlichen Eindruck, nach übertriebener Putzwut sah es nicht aus. Keine Billigmöbel, alles passend zueinander gekauft. Zwei breit ausladende, grüne Liegesessel vor dem Farbfernseher, dazwischen ein Tischchen mit Zeitschriften – *Elle, Vogue, Guns & Ammo* und noch ein paar andere, auf der unteren Ablage einige Taschenbücher. Neben dem Fernseher ein offenes Schränkchen mit dem CD-Player, dem Tuner, dem Kassetten- und dem Videorecorder. Auf dem Eßtisch in der Ecke waren noch mehr Zeitschriften gestapelt, vier Fernbedienungen lagen nebeneinander aufgereiht, einen überdimensionalen Kognakschwenker benutzte Barb Fell für ihre Sammlung von Streichholzschachteln – *Windows on the World*, entzifferte er, *The Russian Tea Room, The Four Seasons*... Die Schachteln sahen auffallend neu aus, offenbar frisch aus dem Souvenirladen. Die anderen Stücke ihrer Sammlung, die mit den weniger prominenten Adressen – etliche stammten aus der Bar, in der sie gestern abend gewesen waren –, sahen dagegen aus, als habe Barb sie erst ein paar Tage in der Handtasche spazierengetragen. Neben dem Kognakschwenker der Aschenbecher, mit vier Kippen.

An den Wänden hingen Fotos. Eine Frau an einer Landungsbrücke, neben ihr ein älteres Ehepaar, anscheinend ihre Eltern. Noch ein Foto der Frau, diesmal im Brautkleid. Ein breitschultriger junger Mann irgendwo auf einem Hügel, einen Collie bei Fuß und über der Schulter eine .22er. Derselbe Mann, etliche Jahre später aufgenommen, in Army-Uniform unter einem Schild, auf dem stand: »Jetzt kann nur noch der Himmel kommen, die Hölle habe ich schon hinter mir – Korea, 1952«. Irgend etwas fiel Lucas an dem Foto auf, er beugte sich vor. Die Oberlippe sah ein bißchen vernarbt aus, anscheinend die Spuren einer operierten Hasenscharte.

Barb Fells Eltern?

Ja, wer sonst?

Der Flur führte zum Bad und zwei Schlafzimmern, von denen sie das eine als Arbeitszimmer und Rumpelkammer benutzte: ein kleiner Holztisch, zwei Bücherregale und Dutzende von Kartons, die halbe Wand hoch gestapelt. Beherrschendes Möbelstück im Zimmer daneben war das breite französische Bett, noch ungemacht, auf dem ovalen Bettvorleger lag ein Slip. Halb hinter einer der beiden Kommoden versteckt, entdeckte Lucas einen hüfthohen, aus Bambus geflochtenen Deckelkorb.

Wie er vermutet hatte: der Wäschekorb, fast bis obenhin voll. Ein Bild, das eine ganze Geschichte erzählte:

*Sie hat, wenn sie schlafen geht, nur ihr Höschen an. Und morgens rutscht sie auf die Bettkante, gähnt, reibt sich den Schlaf aus den Augen, zieht den Slip aus. Nachher, wenn sie sich munter geduscht hat, wird sie ihn in den Wäschekorb stopfen…*

Und manchmal vergaß sie das eben, so wie heute morgen.

Zurück, durchs Wohnzimmer weiter in die Küche, die nicht den Eindruck machte, daß Barb Fell dort viel Zeit verbrachte. Im Abtropfbecken der Spüle hatte sich ein halbes Dutzend Gläser angesammelt, auch ein paar Gabeln lagen da, aber kein Eßgeschirr. Im Abfalleimer fand Lucas die Verpackung eines Fertiggerichtes: Lasagne, kalorienreduziert für Diätbewußte. Auf dem Wandbord eine Flasche Gin, dreiviertel voll. Ein Blick in den Kühlschrank: Tafelwasser, Pepsi-light, eine Packung Diätbier, Orangensaft-Konzentrat, vier Flaschen Schweppes und im Gemüsefach ein Netzbeutel mit Nektarinen. Lucas fuhr mit dem Finger über den Herd – eine dünne Staubschicht. Auf dem Mikrowellenherd dagegen nicht. Kochen gehörte also nicht zu ihren Hobbies.

Er beschloß, sich die Küche zuerst vorzunehmen. Frauen, sagte ihm die Erfahrung, suchen sich ihre Verstecke meistens in der Küche oder im Schlafzimmer. Aber in Barb Fells Küche wurde er nicht fündig. Doch noch Geschirr – ganz hinten im Schrank, ein paar Töpfe und Pfannen –, nur das Allernötigste, eine Schublade voll mit Papierkram, Garantiescheinen und Bedienungsanleitungen für alles, was Knöpfe und Schalter hatte. Er machte sich sogar die Mühe, sämtliche Schubladen herauszuziehen und die Hohlräume dahinter zu inspizieren: nichts. Und er steckte die Nase in sämtliche Büchsen und Dosen: wieder nichts, nicht mal Mehl oder Zucker.

Im Schlafzimmer fand er unter dem Bett eine Rudermaschine für das Training der Arm- und Bauchmuskulatur und Wolken von Staub. In der Nachttischschublade lag ein Colt Lawman, gleiches Kaliber wie die .38er Special, sechs Trommelkammern geladen. Blieben die Schubladen der beiden Kommoden. Modeschmuck, persönlicher Krimskrams und gebündelte Briefe und Postkarten. Allmählich lief ihm die Zeit davon, aber die Briefe blätterte er doch rasch durch.

Liebe Barb, gerade zurück aus New Hampshire – Du hättest doch kommen sollen. Es war großartig dort. Nur ganz schnell: Wenn alles klappt, bin ich am 23. wieder in New York. Ich hab versucht, Dich anzurufen, aber Du warst gerade nicht im Büro. Später wollte ich's dann nicht mehr versuchen, da hätte ich Dich aus dem Schlaf klingeln müssen. Ich kann's kaum erwarten, wieder bei Dir zu sein. Ich denke den ganzen Tag an Dich. Gott sei Dank, bis zum 23. dauert es ja nicht mehr lange. Jack

Lucas sah auf dem Umschlag nach, das Datum des Poststempels lag vier Jahre zurück. *Jack.* Den Namen mußte er sich merken.

Wieder zog er sämtliche Schubladen heraus. Nichts… Halt, doch. Ein paar Polaroidfotos. Barbara Fell saß bei einem Mann auf dem Schoß. Beide hatten Bierkrüge in der Hand. Und beide waren splitternackt. Sie war sehr schlank. Kleine Brüste mit dunklen Warzen… Er: dunkelhaarig, gleichfalls schlank, aber muskulös. Und das Lächeln, das er versuchte, wirkte ziemlich schüchtern, fast ein bißchen verlegen. Noch ein Foto von den beiden, wieder nackt, diesmal auf einer Art Zebrafell. Keine besonders gelungene Aufnahme, sie hatten rote Punkte in den Augen. Aber weil im Hintergrund ein Spiegel zu sehen war, konnte Lucas – trotz des Lichtschattens, den das Blitzlicht warf – eindeutig erkennen, daß sie das Foto mit Selbstauslöser gemacht hatten. Die Kamera, auf einem Stativ aufgeschraubt, war deutlich zu sehen. Er rätselte einen Augenblick, was die Gesichter der beiden ausdrückten. Angst? Bestürzung? Oder war es Erregung?

Und noch ein Foto. Wieder die beiden, diesmal voll bekleidet, vor dem Gebäude, das aussah wie eine Polizeiwache. Also war der Dunkelhaarige ein Cop? Lucas holte seine Polaroid aus dem Aktenkoffer, legte die Fotos auf dem Boden aus, kniete sich mit der Kamera davor und fotografierte die Aufnahmen ab.

Das Badezimmer war blitzblank geputzt, nur auf der Ablage sah es aus wie im Wühlkorb einer Drogerie: Lippenstifte, Shampoos, Seife, Deodorants, eine Dose YeastGard – was immer das sein mochte –, eine Schachtel mit Nadeln, Lockenwickler, eine große Packung Pflasterstreifen, Bodylotion... Im Medizinschränkchen nur das übliche, alles legal zu kaufen: Aspirin, Mycitracin, Nuprin.

Gut, dann das Arbeitszimmer...

Ordentlich abgeheftete Kontoauszüge, nichts, was ihn stutzig machen konnte. Sie hatte ein Girokonto, ein Depot und ein paar Investmentpapiere. Aber... Er sah sich suchend um. Wo war ihr Notizbuch?

Er suchte die Schubladen durch. Sie mußte irgendein Buch haben, in dem sie ihre privaten Telefonnummern notierte – jeder hatte so was. In der Handtasche schleppte sie das bestimmt nicht ständig herum. Aber im Arbeitszimmer lag es auch nicht. Er dachte stirnrunzelnd nach, ging in die Diele, wo das Telefon stand. Wieder nichts. Eine besonders lange Telefonleitung, fiel ihm auf. Vielleicht war einer der beiden Sessel im Wohnzimmer ihr Lieblingsplatz für einen langen Plausch am Telefon? Auf dem Beistelltischchen, irgendwo zwischen den Zeitschriften?

Richtig, da lag es. Dutzende von Namen. Er holte die Polaroid, fotografierte die erste Seite ab, blätterte um, die zweite, die dritte ... als er fertig war, hatte er noch zwei Aufnahmen auf dem Film.

Genug. Er überzeugte sich, daß er überall das Licht ausgemacht und keine verdächtigen Spuren hinterlassen hatte, schlüpfte aus dem Apartment und fuhr nach unten. Der Mann vom Sicherheitsdienst schaute nicht auf. Laut Anweisung hatte er sich um die zu kümmern, die reinwollten. Wer rausging, konnte ihm egal sein.

Kennett und einer seiner Leute brüteten über Akten, ein dritter Detective telefonierte.

»Barbara ist unten«, murmelte Kennett. Dann sah er hoch und ließ Lucas wissen: »Wir haben übrigens ein Büro für Sie freigemacht, falls Sie mal ein ruhiges Plätzchen brauchen.«

Auch Barb Fell hatte Akten vor sich ausgebreitet. Lucas blieb unter der Tür stehen, beobachtete sie einen Augenblick. Sie war so in ihre Arbeit vertieft, daß sie ihn nicht bemerkte. Eine attraktive Frau, dachte er. Auf einmal sah er das Nacktfoto vor sich. Da war sie ihm schlanker vorgekommen, ein bißchen schmächtig, sehr zerbrechlich. Jetzt gefiel sie ihm besser, eher ein Wesen aus Fleisch und Blut.

Plötzlich schien sie seine Nähe zu spüren. »Mein Gott ...« Sie schreckte hoch. »Ich habe Sie gar nicht kommen hören.«

Er stellte sich hinter sie, griff nach einem der Ordner. Robert Garber – 7/12 stand auf dem Aktendeckel. »Ist das was?«

»Ja. Ich bin noch nicht durch. Tausende von Details.« Sie strich sich eine Haarsträhne aus der Stirn. »Und das Problem ist: Im Grunde brauchen wir das alles gar nicht. Wir kennen Bekker, wir wissen, wie er aussieht, und er gibt ja in seinen verrückten Artikeln selber zu, daß er die Leute umgebracht hat. Wir haben alles, was wir brauchen. Nur ihn noch nicht.«

»Ich weiß nicht«, sagte Lucas, »irgendwas scheint noch zu fehlen...«

»Ich wüßte nicht, was. Sie waren doch selber bei der Besprechung dabei, wir wissen genau Bescheid. Er braucht Geld, ein Dach über dem Kopf, einen Wagen... Und irgendwie hat er sein Aussehen verändern müssen. Die Sonderkommission hat allen eingeschärft, daß sie genau hinsehen sollen, wen sie vor sich haben. Die Hotels sind gewarnt worden, die Absteigen, jeder kleine Kramladen, sämtliche Geschäfte, die Kosmetika oder Theaterschminke verkaufen. Die Jungens von der Drogenfahndung nehmen die Dealer in die Mangel, und wir klappern die Hehler ab. Auch die Taxiunternehmen wissen Bescheid. Weil wir davon ausgehen, daß er mit einem Taxi unterwegs ist. Da hätte er's am einfachsten, seine Opfer zu betäuben. Er hat aus der Fahrgastkabine so was wie eine Gaskammer gemacht, vermute ich mal. Was sollen wir denn noch tun?«

»Weiß ich auch nicht«, sagte Lucas, »aber offensichtlich genügt das noch nicht. Lassen Sie uns mal die Namen seiner Opfer durchgehen.«

Eine geschlagene Stunde waren sie damit beschäftigt. Bekker hatte sechs Menschen umgebracht, irgendwo in Manhattan. Die Leichen waren in verschiedenen Stadtvierteln gefunden worden, in Greenwich Village, in SoHo und in Little Italy – immer südlich vom Central Park, nördlich des Bankenviertels. Auch die Postleitzahlen auf den Briefen, mit denen er seine Beiträge an medizinische Fachzeitschriften geschickt hatte, deuteten darauf hin, daß er irgendwo dort seinen Unterschlupf haben mußte.

Mitten im Aktenstudium stutzte Lucas. »Er verwendet Halothan?«

Barb Fell nickte. »Vermutlich. Spuren davon wurden bei der Blutanalyse mehrerer Mordopfer gefunden. Das würde auch dazu passen, daß es nie Anzeichen für Gegenwehr gab. Das Zeug wirkt sehr schnell. Eins, zwei, drei – aus.«

»Woher hat er es?«

»Das wissen wir noch nicht. Wir haben sämtliche Krankenhäuser in Manhattan, Nordjersey und Connecticut gecheckt. Bis jetzt ohne Erfolg. Aber Sie wissen ja selber, daß in solchen Fällen keiner genau sagen kann, daß wirklich nichts fehlt. Solange nicht ein ganzer Behälter fehlt, sondern nur heimlich was abgefüllt worden ist – wer kann das schon merken?«

»Tja – schön und gut, aber wie hat er's geschafft, nahe genug an seine Opfer heranzukommen? Er muß doch... Moment mal.« Lucas stand auf, verschwand auf dem Flur und kam mit einem Trinkbecher aus Plastik zurück. »Stehen Sie bitte mal auf.«

Barb Fell kam zögernd hoch. »Was ist denn?«

Er drückte ihr blitzschnell den Becher an den Mund. Sie wich – mehr verdutzt als erschrocken, aber genauso schnell – nach hinten aus.

»Sehen Sie«, sagte er, »von vorn schafft man das nicht. Kann sein, daß derjenige, den er angreift, ein bißchen was von dem Zeug abkriegt, aber das reicht nicht. Er kann sich freistrampeln und laut schreien.«

»Wie wollen wir wissen, ob Bekkers Opfer nicht geschrien haben?« wandte sie ein.

»Stimmt«, gab er zu. »Immerhin wissen wir, daß nie jemand was gehört hat.«

Sie nickte. »Also muß er, wenn sich das Ganze auf offener Straße abgespielt hat, von hinten gekommen sein.«

»Ja. Er hat ihnen den Arm um den Hals gelegt, sie fest an sich gedrückt und ihnen die Maske – oder was immer es ist – auf den Mund gepreßt.« Er drehte Barb Fell um, hielt sie – den Arm um ihre Schulter geschlungen, den Ellbogen gegen ihren Rücken gedrückt – fest im Griff und drückte ihr den Plastikbecher auf den Mund. »Eins, zwei, drei – aus.«

»Versuchen Sie's noch mal«, sagte sie. Und diesmal packte sie sein Handgelenk und drehte ihm den Arm nach vorn. Was so weh tat, daß Lucas unwillkürlich den Becher in der Faust zerdrückte. »Jetzt schreie ich…« Er zog den Arm weg, und sie meinte grinsend: »Sehen Sie, so funktioniert's auch nicht.«

»Eines seiner Opfer – diese Frau…« Er schlug die Akte auf. »Ellen Foen… Ihre Freunde und Bekannten haben ausgesagt, daß sie immer sehr vorsichtig war. In der Gegend, wo sie beschäftigt war, hat sich in den Seitengassen allerlei Gesindel herumgetrieben. Sie hat sich, bevor sie nach Hause gegangen ist, immer erst davon überzeugt, daß auf der Straße alles ruhig ist. Also hätte sie Bekker, wenn er ihr draußen aufgelauert hat, sehen müssen.«

»Es war spät abends.«

»Neun Uhr«, sagte er, »noch nicht mal dunkel.«

»Vielleicht hat sie ihn gesehen, sich aber nichts dabei gedacht, weil er gutangezogen war. Und besonders groß und kräftig ist er ja auch nicht.«

»Und sein Gesicht?«

Sie zuckte mit den Achseln. »Make-up Oder… Ich weiß auch nicht. Irgendwie kann ich mir eher vorstellen, daß er mit einem Taxi unterwegs ist. Mit einer Trennscheibe zwischen den vorderen und den hinteren Sitzen, die kann er ja mit einfachen Mitteln zusätzlich abgedichtet haben. Sie steigt ein, sobald sie die Tür zugezogen hat, dreht er das Gas auf, und sie kippt um. Ich meine, ich kann mir einfach nicht vorstellen, daß eine Frau, die so übervorsichtig gewesen sein soll, irgendeinen wildfremden Kerl so nahe an sich herankommen läßt. Sie sind viel kräftiger als Bekker, und Sie haben's bei mir mit dem Becher auch nicht geschafft.«

»Vielleicht ist das der Grund, weshalb er sich immer relativ kleine Leute aussucht – Frauen, zum Beispiel.«

Sie schüttelte den Kopf. »Irgendwelche Spuren bleiben immer zurück, Quetschungen oder Druckstellen. Aber bei der Obduktion wurde nie etwas festgestellt.«

»Trotzdem bleibt die Frage: warum hätte die Foen ein Taxi nehmen sollen?« gab er zu bedenken. »Sie wollte nur über die Straße, ein paar Dosen Cola kaufen. Und um halb zehn wollte ihr Freund sie mit dem Wagen abholen.«

»Ja – also ... Ach, verdammt, ich weiß es auch nicht«, sagte sie ärgerlich.

»Nehmen Sie den Fall Cortese«, fuhr Lucas fort. »Er kommt aus seinem Club, überquert die Sixth Avenue, geht die Achtundfünfzigste runter, auf die Plaza zu. Dort hatte er sich mit einem Freund telefonisch verabredet, aber er ist nie angekommen. Also muß es ihn irgendwo im Dreieck zwischen der Achtundfünfzigsten und der Fifth und Sixth Avenue erwischt haben. Bloß, was hat sich da abgespielt? Warum hätte er ein Taxi ranwinken sollen? Es waren ja nur noch ein paar hundert Meter.«

Sie hob ratlos die Schultern. »Ich fürchte, mit Logik kommen wir nicht weiter. Vielleicht hat Cortese seinen Freund versetzt, weil er auf ein Abenteuer aus war.«

»Nach allem, was wir über ihn wissen, nicht anzunehmen. Durch und durch anständig.«

»Genau wie Robert Garber«, sagte sie achselzuckend. »Das Ganze ist ein Rätsel.«

»Okay, wühlen wir uns weiter durch die Akten.«

Er merkte, daß sie nicht las, sondern ihn verstohlen beobachtete. Ein bißchen argwöhnisch, war sein Eindruck. Und so fragte er nach einer Weile: »Stimmt was nicht?«

Sie zögerte, dann fragte sie zurück: »Arbeiten Sie wirklich am Fall Bekker mit?«

»Nun, ich denke...« Seine Arme schienen den ganzen Aktenwust auf dem Schreibtisch zu umschließen. »Ja. Warum?«

»Oh«, machte sie, »je länger ich darüber nachdenke, desto unglaubwürdiger kommt mir das vor. Früher oder später kriegen wir ihn sowieso, das wissen Sie doch auch.«

Lucas nickte. »Natürlich. Ich bin auch mehr wegen der Öffentlichkeitsarbeit hier. Als Prellbock für die Medien.«

»Das glaube ich genausowenig.« Barb Fell sah ihm fest in die Augen. »Ich weiß nicht viel über Sie. Aber Sie haben einen kurzen Draht zu O'Dell. Kann's nicht zufällig sein, daß Sie für das Dezernat für interne Angelegenheiten arbeiten?«

Er war so überrascht, daß er regelrecht zurückzuckte. »Was? Bei den Jungens von der Anti-Korruptions-Fahndung? Großer Gott, Barbara, doch nicht ausgerechnet ich! Es muß sich doch bis zu Ihnen rumgesprochen haben, wie's mir in Minneapolis ergangen ist.«

»Ja. Hab davon gehört. Sie sollen einen zusammengeschlagen haben. Einen Jugendlichen.«

»Einen Zuhälter. Er hatte einem Mädchen mit dem Flaschenöffner das Gesicht aufgeschlitzt. Einem Mädchen, das in meinem Netz mitgearbeitet hat. Jeder auf der Straße wußte Bescheid, ich mußte was unternehmen. Also hab ich's getan. Er hat sich darauf berufen, daß er noch nicht volljährig sei – ich will auch gar nicht so tun, als hätte ich das nicht gewußt –, und schon hatte ich unsere internen Schnüffler auf dem Hals. Was, verdammt noch mal, nicht besonders fair war. Ich hab nur getan, was ich tun mußte, und jeder wußte das. Aber sie sind trotzdem über mich hergefallen. Mich zu decken wäre nämlich unbequemer gewesen, als mich in die Pfanne zu hauen. Nein, ich bin nicht beim Dezernat für interne Angelegenheiten, das können Sie leicht überprüfen.«

»Nein, so hab ich das nicht… Nein.«

Sie vertieften sich wieder in die Akten, aber für Lucas war die Sache noch nicht erledigt. »Interne Angelegenheiten«, knurrte er ein paar Minuten später vor sich hin, »ausgerechnet ich – mein Gott!«

Die Mittagspause verbrachten sie in einer Pizzeria. Sie mochte ihn, Lucas spürte das. Er hatte es schon unterwegs gespürt, als sie das kurze Stück die Straße hinuntergeschlendert waren. Und solange sie hier saßen, riesige Pappbecher mit Cola vor sich auf dem Tisch, wollte er nicht über dienstlichen Kram mit ihr reden. Statt dessen erzählte er ihr von der Zeit, als Lily und er zusammengearbeitet hatten, von seiner Tochter und von der Unordnung in seinem Gefühlsleben.

»Ich hätte auch gern ein Kind«, sagte sie. »Meine biologische Alarmglocke läutet Sturm.«

»Wie alt sind Sie?« fragte er.

»Sechsunddreißig.«

»Weit und breit keiner, der einen guten Vater abgeben würde?«

»Zur Zeit nicht«, sagte sie. »Ich hab's nur mit Cops und Gaunern zu tun, und ich mag weder die einen noch die anderen.«

»Ist es denn so schwierig, jemanden kennenzulernen?«

»Das Kennenlernen ist nicht das Problem. Das Problem ist, die Jungens, die ich mag, mögen mich nicht. Vor fünf Jahren, zum Beispiel, da war ich mit diesem dämlichen Anwalt liiert… Kein Staranwalt, eigentlich ein ganz normaler netter Bursche. Geschieden, lange Mähne, antikonformistisch, einer von denen, die viel für *pro bono* arbeiten. Sie wissen schon…«

»Ja, schick, aber kontra.«

»Genau. Ich glaube, er wollte wieder heiraten. Und ich hätte nichts dagegen gehabt. Aber da ist eines Tages diese saublöde

Sache passiert... Ich war als Lockvogel im Außendienst eingesetzt, und plötzlich taucht dieser Kerl auf, ein richtiger Bär – und ein verdammtes Arschloch. Fällt über mich her, drückt mich an die nächste Hauswand, will sich an mich ranmachen, fängt an zu fummeln. Ich geh in die Hocke und lang nach dem guten Stück, das ich immer im Stiefel stecken habe, eine .25er Automatik. Und wie er sich über mich beugt und mich hochreißen will, schieb ich ihm das Ding zwischen die Zähne. Ach Gott, war der Kerl auf einmal klein! Hat Augen gemacht wie Spiegeleier und dauernd ›nein, nein‹ gejammert...«

»Wo war ihr Begleitschutz?«

»Die kamen gerade angerannt. Haben ihn geschnappt und an die Wand gedreht. Und einer von ihnen hat noch zu mir gesagt: ›Mein Gott, Fell, der Kerl hat dir aber ein riesiges Veilchen verpaßt‹. Der Arsch hatte nämlich ganz schön auf mich eingedroschen und mich direkt unter dem Auge erwischt, am Jochknochen, wissen Sie?«

Lucas nickte. »Kenn ich, tut höllisch weh.«

»Ja. Und da steht er nun mit dem Gesicht zur Wand, Arme hoch, Beine gespreizt, und ich sag zu ihm: ›Deine Eier kannst du für 'ne Weile vergessen, du Drecksack‹ – und knall ihm mein Knie zwischen die Beine, daß er sein Gehänge ein paar Tage lang in Watte packen konnte.«

Lucas lachte schallend. Cop-Stories sind immer Geschichten, die das Leben schreibt. »Und dann?«

»Dann hab ich das meinem Freund erzählt, dem Anwalt. Und der hat verrückt gespielt.« Ihr Lächeln verdorrte. »Aber es war keineswegs mein Veilchen, über das er sich so aufgeregt hat.«

»Sagen Sie bloß, der Kerl hat ihm leid getan?«

»Nein, das auch nicht. Er hatte nichts dagegen, daß irgend jemand so einem mal eine Lektion erteilt. Aber eben irgend jemand – und nicht gerade ich. Und was ihn am meisten aufgeregt hat... Na ja, ich hätte besser nicht wörtlich wiederholen sollen, was ich zu dem Scheißkerl gesagt habe. Da war er stinksauer. Ich glaube, er hat sich vorgestellt, daß er's eines Tages mal weiter bringt und Mitglied im Country Club ist. Und da hat er mich wohl im Geiste auf der Clubterrasse sitzen sehen, mit einem Minz-Shake in der Hand, wie ich den anderen Country-Club-Ladies meine Story erzähle – einschließlich der Sache mit den Eiern, und daß er sie 'ne Weile vergessen kann.«

Lucas zuckte die Achseln. »Haben Sie's mal mit einem Cop versucht?«

»Ja, ja.« Ein kleines Lächeln huschte über ihr Gesicht, ihr Blick schien sich in der Vergangenheit zu verlieren. »Einer von der Drogenfahndung. Er hat's besonders ernst genommen. Und mich sogar eine Weile damit angesteckt. Aber irgendwann will man ja auch mal Feierabend machen und zu Hause sitzen und seine Ruhe haben. Er nicht, er wollte jeden Abend raus und auf Doper Jagd machen.«

Lucas biß in eine Pepperoni, kaute eine Weile und sagte dann: »Damals in Minneapolis, vor ein paar Jahren... Lily und ich waren seinerzeit eng befreundet. Aber – das bleibt unter uns, ja?«

»Natürlich«, versprach sie und versuchte gar nicht erst, ihre gespannte Neugier zu verbergen.

»Unsere Beziehung war sehr intensiv, ihre Ehe ist darüber in die Brüche gegangen. Und dann war da die Sache mit diesem verrückten Indianer. Der Kerl hat auf sie geschossen. Hat sie in der Brust erwischt. Fehlte nicht viel, und er hätte sie getötet.«

»Ja, von der Sache hab ich schon gehört.«

»Mich hat das damals völlig fertiggemacht. Dann, als sie nach New York gegangen war, haben wir uns irgendwie aus den Augen verloren. Und letztes Jahr ist wieder so eine Sache passiert...«

Auch davon hatte Barb Fell schon gehört. »Die Schauspielerin. Diejenige, die Bekker umgebracht hat.«

Lucas nickte. Sein Blick schien auf einmal dunkel verhängt, seine Stimme klang eine Spur tiefer. »Es ist wie ein Fluch, ich bringe Frauen kein Glück. Wenn ich ein bißchen schlauer gewesen wäre, ein bißchen schneller... Ach, Scheiße.«

Nach dem Lunch gingen sie ins Büro zurück, arbeiteten sich weiter durch den Aktenberg, lasen, blätterten, lasen – und wurden trotzdem nicht fündig. Nach einer Weile murmelte Barb Fell etwas von einer Teepause. Lucas winkte ab, er wollte weiterarbeiten. Also ging sie allein in den Teeraum. Und nach einer halben Stunde kam sie wieder – zusammen mit Kennett.

»Im Bellevue«, sagte sie und ließ sich – Lucas gegenüber – auf einen Stuhl fallen.

»Was heißt das?« Lucas sah sie verdutzt an, sein Blick wanderte zu Kennett, der am Türrahmen lehnte.

Kennett erklärte es ihm. »Das Bellevue vermißt einige medizinische Geräte. Monitore zur Überwachung der Körperfunktionen. Bißchen verzwickt, darum haben wir erst jetzt davon erfahren. Nach dem Inventurverzeichnis fehlt nichts, denn die Werkstatt ist für den Schaden aufgekommen. Als das Zeug nicht zurückkam, hat jemand vom Krankenhaus nachgefragt, aber die Jungens in der Werkstatt hatten einen quittierten Rüklieferungsschein, die gingen also davon aus, daß die Geräte längst wieder ordnungsgemäß im Bellevue angekommen wären. Tja – jedenfalls waren seit dem Verschwinden schon anderthalb Monate ins Land gegangen. Und das stimmt ziemlich genau mit der Zeit überein, als Bekker sein erstes Opfer umgebracht hat.«

»Und es handelt sich exakt um die Geräte, die Bekker in seinen sogenannten Versuchsanalysen beschreibt«, warf Barb Fell ein.

»Dann könnte er das Halothan auch von dort haben«, meinte Lucas, »und vielleicht alles, was er so an Drogen braucht. Alles aus derselben Quelle. Von jemandem aus der Chefetage des Bellevue.«

Fell nickte. »Die Sache muß was mit Becker zu tun haben.«

»Darauf wette ich«, sagte Kennett grimmig. Er zerrte nervös an seiner Krawatte. »Himmeldonnerwetter, wieso sind wir nicht eher auf diese Spur gestoßen?«

»Und was unternehmen Sie jetzt?« fragte Lucas.

»Jetzt müssen wir das Ganze mit Fingerspitzengefühl angehen«, sagte Kennett, »damit keiner vorzeitig gewarnt wird. Zuerst checken wir die leitenden Angestellten im Krankenhaus anhand aller verfügbaren Computerdaten. Dann hören wir uns bei den Dopern um, vielleicht können wir da einen Tip bekommen. Anschließend beginnen wir mit den Vernehmungen. Wird alles ein paar Tage dauern. Vielleicht wär's gut, wenn Sie beide sich noch mal die Hehler vorknöpfen? Könnte ja sein, daß Sie da auf eine Verbindung zum Bellevue stoßen.«

»Ja.« Lucas warf einen Blick auf die Uhr. Fast drei. Er nickte Barb Fell zu. »Nehmen wir uns noch mal Jackie Smith vor.«

Smith traf sich mit ihnen auf dem Washington Square. Der Nachmittag war drückend heiß, Smith dagegen kühl bis ins Blut: Er parkte seinen grauen Mercedes genau über dem Anschluß des Hydranten, nicht weit von der Bocciabahn, und pflanzte sich im Schatten eines Gingkobaumes auf.

Und grob war er auch. »Ich will nichts von Ihnen, Sie wollen was von mir«, raunzte er, als Barb Fell und Lucas auf ihn zukamen. »Warum wenden Sie sich nicht an meinen Anwalt?«

»Kommen Sie, Jackie«, redete Lucas auf ihn ein, »das mit Ihrem Golfrasen tut mir leid. Ich war vielleicht ein bißchen zu sehr in Fahrt.«

»Zu sehr in Fahrt?« fuhr Smith ihn an. »Mann Gottes, haben Sie überhaupt eine Ahnung, wie lange es dauert, das alles wieder in Ordnung zu bringen?«

Lucas versuchte es weiterhin im guten. »Lassen Sie uns trotzdem versuchen, einigermaßen miteinander auszukommen, ja? Es gibt einen neuen Aspekt im Zusammenhang mit Bekker, und Sie können uns da weiterhelfen. Wie ich gestern abend schon gesagt habe: Die Sache mit Bekker geht mich persönlich an. Das mein ich ehrlich.«

»Ich kenn euren Scheißbekker nicht! Ein Arschloch wie hundert andere, mehr weiß ich nicht.«

»Ist ja gut«, sagte Lucas, »wir glauben Ihnen das sogar. Eine kleine Information, mehr will ich ja gar nicht.«

Smith starrte ihn einen Atemzug lang an. Dann fragte er: »Gut, was wollen Sie wissen?«

»Ein paar Namen. Von Leuten, die ihre Waren aus dem Bellevue beziehen könnten.«

»Das ist alles?« fragte Smith mißtrauisch. »Und danach lassen Sie mich in Ruhe?«

»Ich kann nicht für alle sprechen. Was Barbara macht, ist ihre Entscheidung«, sagte Lucas, »aber was mich betrifft – ich wäre sofort verdammt viel freundlicher zu Ihnen.«

Smith kämpfte mit seiner Wut. »Himmelarsch, wieso laß ich mich überhaupt mit euch Idioten ein?« Und nachdem er tief durchgeatmet hatte: »Das ist doch alles Hühnerkacke. Nicht das Niveau, auf dem ich Geschäfte mache.«

»Weiß ich«, sagte Lucas, »Sie nicht. Aber irgend jemand macht solche Geschäfte. Und den suchen wir. Oder die. Das ist alles, ein paar Namen, mehr wollen wir gar nicht.«

Barb Fell versuchte ihm gut zuzureden. »Mein Gott, Jackie, ein Wort von Ihnen, und alles ist gelaufen. Diesmal geht's doch nicht um Ihren Hintern. Und genaugenommen helfen Sie nicht mal der Polizei. Sie tun was für die armen Teufel, die Bekker sonst irgendwohin verschleppt, um an ihnen herumzuschnippeln.«

»Ja, Sie…«, blaffte Smith sie an. Und weil ihm in der Eile nichts Besseres einfiel: »Sie sind die, die meinen Kaffee auf die Straße geschüttet hat!« Er ließ den Blick über den Platz wandern. Sah einen Augenblick den halbwüchsigen Schwarzen zu, die sich – das Kofferradio voll aufgedreht – rhythmisch zuckend zur Rapmusik bewegten. Und sagte schließlich: »Also gut, von mir aus. Es sind zwei, ein Mann und eine Frau. Die beiden sind selber nicht im Krankenhaus, aber sie haben einen kurzen Draht zu den Insidern.«

»Genau das, was uns interessiert.«

»Ja, zum Teufel!« Er ging auf den Wagen zu. »Oh, Mann, auf was für 'n Scheiß laß ich mich da ein! Bin gleich zurück.«

»Jetzt hängt er sich ans Telefon«, sagte Barb Fell, als der Mercedes losrollte.

Tatsächlich, zwei Minuten später war Smith wieder da. Er hielt Lucas wortlos einen Zettel hin, Lucas zückte sein Notizbuch und schrieb sich die beiden Namen und die Adressen ab. Und das war's dann auch schon – abgesehen von dem verächtlichen Schnaufen, mit dem Smith sich in seine Nobelkarosse wuchtete, um endgültig zu verschwinden.

»Rose Arnold und Thomas Leese…« Lucas drehte das Notizbuch so, daß Fell mit hineinsehen konnte. »Und da wohnen sie. Wo liegt das?«

»Lower East Side«, sagte Barb Fell. »Hab aber noch nie von denen gehört. Soll ich mal nachsehen, was wir über die beiden haben?«

»Ja… Das heißt, geben Sie die Namen einfach weiter, Kennett kann das überprüfen lassen. Er will ja… Wie hat er gesagt? Mit Fingerspitzengefühl an die Sache rangehen. Besser, wenn wir ihm nicht dazwischenfunken. Hat noch Zeit, mit den beiden zu reden. Heute nicht mehr, würde ich sagen.«

Barb Fell ließ ihn beim Hotel raus und fuhr weiter zu Midtown South. Lucas duschte, zog sich um, aß im Hotelrestaurant, setzte sich eine Weile oben in seinem Zimmer ans Fenster und sah den Taxis zu, die unten vorbeihuschten, dann entschloß er sich, selber eines zu nehmen und zu Lily zu fahren.

Sie empfing ihn barfuß an der Tür. »Du bist spät dran.«

»War viel los«, sagte er.

Er kannte ihr Apartment; vor zwei Jahren, kurz nach ihrem Einzug, war er schon einmal hier gewesen. Damals hatte allerdings alles ganz anders ausgesehen: die Möbel provisorisch abgestellt, wie frisch vom Trödelmarkt, überall Kartons, die Küche mit einem wirren Dschungelmuster, einschließlich schaukelnder Affen, tapeziert und die Decke, erinnerte er sich, mit irgendeinem Zeug verkleidet, das halb nach Wellpappe, halb nach Plastik aussah.

Inzwischen war ein Schmuckstück aus dem Apartment geworden. Gestern abend, als er Lily die Schlüsselabdrucke gebracht hatte, war er nicht dazu gekommen, sich umzusehen, sie hatte ihn ja gleich wieder hinausgeschickt. Nun nahm er sich Zeit, alles in Ruhe zu inspizieren. Weiche Teppiche in warmen Farben. Graphiken an den Wänden, alles Originaldrucke, sorgfältig ausgesuchte Sessel, lauter schöne Einzelstücke, und eine breite Ledercouch. Die Küche war in gedämpftem Altgold gehalten.

»Sieht großartig aus«, sagte er. Und fürchtete, seine Stimme könne vielleicht allzuviel von seinen Gefühlen verraten. Damals, bei seinem Besuch vor zwei Jahren, hatten sie viel Zeit im Bett verbracht. Nicht nur er hatte es gewollt, Lily auch. Sie war wie ausgehungert gewesen – nach Zärtlichkeit und nach

Sex. Und jetzt, dachte er ein bißchen verbittert – jetzt sag ich ihr Artigkeiten über die Art, wie sie sich eingerichtet hat.

»So ist das, wenn eine Ehe zerbrochen ist«, sagte sie. »Dann hängt man alle Liebe an sein Zuhause.« Sie hielt sich nicht gerade auf Distanz, achtete aber darauf, daß sie einander nicht zu nahe kamen. Und wie sie dastand, eine Hand lässig in die Hüfte gestemmt... Höflich, freundlich, fremd und... Er kam nicht gleich drauf. Abwartend vorsichtig?

»Ja«, er nickte, »ich kenn das.«

»Das Zimmer nach hinten ist jetzt mein Arbeitszimmer. Alles liegt bereit. Geh schon voraus. Möchtest du ein Bier?«

»Aber immer.« Er ging in Lilys Arbeitszimmer, gähnte herzhaft, setzte sich an ihren Schreibtisch, schob den Drehstuhl so weit zurück, daß er die Füße auf einer halb offenen Schublade abstützen konnte, und griff nach dem ersten Aktenordner.

*Kays, Martin.* Er schlug die Akte auf. Zwei Festnahmen wegen Vergewaltigung. Das erste Mal hatte er zwei Jahre bekommen, beim zweiten Mal war er freigesprochen worden. Er stand im Verdacht, noch mehr auf dem Kerbholz zu haben, manche glaubten, eine Menge besonders gemeiner Überfälle auf Frauen in Tiefgaragen an der Upper West Side ginge auf sein Konto. Immer dieselbe raffinierte Methode. Er wartete draußen den Augenblick ab, in dem ein Wagen die Garage verließ, und schlüpfte dann, während sich das Gitter schloß, schnell noch unten durch. Anschließend brauchte er im Dunkeln nur solange zu warten, bis eine Frau ohne Begleitung die Garage betrat und zu ihrem Wagen gehen wollte. Dazu kam noch ein halbes Dutzend Festnahmen wegen Drogenbesitz, Trunkenheit, tätlichem Angriff und Diebstahl.

Lily brachte ihm ein Exportbier, sah ihm über die Schulter und sagte: »Kays... Schade, daß es den nicht schon fünf Jahre früher erwischt hat.«

»Na, na«, meinte er. »Jemand, der dem Gesetz dient, sollte mit solchen Äußerungen vorsichtig sein.«

»Stimmt, aber genau darin liegt unser Problem: Wenn wir von den drei letzten Morden absehen, würden die meisten New Yorker den Killern begeistert Beifall klatschen. Besonders, wenn's darum geht, daß sie einen wie Kays umgelegt haben. Ich wäre nicht mal sicher, ob wir genug Geschworene fänden, die sie deswegen schuldig sprechen würden.«

»Du meinst also, solange sie irgendeinen Dreckskerl umbringen, ist alles in Ordnung?«

»Nein. Ich rede nur von der öffentlichen Meinung. Wenn es einer verdient, umgelegt zu werden... Mein Gott, irgendwann müssen wir alle sterben. Und der Mann auf der Straße glaubt nun mal, daß es nicht so schlimm sein kann, da ein bißchen nachzuhelfen, bevor so ein Kerl Gelegenheit hat, Hunderten von Unschuldigen das Leben zu ruinieren. Das ist etwas anderes, als wahllos Menschen umzubringen. Nur, wenn du fragst, wie ich das sehe: Hier geht es nicht mehr um eine Abrechnung mit irgendwelchen Kriminellen, was die Killer tun, ist – ist ein Angriff gegen unsere Freiheit.«

Lucas sah grinsend zu ihr hoch. »Wenn du die Diskussion auf eine so hohe theoretische Ebene hebst, wird mir die Luft zu dünn.«

»Hört sich an wie der Quatsch, den irgendein Weicharsch verzapft, wie?«

»Genauso.«

»Ist aber kein Quatsch«, sagte sie.

»Na gut. Wenn du meinst...«

»Wenn du's nicht so siehst, warum hast du dich dann verpflichtet, an dem Fall mitzuarbeiten?« fragte sie.

»Weil wir beide gute alte Freunde sind.«

»Und das genügt?«

»Natürlich«, sagte er. »Ich halte es für einen der wenigen guten Gründe, überhaupt einen Finger zu rühren. Einen aus patriotischen Gründen umzulegen oder weil's nun mal meine Pflicht ist, damit hab ich nichts am Hut. Für den Job als Wärter in der Todeszelle würde ich mich nicht eignen. Aber wenn's um meine Familie geht oder um gute Freunde, ist mir jedes Mittel recht.«

»Also Rache?«

Er dachte einen Augenblick nach, dann nickte er. »Ja, damit hat es wohl auch etwas zu tun. Zum Beispiel, wenn ich Bekker jage. Den will ich unbedingt haben.«

»Gemeinsam mit Barb Fell.«

»Da wir gerade von ihr sprechen...« Er kramte in der Jackentasche, schob ihr eines der Fotos hin. »Schau dir das mal an. Der Bursche sieht nach einem Cop aus. Und sie hat was mit ihm.«

»Oh, Barbara«, murmelte Lily kopfschüttelnd. »Ich kenne den Mann. Flüchtig. Er ist Lieutenant bei der Verkehrspolizei. Wir werden ihn mal durch unser Computerprogramm laufen lassen. Bin gespannt, ob was dabei rauskommt.«

»Da hätte ich noch mehr für dich«, sagte Lucas. »Namen aus ihrem privaten Telefonbuch. Keine Ahnung, ob Cops dabei sind. Aber wenn ihr schon mal dabei seid, könnt ihr die auch gleich überprüfen.«

Bis kurz nach zwei Uhr nachts war er mit dem Aktenstudium beschäftigt. Dann kam Lily herein und fragte: »Na, was gefunden?«

»Nein. Und du hattest recht. Diese Kerle waren der letzte Abschaum. Wie viele Leute wären in der Lage, so eine Liste zusammenzustellen?«

»Hunderte«, sagte sie. »Aber nicht allen wäre das so leicht gefallen wie zum Beispiel Barb Fell.«

Lucas nickte. Er riß die gelben Bogen mit den Notizen, die er sich beim Durchlesen gemacht hatte, von Lilys Notizblick, faltete sie und steckte sie in die Jackentasche. »Ich werd sie im Auge behalten.«

Lily wohnte im zweiten Stock eines einstmals herrschaftlichen, inzwischen längst in Apartments aufgeteilten Stadthauses. Als Lucas auf die Straße trat, war es zehn nach zwei. Endlich kam eine sanfte Brise auf, die ein wenig Abkühlung nach der Hitze des Tages versprach. Ein bißchen müde war er schon, aber nicht direkt schläfrig; zu Hause in Minneapolis wäre er vielleicht noch eine halbe Stunde am Fluß spazierengegangen, um abzuschalten, bis es Zeit wurde, ins Bett zu kriechen. Aber in New York…

Die Straße war ordentlich beleuchtet, an der nächsten Kreuzung sah er ein Citation-Taxi stehen. Eigentlich nicht seine Richtung, aber wenn es sich so günstig traf… Beide Hände tief in den Taschen vergraben, ging er auf die Kreuzung zu.

Sie waren zu zweit.

Kräftige Kerle, Schultern wie Linebackers in einer Profimannschaft.

Am Straßenrand standen die Autos Stoßstange an Stoßstange geparkt, sonst hätte Lucas wahrscheinlich nicht gemerkt, daß ihm jemand auflauerte. Aber der eine der beiden Muskelmänner – derjenige, der von der Fahrbahnseite kam – hatte irgend etwas in der Hand, und als er sich zwischen zwei Fahrzeugen durchzwängte, schrammte das Ding über die Stoßstange eines Autos. Ein scharfes metallenes Geräusch, wie wenn eine Messerklinge über ein Waschbrett rasselt. Lucas machte instinktiv einen Sprung nach vorn, wirbelte herum und starrte in die Richtung, aus der er das Geräusch gehört hatte.

Und im gleichen Augenblick wurde ihm klar, daß da irgend

etwas nicht stimmen konnte. Dieses metallische Rasseln – das mußte Absicht gewesen sein. Seine Hand fuhr nach hinten, wo die .45er steckte. Aber da war der andere schon da. Kam aus dem Gebüsch auf ihn zugerannt. Traf ihn mit dem Totschläger am Ellenbogen. Rammte ihm den Arm in die Schulter und schob ihn auf das Taxi zu.

Schmerz durchzuckte Lucas wie eine Explosion. Nicht der dumpfe Schmerz, den er erwartet hätte. Ein Schmerz, den er millimetergenau bestimmen konnte: das Zentrum am Ellbogen, da, wo der Knüppel ihn getroffen hatte, und die heißen Wellen, die hoch bis zur Schulter rasten. Er stieß einen gellenden Schrei aus – nicht nur, weil es höllisch weh tat, sondern auch aus Wut, weil er spürte, wie der Arm kraftlos herunterhing. Er versuchte ihn zu bewegen, aber die Muskeln gehorchten nicht.

Dann sah er den anderen. Sah dessen Faust niedersausen. Brachte noch die Linke hoch, fing einen Teil der Wucht ab, spürte den brennenden Schmerz an der Wange und begriff, daß die Faust doch noch ein Ziel gefunden hatte. Er taumelte zurück und wurde gegen das Taxi geschleudert.

Und der Kerl schlug wieder zu. Beugte sich weit über die Motorhaube und drosch – Lederhandschuhe über den Fäusten – blitzschnell auf ihn ein, pausenlos – links, rechts, links. Lucas drückte sich an die Wagentür und ließ sich in den Knien durchsacken, um dem Trommelfeuer der Fäuste auszuweichen.

Sein Verstand signalisierte: *Deckung. Fang die Schläge ab*...

Der nächste Schlag traf ihn über dem Ohr. Und diesmal spürte er keinen Schmerz. Merkte noch, daß Dunkelheit ihn einhüllte und daß er auf den Knien aufschlug. Und kippte nach vorn.

Dann war die Hand da. Die Hand im Lederhandschuh. Griff nach ihm. Wollte ihn hochzerren.

Mit der Linken packte Lucas zu. Er erwischte das Handgelenk, hielt es umklammert, kam halb hoch, ließ sich mit dem ganzen Gewicht nach vorn fallen und begrub den Arm des anderen unter sich. Er hörte den Kerl, der auf ihn losgegangen war, aufschreien – ein seltsam erstickter Schrei, wie aus weiter Ferne. Und dann hörte er etwas knacken. Hämische Freude durchzuckte ihn. Aber nur einen Atemzug lang. Denn er wußte, daß er keine Chance hatte. Er wußte, daß sie ihn töten würden.

Irgendwo splitterte Glas. Sein Verstand registrierte das Geräusch. Ordnete es ein. Wußte aber nichts damit anzufangen. Glas. Was für Glas? Wo?

Und plötzlich – er hätte nicht erklären können, wieso – fing er zu ahnen an, daß sich irgend etwas veränderte.

*Deckung... Fang die Schläge ab...*

Er lockerte den Griff der linken Hand, ließ den Arm los, merkte, wie er unter seinem Brustkorb wegrutschte. Hörte, wie der andere, der mit dem Totschläger, einen Schrei ausstieß. Wollte sich unter das Taxi rollen. Schaffte es aber nicht, der Wagen stand zu dicht am Bordstein. Zog den Kopf zwischen die Schultern, legte sich schützend den linken Arm über den Nakken...

Ein greller Blitz. Ein Donnerschlag.

Im Mündungsfeuer der .45er schien für Bruchteile von Sekunden alles zu erstarren. Die Szene war aufgehellt wie vom Blitzlicht einer Kamera. Die beiden Kerle hatten sich Strumpfmasken über die Gesichter gezogen. Derjenige, der von der Seite her aufgetaucht war und ihn von hinten angesprungen hatte, wirbelte herum, rannte los. Der Totschläger – mit einem dicken runden Schlagwulst am unteren Ende – baumelte an seinem Handgelenk. Derjenige, dem Lucas den Arm gebrochen hatte, kam stolpernd hoch, schrie »Mein Gott, nein...« und rannte hinter dem anderen her.

Und wieder ein greller Blitz.

Obwohl er längst wußte, daß er es nicht schaffen konnte, versuchte Lucas verzweifelt, sich doch noch unter das Taxi zu rollen. Nur weg von dem grellen Lichtblitz. Weg von dem dröhnenden Knall, der ihm in den Ohren gellte. Er rappelte sich hoch, lehnte sich – die Beine lang ausgestreckt – mit dem Rükken gegen die Wagentür und griff mit der linken Hand nach hinten. Er verrenkte sich, stöhnte vor Schmerz und merkte, daß das Holster zu weit rechts saß.

Stille.

Und da war Lily. Im Baumwollnachthemd. Den schwarzschimmernden Stahl der .45er in der Faust.

»Lucas…« Sie kam auf ihn zu, sah ihn aber nicht an, suchte die Straße ab. Und fragte erst, als sie schließlich die Waffe gesichert hatte: »Alles in Ordnung mit dir?«

»Nein, verdammt noch mal«, raunzte er sie an.

## 8

Erst war es maßlose Verblüffung, dann driftete Bekker weg. Als er schließlich in die Realität des Buchladens zurückkehrte, sah er seufzend zu dem Mann an der Kasse hin.

»Fühlen Sie sich nicht wohl?« fragte der Buchhändler besorgt. Sein schmaler Kopf saß auf einem ungewöhnlich langen Hals, was aussah, als wäre ihm ein übergroßer Daumen auf die Schultern gepflanzt. Und als er den Kopf neigte und das Deckenlicht sich in seinem rechten Brillenglas brach, erinnerte er ein wenig an einen armen Sünder, der am Galgen baumelt.

»Doch, doch«, krächzte Bekker, »alles in Ordnung. Er scharrte verlegen mit den Füßen und hakte den Blick irgendwo weiter hinten fest. Der Laden mochte knapp fünf Meter breit und wenigstens doppelt so lang sein. An den Wänden reihte sich Regal an Regal, die Vinyltapete schlug Wellen und löste sich stellenweise ab, der Fußboden war ausgetreten, es roch muffig nach Papier. An einem Lesetisch weiter hinten, direkt unter dem Überwachungsspiegel, saß ein Mann, eine Spidermann-Anthology über dem dicken Bauch, und lutschte an einem Nußeisriegel. Bekker hatte ihn, soweit er sich erinnerte, nicht mal hereinkommen sehen.

Er starrte auf das Buch, das er in der Hand hielt. In der Abteilung für medizinische und anthropologische Literatur hatte er es ausgegraben – aus einem Stapel, in dem sonst nichts als Ramsch übereinander getürmt war. Das Buch, das ihn so jäh in seine rätselhafte Realitätsferne entführt hatte...

»Es ist nur, weil Sie sich solange überhaupt nicht gerührt haben«, sagte der Daumenkopf. »Ich dachte, daß Sie... daß Sie vielleicht... Ich weiß es auch nicht.« Sein Adamsapfel hüpfte wie ein Spielzeugschiffchen in der Badewanne.

*Der frißt mich ja beinahe mit den Augen auf*, schoß es Bekker durch den Kopf. Ein Gedanke, der ihm nicht schmeichelte, ihn sogar eher erschreckte. Zu nahe durfte ihm keiner kommen. Früher, bevor die Cops in Minneapolis mit ihren Pistolen auf ihn eingeschlagen hatten, war er ein ausnehmend schöner Mann gewesen, aber nun war davon nichts mehr geblieben. Er hatte zwar eine kräftige Schicht Abdeckschminke aufgetragen, aber direkt im Lichtkegel der Deckenlampen waren die Narben trotzdem zu sehen. Und in der *Post* hatten sie damals Fotos mit seinem verunstalteten Gesicht abgedruckt – jede Furche für jedermann deutlich zu erkennen.

Bekker beschränkte sich auf ein Nicken, höflich, aber ohne Erklärung. Er schielte auf die Armbanduhr. Fünf Minuten – fünf Minuten war er geistig weggewesen. Es mußte ziemlich seltsam ausgesehen haben: ein Kunde mit einem Buch in der

Hand, völlig reglos, mit starrem Blick, ohne auch nur zu blinzeln, und das fünf Minuten, wenn nicht länger.

*Sieh zu, daß du hier wegkommst.* Mit gesenktem Kopf schob er das Buch über den Kassentisch. Er hatte sich angewöhnt, möglichst wenig zu reden, denn auch das hätte ihn verraten können.

»Sechzehn-fünfzehn, einschließlich Steuer«, sagte der Buchhändler und fügte nach einem Blick auf den Schutzumschlag hinzu: »Ziemlich starker Tobak.«

Bekker nickte, schob siebzehn Dollar über den Kassentisch, nahm das Wechselgeld und wandte sich zum Ausgang.

»Beehren Sie uns bald wieder«, rief der Daumenkopf hinter ihm her, und die Türglocke bimmelte freundlich, als Bekker auf die Straße trat.

Er hatte es eilig, nach Hause zu kommen, aber plötzlich stockte er: Sein Name auf der Titelseite einer Zeitung, und daneben ein Foto – ein Gesicht, das ihm bekannt vorkam.

Er hob den Backstein auf, mit dem der Zeitungsstapel beschwert war. Davenport? Himmel, es war tatsächlich Davenport. Er riß die Zeitung an sich, warf dem Mann im Kiosk einen Dollar hin und hastete weiter.

»He!« Der Zeitungshändler lehnte sich aus dem Kiosk. »Ihr Wechselgeld!«

Nein, dafür hatte er keine Zeit. Er eilte die Straße hinunter, klapperte mit den Absätzen einen gehetzten Takt auf das Pflaster und versuchte – mal im Licht, mal im Schatten – die Zeitungsmeldung zu entziffern. Schließlich blieb er in dem grellen Licht eines Elektronikladens stehen und las.

...handelt es sich um einen nicht umstrittenen ehemaligen Detective aus Minneapolis, der allgemein als der Mann gilt, der Bekkers erste Mordserie aufgeklärt und Bekker des mehrfachen Mordes überführt hat. Im Handgemenge bei der Festnahme trug Bekker erhebliche Verletzungen im Gesicht davon…

…»hätte ich ihn niederschießen können«, äußerte Davenport im Interview, »aber wir waren darauf aus, ihn lebend zu erwischen. Uns war bekannt, daß er einen Komplizen gehabt hatte, aber es hätte ohne die Möglichkeit, Bekker zu vernehmen, keine endgültige Bestätigung für unsere Vermutung gegeben, daß dieser Komplize inzwischen selbst tot war…

Lügner. Bekker riß den Blick von der Zeitung. Am liebsten hätte er es laut hinausgeschrien: *Verdammter Lügner!* Er tastete nach den Narben, die sich unter der Schicht spezieller Kosmetika verbargen. Davenport hatte ihm das Gesicht zerrissen. Davenport hatte seine Schönheit zerstört.

Und dann erstarrte Bekker, driftete erneut ab.

Ein Stadtstreicher kam vorbei, sah ihn neben dem Ladeneingang stehen, pflanzte sich auf dem Bürgersteig auf und rief ihn an. »He, du da…«

Bekker kehrte aus seiner Traumwelt zurück. Der Kerl, der zu ihm herüberstarrte, war nicht sonderlich groß und kräftig gebaut, sah aber aus wie einer, der schon etliche Schlägereien hinter sich hat und sich nicht scheut, die nächste anzufangen.

Darauf wollte Bekker es nicht ankommen lassen. »Verpiß dich«, schnauzte er den Herumtreiber mit gebleckten Zähnen an, und während der – halb verblüfft, halb erschrocken – einen Schritt zur Seite auswich, drückte Bekker sich, wütend über sich selbst, rasch vorbei und verschwand hinter der nächsten Straßenecke. Dort wartete er einen Augenblick, um zu sehen, ob der Kerl hinter ihm herkäme, aber der ließ sich nicht blicken. Immer noch zornig vor sich hin murmelnd, von lautlosem Weinen geschüttelt, beeilte er sich, daß er nach Hause kam. Er schloß die Haustür auf, hastete hinunter ins Souterrain und ließ sich in seinen Lehnstuhl fallen.

*Davenport war in der Stadt.* Einen Augenblick lang erfaßte ihn panische Furcht. Furcht, die ihn weit weg trug – zurück in den Gerichtssaal. Davenport – bei der Zeugenaussage den Blick fest und herausfordernd auf Bekker gerichtet. Er erlebte es noch einmal, war gefangen von der Situation, spürte, wie die Worte aus dem Zeugenstand in seinem Kopf explodierten… Spürte es – und kam im nächsten Augenblick mit einem tiefen Seufzen in die Wirklichkeit zurück.

Was war los? Da lag etwas in seinem Schoß, ein Päckchen. Er starrte verwundert darauf, ließ es zu Boden gleiten.

Ach so, das Buch. Das hatte er ganz vergessen. *Todesqualen – die Geschichte der Folter.* Voll mit Illustrationen von Streckbänken, Marterpfählen, Schandprangern und Eisernen Jungfrauen. Lauter Zeug, das ihn nicht interessierte. Folterungen, das war etwas für Irre, für Perverse, für Narren. Aber ziemlich am Ende des Buches…

Ja, hier. Ein Foto aus dem Jahre 1880. Ein Chinese, der, wie es im Bildtext hieß, einen Prinzen ermordet hatte, war zum Tod der Tausend Schnitte verurteilt worden. Das Foto zeigte, wie die Henkersknechte ihn in Stücke schnitten.

Und auf dem Gesicht des Sterbenden lag ein seltsamer Glanz.

Genau das, worauf Bekker während seiner eigenen Arbeiten gewartet hatte. Hier fand er es – auf einem mehr als hundert Jahre alten Foto. Auf dem Gesicht des Chinesen lag jenes rätselhafte Licht, der Glanz des Todes. Nicht zu verwechseln mit Schmerz. Nein, Schmerz verzerrte das Gesicht eines Menschen. Unter all den Fotos, die Bekker selber gemacht hatte, war ihm nie eines gelungen, daß das wiedergab, was er hier fand. Vielleicht lag es an den alten Schwarzweißfilmen, vielleicht fingen die das gewisse Etwas ein?

Bekker saß da und nagte am Daumen. Davenport hatte er vergessen. Was zählte der schon, verglichen mit der Bedeutung dessen, was er hier entdeckte? Woher stammte diese Aura? War es das Wissen um den Tod? Die sichere Gewißheit, daß er unmittelbar bevorstand? Sagte man deshalb von alten Menschen, daß an der Schwelle des Todes ein Leuchten auf ihrem Gesicht gelegen habe? Weil sie wußten, daß es zu Ende ging, weil sie es erkannten und wußten, daß es kein Entrinnen gab? War das der entscheidende Punkt: zu wissen, wie nahe man dem Tode ist? Konnte es damit zusammenhängen? Etwas, was der Mensch nicht selbst bestimmen konnte? Eine auf unerklärliche Weise vom Intellekt gesteuerte Funktion? Oder eine emotionale Kraft, die plötzlich freigesetzt wurde?

Er ließ das Buch – innerlich zu erregt, um still dazusitzen, fallen und wanderte unruhig durchs Zimmer.

Die Streichholzschachtel. Wo? Hier, in seiner Tasche. Wie viele noch? Drei Pillen. Er schluckte sie, starrte in die leere Schachtel. Der kritische Augenblick. Er mußte, auch wenn er es nicht vorgehabt hatte, noch mal los.

Ein Blick auf die Uhr. Ja, Whitechurch war bestimmt noch im Krankenhaus. Die Nummer kannte er auswendig. Eine weibliche Stimme meldete sich.

»Dr. West, bitte«, verlangte Bekker.

»Kleinen Moment, ich seh mal nach.«

Und einen Augenblick später: »West.« Kühl, New-Yersey-like, ein bißchen verätzt. Eine Fixerstimme.

»Ich brauche ein paar Angels«, flüsterte Bekker. Er hatte sich angewöhnt, mit Whitechurch nur im Flüsterton zu sprechen.

»Mhm, sieht nicht gut aus. Bin ziemlich knapp mit PCP. Weiße hätte ich genug, und Crosses hab ich auch da. Aber Angels…« Whitechurch gab sich Mühe, Bedauern heraushören zu lassen. Kunden von der Art hatte er nicht viele. Weiß, gebildet, gute Umgangsformen – und immer prompt mit dem Bezahlen, bar auf die Hand. Irgendwo im Schuldienst in Connecticut, vermutete er. Wahrscheinlich wurde der Stoff portionsweise an die Kids verscherbelt.

»Tja, da bin ich in der Klemme«, flüsterte Bekker. »Wie viele von den Weißen?«

»Drei könnte ich Ihnen geben.«

»Drei, ja, das wäre gut. Und Crosses?«

»Sagen wir dreißig? Dreißig könnte ich lockermachen.«

»Gut. Und wann? Es ist eilig.«

»Nun, in einer halben Stunde wäre ich soweit.«

»Ausgezeichnet, in einer halben Stunde«, flüsterte Bekker und legte auf.

Seinerzeit, als er im Souterrain aufgeräumt hatte, war er auf einen Haufen ausrangierten Plunders gestoßen: etliche Fanghandschuhe, das Leder trocken und rissig, ein halbes Dutzend zerschrammte Baseballschläger, schmutzstarrende, halb vermoderte Sportschuhe mit verrosteten Spikes, allen möglichen anderen Krempel und einen alten Basketball – das heißt, die verschrumpelte Hülle davon. Die hatte er aufgeschnitten, um sein Bargeld darin zu verstecken. Jetzt nahm er den Ball aus der Kiste, in der er damals das ganze Zeug verstaut hatte, und holte dreitausend Dollar aus der Ballhülle.

Rasch noch einen Blick in den Spiegel, dann lief er die Stufen zum Hinterausgang hinauf. Und als er gerade in den Hinterhof huschen wollte, hörte er die alte Frau von oben rufen: »Alex?«

Er blieb stehen, überlegte einen Augenblick, schnaufte ein bißchen und machte kehrt: durch den dunklen Flur ins Treppenhaus, an der untersten Stufe blieb er stehen.

»Ja, Mrs. Lacey?«

»Ich brauche – meine speziellen Pillen.« Ihre Stimme klang zaghaft und leise.

»Ich hole sie«, sagte Bekker.

Er ging zurück in sein Apartment, schüttelte sich aus dem braunen Fläschchen zwei Morphiumpillen in die hohle Hand und stieg die Treppe hoch. Er war so in stumme Selbstgespräche vertieft und so fasziniert von den verklärten Gesichtern sterbender Menschen, die vor seinem geistigen Auge auftauchten, daß er beinahe mit Bridget Land zusammengeprallt wäre.

Sie stand auf dem Treppenabsatz. »Ich wollte gerade gehen, Alex. Haben Sie... Ediths Medizin gefunden?«

»Ja, ja...« Bekker sah sie nicht an, hielt den Kopf gesenkt, versuchte sich vorbeizudrücken.

Aber Land hatte sich direkt vor ihm aufgebaut. »Handelt es sich um illegale Pillen? Um verbotene Drogen?« Und als er wieder versuchte, an ihr vorbeizuschlüpfen, faßte sie ihn am Ärmel. Ihre wissenden dunklen Augen fixierten ihn.

Bekker nickte. »Ich denke schon«, sagte er mit gequälter Stimme. »Ich bekomme sie von jemandem, mit dem sie gut bekannt ist. Ich kann ihn ja nicht gut – ich meine: direkt fragen, was das für Zeug ist.«

»Was denken Sie sich denn dabei, wenn Sie...«, wollte Bridget Land über ihn herfallen, aber da hatte Bekker es schon geschafft und war ein paar Stufen über ihr. Oben drehte er sich um. Land hatte sich abgewandt, ging auf die Haustür zu.

»Bitte, sagen Sie's nicht weiter«, rief Bekker ihr nach, »sie hat große Schmerzen!«

Edith Lacey wollte wissen: »Sind Sie Bridget begegnet?«

»Ja, unten auf der Treppe.« Er holte ein Glas Wasser und gab ihr die Pillen. Sie griff mit zitternden Fingern danach, schluckte sie gierig, tauchte die Lippen ins Wasserglas.

»Bridget hat mich gefragt, ob es illegale Drogen sind«, berichtete er. »Ich fürchte, sie könnte auf den Gedanken kommen, bei der Polizei anzurufen.«

Mrs. Lacey war wie vom Donner gerührt. »Meinen Sie...?«

»Und es sind illegale Drogen«, fuhr Bekker fort. »Solches Zeug kriegt man schließlich nicht im nächstbesten Säuglingsheim.«

»O nein, o nein...« Die alte Frau wiegte sich in ihrem Schaukelstuhl vor und zurück und rang verzweifelt die ausgemergelten, knotigen Finger.

»Sie sollten sie unbedingt anrufen«, riet ihr Bekker. »Geben Sie ihr ein paar Minuten, bis sie zu Hause ist, und dann reden Sie mit ihr.«

»Ja, ja, natürlich, ich werde sie anrufen.«

»Ihre Nummer steht auf dem Zettel neben dem Telefon.«

»Ja, ja.« Sie sah zu ihm hoch, ihre welke Haut kam ihm im Halbdunkel des Zimmers wie Pergament vor.

»Vergessen Sie's nicht.«

»Nein...« Und dann plötzlich: »Ich kann meine Brille nicht finden.«

Er sah für sie in der Küche nach, sie lag neben der Spüle. Wortlos drückte er sie ihr in die Hand. Sie nickte ihm dankbar zu. »Ach, meine Brille, meine Brille«, nuschelte sie und schlurfte zum Fernseher. »Haben Sie...? Ach – nein, Sie gukken ja kein Fernsehen. Arnold war in den Nachrichten.«

Arnold Schwarzenegger. Anscheinend rechnete sie jeden Tag damit, daß er alles, was sich an Gaunern und Gesindel in New York herumtrieb, in die Wüste jagen würde.

»Ich muß jetzt gehen.«

»Ja, ja«, sie machte eine winkende Handbewegung.

»Rufen Sie Bridget an.«

»Ja.« Von der Seite erinnerte ihr Gesicht, während vom Fernsehschirm fahlblauer Glanz auf ihre Wangen fiel, an eine Gegenlichtaufnahme. Derselbe Glanz wie auf dem Gesicht des sterbenden Chinesen...

Ultraviolett.

Die Idee drang aus dem Nichts auf ihn ein – mit solcher Wucht, daß er wie angewurzelt auf dem obersten Treppenabsatz stehenblieb. Konnte der verklärte Ausdruck eines Sterbenden etwas mit einer Lichtbrechung zu tun haben? Ein Phänomen, das auftrat, wenn zufällig Infrarot- oder Ultraviolettlicht in normales Tageslicht streute? Lag es daran, daß Menschen auf einmal von innen zu leuchten schienen? Vielleicht hatte nur eine alte Kamera mit dem gering auflösenden Filmmaterial des neunzehnten Jahrhunderts das so einfangen können? Während seines Medizinstudiums hatte er sowohl mit Ultraviolett- als auch mit Infrarotfotografie zu tun gehabt. Ultraviolett erzielte eine Bildauflösung von der Qualität eines Mikroskops, es leuchtete Details aus, die bei normalem Licht unsichtbar blieben. Und mit Infrarotlicht konnte man sogar Temperaturschwankungen sichtbar machen, auch wenn es sich um ein Objekt von dunkler Farbe handelte. Aber mehr wußte er nicht darüber. Zum Beispiel nicht, ob sich der Effekt auch mit einer gewöhnlichen Kamera erzielen ließ. Und wie konnte er das herausfinden?

Heftige Erregung packte ihn, die Unruhe des Wissenschaftlers pulsierte in ihm. Er hastete die Treppe hinunter. Erst als er fast unten war, fiel ihm Bridget Land wieder ein. Er zögerte, warf vorsichtig einen Blick nach unten. Aber die Alte lauerte ihm nicht auf, sie war gegangen.

Er hastete zum Hinterausgang, stieg in den Volkswagen, fuhr bis zum Zaun, sprang aus dem Wagen, öffnete das Tor, fuhr weiter, sah sich kurz um, ob sich etwa wieder irgendwelches Gesindel in der Nähe herumtrieb, stieg noch einmal aus und verriegelte das Tor von außen. Er war innerlich unruhig, aufgedreht, konnte es kaum abwarten, sich endlich wieder seinen Studien zu widmen, zu neuen Einsichten zu kommen.

Nach Norden über die Prince, nach Osten über den Broadway, er hielt sich an die Seitenstraßen, immer ein Stück nach Norden, dann nach Osten, eingezwängt in die schmalen Schluchten zwischen hochaufragenden Gebäuden. Da – die First Avenue. Und dann der alte Backsteinbau, das Bellevue-Krankenhaus.

Bekker sah auf die Uhr. Ein bißchen zu früh, aber das machte nichts. Zeit lassen, es lief ihm nichts davon... Aha, da drüben war er ja schon, er ging auf die Bushaltestelle zu. Bekker ließ den Wagen an der Bordsteinkante ausrollen, beugte sich über den Beifahrersitz nach rechts und kurbelte das Seitenfenster halb herunter.

Whitechurch entdeckte ihn, kam zu ihm und blieb am Wagenfenster stehen. »Drei Weiße, dreißig Crosses – erstklassige Qualität. Und zwei Angels – sehr gute Ware...«

»Nur zwei?« Bekker spürte, wie er innerlich wegzukippen drohte, er wehrte sich mit aller Kraft dagegen. »Na gut, aber ich rufe Sie in ein paar Tagen wieder an.«

»Bis dahin hab ich mehr. Wie viele sollen's denn sein?«

»Dreißig? Könnten Sie mir dreißig besorgen? Und noch mal dreißig Crosses dazu?«

»Ja, ich glaube schon«, sagte Whitechurch. »Meine Leute werden mich in Kürze mit einer neuen Lieferung versorgen, rufen Sie mich an. Einstweilen kriege ich zweitausendeinhundert.«

Bekker nickte, zählte einundzwanzig Hundertdollarscheine von der Rolle, die er sich eingesteckt hatte, und hielt sie Whitechurch hin.

Whitechurch wußte, daß Bekker eine Pistole hatte. Besser als er konnte es keiner wissen, er hatte sie ihm selbst besorgt. Er verstaute die Geldscheine in der Hosentasche und warf einen Beutel auf den Beifahrersitz.

»Lassen Sie sich mal wieder sehen.« Und schon war er auf dem Rückweg zum Krankenhaus.

Bekker kurbelte das Wagenfenster hoch, schob den Beutel unter den Beifahrersitz, startete und fuhr los. Aber im gleichen Augenblick war ihm klar, daß er unbedingt etwas von dem Zeug probieren mußte. Zumal er sich's wahrhaftig verdient hatte mit dieser revolutionären Idee, die ihm heute abend gekommen war: die Aura des Menschen im Bild festzuhalten...

Er hielt an der nächsten Ampel, vergewisserte sich, daß die Luft rein war, schaltete das Innenlicht ein und öffnete den Beutel. Drei dicke Rollen Kokain. Und zwei kleine Frischhaltebeutel, im einen dreißig Tabletten normaler Größe, im anderen nur zwei, aber die waren erheblich größer. Er behielt die Straße im Blick. Seine Hände zitterten, als er die eine Rolle aufdrehte. Nur gerade so viel, daß er es bis nach Hause schaffte.

Das Kokain schien in ihm zu explodieren – mit einer Wucht, die ihm den Kopf nach hinten warf. Das Zeug schoß ihm durch das Gehirn wie ein Güterzug, der durch die Nacht donnert. Aber das war nur im ersten Moment so. Dann kehrte er langsam zurück. Und auf einmal war alles auf wunderbare Weise klar. Wenn es so blieb, wenn er diesen Zustand erhalten konnte... Er tastete nach dem Beutel mit dem PCP. Davon hatte er nur zwei. Aber das Kokain trieb ihn an, er schluckte beide. Die Angels würden den Kokainrausch stabilisieren, die Wirkung sogar noch steigern. Ja, sein Blick reichte jetzt meilenweit durch die Nacht. Es gab keine Probleme mehr, keine. Sein Mund verselbständigte sich irgendwie, vibrierte und sprühte Speichel. Er schluckte rasch noch ein bißchen Speed, zermahlte es aber erst gut mit den Zähnen. Eine von den Crosses mußte reichen, nur mal so, um das Zeug zu kosten, ein Schuß Power...

Was denn, rot? Das machte ihn wütend, er fluchte, jagte den Wagen über die Kreuzung. Und wieder eine Ampel, wieder rot.

Was ihn nur noch wütender machte. Aber diesmal stoppte er. Noch was von dem weißen Zeug, na klar. Er hatte es sich verdient, da gab's keine Frage. Und es putschte ihn herrlich auf.

Eine Woche – nein, schon länger war es her, seit er sich zum letzten Mal ein Studienobjekt gegriffen hatte. Er war zu nichts gekommen, hatte nur da unten in seinem Souterrain über Papieren gehockt und Seite um Seite vollgeschrieben. Es war viel Arbeit liegengeblieben. Daten mußten zusammengestellt und ausgewertet werden. Aber heute abend, mit den Angels im Blut... Und mit dem zusätzlichen Anreiz, daß zur selben Zeit Davenport durch die Stadt schlich und nach ihm Ausschau hielt...

Er hatte im Lauf der Zeit eine systematisierte Routine entwikkelt. Erst der Elektroschock, um das Opfer zu betäuben, dann die Maske mit dem Gas. Und was noch wichtiger war: Er kannte sich jetzt gut aus an den Orten, an denen er sich seine Studienobjekte risikolos greifen konnte. Bellevue war so ein Ort. Jede Menge Frauen, die aus dem Krankenhaus kamen oder zu ihrer Schicht gingen, praktisch rund um die Uhr. Meistens klein und zierlich, leicht zu handhaben, keine gesundheitlichen Probleme, erstklassig geeignet. Und Parkdecks, wo man ungehindert hinein- und herausfahren konnte, Tag und Nacht. Nur, heute kam das Bellevue nicht in Frage, dort war er ja gerade erst gewesen.

Eigentlich hätte er den Gedanken, heute nacht nach einem Objekt Ausschau zu halten, verdrängen sollen. Er hatte nichts geplant und nichts erkundet, es gab keine Vorkehrungen zur Risikominimierung. Aber mit den Angels im Blut war auf einmal alles möglich.

Und plötzlich erinnerte er sich an eine Parkrampe, nicht die vom Bellevue, eine andere, irgendwo neben einem Behördenbau.

Offene Parkhäuser waren gut. Man konnte sich leicht darin verstecken. Dauerndes Kommen und Gehen, viele Parkhausbenutzer waren allein. Und es gab keine Schwierigkeiten mit dem Abtransport.

Dieses hier war besonders geeignet, von jeder Parkebene führte ein Zugang zum Behördengebäude. Wenn jemand sein Auto auf einem der Parkdecks abstellte, mußte er keineswegs den Ausgang neben der Kasse nehmen, das war vermutlich sogar der Ausnahmefall. Also konnte Bekker, ohne sich verdächtig zu machen, in aller Ruhe auf einem der Parkdecks warten.

Das Parkhaus hatte einen Aufzug, der die Kunden direkt zur Straße brachte. Im Geiste sah Bekker sich im Fahrstuhl stehen, zusammen mit dem ausgewählten Opfer, aussteigen, wo immer das Studienobjekt den Aufzug verließ, mit dem Elektroschokker auf sein Opfer losgehen, ihm die Maske über den Mund stülpen, es zwischen dic geparkten Autos schleifen, ablegen, den Volkswagen holen, die Bewußtlose einladen... Alles ganz einfach.

Und die Einfahrt war ganz in der Nähe, am Rand von Chinatown.

Bekkers Verstand, irgendwo in seinem Hinterkopf eingezwängt, warnte ihn: *Nein, nein, nein...*

Aber Bekker, dem die PCP-Angels im Blut brannten, riß das Lenkrad herum und lenkte den Wagen südwärts.

Chinatown.

Bekker hätte nie gedacht, daß sich dort spätabends noch so viele Leute auf der Straße herumtrieben. Er schenkte ihnen keine Beachtung. Der Cocktail aus PCP und Kokain hielt sein Denken fest im Griff und konzentrierte sein Tun auf einen Punkt. Er steuerte – tief über das Lenkrad gebeugt – auf das

Parkhaus zu, zog das Parkticket und fuhr den Volkswagen die Betonspirale zu den oberen Stockwerken hinauf. Überall helles Licht, aber, soweit er sehen konnte, keine Überwachungskameras. Es hatte ihn jetzt voll gepackt, sein Herz hämmerte, sein Gesicht brannte.

Er fuhr bis aufs oberste Deck, stellte den Wagen ab, nestelte die Kokainrolle auf, schüttete sich eine Portion in die hohle Hand, zog sie sich in die Nase, leckte sich die Finger ab...

Und driftete davon...

Als er wieder zurückgekehrt war, stieg er aus und nahm seinen Tragbeutel von dem Rücksitz. Rund um das Aufzugsgehäuse führte eine Wendeltreppe. Nicht so hell ausgeleuchtet wie die Parkdecks, schön einsam und schummerig. Die nahm er, stieg auf Zehenspitzen – den Tragbeutel über die Schulter gehängt, die Betäubungswaffe in der Hand – die Stufen hinunter.

Im zweiten Stock macht er halt, um den Behälter mit dem Betäubungsgas und die Maske zu überprüfen. Alles in Ordnung. Im Geiste ließ er Revue passieren, wie alles ablaufen mußte: von hinten heranschleichen, ihr den Schocker in den Nacken drücken – und ihr natürlich den Mund zuhalten, damit sie nicht schreien konnte, sie zu Boden reißen und die Maske überstülpen. Er trat aus dem Halbdunkel der Treppe und warf rasch einen Blick in die Fahrstuhlkabine. Ziemlich klein, sehr eng. Ausgezeichnet.

Und wieder zurück auf die Treppe.

Warten.

Warten, warten.

Zwanzig Minuten. Zwanzig Minuten, die an seinen Nerven zerrten. Er griff in die Tasche, fischte eins von den Crosses heraus, kaute es, genoß den scharfen Geschmack. Irgendwo weiter oben schlug eine Stahltür zu, der dumpfe Knall hallte im Treppenschacht wider. Ein paar Minuten später fuhr ein Wagen die Rampe abwärts. Dann war wieder alles still. Fünf Minuten verrannen, zehn.

Ein Auto fuhr ins Parkhaus, kam herauf in den zweiten Stock und hielt. Hochhackige Schuhe auf dem Betonboden. Bekker straffte sich, seine Hand lag auf dem Ladehebel des Elektroschockers, schob ihn nach vorn.

Und dann... Nein, auf einmal Stille. Doch, das Klacken der Absätze war wieder da. Die Frau blieb unsichtbar. Sie schien nicht vorzuhaben, die Treppe oder den Fahrstuhl zu nehmen. Offenbar wollte sie die Auffahrtrampe für den Weg nach unten benutzen.

Verdammt. Die Sache lief nicht.

Er schielte aufs Zifferblatt seiner Uhr. Zehn Minuten gab er sich noch, mehr nicht. Erinnerungen huschten vorbei, trugen ihn fort – zurück in die Zwillingsstädte. Die Schauspielerin... An die hatte er sich in der Rolle eines Klempners von den Gaswerken herangemacht, unter dem Vorwand, er müsse die Gasleitung auf undichte Stellen überprüfen. Mit einem Hammer hatte er sie getötet. Er spürte das Reißen im Arm, während er im Geiste ausholte, und die Wucht des Schlages... Spürte es und driftete davon.

Kam irgendwann mit dem zur Gewohnheit gewordenen Seufzer zurück und hörte Schritte, ganz nahe, und eine Frauenstimme. Die Fahrstuhltüren schwangen auf. Ein Stockwerk tiefer...

Er packte seinen Tragbeutel, eilte aus dem Treppenschacht zum Aufzug, drückte den Rufknopf. Der Bekker, der irgendwo im Hinterkopf eingepfercht war, flüsterte *nein, nein, nein,* aber der andere Bekker, der weiter vorn agierte und alles beherrschte, glühte vor Ungeduld.

Der Fahrstuhl kam nach oben, bremste, hielt, die Türen glitten auf. Eine dunkelhaarige Frau mit einer auffallend großen Umhängetasche stand in der Kabine. Große, wachsame Augen, eine Hand lag auf der Tasche. Daß der Aufzug im zweiten Stock anhielt, überraschte sie. Aber als sie Bekker sah, entspannte sie sich. Bekker nickte ihr zu, trat in die Kabine, wartete darauf, daß die Türen sich schlossen. Die Frau hatte den sechsten Stock gewählt. Genau den Knopf, den nun auch Bekker drückte. Dann, als habe er gerade erst bemerkt, daß das richtige Stockwerk schon programmiert war, zuckte seine Hand zurück. Er stellte sich an die Rückwand der Kabine und sah zu, wie die Stockwerkziffern über die Leuchtanzeige huschten.

Sie hat eine Pistole in der Handtasche, ahnte Bekker, oder eine Sprühflasche mit Tränengas. Er dachte darüber nach. Dachte nach und verhedderte sich im Karussell seiner Gedanken, die auf einmal um die Frage zu kreisen begannen, warum er nachdachte... Und als er zurückkehrte, waren sie schon im sechsten Stock angekommen.

Er schielte zur Seite, merkte, daß die Frau ihn anstarrte, sah schnell weg. Ein zu langer Blick. Auge in Auge, mochte ihr zuviel verraten. Noch ein flüchtiger Blick. Diesmal kam es ihm so vor, als wiche sie vor ihm zurück. Ihre Hand lag wieder auf der Umhängetasche. Ein scharfes *Bing*, und die Fahrstuhltüren glitten auf. Einen Atemzug lang rührten sie sich beide nicht, dann war die Frau hinausgehuscht. Bekker folgte ihr, ließ ihr einen kleinen Vorsprung, schlüpfte aus den Schuhen, wußte innerlich genau, was nun folgen würde: lautlos hinter ihr herschleichen und plötzlich zupacken...

Aber da streifte die Frau auf einmal auch die Schuhe ab und fing zu rennen an. Drehte sich zu ihm um und begann zu schreien, stieß einen langen, schrill hallenden Schrei aus.

*Sie wußte es...*

Bekker stand, als er den gellenden Schrei hörte, einen Augenblick lang wie erstarrt. Dann rannte er hinter ihr her, rannte, hörte sie schreien, sah, wie ihr die Tasche von der Schulter rutschte und aufsprang, sah das Notizbuch herausfallen, den Lippenstift, irgendein Fläschchen kullerte über den Betonboden. Sie drückte sich zwischen zwei parkende Autos, hastete weiter auf die Außenmauer des Parkdecks zu, schrie und hatte plötzlich eine Dose in der Hand.

Tränengas.

Bekker war dicht hinter ihr, hatte aber unterwegs seinen Tragbeutel verloren, mußte mit bloßen Händen auf sie losgehen – ja, er mußte es tun, er mußte sie zum Schweigen bringen: *Sie weiß es, weiß es, weiß es...*

Die Frau verschanzte sich – mit weit aufgerissenen Augen und bebenden Nasenflügeln – zwischen zwei Autos, die Hand mit der Sprühdose reckte sich Bekker entgegen.

Es gab keine andere Möglichkeit, er mußte sie von vorn angreifen. Er stürzte auf sie zu, duckte sich im letzten Augenblick – einen Arm hochgereckt, um sich gegen das Tränengas zu schützen – zur Seite. Sie drückte den Sprühknopf, aber es passierte nichts, nur ein schwacher Apfelblütenduft lag auf einmal in der Luft.

Und dann stand sie an der Außenmauer des Parkdecks, war in panischer Angst losgerannt, stand da, wo es nicht weiterging, an der hüfthohen Mauer, hinter ihr das Lichtermeer der Stadt. Ihre durchdringenden Schreie hallten Bekker in den Ohren.

Mit ein paar schnellen Schritten war er bei ihr, schlug ihr die Handkante gegen die Kehle, schob ihr den Arm zwischen die Schenkel, hob sie hoch und schleuderte sie nach hinten.

Sah, wie sie über die Mauerkante verschwand. Einfach ins Dunkel kippte – wie ein Sack Dünger, den ein Bauer irgendwo über die Hofmauer kippt.

Sie stürzte lautlos in die Tiefe.

Bekker stand da, hechelnd wie ein Hund, und begriff nicht, was er getan hatte. Beugte sich über die Mauer, sah sie fallen: rücklings, das Gesicht nach oben, die Arme hilfesuchend nach oben gereckt. Und dann schlug sie auf, mit dem Hinterkopf und dem Nacken zuerst.

Lautlos und plötzlich wie ein Streichholz erlischt, so starb sie. Sechs Stockwerke trennten Bekker von ihr, und dennoch wußte er es genau: Sie war tot.

Er wirbelte herum, suchte das Parkdeck ab. Hatten die gellenden Schreie jemanden aufmerksam gemacht? Kam da einer? Nichts. Aber irgendwo – noch weit weg – jaulte eine Polizeisirene. Von Panik gepackt, rannte er los, zurück zum Treppenschacht, stürmte die beiden letzten Stockwerke hinauf, stieg in den Volkswagen, startete ihn, lenkte ihn die Rampe hinunter.

Wie weit waren sie schon? Lauerten sie hinter der nächsten Kurve auf ihn?

Nichts. Niemand.

Das Kassenhäuschen neben der Ausfahrtschranke war leer, die Angestellte stand auf der Straße, sah sich suchend um. Dann kam sie zurück und rutschte hinter den Kassenschalter. »Einsfünfzig«, verlangte sie.

Bekker bezahlte. »Was ist denn los?«

»Vielleicht haben sich wieder mal welche geprügelt«, meinte sie lakonisch. »Ich hab ein paar Kerle wegrennen gehört.«

Zwölf Stunden später saß Bekker tief gebeugt über der Schreibmaschine. Eine Schattengestalt, ganz in seine Arbeit versunken, während er »You Light Up My Life« vor sich hinsummte und mit ungeschickten Fingern auf der Tastatur herumstocherte. Über ihm schwebten an schwarzen Fäden die Spinnen – sein Mobile.

Das PCP verlieh der Welt eine unübertreffliche Klarheit. Bekker konnte sich ein andächtiges Staunen über das, was er da zu Papier brachte, nicht versagen:

*...widerlegt die – unter anderem durch Delano in den TRS Notes (Sept. 86) aufgestellte – Behauptung, daß wegen des Drucks auf das zerebrale Rückenmark die Möglichkeit zuverlässiger interkranialer Messungen während einer Phase intensiver Hirnaktivität ausgeschlossen werden müsse; Delano übersieht den entscheidenden und nach vorherrschender Auffassung unstreitigen Umstand, daß...*

Worte voller Kraft und Melodie. Und wenn erst alle Welt erfuhr, was für eine wissenschaftliche Null dieser Delano war, verlor der Ignorant seinen Job an der Stanford University so sicher wie das Amen in der Kirche.

Bekker lehnte sich zurück, sah hoch zu seinen Spinnen und kicherte, während er den Gedanken genoß, glucksend in sich hinein. Bis ein bunter Springball aus dem Automaten kullerte – so unerwartet, daß Bekker nach vorn knickte und seine Grübelmiene aufsetzte: Bekker, der Denker.

Er hatte einen Fehler gemacht. Heute abend. Den schlimmsten Fehler, der ihm unterlaufen konnte. Es konnte sein, daß ihm nicht mehr viel Zeit blieb, er mußte seine Studien intensivieren. Er brauchte ein neues Studienobjekt. Aber er mußte umsichtig vorgehen, mit äußerster Sorgfalt.

Mhm... Er schaltete die Schreibmaschine aus und legte sein Manuskript beiseite, Seite um Seite peinlich genau auf Stoß. Dann ging er ins Bad, wusch sich das Gesicht, starrte auf die Narben. Die Drogen sangen ihm noch im Blut, aber aus dem Furioso war ein Andante geworden, die Melodie verebbte.

Warum sollte er sich nicht ein bißchen Schlaf gönnen? Wann war er zuletzt dazu gekommen, ein Auge zu schließen? Er konnte sich nicht mehr daran erinnern.

Er streifte sich die Kleidung ab, ließ sie zu Boden fallen, sah auf die Uhr. Nach zwei, fast halb drei – etwa zwischen Mitternacht und Morgengrauen. Ein paar Stündchen konnte er gut und gern noch herausschinden.

Er legte sich hin. Horchte auf seinen Herzschlag.

Schloß die Augen. War dem Schlaf schon ganz nahe.

Aber dann, auf der Kippe zum Hinüberschlummern, schreckte ihn irgend etwas auf. Er wußte sofort, was es war. Er fühlte, wie sein Herzschlag sich beschleunigte, wie der Adrenalinstoß ihm ins Blut jagte.

Er hatte sich ihre Augen nicht vorgenommen. Natürlich, es war unter den gegebenen Umständen nicht möglich gewesen, aber das spielte keine Rolle. Sie konnte ihn sehen. Die dunkelhaarige Frau konnte ihn sehen.

Sie kam aus der Nacht auf ihn zu.

Bekker stopfte sich eine Handvoll Sheet in den Mund und weinte in sich hinein.

## 9

So früh am Morgen war der Verkehr noch nicht zähflüssig, sie kamen flott voran. O'Dells grimmige Miene hatte wohl eher etwas damit zu tun, daß er um diese Zeit schon auf den Beinen sein mußte. Lily hatte überhaupt nicht geschlafen.

Der Wagen fuhr langsamer, die Trennscheibe zwischen Fahrersitz und Fond glitt einen Spalt weit nach unten. Copland fragte über die Schulter: »Möchten Sie eine *Times*?«

»Ja«, nickte O'Dell, und Copland lenkte den Wagen an den Bürgersteig, wo ein Straßenverkäufer seine Zeitungen schwenkte. Im Autoradio das übliche Gerede – eine Talk-

Show: Bekker, immer wieder Bekker. Als Copland das Seitenfenster hinuntergleiten ließ, hörten sie dasselbe Geschwätz auch von draußen, aus dem Radio des Straßenverkäufers. Der Mann reichte Copland die Zeitung herein, nahm den Fünf-Dollar-Schein, kramte nach dem Wechselgeld.

»Ich mach mir Sorgen«, sagte Lily. »Kann sein, daß sie es noch mal versuchen.«

»Nein, das passiert nicht. Die hatten es nicht darauf angelegt, ihn umzubringen, und einfach noch mal über ihn herzufallen, wäre zu riskant, falls er so ein harter Bursche ist, wie Sie mir erzählt haben.«

»Wir haben, bevor es passiert ist, auch nicht damit gerechnet, daß sie's riskieren würden.«

»Wir haben nicht mit einem derartigen Überfall gerechnet.«

Copland reichte die Zeitung nach hinten. Die Schlagzeile knapp über der Faltstelle lautete: »Army-Stimmen: War Bekker schon in Vietnam ein Mörder gewesen?«

»Ausgemachter Blödsinn«, brummelte O'Dell vor sich hin und überflog den Artikel. »Irgend etwas über Minneapolis?«

»Nein.«

»Verdammt, warum macht sich von diesen Arschlöchern keiner die Mühe, da mal nachzuhaken?«

Schweigen. Lautlos wie ein schwarzes Monster rollte der Wagen durch Manhattan.

Dann war wieder O'Dell dran. »Es kann nur Fell sein. Es gibt keine andere Möglichkeit.«

Lily schüttelte den Kopf. »Telefonüberwachung negativ. Ein einziger Anruf – aus Jersey, vom Band: daß sie irgendeinen Preis gewonnen habe und ihn abholen könne. Auch auf ihrem Apparat im Büro hat sich nichts getan.«

»Verdammt. Dann wickelt sie's aus irgendeiner Telefonzelle ab. Vielleicht müssen wir sie besser überwachen, nahtlos.«

»Damit würde ich noch warten. Sie hat lange im Außendienst gearbeitet. Sie würde es ziemlich bald merken.«

»Trotzdem, Fell muß dahinterstecken. Es sei denn, es wäre tatsächlich ein ganz gewöhnlicher Überfall gewesen.«

»Bestimmt nicht. Lucas vermutet, daß es Cops waren. Einer von den Kerlen, sagt er, hat einen lederumwickelten Schlagstock gehabt, mit einer Kette und einem Karabinerhaken für das Koppel. So was bekommt man nur in Spezialgeschäften für Polizeiausrüstung zu kaufen. Und noch etwas ist ihm aufgefallen: Sie hatten es nicht auf seine Brieftasche abgesehen.«

»Andererseits wollten sie ihn auch nicht umbringen.«

»Nein. Er vermutet, daß es einfach darum ging, ihn eine Weile aus dem Verkehr zu ziehen. Vielleicht mit ein paar gebrochenen Knochen oder so...«

»Puh...« machte O'Dell, ein dünnes Lächeln um die Lippen. »Da hatte mal drüben auf der Lower Side eine Gang den Auftrag, für zehn Dollar einem Burschen das Ohr abzubeißen.«

»Ach ja? Die Story kannte ich noch nicht.«

»Ist aber nicht erfunden. Tja – na ja, gut. Was Davenport betrifft, halten Sie ihn an der langen Leine.«

Lily wandte sich ab und sah aus dem Wagenfenster: »Ich werde das Gefühl nicht los, daß ich ein falsches Spiel mit ihm treibe.« Draußen schob ein Halbwüchsiger ein Fahrrad mit platten Reifen über den Bürgersteig. Als der große schwarze Wagen vorüberglitt, sah er herüber. Starrte Lily mit ausdruckslosen grauen Schlangenaugen an: der Blick eines zehnjährigen Psychopathen.

»Er wußte, worauf er sich einläßt.«

»Nicht genau«, widersprach sie. »Vielleicht hat er geglaubt, er wüßte es. Aber er ist eben nicht von hier, er kommt aus einer verhältnismäßig kleinen Stadt. Was hier wirklich los ist, hat er nicht gewußt.«

»Was haben Sie übrigens Kennett erzählt, warum Davenport so spät in der Nacht noch bei Ihnen war?«

»Ich... hab drumherumgeredet«, gab sie zu. »Es könnte nichts schaden, wenn Sie mir ein bißchen dabei helfen, die Sache herunterzuspielen.«

»Aha«, sagte O'Dell.

Lucas' Verletzungen waren nicht so ernst gewesen. Lily hatte ihm ein Taxi herangewunken, war mit ihm zum Beth Israel Hospital gefahren und hatte anschließend einen Bericht über den Vorfall geschrieben. Zu dem auch gehörte, daß sie einige Formulare ausfüllen mußte, wie immer, wenn eine Dienstwaffe benutzt worden ist. Sie hatte das lieber sofort erledigen wollen, und anschließend hatte sie Kennett angerufen.

»Soll ich jetzt fragen, weshalb er morgens um zwei bei dir war?« hatte Kennett gefragt – leichthin, in einem Tonfall, der sich eher amüsiert anhörte. Obwohl ihm weiß Gott ganz anders zumute gewesen war.

»Mhm – du willst es gar nicht wissen, wie?« hatte Lily zurückgefragt. Und im nächsten Atemzug versichert: »Er war tatsächlich nicht zum Vergnügen hier, es ging um dienstliche Dinge.«

»Und ich will's gar nicht wissen.«

»Dann ist es ja gut.«

Einen Augenblick Schweigen, dann hatte Kennett gefragt: »Und dir geht's gut, ja? Ich meine, wirklich gut?«

»Natürlich. Eine Fensterscheibe ist zu Bruch gegangen, das muß ich reparieren lassen.«

»Gut. Dann sieh zu, daß du noch ein bißchen Schlaf kriegst. Wir reden ein andermal über die Sache.«

»Ist das alles? Ich meine...«

»Denkst du etwa, daß ich kein Vertrauen zu dir habe? Natürlich vertrau ich dir. Wir sehen uns heute abend.«

Lily starrte aus dem Wagenfenster, die Stadt glitt an ihr vorüber. Vielleicht trieb sie tatsächlich ein falsches Spiel mit Lucas. Vielleicht auch mit Kennett. Sie hätte es selbst nicht so genau sagen können.

O'Dell war in seine Zeitung vertieft. Seine Hände zitterten vor Zorn.

»Diese Idioten«, hörte Lily ihn murmeln.

## 10

Die Reporter gaben sich die Klinke in die Hand, die gutgläubigen schluckten Lucas' Version vom versuchten Straßenraub, andere schienen Zweifel zu haben. Ein Reporter von der *Newsday* meinte, es müsse etwas anderes dahinterstecken: zum Beispiel eine Gang, die in Bekkers Auftrag handelte, oder irgendeine Interessengruppe, die alles daran setzte, Lucas von den weiteren Ermittlungen auszuschalten.

»Ich weiß nicht, wie das mit den Straßengangstern in Minneapolis ist«, sagte er, »aber hier in New York ist es nicht üblich, daß ausgekochte Profis nur mal Erschrecken spielen. Es sei denn, Sie hätten uns nicht die Wahrheit gesagt? Vielleicht waren es gar keine Profis?«

Als die Reporter endlich gegangen waren, schluckte Lucas noch ein paar Kopfschmerztabletten, verschwand für eine Weile im Duschraum, und tauchte genau in dem Augenblick wieder auf, als Lily den Flur herunterkam.

»Du siehst... nun ja, ziemlich zerschunden aus«, begrüßte sie ihn.

»Nur im Gesicht. Meine Wange brennt wie Feuer.« Er tastete vorsichtig mit dem Mittelfinger die rote Schwellung ab. »Na ja, wenigstens lassen die Kopfschmerzen allmählich nach. Nach dem Mittagessen lassen sie mich raus.«

Lily nickte. »Hab ich schon gehört.«

»Danke für die Jeans. Die Hose, die ich anhatte...«

Lily nickte. »Die hat ein paar niedliche Löcher.«

»Ja, genau.«

»O'Dell hat die Sache mit dem Vortrag geregelt. Die Mittagszeitungen bringen es heute, die *Times* morgen, und wir haben auch Rundfunk und Fernsehen gebeten, auf die Veranstaltung hinzuweisen. Die Sache ist echt, der Vortragende ist einer vom Fach, er hat schon mehrere Vorträge über diese Versuche gehalten.«

»Ist ja großartig«, sagte Lucas, »und wann steigt das Ganze?«

»Kommenden Montag.«

»Mein Gott, so bald?«

»Wir haben keine Zeit zu verlieren, wenn wir ihn kriegen wollen, bevor er sich das nächste Opfer holt.« Lily lehnte sich im Besucherstuhl zurück und stellte ihre Handtasche ab. »Übrigens, bist du ganz sicher, daß das heute nacht Cops waren?«

»So gut wie sicher. Kann natürlich auch sein, daß es bezahlte Schläger waren, aber so kam's mir nicht vor. Gefühlsmäßig tippe ich eher auf Cops. Warum fragst du?«

»Mir ist noch eine andere Möglichkeit eingefallen.«

»Smith?«

»Ja. Nachdem du ihm seinen schönen Golfrasen kaputtgemacht hast...«

Lucas spielte mit der Unterlippe. »Möglich wär's. Aber ich halt's nicht für wahrscheinlich. Ein ausgefuchster Geschäftsmann wie Smith weiß genau, daß man in bestimmten Situationen am besten mit dem Strom schwimmt.«

»Hattest du heute morgen schon Kontakt mit Barb Fell?«

»Sie ist auf dem Weg hierher. Wir wollen uns ein paar Typen vornehmen, die möglicherweise was über die Sache mit dem Bellevue wissen. Ist mit Kennett abgecheckt, damit wir niemandem auf die Füße treten.«

»Okay. Ich hab veranlaßt, daß Bob Rich hierher kommt. Das ist derjenige, der damals den Tip wegen des Augenzeugen bekommen hatte.«

»Den Augenzeugen, den Walter Petty anschließend aufgetrieben hat?«

»Ja, am selben Tag, an dem er erschossen wurde. Und ich hab noch eine Menge Akten, die du gelegentlich durchsehen solltest.«

»Ich fürchte, das bringt nichts«, meinte Lucas. »In den Akten derjenigen, die erschossen wurden, werden wir kaum den entscheidenden Hinweis darauf finden, wer den Finger am Abzug gehabt hatte. Es muß eher was mit polizeiinternen Abläufen zu tun haben: Wer hatte Zugang zu den Unterlagen, und wann wurde...«

»Meine Güte, das läßt sich nicht mehr feststellen«, fiel ihm Lily ins Wort.

Lucas nickte. »Ja, ich weiß.«

»Also stecken wir fest?«

»Nicht unbedingt, aber viel haben wir nicht. Vielleicht bringt Rich was Neues. Und Barb Fell haben wir. Ich würde gern einen Blick in Walter Pettys Apartment werfen, ein bißchen in seinen persönlichen Dingen herumstöbern. Und es könnte auch nicht schaden, wenn ich mir mal die Stelle ansehe, an der er erschossen wurde.«

»Bis dahin sind's von meiner Wohnung nur ein paar hundert Meter, da können wir zu Fuß hingehen. Sein Apartment ist versiegelt. Aber ich laß mir ein paar neue Siegel geben und führe dich hin. Wann paßt es dir?«

»Heute abend? Nach dem Gespräch mit Rich?«

»Ja, gut«, sagte Lily.

»Was hast du eigentlich Kennett erzählt, wieso ich...«

»Wieso du in meiner Wohnung gewesen bist? Um mich zu besuchen, hab ich gesagt. Und daß es nicht das geringste mit Sex zu tun hat, hab ich ihm klargemacht, weder vergangene Nacht noch irgendwann in künftigen Nächten. Ich hab ihm gesagt, daß du mir nicht zu nahe gekommen bist – und ich dir auch nicht. Und daß wir genug damit zu tun hatten, ein paar Dinge durchzusprechen.«

Lucas grinste. »Hört sich ziemlich verworren an.«

»Kann sein. Aber es war alles, was mir eingefallen ist. Außerdem habe ich behauptet, O'Dell wäre eine Zeitlang dabei gewesen. John hat mir versprochen, das zu bestätigen.«

Ein paar Minuten später tauchten plötzlich Kennett und Barb Fell auf. Lily fuhr hoch: »Um Himmels willen, Dick, was hast du denn hier zu suchen? Bist du etwa die ganze Strecke zu Fuß gegangen?« Sie stemmte die Hände in die Hüften und musterte Fell ärgerlich. »Barbara, hast du zugelassen, daß er...?«

»Halt die Luft an, Lily«, schnitt ihr Kennett das Wort ab, zeichnete dann aber, ehe er sich an Lucas wandte, rasch mit dem Zeigefinger eine zärtliche Spur auf ihre Wange. »Ich würde mal sagen: Sie sehen ganz schön beschissen aus.«

»Finden Sie das auch, Barb?« fragte Lucas.

Barb Fell hatte sich hinter Kennett verschanzt. Sie mußte sich ein bißchen strecken, bevor sie es bestätigen konnte: »Er hat recht. Ganz schön beschissen.«

»Also ein einstimmiges Urteil«, meinte Lucas. »Lily hat, als sie kam, so was Ähnliches gesagt. Der einzige, der das anders gesehen hat, war ein *Times*-Reporter, ungefähr vierundzwanzig, aber schon mit breitgesessenem Hintern. Er fand, ich sähe ziemlich gut aus. Kann allerdings sein, daß er's nur darauf angelegt hatte, mich zum Reden zu bringen – über das, was heute nacht passiert ist, und über meine heldenhafte Rolle bei der Geschichte.«

Barb Fell zwinkerte Lily zu. »Scheint sich doch um eine Gehirnerschütterung zu handeln.«

»Er war schon immer so«, behauptete Lily. »Typischer Fall von angeborener Dämlichkeit.«

Kennett schüttelte den Kopf. »Diese gottverdammten Weiber! Kaum hat einer ein paar Schrammen im Gesicht, sind sie begeistert. Ich hab mich früher absichtlich zusammenschlagen lassen, wenn ich wollte, daß mich eine mit ins Bett nimmt. Funktioniert immer. Scheint einen unwiderstehlichen Reiz auszuüben.« Er sah Lucas stirnrunzelnd an. »Ging's bei Ihnen auch darum, daß jemand Sie mit ins Bett nimmt?« Und wie zufällig huschte sein Blick einen Wimpernschlag lang zu Lily hinüber.

Lily sagte: »Wenn, dann hat er sich nicht viel davon anmerken lassen.« Aber als Lucas und Kennett laut lachten, verzog sie keine Miene.

Kennett kam zur Sache. »Wegen der Namensliste: Verfolgen Sie die Spur weiter. Barb hat inzwischen ein bißchen ausgesiebt.«

»Eine vielversprechende Adresse und eine, die möglicherweise etwas bringen könnte«, sagte Fell.

»Junkies?«

»Keine Spur, beide nicht. Jedenfalls sind die Namen noch nie im Zusammenhang mit Drogengeschichten aufgetaucht.«

»Also gut...« Lucas schob sich im Krankenhausbett hoch. »Dann sollten wir mal gemeinsam runter zur Stationsschwester stiefeln. Vielleicht läßt sie sich überreden, mich noch vor dem Mittagessen rauszulassen.«

Die Schwester teilte ihm mit, der Stationsarzt wolle ihn noch mal sehen. Sobald er käme – und das könne nur eine Sache von Minuten sein –, werde sie ihn bitten, zu ihm aufs Zimmer zu kommen. »Sie sind als erster dran«, versprach sie.

»Sehr schön. Aber bitte so schnell wie möglich.«

»Sobald er zur Tür reinkommt.«

Lily sagte: »Ich muß gehen...« Und schärfte Lucas ein: »Laß es heute locker angehen.«

»Mach ich«, versprach er.

Als er mit Barb Fell ins Krankenzimmer zurückging, achtete er darauf, möglichst jede schnelle Kopfbewegung zu vermeiden. An der Tür riskierte er trotzdem einen Blick zurück. Kennett und Lily warteten auf den Fahrstuhl. Erst sahen sie beide nach oben, verfolgten die Leuchtanzeige über den Fahrstuhltüren, dann beugte Kennett sich zur Seite, und Lily stemmte sich auf die Zehenspitzen. Ein Kuß, der offensichtlich beiden mehr bedeutete als ein flüchtiges Zeichen der Zuneigung. Als Lucas sich abwandte, merkte er, daß Barb Fell ihn beobachtet hatte.

»Wahre Liebe«, sagte er, es klang ein wenig bitter.

Im Hinterkopf nistete noch der Schmerz, und als die unbarmherzig heiße Sonne dazukam, spürte er ein leichtes Schwindelgefühl.

»Sie sehen müde und blaß aus«, sagte Barb Fell.

»Mir geht's gut«, behauptete Lucas. Er schielte auf das Schild über dem Ladeneingang: *Arnold's TV und Haushaltsgeräte – Verkauf und Reparatur.* »Okay, fangen wir mit ihr an.«

Die Türglocke schlug an, eine korpulente Frau schaute von ihrem Geschäftsbuch auf, klappte es zu, bewegte sich watschelnd zum Verkaufstresen und schenkte ihnen ein freundliches gelbzahniges Lächeln. »Kann ich was für Sie tun?« West Virginia Hills, ihr Akzent verriet es untrüglich.

»Wir sind von der Polizei.« Barb Fell klappte die Verschlußlasche ihrer Tasche auf, ließ die Korpulente einen Blick auf die Dienstmarke werfen. »Sind Sie Rose Arnold?«

Das Lächeln verhuschte, ein Stirnrunzeln beherrschte jetzt das Gesicht der Ladeninhaberin. »Ja. Was wollen Sie von mir?«

»Wir sind hinter einem bestimmten Kerl her und dachten, Sie könnten uns vielleicht behilflich sein«, sagte Lucas.

»Ich hab den Laden hier noch nicht lange...«

Lucas kramte nach seinem Führerschein, hielt ihn Rose Arnold hin. »Barbara...«, er deutete mit dem Kopf auf Fell, »...ist von der New Yorker Polizei. Ich nicht, ich komme aus Minneapolis. Sie haben mich hergeholt, weil ich mithelfen soll, Bekker zur Strecke zu bringen – den Dreckskerl, der Menschen abschlachtet.«

»Ach?« Sie hielt sich zurück, beobachtete ihn – wie ein Suppenhuhn, das mißtrauisch die Axt im Blick behält – aus wachsamen kleinen Augen, die jeder seiner Bewegungen folgten.

»Ja. Er hat drüben in Minneapolis mein Mädchen getötet. Vielleicht haben Sie die Geschichte in der Zeitung gelesen. Ich muß ihn kriegen. Wir haben noch eine Rechnung offen.«

Rose Arnold nickte und fragte kühl: »Und was hat das alles mit mir zu tun?«

»Wir vermuten, daß er gewisse Dinge – Drogen und medizinische Ausrüstung – aus dem Bellevue bezieht. Und wir wissen, daß Sie auch mit Dingen handeln, die aus dem Bellevue stammten.«

»Das ist Blödsinn. Ich rühr so 'n Zeug nicht an.«

»Vor zwei Wochen sind fünfhundert Kartons weißes Kopierpapier durch ihre Finger gegangen, Marke Hammermill Bond«, sagte Barb Fell. »Sie haben einen Dollar pro Karton gezahlt und das Zeug zum dreifachen Preis an einen Laden für Computerzubehör verscherbelt. Wenn wir wollten, könnten wir Sie festnageln. Aber darum geht's uns gar nicht. Alles, was wir wollen, ist ein bißchen Unterstützung.«

Rose Arnold sah erst Fell, dann Lucas gelassen an, in ihren Augen funkelte ein hellwacher Verstand. Sie schien sich ihre Chancen auszurechnen, und im Geiste sah Lucas sie blitzschnell in die nächste Schublade greifen und irgendein altes Schießeisen herausziehen, eine rostige Iver Johnson .32 vielleicht, ein Souvenir aus den alten Hillbilly-Zeiten... Aber nichts rührte sich. Nur die Fliegen prallten gegen das Ladenfenster.

Sie senkte den Kopf, sah aus den Augenwinkeln zu ihm hoch. »Das Mädchen, das Sie geliebt haben, hat er umgebracht?«

»Ja«, sagte Lucas, »es ist eine Sache zwischen ihm und mir.«

Ein paar Sekunden lang rang sie stumm mit sich, dann fragte sie: »Was wollen Sie wissen?«

»Ich brauche einen Namen. Und zwar von dem Burschen, der aus den Beständen des Bellevue das eine oder andere abzweigen kann, ohne daß es groß auffällt.«

»Erfährt er, daß Sie's von mir haben?«

»Auf keinen Fall.«

Wieder ein sekundenlanges Ringen, dann murmelte sie: »Lew Whitechurch.«

»Lew...?«

»Whitechurch«, wiederholte sie.

»Und wer noch?«

»Sonst kenn ich keinen, der irgendwas problemlos aus dem Bellevue rausschmuggeln kann.«

»Könnte es sein, daß er auch gewisse Pillen im Angebot hat?«

»Kann ich mir gut vorstellen. Ich rühr das Zeug nicht an, aber Lew... Er schnupft manchmal selber ein bißchen.«

»Danke.« Lucas zog eine Visitenkarte aus der Tasche, schrieb auf die Rückseite die Telefonnummer seines Hotels.

»Da ist ein Deal mit der Monitorausrüstung für eine Intensivstation gelaufen. Haben Sie bei dem Geschäft die Finger im Spiel gehabt? Oder kennen Sie einen, über den das abgewickelt wurde?«

»Nein«, sagte sie, ohne auch nur eine Sekunde zu zögern.

»Hören Sie sich mal um. Wenn Sie was in Erfahrung bringen, rufen Sie mich an. Es bleibt unter uns, das schwöre ich. Ich mische bei der ganzen Geschichte nur mit, weil Bekker damals meinem Mädchen die Kehle durchgeschnitten hat.«

Rose Arnold fuhr sich erschrocken mit der Hand unter das Kinn. »Die Kehle durchgeschnitten?«

»Mit einem Brotmesser«, sagte Lucas, und auf einmal lag ein wenig Bitterkeit in seinem Tonfall. »Hören Sie, jemand, der Geschäfte mit Bekker macht, muß sich nicht wundern, wenn er eines Tages selber festgeschnallt auf einem Operationstisch liegt und wenn ihm die Augenlider weggeschnitten und bei lebendigem Leib das Herz herausgesäbelt werden. Sie können das alles in der Zeitung nachlesen.«

Sie nickte. »Ich hab's im Fernsehen gehört.«

»Dann wissen Sie ja Bescheid.«

»Der Kerl ist ein verdammter Irrer – ja, genau das ist er«, sagte Rose Arnold.

»Also, fragen Sie ein bißchen herum. Und rufen Sie mich an.«

Als sie wieder draußen waren, sagte Barb Fell: »Sie können manchmal ein gerissener Hund sein. Wie Sie bei der Arnold Ihre Freundin ins Spiel gebracht haben...«

»Meine Freundin ist tot, ihr macht das nichts mehr aus. Und diese Hillbillies...« Er zuckte die Achseln. »Die haben eine Ader für persönliche Rache und so 'n Scheiß.«

»Wie war der Name?«

»Lew Whitechurch. Und sie glaubt, daß er auch mit Drogen handelt.«

»Okay, nehmen wir uns den Burschen vor.« Barb Fell winkte ein Taxi heran. »Wenn ich's bin, die Bekker erledigt, rutsche ich vor meiner Pensionierung noch eine Gehaltsstufe höher.«

»Das wär' doch was«, meinte Lucas.

Ein Taxi schlängelte sich durch den Verkehrsstrom zu ihnen herüber.

»Schon wegen der höheren Pension«, sagte Barb Fell. »Mag sein, daß ich's mir dann leisten kann, einen ganz normalen Job als Bedienung anzunehmen – was Ordentliches, statt in einem Topless-Schuppen herumzuhüpfen.«

»Schade«, sagte er, »ich hatte mir schon fest vorgenommen, zur Eröffnungsshow zu kommen.«

»Vielleicht fällt uns zu dem Thema noch eine Alternative ein«, sagte sie und rutschte so schnell ins Taxi, daß er nicht mehr zu Wort kam.

Lewis Whitechurch schob im Keller des Bellevue einen Gerätekarren durch den Flur. Die stellvertretende Leiterin der Krankenhausverwaltung hielt sich ängstlich im Hintergrund, der zuständige Werkmeister hatte weniger Skrupel, er zeigte einfach mit dem Finger auf Whitechurch.

»Was soll das?« blaffte Whitechurch die beiden Fremden an.

Lucas blockierte den Flur, Barb Fell schwenkte ihre Dienstmarke. »Wir haben mit Ihnen zu reden, allein.«

Whitechurch schüttelte den Kopf. »Ich hab aber keine Lust, mit euch zu reden.«

»Entweder unterhalten wir uns hier«, sagte Barb Fell, »oder ich rufe einen Streifenwagen, und wir fahren zu Midtown South.«

Whitechurch schielte zu seinem Vorarbeiter hinüber. »Worum geht's denn überhaupt?«

»Suchen wir uns erst mal ein ruhiges Plätzchen«, sagte Lucas.

Das fanden sie auf den ausrangierten Bürodrehstühlen, die in einem Werkstattraum abgestellt waren. Whitechurch drehte sich mit ruckartigen Bewegungen um die eigene Achse. »Ich schwör's bei Gott, ich weiß von nichts...«

Fell klopfte erst mal mit den fünfhundert Kartons Kopierpapier auf den Busch.

»Ich denk nicht dran, mit euch über so was zu quatschen.« Der Jersey-Akzent tropfte dick wie Mayonnaise. »Wenn ihr über diesen Bekker mit mir reden wollt – gut, da stell ich mich nicht stur. Bloß, ich weiß überhaupt nichts über ihn, und über irgendwelche medizinischen Geräte weiß ich erst recht nichts. Mit so 'm Scheiß hab ich nichts zu schaffen.« Er gab sich einen Ruck. »Hören Sie mal, es stimmt kein Wort von dem Gequatsche, daß ich irgendwas heimlich hier rausschleppe, aber wenn ich's täte, dann doch nicht ausgerechnet so etwas. Das wäre ja... Da könnten ja Menschen deswegen sterben.«

»Wenn wir den Kerl erwischen, der Bekker unterstützt... Der ist dran wegen Beihilfe zum Mord, der marschiert nach Attica. Und ich will Ihnen was sagen: von Begnadigung oder Bewährung braucht der nicht mal zu träumen. So was ist nicht drin bei einem, der diesem Arschloch Bekker geholfen hat.«

»Mein Gott, ich würd's euch doch sagen!« Whitechurch schwitzte. Und dann fiel ihm ein: »Hört mal, ich kenn 'ne Menge Leute, die vielleicht was wissen...«

»Was halten Sie davon?« fragte Barb Fell.

»Nicht ungeschickt, der Bursche. Ich weiß auch nicht... Immerhin, er hat ein paar Namen rausgerückt. Lassen wir ihn eine Weile schmoren, wir nehmen ihn uns später noch mal vor.«

Whitechurch hatte ihnen zwei Namen genannt, beide Männer hielten sich im Krankenhaus auf.

»Jakes ist Krankenpfleger bei uns«, sagte die stellvertretende Verwaltungschefin, »er müßte da sein. Williams – da muß ich erst zurückfragen.«

Harvey Jakes schob gerade einen Karren mit Bettwäsche aus der Wäscherei.

»Was soll der Blödsinn? Davon weiß ich überhaupt nichts.« Er war offenbar keiner von denen, die so etwas leichtnehmen. »Ich versteh gar nicht, wie Sie auf mich kommen. Ich hab noch nie was mit der Polizei zu tun gehabt, und geklaut hab ich erst recht nichts, noch nie. Wer hat denn so was behauptet?«

Mit Williams, der in der Wäscherei arbeitete, war es nicht so einfach. Er stierte Barb Fell und Lucas mit leerem Blick an. »Was sagt wer?«

»Jemand behauptet, daß Sie gelegentlich was aus dem Krankenhaus rausschmuggeln.«

»Sagt wer?«

Lucas beugte sich vor, sah Williams in die Augen und meinte kopfschüttelnd zu Fell: »Das scheint bei dem echt zu sein.«

»Was ist?« Williams Blick wanderte langsam zwischen beiden hin und her. Sie schickten ihn zu seinen Waschmaschinen zurück.

»Illegale Geschäfte, nichts Großes, nur wie's gerade kommt – Gelegenheit macht Diebe. Schwierig, da einen festzunageln«, zog Fell Resümee, als sie durch den langen Flur zurückgingen. »Nach einem richtigen Hehlerring sieht das nicht aus. Whitechurch – bei dem könnte ich mir vorstellen, daß er mehr Dreck am Stecken hat. Ich meine, bei der Sache mit den fünfhundert Kartons Papier muß er sich ja zum Beispiel einen Lastwagen besorgt haben. Jakes und Williams sind kleine Fische. Wer weiß, ob die überhaupt lange Finger machen.«

»Kommt mir genauso vor«, gab ihr Lucas recht. »Trotzdem, bei Whitechurch könnte mehr dahinterstecken.«

»Sollen wir ihn uns noch mal vornehmen?«

»Müßten wir eigentlich«, sagte Lucas, »aber...« Er vergrub die Hände in den Taschen. »Aber ich hab höllische Schmerzen.«

»Weil Sie dauernd an der Wunde herumfingern.« Barb Fells Hand fuhr hoch, tastete vorsichtig über Lucas' Verletzung. Sie hatte zärtliche Finger, die Berührung war von so spielerischer Leichtigkeit, daß es überhaupt nicht weh tat. »Also, was haben Sie jetzt vor?«

»Ich fahr zurück ins Hotel. Muß mich eine Weile aufs Ohr legen. Ich fühl mich beschissen.«

»Wir treten auf der Stelle, wie?«

»Außer Whitechurch seh ich im Augenblick nichts, was uns weiterbringen könnte«, sagte Lucas. »Am besten, wir lassen uns alles noch mal durch den Kopf gehen. Ich rufe Sie morgen an.«

## 11

Vor dem Spiegel im Hotelzimmer inspizierte Lucas die geschwollene Wange. Die Verfärbung war stärker geworden, in der Mitte sah der Purpurfleck ein wenig wässrig aus, man hätte fast denken können, das Rot sei in die kräftiger gefärbten Ränder verlaufen. Er tastete mit den Fingern über die zerschundene Haut und stöhnte vor Schmerz. Es war nicht das erste Mal, daß er bei einer Schlägerei etwas abbekommen hatte, er wußte aus Erfahrung, was auf ihn zukam: die Haut über der Wunde fing allmählich abzublättern an, und die Gesichtshälfte ringsum verfärbte sich grüngelb – ein Prozeß, der ihn jeden Tag Frankenstein ein bißchen ähnlicher machte.

Kopfschüttelnd versuchte er ein – nicht zu hastiges – Grinsen, schluckte ein paar Aspirin, legte sich ins Bett und schlief zwei Stunden. Als er aufwachte, waren die Kopfschmerzen abgeklungen, dafür rebellierte jetzt sein Magen. Er stopfte noch mal vier Aspirin in sich hinein, duschte und putzte sich die Zähne.

Es wurde Zeit für eine der plakativen Übersichten, mit denen er gewöhnlich arbeitete. Mit einem dicken Filzschreiber schrieb er auf die weiße Rückseite der Kunstdruckblätter eines großformatigen Wandkalenders:

*Bekker.*
Braucht Geld.
Braucht Drogen.
Hält sich im Stadtzentrum auf.
(Bei einem Freund/einer Freundin?)
Hat einen Wagen.
Spurlos untergetaucht. Verkleidung?
Erfahrung mit chemischen Substanzen.
Versierte medizinische Kenntnisse.
Kontakte zum Bellevue.
Nacht.

Er pinnte das Blatt an die Wand, legte sich aufs Bett und dachte über seine Stichworte nach. Wenn er Drogen kaufte, brauchte Bekker Geld. Und er mußte sich Drogen besorgen, das war so gut wie sicher. Sogar im Hennepin-Gefängnis hatte er darum gebettelt.

Er mußte also im Kontakt mit Dealern stehen, mindestens mit einem. Arbeitete er womöglich für ihn? Als Weiterverkäufer sicherlich nicht. Selbst dem einfältigsten Trottel wäre klargeworden, daß ihm, sobald er sich auf eine Zusammenarbeit mit Bekker einließ, eine Zeitbombe unter dem Hintern tickte. Eher war denkbar, daß Bekker als Chemiker für einen der großen Dealer tätig war. Jemand, der wie Bekker über die nötigen Fachkenntnisse und jahrelange Erfahrung verfügte, konnte zum Beispiel Methedrin ohne große Schwierigkeiten synthetisch herstellen. Angenommen, das Ganze spielte sich in einem geheimen Labor ab, dann hätte das auch erklärt, wie Bekker zu Geld, zu Drogen und zu einem Unterschlupf gekommen war.

Blieb immer noch das Fahrzeug. Bekker entledigte sich seiner toten Opfer offensichtlich mit Hilfe eines Wagens. Wie hatte er sich den besorgt? Und wie war er an einen Führerschein gekommen? Alles deutete darauf hin, daß er einen Komplizen haben mußte.

Lucas stand auf, ging ins Bad und betrachtete sein Gesicht im Spiegel. Über der Wunde bildete sich eine zersplitterte Hautkruste. Er tastete mit dem Fingernagel danach, hob eines der Hautplättchen an, und sofort tropfte ihm Blut auf die Wange. Verdammt. Das hätte er sich denken können. Er riß einen Bausch Toilettenpapier ab, drückte ihn gegen die Wange, ging ins Zimmer zurück und legte sich wieder aufs Bett.

Sein Blick war starr auf den weißen Bogen mit den Stichworten gerichtet, aber seine Gedanken schweiften ab. Warum hatten die beiden Männer ihn überfallen? Waren sie ernsthaft hinter ihm her gewesen, oder steckte etwas anderes dahinter? Sie hätten ihn kurzerhand mit ein paar gezielten Schüssen erledigen können. Oder sie hätten ihn, wenn sie ihn schon nicht umbringen wollten, mit Knüppeln zusammenschlagen können. Weshalb hatten sie es auf einen Kampf ankommen lassen, bei dem Lucas Zeit blieb, sich zu wehren? Weshalb – wenn sie doch damit rechnen mußten, daß er eine Waffe bei sich trug?

Wieso hatte Lily eigentlich aus dem Fenster gesehen – ausgerechnet in dem Augenblick, als unten die Schlägerei anfing?

Und noch etwas gab ihm Rätsel auf: Er kam im Grunde keinen Schritt voran, und das mußte Lily und O'Dell genauso klar sein wie ihm selbst. Er wälzte Akten und versuchte, hier und da ein paar Fragen loszuwerden, mehr konnte er nicht tun. Er besaß weder genug Insiderinformationen, noch war er mit dem bisherigen Geschehen so vertraut, daß er seine Ermittlungen in eine bestimmte Richtung lenken konnte. Und alle, mit denen er zusammenarbeiten mußte, konnten selber in den Fall verwikkelt sein: Barb Fell, Dick Kennett, sogar O'Dell oder Lily.

Um halb neun stand er auf, zog sich an, ging nach unten und winkte ein Taxi heran. Zehn Minuten dauerte die Fahrt zu Lilys Apartment. Sie erwartete ihn bereits.

»Du siehst immer noch zerschunden aus«, stellte sie gleich zur Begrüßung fest. Und nachdem sie ihm die Hand auf die Wange gelegt hatte: »Fühlt sich ziemlich heiß an. Wollen wir das Ganze nicht lieber verschieben? Es könnte zu anstrengend für dich werden.«

Lucas winkte ab. »Rich kommt um neun?«

»Ja, er hat's versprochen. Obwohl ihm ganz schön die Nerven flattern.«

»Am liebsten wär's mir, wenn er mich nicht sieht.«

»Okay«, sagte Lily, »du kannst dich in die Küche setzen, wir machen dort kein Licht, und Rich setzt sich so, daß du ihn während des Gesprächs im Blick hast.«

Lucas nickte. »Ausgezeichnet.« Er vergrub die Hände in den Hosentaschen und schlenderte in die Küche.

Lily kam hinter ihm her. »Was Neues über Bekker?«

»Nein. Ich hab noch mal über alles nachgedacht. Ich glaube, er kann eigentlich nur nachts unterwegs sein.« Er kletterte auf einen der hochbeinigen Hocker, stützte die Ellbogen auf die Frühstücksbar, entdeckte die Keramikschale mit Äpfeln, nahm einen heraus und ließ ihn spielerisch in den Händen kullern. »Bei Tag würde sein Gesicht, auch wenn er noch soviel Schminke aufträgt, zu schnell auffallen.«

»Und das heißt?«

»Wäre es möglich, bei Verkehrskontrollen nachts – nach Mitternacht – in der Innenstadt willkürlich Autos herauszupikken, in denen Männer ohne Begleitung unterwegs sind?«

»Großer Gott, Lucas! Die Chance, dabei ausgerechnet auf ihn zu stoßen, ist kaum größer als null. Und wir riskieren, daß uns bei so einer Aktion mindestens drei Cops von irgendwelchen wildgewordenen Idioten über den Haufen geschossen werden.«

Lucas legte den Apfel in die Schale zurück. »Mir geht's nur darum, ihn irgendwann unter Druck zu setzen.«

»Haben wir denn wirklich was davon, wenn wir ihn aus New York jagen? Dann taucht er irgendwo anders unter und fängt dort von vorn an.«

»Fragt sich, ob er das kann. Irgendwie hat er sich hier eine einmalige Situation geschaffen. Er ist perfekt untergetaucht. Sobald er New York verläßt, muß er diesen Vorteil aufgeben. Schau mal, Bekker ist zur Zeit einer, den jedes Kind auf Anhieb erkennen würde – überall im ganzen Land. Er kann sich in keinem Motel blicken lassen, an keiner Tankstelle, in keinem öffentlichen Verkehrsmittel. Sogar im eigenen Wagen kann er sich nicht bewegen, ohne ständig auf der Hut zu sein. Wenn ihn auch nur ein Streifenwagen überholt – das kann schon das Ende sein. Und er braucht Dope. Er braucht Geld. Wenn wir ihn aus der Stadt raustreiben und soweit bringen könnten, daß er zu fliehen versucht, wäre er erledigt.«

Lily dachte kurz nach, dann nickte sie. »Ich glaube, irgendwas in der Richtung könnten wir unternehmen. Das mit den Verkehrskontrollen möchte ich nicht riskieren, aber wir könnten ja ankündigen, daß wir so etwas vorhaben, und die Öffentlichkeit um Unterstützung bitten. Vielleicht ziehen wir auch eine Show ab, holen uns ein paar Fernsehteams und führen vor laufender Kamera Verkehrskontrollen durch.«

»Ja«, meinte Lucas, »das wäre gut.«

»Ich werde morgen mit Kennett darüber sprechen«, versprach Lily. Sie setzte sich auf einen Hocker ihm gegenüber, schlug die Beine übereinander und verschränkte die Hände um das Knie.

»Wie kommt's eigentlich, daß man Kennett den Fall übertragen hat?« fragte Lucas.

»O'Dell hat geprüft, wer in Frage käme, so eine Untersuchung zu organisieren und zu leiten. Kennett war die beste Wahl, die er treffen konnte.«

»Obwohl O'Dell und Kennett sich nicht besonders mögen?«

»Stimmt. Ich weiß nicht genau, warum O'Dell sich für ihn entschieden hat, aber eines kann ich dir versichern: Er hätte es nicht getan, wenn er nicht überzeugt gewesen wäre, daß Kennett Bekker aufspüren wird. Bei euch in Minneapolis – in einem kleinen überschaubaren Polizeidepartment – kennt einer den anderen, da ist es einfacher, mit den Spielregeln innerstädtischer Bürokratie zu jonglieren, aber hier... Hier spielt der Druck von oben eine große Rolle. Wir sind dazu verurteilt, Bekker zu erwischen, sonst rollen Köpfe. Die Bevölkerung ist inzwischen stinksauer.«

Lucas nickte, und nach kurzem Nachdenken fragte er: »Kennett kommt aus dem Intelligence-Bereich... Bist du sicher, daß er nicht bei diesem Robin-Hood-Spiel mitmischt?«

Lily studierte ein paar Sekunden schweigend ihre Hände. »Wenn ich auf mein Herz höre, bin ich sicher. Zugegeben, beweisen kann ich's nicht. Wer auch immer hinter der organisierten Mordaktion steckt, er muß eine gehörige Portion Charisma und eine Menge organisatorisches Geschick haben, um so einen Haufen zusammenzuhalten. Und entsprechende politische Ansichten vertreten. Das alles wäre bei Kennett gegeben.«

»Aber?«

»Aber er ist ein Mensch, der sich zu sehr vom Gefühl leiten läßt«, sagte Lily. »Er glaubt an... Wie soll ich das ausdrücken? An das Gute im Menschen, vielleicht. So sehe ich ihn jedenfalls. So habe ich ihn in vielen Gesprächen kennengelernt.«

»Okay«, sagte Lucas.

Aber in Lily schien seine Frage weiter zu nagen. »Das beweist nicht, daß er nicht in die Sache verwickelt ist.«

»Ich hab nicht nach einem Beweis gefragt, nur nach deiner Meinung. Wie ist es denn mit O'Dell? Er ist doch wohl derjenige, der überall mitzureden hat. Er kontrolliert deine Arbeit genauso wie Kennetts. Und auch meine. Jedenfalls ist er davon überzeugt. Und schließlich war er es, der ganz plötzlich Barb Fells Namen aus dem Hut gezaubert hat.«

»Ehrlich gesagt, ich weiß auch nicht, warum er Barb Fell... aus dem Hut gezaubert hat, sagst du, und ich denke, das trifft's. Vielleicht sind wir auf der völlig falschen Fährte.«

Sie hatte wohl noch mehr auf dem Herzen, aber in diesem Augenblick schlug die Türglocke an. Sie rutschte vom Hocker, ging zur Tür und drückte die Taste der Sprechanlage. Aus dem Lautsprecher hörte Lucas eine Männerstimme sagen: »Lieutenant Bobby Rich.«

Lucas schaltete das Licht aus und setzte sich mit gekreuzten Beinen auf den Küchenfußboden. Von seinem Platz aus konnte er – im Dunkeln sitzend – Lily beobachten, wie sie an der Wohnungstür wartete. Groß, nicht mehr so vollschlank wie früher – mit einem langen, aristokratisch wirkenden Hals.

*Charisma*, ging ihm durch den Kopf. *Eine Menge organisatorisches Geschick. Und entsprechende politische Ansichten.*

»Wie hast du O'Dell dazu gebracht, mich nach New York kommen zu lassen?« fragte er. »Hat er sich gesträubt? Mußtest du ihn erst dazu überreden?«

»Es war mehr seine Idee als meine«, antwortete Lily. »Ich hab ihm irgendwann von dir erzählt, und er sagte sofort, du wärst der richtige Mann für uns.«

Rich klopfte an die Tür. Und Lucas konnte nicht mehr laut, sondern nur für sich fragen: *Wirklich?*

Rich – in Bluejeans, mit einem grünen, an den Ärmeln braun abgesetzten Sportblouson – war ein großgewachsener Schwarzer mit athletischer Figur, er trug das Haar so kurz geschoren, daß sein Schädel fast wie rasiert aussah.

»Hallo«, sagte er und schob sich in den Flur.

Lily dirigierte ihn zu einem Sessel, der in Lucas' Blickfeld gerückt worden war. »Nehmen Sie Platz. Ich will's Ihnen gleich sagen: Es ist noch jemand in der Wohnung. In der Küche.«

»Was?« Rich hatte schon halb gesessen, jetzt fuhr er hoch und sah sich um.

»Bleiben Sie sitzen«, fuhr Lily ihn an.

Richs Blick versuchte das Dunkel in der Küche zu durchdringen. »Was wird hier eigentlich gespielt?«

»Einer, der versuchen will, Robin Hood zu fangen, möchte zuhören, was Sie zu erzählen haben. Aber er möchte nicht, daß Sie sein Gesicht sehen. Es gibt Situationen, da kann man nicht mißtrauisch genug sein. Wenn Sie Ihre Story nicht in seiner Gegenwart erzählen wollen – gut, dann verschwinden Sie einen Moment im Schlafzimmer, damit er Gelegenheit hat, ungesehen die Wohnung zu verlassen. Anschließend führen wir das Gespräch dann unter vier Augen. Ihre Entscheidung. Ich wollte Ihnen jedenfalls von Anfang an reinen Wein einschenken.«

Rich fuhr sich mit der Zunge über die Unterlippe, seine Hände verkrampften sich um die Sessellehnen. Nach ein paar Sekunden entspannte er sich. »Wüßte nicht, was ich von ihm zu befürchten hätte.«

»Eben«, sagte Lily. »Im übrigen will er ja nur zuhören. Fangen Sie doch einfach mal an zu erzählen, was Sie seinerzeit Walter erzählt haben. Wenn wir Zwischenfragen haben, melden wir uns schon.«

Rich dachte einen Augenblick nach, schickte noch einmal einen suchenden Blick in die dunkle Küche, sagte schließlich »Also gut« und fing zu erzählen an.

Eines Tages hatte bei ihm zu Hause ein Exgauner namens Lowell Jackson angerufen – ein Bursche, den er schon ein paarmal wegen Einbruchdiebstahls festgenommen hatte. Das war vorbei, inzwischen versuchte Jackson, sich mit ehrlicher Arbeit durchzuschlagen, als Schildermaler.

»Er hat mir am Telefon erzählt, daß ihn ein junger Bursche angerufen hat, ein gewisser Cornell, Spitzname Red. Und der hat behauptet, er hätte den Mord an Jimmy King mitangesehen, und es wären keine Berufskiller gewesen. Einer von den Kerlen im Wagen, hat er gesagt, sei schon ziemlich alt gewesen, ein Weißer. Ein Cop, behauptet Cornell. Das hat Jackson mir am Telefon erzählt. Und anschließend eine Adresse genannt.«

*Schon ziemlich alt? Ein Weißer?*

»Haben Sie versucht, Cornell zu finden?« fragte Lily.

»Ja. Aber vergeblich. Deshalb hab ich Jackson noch mal angesprochen.«

»Und?«

»Er hat mir erzählt, er hätte Cornell gesehen – gleich nach dem Anruf bei mir, am selben Tag. Beim Sportplatz an der Hundertachtzehnten war das. Steht übrigens alles in meinem Bericht.«

»Gut. Und weiter?«

»Cornell soll beim Sportplatz aufgetaucht sein und gesagt haben, er wolle raus aus der Stadt, nach Hause. Wohin er tatsächlich gegangen ist, weiß keiner. Sein Familienname ist übrigens Reed. Cornell Reed. Wir haben ihn in den Akten. Als Crack-Doper. Ist aber keines von den Arschlöchern, die überall Randale machen. Soll sogar mal 'n College besucht haben.«

»Wie alt?« wollte Lily wissen.

»Ungefähr Mitte zwanzig.«

»Aus New York?«

»Nein. Soviel ich weiß, irgendwo aus dem Süden, Atlanta vielleicht. Lebt aber schon 'n paar Jahre hier. Jackson behauptet, er habe nie darüber reden wollen, wo er herkommt. Da muß irgendwas nicht gestimmt haben. Er wollte einfach nicht darüber reden. Aber wenn er einen zuviel getrunken hatte, hat er angefangen zu heulen, sobald jemand von zu Hause geredet hat.«

»Wie viele Festnahmen hatte er auf dem Konto?«

»Ein halbes Dutzend. Nichts Großes. Mal was geklaut oder in einem Laden mitgehen lassen... Coke in der Tasche – in kleinen Mengen... Alles hier in New York, drüben in Harlem.«

»Und jetzt ist er verschwunden.«

»Spurlos. Einfach nicht aufzufinden. Wir haben in Atlanta nach ihm suchen lassen, aber dort kennt ihn keiner.«

»Tot?«

Rich runzelte die Stirn. »Glaube ich nicht. Am Sportplatz, wo er zuletzt gesehen worden ist, hatte er nagelneue Schuhe an. Und einen großen Koffer soll er dabeigehabt haben, erzählen die Jungens, die ihn damals gesehen haben. Die haben dort so rumgesessen, und da ist er plötzlich aufgetaucht, um tschüs zu sagen. Ist in 'n Taxi gestiegen, und seither hat ihn nie wieder einer gesehen.«

»Und das steht alles in Ihrem Bericht?«

»Ja«, bestätigte Rich. »Wir suchen ja auch weiterhin nach ihm. Um ehrlich zu sein, Cornell Rich ist der einzige, über den wir in der Sache ein Stück weiterkommen können.«

Lucas fragte: »Was hatten Sie damals, als Sie mit Walter Petty zusammengearbeitet haben, für Aufgaben?«

»Leute ausfragen und nach irgendwelchen Typen suchen. Ich sag's Ihnen ehrlich: Das hat mich ganz schön genervt, ich hab alles versucht, den Job loszuwerden. Ist nicht gerade mein Traum, hinter meinen eigenen Leuten herzuschnüffeln.«

»Warum hat man Sie zu diesem Ermittlungsteam abkommandiert?« wollte Lucas wissen.

Rich hob die Achseln. »Keine Ahnung. Muß einer im Präsidium dran gedreht haben. Eines Tages sagt mein Lieutenant zu mir, ich soll mich in der City Hall melden. Abkommandierung zu einer Spezialaufgabe, mehr wußte ich auch nicht.«

»Mhm, gut«, sagte Lucas. Dann fiel ihm ein: »Woher will Cornell gewußt haben, daß der Weiße im Wagen schon ziemlich alt war?«

»Keine Ahnung. Wenn ich ihn finde, frag ich ihn danach. Kann ja sein, daß er ihn von irgendwoher gekannt hat.«

Eine halbe Stunde zog sich das Frage- und Antwortspiel noch hin. Im Grunde hatte Rich nichts zu erzählen, was nicht schon in seinem schriftlichen Bericht stand. Lily bedankte sich und verabschiedete ihn.

»Vertane Zeit«, sagte sie zu Lucas, als Rich gegangen war.

»Versuchen mußten wir's trotzdem. Was weißt du über Rich?«

»Eigentlich nicht viel.«

»Ein guter Detektiv?« fragte er.

»Ganz ordentlich. Keine große Nummer, aber er versteht sein Handwerk.«

»Mhm...« Lucas ließ den Kopf sinken, dachte nach und tastete wieder seine Wange ab.

»Warum fragst du?« wollte Lily wissen.

»Reine Neugier«, behauptete er. »Wollen wir gehen?«

»Zum Restaurant, meinst du? Zu Fuß?«

»Wie weit ist es denn?«

»Zehn Minuten, Viertelstunde, wenn wir uns Zeit lassen«, sagte sie.

»Riskieren wir, daß wir abgeknallt werden, sobald wir die Haustür hinter uns zumachen?«

»Nein«, sagte Lily. »O'Dell hat ein paar Leute losgeschickt – zum Wachpersonal in sämtlichen Apartmentblocks hier in der Gegend. Die Türsteher haben versprochen, sofort Bescheid zu geben, falls sich irgendwo verdächtige Typen rumtreiben.«

Draußen auf der Straße schien alles ruhig zu sein. Aber bevor sie das Haus verließen, blieb Lucas eine Weile an der Tür stehen und suchte die Fenster des gegenüberliegenden Gebäudes ab.

»Nervös?« fragte Lily.

»Nein«, sagte er, »ich will nur auf Nummer Sicher gehen.«

Sie musterte ihn. »Was ist los?«

»Nichts.« Er schüttelte den Kopf. Rich hatte, wie er zugeben mußte, keinen verdächtigen Eindruck gemacht.

»Komm, sag's schon«, drängte Lily.

Aber er wich ihr erneut aus. »Wirklich, nichts Wichtiges«, murmelte er. Und er sah ihr an, daß sie sich über ihn ärgerte.

Das Village war eine hübsche, ruhige Wohngegend, die Backsteinhäuser reihten sich harmonisch aneinander, schmiedeeiserner Zierrat und Blumenkästen vor den Fenstern ließen an Friedlichkeit denken, nur hier und da störten Zackenreiter und Stacheldraht auf den Mauerkronen die Idylle. Sogar die Leute sahen hier anders aus, fiel Lucas auf: Sandalen, Shorts, Bärte, schulterlanges Haar, Fahrräder aus Großvaters Zeiten und kunstgewerblicher Halsschmuck aus Holz.

Das Manhattan Caballero lag in einer Straße, in der rote Ziegelwände dominierten. Ein kleines Restaurant, auf das eine

Fenster waren der Name und das Logo gemalt, auf dem anderen klebte Brauereireklame.

Lily stand auf dem Bürgersteig vor dem Caballero und zeigte auf ein Haus auf der anderen Straßenseite. »Von da drüben fielen die Schüsse, aus dem dritten Fenster im zweiten Stock.«

»Auf die Entfernung konnten sie mit einem lasergesteuerten Visier kaum vorbeischießen«, meinte Lucas. Sein Blick suchte den Bürgersteig ab. »Hier muß er gelegen haben, man kann die Markierung noch erkennen.«

Es war eine professionelle Faszination, er hatte nur Augen für den Tatort und schätzte das Geschehene ein, Lily schien nicht mehr dazusein. Aber dann huschte sein Blick plötzlich hoch, und als er ihr bleiches Gesicht sah, erschrak er über sich selbst. »Ach Gott, Lily... Entschuldige bitte...«

»Mach dir um mich keine Sorgen«, sagte sie.

»So wie du aussiehst... Ich dachte, du kippst mir gleich um.«

»Es ist mehr die Wut«, sagte sie. »Sooft ich an Walter denke, habe ich auf einmal unbändige Lust, einen umzulegen.«

»Sitzt es immer noch so tief?«

»Unvorstellbar tief. Es ist, als hätte ich ein Kind verloren.«

Sie winkten ein Taxi heran und ließen sich zu Pettys Apartment fahren. Als sie auf der Brooklyn Bridge waren, fragte Lily: »Bist du schon mal hier gewesen? Brooklyn Heights?«

»Nein.«

»Eine phantastische Wohngegend. Ich hab damals lange darüber nachgedacht, ob ich in seine Wohnung umziehen soll. Aber wenn man im Village zu Hause ist... Das gibt man nicht so leicht auf.«

Lucas rückte näher ans Wagenfenster. »Sieht wirklich aus, als könnte man's hier aushalten.« Und nachdem er sich ein paar Sekunden umgesehen hatte: »Sag mal, diese Frau in dem Apartmenthaus, in dem Petty gewohnt hat...«

»Mrs. Logan«, half ihm Lily.

»Ja. Sie hat doch erzählt, daß jemand in seinem Apartment war. Und zwar zu einem Zeitpunkt, als er schon tot gewesen ist, aber noch vor der Polizei?«

»Ja, das steht fest. Sie hat gehört, daß jemand in der Wohnung war und nach kurzer Zeit wieder gegangen ist. Sie hat vor dem Fernseher gesessen und konnte uns genau beschreiben, was gerade auf dem Bildschirm lief. Wir haben das gegengecheckt, um diese Zeit war Walter seit zehn Minuten tot.«

»Da war jemand verdammt schnell.«

»Gottverdammt schnell. Er muß auf die Minute genau gewußt haben, daß sie Walter erwischt hatten. Er muß darauf gewartet haben. Die Frage ist, wie er in Walters Apartment gekommen ist. Er muß einen Schlüssel gehabt haben.«

»Wenn wir davon ausgehen, daß hinter Robin Hood lauter Jungens von der Intelligence stecken, dürfte das kein Problem gewesen sein.«

Sie sah ihn an. »Du mußt es ja wissen.«

Das braune Backsteingebäude, in dem Walter Petty gewohnt hatte, lag etwas erhöht – eine durchaus angenehme, wenn auch schon ein wenig in die Jahre gekommene Wohngegend. Gleich die erste Tür in der winzigen Lobby führte zu Mary Logans Apartment.

Sie öffnete nur einen Spalt weit und schielte über die Türkette auf Lilys Dienstmarke. »So spät noch?« Sie mochte Mitte Sechzig sein, das Grau ihrer Haare paßte genau zu dem ihrer Augen. »Zehn Uhr, hatten Sie gesagt.«

»Tut mir leid, uns ist was dazwischengekommen«, sagte Lily. »Wir werden Sie auch nicht lange stören.«

»Na gut, kommen Sie rein.« Es hörte sich fast abweisend an, aber Lucas hatte den Eindruck, daß sie sich im Grunde darüber freute, wenn überhaupt mal jemand kam. »Ich muß nur schnell den Kaffee noch mal aufwärmen.«

Sie hatte sich auf den Besuch vorbereitet und sogar ein Schälchen mit Gebäck bereitgestellt. Jetzt schob sie die Kaffeekanne in die Mikrowelle, Lily und Lucas hörten Geschirr klappern.

»Ein wirklich schönes Apartment«, sagte Lily.

»Danke. Ein Stück weiter unten, gar nicht weit von hier, haben sie ›Moonstruck‹ gedreht. Ich konnte vom Fenster aus zusehen, die Stars standen alle dort unten auf der Promenade.«

Schließlich war der Kaffee aufgewärmt, Mrs. Logan hielt Lucas die Schale mit dem Gebäck unter die Nase. Er probierte eines – Haferflockenplätzchen. Als der Kaffee eingeschenkt war, griff er gleich noch einmal zu.

»Also, eine Frau war das damals nicht«, erzählte Mary Logan. »Die Schritte haben sich viel schwerer angehört. Ich hab ihn zwar nicht gesehen, aber es war ein Mann.« Sie hörte sich an, als sei sie ihrer Sache absolut sicher.

Lily fragte trotzdem: »Kein Irrtum möglich?«

»Hören Sie mal! Ich hör hier jeden Tag wer weiß wie oft Leute kommen und gehen. Und mein erster Gedanke war, daß Walter nach Hause gekommen ist. Wieso hätte ich denn so was denken sollen, wenn es sich nach einer Frau angehört hätte?«

»Er ging nach oben«, fragte Lily weiter, »blieb ein paar Minuten und kam wieder runter?«

»Genauso war's. Er kann höchstens eine Viertelstunde oben gewesen sein. Denn die Show, die ich damals im Fernsehen gesehen habe, dauerte eine halbe Stunde. Als er kam, hatte die Show schon angefangen, und sie lief noch, als er wieder gegangen ist.«

»Sie haben bei der ersten Befragung gesagt, daß Sie den Eindruck hatten, es wäre nicht Petty«, hakte Lily nach. »Aber so sicher, daß Sie mißtrauisch nachgesehen hätten, waren Sie nicht. Wie kamen Sie auf den Gedanken, daß es nicht Petty wäre?«

»Weil derjenige, der damals gekommen war, zunächst in der Lobby haltgemacht hat. Als ob er erst mal lauschen wollte – oder gucken, ob sich hinter meiner Tür was rührt. Walter hat das nie gemacht, er kam rein und ging gleich nach oben, ohne erst stehenzubleiben. Freitags hatte er es immer besonders eilig, verstehen Sie? Na ja, zwei, drei Bier zum Essen, das hat wohl ganz schön gedrückt, und wenn er ankam, mußte er ganz schnell – na, Sie wissen schon. Ich hab ja jedesmal die Wasserspülung gehört. Aber der, der an dem Abend kam, hat erst mal 'ne Weile unten gestanden. Und auch wieder, als er gegangen ist. Ich hab genau gehört, daß er in der Lobby stehengeblieben ist. Wenn ich daran denke, kribbelt's mir jetzt noch den Rücken rauf und runter. Vielleicht hat der Kerl da draußen überlegt, ob's nicht besser wäre, mögliche Zeugen kaltzumachen.«

Der Ausdruck klang aus ihrem Mund so ungewöhnlich, daß Lily unwillkürlich lächeln mußte. »Ich glaube nicht, daß Sie sich deswegen große Sorgen machen müssen.«

»Warum sagen Sie eigentlich gar nichts?« wandte sich Mrs. Logan an Lucas, der gerade nach dem sechsten Keks griff.

»Weil ich zu sehr mit Ihren Plätzchen beschäftigt bin. Die Dinger schmecken fabelhaft. Mit dem Rezept könnten Sie ein Bombengeschäft machen.«

»Oh, das höre ich gern.« Sie bedankte sich mit einem Lächeln. »Was ist denn mit Ihrem Gesicht passiert?«

»Ich bin überfallen worden.«

»Typisch New York! Nicht mal die Cops sind sicher.«

»Wie wollen Sie wissen, daß der Kerl damals in Pettys Apartment war?« fragte Lucas.

»Tja – ich hör ihn reinkommen, dann macht der Aufzug ›ding‹, also fährt er nach oben. Und dann hör ich wieder ein

›ding‹ und weiß, daß muß vom zweiten Stock kommen. Wenn der Fahrstuhl nämlich dort hält, hör ich's bei mir in der Küche. Vom dritten Stock hör ich's kaum noch, vom vierten gar nicht mehr.«

Lucas nickte. »Okay, Sie haben gehört, daß es im zweiten Stock ›ding‹ gemacht hat.«

»Ja. Und die Lynns und die Golds waren schon zu Hause. Und die Schuhmachers waren übers Wochenende verreist. Also mußte es Walter sein, es war ja auch die Zeit, um die er gewöhnlich nach Hause kam. Bloß, die Wasserspülung habe ich nicht gehört. Dann hab ich wieder den Aufzug gehört – das ›ding‹ im zweiten Stock, und der Fahrstuhl kam runter. Und dann muß der Mann, der oben gewesen war, noch eine Minute oder so in der Lobby gestanden haben. Denn erst nach einer ganzen Weile hab ich die Haustür gehört. Ich hätte vielleicht mal nachsehen sollen, aber da hätte ich ja die Show im Fernsehen verpaßt.«

»Das war schon in Ordnung«, sagte Lucas. »Und jemand, der in einem der anderen Apartments einen Besuch gemacht hat, kann es nicht gewesen sein?«

Mrs. Logan schüttelte den Kopf. »Nein, das haben die Cops damals sofort überprüft, nachdem ich ihnen von der Sache erzählt hatte.«

Nachdem sie sich alles angehört hatten, was es bei Mary Logan zu erfahren gab, fuhren Lily und Lucas nach oben. Lily entfernte das Siegel an Pettys Apartmenttür. Petty hatte zeit seines Lebens sehr auf Ordnung geachtet, die Beamten von der Mordkommission offenbar nicht. Überall standen Schranktüren offen, Papierstapel türmten sich auf jeder freien Tischecke. Auch der Kühlschrank stand weit offen, der Stecker war aus der Steckdose gezogen.

Lucas nahm sich Pettys Schreibtisch vor, der in einen Erker

gerückt war, und blätterte in den Bankauszügen. Was er eigentlich suchte, fand er nicht: Pettys Notizbuch mit privaten Telefonnummern. Er fragte Lily danach, und sie meinte, das müsse wohl bei der Mordkommission liegen, sie werde mal nachfragen. Als sie nach ein paar Minuten den Telefonhörer auflegte, stellte sie enttäuscht fest: »Nichts. Vertane Zeit – wie das Gespräch mit Rich.«

Als sie das Haus verlassen wollten, kam ihnen Mrs. Logan mit einer braunen Tüte in der Hand entgegen. Sie zwinkerte Lucas zu. »Noch ein paar Plätzchen für Sie.«

»Danke«, sagte er und meinte warnend: »Kann sein, daß ich, sobald ich die gefuttert habe, wieder bei Ihnen vor der Tür stehe.«

Lily und Lucas hörten die alte Dame kichern, bis die Haustür hinter ihnen zufiel.

Cornell Reed. Er hatte einen der Killer gesehen. Einen Weißen, schon ziemlich alt. Und er hatte in ihm einen Cop wiedererkannt.

Lucas lag auf dem Hotelbett, wuchtete sich schnaufend hoch, suchte sein Notizbuch und blätterte, bis er Harmon Andersons Telefonnummer gefunden hatte. Er war schon dabei, die ersten Ziffern zu wählen, als er mit einem Blick auf die Uhr feststellte: in Minneapolis war es genau Mitternacht.

Anderson lag schon im Bett. »Mein Gott, Lucas, ist etwa was passiert?«

»Ich bin in New York…«

»Weiß ich, hab davon gehört. Mann, ich gäb was drum, auch dort zu sein…« Lucas hörte, wie er jemandem zuflüsterte: »Lucas ist dran.« Und dann sagte er zu Lucas: »Meine Frau läßt dich schön grüßen.«

»Hört mal, es tut mir leid, daß ich euch aufgeweckt habe…«

»Nein, nein...«

»Und ich mag dich eigentlich nicht mit meinen Problemen behelligen, aber könntest du für mich ein paar Dinge am Computer klären? Ich zahl dir natürlich das übliche Honorar.«

»Ach, scheiß drauf! Was brauchst du denn?«

»Ich komm da mit einer Sache nicht weiter. Kannst du für mich sämtliche Flüge ab New York checken, einschließlich Newark, und zwar ab Beginn des Monats? Es geht darum, ob ein Ticket für Cornell Reed bestellt wurde. Der Vorname ist Cornell, vielleicht hat er einen anderen Nachnamen benutzt. Er könnte sich auch Red Reed genannt haben. Ich glaube nicht, daß es ein Überseeflug war, es sei denn in die Karibik. Nimm dir zuerst die Inlandsflüge vor. Ich muß wissen, welchen Zielflughafen er gebucht hat. Ach ja – und wenn du das rausfinden kannst: wer das Ticket bezahlt hat.«

»Das kann ein paar Tage dauern.«

»Ruf mich zurück, ja? Und das mit dem Honorar, das meine ich ernst.«

»Wollen mal sehen, was wir rausfinden.«

»Okay. Hauptsache, du rufst bald zurück.«

Als er aufgelegt hatte, ließ Lucas sich aufs Bett fallen und dachte über das Gespräch mit Rich nach. Rich wußte nicht, warum ausgerechnet er zu dem Team abkommandiert worden war, zu dem auch Petty gehört hatte. Lily wußte auf diese Frage auch keine Antwort. Daß ihm später der Zufall zu Hilfe kommen würde, als ein Exganove bei ihm anrief und ihm den einzigen brauchbaren Tip gab, den das Team während der Ermittlungen je bekommen sollte, hatte bei Richs Abkommandierung niemand voraussehen können.

Cornell Reed war drogenabhängig, behauptete Rich. Wenn das stimmte, hatte Reed eigentlich keinen vernünftigen Grund gehabt, New York zu verlassen. Schon gar nicht mit dem Flugzeug. Wenn er genug Bargeld für ein Ticket gehabt hätte, hätte er Crack dafür gekauft und den Bus genommen. Wenn einer sich genug Crack besorgen kann, haut er gewöhnlich nicht ab. Jedenfalls schiebt kein Doper ein paar hundert Dollar bar über den Ticketschalter am La Guardia, statt sich Stoff zu kaufen.

Andererseits, wenn er vorgehabt hatte, den Bus zu nehmen, wäre er nicht im Taxi zum Busbahnhof gefahren. Auch etwas, was kein Doper tut. Nicht, wenn er statt dessen die S-Bahn nehmen kann, die ihn viel schneller hinbringt und viel billiger ist. Doper rechnen sich, wenn sie was sparen können, immer aus, wie viele Joints sie sich mit dem Geld kaufen können. Beim Flughafen sah das anders aus, zum La Guardia kam man nur auf zeitraubenden Umwegen oder mit dem Taxi.

Also war er vielleicht doch geflogen. Vielleicht mit einem Tikket, das er nicht bezahlen mußte. Weil es schon auf seinen Namen gebucht war. Zum Beispiel von einer Regierungsstelle.

Oder vom Police Department.

Und dann war da noch das, was Mrs. Logan ihnen erzählt hatte.

Ein besonders interessanter Punkt. Interessant und irritierend. Hatte Lily das gar nicht gemerkt? Oder hatte sie gehofft, er werde es nicht merken?

## 12

Dreißig Portionen Speed in zwei Tagen – Bekker hatte kein Auge zugetan. Die Drogen hatten ihn getragen wie der Sturm ein welkes Blatt. Und neben ihm war im Sturm die Zeit durch die Lüfte gejagt, zusammen mit den Gedanken, die in Bekkers Hirn kreisten. Immerhin, solange der Ritt auf den Sturmflügeln dauerte, war er den toten Augen entkommen, den Augen der Frau aus dem Parkhaus. Zwei Tage lang hatten die Drogen ihn gegen den Blick dieser Augen aus dem Jenseits abgeschirmt... Wer weiß, ob sie ihn überhaupt noch verfolgten?

Aber da war noch etwas anderes...

Am zweiten Tag, spät nachmittags, war auf einmal das Kribbeln dagewesen. Er konnte die Tiere deutlich spüren, in ganzen Kolonnen krabbelten sie ihm durch die Adern. Sie waren überall, aber besonders deutlich fühlte er sie im Unterarm. Ja, er war absolut sicher: kleine, wieselflinke Tierchen, emsig, unermüdlich in ihrer abscheulichen Geschäftigkeit. Zu Tausenden trippelten sie ihm durch die Adern. Und fraßen ihn von innen auf.

Sie fraßen die Blutzellen auf. Er erinnerte sich: Als Kind hatte er mit Fußtritten Ameisenhaufen zerstört und zugesehen, wie die kleinen Biester verstört um ihr Leben liefen – die mehligen weißen Eier in den Zangen. Dasselbe Bild hatte er jetzt vor Augen: Tausende von Ameisen rannten durch seine Adern, jede mit einer Blutzelle in den Greifzangen.

Tausende. In seinen Adern.

Gab's denn keine Möglichkeit, ihnen irgendwo einen Ausgang zu verschaffen?

Eine Stimme in seinem Kopf hämmerte: *Nein, nein. Alles nur Halluzination. Nein, nein, nein...*

Er drückte sich hoch, spürte den Schmerz in den Knien und in den Füßen. Meilenweit war er gegangen während seiner endlosen Wanderungen auf und ab durchs Apartment. Welche Strecke mochte da zusammengekommen sein? Ein paar von den grauen Zellen seines Gehirns zogen sich zurück und fingen zu rechnen an. Angenommen, er hatte fünftausend Runden durchs Apartment gedreht... Jede etwa sechs Meter... Machte etwa einunddreißig Kilometer... Einunddreißig Komma zwo fünf zwo fünf zwo fünf zwo fünf...

Und wieder war er im Karussell seiner Gedanken gefangen. Im Zwo-fünfer-Karussell. Ein Drehkreisel, der nicht stillstehen wollte. Sich unaufhörlich brummend um die eigene Achse drehte. Ewigkeiten würde das nun so weitergehen. Länger als die Sonne am Himmel stand. Länger als das Universum währte. Immer und ewig.

Er schüttelte sich, warf sich zuckend hin und her, bis er es geschafft hatte, sich aus dem Karussell zu schleudern. Und sofort spürte er wieder die Ameisen durch den Unterarm krabbeln. Er packte zu, umklammerte den Unterarm mit der Hand, trug ihn ins Badezimmer, machte Licht, starrte auf die Adern. Da unter der Haut, da hatten sie ihre Rennbahn.

Die Stimme hämmerte: *Nur ein Kribbelgefühl.*

Er scheuchte die Stimme weg. Er mußte einen Ausgang schaffen. Drüben in seinem Arbeitszimmer, wo der Operationstisch stand… Er wühlte in seinem medizinischen Besteck. Ein Schnitt mit dem Skalpell. Jetzt konnten sie heraus.

Er fing an, hin und her zu wandern. Die Krabbeltiere rannten ins Freie. Suchten sich ihren Weg, während er auf und ab ging. Nur, wonach roch es auf einmal? Ein schöner Geruch – klar und sauber, ein wenig schneidend, wie eine Meeresbrise.

Blut?

Er sah an sich hinunter. Blut sickerte aus seinem Arm. Kein Schwall, nur ein Rinnsal. Trotzdem, der Arm und die Hand sahen aus, als wäre die Haut aufgeplatzt. Blutspuren auf dem Fußboden, überall da, wo er auf und ab gegangen war. Eine lange, gebogene Blutspur, als hätte einer ein frischgeschlachtetes Huhn durchs Zimmer getragen.

Die Stimme hämmerte: *Das bildest du dir nur ein.*

Er starrte auf den Arm. Was war das? Eine Ameise kroch durch die Ader, nach unten, aufs Handgelenk zu. Wie seinerzeit Charlie Victor auf dem Ho-Chi-Minh-Pfad. Wie Charlie Victor auf dem Hotel Oscar. Charlie Hotel India Mike November Lima Tango Romeo...

Da krabbelte schon wieder was. Woher kamen die Biester? Aus Vietnam? Dort unter der Haut versammelten sie sich, lauerten, ganze Kompanien, Bataillone, Regimenter.

Er mußte etwas schlucken. Ein halbes Dutzend Pillen im Medikamentenschrank. Mehr nicht. Er stopfte sich eine in den Mund. Noch eine. Und noch eine.

Er nahm den Telefonhörer ab. Rang mit sich selbst. Kämpfte mit der inneren Stimme, die ihn warnen wollte. *Nicht von hier aus telefonieren, nicht mit einem Dealer. Die Cops können seine Leitung angezapft haben.*

Er starrte auf den Arm. Das Blut sickerte nicht mehr, es war schon angetrocknet.

Er versuchte, ruhig durchzuatmen. Wusch sich den Arm. Zog sich um. Verband die Schnittwunde auf seinem Unterarm.

Eine Schnittwunde? Wie war denn das passiert?

Der Gedanke versickerte irgendwo. Bekker stellte sich vor den Spiegel, präparierte sein Gesicht, spürte, wie ihn die Gier nach Tabletten über die Schulter angrinste. Keine Gier, ein Zwang. Und dieser Zwang vermochte alles. Vermochte ihn zu verwandeln. Seine Stimme. Sein Verhalten. Sein Auftreten. Der Zwang trieb ihn auf die Straße, um die Ecke, zum nächsten Telefon.

»Ja?« Eine weibliche Stimme.

»Kann ich bitte Dr. West sprechen?«

Sekunden später war Whitechurch dran. »Großer Gott, wir müssen uns dringend treffen. Am besten sofort. Die Cops waren hier. Die sind hinter dem Kerl her, für den Sie die Geräte gekauft haben.«

»Was?«

»Der, an den Sie das Zeug weiterverkauft haben.« Whitechurchs Stimme schien durch die Telefonleitung zu kriechen. »Das war dieser wahnsinnige Killer. Dieser Bekker. Ich kann Ihnen sagen, die Cops haben mich ganz schön ausgequetscht.«

»Cops aus New York?«

»Ja. Irgend so eine Tussi und dieses Arschloch aus Minneapolis. Der Kerl, der so finster guckt.«

»Sprechen Sie von Ihrem eigenen Apparat aus?«

»Nein, das ist nicht mein Apparat. Lassen Sie sich jetzt deswegen keine grauen Haare wachsen. Die andere Sache ist viel wichtiger. Das mit dem Kerl, dem Sie das Scheißzeug verkauft haben.«

»Ach was, das habe ich im Griff«, krächzte Bekker. »Aber weswegen ich anrufe... Ich brauche Stoff.«

»Großer Gott...«

»Und zwar jede Menge.«

»Wieviel?«

»Wieviel haben Sie?«

Kurzes Schweigen, dann fragte Whitechurch: »Haben Sie wirklich nichts mit diesem Bekker zu tun?«

»Unsinn. Die Geräte waren nicht für Bekker. Ich hab sie an einen Studenten in Staten Island verkauft. Er arbeitet an wissenschaftlichen Experimenten.«

Das paßte zu Whitechurchs Schuldiensttheorie. Und da er beschlossen hatte, eine Weile Urlaub in Miami zu machen, war ihm eine Bargeldspritze sehr willkommen. »Ich könnte Ihnen zweihundert Crosses geben, dreißig Angels und zehn von den Weißen, wenn Ihnen das nicht zuviel ist.«

»Das kann ich gut loswerden.«

»Sagen wir: in zwanzig Minuten?«

»Nein... Bis ich in New York bin...« Whitechurch sollte ruhig glauben, daß Bekker in Staten Island wohnte und von dort aus anrief. »...das geht nicht so schnell.«

»Dann in zwei Stunden. Gut, in zwei Stunden. Wir treffen uns also um neun. Am üblichen Platz.«

Etwas abseits der First Avenue befand sich der Parkplatz für die Ärzte und die leitenden Angestellten, ab sechs Uhr abends durfte er auch von Besuchern benutzt werden. Bekker nickte dem Parkwächter zu, fuhr bis zum obersten Parkdeck und stellte den Volkswagen dort ab.

Er kannte sich aus. Hier oben hatte er schon einmal gestanden und Whitechurch erst eine Weile beobachtet. Es kann nie schaden, vorsichtig zu sein. Zumal Bekker nur zu gut wußte, daß Dealer keine Skrupel haben, notfalls ihre Kunden und sogar ihre besten Freunde an die Polizei zu verraten. Er hatte im Gefängnis eine Menge über die Schattenseiten des Lebens dazugelernt.

Whitechurch bestand auf Pünktlichkeit. »Anders geht's nicht. Ich will ja nicht wer weiß wie lange mit dem Stoff auf der Straße herumstehen. Das muß ganz schnell gehen. Aus Sicherheitsgründen, verstehen Sie?«

Normalerweise lief ein Treff so ab: Whitechurch kam, sobald Bekker sich blicken ließ, zur Bushaltestelle – entweder direkt aus dem Krankenhaus oder den schmalen Gehweg entlang. Damals, als Bekker absichtlich früher gekommen war, um Whitechurch heimlich vom Parkdeck aus zu beobachten, hatte der Kerl zwei, drei Minuten an der Bushaltestelle gewartet und war dann wieder im Krankenhaus verschwunden: durch dieselbe Stahltür, durch die er gekommen war. Bekker hatte sich telefonisch entschuldigt, er sei aufgehalten worden, und mit Whitechurch einen neuen Termin vereinbart.

Jetzt lief er ins unterste Parkdeck hinunter, schlenderte am Zahlschalter vorbei und ein Stück die Straße entlang – bis dahin, wo der schmale Pfad abzweigte, der zu einer Station des

Krankenhauses führte. Dämmerlicht senkte sich über die Stadt, die Straßenlampen leuchteten auf. So einsam, wie er gehofft hatte, war es auf dem Pfad leider nicht, immer wieder tauchten Leute auf. Bekker ging an der Station vorbei, auf die Stahltür zu, durch die Whitechurch bisher immer gekommen war. Er versuchte, den Türknauf zu drehen. Abgeschlossen.

Ein Blick auf die Uhr. Zwei Minuten vor neun. Whitechurch mußte jeden Augenblick kommen.

Bekker hatte, bevor er losgefahren war, eine von den Angels geschluckt. Ganz schön hart, das Zeug. Putschte ihn auf, als wäre ein Notstromaggregat angesprungen. Setzte eine Menge Energie frei.

Und die Derringer lag in seiner Hand.

Die Tür schwang auf, Whitechurch kam heraus. Als er Bekker sah, fuhr er erschrocken herum.

»Was soll denn das?«

»Wir haben was miteinander zu bereden«, flüsterte Bekker. »Die Sache ist doch komplizierter, als ich dachte.« Er warf einen Blick auf den kachelverkleideten, leeren Flur hinter Whitechurch. »Gehen Sie wieder rein. Dauert nicht lange. Ich halte es für meine Pflicht, Ihnen zu sagen, wie die Dinge stehen.«

Whitechurch nickte und drehte sich um. Während er voran ging, fragte er: »Haben Sie das Geld dabei?«

»Ja.« Bekker streckte ihm einen prall gefüllten Umschlag hin. »Und Sie, haben Sie den Stoff?«

»Hab ich.« Die Stahltür fiel hinter ihnen zu. Wieder drehte Whitechurch sich um. Der Kellerflur war nicht sonderlich hell ausgeleuchtet, aber Neonlicht kann unbarmherzig sein. Whitechurch wollte seinem Kunden schon den Plastikbeutel hinstrecken, als aus seiner Ahnung auf einmal schreckliche Gewißheit wurde. »Sie sind...«, stammelte er und wich stolpernd nach hinten aus. »Sie sind...«

Bekker grinste. »Der wahnsinnige Killer.«

Whitechurch sah sich gehetzt um, suchte nach einem Fluchtweg. Er warf rasch noch einen Blick auf Bekker, machte aber schon den angespannten Eindruck eines Sprinters, der auf den Startschuß wartet. »Hören Sie...«, haspelte er.

»Nein«, sagte Bekker und drückte Whitechurch die Pistolenmündung in den Rücken.

»Nicht! Nein, nicht!« keuchte Whitechurch.

*Nein, nein,* wollte er schreien, aber da hatte Bekker schon abgedrückt. Das Geschoß bohrte sich in den Nackenwirbel zwischen Whitechurchs Schulterblättern. Die Wucht warf ihn nach vorn, er versuchte noch, sich an der gekachelten Wand abzustützen, fand aber keinen Halt, wandte den Kopf und starrte Bekker an.

»Nein, bitte nicht!«

Bekkers Zeigefinger krümmte sich zum zweiten Mal, diesmal traf der Schuß Whitechurch in die Stirn.

Bekker ließ die Derringer in der rechten Hosentasche verschwinden, fischte hastig das Skalpell aus der linken, beugte sich tief nach vorn und zerstörte Whitechurchs tote Augen. Gut, das war erledigt...

Irgendwo weit hinten schlug eine Tür zu. »He!« rief jemand.

Bekker kniff die Augen zusammen. Er konnte niemanden sehen, da war keiner. Er griff nach dem Beutel mit den Drogen, war schon aus der Hocke hoch, als ihm der Umschlag mit dem Geld einfiel, bückte sich wieder, sah, daß der Umschlag halb unter Whitechurchs Körper begraben war, und fing zu zerren an. Wieder hörte er irgendwo eine Tür knallen. Verdammt, er mußte sich beeilen! Und dann war es passiert: Der Umschlag war aufgerissen, Bekker hatte zwar einen dicken Packen Geldscheine zwischen den Fingern, aber zwei, drei waren immer noch unter Whitechurch festgeklemmt.

»He…«

Diesmal war Bekker bereits an der Außentür, als er einen Blick zurückwarf. Die Stimme hatte er deutlich gehört, aber sehen konnte er immer noch niemanden.

Die Stahltür fiel hinter ihm zu. Er zwang sich, nicht zu rennen, es genügte, wenn er seine Schritte beschleunigte. Über den Pfad zurück zur Straße… Sekunden später bog er in den Parkplatz ein, nahm die Treppe, stieg die Stufen hoch.

Und hörte Schritte hinter sich.

Eine junge Frau kam hinter ihm hergerannt. Als sie ihn eingeholt hatte, keuchte sie atemlos: »Warten Sie doch… Ich geh da nicht gern allein hoch – so spät noch. Wenn da oben… Na ja, Sie wissen schon.«

»Ja, ja.«

Sie hatte Angst vor einem Überfall. Spät abends war nur dieser eine Eingang offen. Aber die seitliche Mauerbegrenzung war so niedrig, daß jeder drüberklettern konnte. Ein Blick auf die gesprühten Graffitis an der Mauer genügte, um zu wissen, wie oft das passierte.

»Mein Gott, ist es nicht scheußlich, wenn man einen so schönen Tag im Büro verbringen muß?« plapperte die junge Frau vor sich hin. »Den ganzen Tag nur vor dem Computer hocken!«

Bekker nickte nur. Die wäre richtig gewesen, die hätte er sich greifen können. Jung, aufgeweckt. Eine wie die hätte es vielleicht sogar zu schätzen gewußt, daß ausgerechnet sie ausgewählt worden war. Aber es ging ja nicht, er hatte keine Zeit. Das heißt… Warum nicht? Gleich hier. Jetzt. Einen Schlag auf den Hinterkopf. Mit der Faust. Oder mit dem Pistolenknauf.

Andererseits, wenn er sie verletzte, wenn er womöglich mehrmals zuschlagen mußte, weil sie sich wehrte… Verletzt taugte sie nichts mehr. Das verpfuschte seine ganze Untersuchungsreihe, sämtliche Meßwerte wurden verfälscht.

Er ging langsamer, ließ sie vorbei. Und plötzlich bog sie ab, blieb an der Tür zu ihrem Parkdeck stehen, suchte die Parkfläche ab, drehte sich zu Bekker um und meinte achselzuckend: »Alles in Ordnung, keiner da... Kommt man sich hinterher immer ganz schön albern vor, wie?«

Noch war es möglich. Aber – nein, lieber nicht. *Keine improvisierten Aktionen. Denk daran, wie's das letzte Mal ausgegangen ist. Immer mit der Ruhe, so ein junges Ding läuft einem immer wieder über den Weg.*

Aber irgendwo mußte er sich eine schnappen. Unbedingt. Das war ihm nie so klar gewesen wie in dem Augenblick, als er die junge Frau in ihren Wagen steigen und losfahren sah. Auf einmal spürte er den inneren Zwang.

Er ging die letzten Stufen hinauf, setzte sich in den Volkswagen, fuhr die Rampe hinunter und bog auf die Straße ein. Drüben bei der kleinen Station rannten Leute hin und her, wahrscheinlich hatte schon jemand entdeckt, was passiert war. Bekker hielt nicht an, er nahm einfach keine Notiz davon und fuhr – getrieben von der Idee, sich ein neues Studienobjekt zu holen – auf dem kürzesten Weg nach Hause. In hektischer Eile suchte er alles zusammen, was er brauchte: die Betäubungswaffe, den Behälter mit dem Betäubungsgas, die Maske und die Tragetasche, in der er seine Utensilien zu verstauen pflegte. Schnell einen Griff in den Beutel, den er Whitechurch abgenommen hatte, nur ein bißchen kosten... Er schob sich eine von den Angels zwischen die Zähne. Eigentlich hatte er nur die Hälfte abbeißen wollen, aber dann kamen ihm Zweifel, ob das wohl genügte, und so schluckte er schließlich die ganze Tablette, straffte sich, wartete auf den Energiestoß, der nach einer so starken Dosis unvermeidlich kommen mußte.

Und wanderte wieder ein paar Schritte auf und ab. Zog seine Kreise durch die Souterrainwohnung und dachte nach.

*Infrarot. Ultraviolett. Der Durchbruch.*

Er kannte da eine ganz bestimmte Bar...

Irgendwann später... Das Mädchen, das sich hüftschwingend aus der Hintertür der Bar schob, tänzelnd ein paar Schritte ging, sich räkelnd an die Backsteinmauer lehnte und eine Zigarette anzündete...

Mit der Kundschaft schien es heute nacht nicht weit her zu sein, Männer waren kaum unterwegs. Dafür um so mehr Frauen. Manche zu zweit oder zu dritt, die meisten allein. Leichte Beute.

Das Mädchen an der Backsteinmauer trug Jeans, ein ärmelloses T-Shirt, einen breiten Ledergürtel. Unter dem kurzgeschnittenen dunklen Haar baumelten links und rechts große goldfarbene Ohrringe.

Bekker näherte sich, schlug einen Bogen um den Volkswagen, als ginge der ihn gar nichts an. Was immer er tat, es durfte auf keinen Fall bedrohlich wirken. Die Betäubungswaffe lag schwer in seiner Hand, den Gasbehälter und die Atemmaske verdeckte er mit dem Arm.

»Eine wunderschöne warme Nacht«, sagte er zu dem Mädchen.

Sie lächelte ihm zu. »Ich wette, mit dir könnte sie noch schöner werden.«

Bekker lächelte zurück.

*Na komm, Kleine, komm in mein Hexenhäuschen...*

# 13

»Stimmt was nicht?« fragte Lily.

Kennett rollte sich auf die Seite und schob ihr den Arm unter den Kopf. »Ich komm mir wie ein Invalide vor, wenn wir's so machen. Ich meine, wenn wir's nur noch so machen.«

Die breite Koje war in den Bug des Bootes gebaut, entsprechend spitz lief sie am Kopfende zu. Kennett tastete im Dunkeln nach Lilys Gesicht, fand mit dem Zeigefinger ihre Stirn, dicht unter dem Haaransatz, und ließ den Finger langsam abwärts gleiten... über ihren Nasenrücken, in einem zärtlichen Bogen um ihre Lippen, durch die Mulde zwischen ihren Brüsten, noch einmal zurück, damit die Fingerkuppe sanft ihre Brustwarzen umkreisen konnte, dann rasch tiefer – zu einer Ehrenrunde um den Nabel, über ihre Hüften und an den Innenseiten der Schenkel entlang... Auf dem linken Knie ruhte der Finger schließlich aus.

»Wir... wir müssen es ja nicht tun«, sagte Lily.

»Du vielleicht nicht«, knurrte Kennett, »aber ich brauche es. Wenn ich dich nicht mehr lieben kann, komme ich mir wie eine gottverdammte verschrumpelte Banane vor.«

Sie gab sich Mühe, das Ganze mit einem witzigen Tonfall zu überspielen. »Du bist bloß sauer, weil du nicht willst, daß ich oben bin. Aber du weißt genau, was Fermut gesagt hat.«

»Ach, der Teufel soll die Ärzte holen!«

Fermut, der Kardiologe, hatte Kennett zunächst ganz von Sex abgeraten und sich schließlich widerstrebend auf einen Kompromiß eingelassen: »Aber nur, wenn Ihre Partnerin die anstrengendere Rolle übernimmt...«

»Hör auf ihn, du Dummkopf.« Lily sagte es zärtlich, aber eindringlich. »Alles, was er will, ist dein Leben retten.«

»Mhm«, machte Kennett, wandte den Kopf zur Seite und fuhr sich mit der Hand über die Brust.

»Du gierst nach einer Zigarette, gib's zu!«

»Nein, das ist es nicht. Ich hab nur gerade gedacht... Es liegt gar nicht an den Ärzten, es liegt an mir. Wenn ich bei dir bin und du mich scharf machst, und mein Herz schlägt schneller... Es liegt daran, daß ich dann unwillkürlich hinhöre, wie es klopft und hämmert.«

»Dann sollten wir's lieber ganz lassen. Wenigstens eine Weile«, sagte Lily.

»Nein, das wäre noch schlimmer. Es ist einfach so... Mein Gott, wenn es bloß nicht so schwierig wäre, alles zu erklären! Ich brauche es, ich will mit dir ins Bett. Aber sobald ich mit dir im Bett bin, fange ich an, über mein Herz nachzudenken, und dann ist alles vermasselt. Und wenn wir's dann so machen, daß du oben bist, und ich lieg nur noch da und hab einen Steifen, und du übernimmst den aktiven Part, dann fängt's wieder an, in meinem Kopf zu arbeiten. Ich denke darüber nach, wie es für dich sein muß. Ungefähr, als würdest du's mit einem Toten treiben, wie?«

»Richard, du bist ein Idiot!«

Nach ein paar Sekunden sagte er: »Mein Gott, ich bin froh, daß ich dich habe. Erst konnte ich's gar nicht fassen, daß es so was wie dich überhaupt in unserem Laden gibt. Du bei O'Dell... Ich hab mir gesagt, eine Frau wie Lily, die holt der sich nicht nur in seinen Stab, weil er mit ihr zusammenarbeiten will. Da muß mehr laufen zwischen den beiden.«

»Ach du lieber Gott!« Lily fing zu kichern an, was sich bei ihrer tiefen Stimmlage doppelt komisch anhörte.

»Das hätte ich wohl besser nicht sagen sollen?« Kennett nahm sie in die Arme. »Ich frag mich, wie O'Dell das bei dem Umfang und dem Gewicht überhaupt hinkriegt? Irgendwas muß ihm ja eingefallen sein. Vielleicht fliegt er von Zeit zu Zeit nach Vegas und sucht sich was Molliges für eine Schwergewichtsnummer im Bett? Wie lange mag's wohl her sein, daß er seinen Dicken zum letzten Mal gesehen hat, ohne sich vor den Spiegel zu stellen? Vielleicht ist der schon so unter Bauchfalten versteckt, daß er ihn überhaupt nicht mehr findet?«

»Nun hör aber auf!« Lilys Kichern steckte Kennett an, er lachte mit.

»Natürlich«, prustete er, »mit Davenport ist das bestimmt ganz anders.«

Lily sagte scharf: »Laß das! Das geht zu weit!«

»He!« rief er. »Ich sag das ja nicht aus Eifersucht. Also, zugegeben, ein bißchen eifersüchtig bin ich. Aber irgendwie mag ich den Jungen. Diese ganze Idee, daß wir ihn holen, damit die Medien sich auf ihn konzentrieren und um ihn herumscharwenzeln – ich meine, eigentlich ist das ja idiotisch. Aber es funktioniert. Glaubst du, daß er was mit Barbara Fell hat?«

»Keine Ahnung.« Lily klang immer noch verstimmt.

»Er ist, glaube ich, einer von denen, die nichts anbrennen lassen.«

»Jeder Topf findet seinen Deckel.«

»He, ich hab's ja nicht abwertend gemeint. Ich wundere mich nur, was er ausgerechnet an der Fell findet.«

»Sie ist doch attraktiv.«

»Wenn man den Typ mag, vielleicht«, sagte Kennett. »Mir kommt sie wie eine Rockerbraut vor, die einmal zu oft vom Sozius einer Harley gefallen ist. Wieso hast du die beiden eigentlich zusammengespannt? Sollte das so was wie ein Signal sein? Ein Schlußstrich unter deine und Davenports Vergangenheit?«

»Nein, ach wo. Wir brauchten für ihn einfach einen Partner, der sich in Hehlerkreisen auskennt.«

»Schön und gut, aber Davenport führt doch sowieso überall das große Wort...«

»Stimmt ja gar nicht«, widersprach Lily. »Manchmal sieht's so aus, als wäre reden alles, was er kann. Aber in Wirklichkeit hat er eine Menge Tricks drauf – mehr als du, und du bist weiß Gott der gewiefteste, verschlagenste und hinterlistigste Kerl im ganzen Department. Und ganz nebenbei gesagt: So einfach war das gar nicht, die Medien dazu zu bringen, sich auf ihn zu konzentrieren.«

»Kann ich mir denken.« Kennett streckte die Hand aus, fand Lilys Hüfte und spürte, daß sie sich kühl anfühlte: das Frösteln, das sich einstellt, wenn Schweiß auf der Haut trocknet. »Entweder müssen wir uns zudecken oder uns was ausdenken, wie uns wieder warm wird.«

Lily schob ihm die Hand zwischen die Schenkel. »Oh... Aber meinst du wirklich...?«

Er rutschte zu ihr hinüber, schob ihr einen Arm unter den Nacken und zog sie über sich. »Ja, wirklich. Ich brauche dich. Ohne dich hört mein Herz ganz zu schlagen auf.«

Später, als er schon eingeschlafen war, dachte sie: *Sie bringen es immer wieder fertig, daß man hinterher ein schlechtes Gewissen hat, so oder so...*

## 14

In aller Frühe klingelte das Telefon. Lucas wälzte sich vom Bett, stemmte die Füße auf den Boden, saß einen Augenblick benommen da und griff schließlich nach dem Hörer. »Ja?«

»Was machen die Kopfschmerzen?« Kennett hörte sich an wie jemand, der schon lange auf den Beinen ist.

»Besser«, murmelte Lucas. Sein Blick war noch trübe, trotzdem mußte, wenn ihn nicht alles täuschte, das Gelbe im Fensterrahmen die Morgensonne sein. »Wie spät ist es denn?«

»Sieben Uhr.«

»Großer Gott, um sieben liege ich noch im Tiefschlaf, Mann!« Die Wange tat wieder weh, und als er den Kopf drehte, sah er die Blutflecke auf dem Kopfkissen.

»He, Davenport, wir kriegen einen herrlichen Tag!« Kennett war offensichtlich prächtiger Laune. »Es wird allerdings verdammt heiß werden.«

»Gut, daß Sie mich angerufen haben, besten Dank! Ich hätte sonst glatt aus dem Fenster sehen müssen.« *Was, zum Teufel, war eigentlich los?*

»Irre ich mich, oder haben Sie und Fell gestern mit einem Kerl namens Whitechurch gesprochen? Im Bellevue?«

»Ja – und?«

»Bekker hat ihn sich heute nacht vorgenommen.«

»Was?« Lucas sprang hoch.

»Hat ihn im Kellerflur erschossen. Und anschließend die Augen ausgestochen«, sagte Kennett. »Die Jungens von der Gerichtsmedizin meinen, daß es Bekker gewesen sein muß, ein Nachahmungstäter kriegt das nicht so sauber hin. Und nachdem Sie gestern mit diesem Whitechurch über Bekker geredet haben… Carter hat mir das berichtet. Den hab ich ins Bellevue geschickt, als die Meldung hier eintraf.«

»Ja, stimmt«, bestätigte Lucas. »Aber wir haben nichts aus ihm rausgebracht. Er hat uns einen Haufen Lügen aufgetischt.«

»Wie sind Sie auf Whitechurch gekommen?«

»Durch einen Hehlertip.«

»Smith?« fragte Kennett.

»Nein, eine Frau, etliche Nummern kleiner. Eine gewisse Rose Arnold, irgendwo auf der Lower East Side. Wir werden sie uns noch mal vorknöpfen, aber ich glaube, sie hatte nichts mit Whitechurch zu tun, außer daß sie ihm von Zeit zu Zeit einen Teil seiner Ware abgekauft hat. Warum war eigentlich Bekker bei Whitechurch? Hat er noch mehr medizinische Geräte kaufen wollen?«

»Whitechurch hat mit Dope gehandelt.«

»Ach? Tatsächlich?«

»Ja, wir haben das Zeug in verschiedenen Verstecken gefunden«, sagte Kennett. »Und ich wette, das ist auch die Quelle, aus der Bekker sein Halothan hat.«

»Telefon?«

»Wir haben einen Nachforschungsantrag gestellt. Die Computer der Telefongesellschaft laufen schon auf vollen Touren. Sie verfolgen sämtliche Anrufe zurück, die Whitechurch in den beiden letzten Monaten hatte, bei ihm zu Hause und auf seinem Apparat im Krankenhaus.«

»Das muß was bringen«, meinte Lucas. »Wenn Sie Bekker finden, lassen Sie's mich wissen. Ich will dabeisein, wenn Ihre Jungens ihn stellen. Sie erreichen mich über Barb Fell, sie hat einen Beeper.«

»So schnell wird daraus nichts, fürchte ich«, sagte Kennett.

»Mal sehen. Ich setze mich jetzt mit Fell in Verbindung, und dann nehmen wir uns noch mal die Hehlerin vor. Was ich verdammt nicht verstehe: Wieso hat Whitechurch diesen Scheißkerl Bekker gedeckt? Das müssen wir irgendwie rauskriegen.«

Lucas rief Barb Fell an und erzählte ihr, was vorgefallen war.

Sie hörte sich irgendwie kleinlaut an: »Haben wir was falsch gemacht?«

»Ach wo, wir haben ja bloß ganz vorsichtig bei ihm angetippt, Bekker kann keine Ahnung gehabt haben, daß das was mit ihm zu tun hat. Kennetts Leute kümmern sich darum. Wir beide müssen noch mal zu dieser Rose Arnold. Sind Sie schon auf den Beinen?«

»Von wegen, ich sitze pudelnackt auf dem Bett und schlafe noch halb.«

»Hört sich gut an«, sagte Lucas. »Wenn Sie zufällig einen ordentlichen Kaffee und ein Croissant anzubieten haben, bin ich sofort da.« Und, weiß der Teufel, von irgendwoher tauchte plötzlich Barb Fells Aktfoto vor seinem geistigen Auge auf.

»Sie sind ein Scheißkerl, Davenport«, sagte sie lachend. »Aber wenn Sie schon auf den Beinen sind, schwingen Sie sich doch ins Taxi. Bis Sie hier sind, steh ich schon vor der Haustür.«

»Nein, kommen Sie lieber zu mir. Ich bin selber noch nicht richtig wach. Und...«, er tastete vorsichtig nach seiner lädierten Wange, »...rasieren muß ich mich auch noch.«

»Okay, sehen Sie zu, daß Sie fertig werden.«

Als Fell schließlich kam, trug sie ein eng auf Taille gearbeitetes blaues Baumwollkleid mit kleinen Blumen und schwarze Schuhe mit halbhohen Absätzen – Zoll für Zoll das Mädchen aus Moline in Illinois.

»Sie sehen hinreißend aus«, sagte Lucas, als er zu ihr ins Taxi stieg.

Sie wurde rot und verschanzte sich hinter der Frage: »Fahren wir direkt zu Rose Arnold?«

»Heißt das, daß Sie nicht mit mir drüber sprechen wollen, wie hinreißend Sie aussehen?«

»Davenport, seien Sie so nett, und lassen Sie den Quatsch, ja?« fertigte sie ihn ab.

»Für Sie tu ich doch alles...«, sagte er. Das mit dem leise, fast nur gehauchten ›Schnuckelchen‹, das er drangehängt hatte, konnte sie nicht gehört haben.

Hatte sie aber doch. »Was? Was haben Sie gerade gesagt?«

»Nichts«, versicherte er mit Unschuldsmiene.

Sie sah ihn aus zusammengekniffenen Augen an. »Freundchen, das war hart an der Grenze.«

Rose Arnold starrte sie erschrocken an. »Weil Sie mit ihm geredet haben.« Sie pumpte mit den Lippen wie ein Fisch auf dem Trockenen. »Deshalb ist er umgebracht worden.«

»Nein«, widersprach Lucas, »weil er so dumm war, Bekker decken zu wollen, und weil er das Arschloch auch noch angerufen hat, um ihm brühwarm zu erzählen, daß wir da waren. Bekker kennt mich. Er wollte kein Risiko eingehen.«

»Na schön, von mir aus. Aber was wollen Sie noch von mir? Ich hab Ihnen schon alles erzählt.«

»Wie haben Sie mit Whitechurch Verbindung aufgenommen, wenn Sie was von ihm wollten?«

»Ich hab nie was von ihm gewollt. Wenn er was hatte, hat er's mir gebracht. Was ich brauchen konnte – okay. Aber dieses Zeug aus dem Krankenhaus, damit kann ich nichts anfangen. Ich kann nur Sachen brauchen, die ich billig loswerde. Kleidung, Schmuck und mal 'n paar Telefone. So 'n typischer Krankenhauskram und so... Da hätte ich gar nicht gewußt, an wen ich das weiterverkaufen soll.«

Barb Fells Zeigefinger schoß auf sie zu. »Und die Sache mit Simpson-McCall? Vor zwei Monaten war das, nicht wahr?«

Rose Arnold sah weg. »Davon weiß ich nichts.«

Fell musterte sie mißtrauisch, dann erklärte sie Lucas: »Eine Maklerfirma, die in einen Neubau umgezogen ist. Sollte alles übers Wochenende abgewickelt werden, damit kein Arbeitstag verlorengeht. Also sind die ganze Nacht Lastwagen hin und her gependelt – mit Akten, Computern, Möbeln, Telefonen und so weiter. Nur, ein paar von den Lastwagen hatte die Firma gar nicht bestellt. Die waren auf eigene Rechnung unterwegs, haben aufgeladen und sind auf Nimmerwiedersehen verschwunden. Zum

Beispiel mit sechshundert nagelneuen Telefonen, lauter teure Zweieranlagen. Und fünfzig Northgate Computer waren weg, auch nagelneu, sogar noch originalverpackt.«

»Wirklich?« fragte Rose Arnold irritiert. »Computer?«

Fell nickte, und Lucas kam noch einmal auf seine Frage zurück. »Mal angenommen, Sie hätten Whitechurch doch aus irgendeinem Grunde erreichen müssen? Was dann?«

Rose Arnold hob die Achseln. »Na, was schon? Wußte doch jeder, daß er im Krankenhaus arbeitet. Allerdings immer nur in der Nachtschicht. Ich hätte ihn eben angerufen.«

»Hatte er einen eigenen Apparat?«

»Woher soll ich das wissen? Ich hab ihn ja nie angerufen.«

»Hat er...«

Barb Fells Beeper tönte dazwischen. Sie zog ihn aus der Tasche, studierte die Anzeige und fragte Rose Arnold: »Wo ist das Telefon?« Zu Lucas sagte sie: »Ich wette, sie haben ihn.«

Rose Arnold zeigte zum Verkaufstresen. »Ganz hinten.«

Während Barb Fell die Nummer der Signalgeberanzeige ins Telefon tippte, fragte Lucas weiter die korpulente Hehlerin aus: »Hat er mit jemandem zusammengearbeitet?«

»O Mann«, stöhnte Rose Arnold auf, »mich hat nur interessiert, ob er Schnäppchen anzubieten hat. Zum Beispiel Telefone für vier Dollar das Stück. Bleistifte und Kugelschreiber, natürlich kartonweise. Kopierpapier. Waschmittel – und so. Woher er das Zeug hatte, weiß ich nicht. Ich hab auch nicht lange danach gefragt. Und das ist alles, was ich Ihnen sagen kann.«

»Hallo?« hörte Lucas Barb Fell ins Telefon sagen. »Haben Sie mich eben gerufen?« Und dann war ihre Stimme auf einmal nur noch ein Hauch. »Großer Gott. Und wo ist das? Aha. Ja, okay.« Sie legte auf, ihr Blick irrte zu Lucas herüber. »Bekker hat wieder jemanden umgebracht, eine junge Frau. Zehn Minuten von hier – zu Fuß.«

Jetzt war es Lucas' Zeigefinger, der auf Rose Arnold losschoß. »Haben Sie das gehört? Denken Sie über Whitechurch nach. Und wenn Ihnen was einfällt – egal, was es ist, rufen Sie uns sofort an.«

»O Mann, ich sag Ihnen doch, da ist nichts, was mir...«

Aber da war die Tür schon hinter Barb Fell und Lucas ins Schloß gefallen.

Vorn an der Prince sperrten Uniformierte die einspurige Zufahrtsstraße ab, neugierige Gaffer sollten gar nicht erst bis zum Fundort der Leiche vordringen können. Barb Fell und Lucas zückten die Dienstausweise. Kennett und zwei andere Männer in Zivil standen vor einem Haus und starrten in einen Fensterschacht.

»Dieser gottverdammte Irre«, sagte Kennett, als er Fell und Lucas kommen sah. Seine Hände umklammerten das Geländer über dem Schacht, die Knöchel schimmerten weiß.

Lucas warf einen Blick nach unten. Die Männer von der Mordkommission hatten eine Leiter hinuntergelassen. Tief unten im Betonschacht lag die Tote: nackt und seltsam verrenkt wie eine Schaufensterpuppe.

»Steht fest, daß es Bekker war?« fragte Lucas.

»Ja. Aber es ist anders als sonst. Er hat sie praktisch abgeschlachtet. Irgendwie sieht es nicht nach seinen sogenannten wissenschaftlichen Studien aus, eher... Ich weiß auch nicht, eher nach einem Lustmord.«

»Und die Augen?«

»Ausgestochen. Alle typischen Bekker-Merkmale, sagt der Arzt. Die Lider wurden vorher wegoperiert. Fachmännisch. Der Saukerl hat seine eigene unverwechselbare Handschrift.«

»Wie lange liegt sie schon dort unten?« fragte Fell.

»Nicht lange. Höchstens ein paar Stunden. Ich würde mal

sagen, er hat sie kurz vor Morgengrauen in den Schacht geworfen.«

Lucas fragte: »Konnte sie identifiziert werden?«

»Nein.« Kennett schielte zu Fell, die sich eine Zigarette ansteckte. »Darf ich bei Ihnen eine schnorren?«

Fell schüttelte nur, ohne ihn anzusehen, den Kopf. »Nein.«

»Verdammt noch mal.« Kennett schob zwei Finger unters Hemd, fuhr sich kratzend über die Herzgegend. Plötzlich hörte er auf, zog die Finger zurück, musterte sie mit einem mißbilligenden Blick und ließ die Hand in der Jackentasche verschwinden. »Wenn ich eines hasse, sind's die Leute, die es dauernd gut mit einem meinen.«

Lucas sah zu, wie die Männer von der Mordkommission die Leiche herumrollten. »Was Neues über Whitechurchs Telefonkontakte?«

Kennett runzelte die Stirn. »Sie werden es nicht für möglich halten, Davenport: Da haben wir es eindeutig mit einem Dealer zu tun, und dann stellt sich heraus, daß der Kerl so gut wie nie angerufen wurde. In seiner Wohnung ganze sechs Anrufe im letzten Monat. Im Krankenhaus wäre es denkbar, daß er das Telefon im Zentralbüro, unten im Wirtschaftsbereich, benutzt hat. Aber sein Chef sagt, das hätte ihm auffallen müssen.«

Fell vermutete: »Wahrscheinlich hat er einen Beeper benutzt.«

Kennett schüttelte den Kopf. »Dann hätten wir den gefunden.«

»Das ist doch ausgemachter Blödsinn«, schimpfte Lucas vor sich hin. »Er hat gedealt, das steht doch fest?« Und als Kennett nickte: »Dann muß er auch ein Telefon benutzt haben. Wir haben bloß noch nicht rausgefunden, welches.«

»Carter und seine Männer fragen gerade drüben im Bellevue die Angestellten aus, die irgendwas mit Whitechurch zu tun hatten. Wäre vielleicht gut, wenn Sie mal rüberfahren und zuhören«, sagte Kennett. »Sie beide…« Sein Blick pendelte von Lucas zu Fell. »Sie sind die einzigen, die in der Sache bis jetzt etwas Brauchbares rausgefunden haben.«

Die Männer von der Mordkommission zogen die Leiche aus dem Fensterschacht. Der Kopf der Frau tauchte auf, leere weiße Augenhöhlen starrten Kennett, Fell und Lucas an.

»Oh, Scheiße…« Fell fing zu würgen an, kauerte sich schnell zu Boden, spuckte ihr Frühstück aufs Kopfsteinpflaster.

»Geht's wieder?« Lucas stand hinter ihr, legte ihr beruhigend die Hand auf den Rücken.

Sie kam hoch. »Ja. Tut mir leid. Aber das mit den Augen… Das hat mich einfach geschafft.«

Ein paar Minuten später lag die Tote auf dem Boden vor dem Geländer. Zwei Männer wollten die Leiche mit einem Tuch abdecken, aber Kennett gab ihnen einen Wink, noch zu warten. »Ich will sie mir ansehen. Wenn ich schon nicht mehr mit nach unten kann…«

Er und Lucas kauerten sich neben die Tote. Das Gesicht der jungen Frau war wie aus weißem Marmor gemeißelt, Schmerz und Qual hatten sich tief in ihre Züge gegraben. Der Knebel aus Hartgummi war, wie schon bei den früheren Fällen, mit zwei Drahtschlaufen hinter den Ohren befestigt. Die Spuren deuteten darauf hin, daß Bekker den Draht mit einer Kneifzange festgezurrt hatte.

»Der Scheißkerl!« Lucas beugte sich tiefer über die Tote und inspizierte die Hautpartie hinter dem linken Ohr aus nächster Nähe. »Drehen Sie bitte den Körper ein Stück zur Seite«, bat er die beiden Männer, die mit dem Abdecklaken bereitstanden. Dann zog er einen Kugelschreiber aus der Hemdtasche, gab Kennett einen Wink und deutete mit der Mine auf zwei kleine ovale Verfärbungen im Nacken der Toten.

»Haben Sie so was schon mal gesehen?« fragte er Kennett.

Der kniete neben Lucas, Fell beugte sich über seine Schulter, auch die beiden anderen Detectives versuchten einen Blick zu erhaschen. »Sieht aus wie zwei winzige Brandmale«, meinte Kennett kopfschüttelnd, »oder wie ein Schlangenbiß.«

»Nur beinahe«, sagte Lucas. »Die Spuren stammen von einer Betäubungswaffe. Sie wissen, was ich meine: diese Elektroschockdinger, die man zur Selbstverteidigung benutzen kann. Die Cops in St. Paul sind damit ausgerüstet, ich hab mir dort mal eine Lehrvorführung angesehen. Wenn man jemandem die beiden Schockpole länger als ein, zwei Sekunden auf die bloße Haut drückt, entstehen genau diese kleinen Brandmerkmale.«

Barb Fell sah ihn an. »Deshalb hat es nie einen Kampf zwischen ihm und seinem Opfer gegeben.«

Lucas nickte. »Er hat sie mit dem Elektroschock wehrlos gemacht und ihnen dann erst die Maske mit dem Gas aufs Gesicht gedrückt.«

»So was gibt's sicher nicht an jeder Straßenecke zu kaufen«, meinte Kennett. »Also müßte sich feststellen lassen, woher er das Ding hat.«

»Das kriegt man in Spezialgeschäften für Polizeizubehör«, sagte Lucas, »oder beim Waffenhändler. Ich hab sogar schon Anzeigen von Versandgeschäften gesehen, die so was anbieten.«

Kennett drückte sich hoch, rieb sich den Sand von den Händen und legte – wie einer, der einen flehentlichen Blick zum Himmel richtet – den Kopf in den Nacken. »Tu mir den Gefallen, lieber Gott, laß mich den Bestellzettel finden. Und die Adresse, an die das Ding geliefert worden ist, hörst du?«

Auf der Fahrt zum Bellevue hatten Barb Fell und Lucas die Fenster im Taxi heruntergekurbelt; Hitze, Auspuffgase und der süßliche Popcorngeruch, der über der Stadt hing, wehten zu ihnen herein. Barb Fell mahlte mit den Kiefern, offenbar nagte irgendein Ärger in ihr.

»Bekker?« fragte Lucas.

»Die Tote«, sagte sie. »Mein Gott, ich wünsch mir wirklich, daß Robin Hood den verdammten Kerl erwischt.«

Lucas sah sie verblüfft an. »Wer? Robin Hood?«

»Ach, vergessen Sie's.« Sie sah weg.

»Nein, raus damit – wer ist Robin Hood?«

»Ach, das ist nur Gerede.« Sie kramte in ihrer Tasche nach einer Zigarette. »Angeblich gibt's einen, der weiß, wo die Ratten in New York ihre Löcher haben.«

»Sie meinen, einen, der auf eigene Faust Ordnung schafft?«

Sie grinste. »Fällt Ihnen was ein, wie man auf andere Weise hier Ordnung schaffen soll? Es wird gemunkelt, daß Cops dahinterstecken. Aber meiner Meinung nach ist das Blödsinn. So hätten's die meisten gern. Antworten, die ihnen gefallen, halten die Leute schnell für die Wahrheit.«

»Aha.«

Sie zündete die Zigarette an, hustete, sah aus dem Fenster.

Whitechurch war Schichtführer im Wirtschaftstrakt des Krankenhauses gewesen, rund ein Dutzend Leute hatten in seiner Schicht unter ihm gearbeitet, die Zusammenarbeit solcher Trupps wechselte allerdings häufig. Die Hauptaufgabe bestand darin, im eigentlichen Krankenhausbereich, also vom dritten bis zum elften Stock, kleine Reparaturen durchzuführen.

Barb Fell und Lucas trafen Carter im Aufenthaltsraum der Angestellten, drei Detectives führten gerade Befragungen durch. »Verdammt genau der Traumjob, den einer braucht, wenn er lange Finger machen will«, sagte Fell zu Carter.

Carter nickte. »Oder wenn er dealt.« Er warf einen Blick auf seine Liste. »Als nächster ist Jimmy Beale dran. Mein Gott, das Ganze kotzt mich allmählich an.«

»Kann ich Ihnen nachfühlen«, sagte Lucas und ließ den Blick über das verstörte Häuflein der Mitarbeiter aus dem Wirtschaftsbereich schweifen, die darauf warteten, daß einer der Detectives ihren Namen aufrief.

Beale wußte gar nichts. Und bei allen, die nach ihm kamen, war es genauso. Barb Fell paffte nervös eine Zigarette nach der anderen, verschwand, als die Packung leer war, auf dem Flur und zog eine neue. Schon an der Tür zündete sie sich wieder die erste Zigarette an.

»Verdammt noch mal, Mark... Sie heißen doch Mark?« blaffte Carter gerade ein schmächtiges, hochaufgeschossenes Pickelgesicht an, »so kommen wir keinen Schritt weiter! Ich kann einfach nicht glauben, daß hier einer klauen kann, was ihm unter die Finger kommt, und kein Aas merkt was. Und ich kann mir auch nicht vorstellen, wie jemand im Krankenhaus mit Dope dealen will, ohne daß die anderen was mitkriegen.«

Mark nickte nervös, sein Adamsapfel hüpfte hektisch. »Mann, Sie wissen nicht, wie das hier läuft. Ich komm rein, und er sagt: He, Mark, schwing dich mal hoch zu 441 D, da muß der Türknauf ausgewechselt werden, und dann guck dir auch gleich den Trinkwasserspender im sechsten Stock an, da soll was undicht sein... Ich hab meine Anweisungen von ihm gekriegt, aber deswegen haben wir ja nicht dauernd Händchen gehalten.«

Als der Hagere gegangen war, meinte Lucas: »Angeblich weiß also keiner was. Kaufen Sie den Leuten das ab?«

»Den meisten, ja«, antwortete Carter. »Ich glaube nicht, daß er seinen Drogenhandel hier im Krankenhaus betrieben hat. Und wenn einer klaut, redet er ja nicht groß darüber. Sie wissen doch, wie das ist: Wenn sich irgendwann einer einmischen und mit absahnen will, gibt der Dealer der Polizei einen Tip und hat sein Revier wieder für sich.«

»Trotzdem, irgend jemand muß etwas wissen«, sagte Barb Fell hartnäckig. »War das der letzte?«

»Mark war der letzte«, bestätigte Carter.

Und genau in diesem Augenblick schob sich ein weißhaariger Lockenkopf durch den Türrahmen – eine ältere Frau. »Sind Sie die Polizei?« fragte sie zaghaft.

»Ja, kommen Sie ruhig rein«, machte Lucas ihr Mut. »Was können wir für Sie tun?«

Sie kam ein paar Schritte näher. »Ich hab gehört...« Sie sah sich nervös um. »Sie sollen gefragt haben, ob Lew einen Beeper oder ein Funkgerät gehabt hat?«

»Ja, danach haben wir gefragt. Wer sind Sie?«

»Ich heiße Dotty – äh, Dotty Bedrick, ich bin unten in der Wäscheabteilung?« Bei ihr klang jeder Satz wie eine Frage. »Ja – und letzte Woche, da hat Lew irgendwas an einer Rohrleitung repariert, und da ist er mit der Hose hängengeblieben, und die hatte auf einmal einen Riß?«

»Mhm, mhm«, machte Lucas.

»Na ja, und weil ich doch gerade da war...? Ich meine, jeder weiß ja, daß ich ganz geschickt bin mit Nadel und Faden? Und da hat er die Hose ausgezogen...« Der Singsang hörte auf, sie fing zu haspeln an: »Ich meine, er hatte natürlich Boxershorts drunter – und obenrum nur 'n T-Shirt. Ich hab doch die Hose in der Hand gehabt, darum weiß ich das ganz genau. Er hatte nur den Geldbeutel einstecken und seinen Schlüsselbund und 'n paar Münzen, sonst nichts. Keinen Beeper oder so was.«

Lucas nickte ihr zu. »Ja, besten Dank auch. Das hat uns ein gutes Stück weitergebracht.«

Aber für Dotty Bedrick war die Sache damit noch nicht erledigt. »Warum war das denn so wichtig für Sie?«

Lucas schmunzelte. Sieh mal an, eine Miss Marple.

»Wir glauben... Das haben Sie ja sicher auch schon gehört: Wir glauben, daß er ein Dealer war. Und wenn er die Finger im Drogengeschäft hatte, müssen seine Kunden eine Möglichkeit gehabt haben, ihn irgendwie telefonisch zu erreichen.«

»Tja«, sagte Dotty Bedrick, »da war was – das ist mir immer komisch vorgekommen...«

Sie machte es offenbar gern spannend und wollte sich die Informationen scheibchenweise entlocken lassen. Lucas tat ihr den Gefallen. Er schob das Jackett zurück, stemmte die Hände in die Hüften, hoffte, daß er jetzt ungefähr so aussah wie die Cops im Fernsehen, und fragte: »So? Was denn?«

»Da werden doch dauernd die Namen von den Ärzten aus den Lautsprechern aufgerufen. Und wenn so 'ne Durchsage war, ist er jedesmal stehengeblieben und hat genau hingehört. Und zweimal... Oder war's dreimal? Also, da hätte man fast denken können, er wäre aufgerufen worden. Hört einen Namen und rannte los. Dabei war er doch gar kein Doktor.«

»Der Mistkerl«, stöhnte Carter. Er drehte sich zu Barb Fell und Lucas um. »Das war's.«

»Wie – das war's?« fragte Dotty Bedrick verdutzt.

Carter lächelte ihr zu. »Ganz einfach: Das war's. Kommt nicht oft vor, daß einem jemand, der nicht vom Fach ist, so schnell auf die Sprünge hilft.«

Barb Fell entschloß sich, im Bellevue zu bleiben, um der Sache weiter nachzugehen, Lucas wollte lieber nach Midtown South zurückfahren.

»Sie scheinen nicht zu glauben, daß an dem Tip was dran ist?« fragte sie.

»Doch«, sagte er, »kann schon sein. Aber was soll das jetzt noch bringen? Whitechurch ist tot...«

Sie ließ sich nicht beirren. »Ich bleibe trotzdem. Es ist der einzige Anhaltspunkt, den wir haben.«

Ja, dachte Lucas, mehr haben wir nicht. Da waren wir nun endlich auf den Kerl gestoßen, der Bekker mit Drogen versorgt hat, und ein paar Stunden später bringt der Mistkerl ihn um – praktisch vor unserer Nase. Hilft nichts, sich was vorzumachen, irgendwie haben wir das Ding doch vermasselt.

In Midtown South hörte er schon vom Flur aus Kennett toben. »Ich weiß, daß es eine heiße Spur ist, aber das interessiert mich nicht die Bohne. Ich will nicht, daß ihr die Nase in irgendwelche gottverdammten Akten steckt, ich will euch draußen auf der Straße haben. Jeder beschissene Junkie muß kapieren, daß wir der Sippschaft den Krieg erklärt haben. Also – raus mit euch, alle Mann, nehmt die Dealer in die Mangel. Einer von denen muß wissen, wo der Scheißkerl sich verkrochen hat.«

Lucas lümmelte sich an den Türrahmen. Sieben Detectives saßen betreten im Halbkreis, Kennett thronte mit hochrotem Gesicht auf der Stirnseite. Als er Lucas entdeckte, knurrte er ungnädig: »Ich hoffe, Sie bringen was Gutes.«

»Haben Sie schon mit Carter gesprochen?« fragte Lucas.

»Bin noch nicht dazu gekommen. Hab hier einen Zettel, daß ich ihn zurückrufen soll. Was gibt's denn?«

»Eine nette alte Dame hat uns klargemacht, wie das mit Whitechurchs Telefonkontakten gelaufen ist.«

»Das hab ich gern«, murmelte einer der Detectives.

»Vermutlich hatte er mit seinen Kunden Codenamen vereinbart. Wenn einer der Kunden ihn sprechen wollte, hat er die Vermittlung gebeten, das Gespräch an Dr. Soundso weiterzugeben. So was kommt in einem Krankenhaus wie dem Bellevue dauernd vor, und da die Ärzte ja die meiste Zeit nicht am Schreibtisch sitzen, rufen die Mädchen in der Vermittlung sie der Einfachheit halber gleich über die Lautsprecheranlage auf.

Whitechurch brauchte nur den nächsten Telefonhörer abzunehmen und sich mit dem Codenamen zu melden.«

»Ein raffinierter Hund«, knurrte Kennett. Er fuhr sich mit der Hand durchs Haar, schaffte aber nur Unordnung: eine besonders widerspenstige Strähne ragte wie ein Hahnenkamm nach oben. »Carter kümmert sich darum?«

»Ja, er und ein paar andere. Auch Fell ist drüben geblieben.«

Das schien Kennett gar nicht in den Kram zu passen, aber er hatte seinen Ärger schnell hinuntergeschluckt. »Noch was?«

»Nein, ich bin ja noch nicht mal mit den Akten durch«, sagte Lucas. »Aber – hören Sie, mir ist auf dem Weg hierher eine Idee gekommen. Wir sollten die Sache ganz anders angehen. Ihre Leute verfolgen jede noch so vage Spur, aber inzwischen haben wir ja wohl alle begriffen, wie schwierig es ist, Bekker zu finden. Wo er sich versteckt hält, wie er zu Geld kommt... Wir haben es praktisch mit einem Fremden zu tun. Deshalb hab ich mir überlegt, daß ich mich mal mit denen unterhalten sollte, für die er kein Fremder war.«

»Mit wem – zum Beispiel?«

»Mit den Jungens, die mit ihm im Knast waren. Ich müßte wahrscheinlich für ein paar Tage zurück nach Minneapolis, um die Burschen aufzutreiben, die im selben Trakt waren wie er. Kann sein, daß er mal was über seine Pläne ausgeplaudert hat oder daß ihm einer aus der Nachbarzelle einen Tip gegeben hat, wie man am einfachsten untertauchen kann.«

»Hört sich nicht schlecht an«, sagte Kennett. Und nachdem er – wieder mit der kratzenden Handbewegung über der Herzgegend – einen Augenblick nachgedacht hatte: »Ist vielleicht ein bißchen weit hergeholt und hat den Nachteil, daß wir hier eine Weile auf Sie verzichten müssen... Ich sag Ihnen was, stekken Sie heute erst mal die Nase weiter in die Akten. Vielleicht fällt Ihnen ja auch noch was zu Whitechurchs Telefonkontakten ein. Übermorgen ist dann der Vortrag. Wenn wir danach immer noch nicht weitergekommen sind, reden wir noch mal über Ihre Idee. Haben Sie übrigens unsere Kunstwerke schon gesehen?«

»Kunstwerke?«

Kennett gab einem der Detectives einen Wink, der streckte Lucas einen braunen Umschlag hin.

Ein paar Farbfotos acht mal zehn, Whitechurch tot auf dem Flur im Kellertrakt des Krankenhauses. Blutspuren auf der gekachelten Wand hinter ihm, eine Blutlache unter dem Hinterkopf. Und seitlich, halb unter dem Toten festgeklemmt, ein Zwanzig-Dollar-Schein.

»Was ist das für Geld?« fragte Lucas.

»Offensichtlich haben sie, als Bekker ihn erschossen hat, um das Geld gestritten«, sagte der Cop, der Lucas den Umschlag gegeben hatte. »Einer vom Schließpersonal hat den Schuß gehört. War zum Glück nicht so dumm, gleich hinzulaufen, hat nur laut gerufen. Als sich nichts mehr rührte, hat er Whitechurch tot auf dem Boden gefunden und gehört, wie die Außentür zufiel. Bekker muß, ehe er weggerannt ist, zusammengerafft haben, was er von dem Geld erwischen konnte.«

Lucas starrte auf die Fotos. »Die Augenlider hat er ihm nicht weggeschnitten«, murmelte er. Von den Blutspuren abgesehen, lag Whitechurch da wie einer, der seinen Rausch ausschläft.

»Wie denn auch? Er hatte nur Zeit, ihm das Skalpell in die Augäpfel zu bohren und Whitechurch das Geld abzunehmen – und die Drogen, falls er welche bei sich hatte. Auf einem der zurückgebliebenen Geldscheine wurden übrigens Fingerabdrücke gefunden. Bekkers Fingerabdrücke, eindeutig.«

Kennett wurde ungeduldig und gab das Zeichen zum Aufbruch. »Okay, los geht's!« Die Detectives schoben sich stumm von ihren Stühlen hoch und trotteten kopfschüttelnd zur Tür.

Sehr glücklich schienen sie mit Kennetts Auftrag nicht zu sein. »Schärft euren Leuten ein, sie sollen die Schutzwesten anlegen. Ihr werdet da draußen auf einige Burschen stoßen, die verdammt gereizt sind.«

Huerta blieb im Vorbeigehen kurz hinter Kennett stehen, fuhr ihm mit der Hand übers Haar und glättete die Tolle, die sich immer noch widerspenstig nach oben reckte.

»He, was soll das?« knurrte Kennett.

Huerta sagte grinsend: »Ich streich dir nur die Indianersträhne glatt. So 'n Wuschel weißes Haar – steil nach oben gereckt, das sieht ja aus wie 'n ausgebleichter Hahnenkamm. Ich meine, nichts gegen weiße Haare und Falten, irgendwann werden wir alle alt...«

»Ja, du auch, Huerta«, rief ihm Kennett lachend nach. »Verpiß dich, du Blödmann.«

Lucas starrte auf Kennetts weiße Mähne.

Kennett fuhr sich mit gespreizten Fingern durchs Haar, schielte hoch und fragte: »Ist was?«

»Ein ausgebleichter Hahnenkamm?« fragte Lucas.

»Arschloch«, knurrte Kennett.

»Dasselbe sagen Ihre Jungens wahrscheinlich gerade von Ihnen, weil Sie sie raus auf die Straße jagen.«

Kennett verzog das Gesicht. »Weiß ich selber. Mein Gott, bei der Affenhitze den Junkies einheizen... Die Kerle sind sauer, und meine Cops werden sauer, und irgendwann fängt einer zu ballern an...«

»Aber mir würde auf Anhieb auch nicht viel einfallen, was Sie sonst tun könnten«, meinte Lucas. »Jetzt hilft nur noch, überall mächtig Druck zu machen. Nachdem bei Whitechurch nichts mehr zu holen ist, muß Bekker sich einen neuen Dealer suchen.«

Eine Stunde später, als er auf seinem Bett im Lakota-Hotel lag, mußte Lucas an Huertas Vergleich mit dem ausgebleichten Hahnenkamm denken. An das weiße Haar – und daran, daß wir alle alt werden…

Da steht einer zufällig an einer Straßenecke herum. Und vor seinen Augen geschieht ein Mord. Ein Wagen kommt angeprescht, und drin sitzt – das sagt der Augenzeuge jedenfalls später – einer, der schon ziemlich alt ist, ein Weißer. Wieso war Cornell Reed auf den Gedanken gekommen, der Mann im Wagen müsse ziemlich alt gewesen sein? Er konnte ihn doch nur ganz kurz gesehen haben. Aber das schlohweiße Haar…

Und dann das, was Mrs. Logan erzählt hatte, die alte Dame, der das Apartment unter Pettys Wohnung gehörte…

Bei Kennett stimmte alles. Viele Jahre Intelligence-Erfahrung. Inzwischen in einer Position, in der er Zugang zu allen möglichen Insiderinformationen hatte. Einer, der zupacken konnte und bei seinen Leuten allgemein beliebt war. Ein Mann mit Charisma. Und mit weißen Haaren.

Kennett schlief mit Lily. Spielte das vielleicht auch eine Rolle dabei? Wie war es dazu gekommen, daß sie zu einem ins Bett kroch, der zum Kreis der Verdächtigen gehören konnte? Was folgerichtig zu der Frage führte, ob Lucas wirklich nur zufällig in Kennetts unmittelbarer Nähe gelandet war oder ob jemand da ein bißchen nachgeholfen hatte?

O'Dell? Oder Lily? Oder beide?

Er griff nach dem Filzschreiber und fing an, auf der weißen Rückseite des nächsten Blattes aus seinem Kunstdruckkalender eine neue Liste zusammenzustellen:

1. Cornell Reed…

# 15

Lucas hatte im Hotelzimmer alle Lampen ausgeschaltet, nur durch die Badezimmertür, die einen Spalt weit offen stand, fiel schwacher Lichtschimmer. Er lag – halb eingedöst – auf dem Bett, als das Telefon klingelte.

»Ich bin unten in der Lobby«, teilte ihm Barb Fell mit. »Wollen wir irgendwohin essen gehen?«

»Was Neues aus dem Bellevue?« fragte Lucas zurück.

»Erzähl ich Ihnen nachher.«

»Zehn Minuten«, versprach er.

Eine Viertelstunde wurde dann doch daraus. Er rasierte sich, was auf der verletzten Seite einige Mühe und Zeit kostete, putzte die Zähne, duschte, zog ein frisches Hemd an und tupfte sich ein paar Spritzer After-shave ins Gesicht. Als Fell ihn unten in der Lobby in Augenschein nahm, stellte sie fest: »Großartig. Neben Ihnen komme ich mir direkt wie ein Putzlumpen vor.«

»Sie sehen gut aus«, schwindelte er. Sie sah erschöpft aus, mit dunklen Ringen unter den Augen. Das Kleid, das er heute morgen bewundert hatte, hing ihr zerknittert um die Schultern. »Ich kenn einen Italiener, gleich um die übernächste Ecke. Nichts besonders Großartiges, aber ganz nett.«

»Je einfacher, desto besser«, sagte sie beim Hinausgehen. »Daß ich Sie ausgebootet und mit Kennett weitergemacht habe... Nehmen Sie's nicht krumm, ja? Bei dem Fall geht's für mich um eine Menge. Und Mrs. Bedrick war ja mein Zufallstreffer. Gut – unserer. Aber ich wollte unbedingt die Lorbeeren ernten.«

Lucas nickte. »Kein Problem.« Und ein paar Schritte weiter meinte er: »Sehr glücklich hören Sie sich allerdings nicht an.«

»Bin ich auch nicht. Das Bellevue ist ein einziges Rattennest.

Die haben dort ein Durchwahlsystem, die Rückverfolgung der Anrufe ist die reinste Sisyphusarbeit. Unsere einzige Chance ist, diejenige zu finden, die den falschen Arzt ausgerufen hat. Oder jemanden, der bezeugen kann, daß sie's getan hat. Macht alles in allem rund zweitausend Verdächtige.«

»Irgendeine Möglichkeit, das einzugrenzen?«

»Vielleicht. Wir sind dabei, Druck zu machen. Kennett hat mit einem jungen Staatsanwalt einen Deal abgesprochen. Und jetzt haben wir allen klargemacht: Mitarbeit oder Anklage. Wenn wir gezwungen sind, selbst herauszufinden, wer Whitechurchs Telefonpartner waren, ist diejenige, die dabei mitgemischt hat, wegen Beihilfe zum Mord dran. Wenn sie sich aber freiwillig stellt und sagt, was sie weiß, sichern wir zu, Bekker gegenüber ihre Anonymität zu wahren. Sie kann sich einen Anwalt nehmen und nachträglich alles ableugnen oder Gott weiß was. Also, ich will es mal so ausdrücken: Wenn wir die Schraube scharf genug anziehen, locken wir sie vielleicht aus der Deckung.«

»Woher wissen Sie, daß es sich um eine Frau handelt?«

Fell grinste zu ihm hoch. »Kennetts Nase. Seine erste Frage war, ob einer von uns bei Lautsprecherausrufen in einem Krankenhaus je eine männliche Stimme gehört hätte. Da war uns auf Anhieb klar, daß er recht haben muß. Darum geht's nämlich unserer Meinung nach: eine von den Stationsschwestern oder eines von den Vorzimmermädchen muß Whitechurchs Decknamen über Lautsprecher ausgerufen und so den Kontakt vermittelt haben.«

»Und wenn's jemand aus der Zentralvermittlung war?«

»Dann sind wir aufgeschmissen. Carter hält das allerdings für ziemlich ausgeschlossen. Jemand vom Vermittlungspersonal hätte damit rechnen müssen, daß er an der Stimme erkannt wird.«

Im *Whetstone* lag ein alter, kreisrunder Schleifstein im Fenster, ein Dutzend Tische befanden sich im vorderen Teil des Lokals, weiter hinten gab es ein paar Sitznischen. Der Parkettfußboden war von Tausenden von Schritten abgewetzt, auch jetzt drehte sich ein Pärchen zu langsam-schläfrigem Jazz aus der Jukebox.

»Noch eine von den Nischen frei?« fragte Lucas.

»Ja«, sagte die Bedienung, »links, in der Nichtraucherzone.«

Barb Fell lächelte wie eine reuige Sünderin und nickte Lucas zu. »Die nehmen wir.«

Sie bestellten Spaghetti mit geröstetem Knoblauchbrot und eine Flasche Rosé. Die Unterhaltung drehte sich natürlich um Bekker. Lucas erzählte, wie es damals in Minneapolis angefangen hatte.

»...die ersten Morde nur, um ein Alibi zu haben. Zum Beispiel die Frau im Einkaufszentrum – ein willkürlich gewähltes Zufallsopfer. Ihr Tod diente nur dazu, die Ermittlungen zu erschweren.«

Barb Fell wußte, was er meinte. »So was breitet sich dann aus wie ein Bazillus.«

»Ja. Ich hatte mal einen Fall zu bearbeiten, da hat ein sexuell Gestörter reihenweise Frauen umgebracht, und – ich weiß auch nicht – in gewisser Weise konnte ich verstehen, was der Kerl getan hat. Er war verrückt, ein Psychopath. Er wollte natürlich nicht verrückt sein, es hat einfach in ihm gesteckt und ihn beherrscht. Und wenn einer falsch gepolt ist... Irgendwie ist es dann nicht mehr seine Schuld. Aber dieser Bekker...«

»Der ist auch verrückt«, fiel ihm Fell ins Wort. »Bei solchen Kerlen hat man manchmal den Eindruck, daß sie kaltberechnend handeln, aber im Grunde muß irgendein Wahn dahinterstecken. Sehen Sie sich doch an, was er treibt! Sollten wir ihn je lebend erwischen, kann es gut sein, daß er nicht im Gefängnis, sondern in einer geschlossenen Anstalt landet.«

»Da wäre mir das Gefängnis lieber«, sagte Lucas.

»Mir auch. Aber manche sehen das anders. Zum Beispiel die Ärzte.«

Ein kräftig gebauter Typ in derben Jeans, mit einem grauen Chaplinbärtchen unter der Nase, stellte sich vor der Jukebox auf.

Die Bedienung kam vorbei, sah die leeren Gläser und fragte: »Darf's noch ein bißchen Wein sein?« Lucas schaute hoch zur Bedienung und nickte.

Der Jeanstyp warf ein Geldstück in die Jukebox, drückte zwei Knöpfe und schlenderte zurück in seine Sitznische. Das Mädchen neben ihm sprang, kaum daß die ersten Takte von *Blue Skirt Waltz* aus den Lautsprechern dröhnten, wie elektrisiert hoch.

Und Lucas hatte es genauso gepackt. »Himmel noch mal – Blue Skirt, und auch noch Frankie Yankovich! Kommen Sie, tanzen wir!«

»Das meinen Sie doch nicht ernst?«

»Wieso, haben Sie keine Lust?«

»Und ob ich Lust habe«, sagte sie, »ich kann's bloß nicht fassen, daß *Sie* Lust haben.«

Sie wiegten sich auf der winzigen Tanzfläche, sie leichtfüßig und grazil, er ein bißchen schwerfälliger, mehr wie ein Anfänger. Das Parkett gehörte nur ihnen und dem Jeanstypen und seinem Mädchen. Die Bedienung, die gerade an einem anderen Tisch das Essen serviert hatte, war stehengeblieben und sah ihnen zu.

»Gleich noch mal!« verlangte der kräftig gebaute Typ mit lauter Stimme, als die Musik abbrach. Diesmal warf Lucas die Münze ein, drückte *Blue Skirt*, und schon drehten sie sich wieder – wiegend, mit schleifendem Schritt, ein Pärchen um das andere herum.

Barb Fell fühlte sich behaglich in Lucas' Armen, es war ein angenehmes Gefühl, den Kopf an seine Schulter zu schmiegen. Und auch ihm gefiel es, sich von ihrem weichen Haar Kinn und Wange streicheln zu lassen. Als die Musik zum zweiten Mal verklang, seufzten beide ein bißchen enttäuscht, faßten sich an den Händen und gingen zurück in ihre Sitznische.

»Genau die Shorts, in die ich gelegentlich mal reinschlüpfen möchte, sagt man bei uns zu Hause.« Sie lächelte ihm zu. »Aber nicht heute abend. Heute spuken mir zu viele scheußliche Bilder durch den Kopf. Ich fühl mich miserabel – knochenmüde und verschwitzt.«

»Na ja«, sagte er nur.

»Was – na ja? Ist das eine Umschreibung für nein?«

»Überhaupt nicht. Mir ging nur gerade durch den Kopf: Na ja, ich hab ganz einfach geduscht.«

Sie sah ihn lange an, von ihrem Lächeln war nichts übriggeblieben. »Glauben Sie, daß man damit alles wegwaschen kann? Auch die Frau heute morgen? Die mit den leeren Augen?«

Er antwortete erst nach einer Weile. »Nein, das glaube ich nicht. Aber... daß Sie mir nicht gleichgültig sind, müssen Sie doch schon lange bemerkt haben.«

»Nein«, sagte sie, »eigentlich nicht.« Und es klang fast ein bißchen schüchtern, als sie ihm eingestand: »Ich bin nicht sehr von mir eingenommen.«

Er lachte. »Na ja.«

»Was soll das dauernd: dieses na ja?«

»Na ja«, sagte er, »trinken Sie einfach noch einen Schluck.«

Als die zweite Flasche Wein halb leer war, bat sie ihn, noch mal *Blue Skirt* zu drücken. Sie tanzten sehr eng, sie lehnte den Kopf an seine Schulter, er spürte ihren Atem warm im Nacken, und weil er merkte, daß das alles nicht ohne Wirkung auf ihn blieb, war er froh, als die Jukebox verstummte und er Barb Fell zur Sitzbank in ihrer Nische zurückführen konnte.

Kein Zweifel, sie hatte einen Schwips, ihr Lachen verriet es.

Er fragte sie nach dem Cop, mit dem sie früher befreundet gewesen war.

»Ach du lieber Gott.« Sie starrte zur Decke, wo der große Holzpropeller des Ventilators unablässig seine Kreise beschrieb. »Er hat so verdammt gut ausgesehen und war so ein verdammt falscher Hund. Immer phantastisch angezogen, immer den großen Max raushängen lassen – und dabei eiskalt. Einer von denen, die nichts anbrennen lassen.«

»Wie kalt kann denn einer von der Verkehrspolizei sein?«

Sie runzelte die Stirn. »Ich erinnere mich gar nicht... Haben wir denn schon mal über ihn gesprochen?«

»Ja, bei Ihnen zu Hause«, behauptete er. Und fluchte stumm in sich hinein: *Du Arschloch, sie hat nie von ihm geredet, das mit der Verkehrspolizei, das hab ich von Lily.* »Kommen Sie, trinken Sie noch einen Schluck.«

»Wollen Sie mich betrunken machen?«

»Vielleicht.«

Sie schob ihr Glas beiseite. »Was für ein Spielchen spielen Sie, Davenport? Sind Sie etwa doch vom Dezernat für interne Angelegenheiten – ja oder nein?«

»Mein Gott, das habe ich Ihnen doch schon gesagt! Ich hab mit den Brüdern nichts zu tun. Wenn's Ihnen wirklich so ernst damit ist: Zu meinem Verlag ist es nicht weit von hier, und meine gottverdammten Computerspiele stehen im Schaufenster – mit einem Foto von mir und meinem Lebenslauf und allem, was Sie sonst noch wissen wollen.«

»Okay. Aber warum hacken Sie dann auf mir herum?«

»Ich hacke überhaupt nicht auf Ihnen...«

»Quatsch!« Sie wurde lauter. »Sie sind genauso ein hinterhältiger Wichser wie er. Und wie Kennett. Ich hab's ja gleich geahnt, als Sie mich gefragt haben, ob wir tanzen wollen. Ich meine, ich hab sofort gewußt, daß ich weiche Knie kriege. Also, was zum Teufel haben Sie eigentlich vor?«

Um ein Haar hätte Lucas laut herausgelacht. Er beugte sich über die Tischplatte und hoffte, die Geste würde genügen, um Barb Fell wieder zu gemäßigter Lautstärke zu bewegen. »Ich habe gar nichts vor, ehrlich.«

»Gott im Himmel!« Sie griff nach ihrer Handtasche und stand auf. »Ich glaube, ich habe wirklich einen sitzen.«

»Wo wollen Sie denn hin?«

»In Ihr Hotelzimmer. Ich habe meine Meinung geändert.«

»Barbara...« Er warf drei Zwanziger auf den Tisch und eilte hinter ihr her. »Sie haben ein bißchen zuviel getrunken...«

»Hinterhältiger Wichser!« rief sie über die Schulter zurück, ehe sie durch die Tür schlüpfte.

Das Zimmer lag im Halbdunkel, als er die Augen aufschlug, nur aus dem Badezimmer fiel schwacher Lichtschimmer zu ihm herüber. Eine Situation, die ihm auf verwirrende Weise bekannt vorkam. Hatte nicht gerade erst Barb Fell angerufen und gefragt, ob sie... Er unterbrach sich mitten im Gedanken, als er begriff, daß irgend etwas nicht stimmen konnte.

Sie hatte sich zum Schlafen in seine Armbeuge gekuschelt, den Kopf auf seine Brust gebettet, ein Bein um seine Knie geschlungen. Was hübsch, aber auf die Dauer ein wenig schwer war. Vorsichtig versuchte er, unter ihr wegzurutschen.

Sie maunzte ein bißchen, räkelte sich, wurde wach und sah ihn überrascht an.

»Ich will's mir nur bequemer machen.« Unwillkürlich – vielleicht, weil sie ihm vorhin schon so verschüchtert vorgekommen war – verfiel er in einen Flüsterton.

»Mhm...« Sie setzte sich auf, ihre festen kleinen Brüste schienen ihn neugierig von oben zu belauern. »Wie spät ist es denn?«

Er schielte auf den Reisewecker. »Zehn Minuten vor drei.«

»O Gott.« Sie kam vollends hoch, das Laken rutschte weg, sie drehte ihm den Rücken zu. Einen wundervollen Rücken, fand er, schlank und weich und trotzdem muskulös. Als er ihr mit dem Finger zärtlich übers Rückgrat fuhr, wich sie ihm rasch aus. »Oh, laß das«, murmelte sie.

»Komm«, redete er ihr zu, »leg dich wieder hin.«

»Ich muß gehen. Es wird Zeit.«

»Was?«

Sie drehte sich zu ihm um. Aber ihre Augen lagen im Schatten, er konnte sie nicht sehen. »Wirklich, ich...«

»Unsinn, du kannst genausogut bei mir schlafen.«

»Aber ich brauche wirklich Schlaf.«

»Ich auch. Scheiß-Bekker.«

»Vergiß den Kerl eine Weile«, sagte sie.

»Ja, gut. Aber nun leg dich wiedcr hin.«

Sie ließ sich zurückfallen, rückte an seine Seite. »Zwischen dir und der Rothenburg läuft tatsächlich nichts mehr?«

»Nein.«

»Aus und vorbei?«

»In Bann geraten, meine ich.«

Sie stemmte sich hoch. »Das hört sich nicht sehr ehrlich an.«

Er zeichnete ihr mit drei Fingern eine zärtliche Spur in die weiche Haut dicht unterhalb des Brustansatzes. »Was ich sagen will... Zwischen Lily und mir sind die Dinge ein wenig... Du weißt, daß sie mit Kennett schläft.«

»Ich hab's mir gedacht. Ich hab gesehen, wie sie ihn vor Midtown South abgesetzt und wie sie sich zum Abschied geküßt haben. Aber dann hab ich euch beide beobachtet, und da kam's mir so vor, als wäre irgendwas zwischen euch noch nicht zu Ende.«

»Nein, nein. Ich war für sie da, als ihre Ehe in die Brüche ging, und sie hat mir geholfen, die Erinnerungen an die Frau, mit der ich eine Tochter habe, endgültig auszulöschen. Wir waren uns gegenseitig so etwas wie ein Rettungsanker.«

»Ja, gut«, sagte sie nur.

»Hat Lily den Wagen gefahren?« wollte er wissen.

Sie sah ihn verdutzt an. »Was?«

»Ich meine, damals, als du sie und Kennett vor Midtown South gesehen hast?«

»Ja, natürlich. Kennett kann nicht fahren. Der Verkehr in Manhattan – das würde ihn glatt umbringen.« Sie setzte sich auf, und diesmal konnte er ihre Augen sehen. »Davenport, was, zum Teufel, willst du eigentlich von mir?«

»Großer Gott...« Er lachte, faßte sie um die Taille und zog sie sanft nach unten.

»Das ist das einzige, was ich wissen will: Ob du hinter mir herschnüffelst und nur mit mir geschlafen hast, um schneller ans Ziel zu kommen?«

Er verdrehte die Augen. »Barbara...«

»Na schön. Du belügst mich ja sowieso, also – warum frage ich noch lange?« Und dann gab sie sich die Antwort stirnrunzelnd selber. »Ich sag dir, warum. Weil ich eine dumme Gans bin und immer Fragen stelle. Und mich jedesmal wieder von den Kerlen belügen lasse. Mein Gott, ich bin reif für den Psychiater. Und für eine Zigarette.«

»Rauch ruhig«, sagte er, »ich hab nichts dagegen. Hauptsache, du stippst mir die Asche nicht auf die Brust.«

»Wirklich?« Sie kraulte ihm die Brust.

»Ich meine, es bringt dich langsam, aber sicher um. Aber wenn du's unbedingt brauchst – bitte.«

»Danke.« Sie schlüpfte aus dem Bett – ein herrlicher Rükken –, kramte in der Handtasche und kam mit ihren Zigaretten, einem Aschenbecher und der Fernbedienung für den Fernseher zurück. »Ich muß einfach ein bißchen Nikotin in meinen Blutkreislauf pumpen«, behauptete sie. Und dann rutschte ihr – arglos und treuherzig – ein Geständnis heraus: »Vorhin, im Lokal, habe ich nicht geraucht, weil ich dachte, sonst schmeckt mein Mund wie ein Aschenbecher.«

»Ach? Ich dachte, du hättest eigentlich nicht mit mir schlafen wollen und es dir erst später anders überlegt?«

Sie schüttelte den Kopf, murmelte etwas wie »Dummkopf«, zündete sich die Zigarette an und fingerte sich mit der Fernbedienung durch die Kanäle, bis sie den Wetterbericht erwischte. »Heiß und immer heißer«, teilte sie ihm ein paar Sekunden später mit.

»Wie in Los Angeles, nur noch schwüler«, sagte er.

»Da hättest du erst mal letztes Jahr hier sein sollen...«

Barb paffte, während sie noch eine Weile redeten, ihre Zigarette, steckte sich gleich noch eine neue an, wanderte durchs Zimmer und klaute sämtliche Streichholzschachteln mit dem Hotelaufdruck.

»Streichhölzer kann man nie genug haben«, sagte sie. »Während der Arbeit halte ich mich an zwei Regeln: schnell die Gelegenheit nutzen, wenn eine Toilette in der Nähe ist, und jede Streichholzschachtel klauen, die ich erwischen kann. Nein, eigentlich sind es drei Regeln...«

»Hast du mal in einem Restaurant gegessen, das ›Mom's‹ heißt?« fragte er dazwischen.

»Nein«, sagte sie, »aber es soll gut sein, habe ich gehört. Frag jetzt nicht solchen Unsinn, hör lieber zu. Die dritte Regel ist: nie mit einem gottverdammten Cop schlafen. Cops sind so verdammt hinterhältig...«

## 16

Sonntag morgen.

Weich fiel das Sonnenlicht durch die Vorhänge. Barb Fell wachte um neun Uhr auf, räkelte sich, richtete sich halb auf und warf einen Blick auf das zweite Kopfkissen: Lucas' dunkler Haarschopf. Ein paar Sekunden gönnte sie sich noch, dann stand sie auf, torkelte durchs Zimmer und las ihre Kleidungsstücke zusammen.

Lucas blinzelte mit einem Auge und fragte: »Habe ich im Schlaf was von deinem knackigen Hinterteil gemurmelt?«

»Mehrmals«, sagte sie, »und es hat mir gut gefallen.« Ihr Lächeln fiel ein wenig kümmerlich aus. »Oh, mein Gott... Dieser verdammte billige Wein.«

»Das war kein billiger Wein«, protestierte er, setzte sich hoch, schwang die Beine aus dem Bett und rieb sich den Nakken. »Ich denke, ich werde Kennett anrufen. Mal sehen, vielleicht kommen wir gemeinsam einen Schritt weiter.«

Sie nickte, sah aber immer noch nicht besonders munter aus. »Ich muß erst mal nach Hause, mir was anderes anziehen, bevor ich ins Bellevue fahre. Sonntags trifft man dort Leute, die während der Woche nicht auftauchen.«

»Die Sache scheint dir wirklich sehr am Herzen zu liegen?«

»Ich hab noch nie an einem so großen Fall gearbeitet. Mein Gott, wär das was, wenn ich ihn erwischen würde! Ich meine, ich ganz allein.«

»Im Bellevue wird er dir bestimmt nicht über den Weg laufen«, dämpfte Lucas ihren Optimismus. »Selbst wenn du Whitechurchs Helfershelferin findest und sie alles zugibt, kann sich immer noch herausstellen, daß Bekker von einem öffentlichen Telefon aus angerufen hat. Und was hast du dann erreicht?«

»Wenn wir wenigstens rausfinden, welche Telefonzelle es war, können wir uns von da aus schrittweise weitertasten. Vielleicht hat er die Telefonzelle um die nächste Ecke benutzt. Da hätten wir doch immerhin einen Anhaltspunkt, wo wir nach seiner Wohnung suchen müssen.«

»Mhm...«

»Vielleicht schnappen wir ihn ja auch schon morgen abend – bei diesem Vortrag.«

»Ja, vielleicht. Komm, ich sorg dafür, daß du unter der Dusche richtig sauber wirst.«

»Jetzt weiß ich endlich, was ich mein Leben lang vermißt habe! Zwei Hände mehr unter der Dusche!«

»Ich denke, dir brummt der Schädel? Also brauchst du eine Nackenmassage unter heißem Wasser. Ehrlich, das ist ein Angebot in brüderlich-christlicher Nächstenliebe.«

»Großer Gott, schon wieder ein neuer Grund? Ich glaube nicht, daß ich das verkrafte.«

Und tatsächlich stellte sich heraus, daß die Dusche nur eine Zwischenstation auf dem Rückweg ins Bett war, was zur Folge hatte, daß sie anschließend wieder unter die Dusche mußte. Und als Barb Fell an der gekachelten Wand lehnte und Lucas ihr mit einem Frotteetuch den Rücken trockenrieb, klingelte das Telefon.

Anderson rief aus Minneapolis an. »Cornell Reed. Mit einer Maschine der United von La Guardia nach Atlanta, Anschlußflug weiter nach Charleston. Gebucht auf das Sammelkonto der City von New York. Kein Rückflugticket.«

»Scheiße... Charleston? Okay, Harmon, ich steh bei dir in der Kreide. Ich komm darauf zurück, verlaß dich drauf.«

»Hat keine Eile«, sagte Anderson.

Lucas legte auf, stand da und ließ sich die Information durch den Kopf gehen.

»Charleston? Was bedeutet das?« rief Barb Fell aus dem Bad.

»Das ist ein Tanz oder eine Stadt, je nachdem«, antwortete er. »Tut mir leid, da ging's um was Privates. Ich wollte die Mutter meiner Tochter erreichen. Sie ist mit ihrem Team nach Charleston geflogen.«

»Oh.« Barb Fell kam aus dem Bad. »Du stehst also doch noch sehr eng mit ihr in Verbindung.«

»Nein, zwischen uns ist es aus. Aber Sarah ist mein Kind. Ich erhebe Anspruch auf das Sorgerecht.«

Sie hob grinsend die Achseln. »Ich wollte nur mal auf den Busch klopfen. Hattest du nicht vor, Kennett anzurufen?«

»Mhm«, murmelte er, »ja.«

Sie frühstückten in der Kaffeebar des Hotels, dann begleitete Lucas Barb nach draußen und winkte ihr ein Taxi heran. Vom Zimmer aus versuchte er Kennett anzurufen, das Gespräch wurde von Midtown South weiter an irgendeinen Privatanschluß vermittelt. Kennett meldete sich sofort.

Lucas sagte: »Wenn wir ihn morgen bei dem Vortrag nicht in die Finger kriegen, fliege ich nach Minneapolis und seh zu, ob ich dort was rausfinde.«

»Tja«, meinte Kennett, »ich würde sagen, alles, was man bei der üblichen Routinearbeit zusammentragen kann, haben wir hier. Übrigens, Lily sitzt neben mir. Wir hatten gerade vor, Sie anzurufen. Was halten Sie von einer kleinen Bootstour?«

»Neben Ihnen – wo ist das?«

»Bei ihr in der Wohnung.«

»Dann kommen Sie doch vorbei und holen mich ab.«

Als er aufgelegt hatte, ließ Lucas den Hörer nicht los, dachte einen Augenblick nach, wählte die Vermittlung und ließ sich die Vorwahlnummer für Charleston geben. Er hatte keine

Ahnung, wie groß die Stadt war, dachte sich aber, größer als Minneapolis und St. Paul könne sie auch nicht sein. Und wenn sie da unten in Charleston ihre einschlägigen Typen genausogut kannten wie die Polizei in den Zwillingsstädten…

Die Auskunft gab ihm die Nummer der Polizeizentrale in Charleston, und zwei Minuten später hatte er den Officer von der Wochenendbereitschaft an der Strippe.

»Mein Name ist Lucas Davenport, ich arbeite für Midtown South in Manhattan. Es geht um einen Burschen, der sich Richtung Süden abgesetzt hat, runter zu Ihnen. Und ich frag mich, wie groß die Chancen sind, ihn mit Ihrer Hilfe zu finden.«

»Was liegt gegen ihn vor?« Trockener, schleppender Südstaatenslang, der eher an Texas als an das Kauderwelsch in Alabama erinnerte.

»Er hat gesehen, wie einer niedergeschossen wurde. Nicht etwa, daß er's selber gewesen wäre, nein, er war nur Augenzeuge. Ich muß dringend mit ihm reden.«

»Wie heißt er?«

»Cornell Reed, Spitzname Red. Ungefähr zwei- oder dreiundzwanzig Jahre…«

»Ein Schwarzer.« Keine Frage, mehr eine Feststellung.

»Ja.«

»Und Sie sind von Midtown South?«

»Ja.«

»Bleiben Sie dran.«

Lucas wartete. Eine Minute, zwei… So war das immer mit den Cops, jedesmal. Dann klickte es ein paarmal, der Officer von der Wochenendbereitschaft war wieder dran. »Ich hab hier Darius Pike für Sie in der Leitung, einer unserer Detectives… Darius, du bist dran…«

»Ja?« Pike hatte eine tiefe, gelassene Stimme, im Hintergrund hörte Lucas Kinderlachen.

Lucas nannte seinen Namen, sagte noch einmal sein Sprüchlein mit Midtown South auf und entschuldigte sich: »Tut mir leid, daß ich Sie zu Hause störe…«

»Macht nichts. Sie suchen Red Reed?«

»Ja, er hat vermutlich einen Mord hier in New York beobachtet, und ich bin ziemlich scharf darauf, ein paar Takte mit ihm zu reden.«

»Vor einem Monat ist er wieder hier aufgetaucht, der dämliche Affenarsch. Haben Sie vor, ihn festzunehmen?«

»Nein, ich will nur mit ihm reden.«

»Telefonisch? Oder wollen Sie herkommen?«

»Ich komme lieber runter.«

»Gut, rufen Sie mich einen Tag vorher an. Ich hab den Jungen im Auge. Sobald Sie mir Bescheid geben, greife ich zu.«

Nun mußte er sich entscheiden: Minneapolis oder Charleston. Zwei verschiedene Fälle, zwei verschiedene Spuren. Welche Spur sollte er zuerst aufnehmen? Wenn er zuerst nach Charleston flog, schaffte er es nicht, bis morgen abend zurückzusein. Und da fand der Vortrag statt, die Falle, die sie Bekker stellen wollten. Wenn sie ihn dabei nicht schnappten, wurde der Flug nach Minneapolis um so dringender. Schließlich brachte Bekker Menschen um – sozusagen am Fließband. Andererseits mochte der Flug nach Charleston ein bißchen Licht in den Robin-Hood-Fall bringen, und die Kerle taten auch nichts anderes, als Menschen umzubringen. Allerdings vorwiegend Typen, um die es nicht allzuschade war. Er schüttelte über sich selbst den Kopf. Das war doch wohl ein Aspekt, der keine Rolle spielen durfte, oder? Aber merkwürdigerweise schien er eben doch eine Rolle zu spielen.

Lucas rief die Northwest Airlines an, buchte ein Ticket nach Minneapolis und ließ sich für den Flug Minneapolis – St. Paul via Charleston nach New York vormerken. Mehr konnte er vorläufig nicht tun, alles weitere hing von morgen abend ab.

Als Lily von der Rezeption aus anrief, hatte er bereits Jeans und ein blaues T-Shirt an. Sie wartete unten auf ihn. Sie trug zu ihren Jeans ein quergestreiftes französisches Fischerhemd, das auf der Fifth Avenue gut und gern um die zweihundert Dollar gekostet haben mochte, dazu eine Segelkappe mit wasserfarbenem Schirm.

»Du könntest glatt als Model durchgehen«, sagte er.

»Dann sollte ich vielleicht ›Cruising World‹ anrufen.«

»Mhm, ein Hauch Freudenmädchen läßt sich nicht leugnen.«

Sie boxte ihn in die Rippen. »Das ist ein Segelmagazin, du Trottel.«

Kennett saß draußen im Wagen – ein Mazda Navaho, in zweiter Reihe geparkt. Er trug bequeme Khakis und ein weitgeschnittenes SoHo-T-Shirt.

»Hübscher kleiner Lastwagen«, sagte Lucas, während er nach hinten kletterte.

»Gehört Kennett.« Lily ging um den Wagen herum und schob sich auf den Fahrersitz. »Autos mit Allradantrieb sollen angeblich den Testosteronhaushalt anheizen. Du hast sicher auch so eine Karre?«

Lucas grinste. »Nicht direkt. Die hier scheint eher für die Geländestrecken in Manhattan angelegt zu sein.« Und dann fragte er Kennett: »Ich hätte nicht gedacht, daß Sie selbst noch Auto fahren?«

»Hab den Wagen vor der letzten Herzattacke gekauft«, sagte Kennett. »Kann sein, daß sie ausgelöst wurde, als ich den Preis gesehen habe. Und jetzt tun Sie mir den Gefallen und quatschen kein dummes Zeug über Geländestrecken in Manhattan, das Auto ist ein ganz gewöhnlicher Gebrauchsgegenstand.«

»Ja«, sagte Lucas, »den Spruch kenn ich.«

Sie verließen Manhattan durch den Lincoln-Tunnel, befanden sich, als sie wieder auftauchten, in Jersey, bogen irgendwo nach rechts ab und näherten sich in einem aufregenden Zickzackkurs dem Ufer.

Der Yachthafen machte nicht viel her: ein Parkplatz, der sich in eine schmale Ausbuchtung schmiegte, das Ganze von einem drei Meter hohen, mit Stacheldraht gesicherten Drahtzaun umgeben, im Wasser schaukelten ein paar Dutzend Boote. Die meisten waren mit dem Bug in v-förmigen Betonkerben festgezurrt, nur wenige lagen vor dem Kai.

»Sehen Sie sich den da an.« Kennett deutete aufs offene Wasser, wo zwei Boote Seite an Seite gemächlich den Hudson hinuntertrieben. »Den, der gerade Segel setzt.« Auf einem der beiden Boote setzte ein Mann auf dem Vordeck ein Segel in schreiendem Rot und grellem Gelb. Es blähte sich wie ein Fallschirm im Wind, und das Boot gewann augenblicklich an Fahrt und schoß flußabwärts. »Sind Sie schon mal gesegelt?«

»Gelegentlich, in der Oberstufe.« Lucas legte die Hand über die Augen und verfolgte das Schauspiel auf dem Hudson. »Kam mir immer vor wie eine Dampflokomotive, bei der die Bremsen versagen. Dabei hätte ich geschworen, daß jeder halbwegs geübte Jogger schneller ist als so ein Boot.«

Kennett knurrte unwillig. »Der feine Unterschied liegt darin, daß ein Jogger keine zweihundert Zentner wiegt. Schauen Sie sich doch das Boot da drüben an, das *ist* eine Lokomotive!«

Sie luden eine Kühlbox aus dem Geländewagen, Lily ging voran, Kennett kam langsam hinterher. Unten am Wasser arbeiteten etliche Segler an ihren Booten, die meisten ließen ihre Kofferradios spielen. Aus den Lautsprechern dröhnte Rock, nur hatten sich die Wassersportler offensichtlich nicht auf ein und dieselbe Station einigen können, und so erinnerte das

Ganze ein wenig an ein Open-Air-Jazz-Festival, bei dem mehrere Bands gleichzeitig spielen, leider jeder nach anderen Noten.

»Da liegt sie in ihrer ganzen Schönheit«, sagte Kennett und zeigte auf sein Boot.

Die *Lestrade* war dickbauchig und dennoch irgendwie anmutig, sie hatte etwas vom Charme einer fülligen Ballerina. Lucas, der sich eher mit hochseetüchtigen Yachten als mit Segelbooten auskannte, beschränkte seinen Kommentar auf ein gemurmeltes »ganz hübsch«.

»Eine Island Packet 28 – und ob die hübsch ist! Hab ich mir statt Kindern geleistet.«

»Für Kinder ist es nie zu spät«, meinte Lucas. »Bei mir ist es ja auch noch nicht lange her, daß ich Vater geworden bin.«

»Langsam!« rief Lily lachend, »da habe ich wohl auch noch ein Wörtchen mitzureden.«

»Ich seh da keinen zwingenden Zusammenhang«, widersprach Lucas. »Was dich betrifft – mein Gott. Heiratskandidaten gibt's wie Sand am Meer. Such dir einen, der gut gebaut und an der richtigen Stelle ordentlich bestückt ist, keinen Klugscheißer, mit dem du dich dauernd um das letzte Wort streiten mußt, vielleicht eher einen häuslichen Typ...«

»Scheißsegeltour«, knurrte Kennett, »laßt uns lieber zurückfahren in die Stadt.«

»Was willst du?« Lily lachte. »Ich liebe solche Gespräche auf hohem Niveau, bei denen jeder Satz vor Witz nur so sprüht.«

Lily und Lucas kümmerten sich um die Takelage, Kennett überwachte das Ganze, gab Anweisungen und hatte bei nahezu jedem Handgriff etwas zu nörgeln.

Lucas sah sich unauffällig um. Eine breite Doppelkoje im Bug, die Kajüte ordentlich aufgeräumt, die Buchregale an den

Wänden bis in den letzten Winkel vollgestopft, sogar ein schnurloses Telefon lag bereit. »Da könnte man ja direkt seine Zelte aufschlagen«, sagte er anerkennend.

Kennett nickte. »Das tue ich oft, ungefähr ein Drittel aller Nächte verbringe ich jedes Jahr auf dem Boot. Ich kann's zwar allein nicht mehr segeln, aber ich komme trotzdem her und sitze da und lese, und dann leg ich mich in die Koje und schlafe tief und fest wie ein Baby.«

Er manövrierte das Boot mit Motorkraft aus dem Hafen, sein dünnes weißes Haar blähte sich wie ein Segel im Wind. Als sie ein Stück weit an der Mole flußabwärts getrieben waren und er das Ruder herumzog und das offene Wasser des Flusses ansteuerte, lag ein breites, glückliches Lächeln auf seinen Gesichtszügen.

»Mein Gott«, murmelte er, »so macht das Leben Freude.«

Lily, die neben ihm stand, sagte leise: »Du darfst dich aber nicht überanstrengen.«

»Ja, ja«, winkte er ab, »das schaff ich doch mit links.« Er drehte sich zu Lucas um. »Sehen Sie zu, daß Sie nie einen Herzinfarkt bekommen. So was macht Sie fix und fertig. Ich kann zwar noch den Motor anlassen und das Boot steuern, aber mehr – die Segel oder gar den Anker setzen – ist nicht drin. Kein Gedanke daran, allein hinauszufahren.«

»Von dem Thema will ich nichts hören«, sagte Lucas.

»Ja«, gab ihm Kennett recht, »ist ein Scheißthema.«

Und dann hakte Lucas doch nach. »Was hat man denn da für Beschwerden? Ich meine, was fühlt man?«

»Ich denke, du willst nichts davon hören?« fuhr Lily dazwischen.

»Man hat das Gefühl, daß einem ein Schwergewichtsringer auf dem Brustkasten kniet. Ein Schmerz, als wollte der Kerl einem sämtliche Rippen eindrücken. Das heißt, mir kommt es eher so vor, als wäre ich nach einem Autounfall im Wagen eingeklemmt. Ich liege auf dem Boden und schwitze wie ein Schwein…« Kennett erzählte das alles in ruhigem, gelassenem Ton, aber immer wieder lag ohnmächtige Wut in seinen Worten. Im nächsten Augenblick schien das alles vergessen. »Also los, Segel setzen!«

Lucas sah ihn unsicher an. »Ich vermute, daß ich irgendwo an einem Seil ziehen muß, habe ich recht?«

Kennett verdrehte die Augen. »Gott, falls du dem Kerl zugehört hast, vergib ihm, denn er stammt aus Minnesota oder Missouri oder Montana, und da haben sich nun mal nur erbärmliche Landratten angesiedelt.«

Lucas setzte das Großsegel, Lily zog von der Kajüte aus das Stagsegel auf.

»Wie lange segelst du schon?« fragte Lucas, als er sah, wie geschickt sie arbeitete.

»Angefangen habe ich schon als Kind, in den Sommerferien, und dann hat Dick mir beigebracht, mit einem großen Boot umzugehen.«

»Viel mußte ich ihr nicht beibringen«, sagte Kennett, »sie ist ein Naturtalent. Eine, die den Wind riecht.«

Sie kreuzten gemächlich über den Fluß, aufs jenseitige Ufer zu und wieder zurück. Das Wasser rauschte unter dem Kiel, irgendwann stieg ein Schwarm Insekten auf, im Nu waren sie eingehüllt von hundertfältigem hauchzartem Flügelschlag.

Nach einer Weile fragte Lucas. »Tja… Und wie geht's nun weiter?«

Kennett lachte. »Wir segeln ein Stück flußaufwärts, dann wenden wir und segeln zurück.«

Lucas runzelte die Stirn. »Hätte mich bei Ihnen auch mächtig gewundert, wenn Sie ausnahmsweise mal ein festes Ziel vor Augen gehabt hätten.«

Kennett grinste. »Ich hab den Eindruck, daß Sie heute mit Gott und der Welt quer liegen. Ich glaube, was Sie jetzt brauchen, ist ein schönes kühles Bier.«

Lily und Kennett brachten ihm ein bißchen Segelkunde bei – Fachbegriffe – und was die Markierungsbojen auf dem Fluß bedeuteten.

»Sie haben doch eine Hütte am See, hab ich gehört. Gibt's da keine Bojen?« fragte Kennett.

Lucas lachte. »Auf meinem See? Wenn ich da zum Pinkeln bis ans Ende vom Bootssteg gehe und zu hoch ziele, treffe ich das andere Ufer. Bojen auf meinem See... Da hätten wir ja keinen Platz mehr für die Boote.«

Kennett sah ihn verdutzt an. »Ich dachte, oben im Norden, hinter dem großen Waldgürtel...?«

»Ja, da gibt's auch ein paar größere Pfützen«, sagte Lucas. »Der Superior zum Beispiel – da kann man Dinge erleben, da kommt der ganze Atlantik nicht mit.«

»Na, das halte ich aber für reichlich übertrieben«, sagte Lily skeptisch.

»Ja? Dann hör mal zu: Alle paar Jahre friert der See im Winter zu, und dann stehst du am Ufer, und der Horizont ist scharf wie ein Messer, und wohin du auch blickst – überall nur Eis. Und du gehst los, meilenweit, immer auf den Horizont zu, aber du kommst nie dort an.«

»Ja«, gab sie zu, »das kann ich mir vorstellen.«

Und Kennett sagte: »Ich hatte mal vor, mich ein Jahr freistellen zu lassen und Einhand rund um die Welt zu segeln. Das heißt, wenn ich nicht unterwegs auf einer Insel hängengeblieben wäre. Ich hatte sogar schon angefangen, Spanisch zu lernen und ein bißchen Französisch...«

»Französisch?«

»Ja, natürlich. Man schippert den Atlantik runter, immer auf die Inseln zu, zu den Kanaren hinüber, macht einen kleinen Abstecher ins Mittelmeer, um rasch mal einen Blick auf die Riviera zu werfen... Da haben wir's schon: Das ist Frankreich... Und dann wieder nach Süden, an der afrikanischen Küste entlang nach Kapstadt, von dort nach Australien, nach Polynesien... Auf Tahiti wird übrigens auch Französisch gesprochen... Wieder zurück nach Westen: Galapagos, Kolumbien, Panama... Immer unterwegs zu den Inseln.«

»Das mit den Inseln, das gefällt mir«, sagte Lucas.

»Wirklich?« fragte Kennett.

»Ja, wirklich.« Lucas ließ den Blick übers Wasser schweifen. Er spürte, wie sich von der Sonne die Haut um die Wangen und ums Kinn spannte, aber er spürte auch, daß sich die Verkrampfung in der Rücken- und Nackenmuskulatur gelöst hatte.

»Vor einem Jahr«, erzählte er, »war ich ziemlich miserabel drauf. Eine Depression. Ich bin drüber weg, aber ich möchte so was nie wieder durchmachen. Nie mehr, eher würde ich davonlaufen. Auf die Inseln, zum Beispiel. Ich kann mir nicht vorstellen, daß man dort Depressionen kriegt.«

»Von welchen Inseln redet ihr eigentlich die ganze Zeit?« fragte Lily.

»Keine Ahnung.« Kennett machte eine weltausholende Handbewegung. »Inseln, die irgendwo im Wind liegen.«

Lucas nickte. »Ist es nicht egal, wo sie liegen?« fragte er Lily.

Sie hob die Achseln. »Mir schon. Es sind ja eure Inseln.«

Nach einem Augenblick des Schweigens sagte Kennett leise: »Eine unipolare Depression... Haben Sie auch das lockende Rufen gehört? Die Waffen, die irgendwo griffbereit lagen?«

Lucas sah ihn erschrocken an. »Sie haben das also auch durchgemacht?«

»Kurz nach der zweiten Herzattacke«, sagte Kennett. »Der

Infarkt war nicht so schlimm, aber die gottverdammte Depression hätte mich beinahe ins Grab gebracht.«

Sie wendeten und nahmen Kurs auf den Hafen. Kennett kramte in seinen Taschen und brachte ein Päckchen Zigaretten zum Vorschein.

»Dick!« rief Lily, »schmeiß die Scheißglimmstengel...«

»Eine!« fiel Kennett ihr ins Wort. »Eine einzige, das reicht mir dann für den ganzen Tag.«

»Oh, verdammt, Dick...« Lily war den Tränen nahe.

»Lily... Ach, Scheiße.« Kennett warf die Zigarettenschachtel in hohem Bogen über Bord, schaukelnd schwamm sie auf den Wellen des Hudson davon.

Lily versuchte zu lächeln. »Das gefällt mir schon viel besser.« Ein paar Tränen kullerten ihr über die Wangen.

»Neulich habe ich versucht, eine bei Barb Fell zu schnorren, aber sie hat mich abblitzen lassen«, erzählte Kennett.

»Ihr Glück«, kommentierte Lily sein Geständnis, ihre Augen schimmerten immer noch feucht.

Lucas, peinlich berührt, versuchte die beiden abzulenken. »Seht euch die Stadt an!« Sonnenlicht lag über den turmhohen Gebäuden, die steinernen Wolkenkratzer schienen von innen her zu glühen, die Glasfassaden der modernen Bürotürme funkelten wie geschliffener Stahl.

Kennett murmelte fast andächtig: »Was für eine Stadt...«

»Weil man von hier aus nicht sieht, an wie vielen Stellen sie geflickt ist«, sagte Lucas. »Mehr ist New York nämlich nicht: ein einziges Flickwerk. Ich wollte neulich von Midtown South zu Fuß zum Hotel gehen, und als ich bei der Fünfunddreißigsten den Broadway überquerte, sehe ich plötzlich, daß da mitten im Straßenbelag ein Loch aufgerissen ist. Und ganz unten ist noch ein zweites Loch, ein bißchen schmaler. Soll keiner behaupten, es hätte sich niemand darum gekümmert – doch,

doch. Das zweite Loch, ganz unten, das hatten sie abgedeckt. Bloß, das große... Tja, da waren sie wohl noch nicht dazu gekommen.«

»Ach, ihr Kerle vom Land habt immer was zu meckern«, knurrte Kennett.

Spät nachmittags steuerten sie das Boot in den Hafen. Lucas holte das Großsegel ein, Lily übernahm das Ruder und legte mit so viel Geschick an, daß man den sanften Ruck mehr ahnte als spürte.

»Für mich war's der beste Tag im ganzen Monat«, sagte Kennett. Und zu Lucas gewandt: »Das sollten wir, ehe Sie wieder heimfliegen, unbedingt wiederholen.«

»Ich bin gern dabei«, sagte Lucas. »Und irgendwann segeln wir dann zu den Inseln.«

Er schleppte die Kühlbox zum Geländewagen zurück, Lily kam mit einem Arm voll Wäsche hinter ihm her.

»Schlimm für ihn, so einen schönen Wagen zu haben und nicht mehr selbst fahren zu dürfen«, meinte Lucas, während er die Ladeklappe herunterließ.

»Leider tut er's trotzdem«, vertraute ihm Lily mit gesenkter Stimme an. »Er hat mir versprochen, daß er's läßt, aber heimlich klemmt er sich dann nachts doch hinters Steuer. Vor ein paar Monaten habe ich ihn abends zu Hause abgesetzt und zufällig auf den Kilometerstand gesehen. Am nächsten Morgen waren beinahe dreißig Meilen mehr drauf. Jetzt achte ich jedesmal darauf, und es kommt gar nicht so selten vor, daß ich feststelle: Er muß nachts heimlich gefahren sein. Ich hab ihn bisher nie daraufhin angesprochen, er regt sich sonst nur auf, und ich hab Angst, daß er wieder einen Herzanfall kriegt, wenn er sich aufregt. Was soll ich machen? Ich rede mir eben ein, solange es ein Wagen mit Allradantrieb und guten Bremsen ist...«

»Hör mal«, sagte Lucas, »wenn ein Mann merkt, daß er dauernd beobachtet wird, das kann ihn ganz schön verrückt machen. Tu lieber, als hättest du nichts gemerkt.«

»Ich geb mir ja Mühe, aber ich weiß nicht, ob ich's auf die Dauer schaffe, alles runterzuschlucken. Männer können so verdammt stur sein.«

Sie gingen zurück zum Boot. Kennett machte sich irgendwo unter Deck zu schaffen und rief, als er sie kommen hörte: »Lucas, können Sie mir mal helfen? Ich hab die Batterie ausgebaut, aber die ist zu schwer für Lily.«

»Dick, du sollst doch nicht mit dem Schraubenschlüssel...« wollte Lily ihm ins Gewissen reden, aber Lucas legte ihr schnell den Finger auf den Mund.

»Ich bin gleich unten«, rief er Kennett zu.

Ein paar Minuten später lud er die Batterie in den Stauraum des Geländewagens, Lily und Kennett waren noch nicht da, sie erledigten die letzten Handgriffe auf dem Boot. Und als Lucas zum Fluß hinübersah, entdeckte er die beiden. Sie standen am Kai, Lily in Kennetts Arme geschmiegt. Sie sagte etwas zu ihm, dann beugte sie sich zurück und küßte ihn.

Lucas spürte, daß ihn ein Schmerz durchzuckte, irgend etwas stach von innen zu. Aber es war nur ein ganz kleiner Stich.

Kennett... Ja, doch. Kennett war schon in Ordnung.

## 17

Das Auditorium in der New School war ein Saal von überschaubarer Größe, auch die Lobby mit dem Kassenschalter und der Garderobe war ziemlich klein gehalten.

»Perfekt«, sagte Lucas zu Barb Fell, »sobald er um die Ecke biegt, zappelt er praktisch schon im Netz. Ein Glück, daß es in der Lobby so eng ist. Bei dem Gedränge kann er kaum merken, wie viele Cops ihn im Visier haben.«

Gemeinsam mit einem halben Dutzend von Kennetts Leuten hatten sie das Gebäude und die Umgebung in Augenschein genommen. Jetzt gingen sie draußen auf der Zwölften ein paar Schritte auf und ab.

Lily zündete sich eine Zigarette an. »Rechnest du tatsächlich damit, daß er auftaucht?«

»Sagen wir mal: Ich hoffe es.«

Sie war skeptisch. »Zu schön, um wahr zu sein.«

»Wir haben es mit einem Besessenen zu tun. Wenn er die Ankündigungen gelesen hat, kommt er.«

Ein Wagen hielt, Kennett stieg aus. »Premierenfieber«, meinte er. Und nach einem Blick auf die gediegene Wohngegend mit den respektablen Bürgerhäusern. »Mein Gefühl sagt mir, daß sich heute was tut.«

Sie gingen mit ihm hinein, Carter kam mit den Funkgeräten. Jeder nahm sich eines, probierte den Ohrstecker, überprüfte die Funktionsbereitschaft.

»Sie halten sich am besten im Hintergrund«, sagte Carter zu Lucas. »Wir sind hier zu zwölft, und wenn wir Alarm geben...«

Lucas nickte. »Ja, gut. Und wo hätten Sie mich gern?«

»Was schlagen Sie denn vor?« fragte Carter zurück. »Vielleicht im Kassenschalter?«

»Mhm«, sagte Lucas, »von dort habe ich nicht den richtigen Überblick, da sehe ich die meisten Leute nur von hinten.« Er drehte sich um. Von der kleinen Lobby vor dem Auditorium führte ein Flur zum Foyer des Schultraktes. »Wie wär's, wenn ich mich da drüben im Verbindungsgang aufhalte?«

Carter war einverstanden. Und auch für Lily hatte er sich eine Rolle ausgedacht. »Sie verteilen die Programmzettel. Stellen Sie sich einfach mitten in der Lobby auf.«

»Und was ist mit mir?« fragte Kennett.

»Wir dachten, daß Sie vielleicht schon im Vortragsraum sein sollten, gleich vorn am Eingang. Da können Sie alles überblikken und sind, wenn nötig, im Nu in der Lobby. In zwanzig Minuten sollen alle ihre Plätze eingenommen haben.«

Zehn Minuten vor der Zeit, vorausgesetzt, der Vortrag fing pünktlich an... Bekker trottete die Zwölfte Straße hinunter, vorbei an einem, der im nachlassenden Tageslicht an seinem Auto herumbastelte.

Er war nervös, innerlich auf der Hut wie ein streunender Kater, der sich in ein fremdes Revier wagt. Unablässig suchten seine Augen die Gesichter der Passanten ab – die der Entgegenkommenden und die der anderen, die auch zur New School unterwegs waren.

Irgendwie roch es nach Gefahr. Er konnte sich gut vorstellen, wie viele Gespräche sich gerade heute abend, kurz vor diesem Vortrag, um ihn drehten. Und es lag nahe, daß sich ein paar Cops unter die Besucher gemischt hatten. Trotzdem, der Vortrag war's ihm wert, das Risiko lohnte sich.

Er beobachtete die Leute, wie sie – ein Stück weiter oben, wo mehrere Türen nebeneinander ins Haus hineinführten, ähnlich wie bei einem Theater – in den Vortragsraum strömten. Zwei, drei Meter näher zu ihm gab es noch eine Tür. Einem plötzlichen Impuls folgend, entschied er sich, nicht im allgemeinen Strom mitzutrotten, sondern gleich die Tür hier vorn zu nehmen...

Und knickte im nächsten Augenblick in den Knien ein.

*Davenport.*

Eine Falle.

Der Schreck lähmte ihn wie ein Schock, unwillkürlich fuhr er sich mit der Hand an die Kehle.

Zwei Männer, beide mit dem Rücken zu ihm, standen im Verbindungsgang, der zum Auditorium hinüberführte, keine drei Meter von ihm entfernt. Davenport und irgendein anderer. Die beiden beobachteten die Leute, die sich durch die weiter hinten gelegenen Türen in die Lobby drängten.

Davenport, links neben dem anderen, stand so, daß er Bekker beim besten Willen nicht sehen konnte. Aber der andere, auch leicht zur Seite gewandt... Ja, jetzt mußte er Bekker aus den Augenwinkeln wahrgenommen haben.

Mehr als einen huschenden Schatten konnte er nicht gesehen haben. Und das nur, weil Bekker es einfach nicht länger fertigbrachte, wie angewurzelt stehenzubleiben. Schnellen Schritts durchquerte er das Hauptfoyer der Schule, vorbei an der Verbindungstür zum Vortragssaal und an einem unbesetzten Empfangspult, hinter dem – wie er im Vorbeigehen registrierte – ein Wandtelefon hing, weiter auf einen Flur zu, von dem er hoffte, daß er zum Hinterausgang führte.

Bekkers Hand fuhr hoch, tastete über das Gesicht, spürte den Narben nach, die unter einer dicken Schicht Schminke verborgen waren.

*Damals im Bestattungsinstitut, an jenem Abend, an dem Davenport mit der Pistole auf ihn eingeschlagen hatte...*

Bekker gab sich einen Ruck. Er brach in kalten Schweiß aus. Er rang nach Luft. Hetzte weiter. Im letzten Augenblick entdeckte er eine Treppe, die nach unten führte. Und eine Tür.

Eine Tür ins Freie?

Ja, in einen Innenhof, in dem Plastiken aufgestellt waren. Auf der gegenüberliegenden Seite des Skulpturengartens war wieder eine Tür. Die rettende Tür, denn dahinter führte ein verglaster Gang zur Straße – nicht zur Zwölften, zur Parallelstraße. Er sah sich um. Weit und breit niemand. Ein paar hastige Schritte durch den Innenhof, schon war er an der Tür.

Er faßte nach dem Knauf. Wollte ihn drehen. Verschlossen.

Verzweifelt fing er zu zerren an, aber der Türknauf rührte sich nicht. Das Glas war zu dick, unmöglich, es einzuschlagen, ganz davon abgesehen, daß er nichts bei sich hatte, womit er zuschlagen konnte. Er fuhr herum, starrte in die Richtung, aus der er gekommen war. Zurück? An Davenport vorbei? Der brauchte sich nur eine Sekunde lang umzudrehen – so wie der Cop neben ihm sich vorhin zufällig umgedreht hatte.

Unschlüssig blieb Bekker stehen. Abwägen, was ihm an Möglichkeiten blieb... Aber er brachte keinen klaren Gedanken zustande.

Nach links. Wieder ein verglaster Gang hinter einer Tür, die mit einem großen B und dem Hinweis »Zur Treppe« markiert war. Er packte den Türknauf mit beiden Händen.

Auch verschlossen. Verdammt.

Er kauerte sich vor die Tür, um wenigstens fürs erste aus dem Blickfeld zu verschwinden. Nur, lange konnte er hier nicht bleiben. Wenn zufällig jemand einen Blick in den Innenhof warf und ihn so am Boden kauern sah, wußte er sofort, was los war.

Davenports Falle. Die gottverdammte hinterhältige Falle, in die der verdammte Kerl ihn gelockt hatte...

Der Gedanke trug ihn fort. Löste sich in ihm auf. Bis nur noch Leere in ihm war – und ein Schwindelgefühl. Irgendwann tauchte er mit einem Seufzer aus seiner Verlorenheit auf. Merkte, daß er wie von Sinnen am Türknauf riß, mit aller Kraft.

Nein, das hatte keinen Zweck. Es mußte irgendeine andere Möglichkeit geben. Ratlos sah er sich um. Er mußte nachdenken. Aber um nachdenken zu können, brauchte er etwas, was ihn aufputschte. Seine Hand wühlte in der Tasche, fand die Pillendose, fingerte ein halbes Dutzend Crosses heraus. Der scharfe Geschmack brachte ihn zur Besinnung. Jetzt – ja, jetzt konnte er wieder denken.

Wenn sie ihn schnappten, lebend schnappten, steckten sie ihn wieder hinter Gitter. Nahmen ihm seine Pillen weg. Ein Schaudern überlief ihn, ein Zittern, das den ganzen Körper erfaßte, ihn schüttelte wie ein epileptischer Anfall. Wenn sie ihn wieder dahin schleppten, wo er hergekommen war... Das stand er nicht durch. Der bloße Gedanke daran war unerträglich.

*Damals, der Abend im Bestattungsinstitut. Davenport – wie er vor ihm stand, ihn anschrie, auf ihn einbrüllte. Der Augenblick, in dem die Pistole hochzuckte. Die Visiereinrichtung, scharf wie ein Nagel auf einer Keule. Der eiserne Dorn, der ihm übers Gesicht fuhr, die Haut aufriß, das Fleisch...*

Nachdenken. Nachdenken mußte er.

Und vor allem mußte er hier weg. Aber wohin? Da drüben lauerte Davenport auf ihn. Trotzdem, die einzige Möglichkeit, Bekker mußte an ihm vorbei. Er fingerte nach der Pillendose. Ohne sich bewußt zu sein, was er tat, stopfte er sich die restlichen Crosses in den Mund. Und schluckte die eine PCP-Tablette hinterher, die ihm geblieben war.

Nachdenken...

»Es wird gleich losgehen«, sagte Carter.

Davenport sah sich unruhig um. »Sie sollen noch funf Minuten warten. So tun, als wäre irgendwas mit dem Diaprojektor nicht in Ordnung.«

»Wenn Yonel den Leuten sagt, daß es noch ein paar Minuten dauert, gibt's Ärger.«

»Muß nicht sein«, meinte Kennett, obwohl er selbst allmählich ungeduldig wurde. »Manchmal steigert so was die Spannung.«

Lucas ging auf eine der Türen zu. »Ich seh mich mal kurz drinnen um, es sieht nicht so aus, als kämen noch mehr.«

»Scheiße!« fluchte Carter. »Und er schon gar nicht.«

Lucas zuckte die Achseln. »Eigentlich hätte er kommen müssen, aber sicher kann man so etwas nie voraussagen.«

Bekker hastete ziellos durch den Skulpturengarten, bis er plötzlich ein paar Treppenstufen entdeckte, die in eine Art Kellernische führten. Er stieg hinunter. Doch noch eine Tür. Der Bühneneingang? Wenn es so war, mußte er damit rechnen, daß hinter der Tür die Bullen auf ihn warteten. Seine Hand umschloß den Knauf, drehte ihn vorsichtig... Die Tür öffnete sich. Bekker schob sie ein Stück auf, gerade so weit, daß er einen Blick hinauswerfen konnte.

Ja, die Bühne, der Bretterboden hinter dem Vorhang. Und drüben auf der anderen Seite stand einer in Freizeithosen und mit einem Sportjackett. Stand da und behielt durch den Spalt zwischen Vorhang und Bühnenrampe den Zuschauerraum im Auge. Hatte etwas Viereckiges in der Hand... Ein Funkgerät? Ja, jetzt hielt er es sich vor den Mund und murmelte irgendwas ins Mikro. Ein Cop.

Nicht weit von Bekker entfernt, praktisch direkt hinter der Tür, stand ein Tisch. Ein angebissenes Sandwich, ein schwarzes Telefon und... Ja, was mochte das sein? Sah aus wie ein Schirm in einer Plastikhülle. Bekker zog vorsichtig die Tür zu, stieg die Stufen zum Innenhof hoch und merkte, wie die Verzweiflung in ihm wuchs. Kein Fluchtweg, nirgendwo. Und daß die Bullen, ehe sie endgültig abzogen, alles gründlich absuchen würden, war klar. Er mußte vorher verschwinden. Oder ein sicheres Versteck finden.

Moment mal. Ein Funkgerät? Der Cop auf der Hinterbühne hatte ein Funkgerät.

Bekker fuhr herum, stieg die Stufen hinunter, zog noch einmal die Tür einen Spalt weit auf und schielte in den Bühnenraum. Der Kerl stand immer noch da drüben in der Ecke und suchte den Zuschauerraum ab. Und das komische Ding auf dem Tisch – nein, das war kein Schirm. Das war ein Notenständer, der mußte irgendwann nach einem Konzert liegengeblieben sein.

*Ray Shaltie fiel ihm ein, damals in der Toilette im Gerichtsgebäude. Rays eingeschlagener Schädel, die Blutlache...*

Und inzwischen sang ihm das PCP im Blut, heizte ihn auf, nahm ihm die Ängste. Er brauchte das Funkgerät. Leise zog er die Tür zu. Warf rasch noch einen Blick durch den Innenhof. Dachte nach. Ein Stück Papier, irgendwas... Er kramte in den Taschen, fand einen Briefumschlag, faltete ihn. Stand einen Augenblick zögernd da. Aber es gab keine andere Möglichkeit. Fassen ließ er sich nicht, ganz bestimmt nicht. Er atmete tief durch, stieß die Tür auf, ging auf den Tisch zu.

Der Cop sah hoch, hob die Augenbrauen, machte eine Bewegung, als wollte er herüberkommen. Bekker reckte den gefalteten Umschlag hoch und rief mit heiserem Flüstern: »He, Officer!«

Der Cop warf schnell noch einen Blick in den Zuschauerraum, dann kam er – das Funkgerät in der Hand – auf Bekker zu. Bekker tat so, als wolle er ihm entgegengehen, wie zufällig glitt seine Hand über den Notenständer in der Plastikhülle. Ein wackeliges, eher harmloses Ding, wenn man's erst mal aufgeklappt hatte, aber so – geschlossen und in der Plastikhülle verpackt... Eine Waffe, mit der es sich ausgezeichnet zuschlagen ließ.

»He«, sagte der Cop mit tiefer Stimme, als er nur noch zwei, drei Schritte entfernt war, »Sie haben hier gar nichts...«

Bekker zeigte mit dem Daumen hinter sich. »Da draußen ist ein Kerl, der...« Er warf dem Cop den Umschlag hin. Absichtlich so, daß er ihm vor die Füße fiel.

Genau, wie Bekker erwartet hatte: eine Reflexbewegung, der Cop bückte sich, griff nach dem Umschlag…

Und Bekker schlug zu.

Schwang den Notenständer wie ein Beil. Traf den Mann im Sportjackett mit dem ersten Schlag hinter dem Ohr. Ein klatschendes Geräusch, als wäre ein riesiges Hackmesser in eine reife Melone gefahren. Der Cop ging zu Boden, das Funkgerät rutschte ihm aus der Hand, fiel auf den Bretterboden der Bühne. Hatten sie draußen im Zuschauerraum etwas gehört? Kaum anzunehmen, der dicke Bühnenvorhang schluckte alle Geräusche. Bekker packte den Mann am Kragen, schleifte ihn zur Tür, duckte sich und wartete gespannt. Rührte sich was? Laute Rufe, schnelle Schritte – das wäre das Ende gewesen. Aber es blieb alles ruhig.

Er mußte nur noch das Problem lösen, den Cop für immer mundtot zu machen, damit der Kerl später nicht erzählen konnte, wie sich alles abgespielt hatte. Bekker zog die Tür auf, zerrte den Bewußtlosen ins Freie. Niemand im Innenhof. Bekker schwang den Notenständer und schlug zu. Zweimal, dreimal – immer wieder, bis der Kopf des Mannes zu einer unförmig blutigen Masse geworden war.

*Halt, bleib stehen… Keine Zeit… Doch, die Augen…*

Er mußte sich mit dem Taschenmesser behelfen, er hatte nichts Besseres zur Hand. Als er mit den Augen fertig war, kniete er sich über den Toten und durchsuchte ihm die Taschen. Francis Sowith stand im Dienstausweis. So, jetzt noch das Funkgerät… Scheiße, das hatte er in der Eile drinnen vergessen. Er hastete die Stufen hinunter, zog die Tür auf. Ja, da lag es, auf dem Bretterboden der Bühne.

Als er danach griff, fiel ihm auf, daß seine Hände blutverschmiert waren. Er wischte sie auf dem Rückweg, als er über den toten Cop stieg, an dessen Jackett ab. Ein bißchen Blut war schon angetrocknet, das bekam er so nicht weg. Er hielt sich die Hände vors Gesicht, roch daran. Blut – ein vertrauter, angenehmer Geruch, süßlich schwer.

Er sah sich das Funkgerät an. Einfach zu bedienen, er mußte nur den Sprechknopf drücken. Ein paar Sekunden, um das Hemd festzustopfen, ruhig durchzuatmen, sich innerlich zu wappnen…

Ruhig stieg er die Treppe zum Schulfoyer hinauf, zog die Tür auf, achtete darauf, sich kein Zögern, keine Unsicherheit anmerken zu lassen. Jemand vom Lehrstab – das war genau die Rolle, in die er jetzt schlüpfen mußte. Er hörte eine Stimme, irgendwo im Verbindungsgang zum Auditorium. Mit zwei schnellen Schritten war er hinter dem Empfangspult, griff nach dem Wandtelefon, preßte sich den Hörer ans Ohr. Da drüben, hinter der Ecke, stand Davenport, er konnte gerade noch die linke Schulter sehen. Das heißt, vorhin hatte Davenport dort gestanden, inzwischen konnte natürlich auch ein anderer den Platz eingenommen haben. Bekker drehte sich ein Stück zur Seite, preßte weiter den Hörer ans Ohr, hielt sich das Funkgerät vor die Lippen und drückte den Sprechknopf.

»An alle – hier ist Frank«, nuschelte er hastig. »Er ist hier bei mir – auf der Hinterbühne.«

Er steckte das Funkgerät weg, gab sich den Anschein, in ein wichtiges Telefonat vertieft zu sein. Lehrer haben immer mal was mit Kollegen zu besprechen… Und schon hörte er irgendwo jemanden rufen. Andere Rufe mischten sich dazu, laute Befehle. Hinter ihm rannte jemand vorbei, auf den Innenhof zu.

Bekker hängte das Telefon ein, ging mit schnellen Schritten auf den Ausgang zu, schlüpfte durch die Tür, war auf der Straße. Im Schulgebäude stieß jemand einen Schrei aus, eine Frau, vielleicht in der Lobby, vielleicht im Vortragssaal. Der Kerl, der vorhin in der beginnenden Dämmerung an seinem Wagen herumgebastelt hatte, kam mit gezückter Waffe auf das Schulgebäude zugerannt. Bekker ging unbeirrt weiter.

Und nach ein paar Schritten hatte die Nacht ihn verschluckt, er war entkommen.

## 18

Sämtliche Lichter waren eingeschaltet, das Gebäude der New School sah aus wie an einem Festtag. Was nicht zu dem Bild paßte, waren die vielen uniformierten Beamten, die das Haus bis in den letzten Winkel durchsuchten. Kennett und die Männer aus seinem Team hatten das zwar routinemäßig angeordnet, aber sie wußten im voraus, daß nichts dabei herauskommen würde. Und entsprechend gereizt war die Stimmung unter den Lieutenants.

»Du bist ein saublödes Arschloch!« fuhr ein Schmächtiger den Stämmigen neben ihm an. »Wie viele Leute hatten den Saal um diese Zeit schon verlassen? Na los, wie viele? Oder hattest du da schon den Überblick verloren?«

»Wir waren voll darauf fixiert, den Kerl zu erwischen, da konnte ich nicht auch noch Leute zählen lassen. Sag mir lieber, wo deine Männer waren, du Großmaul?« Der bullige Typ rempelte den anderen an. »Na, wo waren die denn, he?«

»Hatten wir den Auftrag, die Treppe zu bewachen? Oder wart ihr da postiert, wie?« Es sah aus, als würden die beiden in der nächsten Sekunde mit Fäusten aufeinander losgehen.

Kennett, der sich mit O'Dell und Lily zur Besprechung auf eine Bank im Hintergrund zurückgezogen hatte, fuhr dazwischen. »Haltet endlich die Klappe!« herrschte er seine Männer an. »Das gilt für euch alle, hört sofort auf mit der verdammten Streiterei!«

Die Diskussionen verstummten. Kennett rieb sich mit zwei Fingern die Brust, dann drehte er sich langsam zu dem stämmigen Cop um. »Also, wie viele hatten den Vortragsraum verlassen?«

»Hören Sie, es war ja nicht meine Schuld, daß...«

»Es interessiert mich einen Scheißdreck, wer wo schuld war!« fauchte Kennett ihn an. »Wir alle, wie wir hier sind, wir haben die Sache gemeinsam vermasselt. Das einzige, was ich wissen will, ist, wie viele Leute um diese Zeit schon draußen waren.«

Der Bullige hob die Schultern. »Ich weiß es nicht, zwanzig oder dreißig vielleicht. Ein Teil der Leute ist auf die Bühne gerannt, die anderen sind nach draußen geflüchtet – in die Lobby oder gleich weiter auf die Straße. Die waren ja nicht zu halten. Als ich ankam, war kaum noch jemand im Saal.«

»Ungefähr fünfzig Zuhörer waren es insgesamt«, rechnete Kennett, »also können wir davon ausgehen, daß etwa die Hälfte das Gebäude verlassen hatte.«

»Das ist doch nicht der entscheidende Punkt«, mischte ein anderer sich ein.

»So?« Kennett fuhr herum. Seine Stimme war messerscharf. »Und was ist Ihrer Meinung nach der entscheidende Punkt?«

»Daß Bekker gar nicht da war. Ich hab mir jeden, der reinkam, angesehen. Hab jedes Gesicht genau studiert. Von mir aus hängen Sie mich an den Eiern auf, ich bleib trotzdem dabei: Bekker war nicht im Vortragsraum.«

»Er muß dagewesen sein«, schnauzte Carter ihn an.

»Wie denn? Über die Bühne ist keiner in den Saal gekommen. Und sonst hätte er, wenn er auf der Bühne gewesen wäre, nur durch den Innenhof abhauen können – hier, wo wir jetzt sind. Aber hier sind sämtliche Türen verschlossen. Bis auf den Bühneneingang und die Tür, die ins Schulgebäude führt.«

Ein paar sahen sich betroffen an, die anderen starrten zu Boden. Ein langes, dumpfes Schweigen, aus dem lautlos verbissene Wut klang. Und die finstere Ahnung, daß wegen dieser Sache Köpfe rollen würden. Drei, vier Lieutenants starrten nach hinten, wo O'Dell und Lily sich ungerührt weiter unterhielten, als ging das Gerangel der anderen sie gar nichts an.

Schließlich meinte Huerta: »Er muß die ganze Zeit über hier gewesen sein, das denke ich jedenfalls. Hat sich irgendwo versteckt und dann gemerkt, daß er nicht mehr raus kann. Und weil er sich denken konnte, daß wir nach dem Vortrag alles absuchen, hat er sich Frank geschnappt. Er wollte wahrscheinlich das Funkgerät haben.«

Kennett nickte. »Frank war's jedenfalls nicht, der sich über Funk gemeldet hat.«

»Hat sich aber angehört wie Frank.«

»Weil Bekker mit tiefer Stimme gesprochen hat, das kann ja wohl nicht so verdammt schwer sein. Unsere Leute waren fünf Sekunden später da, und da war Frank schon tot. Aber es dauert eine ganze Weile, bis einer so zugerichtet ist.«

Kuhn fragte: »Wenn Bekker zu der Zeit schon untergetaucht war, warum hätte er dann noch den Funkspruch absetzen sollen?«

»Weil er wollte, daß wir uns alle auf die Hinterbühne konzentrieren«, sagte Lucas. »Stellen wir uns das Ganze mal so vor: Er schafft es irgendwie, auf die Bühne zu kommen, schlägt Frank zusammen, schnappt sich das Funkgerät, schleicht sich ins Treppenhaus, setzt den Funkspruch ab und verschwindet in aller Ruhe – mitten durchs Foyer, einfach raus auf die Straße.«

»Aber Billy sagt, da ist keiner vorbeigekommen«, gab Kuhn zu bedenken.

Ein junger Polizist in Zivil nickte. »Das kann ich beschwören. Ich kann mir beim besten Willen nicht vorstellen, wie jemand da durchgekommen sein soll.« Er stemmte trotzig die Hände in die Hosentaschen. »Lieutenant Carter hatte mir den Auftrag gegeben, mich da drüben aufzustellen. Und da hab ich gestanden und bin stur stehengeblieben. Auch noch nach dem Notruf über Funk. Ich hab die Leute rausrennen sehen...«

»Aber Sie haben mit dem Rücken zum Innenhof gestanden?« fragte Kennett.

»Ja«, sagte der junge Polizist zögernd. Er sah auf einmal aus, als ahnte er schon, daß er am Ende als Sündenbock herhalten müßte. »Ja, aber ich hab da gestanden.«

»Und bei Ihnen ist er auch nicht vorbeigekommen?« wandte sich Kennett an Lucas.

»Ich wüßte nicht, wie. Was der junge Mann da drüben vorhin gesagt hat, stimmt genau. Ich hab mir die Gesichter auch angesehen, jedes einzelne – und verdammt gründlich. Bekker war nicht dabei.«

»Also muß er schon dagewesen sein«, stellte Kennett fest. »Und was den Funkspruch betrifft, sollten wir davon ausgehen, daß er ihn abgesetzt hat, um uns abzulenken.«

»Oder um sein Versteck aufzusuchen«, warf jemand ein. »Vielleicht hat er sich schon den ganzen Tag hier im Schulgebäude versteckt gehalten.«

»Das wird sich herausstellen«, sagte Kennett. Er sah hoch zu den hellerleuchteten Fenstern der Klassenräume, tauschte einen Blick mit Lucas, sah Lucas den Kopf schütteln und nickte.

Sie wußten es beide: Bekker war längst verschwunden.

Eine Weile diskutierten die Männer noch weiter, stellten die absurdesten Theorien auf und verwarfen sie gleich darauf wieder. Die Gruppe wurde immer kleiner, einer nach dem anderen verdrückte sich unter dem Vorwand, er werde anderswo gebraucht. Was in dem einen oder anderen Fall sogar stimmen mochte. Dennoch, der wahre Grund, sich davonzuschleichen, war wohl bei allen der gleiche. Niemand wollte, daß ausgerechnet sein Name mit dem Desaster in Zusammenhang gebracht wurde. Die Ratten verließen das sinkende Schiff...

In der Kellernische vor dem Bühneneingang beendete die Mordkommission ihre Spurensuche. Jedes noch so kleine Detail konnte irgendwann wichtig werden. Obwohl es im Grunde keinen Zweifel gab: Bekkers Handschrift. Nur, wie es möglich gewesen war – die Frage blieb offen.

»Wir sind mit unserem Latein am Ende«, sagte Kennett zu Lucas, als sie allein im Innenhof standen. »Jetzt fallen die Hyänen über uns her.«

»Im Klartext: Jetzt werden Sie gehängt?« fragte Lucas.

Kennett nickte. »Könnte gut sein. Wenn ich schlau wäre, würde ich ein paar einflußreiche Leute anrufen. Ein paar Maschen stricken, bis ein Netz daraus wird, das man über die ganze Sache ziehen kann. Eines, in dem am Schluß Gott weiß wer zappelt, bloß nicht ich.«

»Gar nicht so einfach, nachdem Sie selber an Ort und Stelle waren«, meinte Lucas.

Kennett sah ihn fragend an. »Was würden Sie denn an meiner Stelle tun?«

»Mich rauslügen«, sagte Lucas.

Kennett kniff die Augen zusammen. »Und wie?«

Lucas zeigte quer durch den Innenhof. »Die Tür da hinten aufschließen. Und alles Frank in die Schuhe schieben. Die Version verbreiten, daß Bekker sich irgendwie die Schlüssel besorgt und schon den ganzen Tag im Gebäude aufgehalten haben muß. Und dann ist er plötzlich auf Frank gestoßen, es kam zu einem Kampf, Bekker hat... ach, weiß der Himmel, er ist eben ein PCP-Freak... Bei den Kerlen weiß man nie, wie sie reagieren. Jedenfalls hat er Frank umgebracht und ist dann mit Hilfe der vorher gestohlenen Schlüssel durch den Innenhof entkommen – nach hinten raus. Zugegeben, das Ganze wirft kein gutes Licht auf Frank. Aber Frank ist tot, niemand wird ihm Vorwürfe machen. Sie können sogar bei der Presse ein bißchen nachhelfen. Geben Sie zu verstehen, daß das Ganze Franks Schuld war, aber verlangen Sie, daß die Reporter das vertraulich behandeln. Schließlich war er ein pflichtbewußter Polizist, der im Dienst ums Leben gekommen ist...«

»Mmh...« Kennett schürzte die Lippen. »Und der Funkspruch?«

»Den hat Bekker abgesetzt, als er längst draußen war. Ein typisches Täuschungsmanöver. Das kaufen die Medien Ihnen sofort ab. Es paßt zu dem Bild, das sie sich von Bekker machen.«

Kennett starrte auf seine Füße. Dann schielte er nach hinten, zu der Bank, auf der immer noch O'Dell und Lily saßen. »Die Frage ist, wie lange die Story hält.«

»Sobald wir ihn erwischt haben, interessiert das keinen mehr.«

Kennett nickte. »Trotzdem, ich sollte das besser mit O'Dell absprechen. Das mit den vertraulichen Informationen, von denen die Presse keinen Gebrauch machen darf... So was wirkt glaubwürdiger, wenn er es sagt.«

Lucas sah ihn erstaunt an. »Glauben Sie, daß er da mitspielt?«

Kennett grinste dünn. »Schließlich war er selbst ja auch hier. Er und Lily waren gerade draußen vorgefahren.« Er vergrub die Hände in den Hosentaschen, ging ein paar Schritte auf die Bank zu, blieb stehen, drehte sich zu Lucas um. Das Grinsen war verschwunden. »Schwingen Sie Ihren Arsch nach Minneapolis. Und sehen Sie um Gottes willen zu, daß Sie irgendwas rausfinden, was uns weiterhilft, verdammt noch mal.«

## 19

Er hatte den miesesten Platz in der Touristenklasse erwischt, direkt hinter der Trennwand zur ersten Klasse. Wäre nicht der Sitz neben ihm frei gewesen, hätte er nicht gewußt, wo er die Beine unterbringen sollte. Die Sitzlehne zurückgeklappt, die Hände um die Armstützen verkrampft, die Augen geschlossen – er saß da wie beim Zahnarzt kurz vor Beginn einer Wurzelbehandlung.

Als sie sich den Niagarafällen näherten, blieb die Stewardeß bei ihm stehen. »Fühlen Sie sich nicht wohl?«

»Sind wir denn überhaupt schon oben?« krächzte Lucas.

»Oh...« Sie unterdrückte ein Lächeln. »Wie wär's mit einem Scotch? Einen doppelten, schlage ich vor?«

»Der hilft nicht«, behauptete er, »es sei denn, Sie rühren mir eine Handvoll Phenobarbital hinein.«

»Tut mir leid, damit kann ich nicht dienen.« Sie verzog keine Miene, nur ihre Augen funkelten amüsiert. »Es sind ja nur noch zwei Stunden.«

»Wie tröstlich«, murmelte Lucas.

Er mußte nur die Augen wieder schließen, dann sah er es deutlich vor sich: scharfkantige, bizarr nach oben gereckte Aluminiumtrümmer und Motorteile verstreut auf einem Kornfeld in den Weiten Kanadas. Köpfe, Arme, Hände – was eben von Menschen bleibt, wenn ringsum Flammen lodern und dicke schwarze Rauchwolken aufsteigen. Verhärmte Frauen, die verstohlen über das Trümmerfeld schleichen und den Toten die

Taschen leeren. Irgendwo lächelte eine Puppe aus dem Gewirr zerfetzten Metalls und verstümmelter Körper... Gottlob hatte er noch nie einen Flugzeugabsturz miterlebt, nicht einmal als Zuschauer, aber es gehörte ja nicht allzuviel Phantasie dazu, sich die Katastrophe auszumalen.

Er preßte sich in den Sitz, schwitzte, zählte die Minuten und schwitzte weiter, bis die Stewardeß wieder bei ihm stehenblieb.

»Wir haben's fast geschafft«, sagte sie.

»Wie lange noch?« brachte er heraus.

»Knapp eine Stunde.«

»Großer Gott...« Was hatten nun all seine Gebete genutzt, der liebe Gott möge ausnahmsweise mal ein Stück aus der Zeitachse heraussägen? Eine Stunde – was hätte das angesichts der Dimension der Ewigkeit schon ausgemacht?

Und irgendwann war es dann soweit, die Maschine kippte zur Seite über die eine Tragfläche. Unten schien alles ins Blau der Neonleuchten und den orangefarbenen Schimmer der Straßenlampen getaucht zu sein, ein endloser Fahrzeugstrom zog unter dem Fenster vorüber, westlich von Minneapolis dehnten sich die Seen wie riesige pechschwarze Schlünde.

Lucas klammerte sich an den Sitz. Starrte auf den Boden. Machte den Fehler, kurz nach rechts zu schielen, durchs Fenster der gegenüberliegenden Sitzreihe, sah die Erdoberfläche auf das Flugzeug zurasen, schloß die Augen und wartete auf den Aufprall. Er zuckte zusammen, als er den Ruck spürte, mit dem die Maschine aufsetzte.

Eine Routinelandung. Der Pilot leierte gelangweilt seinen Abschiedsgruß herunter. Ein Bauernlümmel aus Tennessee, folgerte Lucas aus dem Dialekt. So einem hätte man nicht mal eine '52 Chevy anvertrauen dürfen, geschweige denn ein Verkehrsflugzeug.

Lucas drückte sich aus dem Sitz hoch. Merkte selber, daß er

nach Angstschweiß roch. Und war mehr denn je davon überzeugt, einen Höllenflug hinter sich zu haben. Vor kurzem hatte er es ja selbst gelesen: La Guardia war völlig überlastet, es grenzte fast an ein Wunder, wenn man bei einem Start mit heiler Haut davonkam. Oder bei der Landung. Mein Gott, er durfte gar nicht daran denken – die stand ihm ja in zwei, drei Tagen noch bevor. Er erwischte ein Taxi, ließ sich auf den Rücksitz fallen. Der Fahrer zockelte ohne Eile die Uferstraße entlang. Lucas stutzte. Bei ihm im Haus brannte hinter einem Fenster Licht... Ach so, der Timer.

»Tut gut, wieder zu Hause zu sein, wie?« fragte der Taxifahrer nach hinten.

»Mann, Sie ahnen nicht, wie gut.« Lucas drückte ihm einen Zehner in die Hand und stieg aus.

Drüben an der Uferpromenade spazierte ein Pärchen vorbei. Er mit Chromrandbrille, sie blond – Nachbarn.

»He, Lucas«, rief der Mann herüber.

»He, Rick... Hallo, Stephanie...«

»Sie hatten vergessen, den Rasensprenger abzustellen. Wir haben den Schlauch zusammengerollt und hinter die Garage gestellt.«

»Oh, danke.«

Er sammelte die Post zusammen, die durch den Türschlitz gefallen war, warf die Reklame und die Drucksachen in den Papierkorb und überflog den Rest. Eine Wohltat, sich unter der heißen Dusche den Schweiß aus den Poren zu waschen. Und als er schließlich ins Bett kroch, dauerte es nicht mal eine halbe Minute, bis er eingeschlafen war.

»Lucas?« Quentin Daniel streckte den Kopf aus der Tür seines Büros. Er hatte mächtig abgenommen, die Ringe unter seinen Augen hätten kaum dunkler sein können. Seit zwei Wahlperioden war er jetzt Polizeichef in Minneapolis, aber das war es nicht, was ihn auffraß. Die Last einer Schuld nagte an ihm. Seinetwegen waren Menschen ums Leben gekommen. Nicht, weil er ihnen etwas getan hätte, sondern weil er geschwiegen hatte, um sich selbst zu schützen. Außer ihm und Lucas wußte niemand etwas davon. Lucas hatte die Sache aus seiner Erinnerung verdrängt und Daniel vergeben. Nur – Daniel konnte sich selbst nicht vergeben. »Kommen Sie rein. Was ist denn mit Ihrem Gesicht passiert?«

»Um's kurz zu machen: ein Überfall… Ich brauche ein bißchen Hilfe.« Lucas nahm auf dem Besucherstuhl Platz. »Sie wissen wahrscheinlich, daß ich in New York arbeite.«

»Ja, man hat mich angerufen. Und ich hab den Kollegen gesagt, daß sie mit Ihnen ›Mister Wunder‹ einkaufen.«

»Ich muß die Leute finden, die im Gefängnis Bekkers Zellennachbarn waren. Oder mit denen er in einem engen Vertrauensverhältnis gestanden hat.«

Daniel spielte mit der Zigarrenkiste auf seinem Schreibtisch. »Hört sich an, als wären Sie schon so weit, daß Sie sich an den letzten Strohhalm klammern?«

»Darum bin ich ja hier. Der Scheißkerl hat sich irgendwo eingegraben, und wir schaffen es nicht, ihn aus seinem Bau zu treiben.«

»Na ja, dann wollen wir mal…« Daniel griff nach dem Telefon und wählte eine Nummer. »Ist Sloan da? Sind Sie so nett, ihn zu mir zu rufen, ja? Danke.«

Nach einer kleinen Verlegenheitspause sagte Lucas: »Sie sehen ziemlich beschissen aus.«

»Ich fühle mich auch ziemlich beschissen«, sagte Daniel. Er rückte die Zigarrenkiste an den Schreibtischrand, richtete sie parallel dazu aus.

»Ihre Frau?«

»Sie hat mich verlassen. Als ich sie packen sah, dachte ich, irgendwann würde sie schon wiederkommen. Aber da lag ich schief. Es gab mal eine Zeit, da hab ich mir jeden Morgen beim Aufwachen gewünscht, sie würde mich verlassen. Aber jetzt wach ich auf, und das Bett neben mir ist leer, und ich weiß, so leer wird der ganze Tag werden.«

»Sie fehlt Ihnen also?«

»Irgendwas fehlt mir. Ich weiß nicht, was, ich weiß nur, daß da eine Leere ist. Ich werde Ihnen was sagen – ganz im Vertrauen: Ich bin nicht mehr lange hier. In zwei Monaten mache ich meinen Haken in der Pensionierungsliste. Vielleicht gehe ich nach Norden, kauf mir was an einem See. Das nötige Kleingeld habe ich zusammengespart.«

Daniels Sekretärin streckte den Kopf herein. »Sloan ist da.«

Lucas stand auf und nickte Daniel zu. »Ich wünsche Ihnen alles Gute. Und das ist ehrlich gemeint.«

»Danke«, sagte Daniel, »aber ich hab das Gefühl, daß auf mir ein Fluch liegt.«

Sloan – ein Baumwolljackett über dem Tennishemd, in Knitterhosen, mit derben Wanderschuhen – wartete im Vorzimmer. Ein breites Grinsen zog sich ihm übers Gesicht, als er Lucas sah.

»Wieder glücklich zu Hause?« Er streckte ihm die Hand hin.

Lucas lachte. »Nur für vierundzwanzig Stunden. Ich muß mit ein paar Typen reden und brauche jemanden, der ihnen die Dienstmarke unter die Nase halten kann.«

»Du arbeitest jetzt für die Jungens im Big Apple?«

»Ja. Erzähl ich dir später. Jetzt müssen wir erst mal ein paar Worte mit dem Sheriff im Hennepin wechseln.«

Einer der Deputies nannte ihnen die Namen, nachdem er zusammen mit einigen anderen Gefängnisbeamten die Kartei durchgesehen hatte. Drei Namen, da waren sich alle einig.

Bekker hatte die Zelle neben Clyde Payton gehabt, der jetzt in Stillwater einsaß. Ein Doper, Einbruch in einem Drugstore, zwei Jahre.

»Sobald der Affenarsch rauskommt, bringt er einen um«, prophezeite der Deputy. »Er hat Bekker angehimmelt wie ein Rockidol. Man hat's ihm förmlich angesehen, wie er davon geträumt hat: Einen umzubringen, das wär das Größte.«

In der Zelle auf der anderen Seite neben Bekker hatte Tommy Krey gesessen. Autodiebstahl. Auf Kaution entlassen. »Sein Anwalt hat beantragt, das Verfahren einzustellen«, erzählte der Deputy. »Wird wohl damit durchkommen, der Kläger ist inzwischen nach Kalifornien umgezogen, hab ich gehört.«

Und dann war da noch Burrell Thomas gewesen, in der Zelle um die Ecke. Tätlicher Angriff, einfache Körperverletzung. Er war mit einer Geldstrafe davongekommen und inzwischen wieder auf freiem Fuß.

»Tommy kenne ich«, sagte Lucas, »die beiden anderen nicht.« Er war eben schon zulange zu weit weg vom Schuß.

»Payton wohnt in St. Paul«, wußte Sloan, »in der Rice Street. Immobilienmakler. Aber das ist nur Tarnung, das dicke Geld macht er als Doper. Burrell Thomas – den kenn ich auch nicht.«

»Arbeitet meistens als Drahtzieher im Hintergrund«, erklärte ihnen der Deputy, »allgemein unter dem Namen Rayon bekannt. Ihr kennt doch sicher Becky Ann? Die mit den Kartentricks. Oder, wenn euch das mehr sagt: die mit den Riesentitten. Treibt sich immer unten am See rum.«

Lucas nickte. »Ach, die.«

»Hat was mit so einem baumlangen schwarzen Luden...«

»Manny«, sagte Sloan, wie aus der Pistole geschossen. Und auch Lucas wußte sofort Bescheid: »Manfred Johnson.«

»Ja, den meine ich. Er ist mit Burrell befreundet. Von der High-School oder schon aus Kindertagen...«

Sie hatten Kreys Anwalt angerufen, und er hatte sich kooperativ gezeigt. Ja, in etwa einer halben Stunde bei ihm, er werde dafür sorgen, daß Krey auch käme.

Das Auto, mit dem sie Richtung Südstadt fuhren, war nicht als Dienstwagen zu erkennen. Unterwegs fragte Sloan: »Wie ist es denn so in New York?«

»Heiß«, sagte Lucas. »Wie in Alabama.«

»Mhm«, murmelte Sloan. »Ich bin noch nie dort gewesen. Ich meine, in New York. Was man so hört – es scheint eine einzige große Müllhalde zu sein.«

»Na ja«, sagte Lucas, »eben ganz anders als hier.« Sie fuhren an heruntergekommenen Häusern vorbei, Kinder flitzten auf Fahrrädern durch die Straßen, es roch nach Sommer und Spaß.

»Was heißt anders? Fort Apache ist auch anders.«

»Nein, so nicht. Der entscheidende Punkt ist, daß kein Aas den Überblick hat, wie viele Arschlöcher sich da rumtreiben. Keiner blickt mehr durch, verstehst du? Hier bei uns – wenn da einer einen Transporter mit fünfzig nagelneuen Sonys verschwinden läßt, haben wir auf Anhieb eine Ahnung, wo die Dinger geblieben sein könnten. Aber da drüben... Mann, da könntest du 'ne Liste mit Verdächtigen machen – länger als das Ding, das du zwischen den Beinen baumeln hast, und da stünden trotzdem nur diejenigen drauf, die dir von früheren Fällen her namentlich bekannt sind. Mit anderen Worten, tatsächlich kämen ungefähr hundertmal mehr in Frage, von denen du nichts ahnst. Was im Klartext heißt, daß die Liste eigentlich so lang sein müßte wie das Ding, das *mir* zwischen den Beinen baumelt.«

»Okay«, sagte Sloan, »soweit zu den Größenverhältnissen. Und sonst?«

»Schwer zu beschreiben. Du kommst dir vor wie einer, der ganz oben im IDS-Hochhaus am Fenster steht und kaum noch sieht, was sich unten auf der Straße tut. Keine Rede davon, daß du den Überblick hättest. Du bist froh, wenn dir nicht schwindelig wird.«

Sloan nickte. »Darum findet ihr Bekker auf eurer verdammten Müllhalde nicht? So bekannt, wie der Arsch ist... Wenn der hier aufkreuzen würde, hätten wir fünf Minuten später Wind davon.«

Tommy Krey saß bei seinem Anwalt im Büro, gab sich gelangweilt, pulte mit einem Hölzchen in den Zähnen und schien nicht viel von dem Treffen zu halten. Der Anwalt – im gelbbraunen Doppelzwirn, das Haar eine Spur zu auffällig getönt – wechselte einen Händedruck mit Lucas und Sloan. Einen Händedruck, der ziemlich feucht ausfiel; Lucas grinste verstohlen, als er sah, wie Sloan sich am Hosenbein die Hand abwischte.

Der Anwalt faltete die Hände auf der Schreibtischplatte. »Was kann Tommy für Sie tun?« Seine Miene sollte vermutlich kühle Distanz und Bauernschläue zugleich ausdrücken.

»Er kann uns erzählen, worüber er und Michael Bekker sich im Knast unterhalten haben«, sagte Lucas.

»Und wie wirkt sich das auf diese leidige Sache mit dem Autodiebstahl aus?«

»Da müssen Sie sich selbst was einfallen lassen«, winkte Lucas ab. »Vielleicht legt Sloan beim Richter ein gutes Wort für Tommy ein, wenn er uns was Brauchbares liefert, aber ein Versprechen ist das nicht.«

Der Anwalt zog die Augenbrauen hoch und tauschte einen Blick mit Krey. »Was sagen Sie dazu?«

»Mir ist das scheißegal.« Tommy Krey flippte den Zahnstocher Richtung Papierkorb, traf aber nur den Teppichboden. Für seinen Anwalt Grund genug, die Augenbrauen einen deutlichen Ruck mehr zu heben. »Ich sag Ihnen was: Seit der sich nach New York abgesetzt hat, zerbrech ich mir den Kopf, ob er mal was angedeutet hat. Ich meine, was er vorhat und so. Hat er aber nicht. Wenn wir zusammen geredet haben, ging's nur um ganz alltäglichen Scheiß.«

»Nie ein Wort über Leute in New York, die er kennt und bei denen er untertauchen könnte?«

»Nein, nie. Alles, was ich weiß, ist… Der andere, der auch was mit den Morden zu tun hatte, der war irgendwo am Theater. Als Schauspieler oder so. Vielleicht hat der ihm 'n paar Tips gegeben, wie man sich zurechtschminken kann?«

»Wie war er denn so im Knast? Hat er durchgedreht? Sonst irgendwas Besonderes?«

»Der hat die ganze Zeit nur gejammert und geheult. Konnte einfach ohne seine Scheißdrogen nicht leben, verstehen Sie? Hat ihn fix und fertig gemacht. Ich dachte zuerst, er macht nur 'ne Show daraus, aber 's war wirklich so. Manchmal hat er stundenlang vor sich hingeheult. Mann, ich sag Ihnen, der war völlig bekloppt.«

»Was war mit diesem Clyde Payton? Der war doch wegen irgendeiner Rauschgiftsache drin, oder? Soll sich ziemlich gut mit Bekker verstanden haben.«

»Ja, das war auch so 'n Irrer. Ich hab ihn ja kaum kennengelernt. Kurz nachdem er kam, ist für mich die Kaution hinterlegt worden. Aber daß der nicht ganz dicht war, hab ich gleich gerafft. Der war, glaub ich, erwischt worden, als er in einen Drugstore eingestiegen ist. Hat da Medikamente geklaut, so 'n Zeug, das man nur auf Rezept kriegt. Ein finsterer Typ, eiskalt. Komisch, ich hab damals gedacht, den schaffen sie bestimmt eines Tages nach Stillwater.«

»Da ist er auch gelandet. Und was wissen Sie über Burrell Thomas?«

»Rayon?« Irgend etwas leuchtete in Kreys Gesicht auf. »Ja,

da war was. Bekker und Burrell haben dauernd die Köpfe zusammengesteckt. Rayon ist einer von den Niggern, die mit allen Wassern gewaschen sind.«

Die Adresse, unter der sie angeblich Burrell finden sollten, war ein leerstehendes Haus. Eingetretene Türen, leere Fensterhöhlen, der Boden mit aufgeschlitzten Plastiksäcken ausgelegt. Sie stiegen über Glasscherben die Treppe hinauf. Im ersten Zimmer eine angesengte Matratze, im zweiten gähnende Leere, im dritten eine Badewanne, die jemand als Toilette benutzt hatte.

Sloan scheuchte einen Schwarm fetter Fliegen auf, torkelte angeekelt rückwärts zur Tür hinaus und murmelte: »Besser, wenn wir Manny Johnson suchen.«

»Der hat früher bei Doss-Autoverglasung gearbeitet«, erinnerte sich Lucas. »Keiner von den ganz krummen Typen, würde ich sagen. Ich glaube nicht, daß er ein Vorstrafenregister hat. Aber dieses Mädchen, mit dem er zusammen ist...«

Sloan nickte. »Hat letzten Monat im Loin fünfundzwanzig Riesen abgesahnt. Hättest mal erleben sollen, wie schnell das die Runde gemacht hat. Ein verdammt gerissenes Früchtchen. Wußtest du, daß sie sich Rock Hudson nennt?«

Sie fanden sie im Büro der Autoglaserei. Sie hatte einen Karton mit Rubbellosen auf den Knien, bearbeitete mit einem Schnappmesser die silberfarbene Folie und schien jeden Augenblick mit dem Hauptgewinn zu rechnen. Der Fußboden rings um ihren Stuhl sah allerdings mehr danach aus, als hätte sie bis jetzt nur Nieten in den Fingern gehabt.

»Cops, was?« Sie sah nur flüchtig auf, als Lucas und Sloan hereinkamen.

»Wie geht's denn so?« fragte Lucas. »Hast du in letzter Zeit zufällig mal was Gescheites gemacht?«

»Was wollt ihr?«

»Wir haben was mit Manny zu besprechen«, sagte Lucas. Als sie aufstehen wollte, drückte er sie auf den Stuhl zurück. »Wir finden ihn allein, du kannst ruhig weiter an den Losen rumfummeln.«

Sloan hatte die Tür zur Werkstatt bereits aufgestoßen. »Hier ist er!« rief er Lucas zu.

Sie gingen zusammen in die Werkstatt, Johnson sah sie, griff nach einem Handtuch und wischte sich die Hände ab. Gut und gern zwei Meter zehn, schätzte Lucas.

»Manny? Wir würden uns gern mit Ihnen über Burrell Thomas unterhalten.«

»Rayon? Was hat er denn angestellt?« Johnson hatte eine tiefe, irgendwie hohlklingende Stimme, bei der man unwillkürlich an polternde leere Ölfässer denken mußte.

»Nichts, soweit wir wissen. Aber er war in der Zelle neben diesem Bekker eingebuchtet, Michael Bekker.«

»Ja, hat er mir erzählt«, bestätigte der baumlange Schwarze.

»Wissen Sie, wo wir ihn finden?«

»Wenn Sie meinen, wo er wohnt – das weiß ich auch nicht. Ich könnte höchstens versuchen, ihn heute abend irgendwo aufzutreiben. Nach neun sind die Chancen, unten in Hennepin über Rayon zu stolpern, gar nicht so schlecht.«

»Bekker schlachtet Menschen ab«, sagte Sloan, »und das meine ich wörtlich – er schlachtet sie ab. Ich weiß nicht, ob Burrell hin und wieder Ärger mit der Polizei hat...«

»Worauf wollen Sie raus?«

Sloan zuckte mit den Achseln. »Wenn er uns hilft, hat er bei mir was gut. Oder Ihre Freundin da draußen.«

Johnson sah ihn ein paar Sekunden stumm an. Dann fragte er: »Wie kann ich Sie erreichen?«

Sloan fischte seine Karte aus der Tasche. »Rufen Sie mich unter der Nummer an.«

»Am besten noch heute abend«, sagte Lucas. »Dieser Bekker…«

»Ja, ich weiß«, fiel ihm Johnson ins Wort, »Sie hören von mir, so oder so.«

Die Fahrt nach Stillwater kostete sie eine Stunde, das Gespräch mit Clyde Payton dauerte nur Minuten. Payton sah aus wie ein ehemaliger College-Baseball-Star, der allmählich fett wird. Von der Idee, Lucas und Sloan Rede und Antwort zu stehen, hielt er absolut nichts.

»Zum Teufel, hat irgendein Cop je was für mich getan? Ich bin ein kranker Mann, und ihr habt mich hier in einen Käfig gesteckt. Verpißt euch, fickt euch ins Knie…«

Als sie gingen, hörten sie ihn immer noch einen Schwall von Flüchen und Verwünschungen vor sich hinbrabbeln.

Lucas warf einen Blick zurück. Von außen sah das Gefängnis aus wie eine alte katholische High-School. Von innen hatte es auch so ausgesehen. Bis man zu den Stahltüren kam. Dann war es nur noch ein Knast.

Johnson rief kurz nach sechs Uhr bei Sloan an. Burrell war bereit, mit ihnen zu reden, sie sollten in Penns Bar in Hennepin kommen, Johnson wollte dazustoßen und sie mit Burrell Thomas alias Rayon bekanntmachen.

»Mhm, ich hätte zu Hause was zu erledigen«, druckste Sloan herum.

»Hau schon ab, Mann«, sagte Lucas. »Und – danke, noch mal.« Er schüttelte Sloan die Hand.

»Bums keine Frauen, die nichts davon verstehen«, gab Sloan ihm zum Abschied mit auf den Weg.

Das Bemerkenswerteste an Penns Bar war, vom knarrenden Dielenfußboden abgesehen, der ziegenbärtige Typ an der Bar, der für die Drinks, den Abwasch und die Kasse zuständig war und notfalls wohl auch die Funktion des Rausschmeißers übernahm, jedenfalls ließ er die Tür nie länger als ein paar Sekunden aus den Augen.

An der Bar lümmelte einsam eine schwarze Nutte, paffte eine Zigarette und schmökerte in einem Comicbuch. Sie warf Lucas, als er hereinkam, kurz einen Blick zu, strafte ihn dann aber – genau wie den halb ausgetrunkenen Daiquiri, der vor ihr auf dem Bartresen stand – mit Mißachtung. Im Hintergrund vertrieben sich – von Zigarettenqualm eingehüllt, dessen dicke Schwaden eher an Herbstnebel erinnerten – vier Männer und zwei Frauen die Zeit mit Münzbillard.

Lucas ging am Tresen und an den Spielern vorbei zu den Türen an der Rückfront der Bar. Eine kleine Nische mit einem verkratzten Münztelefon und einem Zigarettenautomaten, daneben die Herrentoilette... Kein Johnson, kein Burrell, nichts.

Der Barkeeper trocknete sich an einem senfbekleckerten Tuch die Hände ab. »Kann ich was für Sie tun?«

»Eine Flasche Leinies«, bestellte Lucas.

Der Barkeeper bückte sich zum eingebauten Kühlschrank, stellte die tropfnasse Bierflasche auf den Tresen und verlangte: »Zwei Dollar.« Dann deutete er mit dem Kopf nach hinten. »Haben Sie jemanden gesucht?«

»Ja.« Lucas zahlte und kletterte auf einen Barhocker.

Er versuchte, seine Chancen und die Zeit, die ihm noch blieb, gegeneinander aufzurechnen. Wenn heute nichts aus dem Treffen mit Burrell wurde, mußte er noch einen Tag dranhängen. Was bedeutete, daß er die Morgenmaschine nach Atlanta nicht mehr erwischte und frühestens nachmittags in Charleston ankam. Und damit verschob sich dann auch die Rückkehr nach New York.

Die Nutte klopfte mit dem Knöchel auf den Tresen, deutete auf den Daiquiri und bekam einen neuen. Blaßgrün wie ihr Cocktailkleid. Sie schielte wieder zu Lucas hinüber, diesmal nahm sie sich ein bißchen mehr Zeit.

Lucas konnte sich nicht an sie erinnern. Als er noch beim Police Department in Minneapolis gewesen war, hatte er die Schönen der Nacht fast alle gekannt, jedenfalls die professionellen. Aber da lagen ja bereits ein paar Monate dazwischen. Du mußt bloß eine Woche weg sein, dachte er, schon weißt du nicht mehr, was auf der Straße läuft. Eine neue Generation trieb sich inzwischen da draußen herum, Dreizehnjährige, die für ein paar Dollar sogenannten ehrsamen Familienvätern im nächsten Hausflur schnell einen runterholten.

Er hatte sein Bier fast ausgetrunken, als Johnson hereinkam. Ziemlich außer Puste, wie nach einem Dauerlauf.

»Himmel noch mal, Davenport«, keuchte er, »ich hab doch tatsächlich den Bus verpaßt.« Er nickte der Nutte kurz zu und kletterte auf den Hocker neben Lucas.

»Und wo ist er?« fragte Lucas.

Johnson verzog das Gesicht. »Was soll das heißen: Wo ist er? Da ist er doch.«

Lucas beugte sich vor, sah an der Nutte vorbei nach hinten. Von den Männern am Billardtisch konnte es keiner sein, lauter Weiße.

»Wo?«

Johnson schlug sich lachend auf die Schenkel. »Sie sitzen direkt neben ihm, Mann.«

Die Nutte schenkte Lucas ein Lächeln. »Hi, Süßer.« Eine Oktave zu tief.

Lucas starrte die Schwarze an. Schloß die Augen und korrigierte sich: *den* Schwarzen. Ein Transvestit. Und auf einmal war alles klar. Dieser gottverdammte Bekker... Darum hatten sich die Frauen nichts Böses dabei gedacht, wenn er sich an sie herangemacht hatte. Oder die Touristen – Cortese, zum Beispiel. Schlank, mit schmalen Schultern, entsprechend geschminkt, und das Ganze spätabends, in der Dunkelheit... So war er ihnen auch an der New School entwischt.

Himmelarschundzwirn.

»Haben Sie Bekker beigebracht, wie man... Wie man sich so herrichtet?« fragte Lucas. »Die Kleidung und das Make-up?«

»Na ja, drüber geredet haben wir schon«, sagte Burrell. »Nur, der war ja so ein beschissener Arsch, mit dem hat sich keiner gern unterhalten.«

»Aber wenn Sie mit ihm drüber geredet haben... Hatten Sie den Eindruck, daß es ihn interessiert? Oder hat er gar nicht richtig hingehört?«

Burrell legte den Kopf in den Nacken, starrte zur Decke und kramte in seinen Erinnerungen. »Ich meine, das eine oder andere Mal hat er's sogar selber probiert.« Er rutschte vom Barhocker, ging mit wiegendem Hüftschwung ein paar Schritte auf und ab, drehte sich um und sah Lucas und Johnson an wie einer, der auf Applaus wartet. »Dauert 'ne Weile, bis man das richtig drauf hat. Ich meine, so, daß einem kein Fehler unterläuft. Stellt euch mal vor, da kommt einer um die Ecke und vergißt plötzlich, kleine Schritte zu machen und die Füße richtig zu setzen... Mann, eine falsche Bewegung, und schon ist alles im Arsch.«

Der Barkeeper musterte sie mißtrauisch. »He, seid ihr schwul?«

»Hier geht's um polizeiliche Ermittlungen«, sagte Lucas.

»Oh, vergessen Sie die Frage...«

Burrell fuhr sich mit der Zunge über die Lippen. »Kann sein, daß ich noch mal drauf zurückkomme, Süßer.«

»Ach, Mann, verpiß dich, du Schwuchtel...«

»Ruhe!« fuhr Lucas dazwischen, schob die Hand zwischen den Barkeeper und den Schwarzen und wollte von Burrell wissen: »Hat das auch zu dem gehört, was er ausprobiert hat? Die Art, wie er gehen und sich bewegen muß?«

»Ja, ich glaub schon. Wenn ich's mir recht überlege: Wir haben sogar ein paarmal darüber geredet. Daß man ein gutes Feeling dabei hat und so, das hat ihn nicht interessiert. Er wollte nur wissen, wie man's richtig macht und was alles dazugehört. Na ja, Sie wissen schon, man braucht Plastiktitten und so... Also, er hätte 'n hübsches Mädchen abgegeben – bis auf die Narben.«

»Wirklich? Ist das sozusagen ein professionelles Urteil?«

Burrell wurde rot. »Ach, Mann, jetzt machen Sie mich ganz verlegen...«

»Nein, so hab ich das nicht gemeint«, winkte Lucas ab. »Ich will nur wissen, ob er Ihrer Meinung nach in der Rolle einer Frau überzeugend wirken würde.«

Burrell überlegte einen Augenblick. Er schien immer noch nicht ganz sicher zu sein, ob Lucas ihn vielleicht nur auf den Arm nehmen wollte. »Ja«, antwortete er schließlich, »sehr überzeugend. Bis auf die Narben, wie gesagt.«

Lucas schwang sich vom Barhocker und nickte Johnson zu. »Sie haben was gut bei uns. Wenden Sie sich an Sloan, wenn Sie mal Hilfe brauchen.«

»War das schon alles?« rief Burrell hinter ihm her.

»Ja«, sagte Lucas, »das war alles.«

Er stand in der Nische ganz hinten vor dem verkratzten Münztelefon, hatte den Hörer in der Hand und wartete. Als Barb Fell sich meldete, hörte er im Hintergrund den Fernseher laufen, ein Baseballspiel. »Kannst du dich mit Kennett in Verbindung setzen?« fragte er. »Jetzt gleich?«

»Klar.«

»Dann sag ihm, wir wissen jetzt, mit welchem Trick Bekker arbeitet. Wie er's hinkriegt, durch die Gegend zu spazieren, ohne daß ihn einer erkennt. Und wie er's geschafft hat, aus der New School rauszukommen.«

»Ach? Das wissen wir?«

»Ja, ich hab mich gerade mit einem ehemaligen Knastbruder unterhalten, Bekkers Zellennachbar, ein gewisser Burrell Rayon Thomas. Hübsches Kerlchen. Erstklassiges Make-up, tolle Beine. Hat ein daiquiri-grünes Cocktailkleid an. Bei ihm hat sich Bekker eine Menge abgeguckt.«

Erst sagte sie lange nichts, dann hörte Lucas sie tief durchatmen. »Der Saukerl ist eine Frau. O Mann, waren wir blöde.«

»Ruf Kennett an«, sagte er.

»Hast du's schon jemandem gesagt?«

»Nein, ich dachte mir, es würde dir Spaß machen, als erste damit rüberzukommen.«

»Oh«, sagte Barb Fell. Und dann sagte sie: »Also, wirklich – danke.«

## 20

Er konnte die Tropfen zählen. Spürte, wie ihm das Wasser auf die Haut prasselte, und zählte jeden einzelnen Tropfen. Alles war möglich geworden nach den beiden winzigen Tabletten Ecstasy, er mußte es nur wollen. Unglaublich, wie ihm das Zeug die Sinne schärfte und ihm eine ganz neue Sensibilität schenkte. Ein so feines Wahrnehmungsvermögen, daß er in der Lage war, einen aus Tausenden von Wassertropfen herauszuspüren.

Er drehte sich unter der Dusche, ließ sich vom heißen Wasser die Haut röten. Kalt zu duschen, das hatte er sich ganz abgewöhnt. Die Glaswand war vom Dampf beschlagen, die ganze Duschkabine schien zu schwitzen. Krebsrot drehte er sich um die eigene Achse, das Kinn in die Hände gestützt, die Ellbogen eng über dem Nabel zusammengepreßt – mehr, noch mehr, wünschte er sich und wartete darauf, daß die alte Haut sich löste und von ihm abfiel. Drehte sich, wartete auf die Häutung und zählte jeden einzelnen Tropfen. Er blieb, bis der Boiler leergelaufen war und das Wasser allmählich kälter wurde. Immer kälter. Fröstelnd drehte er den Hahn zu, stieg verärgert aus der Kabine.

Wie spät mochte es sein? Er huschte nach hinten, zu der schmalen Fensterluke, die er mit einem aufgeschnittenen alten Plastikbeutel abgedeckt hatte, zog die Verdunkelung mit zwei Fingern beiseite und spähte hinaus. Dunkelheit. Tiefe Nacht. Gut soll. Die Nacht war sein Freund.

Er kam zurück, ging zum Bett, merkte erst jetzt, wie verstaubt der Fußboden war. So viel Staub, daß er ihm an den feuchten Fußsohlen klebte. Er mußte dringend mal saubermachen. Auch Blutspuren entdeckte er auf dem Boden. Was ihn verblüffte, bis ihm die Schnittwunde einfiel. Er sah sich den Arm an, rieb die Haut zwischen Daumen und Zeigefinger. Es schmerzte noch ein bißchen, aber zu sehen war nicht mehr viel.

Im Vorbeigehen fing er mit einem Seitenblick sein Spiegelbild ein. Sein zerhacktes Gesicht. Er ging ins Bad, schwappte sich Wasser über die Narben, schaute wieder in den Spiegel und zog eine wütende Grimasse: alles wie vorher. Langgezogene Wülste, dick wie Krampfadern. Und das alles nur, weil damals der Notarzt die Wunden genäht hatte, ein richtiger Schlächter. Hätten sie ihn nicht zu einem qualifizierten Facharzt für plastische Chirurgie bringen können?

*Davenport... Er sah ihn im Geiste vor sich, mit gebleckten*

*Zähnen, mit Augen, die Feuer sprühten... Er sah die Hand, die die Pistole schwang und zuschlug, immer wieder...*

Er seufzte, kam – am ganzen Leib zitternd – in die Gegenwart zurück, starrte in den Spiegel, starrte in sein Gesicht. Das Make-up war ihm schon zur Routine geworden, dennoch ließ er es nicht an der nötigen Sorgfalt fehlen. Zuerst Abdeckschminke, um die Narben unsichtbar zu machen. Dann Rouge. Styling-Spray, mit dem er das blonde Haar noch weicher machte. So geschmeidig, daß es locker nach unten fiel und die – ein wenig zu scharf gezeichnete, zu maskuline – Wangenpartie zudeckte.

Den Lippenstift trug er erst ganz am Schluß auf. Zartes Rot, Prärierose, nannten sie den Farbton. Und nicht zuviel davon, es sollte nicht übertrieben grell aussehen, ganz natürlich. Er probierte den Abdruck auf dem Spiegel, fuhr sich mit der Zunge über die Lippen, tupfte das Rot mit Toilettenpapier ab. Ja, jetzt sah es gut aus.

Er ging zum Schrank, nahm den Plastikbusen heraus, legte ihn bereit und setzte sich aufs Bett. Die Beine hatte er sich erst gestern rasiert, bis auf ein paar frische Stoppeln war nichts zu sehen. Mit seinem blonden, weichen Haar hätte er kaum Probleme gehabt, selbst wenn er sich die Beine nicht rasiert hätte. Er hatte es eigentlich mehr getan, damit sich das richtige Gefühl einstellte. Rayon hatte ihm seinerzeit gesagt, das sei wichtig. Und Bekker hatte verstanden, was er damit meinte. Bevor man eine Rolle spielen kann, muß man, um das richtige Rollenbewußtsein zu bekommen, quasi hineinkriechen in die Figur, die man verkörpern will.

Er zog das Miederhöschen hoch, nicht ruckartig, ganz sanft, Falte um Falte, auch das hatte er inzwischen gelernt. Ein Blick in den Spiegel. Wie ein Fechter, fand er. Er drehte sich seitwärts. Weiter unten stimmte noch nicht alles, da beulte etwas aus. Er langte ins Miederhöschen, drückte den Penis nach unten. Wieder ein Blick in den Spiegel. Ja, gut so.

Jetzt war der Plastikbusen dran. Er konnte das Ding nicht leiden, es fühlte sich kalt und fremd an, und die Träger drückten an den Schultern. Aber ohne den künstlichen Busen fehlte etwas, rein optisch und auch vom Gefühl her. Er hakte ihn zu, prüfte den Effekt vor dem Spiegel. Ja. Mit dem Ding vor der Brust und mit dem weichen blonden Haar, das ihm bis auf die Schultern fiel... Er sah nicht nur so aus, er war eine Frau. Whitechurch hatte ihm das ohne weiteres abgenommen. Meine Güte, sein dämliches Gesicht, als er es schließlich kapiert hatte... Aber da war es zu spät gewesen, da hatte Bekker schon mit der Pistole in der Hand vor ihm gestanden...

Zur Bluse in nicht zu kräftigem Blau wählte er einen klassisch geschnittenen, knapp knielangen Rock und sportliche, farblich zur Bluse passende Schuhe mit dicken Laufsohlen. Von der Figur her stimmte nun alles, nur die Hände und die Füße konnten ihn noch verraten, weil sie eben einfach zu groß waren. Schuhgröße zweiundvierzig – es gab praktisch keine Alternative zu diesen sportlichen Laufschuhen. In denen fiel er nicht auf, weil er für eine Frau nicht gerade klein war, eher etwas über dem Durchschnitt, so, wie Männer das bei einer Blondine erwarten. Das eigentliche Problem waren die Hände – viel zu plump für eine Frau.

Als er fertig angezogen war, prüfte er seine Erscheinung im Spiegel. Gut. Ach was, ausgezeichnet sogar. Die Schultertasche – na ja, da konnte er zum Beispiel die Pumps drin haben, das Schuhwerk für die feineren Gelegenheiten. Er legte die Kette aus synthetischen Perlen an und sprühte sich ein wenig Parfum unters Kinn und an die Handgelenke. Ein Hauch hätte es sein sollen, aber er hatte wohl in der Eile ein wenig zuviel des Guten getan. Parfum, hatte Rayon behauptet, wäre etwas, was im

Grunde nur Frauen richtig zu dosieren wüßten, sie allein hätten das richtige Gespür dafür.

Fertig. Er legte sich mit einer lässigen Geste die Hand unters Kinn, ganz beiläufig, ohne Koketterie, wie es, erinnerte er sich, seine Frau zu Lebzeiten gelegentlich getan hatte, betrachtete sich noch einmal im Spiegel und war rundherum mit sich zufrieden. Lautloses, glückliches Lachen schüttelte ihn.

Super-Ego... wie in den guten, alten Zeiten.

Super-Ego stakte zum Volkswagen, fuhr ihn, ohne die Scheinwerfer einzuschalten, bis zum Tor, schloß auf, fuhr nach draußen, verriegelte das Tor hinter sich, rutschte wieder hinters Lenkrad und überlegte einen Augenblick.

Das Parkhaus beim Bellevue, schoß ihm durch den Kopf. Ein Gedanke, der irgendwo in seinem Hirn gespeichert sein mußte. Ja, das Bellevue. Er griff nach der Schultertasche, holte den Beutel heraus, schüttelte sich eine von den lindgrünen PCP-Pillen in die Hand. Er schluckte sie, schob sich gleich noch eine zweite hinterher. Schnürte den Beutel zu, verstaute ihn in der Tasche, bog nach links ab. Das heißt, es schien ihm, als hätte er das Lenkrad nicht eingeschlagen. Nicht er selbst, seine Hände hatten es getan, ganz automatisch.

Langsam glitt der Wagen durch die spärlich beleuchteten Straßen, in stetigem Tempo. Ein Mädchen? Ja. Eine junge Frau. Die waren zierlicher gebaut, nicht so schwer, einfacher zu handhaben, wenn er sie erst mal hatte. Ach Gott, wenn er an die Mühe mit Cortese dachte! Unheimlich schwer, so ein lebloser Männerkörper. Bis er den damals auf die Rücksitze gewuchtet hatte...

Und Frauen... Ein Gesichtspunkt, der ihm jetzt klarwurde: Ja, Frauen standen es einfach länger durch.

Der Parkwächter nickte ihm zu, er hatte den alten Volkswagen wiedererkannt – und auch die attraktive Blondine am Steuer. Sie war schon ein paarmal hier gewesen.

Bekker fuhr bis zum obersten Parkdeck, das nahezu verlassen dalag. Der rote Volvo in der Ecke – wer weiß, wie lange der schon hier oben stand. Und zwei andere Wagen zählte er noch. Mit seinem VW vier Fahrzeuge auf dem ganzen Parkdeck. Er griff nach der Schultertasche, in der er den Behälter mit dem Gas und die Betäubungswaffe verstaut hatte. Stieg aus. Stille ringsum.

Eine Erinnerung durchzuckte ihn. Cortese – der erste, den er sich geholt hatte. Mit dem Elektroschocker hatte er ihn außer Gefecht gesetzt. Hatte über ihm gekniet wie über... Erst fiel ihm kein Vergleich ein, dann hatte er's: wie über einem erlegten Keiler, ein Stück Wild aus den Wäldern des Mittelwestens. In einer kleinen Seitengasse, unweit der Plaza, war das gewesen. Und als er ihm dann die Maske auf den Mund gepreßt hatte, durchrieselte es ihn zum ersten Mal: das Gefühl der Macht über einen Menschen.

Irgendwo wurde eine Wagentür zugeschlagen, auf einem der unteren Parkdecks, ein hohl hallendes Geräusch. Ein Motor sprang an. Bekker ging zum Fahrstuhl, drückte den Rufknopf, wartete. Auf dem Schild neben den Fahrstuhltüren stand: *Lassen Sie Ihre Wertsachen nicht im Wagen zurück. Das Parkhaus wird bewacht, aber Sie sollten trotzdem nicht vergessen: Selbst verschlossene Autotüren schrecken Diebe nicht ab.*

Die PCP-Welle schwappte in ihm hoch. Fing an, ihn zu beherrschen. Machte ihn stark. Schärfte seinen Verstand.

Er sah sich um. Keine Kameras. Langsam stieg er die Treppenstufen hinunter. Am Kassenhäuschen vorbei. Bog in den Seitenweg ein, der zum Haupteingang des Krankenhauses führte. Der ganze Eingangsbereich sah im Grunde aus wie ein großer Parkplatz. Eine betonierte Fläche, nur durch eine niedrige Mauer vom Parkhaus getrennt. Bekker nahm den schmalen Weg auf der anderen Seite, der zum Krankenhauspark führte, suchte sich eine Bank direkt unter einer Laterne und setzte sich.

Die Nacht war warm, sogar schwül, die Luft roch nach Regen und Pfefferminz. Drüben, wo sich die Straße befand, sah er zwei einsame Fußgänger, ein Pärchen. Sie hatte sich bei ihm eingehakt, er trug einen Strohhut. Was aus der Ferne aussah, als schwebte ihm ein blaßgoldener Heiligenschein ums Haupt.

Aber dann... Eine Frau kam aus dem Krankenhaus. Ging auf das Parkhaus zu, Bekker sah sie schon nach den Autoschlüsseln kramen. Er stand auf, folgte ihr. Sie blieb stehen, kramte weiter, fand wohl die Schlüssel nicht sofort. Bekker kam näher und merkte erst, als er auf gleicher Höhe war, daß er sich verschätzt hatte. Zu kräftig gebaut. Gut und gern achtzig Kilo. Mein Gott, bis er die hochgewuchtet hatte...

Er blieb stehen, drehte sich um, hob den linken Fuß, sah sich die Schuhsohle an. Auch einer von den kleinen Tricks, die Rayon ihm beigebracht hatte. Kleinigkeiten, die man sich bei Frauen abgucken konnte. Fuß hoch, ein Blick über die Schulter, ärgerliches Stirnrunzeln... Absatz abgebrochen. Oder in irgendwas reingetreten, wer weiß.

Er setzte sich wieder auf die Bank. Nicht ungewöhnlich, nicht einmal bei Nacht. Das Krankenhausgelände wurde ja bewacht, hier mußte eine Frau keine Angst haben.

Shelley Carson war ausgebildete Krankenschwester. Sie hatte eine Station in der chirurgischen Abteilung unter sich und ließ sich so schnell von keinem etwas vormachen.

Größe und Figur stimmten auch.

Ein richtiges Häppchen, dachte Bekker.

Knapp einen Meter sechzig, höchstens fünfundfünfzig Kilo mit Kleidern. Offensichtlich war sie sich bewußt, daß sie genau der Typ war, auf den Männer fliegen. Man merkte ihr an, wie vorsichtig sie war, während sie sich dem Parkhaus näherte. Obwohl sie heute nacht nicht allein war, Michaela Clemson begleitete sie, auch in Schwesterntracht, sie arbeitete im Operationssaal. Fast einen Kopf größer, blond, durchtrainiert, Tennisspielerin. Und im Augenblick ziemlich wütend.

»Du hast es doch selbst gehört? Ich will das Zeug hier nicht herumliegen haben, hat er gesagt, halten Sie sich endlich an meine Anweisungen. Kommandiert mich rum wie ein Schulmädchen. Aber nicht mit mir! Ich werde mich über ihn beschweren.«

Shelley war ganz ihrer Meinung. Schwestern waren nicht dazu da, sich von den Ärzten herumschubsen zu lassen. »Würde ich genauso machen.«

»Es ist ja nicht das erste Mal«, schimpfte die Blonde. »Ich laß mir das einfach nicht mehr länger gefallen. Als Chirurg taugt der Kerl nicht das Schwarze unterm Fingernagel, aber wenn du ihn hörst, müßte er längst Oberarzt sein.«

Bekker huschte dicht hinter ihnen durch die Tür. Sie hatten ihn bemerkt, nahmen aber weiter keine Notiz von ihm, während sie auf die Treppe zugingen.

»Ich seh das genauso«, sagte Shelley. Ihr kurzgeschnittenes dunkles Haar lag wie ein Helm auf ihrem Kopf. Ein richtiges kleines Elfenkind.

»Diesmal mach ich ernst«, sagte die Blonde. »Für morgen mittag um drei hab ich mir einen Termin geben lassen.« Mit einem raschen Blick über die Schulter streifte sie Bekker. »Morgen um drei, drück mir die Daumen.«

Bekker, die Hand auf dem Elektroschocker, kam näher.

Die Blonde wandte sich nach rechts, zog eine Tür auf, suchte das Parkdeck ab, auf dem ihr Wagen stand. »Alles in Ordnung«, sagte sie zu ihrer Freundin. »Also, dann bis morgen.«

Bekker sah sie auf einen Toyota zugehen, dann hetzte er hinter der Elfe her, weiter nach oben.

Schnapphäppchen drehte sich, ohne stehenzubleiben, zu ihm um. »Wir sollten was ausmachen, wir beide. Wenn eine von uns im richtigen Parkdeck angekommen ist, nimmt die andere sich einen Augenblick Zeit, um zu sehen, daß die Luft auch wirklich rein ist.«

»Gute Idee«, krächzte Bekker, legte sich schnell die Hand auf den Mund und hüstelte ein bißchen. Das mit der Stimme, hatte ihm Rayon gesagt, sei das größte Problem. Am besten, man mimte eine Erkältung oder tat, als hätte man sich verschluckt.

»In der Garage fühle ich mich nie sicher«, sagte die Elfe. »Es würde mich wirklich nicht wundern, wenn hier eines Tages jemand überfallen wird.«

Bekker beschränkte sich auf ein Nicken, schob die Hand tiefer in die Schultertasche. Schnapphäppchen runzelte die Stirn. Irgend etwas schien ihr nicht ganz geheuer zu sein. Aber sie ging weiter, anscheinend wollte sie zum obersten Deck.

Und Bekker hielt sich dicht hinter ihr. Zog den Elektroschocker aus der Umhängetasche. Drehte das Ventil am Gasbehälter ein Stück auf. Hörte das leise Zischen. Und spürte, wie seine Beinmuskeln sich spannten...

Die Elfe merkte, daß er etwas vorhatte. Aber sie merkte es zu spät. Sie hatte gerade noch Zeit, herumzuschnellen und ihn aus weitaufgerissenen Augen erschrocken anzustarren.

Dann fiel er schon über sie her. Legte ihr eine Hand auf den Mund, drückte ihr mit der anderen den Elektroschocker ins Genick, riß sie zu Boden. Sie lag auf den Knien, versuchte zu schreien. Aber er hatte sich über sie geworfen, hielt sie fest, preßte ihr die Pole der Betäubungswaffe auf die Haut...

Sie schlug mit den Armen, hilflos wie ein junger Vogel, der

aus dem Nest gefallen ist. Und er wühlte schon mit der Hand in der Umhängetasche, drehte den Gasbehälter weiter auf, zerrte die Maske heraus und preßte sie ihr auf den Mund.

Ein unheimliches Leuchten lag in seinen Augen. Er kniete über ihr wie ein Habicht, der ein Kaninchen in den Fängen hält. Mit keuchendem Atem, die Zähne gebleckt, Schaum vor dem Mund. Weiter unten hörte er den Toyota wegfahren. Häppchens flatternde Bewegungen wurden schwächer, erlahmten schließlich ganz. Er stand auf, lauschte. Nichts. Doch, eine Stimme. Aber sehr weit weg.

Zu seinen Füßen lag die Elfe, zusammengerollt wie ein schlafendes Kind. Und wieder spürte er das süße Schaudern. Macht über einen Menschen zu haben...

Er arbeitete die ganze Nacht, es gab viel zu tun. Sie auf dem Operationstisch festbinden, den Knebel mit Draht hinter ihren Ohren befestigen, die Messungen vorbereiten und die Augenlider wegschneiden...

Er hielt die Lider in der hohlen Hand und betrachtete sie fasziniert. Sie waren so zart und unwirklich fein. Wie die anderen, die aufgereiht in einer flachen Metallschale lagen. Die waren natürlich nicht mehr frisch, die Haut trocknete aus, aber sie fing nicht zu schrumpeln an. Seltsam, daß Augenlider – anders als gewöhnliche Hautpartien – immer straff und hauchzart und durchsichtig bleiben. Fast andächtig legte er die beiden neuen Lider daneben.

Kurz vor sieben starb Shelley Carson. Sie starb – den Knebel im Mund – so lautlos wie die anderen, die vor ihr gestorben waren. Und sie starb mit offenen Augen. Bekker war auf den Operationstisch gekrochen, kniete über ihr, hielt die Kamera in der Hand und schoß in schneller Folge Fotos, das Objektiv direkt auf ihre Augen gerichtet.

Und dann saß er im verchromten Schwingsessel und nahm die Ausbeute in Augenschein. Acht Ultraviolettaufnahmen. Acht Fotos, auf denen ohne Zweifel irgend etwas festgehalten war. Ein Glanz in den Augen, das Spiegelbild eines besonderen Augenblicks... Er hätte es nicht in Worte fassen können, aber es war da. Es war da, bis sie ihr Leben aushauchte.

Ohne Zweifel, jubelte er stumm, ganz ohne Zweifel.

*Ding.*

Die Rufanlage. Das Klingeln riß ihn aus seiner Verzückung und brachte ihn in die Wirklichkeit zurück. Die alte Hexe. War schon früh wach, die blöde Kuh. Saß wahrscheinlich in ihrem Lehnsessel und sah sich das Morgenmagazin im Fernsehen an.

*Ding.*

Bekker ging zur Gegensprechanlage, drückte den Knopf. »Ja?«

»Kommen Sie schnell!« Die Alte verhaspelte sich fast. »Das müssen Sie sich ansehen, Sie sind im Fernsehen!«

*Was?* Bekker starrte auf den Kasten der Rufanlage. Dann rannte er zum Bett, zog den Hausmantel an und fuhr in die Slipper mit dem Flaumfederbesatz. So, das mußte genügen, die Alte war nicht nur halb taub, sie sah auch kaum noch was. Und das Make-up hatte er ja noch nicht abgewaschen.

*Im Fernsehen?* Im Vorbeigehen nahm er vom Tablett auf der Frisierkommode zwei Pillen, schluckte beide. Als Muntermacher. *Im Fernsehen? Wie meinte sie das?*

Im ersten Stock war es dunkel, das Orange der Morgensonne kam gerade erst zaghaft durch die pergamentfarbenen Stores gekrochen. Im zweiten Stock war es eher noch schlimmer, nur der blaue Lichtschimmer vom Fernsehapparat wies den Weg. Süßlich dick hing der Marihuanageruch in den Vorhängen, vermischt mit dem Gestank langsam verrottender Katzenscheiße und modernder Teppiche.

Edith Lacey stand, die Fernbedienung in der Hand, mitten im Zimmer und starrte auf den Bildschirm. Tatsächlich, ein Foto von ihm. Eines der Fotos, die ihn bis in seine Alpträume verfolgten. Weil es die gab, hatte er sich anfangs kaum ins Freie gewagt.

Aber das Foto auf dem Bildschirm war anders, es zeigte ihn als Frau. Und der Sprecher sagte gerade: »... *wie Detective Barbara Fell und der als Berater für die New Yorker Polizei tätige frühere Lieutenant Lucas Davenport aus Minneapolis heute morgen mitteilten.*«

Davenport. Bekker merkte, wie sich alles um ihn zu drehen begann, Brechreiz würgte ihn. Nicht mehr lange, und Davenport würde hier auftauchen. Hier auftauchen und ihn töten.

»Aber...« Edith Laceys Blick pendelte unschlüssig zwischen dem Fernsehbild und Bekker hin und her.

Bekker riß sich zusammen. »Stimmt, das bin ich.« Er nickte. Gestand sich seufzend ein, daß er eigentlich damit gerechnet hatte, die Alte werde sein Spiel früher durchschauen. Und ging langsam auf sie zu.

Sie drehte sich um. Versuchte wegzulaufen. Bäumte sich auf gegen die Fesseln, die Alter und körperlicher Verfall ihr angelegt hatten. Röchelte vor Angst. Die Katzen flüchteten fauchend, kletterten auf Schränke und Konsolen, so hoch sie nur konnten.

Bekker kicherte. Und erwischte die alte Frau, als sie nach dem Türknauf tastete. Er drückte ihr den linken Handballen ins Genick und schob ihr die rechte Hand an die Gurgel.

»Aber...«, stammelte sie.

Ein kurzer Druck. Der Wirbel brach wie trockenes Holz, sie sackte in sich zusammen. Bekker starrte auf sie hinab. Und als er zu taumeln begann, wußte er, daß die Tabletten zu wirken anfingen.

»Ja«, keuchte er, »das bin ich.«

# 21

Wenn jemand zu ihr wollte, kam er normalerweise durch O'Dells Büro. Aber jetzt hatte es an der Tür zum Flur geklopft, obwohl dort kein Namensschild angebracht war. Sie runzelte die Stirn, ließ das *Wall Street Journal* sinken. Es klopfte noch einmal. Sie nahm die Lesebrille ab – die mit den halben Gläsern, die sie nur aufsetzte, wenn sie allein war – und fragte. »Ja?«

Kennett schob den Kopf durch die Tür. »Hast du einen Augenblick für mich Zeit?«

»Was treibt dich denn runter zu uns?« Er kam herein, warf einen Blick durch die angelehnte Tür in O'Dells Büro und sah, daß dessen Schreibtisch leer war.

»Er ist im Präsidium«, sagte Lily. »Was gibt's?«

»Wir haben die Stadt mit Fotos gepflastert, die ihn als Frau zeigen.« Kennett ließ sich in den Sessel vor ihrem Schreibtisch fallen. Er versuchte ein Lächeln, tat so, als ginge es nur um eine harmlose Plauderei, merkte aber, daß ihm weder das Lächeln noch der beiläufige Ton gelangen. »Du weißt, daß Lucas hinter die Tour mit der Verkleidung gekommen ist, nicht die Fell.«

»Hab' ich mir beinahe gedacht. Er wollte Barb Fell was Gutes tun.«

»Nett von ihm.« Und dabei sah er sie an, als wollte er ihr mitten ins Herz blicken.

»Sag schon, wo dich der Schuh drückt.«

»Na gut«, sagte er. »Was weißt du über den Robin-Hood-Scheiß, mit dem O'Dell hausieren geht?«

Lily war verblüfft, es fiel ihr nicht schwer, so auszusehen. Aber eine innere Stimme sagte ihr, daß sie diesmal besonders überzeugend wirkte. »Was? Womit geht er hausieren?«

Kennett blinzelte skeptisch. »Er hat eine Theorie aufgestellt über irgendwelche Todesschwadronen. Rächerkommandos – oder wie du's nennen willst. Und ich hab das Gefühl, daß er insgeheim mit dem Finger auf mich zeigt.«

»Ach du lieber Gott...«

»Du sagst es. Es gibt keine Rächerkommandos. Das ganze Gerede über Robin Hood ist Quatsch. Aber das bedeutet nicht, daß er mir damit nicht ein Bein stellen könnte. Wenn die da oben...« Er reckte den Daumen ins Ungewisse. »Wenn die meinen, sie hätten ein Problem am Hals, und keinen finden, dem sie was nachweisen können, lassen Sie notfalls irgendeinen über die Klinge springen, damit nichts an ihnen hängenbleibt.«

Lily schüttelte den Kopf. »Junge, ich hab einen kurzen Draht zu O'Dell, wenn er was auskocht, weiß ich Bescheid. Aber er kocht nichts aus. Und das sage ich nicht nur, um dich zu beruhigen, Richard, wirklich nicht.«

»Und ich sag dir, daß er hinter dem ganzen Gerede steckt.«

Lily beugte sich vor. »Gib mir ein paar Tage Zeit. Wenn was dran ist, finde ich's heraus und sag es dir.«

»Das würdest du wirklich für mich tun?«

»Natürlich.«

Er grinste. »Gut. Weißt du, wenn du Lieutenant bist oder noch drunter, hast du haufenweise Freunde. Sogar solche, die das Bett mit dir teilen. Wenn du Captain bist oder drüber, mußt du dir Verbündete suchen. Du bist meine erste Verbündete, die das Bett mit mir teilt.«

Sie sah ihn ernst an. »Richard...«

Sein Grinsen verkümmerte. »Mhm?«

»Bevor ich Kopf und Kragen für dich riskiere... Bist du Robin Hood?«

»Nein.«

Sie sah ihm in die Augen. »Schwör's mir.«

Er zögerte keinen Augenblick, sah sie genauso fest an wie sie ihn. »Ich schwör's. Ich glaube nicht, daß es den Burschen überhaupt gibt. Das ist ein gottverdammtes Phantasiegebilde aus dem Computer.«

»Wieso?«

Er hob die Schultern. »Nimm einen Nickel und wirf ihn fünfhundertmal hoch. Ob Zahl oder Wappen kommt, hängt ganz vom Zufall ab. Aber du kannst natürlich gewisse Gesetzmäßigkeiten feststellen. Versuch's noch mal, wirf ihn wieder fünfhundertmal hoch, und du wirst wieder Gesetzmäßigkeiten erkennen. Diesmal allerdings andere. Denn es handelt sich nur um zufällige Übereinstimmungen, die überhaupt nichts besagen. Und mit Computeranalysen ist es genauso. Je breiter du die Versuchsanordnung anlegst, desto eher findest du Übereinstimmungen. Trotzdem existieren die nur in deinem Kopf, nicht in Wirklichkeit. Robin Hood ist genau das Phantasieprodukt, das O'Dell unbedingt haben wollte.«

Sie kniff die Augen zusammen. »Woher weißt du überhaupt, was O'Dell angeblich auskocht?«

Er schien ein bißchen eingeschnappt zu sein. »He, du redest mit einem von der Intelligence. Gerüchte sind offene Geheimnisse. Ich hab anfangs nicht hingehört. Bis dann auf einmal mein Name ins Spiel kam.«

Sie saß einen Augenblick nachdenklich da, dann nickte sie. »Gut, ich hör mich ein bißchen um.«

## 22

Lucas teilte Darius Pike in Charleston telefonisch die Ankunftszeit seiner Maschine mit, danach traf er sich mit Sloan und Del in einer Bar in der Innenstadt. Es gab eine Menge zu erzählen, Lucas war über den neuesten Klatsch im Department nicht auf dem laufenden – wer wen um den Hintern scharwenzelte und wer wen auf dem Kieker hatte. Eine Stunde nach Mitternacht fand Sloan, für ihn sei es Zeit, nach Hause zu gehen. Lucas und Del beschlossen, in einer Kneipe an der West Seventh in St. Paul noch was gegen den Durst zu tun.

»... Scheiße, hab ich gesagt, okay, heiraten wir«, erzählte Del, »aber dann fing sie an, was von einem Kind zu faseln. Und sie ist ja schon um die Vierzig.«

»Da ist das Leben noch nicht zu Ende.«

»Ja, aber... Seh ich etwa aus wie ein Bilderbuchvater?« Del breitete theatralisch die Arme aus und gab Lucas bei der Gelegenheit Einblick in die Leitsätze seiner Lebensphilosophie – festgehalten in Orange und Schwarz auf dem Ärmelaufnäher seiner Jeansjacke: *Harley-Davidson – Leben ist Tempo, Tempo ist Leben.* Sein Fünftagebart sah zum Fürchten aus, aber die Augäpfel schimmerten nicht mehr so trübe wie früher, und die dunklen Ringe waren fast ganz verschwunden.

»Du siehst wirklich großartig aus«, stellte Lucas fest. »Vor einem Jahr hätte ich gesagt: reif für die Entziehungskur.«

»Ja, ja...«

»Wieso willst du eigentlich kein Kind haben?«

»Mein Gott...« Del starrte aus dem Fenster. »Manchmal frag ich mich das selber.« Nachts um drei, als Del fand, er habe die nötige Bettschwere, fuhr auch Lukas nach Hause. Zwei Stunden lang sah er Rechnungen durch, die sich angesammelt hatten, und schrieb Schecks aus. Um fünf Uhr morgens machte er hundemüde seine Runde durchs Haus, schloß überall die Fenster, packte seine Reisetasche, ließ sich ein Taxi kommen und – via Zwischenstopp an einem Rund-um-die-Uhr-Imbiß, wo er zwei Krapfen mit Kirschfüllung und einen Becher Kaffee erstand – zum Flughafen bringen.

Um halb sieben rollte die Maschine zur Startbahn. Die Stewardeß bot Lucas Orangensaft und Eier an.

»Das einzige, was ich brauche, ist eine Mütze Schlaf«, winkte er ab. »Seien Sie so lieb und wecken Sie mich nicht, bevor wir angekommen sind.«

Als das Startritual begann, war die Angst wieder da – das Gefühl, hilflos der Technik und dem Können des Piloten ausgeliefert zu sein. Er schloß die Augen, ballte die Fäuste. *Näher, mein Gott, zu dir*... Er hielt die Luft an, bis der Steigflug vorüber war und die Maschine ihre Flughöhe erreicht hatte. Dann lümmelte er sich bequem in den Sitz und versuchte zu schlafen. Irgendwann später – er hätte nicht sagen können, wieviel Zeit vergangen war, das einzige, was er überhaupt sicher wußte, war, daß seine Mundhöhle sich anfühlte wie mit flaumigen Federn vollgestopft – rüttelte die Stewardeß ihn an der Schulter. »Würden Sie bitte Ihren Sitz senkrecht stellen?«

Er blinzelte verwirrt. »Hab wohl geschlafen, wie?«

»Ja. Aber jetzt müssen Sie Ihren Sitz... Wir befinden uns im Anflug auf Atlanta.« Unglaublich, wie kühl und sachlich sie das sagte. Aber noch unglaublicher kam ihm vor, daß sie schon im Landeanflug sein sollten. »Atlanta?« Er schlief doch sonst nie im Flugzeug? Tatsächlich, der zerknitterte graue Fleckenteppich unter ihm mußte Atlanta sein. Und zehn Minuten später waren sie unten.

Im Flughafen von Atlanta kam man sich vor wie in Wald Disneys Future-Land. Aus verborgenen Lautsprechern informierten weibliche Roboterstimmen die Ankommenden darüber, was sie unbedingt tun, und die Abfliegenden über das, was sie tunlichst lassen sollten – das Ganze mit warmem Timbre, aber leider so leise, daß man kaum was verstehen konnte. Futuristisch gestylte Fahrstuhlkabinen glitten lautlos zwischen den chromverkleideten Stockwerken auf und ab. Lucas war froh, als er in der Anschlußmaschine saß. Der Flug nach Charleston war zwar ein Alptraum, aber er brachte es sogar fertig, bei der Landung einen gefaßten Eindruck zu machen.

Pike wartete im kleinen Terminal auf ihn – ein Schwarzer mit stoischer Miene, in einer grünen Baumwolljacke über dem weißen Hemd, dazu eine khakifarbene Hose. Als er die Jacke aufknöpfte, sah Lucas ein halbes Dutzend Kugelschreiber in der Hemdbrusttasche und einen kleinkalibrigen Revolver im Gürtel. Er streckte Pike die Hand hin. »Lucas Davenport.«

Pike ging voraus. »Ich hab einen Wagen draußen. Wie ist es in New York?«

»Heißer als hier«, sagte Lucas.

»Tja, da sollten Sie mal im August kommen.«

Lucas nickte. »Das hör ich in New York auch dauernd.«

Sie fuhren los, Pike schien eine Bleisohle im Schuh auf dem Gaspedal zu haben.

Lucas sah sich suchend um. »Wo ist der Ozean?«

»Immer geradeaus. Aber die Stadt liegt eigentlich nicht am Meer. Es ist – na ja, so ähnlich wie Manhattan. Der Fluß teilt sich in zwei Arme, wo sie zusammenfließen, ist der Hafen, und weiter draußen, hinter dem Fort, kommt man ans Meer.«

»Fort Sumter?« fragte Lucas.

»So ist es.«

»Das muß ich mir irgendwann mal ansehen. Ich hab mir schon eine Menge alter Schlachtfelder angesehen. Erzählen Sie mir was über Reed.«

Pike ordnete sich hinter einem grauen Maxima ein, bog in die Abfahrt und hielt sich an der Tangente nach links. Die Straße war voller Schlaglöcher, an den Bordsteinen wucherten Gras und Unkraut. »Reed ist ein ausgemachtes Arschloch.« Bei ihm hörte sich das wie eine sachliche Feststellung an. »Mir kommt die Galle hoch, wenn ich bloß seinen Namen höre. Sein Vater hat sein ganzes Leben hier verbracht. Hat 'ne Werkstatt mit 'ner Tankstelle. Macht 'ne Menge Kies mit seinem Laden, weil jeder weiß, daß er bei Don Reed reell bedient wird. Auf der High-School war Red noch ein prima Junge, hat gute Noten gehabt und die Aufnahmeprüfung für die Columbia University mit links bestanden. Und was macht der blöde Arsch? Geht rauf nach New York und zieht sich Stoff in die Nase. Lungert in Harlem rum, kommt zurück und erzählt einen Haufen Scheiße. Später ist er gar nicht mehr gekommen. Nach allem, was so erzählt wurde, muß er immer mehr Koks in sich reingepumpt haben.«

»Aha. Und seit wann ist er wieder da?«

»Ist 'n paar Wochen her«, sagte Pike. »Seine Leute können einem verdammt leid tun.«

»Bleibt er hier?«

»Keine Ahnung. Als er damals für eine Weile zurückkam, ist 'ne Menge geredet worden – daß er dauernd bei Fixern rumhängt und so. Diesmal hab ich so was nicht gehört. Könnte sein, daß er sich geändert hat.«

Lucas hatte sich vorher keine Gedanken darüber gemacht, wie Charleston aussehen könnte. Aber während sie durchfuhren, stellte er fest, daß die Stadt genauso aussah, wie sich jeder den guten alten Süden vorstellt. Holzverkleidete Häuser, an denen die Farbe bröckelte, eine Vegetation wie aus einer anderen Welt. Büsche mit Blättern wie aus Leder und großen Dornen. Ein paar Palmen. Viel Dreck. Und alles lag unter einer brütenden Hitzeglocke. Don Reeds Werkstatt war ein grauer Betonwürfel neben einer Tankstelle und einem kleinen Shop mit Getränken, Knabberzeug, Autokarten und so weiter. Das Geschäft lief gut, nur eine einzige Zapfsäule war frei, Tankwarte in adretten Overalls kümmerten sich um die Kunden, putzten die Windschutzscheiben und kontrollierten das Öl.

Pike deutete mit dem Kopf auf das geschäftige Treiben. »Wo findet man das heutzutage noch? Don Reed versteht was davon, wie man die Kunden bei der Stange hält.«

Er parkte den Wagen vor dem Laden, stellte den Motor ab und ging auf das kleine Büro zu. Lucas hielt sich dicht hinter ihm. Das Büro roch nach Motorenöl, war aber peinlich sauber aufgeräumt. Kunststoffstühle in der Besprechungsecke, Illustrierte und Magazine auf dem runden Tisch. Hinter dem Kassenschalter saß ein großgewachsener Schwarzer vor dem gelbschimmernden Computerbildschirm und hackte mit einem Finger auf dem Keyboard herum. Als Lucas und Pike hereinkamen, sah er auf. »Hey, Darius.«

»Hey, Don. Ist Red da?«

Reed gab sich einen Ruck, sein Lächeln verschwand. »Hat er was angestellt?«

Pike schüttelte den Kopf, und Lucas sagte: »Nein. Ich komme aus New York. Ihr Sohn war Augenzeuge bei einer Schießerei, er kam zufällig vorbei. Ich muß nur kurz mit ihm reden.«

»Und das ist tatsächlich alles?« Reeds lauernder, feindseliger Unterton war unüberhörbar. »Ich hab einen Anwalt an der Hand.«

»Hören Sie«, sagte Lucas, »Sie kennen mich nicht, deshalb... Aber ich versichere Ihnen in Pikes Gegenwart, daß ich nur mit Red reden will. Es geht nicht um eine Festnahme oder so was. Niemand wirft ihm irgendwas vor.«

Reed musterte Lucas kühl, schließlich nickte er. »Gut. Kommen Sie mit. Er ist hinten.«

Red Reed kam gerade – noch mit dem Kunststoffhelm mit dem Gesichtsschutz – aus der Lackierwerkstatt. Als er seinen Vater und die beiden Cops näher kommen sah, blieb er unschlüssig stehen und nahm seinen Schutzhelm ab. Er war groß, hatte ein bißchen zu wenig auf den Rippen und strahlend weiße Zähne.

»Polizei«, sagte sein Vater. »Die wollen mit dir reden. Der eine kommt aus New York. Ich will mir das anhören.«

Red Reed nickte gleichgültig.

»Können wir uns irgendwo setzen?« fragte Lucas.

Don Reed nickte. »Im Vorzimmer sind wir ungestört.«

Lucas zog Bobby Richs Aktenvermerk aus der Tasche und ging ihn zusammen mit Red Punkt für Punkt durch. »Der Weißhaarige«, wollte er wissen, »war der schmächtig oder dick?«

»Na ja, eher dünn, würde ich sagen.«

»Blaß? Oder dunkler Teint? Oder was?«

»Na ja, eher sonnengebräunt.«

»Wie war das, als Fred Waites erschossen wurde? Ich meine, was hat sich am Tatort abgespielt?«

»Na ja, ich war ja noch 'n Stück weit weg. Ich seh den Wagen kommen und denk noch, Mann, denk ich, da hat einer 'n Gewehr dabei. Da hab ich natürlich gemacht, daß ich wegkam. Und dann hab ich die Schüsse gehört.«

»Was war das für ein Wagen?«

»Mann, woher soll ich das wissen? Auf so was hab ich doch nicht geachtet.« Reed starrte auf seine Hände. Pike scharrte ungeduldig mit den Füßen. Red suchte den Blick seines Vaters, aber der tat so, als gäbe es draußen vor der Tür etwas Interessantes zu sehen. Reds Blick wanderte zögernd zurück zu Lucas.

»Wie spät war es?«

»Ich hab keine Uhr.«

»War's Nachmittag, Abend, Nacht?«

Red Reed fuhr sich nervös mit der Zunge über die Lippen, man hatte den Eindruck, daß er sich schließlich auf gut Glück für eine Möglichkeit entschied: »'s war abends.«

»Hör zu, Red«, sagte Lucas, »es war heller Tag, drei Uhr nachmittags.«

»Mann, ich war so durcheinander...«

»Du hast keine Ahnung, was für ein Wagen das war, aber du hast gesehen, daß ein weißhaariger, sonnengebräunter Mann drin saß. Von den anderen hast du überhaupt nichts gesehen, wie? Red...« Lucas schielte zum Vater des Jungen hinüber. »Red, du lügst uns die Hucke voll. Hier geht's um einen sehr wichtigen Fall. Wir nehmen nämlich an, daß dieselben Killer einen Polizisten und einige Zeit vorher einen Anwalt über den Haufen geschossen haben.«

Red vermied es, irgend jemanden anzusehen. »Davon weiß ich nichts.«

»Okay, das nehme ich dir sogar ab. Trotzdem, eben hast du mich belogen.«

»Ich lüge nicht.«

Don Reed fuhr herum und sagte barsch, mit schneidender Stimme: »Hast du unsere Abmachung vergessen? Keine krummen Touren, keine Unwahrheiten, keine Drogen, keine langen Finger – und wir sorgen für dich. Du lügst uns an, Junge. Schon als du noch ganz klein warst, hast du auf Anhieb jeden Wagentyp erkannt. Und nun willst du einen Mann mit weißem Haar und gesunder Hautfarbe gesehen haben und trotzdem nicht wissen, in was für einem Auto er gesessen hat? Dummes Zeug. Du lügst. Und damit ist jetzt Schluß, klar?«

Lucas sagte: »Ich will wissen, was John O'Dell mit der ganzen Sache zu tun hat.«

Red Reed hatte auf seine Schuhspitzen gestarrt, jetzt kam sein Kopf mit einem Ruck hoch.

»Du kennst diesen Mr. O'Dell?« hakte sein Vater nach.

»Ach, Scheiße«, platzte Lucas heraus. Er stand auf, drehte eine Runde durch den Raum, schlug im Vorbeigehen mit der flachen Hand auf einen Glücksspielautomaten, blieb stehen und schloß die Augen. »Verdammt noch mal, du hast für O'Dell gearbeitet.«

»Mann...«, versuchte Red zu protestieren.

Don Reeds Stimme verhieß nichts Gutes. »Ist dieser O'Dell einer, der andere mit Drogen versorgt?«

»Nein«, antwortete Lucas, »er ist ein hohes Tier, ungefähr die Nummer fünf unter den New Yorker Cops.«

Don Reed und sein Sohn sahen sich an, Pike fragte verblüfft: »He, was läuft hier eigentlich für 'n Spiel?«

»Ein Scheißspiel«, sagte Lucas. »So was wie Schwarzer Peter. Und ich bin's, der ihn in der Hand hat.« Er drehte sich zu Red um. »Also gut, ich weiß Bescheid. Und nun rück mit den Einzelheiten raus: Woher kennst du ihn? Und wie bist du in die Sache reingerutscht?«

Red Reed schien froh zu sein, daß er sich endlich alles von der Seele reden konnte. Er war O'Dell bei einem Seminar in der Columbia University begegnet. O'Dell hatte dort drei Vorträge gehalten, und Red hatte ihn jedesmal hinterher unter vier Augen in eine Diskussion verwickelt und ihm dabei einiges über Harlem erzählt – Dinge, die ein irischer Cop sich nicht vorstellen konnte. Der Dicke aus Midtown South und der schmächtige Junge aus den Südstaaten hatten darüber diskutiert, wie das Leben draußen auf der Straße wirklich ist. Und dann waren sie sich noch einmal begegnet, im Frühjahr, nur diesmal unter ganz anderen Umständen. Red war bei einer Razzia in einem abbruchreifen Haus aufgegriffen worden, zusammen mit anderen Dopern, und in seiner Not hatte er O'Dell angerufen. Das half, der Arrest wurde ausgesetzt, und Red kam frei – mit der üblichen Warnung, sich nie wieder erwischen zu lassen. Aber es blieb nicht bei der einen Festnahme, zweimal wurde er innerhalb kurzer Zeit aufgegriffen, kam aber, nach der zweiten Festnahme wegen Drogenbesitzes angeklagt, mit einer Bewährungsstrafe davon. Nur, er hatte es immer noch nicht begriffen, und beim dritten Mal fand man zuviel Crack bei ihm, diesmal lautete die Anklage auf Drogenhandel. Er wandte sich wieder an O'Dell, und der half ihm auch diesmal aus der Patsche.

Nicht lange danach rief O'Dell bei Red an. Ob er jemanden in der Szene kenne, der nähere Beziehungen zu einem Cop unterhielte? Zu einem Detective? Und Red hatte gesagt: Ja, doch, er wüßte da jemanden...

»Der verdammte Hund!« machte Lucas seiner Wut Luft. »Ich hab's geahnt. Es lief alles zu glatt, da mußte was eingefädelt worden sein.«

Pike wollte endlich wissen: »Himmelarschundzwirn, worum geht's hier eigentlich?«

»Das weiß ich selber nicht«, sagte Lucas. Und zu Red. »Laß die Finger vom Telefon, hörst du? Ruf O'Dell nicht an. Du bist raus aus der Sache, und das ist auch besser für dich. Was immer da los ist, die Geschichte wird eine Menge Staub aufwirbeln. Aber du hast nichts damit zu tun. Und wenn du schlau bist, siehst du zu, daß es dabei bleibt.«

»Dabei bleibt es«, sagte Don Reed, und der Blick, mit dem er den Jungen musterte, ließ keine Zweifel daran, daß er es ernst meinte.

Red nickte eifrig. »New York ist für mich gestorben.«

Auf dem Rückweg zum Flughafen meinte Pike: »Ich glaube nicht, daß New York mir gefallen würde.«

Lucas zuckte mit den Achseln. »Manches ist dort ziemlich beschissen.« Er schrieb seine private Telefonnummer auf die Rückseite einer Karte aus dem Taschenkalender. »Sie waren mir sehr behilflich, danke. Wenn Sie mal jemanden brauchen, der in New York oder in Minneapolis was für Sie tun kann, rufen Sie mich an.«

Der Flug nach Atlanta war wieder schrecklich, aber irgendwo auf halber Strecke zwischen Atlanta und New York lösten sich Lucas' Ängste auf. Anscheinend war seine Toleranzgrenze ein Stück tiefer gesackt. Fünf Flüge innerhalb von drei Tagen – irgendwie ist alles eine Frage der Gewöhnung. Er fühlte sich relativ entspannt, kramte in der Reisetasche nach dem Notizbuch und fing an, Striche, Kreise und Verbindungslinien aufs Papier zu malen. Und allmählich wurden die Dinge klarer.

Bob Rich war nicht wegen spezieller Fähigkeiten zum Robin-Hood-Sonderdezernat abkommandiert worden, sondern einzig und allein aus dem Grunde, weil er einen Kerl kannte, der seinerseits wiederum mit Red Reed bekannt war. Und so konnte Red Reed diesen Burschen anrufen und ihn drängen, die Geschichte mit dem sonnengebräunten Weißhaarigen an Bob Rich weiterzugeben – als Beobachtung eines Augenzeugen. Nur, Red Reed war nicht am Tatort gewesen. O'Dell hatte den Weißhaarigen erfunden. Obwohl ihm eigentlich nicht danach zumute war, mußte Lucas grinsen. Sauber verpackt und trotzdem durchsichtig. Was zu einer Frage führte, bei der ihm das Grinsen verging: Wußte Lily etwas über O'Dells Spiel?

Am La Guardia entdeckte er in der neuesten Ausgabe der *Times* ein Foto von Bekker, als Frau verkleidet. Er kaufte die Zeitung, stellte sich in der Reihe an, die auf ein Taxi wartete, und geriet an einen Fahrer mit einem Pferdegebiß und einem durch nichts zu bremsenden Kommunikationsbedürfnis.

»Bekker, wie?« fragte der mit dem Pferdegebiß nach hinten. Lucas war inzwischen bei der Lektüre der ersten Innenseite, so daß das Bild auf der Titelseite den Fahrer im Rückspiegel gerade ins Auge springen mußte. »Das ist vielleicht 'n Arsch mit Ohren. Läuft rum wie 'ne Frau, der Kerl.«

»Mhm«, meinte Lucas.

»Die letzte hat er sich direkt im Parkhaus geholt. Ihre Freundin hat ausgesagt, daß sie anfangs auch dabei war. Hat nicht viel gefehlt, und er hätte diesmal gleich zwei erwischt.«

Lucas wurde sofort zugänglicher. Er legte die Zeitung weg und starrte auf den Hinterkopf des Fahrers. »Hat er etwa schon wieder zugeschlagen? Heute?«

»Ja, heute in den frühen Morgenstunden. Sie haben das Mädchen auf einem Parkdeck gefunden. Wieder alles genauso wie sonst: die Spuren von der Knebelschlinge, die weggeschnittenen Augenlider – alles. Ich sag Ihnen was: Wenn sie den eines Tages erwischen, sollten sie ihn an den Eiern am nächsten Laternenmast aufhängen – als abschreckendes Beispiel.«

Lucas nickte und sagte: »Hören Sie, ich will doch nicht zum Hotel, fahren Sie mich zu Midtown South.«

## 23

Carter, Huerta und James saßen – den obligaten Kaffeebecher vor sich – eng gedrängt um einen Tisch im Besprechungszimmer, in eine aufgeschlagene Zeitung vertieft. Lucas hatte kaum den Kopf zur Tür hereingesteckt, als James ihn auch schon wissen ließ: »Sie sollen gleich zu Kennett kommen, er ist unten im Eckbüro.«

Dann erst wurde Lucas seine Frage los: »Hat jemand Barb Fell gesehen?«

»Die ist schon zu Hause.« Die drei tauschten – ein halb verstecktes Lächeln in den Mundwinkeln – verstohlene Blicke. Es hatte sich also herumgesprochen, daß zwischen Lucas und Barb etwas lief.

»Sonst was Neues?«

»Ungefähr tausend Leute wollen Bekker gesehen haben. Drei Hinweise scheinen was zu taugen. Er fährt einen Volkswagen-Käfer.«

»Mein Gott, das ist ja großartig«, sagte Lucas. »Wer hat ihn gesehen? Woher wißt ihr das mit dem Wagen?«

»Zwei Augenzeugen. Vergangene Nacht im Parkhaus. Die Freundin von der Carson, die er umgebracht hat, und der Mann an der Kasse. Die Freundin ist absolut glaubwürdig. Sie konnte uns sogar sagen, welches Parfum er benutzt hat. Es handelt sich um ein Parfum namens Poison, das ziemlich...«

»Ja, ja, schon gut.«

»Und der Kassierer erinnert sich auch an die blonde Frau. Er sagt, sie... ich meine, *er* hätte einen alten Volkswagen gefahren. Dunkelgrün oder dunkelblau. Wir versuchen gerade, über die zentrale Zulassungsstelle mehr rauszukriegen. Das mit dem Wagen haben wir den Jungens von der Presse noch nicht auf die Nase gebunden. Vielleicht tappt er uns in die Falle. Wir haben jedenfalls Anweisung gegeben, jeden VW-Käfer zu überprüfen.«

»Sie hatten von drei brauchbaren Hinweisen gesprochen?«

»Bei dem dritten Zeugen sind wir noch im Zweifel, obwohl er sich seiner Sache absolut sicher zu sein scheint. Er arbeitet in einer Buchhandlung im Village, in der Abendschicht, und er behauptet, daß er sich ganz genau an das Gesicht erinnern könne. Angeblich hat Bekker dort ein Buch gekauft. Einen ziemlich merkwürdigen Schinken – über Foltermethoden.«

»Oh...«

»Wir sind nahe dran«, meinte Carter, »in zwei oder drei Tagen haben wir ihn.«

»Hoffen wir's«, sagte Lucas. »Sind wir in der Sache mit der Betäubungswaffe irgendwie weitergekommen?«

»Kein Stück. Drei Versandhäuser haben geantwortet, jedesmal Fehlanzeige.«

»Telefonische Hinweise?«

»Auch nichts. Ein verdammtes Rattennest.«

»Kann man nichts machen...«

Lucas hatte sich schon umgedreht, als Carter hinter ihm herrief: »Haben Sie schon einen Blick in die Zeitung geworfen?«

»Bekkers Foto? Ja.«

»Nein, das war in der Morgenausgabe. Aber in der Mittagsausgabe...« Er klappte die Zeitung, die vor ihm auf dem Tisch lag, zu und reichte sie Lucas. Auf der Titelseite war das Foto einer Frau zu sehen: weit aufgerissene Augen, in denen sich Todesangst spiegelte. Und noch über der Schlagzeile, mitten in diesem von Angst und Schrecken verzerrten Gesicht, waren die Worte zu lesen: *Nummer acht – Bekker, Gralshüter des Todes.*

»Ist das echt?« fragte Lucas erschrocken.

Carter zog ein grimmiges Gesicht. »Das ist Shelley Carson, das letzte Mordopfer. Bekker hat das an drei Zeitungen und zwei TV-Stationen geschickt. Und die bringen es tatsächlich.«

»Großer Gott...«

Irgendwo ein Stück den Flur hinunter hörte er ihre Stimme.

Lily. Er bog um die Ecke. Eine offene Tür, der Raum dahinter abgedunkelt. Er klopfte, trat einen Schritt zurück und wartete, bis Kennett »ja – bitte?« rief.

Lucas steckte den Kopf durch den Türrahmen. »Ich bin's, Davenport.«

»Kommen Sie rein!« rief Kennett. »Über Sie reden wir gerade.« Er saß in einem der Besucherstühle, die Füße auf dem metallenen Bürotisch gelegt, den obersten Hemdknopf offen. Die Krawatte mit dem Gauguin-Motiv hatte er auf einem Stapel Telefonbücher abgelegt. Lily saß ihm gegenüber.

»Scheißfotos«, murmelte Lucas.

»Echt Scheiße«, gab ihm Kennett recht. »Und die wird nun auch noch gehörig aufgewirbelt. Erst die Panne in der New School und jetzt die Fotos. Der Bürgermeister hat sich den Polizeipräsidenten kommen lassen. Das Gebrüll hat man bis rüber nach Jersey gehört.«

Lucas zog sich einen Stuhl heran und gab Kennett einen Schubs. »Bewegen Sie Ihren Arsch mal 'n Stück seitwärts, ich will auch die Füße hochlegen.«

Kennett rutschte zur Seite und nörgelte vor sich hin: »Mit einem, der's am Herz hat, können Sie's ja machen.«

»Das mit der Transvestitennummer, das hatte Barb Fell von dir, stimmt's?« fragte Lily, während sie den Stapel Telefonbücher beiseite schob. Sie nahm die Krawatte an sich und faltete sie zusammen.

Lucas hob die Achseln, setzte sich und legte die Füße auf den Tisch. »Wir sind gemeinsam drauf gekommen.«

»Genau im richtigen Augenblick«, sagte Lily. »Wir haben der Presse und den Bildmedien gesagt, daß Carson wahrscheinlich das letzte Opfer sein wird, weil wir Bekker praktisch schon haben.«

Kennett runzelte die Stirn. »Diese verdammte Verkleidungsnummer – das hätte mir früher einfallen müssen. Die Frau, die er vor der Carson umgebracht hat, war lesbisch. Lag doch auf der Hand, daß so eine bei Dunkelheit einen fremden Mann nicht zu nahe an sich ran läßt. Noch dazu vor einer Lesben-Bar.«

»Zum Teufel«, sagte Lily, »du hast überhaupt keinen Grund, dir irgendwas vorzuwerfen.«

»Außer, daß ich ihn noch nicht geschnappt habe.«

»Wir haben ihn so gut wie festgenagelt.«

»Das ist vorläufig nur der Strohhalm Hoffnung, an den wir uns klammern«, widersprach Kennett.

Lily hatte die Krawatte um die Finger gewickelt, die barbusige Polynesierin lag genau in ihrem Blickfeld. »Der verrückteste Schlips, den ich je gesehen habe«, stellte sie kopfschüttelnd fest.

Kennett grinste. »Nicht, daß du ihr die Titten verknitterst.« Er begann über seinen Witz laut zu lachen, vor allem, als er sah, wie Lily die Augen verdrehte.

»Übrigens«, sagte Lucas zu Kennett, »Sie haben mich ganz schön verscheißert mit Ihrem Gauguin und Christian Dior.« Er zwinkerte Lily zu. »Hat mir weismachen wollen, Gauguin wär Diors Partner als Krawattendesigner.«

Diesmal war es Lily, die lauthals lachte. Kennett fragte: »Na und? Wer sagt, daß das nicht stimmt?«

»Ich«, antwortete Lucas, »ich hab's nachgeschlagen. Gauguin ist 1903 gestorben. Er hat eng mit den Symbolisten zusammengearbeitet.«

»Wenn du jetzt noch weißt, was Symbolismus ist, rechne ich dich in Zukunft zum gebildeten Teil der Menschheit«, forderte Lily ihn heraus.

»In der Malerei versteht man darunter die Wahl der Farben entsprechend ihrer symbolischen Bedeutung. Intellektuelle Rückbesinnung als Antwort auf den Impressionismus. Leicht zu verstehen. Aus demselben Grund sind die meisten Wartehäuschen an den Bushaltestelle in Bubble-Gum-Rosa angemalt. Die Farbe dämpft Aggressionen.«

Kennett starrte ihn an. »Verdammt, darauf wäre ich nie gekommen.«

Lucas grinste. »Carter hat mir übrigens erzählt, daß Sie Bekker innerhalb von drei Tagen schnappen wollen.«

»Der Blödmann. Mit solchem Gerede handeln wir uns nichts als Ärger ein. Drei Tage – so was würde ich nie sagen. Obwohl ich überzeugt bin, daß es nicht mehr lange dauert. Nur, wenn er genug zu essen und zu trinken hat, kann er's 'ne Weile aushalten, ohne seinen Bau zu verlassen.«

»Trotzdem...«

»Mehr als eine Woche gebe ich ihm nicht«, fuhr Kennett fort. »Irgendwann muß er rauskommen. Ich hoffe nur, daß ich dann noch im aktiven Dienst bin – wenigstens solange will ich durchhalten. Die New Yorker sind verdammt sauer. Und dann auch noch diese beschissenen Fotos. Dagegen war der Schlamassel neulich an der New School gar nichts.«

»Die Leute gehen immer davon aus, daß Cops...«, wollte Lucas sagen.

Aber Lily unterbrach ihn kopfschüttelnd. »Nicht die Leute, die Politiker. Der kleine Mann auf der Straße versteht sehr gut, daß man nicht jeden Verbrecher im Handumdrehen schnappen kann. Die Politiker dagegen wissen genau, daß sie im Grunde selbst gefordert sind, aber weil sie nicht weiterwissen, fangen sie an, herumzubrüllen und Drohungen auszustoßen, wen sie alles feuern wollen.«

»Mhm«, meinte Lucas, »eine Woche... Ganz schön lange, werden die aus der Stadtverwaltung sagen.«

»Sie haben wohl Angst, daß man Sie auch zum Teufel jagt?« fragte Kennett.

»Ach was. Ich kann hierbleiben, solange ich will. Und ich bleibe. Ich will miterleben, wie Bekker hochgeht.«

»Oder wie er umgelegt wird?«

»Von mir aus auch das.«

Lily stemmte sich hoch, reckte sich und fuhr Kennett durchs Haar. »Komm, laß uns runter zum Fluß gehen.«

Kennett seufzte. »Diese Frau will dauernd was unternehmen. Und das mit mir – wo ich's doch am Herzen hab.«

Lucas fand das Thema allmählich peinlich, er war schon fast an der Tür. »Macht's gut, bis morgen.«

Im Hotel lag eine Nachricht von Barb Fell: »Ruf mich an, wenn du zurück bist. Bis ein Uhr.« Er nahm den Zettel mit nach oben, legte ihn auf den Nachttisch, ging ins Bad, spritzte sich heißes Wasser ins Gesicht und verfolgte im Spiegel, wie die Tropfen die Wangen hinunterliefen. Er mußte an seine Beziehung mit Jennifer denken – eine Beziehung, die viele Jahre gedauert hatte und aus der seine Tochter stammte. Dennoch kam es ihm, wenn er zurückblickte, so vor, als wäre im Grunde der Zynismus die einzige Gemeinsamkeit gewesen. Jennifer hatte als Journalistin viel draußen auf der Straße zu tun – zuviel, und was sie dort sah und miterlebte, ging ihr an die Substanz. Ein Baby – das war für sie so etwas wie ein Rettungsanker gewesen.

Seine Beziehung zu Lily war innig gewesen, wenn sie auch nicht solange gedauert hatte. Lily hatte damals, als er sie kennenlernte, das Scheitern ihrer Ehe noch nicht überwunden. Sie und er, daraus wäre vielleicht mehr geworden, wenn sie am gleichen Ort gewohnt hätten, in einer Stadt, mit der sie gemeinsame Erinnerungen verbinden konnten. Aber so war es eben nicht gewesen, und deshalb war eigentlich von ihrer Beziehung nicht mehr übriggeblieben als ein uneingestandenes Schuldgefühl, das es ihnen jetzt auch nicht erleichterte, einander unbefangen zu begegnen.

Es hatte noch andere Beziehungen gegeben, glückliche und unglückliche. Die meisten Exgeliebten mochten ihn irgendwie immer noch, wenn auch vielleicht mit einer Traurigkeit, die wie Asche zurückbleibt, sobald die Liebe erloschen ist. Wenn er an diese Frauen dachte, waren sie für ihn *die anderen* – eben nicht Jennifer und nicht Lily.

Barb Fell war eine von den anderen. Nett, liebenswert, ein bißchen melancholisch und sehr einsam. Er ahnte, daß der Versuch, eine dauerhafte Beziehung aufzubauen, nur dazu führen würde, daß sie sich gegenseitig verrückt machten.

Er wischte sich mit dem Handtuch das Gesicht ab, ging zurück ins Zimmer, setzte sich aufs Bett, griff zum Telefon, hielt den Hörer einen Augenblick in der Hand – und mußte lächeln. Ein Jahr lang hatte er sich gefühlt wie einer, der im Wasser treibt und nicht mehr auftauchen will: ruhig, gelassen, fern von allem, was andere bedrückte. Die New Yorker Cops waren gerade dabei, ihn wieder auf Vordermann zu bringen, und Barb Fell trug natürlich auf ihre Art auch dazu bei. Er tippte ihre Nummer ein, sie nahm beim zweiten Läuten ab.

»Hier ist Lucas.«

Und sie plapperte ohne lange Vorrede drauflos: »Kennett hat sofort gewußt, daß ich das mit der Verkleidung nur von dir haben kann. Aber es hat mir trotzdem eine Menge Pluspunkte gebracht. Im Fernsehen, in der *Times* und in der *Post* haben sie mich namentlich genannt. So was kann nie schaden.«

»Ich hab's gelesen...«

»Irgendwie muß ich mich bei dir bedanken. Oraler Sex fällt mir als Möglichkeit ein, vorausgesetzt, daß ich auch meinen Teil abbekomme.«

»Frauen sind heutzutage unheimlich progressiv«, sagte er. »Wie schnell kannst du hier sein?«

Gemeinsam lachen und sich lieben – damit waren sie den ganzen Abend beschäftigt, und weil Barb Fell alles mitgebracht hatte, was sie am nächsten Morgen anziehen wollte, gehörte ihnen auch noch die ganze Nacht.

Am Morgen fragte Lucas: »Wie kommen wir an Jackie Smith ran?«

»Indem wir in seinem Büro anrufen.«

»So einfach?«

»Er will Geschäfte machen. Also muß er erreichbar sein.«

»Dann ruf bei ihm an«, sagte Lucas.

Keine fünf Minuten, und Smith rief zurück. »Gebt ihr immer noch keine Ruhe?« beschwerte er sich. »Oder seid ihr zu blöde, auch mal was allein rauszufinden? Ich meine, ich habe weiß Gott alles getan, was ihr...«

»Diesmal wollen wir nicht viel von Ihnen«, fiel ihm Lucas ins Wort, »nur mit Ihnen reden.«

Smith machte aus seinem Ärger keinen Hehl. »Ich hab' alles getan, was ihr verlangt habt.«

»Jackie – bitte, zehn Minuten, ja? Wir könnten zum Beispiel gemeinsam frühstücken. Sie sind eingeladen.«

Smith war einverstanden. Im Open-Air-Café vor dem St. Moritz Hotel, schlug er vor. Lucas und Barb Fell nahmen ein Taxi und quälten sich im zähflüssigen Büroverkehr nach Norden. Der Fahrer ließ den Arm aus dem Fenster hängen, pfiff gelangweilt vor sich hin. Die weißen Schlieren, die sich ins Blau des Himmels mischten, verhießen wieder einen heißen Tag. Und als sie schließlich nicht weit vom Central Park ausstiegen, sah Lucas, daß die Blätter der Parkbäume sich schon zum Schutz vor der Hitze einzurollen begannen.

Smith saß an einem der gußeisernen Tische, trank Kaffee und aß ein Käsecroissant. Er machte sich nicht die Mühe aufzustehen, als Barb Fell und Lucas zu ihm an den Tisch kamen, er sah nur mißgelaunt hoch und fragte: »Also, was liegt an?«

»Wir wollten uns bei Ihnen bedanken. Die Namen, die Sie uns gegeben haben, haben eine regelrechte Kettenreaktion ausgelöst. Es sieht so aus, als hätten wir den Scheißkerl eingekreist.«

»Bekker? Tatsächlich?« fragte Smith verblüfft. »Wann schnappt ihr ihn?«

»Ein paar von den Jungens tippen auf drei Tage, mehr als eine Woche gibt ihm keiner«, antwortete Lucas. »Aber wir brauchen noch mal Ihre Hilfe. Bekker sucht nach einer neuen Bezugsquelle für seinen Stoff – Engelsstaub, Ecstasy, Speed, vielleicht auch LSD. Die kleinen Hehler, die ihre Ware von Junkies beziehen, müssen dafür sorgen, daß die Doper das erfahren. Das – und daß sie sich auf einen Handel mit einem Killer einlassen. Der Kerl, an den wir mit Ihrer Hilfe rangekommen sind, hat nicht nur Zeug aus dem Bellevue verscherbelt, er hat auch mit Drogen gedealt. Bekker hat ihn kaltblütig umgebracht. Ist einfach auf ihn zuspaziert und hat ihn umgelegt.«

»Ich hab die Bilder von ihm im Fernsehen gesehen und mich gleich gefragt, ob...«

»Ja, Bekker war's«, sagte Lucas.

Smith nickte. »Okay, ich werd mit allen reden, die ich kenne, und sie bitten, daß sie's auch an andere weitergeben. Aber mein Name bleibt außen vor.«

»Er versteckt sich möglicherweise im Village. Er kann sich allerdings auch irgendwo zwischen dem Civic Center und Central Park aufhalten. Genauer wissen wir's noch nicht. Vor allem dort müssen die Dealer gewarnt werden.«

»Das ist mein Gebiet«, sagte Smith. »War's das?«

Lucas schielte zu Barb Fell hinüber. Dann sagte er: »Nein. Ich muß Sie noch was anderes fragen. Kann sein, daß Sie darüber nur unter vier Augen reden wollen. Aber...« Ein kaum merkliches Nicken zur Seite. »...wenn Sie nichts dagegen haben, daß sie dabei ist...«

Fell runzelte die Stirn. Und Smith fragte: »Worum geht's?«

»Als wir uns das erste Mal begegnet sind, hab ich bei Ihnen alles kurz und klein geschlagen. Ich dachte, auf die Weise wissen Sie am schnellsten, mit wem Sie's zu tun haben.«

»Die Rechnung ist prompt aufgegangen«, sagte Smith mißmutig.

»Tja – und ein paar Tage später bin ich nachts auf der Straße zusammengeschlagen worden. Ich muß wissen, ob Sie dabei die Finger im Spiel hatten. Ganz unter uns. Wenn ja, gibt's deswegen keinen Ärger mit mir, Ehrenwort.«

Smith ließ das Croissant auf den Teller fallen und fing lauthals zu lachen an. »Gott im Himmel, ich war's wirklich nicht. Ich hab gelesen, was in der Zeitung stand, aber ich hab nichts damit zu tun.«

»Ehrlich?«

»Ehrlich. Und wenn Sie's nicht krummnehmen: So einem wie Ihnen mußte das ja mal passieren. Sie sind der Typ, der eine Tracht Prügel geradezu herausfordert.«

Lucas sah Barb Fell an. »Könntest du einen kleinen Spaziergang machen? Nur 'n Stück die Straße runter, dauert nicht lange.«

Sie musterte ihn. »Ich weiß nicht.«

»Na, komm schon.«

»Bist du vom Dezernat für interne Angelegenheiten?«

»Nein, verdammt noch mal, das hab ich dir doch schon gesagt. Komm, sei lieb, setz dich in Bewegung.«

Barb Fell schob ihren Stuhl zurück, nahm ihre Tasche und stöckelte los.

Smith sah ihr nach. »Jetzt ist sie sauer. Bumsen Sie sie?«

Lucas überhörte die Frage. »Im Department hat die große Treibjagd begonnen – alle gegen alle. Und ich bin auch irgendwie in die Schußlinie geraten. Kann sein, daß die Kerle, die da nachts auf mich losgegangen sind, was damit zu tun haben. Darum brauche ich eine ehrliche Antwort auf die Frage, die ich Ihnen gestellt habe.«

»Hören Sie…«

Lucas hob abwehrend die Hand. »Einen Augenblick. Ich will, daß Sie die Spielregeln genau kennen, im voraus. Wenn Sie nein sagen und ich später dahinterkomme, daß Sie's doch waren, geht's Ihnen dreckig – klar? Verlassen Sie sich drauf, daß ich Ihnen dann einheize, weil ich die Wahrheit wissen muß. Ich muß wissen, was da gelaufen ist, sonst kann ich verdammt schnell ein toter Mann sein. Andererseits, wenn Sie's zugeben – hier und jetzt –, wenn Sie sagen: ja, ich war's, ist die Sache erledigt. Ich verspreche Ihnen, ich schluck's runter.«

Smith sah ihn – ein halbherziges starres Lächeln um die Lippen – mürrisch an. »Die Antwort heißt immer noch nein. Ich hab nichts damit zu tun. Ich hab mich nicht mal klammheimlich freuen können, als ich die Geschichte in der Zeitung gelesen habe, weil ich mir schon denken konnte, daß Sie mich im Verdacht haben.«

Lucas nickte.

Smith hob die Schultern und breitete die Hände aus. »Ich bin Geschäftsmann. Ich kann keinen Ärger brauchen. Ich halt mir keine Muskelmänner, und Kerle, die dauernd mit der Kanone rumfuchteln, kann ich erst recht nicht leiden. Jeder Idiot läuft heute mit 'ner Kanone rum.« Er ließ den Blick über die Sixth Avenue schweifen, endlose Autokolonnen stauten sich vor der Ampel am Südeingang zum Central Park. Dann sah er wieder Lucas an. »Nein. Ich war's nicht.«

»Gut«, sagte Lucas. »Also, vergessen Sie die Sache mit Bekker nicht, machen Sie's unter den Junkies publik. Sie können auch einfließen lassen, daß für sachdienliche Hinweise, die zu Bekkers Verhaftung führen, fünfundzwanzigttausend Dollar Belohnung ausgesetzt sind.« Er drehte sich um und ging die Straße hinunter, auf Barb Fell zu.

»Schade, daß ich nichts davon verstehe, wie man Leuten was von den Lippen abliest«, sagte sie. »Ich wüßte zu gern, was du gerade mit ihm besprochen hast.«

»Ich hab ihm erklärt, warum ich wissen will, ob er mir die Schläger auf den Hals gehetzt hat.«

»Sag mir, warum du's wissen willst.«

»Nein«, antwortete Lucas. »Und ich bin nicht beim Dezernat für interne Angelegenheiten.«

Sie verbrachten den Tag damit, durch Village und SoHo zu bummeln, in Boutiquen und Geschenkläden herumzustöbern, irgendwo an einer Straßenecke mit dem einen oder anderen aus Fells Informantennetz ein paar Worte zu wechseln, mit den Cops am Washington Square die neuesten Klatschgeschichten auszutauschen und am Broadway zu stehen und dem Pulsschlag der riesigen Stadt zuzusehen. Dann kamen sie zu der Buchhandlung, in der Bekker angeblich gesehen worden war: Drei Stufen führten zur Tür hinauf, an der die verwitterte Farbe abblätterte, dahinter lag der lang und schmal geschnittene Laden. Das Schild an der Tür versprach: *Tag und Nacht geöffnet – 365 Tage im Jahr.*

Der Angestellte, der Bekker bedient hatte, wurde erst zu Beginn der Spätschicht erwartet, aber dann, wie's der Zufall will, klapperte draußen ein Fahrrad, und genau derjenige, auf den Barb Fell und Lucas gewartet hatten, tauchte auf einmal doch auf. Ein hagerer Typ mit einem Spitzbart – der letzte, der noch nicht gemerkt hatte, daß die Tage der Beatniks vorbei waren. Und als er hörte, worum es ging, überschlug er sich fast vor Eifer.

»Eine gutaussehende Frau, das kann ich Ihnen versichern«, erzählte er. »Im allgemeinen weiß ich, wenn jemand reinkommt, auf den ersten Blick, wer sich für welche Art von Büchern interessiert. Nur bei ihr wäre ich nie darauf gekommen. Folter und so... Na, hab ich gedacht, sie wird wohl von der Uni sein und braucht das für ihre Vorlesungen. Also, ich meine: *er*...«

Fell meinte, als sie wieder draußen waren: »Ich glaube, seine Aussage ist glaubwürdig.«

»Ja«, gab ihr Lucas recht, »das glaube ich auch. Er hat ihn gesehen.« Sein Blick wanderte an den roten Backsteinbauten hinauf, die sich aneinanderreihten – mit eisernen Feuerleitern und Blumenkästen mit Petunien auf den Fensterbänken. »Und ich wette, Bekker ist gar nicht weit von hier untergekrochen. Er wäre nicht Gott weiß wie weit gefahren, um in einer kleinen Buchhandlung herumzustöbern. Ich kann den Scheißkerl geradezu riechen.«

Er führte sie in das Restaurant, vor dem Walter Petty erschossen worden war, und als sie Platz genommen und jeder eine Cola vor sich stehen hatte, war er nahe dran, ihr davon zu erzählen. Aber dann sagte er nur: »Gar nicht so schlecht hier.«

Sie sah sich um. »Ja, geht so.«

»Warst du schon mal hier? Deine Wohnung liegt doch gar nicht weit weg, oder?«

Barb Fell stocherte mit dem Strohhalm in ihrem Glas herum. »Zehn Häuserblocks. Zu weit. Und das ist ein Restaurant, in dem man am Tisch bedient wird. Cops gehen zum Lunch eher in einen Stehimbiß.«

»Ja«, sagte er, »ich weiß, was du meinst.«

Spätnachmittags rief er, während Barb Fell an einem Zeitschriftenständer durch Illustrierte blätterte, von einem Münztelefon aus Lily an. Sie meldete sich in O'Dells Wagen.

»Wo steckst du?« fragte er.

»Morningside Heights.«

»Wo ist das?«

»Oben an der Columbia.«

»Ich muß mich mit dir treffen. Heute abend. Bei dir zu Hause. Es dauert nicht lange.«

»Ja, gut«, sagte Lily. »Wie wär's um neun? Bei mir.«

»Abgemacht.« Als er auflegte, sah Barb Fell hoch. »Was hältst du davon, wenn wir gemeinsam einen Happen essen?«

»Ich hab mich gerade mit Lily verabredet«, sagte er, »aber später komm ich gern noch bei dir vorbei.«

Sie schlug das *Country Home* zu, in dem sie geblättert hatte, und stellte es in den Ständer zurück. »Ich kann's nicht ausstehen, daß du dauernd bei ihr herumhängst.«

»Rein dienstlich«, sagte er. »Sag mal, wie wär's, wenn du kurz im Midtown-Büro vorbeifährst und dir ein paar von den Akten unter den Arm klemmst? Wir haben uns den ganzen Tag rumgetrieben und allen möglichen Quatsch angehört... Könnte ja sein, daß uns plötzlich ein Licht aufgeht, wenn wir uns die Akten noch mal vornehmen.«

»Okay«, sagte sie, »ich nehm sie mit zu mir nach Hause.«

Lily saß im Wohnzimmer, die nackten Füße auf ein brokatbezogenes Stützkissen gebettet – altrussisch, riet Lucas, oder jedenfalls aus der alten Welt –, zwei Schritte neben sich, mitten auf dem Teppich, die hochhackigen Pumps, in der Hand ein Glas Cola light. Und müde sah sie aus, mit tiefen Schatten unter den Augen. »Setz dich«, sagte sie. »Was ist denn passiert? Hat sich angehört, als wär's dringend?« Sie hatte den Kopf zurückgelehnt, das dunkle Haar umrahmte ein blasses, oval geschnittenes Gesicht – wunderschön.

»Gar nichts ist passiert. Jedenfalls nicht heute. Ich mußte nur einfach mit dir reden.« Er setzte sich zu ihr auf die Sessellehne. »Ich muß wissen, wie das mit dir und Walter Petty war. Wie eng eure Beziehung war.«

Sie lehnte sich noch weiter zurück, fast so, als wollte sie in den Sessel hineinkriechen, und schloß die Augen. »Darf ich vielleicht mal fragen, warum du das wissen mußt?«

»Noch nicht«, sagte er.

Sie schlug die Augen auf, sah ihn lange an und fragte: »Robin Hood?«

»Ich bin selbst noch nicht sicher. Wie war das mit Petty?«

»Gib mir einen Augenblick Zeit, und dann erzähl ich's dir von Anfang an, soweit ich mich zurückerinnern kann.« Ihr Blick verlor sich ins Ungewisse. »Wir wurden beide in Brooklyn geboren, im selben Block – ein Backsteinbau, typisch middle-class, würde ich sagen. Ich war einen Monat älter, auf den Tag genau. Erster Juni und erster Juli. Man könnte es also so ausdrücken: mit fünf, sechs Wochen habe ich zum ersten Mal ein Auge auf ihn geworfen. Wir sind gemeinsam aufgewachsen. Zusammen in den Kindergarten gegangen. Haben zusammen alle möglichen Streiche ausgeheckt. Irgendwann – da waren wir schon in der Mittelstufe – hat er plötzlich die Hobbies entdeckt, für die sich Jungen in dem Alter gewöhnlich interessieren. Amateurfunk hat ihn fasziniert – und Mathe und alles, was irgendwie mit Technik und Naturwissenschaften zu tun hat. Und ich hab mehr meine soziale Ader entdeckt. Von der Zeit an haben wir nicht mehr sooft miteinander geredet.«

»Aber ihr seid immer noch gute Freunde gewesen?«

Sie nickte. »Natürlich. Wenn wir uns vor der Haustür getroffen haben, sind wir stehengeblieben und haben uns unterhalten. Nur in der Schule war es anders, da sind wir uns eher aus dem Weg gegangen. Ich glaube, er war die ganze Zeit verknallt in mich. Und ich hab ihn auch lieb gehabt – nicht so, wie ein Mädchen einen Jungen lieb hat, mehr wie… wie einen behinderten Bruder.«

»Behindert?«

Sie stellte ihr Glas ab. »Ja, er war sozial gestört. Lief rum mit einem Rechenschieber unterm Gürtel. Tischmanieren hatte er überhaupt nicht mehr. Und Mädchen gegenüber hat er sich ganz komisch benommen. Du kennst den Typ. Büffelt Tag und Nacht. Ist aber trotzdem ein netter Kerl. Heute sagt man, glaube ich: ein Softie.«

»Mhm. Ein Streber. Eine richtige blöde Nuß. Aus solchen Typen machen Mädchen Kleinholz.«

»Ja, stimmt genau, so einer war er«, sagte sie. »Aber er und ich, wir waren ja Freunde. Und wenn ich einen gebraucht habe – du weißt schon, einen, der die Wände neu streicht oder schnell mal was repariert –, mußte ich ihn nur anrufen. Er ließ alles stehen und liegen und kam. Ich hab das damals für selbstverständlich gehalten. Er war immer da, und ich hab mir eingebildet, so müßte es bleiben.«

»Warum ist er zur Polizei gegangen?«

»Das hat sich so angeboten. Für den Job muß man einen Test bestehen und gute Beziehungen haben. Er hatte die Beziehungen, und den Test hat er exzellent bestanden.«

»War er ein guter Cop?«

»In Uniform sah er entsetzlich aus. Ihm fehlte dieser... dieser kühle Blick. Oder ist es ein heißer Blick? Er konnte sich den Leuten auf der Straße gegenüber nicht durchsetzen. Ich nehme an, du weißt, was dann los ist.«

Lucas grinste. »Ob's ein kühler oder heißer Blick ist, weiß ich auch nicht. Aber ich verstehe. Petty...«

»Er war im Außendienst ein glatter Versager, sie haben ihn in den Innendienst versetzt. Er hat Streifenpläne ausgearbeitet und so was. Und dann haben sie's mit ihm im Drogendezernat versucht. Und da waren alle verblüfft. Er war wie ausgewechselt. Ich meine, niemand – wirklich niemand – hat in ihm einen Cop vermutet. Er hat irgendwo Stoff gekauft, und wenn der Dealer anschließend festgenommen wurde, wäre er nie auf die Idee gekommen, daß Petty etwas damit zu tun haben könnte. So eine blöde Nuß konnte einfach nicht von der verdeckten Fahndung sein. Manchmal wollten es sogar die Richter nicht glauben. Es war das erste Mal, daß er irgendwas richtig toll hingekriegt hat. Er muß was von einem Schauspieler an sich gehabt haben. Dann fing er an, sich für die Fälle der Kripo zu interessieren, je verzwickter sie waren, desto mehr hat er sich darin verbissen. Und das lag ihm wieder, er war nicht nur gut, er war Spitze. Dann waren auf einmal die Computer da, und da war er unschlagbar.«

Sie lachte, während sie in ihren Erinnerungen kramte: »Plötzlich lief der Tollpatsch, der immer alles falsch gemacht hatte, der Träumer aus Brooklyn, zu einsamer Hochform auf. Aber innerlich blieb er trotzdem der alte Walt. Wenn man ihn brauchte, war er da. Immer noch ein komischer Kauz, aber durch und durch ehrlich. Und er konnte so wunderschön lächeln. Wenn er so aussah, als wäre er froh, dich zu sehen, dann *war* er auch froh, dich zu sehen. Und wenn er ärgerlich wurde... Also, ich habe ihn nie laut schimpfen hören, er ist dann einfach gegangen. Vielleicht, weil er erst die Tür hinter sich zumachen und dann laut losschimpfen wollte. Aber ich glaube eher, er hat, sobald er allein war, geweint.«

Ihre Lippen zitterten, sie nahm die Füße vom Stützkissen und ließ den Kopf sinken.

»Wie ist er zu dem Robin-Hood-Auftrag gekommen?«

»Na ja, er verstand was von Computern, und O'Dell, der schon früher mit ihm zusammengearbeitet hatte, wußte das. Es war eine Riesenchance für ihn, aus dem normalen Trott rauszukommen. Und vielleicht... Vielleicht hat ihn auch gereizt, in meiner Nähe arbeiten zu können. Wie ich schon gesagt habe...«

»Ja, ich verstehe.«

»Hört sich ziemlich arrogant und eitel an, wie?«

Lucas schüttelte den Kopf. »Würde ich nicht sagen. So ist das nun mal im Leben. Glaubst du, daß er in dieser Robin-Hood-Sache dicht dran war?«

»Mein Gott, warum hätten sie ihn denn sonst umgebracht?

Eine Woche lang habe ich nur dagesessen und geheult. Ich war... Ach, ich weiß auch nicht. Es hatte überhaupt nichts mit Sex zu tun. Aber auf einmal sind all die Jahre an mir vorbeigezogen, und ich hab alles noch mal erlebt – diese drollig-unbeholfene Art, in der er an mir gehangen hat... Und da hab ich erst richtig begriffen, daß ich ihn liebe.«

»Mhm.« Lucas' Blick ließ sie nicht mehr los.

Plötzlich schien sie ihre Traurigkeit abzuschütteln. »Und nun sag mir, was das eigentlich alles soll?«

»Du und Kennett, ihr benutzt mich als eine Art Köder. Ihr baut mich als Zielscheibe auf, ohne daß ich weiß, für wen. Aber genau das will ich wissen.«

Ein paar Sekunden verrannen, dann sagte sie: »Barb Fell. Nach allem, was wir wissen, ist sie es.«

»Blödsinn.«

»Absolut nicht. Alle Spuren führen zu ihr.«

»Das kann alle möglichen Gründe haben.«

»Sie steckt dahinter«, sagte Lily.

»Weißt du über alles Bescheid, was O'Dell tut?«

»Na ja...« Sie zögerte. »Ich mach die Termine für ihn. Aber ich gebe zu... Es kann auch mal was an mir vorbeilaufen.«

Diesmal ließ Lucas ein paar Sekunden verstreichen, ehe er sagte: »Ich fürchte, du belügst mich.«

Sie fuhr ärgerlich hoch. »Gott verdammt...«

»Irgend jemand will mich auf eine falsche Fährte lenken. Du oder jemand anders. O'Dell bestimmt. Und du bist wie O'Dells Schatten.«

Sie lehnte sich zurück. »Erklär mir, was du damit meinst.«

Lucas' Blick schien sie auszuloten. »Zuerst mal: Barbara Fell hat nichts damit zu tun.«

»Wieso nicht?«

»Ich weiß es ganz einfach. Ich weiß, daß ich mich nicht irre.«

»Lucas, nichts gegen einen gesunden Instinkt, aber du kannst auch nicht alles beiseite schieben, was schwarz auf weiß in den Akten steht. Sie hat überall ihre Finger drin.«

»Ich weiß. Irgend jemand benutzt sie als Alarmanlage.«

»Als was?«

»Sie ist so was wie der Stolperdraht. Bei ihrem Job hat sie dauernd mit Gesindel zu tun. Sie kennt jeden zweiten, der Dreck am Stecken hat, und die Kerle kennen sie. Robin Hood mußte nichts anderes tun, als sich an ihre Fersen zu heften und sie zu beobachten. Sie hat, ohne es zu merken, die Todesschwadron zu denjenigen geführt, die Robin Hood sich anschließend herausgepickt hat. Und dann mußten sie sie nur weiterhin beobachten. Wenn jemand Rache nehmen will, wäre sie das erste Opfer.«

Lily schüttelte ungläubig den Kopf. »Und wer soll das alles eingefädelt haben?«

Lucas zögerte. »Wenn ich auf mein Gefühl höre, würde ich sagen: Kennett.«

»Quatsch«, sagte Lily heftig. »Davon wüßte ich was. Ich habe ihn sogar direkt gefragt. Er glaubt nicht mal, daß es so was wie diese Todesschwadron überhaupt gibt.«

»Wir wissen aber, daß es sie gibt. Und mein Gefühl sagt mir unverändert: Kennett. O'Dell hat mich mit der Nase auf Barb Fell gestoßen. Und dann auf Kennett. Vielleicht weiß er, daß Kennett unser Robin Hood ist, und hat nur noch keinen Beweis.«

Lily starrte ihn an. »Das ist…«

»…reine Phantasie, das gebe ich zu. Und ich gebe auch zu, daß natürlich auch etliche andere Erklärungen denkbar sind.«

»Zum Beispiel die, daß ich hinter der Sache stecke?« Sie lächelte mit dünnen Lippen, aber ihre Augen lächelten nicht.

»Ja.« Lucas nickte. »Eine von vielen Möglichkeiten.«

«Und was glaubst du?«

Er schüttelte den Kopf. »Du nicht.«

»Was macht dich da so sicher?«

»Mein Gefühl, genau wie bei Barb Fell. Und ich habe gesehen, wie du arbeitest. Nur, wenn du nicht in Frage kommst, wird eine andere Möglichkeit um so wahrscheinlicher.«

»O'Dell?« fragte Lily.

»O'Dell. Keinem fiele es leichter, so eine Gruppe aufzustellen. Er kennt die New Yorker Polizei durch und durch, er könnte sich genau die richtigen Leute für seine Todesschwadron aussuchen. Er hat Zugang zu sämtlichen Computerunterlagen. Er kann sich die richtigen Zielobjekte aus der Unterwelt herauspicken. Und für ihn wäre es kein Problem gewesen, Barb Fell in die Position zu bringen, in der er sie haben wollte.«

»Die Sache hat nur einen Haken«, sagte Lily. »Er ist in der Hierarchie so weit oben, er hätte keine Alarmanlage nötig.«

»Interne Angelegenheiten«, erinnerte er sie. »Sogar er weiß nicht, welche Untersuchungen im Dezernat für interne Angelegenheiten gerade laufen.«

Sie biß sich auf die Lippen. »Okay. Und weiter?«

»Walter Petty war ein Computerfreak, vielleicht war er durch seine Arbeit auf O'Dells Spur gekommen. Aber mal unabhängig davon, warum er erschossen wurde. O'Dell war zur Stelle, um die Untersuchung in die gewünschten Bahnen zu lenken. Ohne Einmischung durch das Dezernat für interne Angelegenheiten.«

Lily nickte nachdenklich. »Weil Pettys Tod zuviel Staub in der Öffentlichkeit aufgewirbelt hätte, hat er gesagt.«

«Ja. Und dann hat er mich mit reingezogen und mit dem Finger auf Barb Fell gezeigt und den Verdacht gegen Kennett bei mir geschürt. Fell und Kennett – weiter konnte ich gar nicht kommen. In sämtlichen Akten gab es nur Hinweise, die genau in die Richtung führten, in die O'Dell mich hetzen wollte. Dabei wird in den Aktenvermerken nur leeres Stroh gedroschen. Aber wenn ich eine andere Richtung einschlagen will, renne ich mit dem Kopf gegen die Wand.«

»Was hätte O'Dell für einen Grund gehabt, sich ausgerechnet auf Kennett einzuschießen?«

Lucas wußte, wie schonungslos brutal ihr seine Antwort vorkommen mußte: »Weil Kennett bald sterben wird. Mal angenommen, es gelingt O'Dell, die Sache so hinzubiegen, daß alles gegen Kennett spricht. Und dann stirbt Kennett – ein natürlicher Tod, Herzversagen. Wenn sich alle einig sind, daß Kennett der Drahtzieher bei Robin Hood war, gibt es keinen Grund für eine langwierige Untersuchung, und auf diejenigen, die es wirklich waren, fällt kein Verdacht.«

Lilys Gesicht war wachsbleich geworden. »Er kann doch nicht... Nein, ich glaub das einfach nicht.«

»Warum nicht?«

»Das würde er nie riskieren. Wenn alles auffliegt und er im Gefängnis landet... Das würde er körperlich nicht durchhalten.«

»Das hängt ganz davon ab, wie fein alles gesponnen ist. Vielleicht wissen die Männer der Killerkommandos gar nicht, daß er es war, der sie ausgesucht hat.«

»Ja, aber da ist noch was«, wandte Lily ein. »Wenn die Fell tatsächlich so was wie ein Stolperdraht war, hätte O'Dell kein Interesse daran haben können, daß ihr beide zusammenarbeitet. Er weiß doch, warum du nach New York gekommen bist.«

»Aber er hat auch von Anfang an gewußt, daß Barb Fell nicht in der Lage ist, mich auf die richtige Spur zu führen. Sie und mich zu einem Team zu machen, hat der ganzen Sache den Anstrich gegeben, daß O'Dell es ehrlich meint. Sie hat die Männer, die erschossen wurden, gekannt – jeden einzelnen. Und da sie nach allen Computerergebnissen die vorläufig Hauptverdächtige war, konnte er sie sowieso nicht mehr im Innendienst einsetzen.«

Lily sah ihn unschlüssig an. »Könnte was dran sein.«

»Wie hast du Kennett kennengelernt?« wollte er wissen.

»Bei einer Konferenz der Dezernatsleiter.«

»An der du als O'Dells Assistentin teilgenommen hast?«

»Ja.«

»Hat O'Dell das so gesteuert, daß ihr euch kennenlernt?«

»Mein Gott, Lucas, was soll das?«

»Ja oder nein? Er hat euch beide gekannt. Er könnte sich ausgerechnet haben, daß...«

»Ich weiß nicht«, fiel ihm Lily ins Wort. »Er und Kennett mögen sich nicht besonders.« Sie stand auf und drehte sich um die eigene Achse wie ein Pudel, der sich in die Bettdecke kuscheln will. »Alles, was du mir erzählst, ist doch nur Theorie. Du hast nicht einen einzigen gottverdammten Punkt, der auf unwiderlegbaren Tatsachen beruht.«

Jetzt war er es, der mit dünnen Lippen lächelte. »Ich hab so einen Punkt. Einen sehr interessanten und verblüffenden Punkt. Nur, bis jetzt bin ich der einzige, der etwas davon weiß.«

»So? Und was ist das?«

»Der Beweis, daß O'Dell Kennett an den Pranger stellen will. Die Frage ist lediglich, ob er es tut, weil er Kennett wirklich für den Schuldigen hält, oder ob er nur einen Sündenbock haben will.«

»Du hast dich in eine Schnapsidee verrannt.«

Lucas sagte: »Ich war in Charleston in South Carolina und habe mit Red Reed gesprochen. Er und O'Dell kennen sich sehr gut – von der Columbia University...«

Und dann erzählte er ihr alles, was er wußte. Fast alles. Nur die Bemerkung, die Mrs. Logan gemacht hatte, als Lily und er bei ihr gewesen waren – die erwähnte er nicht.

## 24

Lily schaute zu, wie Lucas die Ziffern ins Telefon tippte, beobachtete sein Gesicht, sah – bevor er ihr den Rücken zuwandte – sein Lächeln und hörte, wie er sich mit Barb Fell verabredete. Als er gegangen war, griff sie nach ihrer Tasche, stellte sie vor sich aufs Fensterbrett und sah ihm nach. Er winkte einem Taxi, guckte, ehe er einstieg, noch einmal hoch, deutete auf ihre Tasche und hob grüßend die Hand.

Dann hatte die Dunkelheit das Taxi und ihn verschluckt.

Sie ging durch die Wohnung, ließ die Hand über Gegenstände gleiten, die ihr angst machten, weil sie auf einmal ein Gefühl hatte, als läge der Hauch des Vergänglichen über allem.

Kennett? Nein. Aber O'Dell – das war genauso unvorstellbar. Hätte er es fertiggebracht, einen von seinen eigenen Leuten kaltblütig hinrichten zu lassen?

Schließlich griff sie nach dem Telefon und wählte die Nummer, unter der Kennett auf dem Boot zu erreichen war. Er nahm den Hörer ab und sagte: »Lily.«

Es freute sie, daß er es gleich erraten hatte. »Woher hast du gewußt, daß ich's bin?«

»Das Klingeln hat sich nach Liebe angehört. Bist du einsam?«

»Du hat es erraten.«

»Der Fluß ist zauberhaft heute abend…«

Der Hudson roch nach Ruhe, nach Schlamm, nach Öl und nach Salz. Segeltuch knarrte, Takelage schlug leise gegen die Aluminiummasten. Ein nächtliches Gewitter zog weit oben im Nordwesten aufs Meer hinaus, über Manhattan und seinen Lichtern lag das Wetterleuchten.

Als sie sich liebten, spürte Lily plötzlich, wie alle Konturen schärfer und alle Geräusche klarer wurden. Sie hörte – von Tausenden knackender, wispernder Geräusche im Hafen unterlegt – den harten Rhythmus des Schlagzeugs und der Trommeln: das Radio auf einem der Nachbarboote.

Später, auf dem Vordeck…

»Gott im Himmel, ich sitze hier und rede dummes Zeug, und du sitzt da und weinst.« Kennett strich ihr mit dem Daumen eine Träne von der Wange. »Kannst du mir den Grund verraten?«

»Ich hab nur auf den Fluß hinausgesehen und gedacht, wie wunderschön das alles ist und wie gut es tut, so etwas zu sehen. Und dann habe ich an Walter gedacht – und daran, daß er das nie mehr sehen kann.«

»Petty?«

»Ja, verdammt noch mal.«

»Liebes, der Junge spukt ein bißchen zu oft durch deine Gedanken«, sagte Kennett. In einem Tonfall, der sie verleiten sollte, weiterzureden.

Sie hatte das Signal verstanden. »Weißt du auch, warum?«

»Warum?«

»Weil wir so verdammt gemein zu ihm waren, das ist der Grund. Ich meine, wir Mädchen – damals in der Schule. Durch das Gespräch mit Lucas ist mir das wieder klargeworden.«

»Schwer, sich vorzustellen, daß du gemein sein kannst«, sagte Kennett.

»Damals ist mir das nicht so vorgekommen. Weißt du, Walter war einer von denjenigen, die alles für einen anderen tun. Und wir haben es ihm die ganze Schulzeit über – und auch später, als er in der Armee war – nie gedankt. Wir haben uns immer nur lustig über ihn gemacht – wie er angezogen war und wie er rumgelaufen ist, in jeder Tasche ein paar Bleistifte und Kugelschreiber… Wir haben einen Clown aus ihm gemacht, aber das war er nicht. Wenn er ernst sein wollte, haben wir angefangen zu lachen. Wir haben ihm weh getan. Daran habe ich denken müssen. Egal, was er gemacht hat – wenn er nur auf uns zugekommen ist und mit uns reden wollte –, wir haben ihn immer nur ausgelacht. Er hat nie verstehen können, warum wir so waren. Oh, Gott…«

Auf einmal fing sie zu schluchzen an, und Kennett fühlte sich hilflos. »Meine Güte, Lily…« Er streichelte ihr den Rücken.

Einen Augenblick später räusperte sie sich. »Du bist katholisch. Glaubst du an Erscheinungen? Du weißt schon – so wie die Jungfrau Maria den Hirten erschienen ist und so?«

»Das müßte ich schon mit eigenen Augen sehen«, antwortete Kennett gequält.

»Worum's mir geht… Ich hab dauernd Erscheinungen. Walter erscheint mir.« Sie lachte – ein kurzer Laut, der nichts mit Fröhlichkeit zu tun hatte. »Nein, nicht das, was du denkst… er schwebt nicht durch die Luft, er geistert durch meinen Kopf…«

»Na ja…«

»Aber ich seh ihn ganz deutlich vor mir. Er kommt die Straße herunter, das Haar klebt ihm am Kopf, und ich seh die abstehenden Ohren… Mein Gott, Walter war der einzige, der mich geliebt hat, ohne etwas von mir zu verlangen. Keinen Sex, keine Kinder – nicht mal freundlich mußte ich zu ihm sein. Wenn ich nur in seiner Nähe war, das hat ihn schon glücklich gemacht.«

Kennett fiel nichts ein, was er sagte konnte. Sie saßen stumm nebeneinander, die Füße hochgelegt, den Blick auf dem dunklen Fluß verloren. Und nach einer Weile fing Lily wieder zu weinen an.

# 25

Lucas rief von Lilys Wohnung aus Barb Fell an und entschuldigte sich, daß es so spät geworden war. »Ich wollte gerade runter in die Taverne gehen«, sagte sie. »Treffen wir uns dort?«

Er winkte sich ein Taxi heran, Lily stand oben am Fenster und sah ihm lächelnd nach. Er winkte ihr zu, und sie zeigte ihm, daß sie ihre Tasche griffbereit bei sich hatte. *Du hast doch nicht schon vergessen, was neulich passiert ist?*

Der Taxifahrer verlangte acht Dollar, Lucas gab ihm einen Zehner. Barb Fell saß in der Nische ganz hinten, ein Bier und eine Schale Erdnüsse vor sich, und blätterte in der Zeitung.

»Hey.« Er rutschte neben sie auf die Sitzbank.

»Hi. Fortschritte bei der Rothenburg?«

»Nein.«

»Gut«, sagte sie.

Lucas schüttelte den Kopf. »Mein Gott...« Und einen Atemzug später: »Jetzt brauche ich ein Bier.« Er winkte der Bedienung, deutete auf Barbs Glas und machte mit zwei gespreizten Fingern das Victory-Zeichen.

Während sie auf die Getränke warteten, baute sich ein Dunkelhäutiger – Khakihosen, hellblaue Sportjacke – vor ihrem Tisch auf und zog eine Humphrey-Bogart-Show ab, leider nur eine schlechte Imitation.

»Wie geht's, Kleines? Ich les dauernd deinen Namen in der Zeitung.«

»Hey, Tommy... Setz dich.« Barb Fell klopfte auf die freie Sitzbankecke neben sich und deutete mit dem Zeigefinger auf Lucas: »Das ist Lucas Davenport. Vorsicht, Cop.«

Tommy Kantor rutschte auf die Sitzbank. »Ich weiß, wer er ist. Obwohl damals, als er nach New York gekommen ist und sein Einstandsinterview gegeben hat, mein Name auf der Einladungsliste vergessen worden ist.«

Barb Fells Zeigefinger bewegte sich nach links. »Und das, Lucas, ist Tommy Kantor, er arbeitet für *The Village Voice*...«

Sie plauderten eine Weile, und dann kam ein anderer Journalist ins Lokal, entdeckte Kantor und tauchte Sekunden später mit seiner Freundin, zwei Stühlen und zwei Krügen Bier an ihrem Tisch auf. Kurze Zeit danach kam eine TV-Produzentin dazu.

»Da haben Sie ja neulich genau ins Schwarze getroffen«, sagte sie zu Barb Fell.

Und Lucas verzog keine Miene, als er bekräftigte: »Da sollte mal jemand was anderes sagen!«

»Davenport, du Arschloch...«, murmelte Fell.

Es wurde zwei Uhr nachts, bis die Runde sich auflöste. Lucas kam mit hinauf in Barb Fells Apartment. Zehn schaumigschmusige Minuten unter der Dusche, dann ließen sie sich aufs Bett fallen.

»Nette Leute«, sagte Lucas. »Hat Spaß gemacht, sich mit denen zu unterhalten. Ich hoffe nur, daß dein Freund Kantor uns nicht in Teufels Küche bringt.«

»Ist nicht seine Art, er verrät nie, von wem er was hat«, beruhigte ihn Barb. »Wundert mich eigentlich, daß du so gut mit den Medienleuten zurechtkommst.«

»Die meisten sind sehr sympathisch. Ein paar sind ein bißchen bekloppt, und die Hälfte von denen würde für zwei Dollar den besten Freund verraten. Aber, wie gesagt, den Rest mag ich.«

Barb hatte unruhige Hände. »Und das – magst du das auch?«

»Oh«, meinte er, »ich glaub schon... Doch, ich bin ganz sicher.«

Am nächsten Morgen, als er aus der Duschkabine kam und sich das Haar trocknete, hörte er Barbs Stimme im Wohnzimmer. Und als er gerade in die Unterhose schlüpfte, war sie da. Splitternackt. Sie reckte sich auf die Zehenspitzen und küßte ihn.

»Ich hab gerade mit Carter telefoniert. Nichts Neues.«

»Gut. Hast du daran gedacht, die Akten mitzubringen?«

»Liegen im Zimmer vorn.«

»Ich würde gern eine Weile drin herumstöbern, dann fahr ich vielleicht ins Hotel und zieh mich um. Irgendwie hab ich das Gefühl, daß es bald soweit ist. Und wenn sie ihn schnappen, will ich unbedingt dabeisein.«

»Mach mir nichts vor. Du gibst dein linkes Ei dafür her, wenn du ihn selber schnappen kannst. Ich übrigens auch.«

Er tat erschrocken. »Was denn, du würdest mein linkes Ei dafür hergeben?«

»Müßte ich mir noch überlegen. Möchtest du ein Baguette mit Schnittlauchkäse? Und ein Glas Saft dazu?«

»Muß ich mir nicht überlegen. Ja.«

Sie blätterten gemeinsam die Akten durch, besprachen den einen oder anderen Punkt, und kurz nach neun hatte Lucas genug – und eine andere Idee.

Es wurde zwei Uhr mittags, bis sie aus dem Bett kamen.

»Ich fahr jetzt ins Hotel und zieh mich um«, sagte er, während er das Jackett anzog. »Was hältst du davon, wenn wir später zusammen ins Büro fahren? So um halb fünf, schlage ich vor, zum Tagesausklang.«

»Ja, gut.«

Sein Blick fiel auf den Boden. Direkt vor seinen Füßen lag eine Kopie des Fotos, das seinerzeit am Tatort im Bellevue gemacht worden war: Whitechurchs Leiche, ein paar Zwanzig-Dollar-Scheine guckten darunter hervor – fast eine fotografische Allegorie zum Thema Habgier.

»Also dann – bis halb fünf.«

Er fuhr mit dem Aufzug nach unten, der Uniformierte in der Lobby nickte ihm zu. Jahrelange Erfahrung, ein guter Hausportier kennt seine Besucher, auch wenn sie nur von Zeit zu Zeit über Nacht bleiben. Draußen auf der Straße sah Lucas ein Taxi um die Ecke biegen, fast automatisch fuhr seine Hand in die Tasche und griff nach der Brieftasche.

»Verdammt...«

Der Hauptportier zuckte zusammen. »Wie?«

»Hat nichts mit Ihnen zu tun. Ich hab oben was vergessen.«

Er fuhr noch mal nach oben und klopfte an Barb Fells Tür. Immerhin, sie hatte sich einen Morgenmantel übergezogen, ehe sie öffnete.

»Kannst du mir 'n Zwanziger leihen?« fragte er. »Ich hab nur noch zwei Dollar einstecken, und die Travellerschecks liegen im Hotel.«

»Ach du meine Güte...« Sie kramte in ihrer Handtasche. »Bei mir sind's auch nur noch sechs.« Dann huschte ein Lächeln über ihr Gesicht. »Aber ich hab ja meine Bankkarte. Unten an der Ecke ist ein Geldautomat. Weißt du was? Ich geb meinem Herzen einen Stoß und verrat dir meine Geheimnummer. Aber damit du nicht auf dumme Gedanken kommst: Wenn du mogelst, laß ich das Konto sofort sperren.«

Er schaute griesgrämig auf ihre Bankkarte, dann rutschte sein Blick weg: die Kopie des Fotos, Whitechurch, die Zwanziger...

»Ach was«, sagte er mürrisch, »zieh dich an, wir gehen zusammen runter. Beeil dich ein bißchen.«

Sie starrten – offensichtlich schon zu lange, der Uniformierte vom Sicherheitsdienst musterte sie bereits mißtrauisch – auf die Geldscheine, die der Automat ausgespuckt hatte. Kein Zweifel, die Nummern der Zwanziger gehörten zur selben Serie wie die

Scheine, die man unter Whitechurchs Leiche gefunden hatte. Lucas raffte die Scheine zusammen.

»Lauter fortlaufende Nummern?« fragte Barb Fell flüsternd. Sie zappelte vor Aufregung.

Lucas blätterte den Stapel noch einmal durch. »Zwei davon«, sagte er und notierte die Nummern. »Ein Fall für die Leute von der Bundesbank.«

Terrell Scopes von der Außenstelle der Bundesbank machte aus allem, was er tat, einen hoheitlichen Akt, auch wenn es nur darum ging, Informationen über Seriennummern zu verweigern. »Da kann doch nicht einfach jeder hier reinspazieren und Auskunft haben wollen...« Seine wegwerfende Handbewegung ließ ahnen, daß er am liebsten »jeder Dahergelaufene« gesagt hätte.

Lucas starrte ihn sprachlos an.

Barb Fell zitterte vor Wut so, daß sich ihr – und zwar nicht nur im sprichwörtlichen Sinne, sondern tatsächlich – die Haare sträubten. »Jetzt hören Sie mal genau zu«, blaffte sie Scopes an, »wenn Sie sich stur stellen und Bekker in der Zeit, die wir verlieren, irgendeinem Opfer das Herz aus der Brust schneidet – oder was weiß ich, dann sorge ich dafür, daß Ihr Foto auf der Titelseite der *New York Times* erscheint, direkt neben seinem.«

Scopes, von Natur aus ein weißhäutiger Typ, wurde aschfahl. »Einen Augenblick«, sagte er, »ich muß ein paar Recherchen anstellen.«

Es dauerte eine Weile, bis er zurückkam. »Citibank«, sagte er nur.

Dort nahm sich Alice Buonocare des Problems an, eine Bankerin mit gemütlichem, rundem Gesicht. Sie gab sich wesentlich aufgeschlossener, aber ein schnelles Ergebnis konnte sie auch nicht versprechen. »Das Geld stammt aus einem Automaten an der Prince, so weit ist das klar. Aber den Weg genau zurückzuverfolgen, das nimmt einige Zeit in Anspruch.«

»Wir brauchen die Auskunft aber schnell«, drängte Lucas.

»Wir tun, was wir können«, versicherte Mrs. Buonocare freundlich. »Aber wir brauchen zuerst einen Fixpunkt – eine Nummer aus der Serie. Sobald wir herausgefunden haben, wann und wo die eingezahlt wurde, läßt sich alles zurückverfolgen. Sie können sich sicher vorstellen, daß das eine Menge Arbeit macht. Und es gehört nicht gerade zu den Routineaufgaben einer Bankfiliale. Das Ganze dürfte auf ungefähr zwanzigtausend Computerabfragen hinauslaufen, schätze ich...«

»Wie ist es mit dem Band aus der Überwachungskamera?«

»Die geben meistens nicht viel her«, vertraute ihnen Mrs. Buonocare an. »Wenn ich Sie recht verstanden habe, wissen Sie lediglich, daß es sich um eine blonde Kundin gehandelt hat. Ich schätze, da sind ungefähr tausend Blondinen auf dem Band... Es wird wohl einfacher sein, wenn wir es erst über die Nummern versuchen und anschließend das Band zum Vergleich heranziehen.«

»Na gut«, sagte Lucas. »Wie lange dauert das?«

»Das weiß ich nicht. Eine Stunde... Vielleicht auch zwei. Das wäre dann allerdings schon nach Geschäftsschluß.«

»Hey...« Lucas schien kurz davor zu sein, zu explodieren.

Alice Buonocare zwinkerte Barb Fell zu. »War nur ein Scherz.«

Drei Stunden. Mitten im zweiten Computerlauf stellte sich heraus, daß jemand versehentlich eine falsche Eingabe gemacht und auf die Frage nach der Herkunft der Scheine die Kennzahl eines Bankautomaten in der Houston Street statt in der Prince eingetippt hatte.

Abends um sechs sagte der Mann am Computer: »Okay,

noch zwanzig Minuten, dann haben wir's auf einen Namen eingegrenzt. Wenn Ihnen das zu lange dauert, könnte ich Ihnen jetzt acht bis zehn Namen präsentieren – mit neunzig Prozent Wahrscheinlichkeit, daß der Gesuchte darunter ist.«

»Was ist mit dem Videoband?«

»Das wird gerade eingelegt.«

Die Finger des Mannes tanzten übers Keyboard, ein Konto nach dem anderen erschien auf dem Bildschirm. Zehn waren es schließlich – die zehn mit der gottverdammten neunzigprozentigen Wahrscheinlichkeit. Zehn Namen, sechs Männer, vier Frauen. Zwei davon konnten sie sofort streichen, die angegebenen Adressen lagen nicht in Manhattan. Blieben fünf Männer und drei Frauen.

Mrs. Buonocare stand hinter dem Mann am Computer. »Können wir jetzt die Kontobewegungen haben? Von diesen acht, für den Zeitraum der beiden letzten Monate.«

»Null problemo«, sagte der Mann am Computer, drückte ein paar Tasten und blätterte auf dem Schirm das erste Konto auf.

»Nichts Ungewöhnliches zu erkennen«, stellte Mrs. Buonocare fest. »Das nächste Konto, bitte.«

Edith Laceys Konto war das fünfte, das sie sich ansahen.

»Oh«, sagte Mrs. Buonocare – und noch einmal »oh«. Und zu dem Mann am Keyboard sagte sie: »Rufen Sie das vollständig auf. Verfolgen Sie die Kontobewegungen soweit zurück wie möglich.«

»Null problemo...«

Als das Konto aufgerufen war, arbeitete Alice Buonocare eigenhändig mit. Sie drückte ein paar Tasten, das Bild auf dem Schirm veränderte sich, zuerst war ein Gewirr aus Zahlen zu sehen, dann konzentrierte sich das Programm auf den jeweiligen Kontostand. Sie ließ das Bild ein paarmal vor- und zurücklaufen, bevor sie sich zu Barb Fell und Lucas umwandte.

»Sehen Sie sich das an. Vor sechs Wochen ein Guthaben von rund 100000 Dollar. Dann fingen die Abhebungen mit der Bankkarte an, jeweils der Höchstbetrag, fünfhundert pro Tag, und das mehrere Tage hintereinander. Hat sich allmählich auf drei bis vier Abhebungen pro Woche eingependelt.«

Lucas nickte aufgeregt. »Das könnte er sein. Lassen Sie jetzt bitte das Videoband abfahren. Namen und Adresse haben Sie?«

Mrs. Buonocare drückte eine Taste. »Edith Lacey...«

Barb Fell las mit. »Oh, eine Adresse in SoHo. Das ist gut, das könnte stimmen.«

»Das Videoband«, drängte Lucas.

»Augenblick«, bat Mrs. Buonocare, »ich will nur noch die Referenznummern notieren.«

Dann gingen sie gemeinsam in den Schalterraum. Das Videoband war bereits eingelegt, Mrs. Buonocare programmierte die Referenznummern und schaltete den automatischen Suchlauf ein.

»Hier...«

Auf dem Bildschirm war eine Blondine zu sehen, sie hielt den Kopf gesenkt.

»Da kann ich nichts erkennen«, sagte Barb Fell. »Geht's nicht ein bißchen schneller? Ich schwör's Ihnen, ich mach mir gleich in die Hose.«

»Ich laß das Band noch mal zurücklaufen...«

Die Bilder flimmerten rückwärts, Mrs. Buonocare drückte die Stopptaste, startete erneut den Suchlauf. Als das Band stehenblieb, war wieder eine Blondine zu sehen.

»Alter Scheißkerl«, murmelte Lucas. »Schön, dich wiederzusehen, Mike.«

Barb Fell kniff die Augen zusammen. »Ist er das? Ich hätte nicht gedacht, daß er so gut aussieht.«

»Er ist es«, versicherte ihr Lucas.

Bekker lächelte ins Objektiv. Nur am Stirnansatz sah das blonde Haar ein bißchen unnatürlich aus.

## 26

Um die Mittagszeit wachte Bekker auf. Er tapste barfuß ins Badezimmer und starrte in den Spiegel. Bildschön. Eine bildschöne Blondine.

Aus und vorbei mit der bildschönen Blondine.

Er setzte sich auf den Rand der Badewanne und fing zu weinen an. Aber es half nichts, er mußte es tun.

Anfangs benutzte er die orangerote Schere aus Edith Laceys Nähkorb. Schnitt eine Strähne nach der anderen ab, bis nur noch kurze, störrische Haarbüschel übrigblieben. Dann seifte er sich den Kopf ein und arbeitete mit dem Rasierapparat weiter. Zweimal rutschte ihm die Klinge aus, ein paar Blutstropfen fielen ins Waschbecken...

Er seufzte, kam in die Gegenwart zurück und stellte fest, daß er immer noch vor dem Spiegel stand. Die Seife war fast angetrocknet und fühlte sich wie klebrige Creme an. Erneut schossen ihm die Tränen in die Augen, ein Weinkrampf schüttelte ihn. Sein Kopf sah aus wie eingeschrumpelt, oberhalb der Stirn schimmerte die Haut geradezu krankhaft weiß.

*Super-Ego, wo bist du geblieben?*

Er versuchte sich in die Rolle eines neutralen Betrachters zu versetzen. Unnatürliche Blässe. Totenbleiche Haut. Im Village liefen die ausgefallensten Typen herum, aber mit dieser weißen Kopfhaut würde er sogar hier auffallen. Und wenn er das normale Make-up auftrug, wirkte das erst recht verdächtig.

Die Narben im Gesicht würden ihn verraten. Er tastete mit den Fingern danach, fühlte die Kerben und die Wülste. Eine neue Rolle, das war's, was er brauchte. Vielleicht, wenn er wieder als Mann herumlief? Aber er konnte sich nicht vorstellen, daß das gutging. Als Frau hatte er einfach einen größeren Spielraum bei den Verkleidungsmöglichkeiten gehabt. Die Perücke, die er nach seiner Flucht getragen hatte, bevor sein Haar nachgewachsen war...

Er schlurfte durch das Souterrain-Apartment, auf die Stufen zu, die zum Hinterzimmer führten. Am Schreibtisch blieb er kurz stehen, griff nach oben, gab dem Mobile einen Schubs, bis die Spinnen sich tanzend drehten... So wunderschön zart und glatt.

*Weiter. Hol die Perücke und zieh dich an.*

Er lief immer noch nackt herum, da er das Gefühl hatte, daß Kleidung ihn nur eingeengt hätte. So war es bequemer. Es entsprach mehr der inneren Freiheit, die er empfand – dank dem PCP, das ihn vorwärtstrieb. Und ihm Würde verlieh, ein ganz neues Selbstwertgefühl. Bis ihm plötzlich bewußt wurde, daß da etwas zwischen seinen Schenkeln schlenkerte – sein Penis. Ekelhaft. Wie eine schlaffe Nase. Er klemmte ihn zwischen den Schenkeln fest. Aber nun konnte er nicht mehr so zügig ausschreiten wie vorher.

Eine bunte Kugel fiel aus der Springball-Maschine. Ein Gummiball, der ihn an etwas erinnerte. Wann war das gewesen? In den Fünfzigern? Einer der Clowns in der Ed-Sullivan-Show? Ja, genau. So ein klapperdürres Männchen. Stand auf der Bühne, hielt eine Zigarrenkiste in der Hand, hatte den Deckel aufgeklappt und unterhielt sich mit einer Stimme in dem Holzkistchen... *Okay, okay...* War das die neue Masche? Ja.

Bekker kam an der Küche vorbei, ging hinein zum Kühlschrank, öffnete ihn. *Eine Cola gefällig, Mr. Bekker? Danke, da sag ich nicht nein. Okay, okay?* Er schlug die Kühlschranktür zu. Genauso heftig, wie der Clown damals den Deckel der Zigarrenkiste zugeklappt hatte. Blubberndes Lachen schüttelte ihn. *Okay, okay?*

Wirklich spaßig. Er blubberte noch ein bißchen.

Mit der Colaflasche in der Hand tapste er zurück ins Wohnzimmer und schaltete den Fernseher ein, CNN. Heute morgen hatten sie ihn in den Nachrichten gebracht, mit dem Foto von der Carson. Und hatten behauptet, der seltsame Glanz in den toten Augen des Mädchens sei eine Fälschung – nichts anderes als der Ausdruck feuchter Fingerkuppen. Lächerlich. Was bezweckten sie damit? Irgendein mieser Trick, mit dem sie ihn herauslocken wollten? Aber es fiel ihm zunehmend schwerer, sich an Einzelheiten zu erinnern.

Er saß da, starrte auf den Bildschirm und hoffte, daß sie es noch einmal zeigen würden.

Nichts. Sie hatten ihn aus den Nachrichten rausgeschmissen.

Er tapste barfuß weiter. Suchte und fand die Perücke. Dunkelhaarig, Ponyschnitt über der Stirn, eine Art Beatles-Frisur. Er nahm sie mit ins Badezimmer und stülpte sie sich über den Kopf. Sie fühlte sich warm an, wie ein Stück Pelz, nur ein bißchen kratziger. Aber er war zufrieden. Sah gut aus. Jetzt mußte er nur noch die Augenbrauen nachdunkeln. Und die Wimpern. Und vielleicht eine leichte Tönung auf den Wangen.

Mrs. Lacey hatte sich nicht mehr viel Mühe mit dem Make-up gemacht, sie war zu alt dafür. Nur ein bißchen Wangenrot links und rechts, wie bei Ronald Reagan. Aber er fand unter ihren wenigen Schminkutensilien einen Augenbrauenstift, den nahm er mit. Probierte ihn gleich vor dem Badezimmerspiegel aus. Feuchtete ihn mit der Zunge an und fuhr sich über die Augenbrauen, danach über den Wimpernansatz. Tatsächlich, ein neues Gesicht formte sich im Spiegel.

Um halb sechs Uhr beschloß er, die Probe aufs Exempel zu machen. Eine kitzlige Situation, natürlich war er wachsam. Immer noch helles Tageslicht. Er schlug den Weg zum Washington Square ein. An das grelle Sonnenlicht war er nicht mehr gewöhnt, er blinzelte und kniff die Augen zusammen. Was in gewisser Weise das Risiko erhöhte: er sah nicht mehr so weit, und die Farben verschwammen ein wenig.

Kaum Leute, die zu Fuß unterwegs waren. Er achtete darauf, immer den Bürgersteig auf der Schattenseite zu nehmen, und hielt den Kopf gesenkt. Dunkles Haar, dunkle Augenbrauen, dunkle Bluse, Jeans, bequeme Laufschuhe, die Umhängetasche und in der linken Hand den zusammengerollten Plastikbeutel, den er in Mrs. Laceys Küche in einer Schublade gefunden hatte. Eine triste, unauffällige Erscheinung. Vielleicht in der Haltung ein bißchen zu stramm für eine Frau.

Von seinen früheren Streifzügen durch die Stadt wußte er, daß sich rund um den Washington Square einiges tat: einer der wichtigsten Dealer-Treffs, Tagesrationen gegen bar. Er hörte das leise Klappern in der linken Jeanstasche. Noch sechs Pillen in der Schachtel, die letzten sechs. Wenn die verbraucht waren... Er durfte gar nicht daran denken, was dann kam. In der Handtasche hatte er fünftausend Dollar. Und für alle Fälle die Pistole.

Der Rest war Glückssache.

Oliveo Diaz hatte zehn Portionen Ex und zehn Portionen Speed bei sich, und die wollte er in den nächsten Stunden loswerden. Heute abend sollte eine Fete steigen, er mußte Kasse machen, damit er sich selbst vor der Party mit Koks eindecken konnte. Koks brachte ihn weicher auf Touren als Speed. Mit genug Speed im Blut rückte jedes Ziel in greifbare Nähe. Mit Koks hatte er bisher jedes Ziel erreicht.

Oliveo schlenderte über den Südteil des Platzes und sah Bekker auf der Stützmauer sitzen. Nette Puppe, dachte er auf den ersten Blick. Schwarzhaarig, vielleicht eine Puertoricanerin. Als er näherkam, korrigierte er sich. Eher eine Irin – dunkles Haar und blasse Haut.

Bekker hielt einen Zeichenblock auf den Knien, schien ganz in seiner Zeichnung vertieft zu sein. Aber verstohlen verfolgte er jede Bewegung in seiner Nähe.

»Hey, Oliveo, altes Haus…«

Oliveo drehte sich um, das Lächeln trat automatisch auf seine Lippen. Ach so, Shell war's. Ein Weißer mit wasserblauen Augen, jede Menge Narben auf der Stirn, den Schirm der Baseballkappe nach hinten gedreht. Das paßte zu Oliveos Theorie, derzufolge die Intelligenz eines Kerls daran abzulesen war, wie weit er den Mützenschirm nach hinten drehte. Neunzig Grad hieß eindeutig, daß man's mit einem Vollidioten zu tun hatte. Ausnahmen von der Regel gab's nur auf dem Spielfeld, und Shell trug seinen Mützenschirm trotzdem vollständig nach hinten gedreht. Und hob gerade, die Finger leicht gespreizt, lässig die Hand und sagte noch einmal: »Hey, Oliveo, altes Haus…«

»Shell, alter Kumpel, was gibt's Neues?« grüßte Oliveo zurück. Lohnte sich vielleicht, denn Shell hatte manchmal ein paar Scheine einstecken. Er arbeitete, wenn auch nicht regelmäßig, in einer Werkstatt, in der Reifen runderneuert wurden.

Shell warf rasch einen Blick nach links und nach rechts. »Hast du was dabei?«

»Mann, sag einfach, was du brauchst.« Oliveo knipste wieder sein routiniertes Lächeln an. Profis machen das so, und Oliveo hielt sich für einen Profi. Lächeln gehörte dazu.

»Brauch dringend was zum Aufputschen«, nuschelte Shell.

»Mann«, sagte Oliveo, »ich hab zehn Portionen schönen weichen Shit, direkt aus Miami…«

Bekker saß auf der Mauer und zeichnete den Hydranten. Gar nicht mal so schlecht, fand er. Während des Medizinstudiums hatte er Zeichenkurse genommen, weil er dachte, das sei für einen Pathologen durchaus nützlich. Mit ein paar gekonnten Strichen wurden die Strukturen klarer, verständlicher. Er versuchte das Kunststück fertigzubringen, gleichzeitig weiterzuzeichnen und Oliveo im Auge zu behalten, der gerade mit einem Weißen palaverte. Nicht schwer zu erraten, worum es ging. Die beiden strichen umeinander herum, suchten dabei mit wachsamen Blicken die Umgebung nach Cops ab, und schließlich wechselte ein weißer Plastikbeutel den Besitzer.

Auch Bekker sah sich um. Da waren Cops in der Nähe, klar, aber weiter oben beim Denkmal. Drei blaue Streifenwagen parkten dort nebeneinander, die Bullen saßen auf den Kühlerhauben oder lümmelten, einen Fuß auf die Stoßstange gestützt, herum und quatschten.

Als der junge Weiße verschwunden war, klappte Bekker den Zeichenblock zu, nahm seine Handtasche und schlenderte zu Oliveo hinüber.

»Was dabei?« fragte er mit Piepsstimme.

Oliveo fuhr herum. Die Frau mit dem Zeichenblock. Den Kopf verdächtig gesenkt. Er konnte ihr Gesicht nicht erkennen, aber er wußte genau, daß er ihr noch nie etwas verkauft hatte. Da war etwas faul. Irgendwas stimmte da nicht. Ein Lockvogel der Polizei?

»Verpiß dich, Alte«, blaffte er die Frau an.

»Ich hab jede Menge Bargeld einstecken.« Bekker behielt das Mäusestimmchen bei, obwohl er fand, daß es sich lächerlich anhörte. »Und ich brauch dringend was. Ich hab nichts mit den Bullen zu tun, falls Sie das befürchten...«

Oliveo stutzte, Bargeld hörte sich gut an. Eine innere Stimme sagte ihm, daß es besser wäre, schleunigst abzuhauen. Und erinnerte ihn an die eiserne Regel, nie etwas an Fremde zu verkaufen. Trotzdem fragte er: »Wieviel?«

»Mehr als genug. Ich bin an Speed oder Angels interessiert – oder an beidem.«

»Scheißcop...«

»Nein, ich sag Ihnen doch...« Bekker hob den Kopf, um rasch einen Blick auf die drei Plymouth-Streifenwagen am Nordrand des Platzes zu werfen. Dann griff er in die Handtasche und holte einen prall gefüllten Umschlag heraus. »Ich kann bar bezahlen, jetzt sofort.«

Oliveo sah sich um, leckte sich die Lippen und fragte leise: »Wie siehst du denn aus, Mama?« Er faßte Bekker unters Kinn und wollte ihm den Kopf anheben. Bekker packte hart zu, drehte Oliveo den Arm um und stieß ihm die Faust gegen die Brust. Unwillkürlich hob er während der Attacke seinen Kopf, er starrte den Farbigen wütend an, bleckte die Zähne.

»Du Scheißkerl!« brüllte Oliveo, wich einen Schritt zurück und wußte plötzlich Bescheid. »Du bist dieser verdammte irre Killer.«

Bekker wirbelte herum. Und fiel bereits in Laufschritt, während in seinem Kopf die Gedanken herumwirbelten. Wieso? Was war denn auf einmal? Warum hatte es nicht geklappt?

Auch Oliveo lief zum Nordrand des Platzes, wo die Streifenwagen standen. »Hey!« schrie er, schaute kurz über die Schulter zurück, lief weiter, schwenkte die Arme. »Hey – hey, das ist er, das ist er!«

Bekker rannte. Er kam in den Laufschuhen schnell voran. Aber da hinten auf dem Platz hatten haufenweise Cops herumgestanden, die konnten jeden Augenblick hinter ihm herkommen. Und wenn sie dann eine Frau sahen, die mit weitausholenden Schritten die Straße hinunterlief...

In der Gasse, in die er einbiegen wollte, wühlte ein Penner in den Mülltonnen. Er trug einen zerknitterten Hut und einen alten, schmutzigen, knöchellangen Armeemantel.

Auf dem Bürgersteig, direkt vor Bekkers Füßen, lag ein zerbrochener Ziegelstein, mit einer bröckelnden Mörtelschicht drauf. Wie Schlagsahne auf einem Stück Apfelkuchen.

Die Gasse war sehr schmal, mehr ein Luftschacht zwischen zwei Häuserblocks. Und nur ganz hinten sah Bekker ein paar Leute, die aber nicht herschauten.

Ohne stehenzubleiben, nahm er den Backstein auf, mitten im Lauf. Der Penner sah das, straffte sich noch und versuchte auszuweichen, als Bekker den Stein schwang. Der Schlag riß ihn von den Beinen, er kippte vornüber auf die Mülltonnen, rappelte sich noch einmal hoch, stieß einen halberstickten Schrei aus und fiel nach hinten.

Bekker schlug ihm mit aller Wucht den Stein auf die Stirn, stürzte sich auf ihn, hockte auf allen vieren über ihm, knurrte wie eine Bulldogge, spürte, wie sein Blut in Wallung geriet und schlug zu – wieder und wieder.

Eine Polizeisirene, nein, zwei.

Er riß den Mann den Hut vom Kopf. Schälte ihm den schäbigen alten Mantel von den Schultern. Fuhr hastig in die Ärmel, zog den Mantel an, versteckte die Handtasche darunter. Riß sich die Perücke vom Kopf und stülpte sich den Hut über den kahlen Schädel. Der Penner lag da und spuckte Blut. Bekker zog die Schultern ein, hielt sich krumm, war bereits in seine neue Rolle geschlüpft: der zerlumpte Stadtstreicher, der sich dauernd mißtrauisch umsieht, weil er nicht weiß, ob ihm jemand folgt.

Hinter ihm ein gurgelnder Laut. Er drehte den Kopf. Der Penner starrte zu ihm hoch. Mit einem Auge, das andere war bereits zugeschwollen. Das ganze Gesicht sah aus wie eine riesige Wunde. Der Mann lag im Sterben, Bekker kannte diesen gurgelnden Laut. Er *hörte* sich denken – kühl, mit wissenschaftlichem Abstand: cerebrale Blutungen, Schädelfraktur.

Aber der Mann, der auf dem Pflaster lag und starb, starrte ihn mit einem Auge an. Und wenn er gestorben war, kam er zurück, und Bekker würde nie wieder Ruhe vor ihm haben.

Schnell ein Blick die Gasse hinauf und hinunter. Zwei hastige Schritte. Das Taschenmesser. Ein tiefer Schnitt. Der Penner stieß ein klägliches Wimmern aus.

Ach was, der war sowieso fast hinüber.

Der zerbrochene Ziegelstein lag immer noch herum. Bekker hob ihn auf und schob ihn in die Manteltasche. Eine gute Waffe. Unter gewissen Umständen besser als eine Schußwaffe, jedenfalls lautlos. Trotzdem schob Bekker die Hand unter den Mantel, nahm die Pistole aus der Handtasche und steckte sie in die Manteltasche.

Zurück zur Straße. Noch sechs Blocks. Ein Streifenwagen fuhr an ihm vorbei, hielt an der Kreuzung. Zwei Cops. Sie suchten etwas, eindeutig. Aber dann fuhr der Wagen weiter.

Ekelhaft, wie der Mantel nach Urin stank. Er würgte. Und stellte sich vor, wie unzählige Tierchen aus dem Stoff krochen, er glaubte sogar schon das Kribbeln auf der Haut zu spüren. Wieder Polizeisirenen. Cops, überall Cops. Er mußte sich beeilen. Er bog in die Greene Street ein. Trottete dahin. Ein Betrunkener. Der Mantelsaum schleifte über den Boden.

Eine Frau kam hinter ihm her, auf derselben Straßenseite. Sie holte auf, kam näher. Er wechselte auf die andere Straßenseite hinüber. Es war nicht mehr weit, da vorn lag bereits das Haus. In der Ferne Polizeisirenen, aber das Jaulen wurde schwächer. Die Frau ging auf Edith Laceys Haus zu, war schon an der Tür...

*Was denn? Was denn?*

Einen Augenblick lang lähmte ihn Panik. Er konnte keinen klaren Gedanken fassen. Was wollte die denn? Die Häuserblocks starrten auf ihn herunter. Ein Gummiball fiel aus der Maschine. Ein roter – rot wie heiße Wut. Alle waren gegen ihn, sie wollten ihn in die Enge treiben – ihn, einen Mann mit seinen Fähigkeiten. Die Frau stand an der Haustür, hatte sich halb umgewandt, reckte den Kopf.

Und dann meldete sich die Stimme in seinem Hinterkopf: *Bridget. Bridget Land. Sie kommt, um Edith Lacey zu besuchen.*

Er gab sich einen Ruck. Machte kehrt, ging die Straße zurück. Sah aus den Augenwinkeln, wie sie den Schlüssel ins Schloß schob, ihn umdrehte, die Tür aufstieß... Bridget Land, an die hatte er gar nicht mehr gedacht. Sie durfte nicht herausfinden, was geschehen war.

Sie war drin, war im Haus.

Bekker vergaß alle Vorsicht. Die Wut trieb ihn vorwärts. Er rannte über die Straße. Es kam auf jede Minute an.

Er war an der Tür. Trat sie mit dem Fuß auf. Huschte hinein. Und schlug sofort zu.

Er war schnell, unheimlich schnell, engelsstaub-schnell. Er schlug mit dem Backstein zu, zerschmetterte ihr das Gesicht. Sie brach sofort zusammen. Stieß noch ein seltsam krächzendes Keuchen aus. Wie ein Rabe, der im Flug getroffen wird und zu Boden stürzt.

Bekker schlug die Haustür von innen zu, ohne auch nur eine Sekunde daran zu denken, daß Passanten den Lärm hören konnten. Er vergaß alles, jegliche Vorsicht, den Pennermantel, der ihm um die Füße schlackerte – alles war ihm egal, alles. Und erst recht die Frau, die vor ihm im Hausflur lag.

Er packte sie an den Haaren und stieß, während er sie über den Boden schleifte, jaulende Laute aus wie ein Chihuahua, der einen Knochen im Maul hat. Er zerrte sie die Stufen hinunter in seinen Operationsraum, wuchtete sie auf die Tischplatte und schnallte sie fest. Jetzt erst fing sie an, sich zu wehren. Sie strampelte mit den Beinen, trat nach ihm. Er schob ihr den Knebel in den Mund, band ihn mit Draht hinter ihren Ohren fest.

Er schwang sich hoch, hockte über ihr, arbeitete wie ein Besessener…

## 27

Alice Buonocare ließ das Videoband noch zweimal durchlaufen. Die Bildqualität ließ zu wünschen übrig, aber daß die Blondine, die am Bankschalter stand und ins Objektiv lächelte, eine auffallende Schönheit war, wurde trotzdem klar.

»Mein Gott«, seufzte die Bankerin, »so gut möchte ich auch aussehen. Ich frage mich, wie er das mit den Haaren hingekriegt hat.«

Barb Fell wurde unruhig. »Ich muß Kennett verständigen.« Sie griff nach dem Telefon.

Lucas fiel ihr in den Arm. »Nein.«

»Aber wir müssen ihm doch…?«

»Darüber unterhalten wir uns draußen.« Lucas' Blick bat Alice Buonocare um Verständnis. »Eine vertrauliche dienstliche Angelegenheit…«

Barb Fell griff nach ihrer Umhängetasche, Lucas nach seinem Mantel. Der Mann vom Sicherheitsdienst schloß ihnen die Tür auf.

Mrs. Buonocare eilte hinter ihnen her. »Kommt das heute abend in den Fernsehnachrichten?«

Barb Fell drehte sich unter der Tür um. »Könnte gut sein, daß Sie heute abend sogar Ihren Namen in den Nachrichten hören.«

»Ach du meine Güte!« sagte die Bankerin aufgeregt. »Also dann – viel Glück, am liebsten würde ich mitkommen.«

Es hatte angefangen zu regnen. Nieselregen, warm und trotzdem unangenehm. Lucas winkte einem Taxi, aber es fuhr vorbei. Der nächste Taxifahrer nahm nicht mal Notiz von ihnen.

Barb Fell packte Lucas am Ellenbogen. »Was denkst du dir denn dabei? Wir müssen ihn anrufen, sofort.«

»Nein.«

»Ich brenne genauso darauf, vor den anderen dazusein, aber bei dem Verkehr schaffen wir's vielleicht nicht schnell genug.«

»Ach was, in einer Viertelstunde sind wir dort. Scheiß drauf, ich will ihn haben.«

»Lucas!« beschwor sie ihn.

Ein Taxi hielt am Bürgersteig, Lucas rannte los und war drei Sekunden vor der Dame, die ein Stück weiter oben in einem Hauseingang gelauert hatte, an der Wagentür. Er rutschte auf die Rücksitze und ließ die Tür offen. Aber Barb Fell blieb unschlüssig draußen stehen.

»Wir müssen ihn anrufen…«

»Da läuft mehr, als du ahnst«, sagte Lucas. »Ich bin nicht vom Dezernat für Interne Angelegenheiten. Trotzdem: Da läuft noch was anderes.«

Barb Fell sah ihn einen Herzschlag lang an, dann sagte sie: »Ich weiß« und stieg ein. Die Dame, der Lucas das Taxi weggeschnappt hatte, war keine Dame, sie zeigte ihnen zum Abschied den hochgereckten Mittelfinger.

Zentimeterweise kämpfte sich das Taxi vorwärts, der Verkehr war ein einziger Alptraum, und der Regen war inzwischen stärker geworden. Barb Fell saß mit zusammengekniffenen Lippen neben Lucas. An der Houston stiegen sie aus, Lucas zahlte. Ein Streifenwagen kam vorbei, die Beamten starrten zu ihnen herüber – der typische Blick bei einer Personenfahndung.

Lucas zog Barb Fell in ein Stehcafé, sie waren beide von dem Regen durchnäßt. Sie stemmte die Fäuste in die Hüften. »Okay, raus mit der Sprache.«

»Ich hab keine Ahnung, wie die Sache ausgeht, aber mach dich darauf gefaßt, daß du eine Überraschung erlebst«, sagte er. »Ich versuche, Robin Hood zu schnappen. Das ist der Grund, warum sie mich hierhergeholt haben.«

Barb Fell starrte ihn mit offenem Mund an. »Bist du übergeschnappt?«

»Nein. Du kannst entweder mitkommen oder solange spazierengehen. Aber komm bloß nicht auf die Idee, mir die Tour zu vermasseln.«

»Gut«, sagte sie, »ich komme mit. Aber Robin Hood? Das mußt du mir schon näher erklären.«

»Ein andermal. Jetzt muß *ich* nämlich telefonieren.«

Lily saß bei O'Dell im Wagen, sie hatten gerade die Brooklyn Bridge hinter sich und schätzten, daß sie noch zehn Minuten bis Midtown South brauchten.

»Hast du's schon gehört?« fragte Lily.

»Was?«

»Bekker ist am Washington Square gesehen worden, ungefähr um drei. Aber er ist entkommen. Wir suchen die ganze Gegend ab, bis jetzt ohne Ergebnis.«

»Kann ich mir vorstellen. Ich glaube nämlich, wir wissen, wo er steckt, Barb Fell und ich. Er ist in SoHo untergekrochen.«

»Was?« Er hörte sie sagen: »Lucas ist dran. Er sagt, er hätte Bekker.«

Dann war O'Dell dran. »Wo sind Sie?«

»In der Citibank, wir kommen hier nicht weg. Ich bin nicht ganz sicher, aber es sieht danach aus, daß Bekker bei einer alten Dame in SoHo untergeschlüpft ist. Ich mache mich jetzt auf den Weg und seh mich dort mal um, bevor ich Streifenwagen anfordere. Ich wollte nur, daß Lily Bescheid weiß, falls irgendwas schiefläuft...«

O'Dell lachte glucksend. »Kann mir denken, warum Sie Kennett vorläufig nicht anrufen. Sie wollen nicht, daß er die Lorbeeren einkassiert. Nur mal so gefragt... Ich will gar nicht wissen, wie Sie ihm auf die Spur gekommen sind. Aber könnte es sein, daß Bekker was von Ihren Aktivitäten bemerkt hat?«

»Nein. Nur, wir müssen ja erst sehen, ob an der Sache was dran ist. Und es wird eine Weile dauern, bis wir dort sind. Hier regnet's, kein Taxi zu kriegen.«

»Ja, ja, hier regnet's auch... Also gut, meinen Segen haben Sie. Aber Sie sollten mir für alle Fälle schon mal die Adresse nennen. Lily und ich lassen einen Durchsuchungsbefehl ausstellen. Vorsichtshalber, falls es Schwierigkeiten gibt.«

Lucas gab ihm die Adresse durch, und dann war Lily wieder am Apparat. »Sei vorsichtig, hörst du? Wir halten die Streifenwagen bereit, du brauchst nur anzurufen.«

Lucas legte auf. Und Barb Fell fragte: »Also, was ist jetzt?«

»Wir beschränken uns eine Weile aufs Beobachten.«

Wieder rollte ein Streifenwagen vorbei, wieder die forschenden Blicke.

»Das Haus von dieser Mrs. Lacey, fürs erste«, sagte er. »Bekker kennt mich, ich kann dort nicht einfach reinspazieren.«

»Wie wär's mit einem Hut als Tarnung?« schlug sie vor. »Ich kenn da einen Laden... Direkt auf dem Weg.«

Sie arbeiteten sich meterweise vorwärts, von einem Hauseingang zur nächsten Markise und weiter zum nächsten Hauseingang. Alles, was ein bißchen Schutz vor dem Regen bot, war ihnen recht. Und schließlich kamen sie bei dem Laden an, von dem Barb Fell gesprochen hatte.

Eine Ramschbude, der Besitzer hatte offensichtlich Ende der

sechziger Jahre zum letztenmal neue Ware geordert. Nachdem er eine Weile gesucht hatte, entschied sich Lucas für einen flachen Lederhut – keine schlechte Wahl, wenn er wenigstens annähernd gepaßt hätte. Er starrte in den Spiegel. Ungefähr so stellten sich Designer einen Amazonasforscher vor, vermutete er.

»Hör auf, daran rumzuziehen«, sagte Barb Fell. »Die Beleuchtung ist hier ungünstig, aber sonst siehst du richtig niedlich aus.«

»Egal, wie die Beleuchtung ist«, knurrte er, »ich seh aus wie das letzte Arschloch.«

»Ich will dir nicht unnötig widersprechen, aber du sollst ja auch nicht für *Esquire* Modell stehen.«

Der Regen hatte nachgelassen, auf den Straßen standen Pfützen, die Rinnsteine waren voller Schlamm, aus den Kanalgittern drang übler Gestank. Nach wenigen Minuten erreichten sie Edith Laceys Haus. Nachdem sie die Vorderfront in Augenschein genommen hatten, beschlossen sie, einen Blick auf die Rückseite zu werfen.

Eine Backsteinmauer ohne Fenster. Ein offener alter Schuppen, an die seitliche Grundstückseinfriedung gelehnt. Ein Maschendrahtzaun mit einem Tor, das durch eine Kette und ein Schloß gesichert war. Keine Rostspuren, offenbar wurde das Schloß häufig auf- und zugeschlossen. Und im aufgeweichten Boden waren Reifenspuren zu erkennen.

Lucas ging ein Stück am Zaun entlang, bis er einen Blick in den offenen Schuppen werfen konnte. »Sieh dir das mal an!« rief er Barb Fell zu.

Sie kam zu ihm hinüber. Nur das Ende der rundgebogenen Stoßstange war zu erkennen, und das genügte. »Verdammt, das ist ein Käfer«, keuchte Barb Fell. »Lucas, jetzt *müssen* wir anrufen!«

»Lily und O'Dell kümmern sich schon darum.«

»Ich rede von Kennett, er ist unser Chef. Mein Gott, wir können doch nicht hinter seinem Rücken...«

»Alles zu seiner Zeit«, sagte Lucas. »Ich will mir das noch ein paar Minuten lang ansehen.«

Sie gingen wieder zur Straße zurück, an der der Hauseingang lag. Knapp hundert Meter entfernt, auf der anderen Straßenseite, entdeckte Lucas eine Galerie mit handgewebten afrikanischen Teppichen und Holzschnitzereien. Die Besitzerin – eine Libanesin in einem hochgeschlossenen schwarzen Seidenanzug – nickte nervös, als Lucas ihr die Situation erklärte und Fell ihr den Dienstausweis unter die Nase hielt. »Ja, natürlich...« Sie schleppte zwei Stühle an, und Barb Fell und Lucas richteten ihren Beobachtungsposten her – lauschig versteckt hinter bauschigen Vorhängen und halbhohen Bücherregalen aus Rohrgeflecht.

»Und wenn er durch die Hintertür verschwindet?« fragte Fell.

»Der verschwindet überhaupt nicht. Dafür sind zu viele Cops unterwegs. Der bleibt schön in seinem Bau.«

»Worauf warten wir dann noch?«

»Auf ein paar Kerle. Robin Hood und seine Kumpane. Wenn sie sich innerhalb der nächsten halben Stunde nicht blicken lassen, gehen wir rein.«

Die Libanesin lief nervös um sie herum. »Darf ich Ihnen ein paar Plätzchen anbieten?« Ihre Stimme zitterte ein wenig, sie rieb sich aufgeregt die Hände. Lucas konnte sich nur dunkel an Walt Disneys Zeichentrickfilme erinnern, trotzdem, irgendwie kam sie ihm vor wie die böse Stiefmutter in Schneewittchen. »Baklava, vielleicht?«

»Nein, danke«, sagte Lucas. »Wir haben alles, was wir brauchen. Höchstens, daß wir später mal telefonieren dürfen.«

»Aber ja, natürlich...« Die Ladenbesitzerin deutete auf das schwarze Telefon neben der Kasse. Dann eilte sie davon, nahm auf einem Korbstuhl mit ausladender Rückenlehne Platz, beobachtete mißtrauisch die beiden Besucher und hörte nicht auf, sich die Hände zu reiben.

»Rühr ja ihre gottverdammten Baklava nicht an«, murmelte Lucas. »Die verhext dich, stopft dich in eine Flasche und macht den Korken zu.«

Fell warf rasch einen Blick über die Schulter. »Schsch...«, zischte sie, aber dann mußte sie lächeln. »Ihr Jungens aus dem Mittelwesten seid ein komisches Völkchen. Trotzdem, es muß was an euch dran sein – mit euren...«

»Schau mal!« fiel ihr Lucas ins Wort.

Zwei Männer in Slacks und Sportjacken kamen die Straße herauf, der eine war spindeldürr, der andere hatte etliche Kilo zuviel auf den Rippen. Ihre Sportjacken waren viel zu dick für den New Yorker Sommer, auch wenn geschäftstüchtige Herrenausstatter ihren Kunden so was als »Allwetterjacken« anzupreisen pflegten. Mrs. Laceys Haus schien sic nicht im mindesten zu interessieren. Der Dicke hielt sich auffallend steif, als ob er's mit dem Rücken hätte, der Dünne trug den linken Arm in Gips.

Barb Fell fuhr hoch. »Cops. Für mich sehen die aus wie Cops.«

»Der Scheißkerl mit dem Gipsarm, das ist derjenige, der mich neulich im Schwitzkasten gehabt hat«, sagte Lucas. Barb Fell wollte auf die Ladentür zugehen, aber Lucas hielt sie fest. »Langsam, immer schön abwarten.«

Er ging zum Ladentisch und nahm den Telefonhörer ab, ohne die beiden auf der Straße aus den Augen zu lassen. Sie gingen an Mrs. Laceys Haus vorbei. Die angeregte Art, wie sie sich unterhielten, wirkte irgendwie unecht, zu aufgesetzt. Als sie vor dem

Nachbarhaus angekommen waren, blieben sie stehen und drehten sich langsam um.

Lucas wählte die Durchwahlnummer von Lilys Büro. Sie meldete sich sofort.

»Ich bin bei dem Haus von Mrs. Lacey«, sagte Lucas.

»Wie hast du das so schnell geschafft?«

»Ich hab euch vorhin nicht die Wahrheit gesagt. Hör zu, Robin Hood ist gerade aufmarschiert. Ich bin auf der anderen Straßenseite, hab die Kerle genau im Blick. Also ist es doch O'Dell.«

»Ausgeschlossen. Er hat das Telefon nicht angerührt.«

»Was sagst du da?«

»Ich sitze ihm gegenüber. In seinem Büro.«

»Scheiße.«

Die beiden auf der Straße hatten kehrtgemacht und gingen auf Mrs. Laceys Haus zu. Der eine zog eine Pistole, der andere griff unter die Sportjacke und hatte auf einmal einen langstieligen Vorschlaghammer in der Hand.

»Schickt die Streifenwagen los!« schrie Lucas ins Telefon. »Verdammt, die wollen da rein, wir brauchen so schnell wie möglich Verstärkung.«

Lucas zog die Hutkrempe ins Gesicht, lehnte den Kopf an Barb Fells Schulter, legte ihr den Arm um die Taille und schob sie auf die Ladentür zu. Eng aneinander geschmiegt verließen sie die Galerie. Der Dicke und der Dünne waren vor Laceys Haustür stehengeblieben. Rasch noch einen Blick nach links und nach rechts – sie konnten Barb Fell und Lucas, die keine fünfzig Meter entfernt waren, gar nicht übersehen. Lucas schob Barb Fell in einen Hauseingang und tat so, als wollte er knutschen.

Und in diesem Augenblick gingen die beiden Männer auf Mrs. Laceys Haustür los. Der Dicke drehte sich wie ein Golfspieler in der Hüfte und schwang den Vorschlaghammer. Er schlug kraftvoll zu, das schwere Eisen sprengte den Türgriff aus der Fassung, Glas splitterte, die Tür flog auf.

Der Dünne mit der Pistole und dem Gipsarm stürmte geduckt ins Haus. Der Dicke ließ den Hammer fallen, zog ebenfalls die Waffe und eilte hinterher.

»Los!« sagte Lucas. Er hielt die .45er in der Hand. Drei Sekunden bis zur Tür. Und weiter. Die beiden Männer standen mit dem Rücken zur Haustür im offenen Treppenhaus und hatten – offenbar in der letzten Sekunde vor der Entscheidung, die Treppe hochzustürmen – ihre Waffen nach oben gerichtet.

Lucas schrie: »Polizei, keine Bewegung!«

»Mann«, schrie der Dünne zurück, »wir sind selber von der Polizei!«

»Laßt die Waffen fallen!« rief Lucas. »Fallen lassen, hab ich gesagt! Los, macht schon – oder ich blas euch die verdammten Ärsche weg! Runter mit den Waffen!«

Der Dicke drehte sich, die Waffe weiter auf die Treppe gerichtet, halb zu ihm um. »Wir sind Cops, du Pißnelke!« Er benutzte keine Dienstwaffe, die Kanone, die er in der Hand hielt, war eine schwere 9-mm-Glock mit schwarzem Lauf.

Und dann war Barb Fell da, sie hatte den .38er Colt gezogen, fuchtelte aber damit, als ob sie sich erst ein Ziel suchen müßte, bedrohlich nahe an Lucas' Ohr herum.

»Waffen weg!« schrie er noch einmal.

Der Dünne, der Lucas am nächsten stand, ließ seine Pistole fallen. »Du blöder Arsch«, protestierte er, »wir sind von der verdeckten Fahndung, wir sollen Bekker hier rausholen.«

Lucas ignorierte ihn, konzentrierte sich ganz auf den Dicken, der seine Glock immer noch im Anschlag hielt. »Laß endlich die Waffe fallen, du Scheißbulle! Glaubt ihr Arschlöcher, ich hätte euch nicht erkannt? Ihr habt mich neulich zusammengeschlagen, und ich hab wirklich keine Lust, lange mit euch herumzudiskutieren. Weg mit der Waffe – oder ich mach den Finger krumm.«

Der Dicke bückte sich, legte die Pistole auf den Boden und schielte zu seinem Partner hinüber. »Hör zu…«

»Maul halten!« fuhr Lucas ihn an. Und sagte zu Fell: »Gib mir Feuerschutz, Bekker muß irgendwo in der Nähe sein.«

Barb Fell war das Ganze nicht geheuer. »Lucas, ich weiß nicht, ob wir…« Aber sie behielt den Dicken und den Dünnen im Auge.

Lucas dirigierte die beiden mit der Pistole auf den Heizkörper zu und warf ihnen Handschellen vor die Füße. »Ich will die Dinger deutlich klicken hören.«

»Du Scheißkerl«, knurrte der Dicke, »ich hätte dir die Fresse plattschlagen sollen.«

»Wenn du's versucht hättest, wärst du jetzt tot«, sagte Lucas. »Los, die Handschellen.«

»Scheißkerl«, sagte der Dicke noch einmal. Aber er und sein Partner gehorchten, hakten sich mit den Stahlfesseln am Heizungsrohr fest. Lucas trat einen Schritt vor und schaute nach oben.

»Was nun?« fragte Barb Fell leise.

»Die Streifenwagen müssen gleich hier sein«, sagte Lucas.

»Ist euch klar, daß ihr alles versaut?« fragte der Dicke.

»Kannst dich ja bei O'Dell beschweren«, sagte Lucas.

Der Dicke runzelte die Stirn. »Was?« Seine Verblüffung schien nicht gespielt zu sein.

Lucas baute sich hinter ihm auf, die Mündung der .45er auf das Ohr des Dicken gerichtet. »Ich hol mir jetzt deine Dienstmarke, verhalt dich ganz ruhig.« Er zog dem Dicken die Ausweismappe aus der Tasche, dann nahm er sich den Dünnen vor. »Jetzt du…«

Er trat einen Schritt zurück und klappte die beiden Ausweismappen auf. »Sergeant Clemson«, las er vor, »und Jeese.«

Barb Fell rief: »Da kommt unsere Kavallerie!« Ein blauer Plymouth hielt vor der Haustür, der zweite schien nicht weit zu sein, sie hörten ihn mit kreischenden Reifen um die Ecke biegen. Ein Uniformierter kam mit gezogener Waffe ins Haus gestürmt.

»Davenport und Fell«, sagte Lucas und hielt seinen Dienstausweis hin. »Wir arbeiten in Kennetts Team, die Bekker-Sache... Die beiden sind auch Cops, trotzdem, das mit den Handschellen hat seine Richtigkeit. Ich möchte, daß Sie sie auf keinen Fall laufenlassen, klar?«

Der Uniformierte war Sergeant, schon etwas älter, das Diensthemd spannte sich über seinem Bauch. »Was ist hier eigentlich los?« Man sah ihm an, daß er im Grunde fragen wollte: *In was für einen Schlamassel bin ich hier reingeraten?*

»Politische Intrigen«, sagte Lucas. »Da hat jemand seine Finger in Dinge gesteckt, um die er besser einen Bogen gemacht hätte. Das soll nicht unsere Sorge sein, darum müssen sich andere kümmern, die besser bezahlt werden. Aber was die beiden hier betrifft... Seien Sie vorsichtig, die schießen, wenn sie Gelegenheit dazu bekommen. Einen Cop haben sie schon auf dem Gewissen.«

»Das Arschloch redet einen Haufen gequirlte Scheiße!« rief der Dicke dazwischen.

»Also, behalten Sie sie im Auge«, fuhr Lucas fort. »Die Waffen liegen auf dem Boden. Aber ich nehme an, daß sie noch eine zweite Kanone einstecken haben. Ich hatte noch keine Zeit, sie zu durchsuchen.«

»Ich weiß nicht recht...«, murmelte der Uniformierte.

Zwei weitere Polizisten stürmten mit gezogener Waffe herein.

»Hören Sie«, redete Lucas auf die Uniformierten ein, »in fünf Minuten haben wir hier das halbe Department versammelt. Sollte sich herausstellen, daß das Ganze ein Irrtum ist, haben wir hinterher genug Zeit, uns zu entschuldigen. Im Augenblick bleibt alles, wie es ist.«

»Und Sie und Fell?« fragte der Sergeant.

»Wir gehen nach oben. Sie bleiben hier und lassen keinen rein oder raus. Vorsicht, Bekker könnte irgendwo da unten sein, und er ist bewaffnet.«

»Ach, um Bekker geht's?« fragte einer der Uniformierten.

»Ja«, sagte Lucas, »um Bekker geht's.« Er winkte Barb Fell. »Komm, schnappen wir ihn.«

## 28

Lily rief den Schichtführer im fünften Revier an und forderte die Streifenwagen an. »Macht schnell, es geht um Bekker.«

Als sie den Hörer aufgelegt hatte, lehnte sie sich zurück und dachte nach. Sie verstand nicht, wie es möglich gewesen war...

*In O'Dells Wagen hatten sie gesessen.*

O'Dell thronte hinter seinem Schreibtisch und musterte Lily, die ihm gegenübersaß, aus zusammengekniffenen Augen. »Wie war das gerade? Ich meine, als Lucas angerufen hat? Ich nehme an, er hat mich gemeint?« Kühl und barsch, nicht der Ton, den Lily sonst gewöhnt war.

Sie schüttelte nur abwehrend den Kopf.

»Ich will wissen, was er gesagt hat, Lieutenant«, fuhr O'Dell sie an.

»Ruhe, ich muß nachdenken.«

O'Dells Augen wurden noch schmaler. Irgend etwas in ihrem

Ton warnte ihn. Sein Gespür, seine langjährige Erfahrung sagten ihm, daß der Wind sich gedreht hatte. Er wußte nur nicht, warum. Aber genau das mußte er herausfinden.

Er kehrte den Vorgesetzten heraus. »Lieutenant, ich dulde keine ausweichenden Antworten. Treiben Sie's nicht zu weit, sonst finden Sie sich ganz schnell auf irgendeinem Polizeirevier wieder. Vielleicht ist der Job Ihren Fähigkeiten eher angemessen.«

Lily starrte seit Sekunden auf die Wand, ihre Lippen bewegten sich lautlos. Jetzt sah sie O'Dell voll ins Gesicht. »Sie hätten dafür sorgen sollen, daß die Bestellung des Flugtickets für Red Reed aus den Akten verschwindet, John. Ich hab mir den Wisch angesehen, er ist von Ihnen gegengezeichnet. Und ich hab auch das Vernehmungsprotokoll gelesen. Lauter Aussagen, die Sie ihm in den Mund gelegt haben. Ich hab mir sogar die Mühe gemacht, die alten Seminarunterlagen an der Columbia University einzusehen. Red Reed steht in der Anwesenheitsliste für Ihre Vorlesungen. Im übrigen weiß ich Bescheid, was gelaufen ist, als er mit Drogen erwischt und eingesperrt worden ist. Also sparen Sie sich den Quatsch mit der Strafversetzung in irgendein Revier, ja?«

O'Dell nickte und lehnte sich zurück. Das bekam er schon in den Griff. Nur eine Frage der Zeit und der nötigen Geduld. Er beobachtete sie stumm, sie starrte wieder die Wand an. Und nach einer Weile sah er, daß ihr eine Träne über die Wange lief.

»Sie müssen mir helfen«, sagte sie. »Mit dem Computer. Ich kann das nicht allein.«

»Und was ist mit dieser Red-Reed-Geschichte?«

»Keine Sorge, ich häng das schon nicht an die große Glocke. Ich meine, falls sich nicht Umstände ergeben, die mich dazu zwingen. Vorläufig ist es... einfach irgendwas, was ich weiß. Ich hab nicht vor, mehr daraus zu machen.«

Unwillkürlich mußte O'Dell grinsen. Er hatte es ja gleich gewußt, er bekam das in den Griff. Die Frage war eigentlich nur noch, wen er dafür einspannte.

»Davenport…«, murmelte er. »Sie haben mich ja gleich gewarnt, daß ich ihn nicht unterschätzen soll. Aber als ich ihn dann gesehen habe – mit dieser Narbe über der Augenbraue… Und wie er seinerzeit Bekker zugerichtet hat… Ein Schlägertyp, habe ich gedacht.«

»Bei Bekkers Versteck sind gerade zwei von der Todesschwadron aufgetaucht«, sagte sie. »Inzwischen dürfte Lucas sie bereits ausgeschaltet haben.«

O'Dell starrte sie an. »Was ist los?«

»Gehen wir an den Computer?«

»Augenblick«, sagte er, »erzählen Sie mir erst mal, worum es überhaupt geht.«

»Wir brauchen eine Computerüberprüfung. Copland und Kennett.«

O'Dells wulstige Lippen pumpten wie ein Fischmaul. Kein sehr angenehmer Anblick. »O nein«, keuchte er. Dann schwang er den Schreibtischsessel herum, schaltete den Computer ein, wartete, bis der Schirm aufleuchtete, gab das Benutzerinitial und das Paßwort ein und machte sich an die Arbeit. Es dauerte zehn Minuten bis zum Output. Zwei Zahlenkolonnen erschienen auf dem Bildschirm, Daten und Zeitangaben. O'Dell beugte sich vor und verglich die Angaben.

Seine Stimme war nur noch ein Hauch. »So viele lange Jahre… Es muß so etwas wie ein Vater-Sohn-Verhältnis gewesen sein. Copland war offensichtlich die treibende Kraft. Ein stahlharter Draufgänger. Aufräum-Experte.«

»Und dann hat Kennett ihn bei Ihnen eingeschleust, als Fahrer und Leibwächter. Wann war das?«

O'Dell hob die Achseln. »Vor fünf Jahren. Seit fünf Jahren ist er mein Fahrer. Er muß ein verstecktes Mikro im Wagen haben. Oder eine Wanze – weiß der Teufel, was. Jedenfalls hat er, wenn wir uns unterhalten haben, alles mitgekriegt.« Er drehte sich zu ihr um. »Wie sind Sie draufgekommen?«

»Lucas hat mir erzählt, wer in Frage kommt. Für ihn stand fest, daß entweder Sie oder Kennett der Kopf der Todesschwadron sein müssen. Das mit Kennett habe ich ihm ausgeredet, und er hat meine Argumente akzeptiert. Jedenfalls hat er's behauptet. Und ich glaube, er mag Kennett irgendwie.«

»Also habt ihr euch auf mich eingeschossen. Eigentlich schmeichelhaft, daß Davenport mir das zugetraut hat.«

»Ich sollte Ihnen fingierte Informationen zuspielen, und dann wollten wir sehen, was dabei herauskommt. Bei wem die Informationen landen. Seine Idee war, daß wir Sie auf die Weise überführen könnten. Ich hab ihm noch nicht zugesagt, daß ich dabei mitspiele, wir wollten das heute abend weiter diskutieren. Und dann kam die Sache mit Bekker dazwischen. Als er uns angerufen hat – ich meine den ersten Anruf, als wir mit dem Wagen unterwegs waren –, da war er gar nicht mehr in der Citibank, er hatte schon vor Bekkers Unterschlupf Posten bezogen. Er hat damit gerechnet, daß Sie die Informationen weitergeben und Ihre Leute von der Todesschwadron nach SoHo schicken. Und die sind ja auch tatsächlich dort aufgetaucht. Aber Sie konnten gar nicht telefoniert haben, ich war ja die ganze Zeit in Ihrer Nähe.«

»Und jetzt?« fragte O'Dell.

Wieder liefen ihr die Tränen über die Wangen, sie schien es gar nicht zu merken. »Was schlagen Sie denn vor?«

Er hob abwehrend beide Hände, aber seine Miene verriet, wie lange er auf den Erfolg gewartet hatte, der ihm so unverhofft in den Schoß gefallen war. »Sie haben die Dinge ins Rollen gebracht. Nun müssen Sie auch sagen, wie es weitergehen soll.«

Sie überlegte einen Augenblick, dann sagte sie: »Rufen Sie jemanden aus Kennetts Arbeitsgruppe an, am besten Carter.«

»Und?«

»Informieren Sie ihn über den neuesten Stand im Fall Bekker. Aber verbieten Sie ihm, die Informationen an Kennett weiterzugeben.«

»Und Sie?« fragte O'Dell, »wie werden Sie sich verhalten.«

»Fragen Sie mich nicht.« Sie stand auf und ging mit hängenden Schultern auf die Verbindungstür zu ihrem Büro zu. »Fragen Sie mich so was nicht, verdammt noch mal. Ich weiß es selber noch nicht.«

## 29

Bekker kauerte mit dem Skalpell in der Hand wie versteinert über Bridget Land, lauschte, wimmerte leise vor sich hin.

Als die Haustür zersplitterte, zuckte er zusammen. Er sah an sich hinunter, als müsse er sich vergewissern, daß es ihn noch gab. Er hörte Schritte, laute Rufe.

Die Frau auf dem Tisch, das Skalpell, die Monitore... Sie kamen zu früh. Und er war doch schon so nahe am Ziel gewesen.

Eine Träne löste sich von seinen Wimpern. So war es sein Leben lang gewesen. Alle hatten ihn mißverstanden. Immer hatten sie ihn nur gequält. Keiner hatte ihn gemocht.

Bridget Land lebte noch. Aber viel Zeit blieb ihr nicht mehr, er spürte, wie sie still davonglitt.

Er brauchte nur noch ein paar Minuten. Wenn er wenigstens solange durchhalten konnte... Wenn sie ihm wenigstens so lange Zeit ließen...

Aber Davenport war gekommen.

Die Pistole? Er drehte sich suchend um. Die lag im Nebenzimmer. Er hatte nur das Skalpell. Und konnte sich nicht entscheiden. Ins Nebenzimmer gehen und die Pistole holen – für Davenport? Oder zu Ende bringen, was er begonnen hatte? Bridget Land – das war vielleicht wichtiger…

Lucas schlich die Stufen hinauf, Barb Fell – blaß vor Aufregung, aber um keinen Preis bereit, sich abhängen zu lassen – war dicht hinter ihm. Lucas hatte ein mulmiges Gefühl, die Mündung ihrer Pistole pendelte links neben ihm auf und ab, gefährlich nahe. »Schieß mir ja nicht in den Hintern!«

»Dann bleib eben rechts«, flüsterte sie zurück.

In den Wänden hing Marihuanageruch. Bekker konnte das nicht gewesen sein, jedenfalls nicht allein, es dauerte Jahre, bis das Mauerwerk sich so vollgesogen hatte. Und soweit Lucas wußte, machte Bekker sich nicht viel aus dem Kraut. Noch etwas anderes mischte sich dazu… Lucas schnüffelte. Katzenpisse.

Vom ersten Treppenabsatz aus warf er einen Blick nach oben. Im ersten Stock stand die Wohnungstür einen Spalt weit offen. Er hörte Barb Fell hinter sich atmen, obwohl es im Treppenhaus so durchdringend nach Cannabis und Katzen stank, roch er ihre Haut.

Langsam – Stufe um Stufe, immer mit dem Rücken an der Wand – stieg er weiter nach oben und stieß mit der Mündung der .45er die Tür auf. Ein schmaler Flur führte ins Wohnzimmer. Kein Geräusch, nichts rührte sich. Lucas spürte, daß sich hier niemand versteckt hielt. Er war sich ganz sicher, dieses eigentümliche Prickeln, das ihm jedesmal über die Haut gekrochen war, wenn irgendwo jemand im Dunkeln oder in einem Versteck gelauert hatte, stellte sich nicht ein.

»Gehen wir rein«, flüsterte er.

Ein paar Stufen führten in die Wohnung hinab – in ein Hinterzimmer, vollgestopft mit verstaubten Kartons. Und von dort führten wieder Türen ab.

Ein Blick über die Schulter. Barb Fell war dicht hinter ihm, nickte ihm zu. »Weiter«, flüsterte sie.

Lucas duckte sich, atmete tief durch, ging auf alle viere und kroch durch die Tür. Langsam beschrieb die Mündung seines Colts einen Halbkreis. Eine huschende Bewegung? Irgend etwas Verdächtiges? Nichts.

Er kam hoch, machte Barb Fell mit ausgestreckter Hand ein Zeichen und sah sich noch einmal um, ehe er sie weiterwinkte. Das Eßzimmer. Dahinter ein kleiner altmodischer Salon. Auf dem Tischchen neben der Couch lag eine Brille. Bifokalgläser. Die Brille einer alten Dame. Nichts Verdächtiges. Weiter.

Die Küche war winzig. Es roch nach gekochten roten Beten, nach Karotten, Kohl und Haferflockenbrei. Unter dem Kühlschrank schimmerte es feucht, eine Pfütze. Barb Fell kauerte sich davor. Die Kühlschranktür war nicht richtig zu, Abtauwasser tropfte auf den Boden. Sie deutete auf den Kühlschrank, legte den Finger auf die Lippen. Lucas stand neben ihr. Er nickte, griff nach dem Griff, riß die Tür auf.

»Oh, Scheiße…« Barb Fell wandte sich schnell ab.

Edith Lacey war zu groß gewesen, aber Bekker hatte es irgendwie fertiggebracht, ihre Leiche im Kühlschrank unterzubringen. Ihr Kopf war nach hinten gekippt, grell von der Innenleuchte angestrahlt. Wo ihre Augen gewesen waren, gähnten zwei blutverkrustete Höhlen. Ein halbes Dutzend Coladosen stand vor ihr aufgereiht. Für eine Dose war offensichtlich kein Platz mehr gewesen, Bekker hatte sie ihr unter die gekreuzten Arme geschoben. Im Fleischfach lagen zwei tote Katzen, die Schwänze hingen über die Griffmulde des Plastikschubers.

»Mein Gott...« Lucas wich stolpernd ein paar Schritte zurück. »Los, rauf in den zweiten Stock, aber schnell.«

Fell sah ihn skeptisch an. »Glaubst du, daß er da oben ist?« Ein kurzer Blick zum Kühlschrank genügte, sie fing schon wieder zu würgen an.

»Wenn ich auf mein Gefühl höre, würde ich sagen, nein. Entweder ist er überhaupt nicht im Haus, oder wir müssen unten nach ihm suchen, im Souterrain.«

Barb Fell nickte. »Es riecht nicht nach ihm. Komm, überzeugen wir uns. Gib mir Feuerschutz.«

Sie brachten es schnell hinter sich. Drei Schlafzimmer, ein altmodisches Bad. Sie durchsuchten die Schränke, sahen unter den Betten nach, warfen einen Blick hinter den Duschvorhang. Nichts, im zweiten Stock war niemand.

»Runter.« Lucas deutete zur Treppe.

Barb Fell zögerte. »Und wenn er auf dem Dach ist?«

»Wir schicken ein, zwei Streifenwagenbesatzungen rauf. Aber wie ich Bekker kenne, verkriecht er sich irgendwo. Der präsentiert sich nicht auf dem Dach.«

Im Erdgeschoß warteten sechs Cops, gespannt, ob Fell und Lucas etwas entdeckt hatten.

Lucas zeigte mit dem Daumen nach oben. »Er hat eine alte Frau umgebracht und die Leiche im Kühlschrank verstaut, im ersten Stock«, sagte er zu einem der Streifenführer. »Oben im zweiten ist niemand. Das heißt, auf dem Dach haben wir noch nicht nachgesehen. Schicken Sie ein paar Männer rauf. Aber – Vorsicht, er ist bewaffnet.«

»Ich geh selber mit.«

»Nein«, sagte Lucas, »Sie bleiben hier.« Er deutete mit dem Kopf auf Clemson und Jeese. »Sie sind dafür verantwortlich, daß keiner den beiden Scheißkerlen die Handschellen aufschließt. Es dauert nicht lange, bis jemand aus der Arbeitsgruppe Kennett hier ist, der soll dann entscheiden, wie es weitergeht. Fell und ich gehen jetzt runter ins Souterrain.«

»Na schön«, sagte der Sergeant. Er warf einen Blick auf den Dicken und den Dünnen, die ans Heizungsrohr gefesselt waren. Ganz wohl schien ihm bei der Sache immer noch nicht zu sein.

Keine Staubschicht auf den Steinstufen, die nach unten führten, was vermuten ließ, daß das Souterrain bewohnt war. Lucas, die .45er im Anschlag, ging voraus, Barb Fell gab ihm von oben Dekkung, die Wohnungstür lag genau in ihrem Blickfeld. Als Lucas am Treppenabsatz um die Ecke gebogen war, wollte sie nachkommen. Aber er machte ihr ein Zeichen, oben zu bleiben, und suchte nach dem Lichtschalter. Das Licht flammte auf, eine nackte Glühbirne hing über der Wohnungstür.

Lucas rief Barb Fell mit gedämpfter Stimme zu: »Hol den Vorschlaghammer. Und bring jemanden mit, der mit dem verdammten Ding umgehen kann.«

Sie nickte. »Bin gleich wieder da.«

Lucas wartete, die Pistole auf den Türknauf gerichtet. Wenn Bekker in der Souterrainwohnung war, hatte er inzwischen bestimmt gemerkt, daß die Polizei im Haus war. Und es hätte ihm ähnlich gesehen, mit der Waffe an der Tür zu lauern. Die einzige Chance war, ihn zu überrumpeln. Die Tür mußte so plötzlich auffliegen, daß ihm keine Zeit blieb, zu reagieren.

Barb Fell kam die Stufen herunter, hinter ihr der Sergeant mit dem Vorschlaghammer.

»Das Einsatzkommando ist schon unterwegs«, flüsterte der Sergeant Lucas zu, »die Jungens haben Schutzwesten.«

Lucas winkte ab. »Scheiß drauf. Ich schnappe ihn selbst.«

»Hören Sie, lassen Sie die das erledigen, die verstehen ihr Handwerk.«

Lucas schüttelte den Kopf. »Ich geh rein.« Und mit einem fragenden Blick auf Barb Fell: »Was ist mit dir?«

»Ich geb dir Feuerschutz. Oder geh zuerst rein, wie du willst.«

»Verdammt«, flüsterte der Sergeant aufgeregt, »der Kerl knallt euch ab!«

»Geben Sie mir den Vorschlaghammer«, verlangte Lucas.

»Mein Gott, warum hören Sie nicht auf mich?«

»Ach, verdammte Scheiße...« Der Sergeant schwang den Hammer. »Ich schlag zu, gebt mir Deckung, ihr Idioten. Und das sag ich euch: Ein Schlag, danach lieg ich flach auf dem Boden.«

Barb Fell grinste. »Na los, fangen Sie an!«

Bekker schlurfte durch die halbdunkle Wohnung und überlegte fieberhaft, was er eigentlich bei der Couch gewollt hatte. Und auf einmal fiel ihm das Lied ein.

*Mein Jesus liebt mich, des bin ich gewiß,*
*Mit eig'nem Munde hat er's mir verheißen...*

Bei einer Beerdigung hatte er das Lied gehört, vor langer Zeit. Er erinnerte sich an einen bronzebeschlagenen Sarg dicht vor ihm, in Augenhöhe – nein, sogar noch höher, und an den Chorgesang. Er sah alles klar und deutlich vor sich, als säße er tatsächlich in der Halle, in der die Trauerfeier stattfand.

Eine Spinne streifte seine Wange, wippte am Draht. Und da erlosch das Bild vor seinen Augen. Irgend etwas rumpelte über ihm. Richtig, das war's gewesen, dieses Geräusch. Deshalb war er zur Couch gegangen.

Er hatte sie nämlich ein Stück nach vorn gerückt. Und so war zwischen der Wand und der Rücklehne genug Platz, daß er dahinter kriechen und sich auf den Teppich setzen konnte. Die Pistole lag auch schon dort. Durchgeladen. Zwei Schuß hatte er noch. Er hob die Waffe auf. Sagte: *Hallo...* Steckte sich die

Mündung in den Mund. Saß da wie einer, der an der Pfeife nukkelt. Dann zog er sie aus dem Mund, betrachtete sie nachdenklich.

*Hallo...*

Sein Finger krümmte sich, berührte den Abzugshebel. Krümmte sich bis zum Druckpunkt. Und plötzlich senkten sich die Nebel. Bekker erkannte mit großer Klarheit, wie die Dinge lagen. Er sah sich selbst, in seiner Wohnung, umzingelt. Sah, wie Davenport hereinkam. Und sah wieder sich selbst – die Arme vor der Brust verschränkt, die Schultern nach vorn gekrümmt, den Kopf gesenkt.

Davenport kam näher. Schrie auf ihn ein. Er sah es, er hörte es. Und er sah, wie er sich hilflos vor und zurück wiegte. Sah, wie Davenport die Hand nach ihm ausstreckte und ihm befahl, sich umzudrehen. Davenport, der nichts ahnte und nichts verstand. Er sah sich nach der Derringer greifen, die Waffe hochreißen, die Mündung auf Davenports Herz pressen. Er hörte, wie der Schuß brach. Und das letzte, was er sah, war Davenports Gesicht.

Der Sergeant suchte Lucas' Blick, hob fragend die Augenbrauen. Fertig? Lucas nickte. Der Sergeant holte tief Luft, schwang den Vorschlaghammer hoch über den Kopf, schien einen Augenblick innezuhalten – und schlug zu. Die Tür brach aus dem Rahmen, flog nach innen, der Hammer krachte auf den Fußboden.

Jetzt? Nein. Da war keiner, der auf ihn feuerte.

Hastig kroch er zurück, duckte sich hinter Barb Fell und fingerte nervös am Holster. »Scheiße«, murmelte er, »ich bin zu alt für so was...«

Lucas starrte in den Raum, der vor ihnen lag. »Taschenlampen!« rief er.

»Was?«

»Verdammt, ich brauche Taschenlampen!«

Barb Fell und er schoben die Köpfe vor. Ein schneller Blick durch den Türrahmen. Die Wohnung lag nicht völlig im Dunkeln, irgendwo brannte Licht, aber es war nur ein schwacher Schimmer. Das Licht schien durch einen Türspalt zu fallen, es kam wohl aus einem der hinteren Räume. Barb Fell und Lucas hatten die Waffen im Anschlag. Über Kimme und Korn machten sie die Umrisse verschiedener Möbelstücke aus, vor der Wand zeichnete sich ein dunkles Viereck ab, vielleicht ein Bücherschrank.

Der Sergeant war zurück. »Ich hab die Dinger.«

»Leuchten Sie um die Ecke«, sagte Lucas, »ungefähr in Kopfhöhe. Sehen Sie zu, daß Sie die Hand nicht zu weit vorstecken. Und sagen Sie Bescheid, wenn Sie die Lampe anknipsen. Sobald da drin Mündungsfeuer aufblitzt, drücke ich ab.« Er schielte zu Barb Fell hinüber und grinste. »Ganz schön aufregend, euer New York, was?«

Der Sergeant nickte Lucas zu. »Fertig?«

»Es kann losgehen.«

»Jetzt.«

Der Lichtstrahl huschte durch den Raum, wanderte langsam von links nach rechts. Lucas folgte mit der Mündung. Nichts rührte sich, keine Bewegung.

»Ich geh rein«, sagte Lucas.

Barb Fell nickte. »Geh.«

Lucas ließ sich zu Boden fallen und robbte auf den Ellenbogen durch den Türrahmen. Er rollte sich ein Stück zur Seite, griff hoch, drückte auf den Lichtschalter. Eine Glühbirne flammte auf. Und immer noch rührte sich nichts. Lucas blieb in der Hocke und gab Barb Fell, die zur gegenüberliegenden Tür huschte, Feuerschutz.

»Was ist das?« fragte sie flüsternd.

*Mein Jesus liebt mich...*

Keine Kinderstimme. Aber nach einem Erwachsenen hörte es sich auch nicht an. Es kam ihr überhaupt nicht vor wie eine menschliche Stimme. Irgendein Spezialeffekt – wie im Kino. Ganz merkwürdig. Und irgendwie unheimlich.

*...mit eig'nem Munde hat er's mir verheißen...*

»Bekker«, flüsterte Lucas zurück, »da drüben, glaube ich.«

Er bewegte sich in der Hocke vorwärts, hielt die .45er mit beiden Händen.

Hinter ihm flüsterte Barb Fell: »Ich sichere nach rechts.«

»Nach rechts sichere ich schon. Nehmen Sie die Tür links.«

Lucas fuhr herum. Der Sergeant. Der Mann, der eben noch behauptet hatte, er wäre zu alt für solche Sachen, war ihnen gefolgt. Die Pistole in der Hand. Eine .38er – eine von diesen beschissenen Dienstwaffen.

Lucas drückte sich hoch. »Da drüben in der Ecke.« Er fixierte die Couch. Sie war ein Stück von der Wand weggerückt worden. Der Velourbezug dämpfte die Stimme, die sie gehört hatten. Und die sie wieder hörten.

*Mein Jesus liebt mich...*

»Bekker, komm hoch!«

*...des bin ich gewiß...*

Lucas kroch auf die Couch zu, schob sich – die Waffe nach vorn gerichtet – aufs Polster. Reckte das Kinn und sah Bekkers Kopf. Der kahle, rasierte Schädel zuckte im gleichmäßigen Rhythmus des Liedes auf und ab.

»Komm hoch, du Scheißkerl!« schrie Lucas. Und rief Barb Fell und dem Sergeant zu: »Hier ist er, schnappt ihn euch!«

»Paß auf, Lucas, er muß eine Waffe haben!«

Lucas preßte Bekker die Mündung der .45er an den Schädel und rutschte seitlich um die Couch herum. Bekker starrte – die

Arme vor der Brust gekreuzt – zu ihm hoch und wiegte sich summend im Takt des Liedes.

»Dreh dich um«, fuhr Lucas ihn an.

Neben ihm tauchte Barb Fell auf. »Das ist er? Dieses verrückte Stück Scheiße?«

»Vorsicht«, sagte Lucas, »behalt ihn im Auge.«

Sie wich ein Stück zurück, um sich eine bessere Schußposition zu suchen. Und auf einmal war da irgend etwas... Sie machte eine Handbewegung, fuchtelte, als müßte sie einen Bienenschwarm vertreiben.

Lucas schielte zu ihr rüber. »Was ist denn?«

»Irgend etwas schwirrt um mich rum.«

Bekkers Kopf drehte sich wie ein Ball auf einem Balancierstab. »Meine Spinnen«, sagte er.

Der Sergeant griff in die Küche und schaltete das Licht an.

Barb Fell stieß ein Gurgeln aus und starrte auf die flatternden Gebilde, die sich über und neben ihrem Kopf drehten.

»Haut ab!« Sie fing wieder zu fuchteln an. »Haut ab, laßt mich in Ruhe!« Sie duckte sich, torkelte zur Seite.

Keine Spinnen. Hauchzarte Gebilde, jedes einzeln an einem schwarzen Faden aufgehängt, der an den Kreuzstreben aus Draht festgeknotet war, und jedes schien seiner eigenen Umlaufbahn zu folgen.

Augenlider. Sie hingen schon weiß Gott wie lange da oben, waren ausgetrocknet, fingen sogar schon zu schrumpeln an und schienen dennoch frisch und lebendig zu sein wie an dem Tag, an dem Bekker sie seinen Opfern abgeschnitten hatte.

»Los, nehmt ihn fest!« rief Lucas.

Der Sergeant ging auf Bekker zu.

Barb Fell wollte ihm gerade folgen, als sie das grelle blaue Licht bemerkte, das durch den Türspalt hinter ihr drang. Sie stieß die Tür auf.

Bekker kam, die Arme immer noch vor der Brust gekreuzt, auf Lucas zu. »Meine…«

Und im selben Augenblick stieß Barb Fell einen gellenden Schrei aus. Im grellen blauen Lichtkegel der Deckenstrahler lag eine Frau, auf einem Tisch festgebunden, geknebelt, die weißen Augäpfel mit leerem Blick nach oben gekehrt… Augen, die sich nie wieder schließen konnten.

Sie lebte noch.

Barb Fell fuhr herum. Ihr Mund klappte auf, aber das Entsetzen war so groß, daß sie nicht mehr schreien konnte. Mit zitternden Händen riß sie die Pistole hoch.

Bekker stand dicht vor Lucas. »Meine Spinnen«, sagte er. Ließ die linke Hand sinken. Und stieß Lucas mit der Rechten die Derringer gegen die Brust.

Im selben Augenblick drückte Barb Fell ab. Sie feuerte, bis das Magazin leer war. Zielte auf Michael Bekkers Nasenrücken. Und sah, wie die Projektile ihm das Gesicht zerfetzten und den hinteren Teil des kahlen, glattrasierten Schädels wegsprengten.

## 30

Die Wände in Lilys Büro schienen zu zerfließen, und auf einmal war Petty da – als Kind und als Erwachsener zugleich, die beiden Bilder flossen ineinander.

Und dann war da Kennetts Gesicht.

Kennetts Gesicht in Lilys Schlafzimmer, im Dunkeln. Es mußte im Winter gewesen sein, sie hatte einen Tannenbaum aus Maine geholt und in ihrer Wohnung aufgestellt. Ihr war, als könnte sie den harzigen Geruch wahrnehmen.

Im Bett waren sie gelegen, ja, aber an Sex dachten sie nicht.

Es war noch nicht lange her, daß Kennett seine Herzattacke gehabt hatte. Er spielte es herunter, machte seine Witze darüber, aber sie wußte, daß er genauso bedrückt war wie sie.

»Da liege ich nun neben dir – und nichts passiert«, sagte er, »tote Hose. Ich kann's noch gar nicht glauben. Ich tauge nichts mehr. Du hast einen alten Sack neben dir.«

»Unsinn«, sagte sie. »Was heißt hier alter Sack?«

»Na gut, dann eben ein Schlappschwanz. Einer mit einem ausgetrockneten Pinsel. Ein Scheißkerl. Das ist die Rache, die all die Scheißkerle da draußen auf der Straße nehmen. Rache an mir – an Richard X. Kennett. Wenn du's brauchst, mußt du dir einen anderen suchen. Wie wär's mit einem von den Scheißkerlen?«

»Hör auf.« Sie ging auf seinen leichten Tonfall ein, aber es war ihr bitterernst. »Hör auf, ja? Sonst streichle ich dir deine edelsten Teile, bis dir Hören und Sehen vergeht, und wenn du in Höchstform bist, laß ich dich hängen.«

»Lily...« Mit einem lauernden Unterton, sie hatte ihn wohl auf den Geschmack gebracht.

»Nein, Dick. Und du weißt, warum nicht.«

Schließlich wechselten sie das Thema, sie redeten über dies und jenes, und irgendwann kam Lily auch auf die Sache mit Robin Hood zu sprechen. Sie mokierte sich über die normale Ermittlungsarbeit, die sie keinen Schritt weitergebracht hatte, und erwähnte, welche neuen Erkenntnisse sie jetzt mit Hilfe des Computers gewonnen hätten, vor allem, seit Petty zu ihnen abkommandiert worden sei.

Nicht etwa, daß sie ihm alles an jenem Abend erzählt hätte. Und auch nicht in allen Details. Aber es hatte ja noch mehr Winterabende gegeben. Noch mehr Abende, an denen sie im Bett gelegen und geredet hatten. Und Kennett hatte aufmerksam zugehört. Zusammen mit dem, was Copland im Wagen mitgehört hatte, mußte er eine Menge erfahren haben, nahezu alles. Und wieder sah sie Walter Pettys Gesicht. Sah, wie ihm das Haar am Kopf klebte, sah seine roten abstehenden Ohren. Sah, wie er die Straße heruntergerannt kam, ihre Schularbeit schwenkte und sich freute. Wegen ihrer guten Note. Und weil er sich immer freute, wenn sie in seiner Nähe war.

»Ich bin an deinem Tod schuld«, sagte sie zu dem Bild, das durch ihren Tagtraum spukte. Sie sagte es laut und schauderte, als sie merkte, wie rauh ihre Stimme klang. »Ich habe dich umgebracht, Walter.«

## 31

Der Fluß sah behäbig aus, pechschwarz, mit einem schimmernden Ölfilm, aber insgeheim schien er voller Ungeduld zu sein, als wüßte er, daß es nur noch wenige Minuten bis zum offenen Meer waren. Am östlichen Himmel hing der Mond, voll und rund, vom Smog der großen Stadt verschleiert. Lily wartete, bis der alte Wachmann mit seinem Hund vorbei war, dann schloß sie das Tor zum Hafen auf und schlüpfte in den inneren Bereich, zu dem nur Mitglieder Zutritt hatten.

Bei den Liegeplätzen die übliche Unordnung, überall lag etwas herum, im mattgelben Schein der wenigen Lampen mußte man bei jedem Schritt höllisch aufpassen. Die Boote, die draußen im Wasser schaukelten, hatten Ankerlichter gesetzt, hier und da blitzte ein Lichtschein aus den Kabinen. Eine leichte Brise war aufgekommen, Segelzeug und Leinen raunten in der Nacht. Von einem Anderthalbmaster wehte Marihuanaduft herüber, an Bord kollerte jemand ein trunkenes Lachen. Der Fluß roch nach Schlamm und verwesenden Fischen, ein paar Schritte weiter überdeckte der Gestank den Cannabisgeruch.

»Lily!« rief Kennett aus dem Dunkel, als sie sich der *Lestrade* näherte. Er saß am Ruder und rauchte eine Zigarette. »Ich hab mit mir selber gewettet, ob du wohl kommst.«

»Du hast gehört, was mit Bekker passiert ist?«

»Ja. Und daß ihr mich absichtlich nicht informiert habt, weiß ich auch.«

Lily kam an Bord, setzte sich und starrte ihn an. Er wandte ihr das Gesicht zu. Müde sah er aus, sehr müde und erschöpft.

»Du bist Robin Hood«, sagte sie.

»Robin Hood?« Er schnippte die Kippe ins Wasser. »Blödsinn.«

»Ich hab kein verstecktes Mikro bei mir.«

»Steh auf und dreh dich um.« Er tastete sie ab, schob ihr die Hand zwischen die Schenkel. »Gib mir deine Tasche.«

Er ließ die Tasche aufklappen, knipste eine Lampe an, die von der Leine baumelte, und fing an, in Lilys Sachen zu kramen. Schließlich nahm er ihre .45er aus der Pistolentasche, zog das Magazin heraus, leerte es und warf die Patronen in den Fluß. Dann zog er den Verschluß zurück, um auch die Kammer zu entladen. Sie war leer. Kopfschüttelnd sagte er: »Du solltest durchgeladen und gesichert haben.«

»Ich bin nicht zur Waffeninspektion hergekommen«, sagte sie. »Ich bin hier, weil ich mit dir über Robin Hood reden will. Und darüber, daß ich für dich nur ein Mittel zum Zweck war – weil du über mich rauskriegen wolltest, was O'Dell vorhat. Und da ist noch etwas, worüber wir zu reden haben: der Mord an Petty.«

»Als Mittel zum Zweck? Nein, du hast mir gefallen, ich hab mich in dich verliebt.« Es hörte sich nüchtern wie eine mathematische Formel an. »Du bist schön und klug. Und du bist auch ein Cop. Ich hatte selten Gelegenheit, Frauen kennenzulernen.«

Sie drehte sich um und musterte ihn kühl. »Daß du mich gemocht hast, glaube ich dir sogar. Aber das hat dich nicht davon abgehalten, mich zu benutzen. Vorhin, unterwegs, ist mir durch den Kopf gegangen, wie wir unten in der Kabine gelegen haben und du deine gottverdammten Phantasien über O'Dells Sexgewohnheiten entwickelt hast. Erinnerst du dich? Du mußt dir das vorher zurechtgelegt haben, weil du dachtest, so könntest du mich dazu bringen, irgendwas über O'Dell zu erzählen. Und dasselbe Spielchen hast du mit mir getrieben, als wir über Walter gesprochen haben. Ach Gott, wenn ich daran denke, was ich dir alles erzählt habe, weil ich dachte, dir könnte ich vertrauen! Weil du ja ein Cop bist, und mich liebst, hab ich gedacht. Gott im Himmel, jedesmal, wenn wir im Bett waren, ging's dir um nichts anderes, als mich zum Reden zu bringen.«

»Meine Güte, Lily... Wenn du mir was über O'Dell oder Petty erzählt hast – na gut, ich hab's mitgenommen. Es war so etwas wie eine Draufgabe. Aber ich hab doch nicht deshalb mit dir geschlafen.«

»Halt den Mund.« Lily knipste das Licht aus. Dunkelheit hüllte sie ein. »Ich werde dir jetzt ein paar Fragen stellen, und ich verlange, daß du sie beantwortest. Daß wir zwei von deinen Killern erwischt haben, weißt du, ja? Clemson und Jeese, Davenport hat sie sich geschnappt. Und wir wissen auch über Aaron Copland Bescheid.«

»Ich hab gleich gewußt, daß Davenport gefährlich ist.« Es hörte sich gleichmütig an. »Ich hab ihn nicht eine Minute unterschätzt. Der geht jeder Kleinigkeit nach. Das war mir spätestens nach der Geschichte mit der Krawatte klar, als er im Lexikon nachgelesen hat, wer Gauguin war. Ob ich wollte oder nicht, irgendwie hab ich den Kerl gemocht.«

»Hast du ihn deshalb nur zusammenschlagen und nicht gleich umbringen lassen wie die anderen?«

Sie sah das Weiß seiner Zähne, er grinste. Aber es kam ihr nicht wie ein fröhliches Grinsen vor, eher wie ein bedauerndes.

»Einer der Fehler, die mir unterlaufen sind«, sagte er. »Das verdammte New York macht einen irgendwie hochmütig. Da bildet man sich schnell ein, daß so ein dahergelaufener Provinzcop nie und nimmer das Zeug dazu haben kann, echten New Yorker Profis Paroli zu bieten. Wir dachten, es genügt, wenn wir ihn eine Weile aus dem Verkehr ziehen. Aber meine Leute haben mir erzählt, daß er verdammt schnell ist. Die waren ganz schön geschockt. Muß wohl nicht viel gefehlt haben, und er wäre an seine .45er rangekommen und hätte sie umgelegt.«

Lily nickte. »Deine Schläger haben Glück gehabt. Warum habt ihr's eigentlich nicht noch einmal versucht?«

Kennett zuckte mit den Schultern. »Weil wir zu dieser Zeit nur noch die Alternative hatten, ihn entweder abzuknallen oder laufenzulassen. Daß er sterben mußte, wußte er nicht. Hab ich jedenfalls damals gedacht. Ich weiß sowieso nicht, ob meine Leute überhaupt mitgemacht hätten. Ein Cop... Das mit Petty lag ihnen noch schwer im Magen.« Und dann fiel ihm ein: »Dieser Anruf, den Copland mitgehört hat, als Davenport O'Dell im Wagen angerufen hat... War das eine Finte?«

»Nur zum Teil. Davenport hatte Bekker wirklich aufgespürt. Er hat O'Dell angerufen, weil er sehen wollte, ob deine Killer an der angegebenen Adresse auftauchen. Was ja auch tatsächlich der Fall war. Nur, ich war die ganze Zeit über in O'Dells Nähe, er konnte niemanden angerufen haben. Da hab ich angefangen, zwei und zwei zusammenzuzählen.«

»Verdammt. Ich hatte gleich das Gefühl, daß wir uns bei Bekker raushalten sollten.«

»Du hättest auf dein Gefühl hören sollen.«

»Ich mußte etwas unternehmen. Weil ich nicht sicher war, ob er nicht doch noch im letzten Moment reden würde.«

»Über die beiden Killer, die er nach dem Mord an Walter gesehen hatte? Clemson und Jeese?«

Kennett schüttelte den Kopf. »Nein, die waren es nicht.«

»Lüg mir nichts vor«, sagte Lily, »die Beschreibung paßt ganz genau.«

»Trotzdem, sie waren's nicht.«

»Wer dann?«

»Das werde ich dir nicht sagen. Aber Clemson und Jeese waren's nicht.« Er nagte an der Unterlippe. »Der alte Copland... Ein prächtiger Kerl. Was wird aus ihm?«

»O'Dell wird sich was überlegen. Wie viele Leute hast du in deiner Todesschwadron? Und wie viele habt ihr abgeknallt?«

Kennett schüttelte den Kopf. »Wir sind... Bei uns machen viele mit. Ein paar erledigen ihre Arbeit zu zweit, ein paar sind Einzelgänger. Keiner kennt den anderen. Und von mir erfährst du bestimmt keine Namen.«

»Wir können für Clemson und Jeese eine Zelle in Attika reservieren. Bewaffneter Angriff gegen einen Polizeioffizier. Und wenn O'Dell es darauf anlegt, kann Copland sich seine Pension in den Kamin schreiben und die zwanzig Jahre, die ihm noch bleiben, als Penner auf einer Parkbank verbringen.«

Kennett flüsterte heiser: »Verdammt, tu das nicht.«

»Deine Schuld. Du hast verloren«, sagte Lily kalt.

»Was wir getan haben, war richtig. Aber gut, ich bin bereit, alle weiteren Aktionen abzublasen. Laß mich in Ruhe, und ich sorge dafür, daß nichts mehr passiert. Ich reiche sogar meine Entlassung ein, wenn du's verlangst.«

»Damit du anschließend für die Times schreiben kannst, wie? Das könnte dir so passen. Dann wärst du erst recht eine Gefahr.«

»Was willst du dann von mir?«

»Ich will die verdammten Namen.«

»Nein. Darauf kannst du lange warten«, sagte Kennett. »Ich weiß genau, was passiert, wenn ich dir die Namen nenne. Entweder werden ein paar von den besten Leuten aus der New Yorker Polizei entlassen, oder O'Dell stellt sein eigenes Killerkommando auf und macht tabula rasa. Ich denke gar nicht daran, diesem fetten, versoffenen Schwein den Gefallen zu tun, daß er…« Und auf einmal wurde seine Stimme eiskalt. »Ich mag dich wirklich. Aber was ich dir nie verzeihen kann, ist, daß du… daß du's fertiggebracht hast, mit diesem… weibischen Typ zusammenzuarbeiten. Dem müßte es mal einer gründlich besorgen.«

»Statt dessen hast du's mir besorgt«, sagte Lily. »Und zwar nur, weil du gedacht hast, im Bett kämst du schneller an Informationen ran.«

Kennett wandte sich um. »Ach, verpiß dich. Bring mich vor den Kadi, wenn du unbedingt willst. Aber verlaß dich darauf, ich mach dich fertig. Und nun schwing den Arsch von meinem Boot.«

»Eine Frage noch, bevor ich gehe.«

»Ja?«

»Warum Walter?«

Kennett starrte sie einen Augenblick lang stumm an, dann griff er in die Hemdbrusttasche, kramte seine Zigaretten heraus und steckte sich eine an.

»Das mußte sein. Der und seine verdammten Computer… Als wir anfingen, wußte kein Aas, was die Scheißdinger alles können. Die waren nur so was wie elektronische Aktenschränke. Wenn damals einer auf einen Computerschirm geguckt hat, war's nicht mehr, als hätte er in Akten geblättert. Wir wußten nicht, daß es jedesmal, wenn ein Name in den Akten auftauchte, genauso war, als hätten wir am Tatort Fingerabdrücke hinterlassen. Und dann kam Petty und nagelte uns fest. Wir brauchten Zeit, in diesem verdammten Computer aufzuräumen und alles, was uns belasten könnte, verschwinden zu lassen. Das ist inzwischen geschehen, wir haben die Fingerabdrücke weggewischt…«

Sein Blick schweifte übers Wasser, flußabwärts, zu den Lichtern von Manhattan, die sich im Hudson spiegelten: »Eines, Lily, ist dir doch wohl genauso klar wie mir: Wenn wir da drüben in Manhattan aufräumen könnten – sagen wir, fünfhundert oder tausend Leute, hätten wir hier das Paradies auf Erden.«

»Nicht tausend«, sagte sie, »zehntausend.«

»Nein, tausend würden genügen«, widersprach er. »Und es kann sein, daß wir nicht einmal so viele schaffen würden. Aber auf jeden Fall könnten wir vieles verändern. Wir hätten es gekonnt. Jetzt können wir's nicht mehr.«

»Wir sind nicht der liebe Gott und das Gesetz. Wir dürfen es nicht.«

»Doch«, sagte Kennett, »wir haben das Recht dazu. Jemand muß es ja tun. Jeder x-beliebige Junkie wird fünfzig- oder hundertmal zum Dieb oder zum Einbrecher, bevor er erwischt wird. Und wenn's nicht zufällig ein großes Ding ist, bei dem sie ihn schnappen, ist er am nächsten Morgen auf Bewährung wieder auf freiem Fuß. Oder er sitzt dreißig Tage ab. Oder von mir aus auch ein halbes Jahr. Aber das genügt nicht. Wenn wir alle freilassen, die auch nur einen einzigen Mord begangen haben, und alle Junkies zusammentreiben würden, wäre ganz Manhattan ein riesiger Schießplatz. Allein diejenigen, die wir uns vorgenommen haben… Mein Gott, allein damit haben wir tausend Verbrechen im Jahr verhindert. Nur die gerechnet, die meine Leute umgelegt haben.«

»Wie viele waren das?«

Er schüttelte den Kopf. »Das sag ich dir nicht. Ich wollte dir nur erklären, warum wir's getan haben.«

»Und damit willst du rechtfertigen, daß ihr Petty abgeknallt habt?«

Kennett wandte sich ab. »Wir haben's nicht gern getan, aber wir hatten keine andere Wahl. Übrigens ist O'Dell schon dabei, mich an den Pranger zu stellen. Er wird es jedenfalls versuchen. Es scheint so, als hätte es, als wir uns Waites vorgenommen haben, einen Augenzeugen gegeben.«

»Ich weiß.«

Er hob die Augenbrauen. »Du weißt etwas darüber?«

»Davenport hat in Charleston einen jungen Burschen aufgetrieben, der angeblich alles mitangesehen hat. Aber das Ganze war ein aufgesetzter Schwindel.«

Kennett lächelte. »Aha. Als er nach Minneapolis geflogen ist, hat er noch einen Tag in Charleston drangehängt. Ich hab mich schon gewundert. Es sah ihm gar nicht ähnlich, daß er länger wegbleibt als unbedingt nötig.«

»Waites hat vielleicht den Mund zuweit aufgerissen«, sagte Lily. »Aber die anderen – warum die?«

»Die haben alle im Dreck gewühlt. Solche Typen sind wie der Eiterherd in einem Geschwür. Mein Gott, schau doch bloß da rüber, schau dir die Stadt an und stell dir vor, wie wir alle hier leben könnten ohne dieses Geschmeiß.«

Sie folgte seinem Blick und schaute auf die blinkenden Lichter – wie die Milchstraße aus der Nähe. »Und du hast dort aufgeräumt. Und mich benutzt. So selbstverständlich, wie einer zum Taschentuch greift. Wenn ihm die Nase läuft.«

»Blödsinn.« Er wurde rot.

»Als Walter tot war, bin ich zu dir gekommen, hierher aufs Boot, und hab mich an deiner Schulter ausgeweint. Und du hast mich getröstet und gestreichelt, und dann bist du mit mir nach unten gegangen und hast mich mit ins Bett genommen. Sex, damit ich leichter drüber wegkomme – ich kann's nicht fassen.«

»Na gut...«

»Gut? Was ist daran gut?«

Er wurde wütend. »Verdammt, so ist das Leben nun mal, Lily. Zum Teufel, ich hab genug. Verzieh dich. Na los, hau schon ab!«

Lily drehte sich um. Ging einen Schritt. Und kam zurück.

»Was willst...«

Er kam nicht dazu, seine Frage zu stellen. Sie schlug ihn mit der offenen Hand ins Gesicht. Schlug zu, daß es ihn fast von den Füßen gerissen hätte. Er hielt sich das Gesicht, stolperte auf sie zu und packte sie am Arm. »Lily, verdammt noch mal...«

»Laß mich los!« fuhr sie ihn an.

Sie versuchte ihn abzuschütteln, aber er hielt sie fest. Ein paar Sekunden lang sah es aus wie ein stummer, verbissener Kampf. Kennett atmete schwer. Und plötzlich lockerte sich sein Griff, seine Schultern sackten schlaff herunter. Er krümmte sich, ging auf die Knie. »Oh, mein Gott«, keuchte er. »Lily – unten in der Kabine... in meiner Tasche...«

Seine Tabletten. Er hatte immer die Tabletten bei sich, in der Tasche. Sie drehte sich um, wollte schon losrennen.

Kennett zitterte wie in einem Fieberanfall. Seine Knie gaben nach, er kippte nach vorn, lag flach auf dem Bauch. »Lily...«

Sie blieb stehen. Nur ein paar Schritte bis zur Kabine, bis zu seiner Tasche... Aber sie wandte sich um. Ging vom Boot. Jeder Schritt schien sie unendliche Mühe zu kosten. Und als sie auf dem Kai stand, nahm sie sich Zeit, mit den Augen das Bild der nächtlichen Stadt zu trinken, bevor sie sich noch einmal umdrehte.

Kennett starrte mit verzerrtem Gesicht hinter ihr her, den Mund aufgerissen wie ein Ertrinkender, die Augen groß und voller Angst. Seine Hand tastete kraftlos über das Bootsdeck, auf sie zu. »Lily...«

Aber sie sagte nur: »Grüß Bekker von mir.«

## 32

O'Dell saß in seinem abgedunkelten Büro – feist und zufrieden wie ein Ochsenfrosch, der gerade eine fette Fliege verschluckt hat. »Es ist mir scheißegal, was Sie denken«, sagte er zu Lucas.

»Vermutlich, weil Sie nicht ahnen, wie's mich in den Fingern juckt, um den Schreibtisch herumzukommen und Ihnen eine Tracht Prügel zu verpassen«, blaffte Lucas ihn an.

O'Dell sah ihn gelassen an. »Die New Yorker Gefängnisse sind nicht besonders komfortabel. Und ich könnte Ihnen ganz schnell eine Eintrittskarte verschaffen.«

Lucas schüttelte den Kopf. »Das sollten Sie lieber bleiben lassen. Ich hab mich zu ausführlich mit Red Reed unterhalten. Und zwar nicht unter vier Augen, sondern in Gegenwart von Zeugen. Also läuft das Spielchen so: Ich verpaß Ihnen die Tracht Prügel, Sie stecken mich ins Gefängnis, ich erzähle den Reportern von Red Reed und daß Sie einen Kronzeugen für den Mord an einem namhaften schwarzen Politiker versteckt haben, und schon sitzen Sie in der Nachbarzelle.«

Das schien O'Dell zu denken zu geben. Er ließ etliche Sekunden verstreichen, dann seufzte er, klappte die fetten Augenlider halb herunter und meinte: »Gut. Aber wenn es Sie wirklich so in den Fingern juckt, mich zu verprügeln, warum bringen Sie's dann nicht hinter sich? Ich würde mich anschließend gern ein Stündchen aufs Ohr legen.«

Sie saßen sich ein paar Atemzüge lang stumm gegenüber, dann sagte Lucas: »Sie wissen, daß ich's nicht tue. Aber Sie sind mir ein paar Antworten schuldig, verdammt noch mal. Wußten Sie, daß es Kennett war? Wieweit war Lily in die Sache verstrickt? Und Barb Fell? Und wer hat sonst noch mitgemischt?«

»Lily können Sie vergessen, sie hatte nie etwas damit zu tun.

Sie hat mir von Ihrer Theorie erzählt, daß Fell quasi als Alarmanlage fungiert hat. Ich glaube das zwar nicht, aber ganz ausschließen läßt sich die Möglichkeit nicht.«

»Und Kennett?«

»Ja, ich habe über Kennett Bescheid gewußt, über ihn und ein paar andere. Und, ehrlich gesagt, Sie und Lily hätten es auch wissen können. Schließlich ging's bei Pettys Ermittlungen nicht zu wie bei einer Rätselshow im Fernsehen. Er hat sich nicht in irgendeine Glaskabine verdrückt und alles schön für sich behalten, ach wo, er kam täglich zu mir raufspaziert und hat mir vorgetragen, wie weit er ist. Wir hatten Kennett und ein paar seiner Leute bereits im Visier, Copland allerdings nicht. Was wir nicht wußten, war, daß Kennett selbst Computerspezialisten an der Hand hatte. Wir dachten, nur wir kämen in das System rein, und wir – nur wir – könnten die Beweise ausdrucken, sobald es uns angebracht schien. Dann wurde Petty ermordet, und irgend jemand machte sich über seine Ergebnisse her. Als ich dann versucht habe, allein weiterzuarbeiten, stellte sich heraus, daß die entscheidenden Daten gelöscht waren. Ein paar Namen hatten wir noch, mehr nicht. Und so etwas neu aufzubauen, das kann man nicht übers Knie brechen.«

»Und da kamen Sie auf mich.«

O'Dell lächelte selbstgefällig. »Ja. Lily hatte mir von Ihnen erzählt. Daß Sie verdammt gerissen wären. Und ich hatte selbst schon eine Ihrer Computersimulationen gesehen. Also habe ich Kennett auf Bekker angesetzt und Sie auf Kennett. Und ich hab Ihnen Barb Fell zugeteilt und Lily gebeten, Sie zu unterstützen. So wie ich das eingefädelt hatte, konnte es nicht lange dauern, bis irgendeiner aufflog. Zu verlieren hatte ich ja nichts.«

Lucas sah ihn nachdenklich an, dann stand er auf, reckte sich, gähnte, ging zum Fenster, zog die schweren Vorhänge zur Seite und blickte auf die blinkenden Lichter der Stadt. »Hab ich

Ihnen schon mal gesagt, daß ich New York für eine einzige große Müllhalde halte?«

O'Dell nickte.

»Und ich war auch nur ein Stück Dreck für Sie.«

»Ja«, sagte O'Dell.

Lucas reckte sich noch einmal, dann ging er auf die Tür zu. Und drehte sich, die Klinke schon in der Hand, zu O'Dell um. »War 'n hübsches Spielchen.«

O'Dell sah ihn groß an, dann fing er zu lachen an. Ein anhaltendes, tiefes Gelächter, an dem nichts gekünstelt war. »Ja«, sagte er, »ja, das finde ich auch.«

Der Tisch war etwas größer als ein Kanaldeckel, und was aussah wie eine schöne Holzmaserung, war in Wirklichkeit Kunststoff. Alles in der Bar schien aus Plastik zu sein, sogar die Bilder mit den Abbildungen alter Flugzeuge. Durch die Plexiglaswände konnte Lucas die Fluggäste beobachten, die zu den Abflug-Gates hasteten. Er schielte auf die Armbanduhr: drei Uhr siebenundzwanzig nachmittags, ungefähr. Wobei man bei einer Rolex davon ausgehen durfte, daß »ungefähr« ein Synonym für »exakt« war. Er nahm einen Schluck Budweiser, nicht, weil ihm sonderlich nach Bier zumute gewesen wäre, aber irgendwas hatte er ja bestellen müssen.

Um drei Uhr dreißig kam Barb Fell. Ein bißchen stelzbeinig, fand er. Und anscheinend ziemlich schlecht gelaunt. Sie blieb an der Reihe vor der Sicherheitskontrolle stehen und sah sich suchend um. Schließlich kam sie auf die Bar zu, blieb an der Tür erneut stehen und blickte suchend herum. Er winkte ihr zu. Sie schlängelte sich zwischen den Tischreihen hindurch. Als sie nahe genug heran war, blieb ihr Blick an dem Bordkoffer hängen, den Lucas neben dem Tisch abgestellt hatte. »Ich war also nur ein Spielzeug für drei, vier Nächte – oder was?«

»So würde ich das nicht sehen.« Lucas deutete auf den zweiten Stuhl. »Setz dich erst mal.«

Sie blieb trotzig stehen. »Ich dachte, wir würden zusammen verreisen.«

»Setz dich«, wiederholte er.

»Ach, Scheiße...« Sie ließ sich auf den Stuhl fallen und saß da wie ein Häufchen Elend, die Hände zwischen die Knie geklemmt. »Du hast gesagt, daß wir...«

»Ich hatte mir vorgestellt, dich zu bitten, mit mir auf die Inseln zu kommen«, fiel ihr Lucas ins Wort. »Ich hab sogar schon beim Schalter der United auf dem Kennedy Airport angerufen und mir Angebote machen lassen.«

Sie hielt den Blick auf die Tischplatte gerichtet. »Und? Was ist dabei rausgekommen?«

»Es wird nichts draus.« Er kramte in der Tasche, zog eine rote Streichholzschachtel mit einem Pferdekopf heraus und warf sie ihr hin. Barb Fell ließ sie in ihrer Tasche verschwinden.

»Du warst also doch schon in dem Restaurant, vor dem Walter Petty ermordet worden ist«, hielt er ihr vor. »Mir hast du gesagt, du wärst noch nie dort gewesen.«

»So?«

»Ja. Ich hab die Streichholzschachtel in deinem Apartment entdeckt.«

»Wann?«

»Als ich bei dir war.«

»Erzähl keinen Quatsch. Ich hab sie alle weggeworfen. An dem Tag, an dem ich zum ersten Mal den Eindruck hatte, daß wir... Na ja, ich hab mir gedacht: Könnte sein, daß wir hinterher zu mir gehen, wirf die Dinger lieber weg. Und das hab ich dann auch getan. Also, wann hast du sie gesehen?«

Er schielte über die Tischplatte zu ihr hinüber. »Gleich am ersten Tag unserer Zusammenarbeit. Ich hab in deiner Tasche herumgestöbert, unten in der Taverne, und Wachsabdrucke von deinen Schlüsseln gemacht. Am nächsten Vormittag war ich in deiner Wohnung.«

»Du Mistkerl.« Und dann kam ihr auf einmal ein Verdacht. »Hast du etwa ein Aufnahmegerät dabei?«

»Nein. Dafür mag ich dich zu sehr. Aber der springende Punkt ist, daß ich dir nicht trauen kann. Nicht blindlings. Das ist der Grund, warum wir nicht zusammen auf die Inseln fahren können. Im Urlaub redet man über dies und jenes, und...« Er ließ ihr und sich selbst Zeit, ein bißchen darüber nachzudenken, ehe er fortfuhr: »Erst hatte ich vor, dir irgendwas vorzuschwindeln. Daß ich dringend nach Minnesota zurück müßte. Aber mir ist kein gescheiter Vorwand eingefallen. Und es ist mir auch lieber, wenn du die Wahrheit weißt.«

»Na schön. Ich bin dir für deine Offenheit sogar dankbar. Aber du hast dir unnötige Sorgen gemacht, es wäre sowieso nichts passiert. Eine Streichholzschachtel ist als Beweismittel ein bißchen dünn.«

»Da war noch mehr. O'Dell war's, der das ganze gottverdammte Spielchen eingefädelt hat. So wunderschön, daß man eigentlich nur darüber lachen kann. Wir waren alle nur Figuren auf seinem Spielbrett. Aber, was ich sagen wollte: Er hat eine Computeranalyse gemacht – die Mordopfer, wer mit ihnen Kontakt hatte, wer zur fraglichen Zeit am Tatort gewesen sein kann und so weiter. Deinen Namen hat der Computer ein bißchen zu oft ausgespuckt. Eine Tatsache, die bei Gericht mehr hermachen würde als eine Streichholzschachtel.«

Sie runzelte die Stirn. »Werden sie mich hochgehen lassen?«

»Nein, das glaube ich nicht. Sie gehen davon aus, daß du als eine Art Stolperdraht fungiert hast.« Er erklärte ihr, was für eine solche Annahme sprach. Sie hörte ihm schweigend zu, hielt aber den Blick weiterhin auf den Boden gerichtet.

»Und du hast ihnen nicht widersprochen?« fragte sie, als er fertig war.

»Nein. Im Gegenteil, ich hab die Theorie mit dem Stolperdraht überhaupt erst aufgebracht.«

»Warum?«

Er hob die Schultern. »Wir sind gute Freunde.«

Sie hob die Augen, sah ihn an, und dann nickte sie. »Okay.«

»Sollte allerdings Lily je dahinterkommen, kann es gut sein, daß sie dich tötet.«

Barb Fell zuckte zusammen. »So wie sie Kennett getötet hat?«

»Kennett? Nein, als Kennett gestorben ist, war sie mit O'Dell unterwegs.«

»Gott verdammt...« Sie nagte am Daumennagel. »Als ich Bekker erschossen habe...«

Wieder fiel er ihr ins Wort. »Bekker hat dich gekannt. Darum hat er in seinem anonymen Brief den Dünnen nicht näher beschrieben. Niemand sollte auf die Idee kommen, daß einer der beiden Mörder eine Frau gewesen war.«

Barb Fell nickte. »Aber das war nicht der Grund, warum ich ihn erschossen habe. Ich hab's wegen der Augenlider getan. Und wegen der Frau im Nebenzimmer. Und weil er's verdient hatte.«

»Ich weiß. Das heißt, ich glaube dir. Aber warum Petty?«

Barb Fell sagte: »Das mit Petty, das habe ich nicht gewollt. Ich war zwar dabei, aber ich wollte es verhindern.«

»Du warst dabei? Kein Mensch hätte dich dazu zwingen können.«

»Na gut, aber es war eben so. Und wenn mir ein bißchen mehr Zeit geblieben wäre – nur zehn Minuten, ich glaube, dann hätte ich's... Dann hätte ich's dem anderen ausreden können. Petty kam einfach zu früh aus dem Restaurant. Ein paar Minuten später, und es wäre nichts geschehen. Jedenfalls damals nicht. Was später passiert wäre, weiß ich nicht. Petty war für uns sehr gefährlich geworden. Trotzdem, seinetwegen werde ich eines Tages in der Hölle schmoren.«

Lucas grinste dünn. »Das bezweifle ich.«

Sie versuchte ein Lächeln. »Ehrlich gesagt, ich auch.« Und ein paar Sekunden später sagte sie: »Ich wäre gern mit dir auf die Inseln gefahren.«

»Ja, es wäre schön gewesen. Aber ich bin der einzige, der über dich Bescheid weiß. Und du bist verdammt schnell mit der Kanone. Du könntest, während ich am Strand liege und vor mich hindöse, auf dumme Gedanken kommen.«

»Nie«, sagte sie. Aber dann huschte wieder das Lächeln über ihr Gesicht. »Interessant, daß du Angst vor mir hast.«

»Na ja...«

Sie seufzte. »Wie ich immer sage: Cops sind so verdammt hinterhältig.«

»Da ist noch etwas, was ich dir erzählen wollte – über Lily.«

»Was?«

»Sie hat ein halbes Dutzend Namen. Alle aus Kennetts Killerkommando. Und irgendwie wird sie mit denen abrechnen, so oder so. Aber du solltest zweierlei wissen. Erstens, sie kann ihnen nichts nachweisen. Und im Grunde will sie auch nur, daß Schluß ist mit den Morden.«

»Und zweitens?«

»Den zweiten Punkt solltest du dir gut merken.« Er sah sie an. Hielt sie mit seinem Blick fest. Und wollte, daß sie in seinen Augen kalte Entschlossenheit las. »Wenn Lily etwas zustößt, komme ich nach New York zurück.«

»Du solltest eigentlich einer von uns sein«, sagte sie.

»Sag den anderen, was ich dir eben gesagt habe.«

»Ich kenne die anderen nicht. Außer dem, der damals mit mir

zusammen war, bei der Sache mit Petty. Doch, da ist noch einer, den ich kenne. Ich werd's ihnen sagen. Vielleicht kennen sie den einen oder anderen, ich weiß es nicht. Namen sind bei uns tabu. Das war eine von Kennetts Regeln: Keiner kennt den anderen, keiner erzählt etwas.«

»Eine gute Devise«, sagte Lucas. Er warf einen Blick auf die Uhr. »Lily wird bald hier sein.«

»Sie kommt hierher?«

»Ja. Wir haben auch etwas zu besprechen.«

Barb Fell griff nach ihrer Tasche. »Dann ist es wohl besser, wenn ich gehe.« Aber nach einem zögernden Schritt blieb sie stehen und drehte sich um. »Erinnerst du dich, wie du am ersten Tag zu mir gesagt hast: Diese Stadt ist die Kloschüssel des Universums – voll mit Scheiße?«

»Ja.«

»Kennett und wir alle, wir wollten nur, daß das anders wird.«

»Okay.«

»Haben wir so unrecht gehabt?«

Er dachte lange nach. Und trotzdem fiel ihm nur die Antwort ein: »Ich weiß es nicht.«

Sie war gegangen. Lucas starrte auf die Bierflasche, die nasse Kreise auf die Tischplatte gemalt hatte, und erinnerte sich an die letzten Stunden. Nach der Schießerei in Bekkers Wohnung hatte er seinen Schlußbericht diktiert, danach an der Pressekonferenz teilgenommen, und schließlich war er in das Büro der Arbeitsgruppe gegangen. Kaum noch jemand da, aber irgendwo hatte er dann doch einen aufgetrieben, der mit dem Computerprogramm vertraut war. Lucas hatte ihm gesagt, daß er ein paar Informationen über Clemson und Jeese bräuchte. Und der Mann vom Computerteam hatte ihm an einem Terminal gezeigt, wie er ins Programm reinkommen und die Dateien aufrufen könne.

Der Rest war einfach gewesen. Was da auf dem Bildschirm über Clemson und Jeese stand, interessierte ihn im Grunde gar nicht so sehr. Er hatte es rasch durchgeschaut und dann Barb Fells Daten aufgerufen. Und ganz am Schluß, unter den Angaben zu den nächsten Angehörigen, die Eintragung gefunden: Roy Fell, samt einer Adresse in Brooklyn. Als er versucht hatte, die Daten über Roy Fell aufzurufen, hatte der Computer ihm zunächst nur eine einzige Information geliefert: *Pensioniert.* Aber dann war die Abfragezeile auf dem Schirm erschienen: *Aktenrückruf aus dem Speicher? Ja/Nein?*

Lucas hatte die J-Taste gedrückt. Das Menü war klar und übersichtlich, nur ein paar Tasten und zwei, drei Wartesekunden, bis auf dem Bildschirm das Gesicht von Barb Fells Vater erschien. Breite, schwere Züge, graues Haar, grauer Oberlippenbart, ein Lächeln, das ein wenig gequält aussah. Einen Meter neunundachtzig, Jahrgang 1930. Bekker hatte ihn ziemlich gut beschrieben.

»Der Dicke«, hatte Lucas laut vor sich hin gesagt.

Der Mann vom Computerteam hatte ihn fragend angesehen. »Wie bitte?«

Lucas hatte abgewinkt. »Ach, nichts.« Und dann hatte er den Computer abgeschaltet.

Er schob die Bierflasche hin und her, malte noch ein paar Kreise auf die Tischplatte und dachte, daß der Volksmund gar nicht so unrecht hatte: *Blut ist dicker als Tinte.*

Zehn Minuten später kam Lily. Sie suchte ihn, genau wie Barb Fell, zuerst in der Wartehalle vor der Sicherheitskontrolle. Dann kam sie in die Bar. Ihr Gesicht sah aus wie mit Asche gepudert, erschöpft, aber beherrscht.

»Du hast mit O'Dell gesprochen«, sagte sie, während sie neben ihm Platz nahm.

»Ja.«

»Er war's, der die ganze Sache eingefädelt hat.«

»Ja.«

»Seit wann hast du's gewußt?«

»Seit Charleston. Im Verdacht hatte ich ihn schon vorher. Da mußte einer von ganz oben die Finger im Spiel haben. Eines paßte zu gut zum anderen, es gab zuwenig potentielle Reibungspunkte. Aber ich war mir nicht ganz sicher, ob er nicht selber Robin Hood ist.«

»Und Fell? Glaubst du immer noch, daß sie nur so etwas wie eine Alarmanlage war?«

»Ja, da bin ich sicher. Ich glaube, Kennett hat das so arrangiert. Wenn es nicht so wäre, hätte sie mir nicht geholfen, im Treppenhaus bei Bekker die beiden aus Kennetts Todesschwadron kaltzustellen. Sie hätte auch ganz anders reagieren können, ihre .38er war dicht neben meinem Ohr.«

»Weißt du, was überall erzählt wird? Daß es Robin Hood war, der Bekker geschnappt hat.«

»Hast du etwa was anderes erwartet? Er ist nicht festgenommen worden, er wurde abgeknallt.«

Lily starrte auf die falsche Holzmaserung der Tischplatte. »Seit wann hast du gewußt, daß es Dick war?«

»O'Dell hat sich ja genug Mühe gegeben, den Verdacht auf ihn zu lenken. Der aufgelegte Schwindel mit dem Weißhaarigen bei dem Mord an dem Schwarzen... Aber damals wußte ich ja noch nicht, daß da etwas faul war. Immerhin, Kennett war einer von denjenigen, die in Frage kamen.«

»Aber wann hast du's...«

»Als wir uns damals Pettys Apartment ansehen wollten, hat die alte Dame im Erdgeschoß, Mrs. Logan, mich darauf gebracht. Sie hat erzählt, daß derjenige, der in der Mordnacht ins Haus gekommen ist, lange in der Lobby stehengeblieben ist, statt gleich zum Fahrstuhl zu gehen. Und daß er auf dem Rückweg wieder lange in der Lobby gestanden hat, bevor sie dann schließlich die Haustür gehen hörte.«

»Ja.« Sie sah an ihm vorbei. »Das hört sich nach Dick an.«

»Ich konnte es mir bloß noch nicht zusammenreimen. Weil ich angenommen habe – jeder hat das ja gedacht –, er könne nicht mehr Auto fahren. Ich hatte doch selbst vor Midtown South gesehen, daß der Fahrer ihn abgesetzt hat. Und wenn er nicht selbst fuhr, konnte er's auch nicht gewesen sein. Denn wenn Copland oder irgend ein anderer ihn zu dem Haus gebracht hätte, in dem Petty wohnte, hätte Kennett sich ja nicht die Mühe machen müssen, die Stufen bis zur Haustür hochzusteigen. Dann hätte der Fahrer ihm den Weg abnehmen können. Wie gesagt, eine Weile stand ich vor einem Rätsel. Bis du mir damals am Fluß erzählt hast, daß er doch Auto fahren konnte. Nicht durfte, aber konnte. Und daß er sogar manchmal nachts heimlich mit dem Geländewagen losfuhr.«

»Also habe ich nicht nur Petty ans Messer geliefert, sondern Dick auch«, sagte sie.

»Ach, komm, Lily, fang jetzt nicht auf die wehleidige Tour an. Du hast das Rattennest nicht gebuddelt, du hast nur mit dringesessen. Und du hast wahrhaftig keinen Grund, dir Vorwürfe zu machen.«

»Aber am Schluß waren alle tot.«

»He«, sagte er. Denn viel mehr konnte er dazu nicht sagen. Er warf einen Blick auf die Rolex. »Ich glaube, ich muß los. Wahrscheinlich gehen die ersten Passagiere schon an Bord.«

Sie standen am Ende der Reihe vor der Sicherheitskontrolle. Lucas stemmte die Hände in die Jackentaschen und sagte: »Wenn das alles ein Film gewesen wäre, käme jetzt die Schlußszene mit heißen Küssen, und alles wäre in schönster Ordnung.«

Lily sah ihn an. Und er dachte: solche Augen hätte Rembrandt gemalt.

»Weil der Film zu Ende ist und nichts mehr nachkommt«, sagte sie. »Du siehst, wie sie sich küssen. Aber was dann kommt, am nächsten Morgen, wenn der Alltag beginnt, erfährst du nie.«

Er nickte. »Das große Rennen nach Geld und Erfolg.«

»Ja«, sagte sie. »Und wenn es eine Kußszene gäbe, wär's wohl eher Barb Fell, die in deinen Armen liegt, oder? Ich dachte, du hättest vor, mit ihr auf die Inseln zu fahren?«

Er schüttelte den Kopf. »Wir sind zu verschieden. Wie New York und Minneapolis. Und außerdem...«

»Was – außerdem?« fragte sie, als er nicht weitersprach.

»Glaubst du daran, daß es die Inseln überhaupt gibt?«

Sie wandte den Kopf, sah ins Leere, dachte an Petty und Kennett und sagte: »Nein, ich glaub's nicht.«

Einen Augenblick lang hing das Schweigen zwischen ihnen wie ein schweres Tuch. Dann streckte Lily die Hand aus.

»Laß mir ein bißchen Zeit, Rothenburg.« Lucas beugte sich zu ihr, brachte seine Lippen dicht an ihre. Es sah aus, als küßten sie sich, den Millimeter, der ihre Lippen trennte, hätte kaum jemand erkennen können. Lucas drehte sich um und ging auf die Kabine der Sicherheitskontrolle zu. »Wenn ihr wieder mal einen Bekker habt... Einfach pfeifen, ich komme prompt.«

»Ja. Ja doch, mein Gott.« Sie glaubte ihm kein Wort. Und dann kräuselte sich ein winziges Lächeln in ihren Mundwinkeln. »Das Problem ist: Ich kann nicht pfeifen.«